力潮文创
POWER TIME

纵有千古，横有八荒.
前途似海. 来日方长.

醉饮长歌

理想型娱乐圈

（全两册）

醉饮长歌　著

长江出版社
CHANGJIANGPRESS

图书在版编目（CIP）数据

理想型娱乐圈/醉饮长歌著.
— 武汉：长江出版社，2021.5
ISBN 978-7-5492-7689-9

Ⅰ．①理…　Ⅱ．①醉…　Ⅲ．①长篇小说-中国-当代
Ⅳ．①I247.5

中国版本图书馆CIP数据核字（2021）第082370号

理想型娱乐圈/醉饮长歌　著

出　　版	长江出版社
	（武汉市解放大道1863号 邮政编码：430010）
项目策划	力潮文创·蜜读
市场发行	长江出版社发行部
网　　址	http://www.cjpress.com.cn
责任编辑	陈　辉　李　恒
封面设计	RECNS
印　　刷	嘉业（天津）印刷有限公司
版　　次	2021年5月第1版
印　　次	2021年8月第1次印刷
开　　本	710mm×1000mm　1/16
印　　张	31.5
字　　数	690千字
书　　号	ISBN 978-7-5492-7689-9
定　　价	75.00元（全两册）

目录 CONTENTS

第 1 章　稚嫩的梦 —————————— 001

第 2 章　改弦易辙 —————————— 025

第 3 章　奶糖 —————————————— 059

第 4 章　惊觉 —————————————— 085

第 5 章　好运气 ——————————— 111

第 6 章　对立 —————————————— 141

第 7 章　综艺黑洞 —————————— 177

第 8 章　奶猫 —————————————— 205

清晨，阳光穿过窗帘的缝隙照进房间。

紧闭的窗外传来几声清脆的鸟鸣，空调温度开得很低，躺在床上的人裹着被子蜷成一团。

似乎被偷偷落在床铺上的阳光惊扰了一般，在鸟鸣声中，把自己藏进被子里只露出发顶的人探出了脑袋。

他睁开眼坐起身来，茫然地看着这个收拾得干净利落的房间。

楚秋记得自己应该是在赶往祁天瑞葬礼的飞机上，而那架飞机很不幸地出了意外。

他的记忆还停留在强烈的失重感和乘客恐慌的尖叫之中。

楚秋好一会儿才从恍惚中回过神来。

他晃了晃有些刺痛的脑袋，打量着这个房间。

房间不大，整理得十分整洁，阳光透过窗帘的缝隙泄露进来，暖洋洋的。

这个房间楚秋不算太陌生，但也早已不再熟悉了。

他应该在六年前，就已经彻底脱离了这个地方才对。

楚秋掀开被子下了床，迷惘地循着记忆向洗漱间走去。

镜子里映照出来的依旧是他的脸，只是变得年轻了许多。

楚秋微微瞪大了眼。

他从床头柜上拿起正在充电的手机，看了一眼上面显示的时间，发现年份比记忆中的倒退了八年。

日期正是他生日的第二天。

年份减去了八年整，手机也不是他正在用的水果新款。

楚秋坐在床上，微微抿着唇。

他低头点开手机，带着些微的期待，百度了一下日历，看到日历上显示的时间之后，颓然地垂下肩膀。

他开始查阅信息，首先搜索了一遍自己的名字。

相关的条目寥寥无几，贴吧倒是有一个，但关注人数不过三四百，帖子数量也少得可怜。

楚秋又搜了搜祁天瑞的消息。

祁天瑞的讯息却多得惊人，搜索引擎上铺天盖地的，全都是新晋影帝祁天瑞宣布息影的新闻。

可今早楚秋上飞机之前，搜祁天瑞的名字，还全是他车祸身亡的条目。

楚秋不甘心地翻着新闻。

他记得祁天瑞被问及为什么息影的时候，回答是："太无聊了。"

简直就像个"中二病"患者。

但是这个患者前脚息影，后脚就接手了业界巨头风皇娱乐。

也是楚秋后来待的公司。

纤长的手指停在了手机屏幕上，楚秋看着那条报道祁天瑞说"太无聊了"的新闻，嘴唇抿得更紧了。

这些事情跟记忆没有差别，他知道，自己大概又做了一场大型的预知梦。

楚秋放下手机，伸手揉了揉自己的脸。

楚秋的梦拥有预知力，但他并不清楚哪场梦是预知、哪场梦只是梦。这令他万分苦恼，也给他带来诸多麻烦。后来，他干脆将所有的梦都当作无意义的，生活才慢慢步上正轨。

只是，昨天的这场梦境，时间跨度足足有八年，梦中的人和事历历在目，造成了他的思维混乱。

他努力梳理自己的记忆，回忆着在正常时间里的自己。

这个时候，他没几个粉丝，也没有进入风皇娱乐，没有遇到护他跟护崽一样的经纪人。

想到经纪人，他又想到了在预知梦里，祁天瑞死亡前一天，特意跑来片场给他送了个生日蛋糕，想留下来待一段时间却被他婉拒了的事情……

楚秋用双手捂住了脸。他觉得，祁天瑞的车祸，说不定有他的责任在里面。

因为他拒绝了祁天瑞的要求。

如果他不拒绝的话，祁天瑞就不会当天飞回 B 市，就不会失意地跟他的朋友们拉帮结伙地去喝酒，就不会喝多了还去郊外兜风，就不会冲出护栏，车祸身亡。

楚秋坐在床上发了好一会儿呆，才动作缓慢地将手机放到了一边，目光环视着房间，最终落在了书桌上那一叠剧本上。

他走过去，看着剧本上的标题，艰难地把它从记忆深处翻找了出来。

一部偶像剧的男五，存在感极低，但对于现在的他来说，已经是最好的资源了。

他现在的东家是天使娱乐，一个业界风评并不怎么好的公司，热衷于拉皮条，用旗下艺人来换取资源。

楚秋是个孤儿，性格内向害羞，腼腆寡言，一天蹦不出几个字来。

但单纯就长相来说，好得没话说。

楚秋的脸不能说是帅，但说美却也不完全妥当。他长得非常好看，雌雄莫辨的那种好看，而且脸型五官非常适合化妆，属于那种造型师往哪个方向做，他就能往哪个方向走的类型。

被天使娱乐的人发名片的时候，楚秋刚大学毕业不到一个月的时间。

无依无靠的毕业生在 B 市这种大都市里还没能找到一份糊口的工作，天使娱乐这个包吃包住的公司伸出来的橄榄枝，对楚秋来说简直如获至宝。

楚秋是完完全全地把演员当成一份普通的工作来做的，谈不上多热爱，但也足够敬业。

他努力将自己的害羞和腼腆在工作时间里藏起来，努力理解剧本和人物，努力背台词，努力让自己不在镜头下显露出不该有的神情。

楚秋的努力是成功的，哪怕他私底下一整天都不一定会说一句完整的话，但在有台本的情况下，却是一个完全合格的演员——虽然他没有办法应付某些突发的场合，反应总是比别人要慢上几拍，但瑕不掩瑜。

可惜的是，楚秋的努力并不被他的东家认同。

天使娱乐更加习惯于走歪路子，用楚秋第一个经纪人的话来说，叫"捷径"。

楚秋还不至于为了工作出卖自己，他拒绝了几次经纪人要他陪别人吃饭的要求。

经纪人不高兴，自然就有压迫他资源的手段。

楚秋对此是无动于衷的。

他并不擅长社交，也没有什么朋友，同样也很少给自己购置什么东西，唯一的牵挂只有陪伴他长大的那个福利院。

公司不给楚秋资源，楚秋就乖乖地去公司打卡，乖乖地进行每天的形体和演技课程，然后乖乖地回宿舍，一点意见都没有地拿着那份死工资，完全没有如同经纪人所想象的那样屈服，就连询问自己什么时候能够有通告的话都没有提过。

楚秋拿在手里的这个剧本，是他被克扣资源的三个月来所拿到的第一个剧本。

楚秋知道，这个剧本是经纪人的诱饵。

镁光灯闪烁的舞台很容易令人沉沦，被追捧的滋味一旦尝过之后，就难以戒除。

现在，楚秋承认了这一点。

因为在预知梦里，他拥有了那么多喜爱他的粉丝，他发自内心地喜欢上了这份工作，并且凭借着一腔热血，努力地爬到了顶峰。那时候，他已经进入了凤凰娱乐。

而此时，距离楚秋签约天使娱乐，已经过去了九个月。

距离他被凤皇娱乐挖走，还有一年零三个月。

楚秋犹豫着要不要试一试去凤皇娱乐面试，将这一年零三个月的时间提前一些。

但他看着手里被细心画了许多标记的剧本，结合了一下手机上标注的日程，最终还是将这个想法放在了一边。

手里的剧本明天开拍。

凤皇娱乐办公楼。

疲惫地在休息室里沉睡一晚的祁天瑞猛地坐起身来。

在一通忙乱的翻找与搜索之后，祁天瑞骤然停滞了动作，顶着眼底下的青黑和满眼的血丝，转身冲出了自己的办公室，风一般杀入了楼下宣传部总经理室。

祁天瑞揪着他的发小、以前的经纪人、如今的部门经理张大力先生的衣领，激动到声嘶力竭："大力！你现在！马上！去天使娱乐那边挖个叫楚秋的人回来！挖不回来我就把你十五岁还尿床的事情贴在公司布告栏上！"

——无辜的祁先生因为未来与楚秋息息相关，被扯进了楚秋的梦境，幸或不幸地也在梦里度过了八年光阴。

被发小威胁的张大力先生蒙了好一会儿，第一反应是抬头看办公室的门关紧没有。

好在祁天瑞一贯都有随手关门的好习惯。

也好在凤皇的办公室隔音效果极佳。

张大力一脸嫌弃地拍掉祁天瑞揪着他领子的手，愤怒道："我老婆亲手给我熨的衣领！"

张大力祖籍山东，人如其名，人长得又高又壮，穿件黑T恤戴个金链子往路边上那么一杵，就能有人凑上来给他递烟点火喊大哥。

眼睛那么一瞪，都能吓哭十米以外的小孩儿。

祁天瑞打小跟张大力一起玩到大，对于张大力的瞪视毫无感觉。

他撒开手，深吸一口，说道："哥们儿回头也给你熨一下不就得了？你赶紧收拾收拾，帮我把人挖过来。"

但是张大力并不赞同："天使娱乐那种地方出来的？"

"什么表情？你这是什么表情啊！我跟你说你不去会后悔，那可是未来影帝！"祁天瑞拍着桌子说道。

张大力闻言，到底还是拉了张椅子给自己的发小。

等人坐下之后，他问道："哪两个字？"

祁天瑞整个人瘫在椅子里，微微眯着眼："楚辞的楚，秋天的秋，现在就在天使娱乐，我已经查过了。"

张大力不听，自顾自地在那边查。

"性格特乖一小孩儿，除了让他跟别人做坏事之外，你指东他绝不打西，你说一他绝不报二！"

祁天瑞点燃一支烟。

"演戏天赋贼好，性格腼腆，害羞过头，有点轻微的社交障碍。"

张大力狐疑地看着祁天瑞："你怎么知道这么多？社交障碍算隐私了啊！祁天瑞，你对人家小孩儿做什么了？"

祁天瑞心说，我能做什么？

刚睡醒的时候我还以为自己疯了呢，直到真查到天使娱乐有楚秋这个人，查到他的长相和梦里的那个一模一样……

所以，管他是梦是真，自己现在能做的，就是先把这个人抓到手里边！

"你别叨叨了，赶紧动起来，把人挖回来，要钱找我，用最快的速度！好吗？张大力先生？"

张大力在敲键盘，抬眼瞅他的发小："你总得让我准备一下。"

祁天瑞一看电脑屏幕，是张大力在找天使娱乐那边的朋友询问，顿时就有点不乐意。

"有什么好准备的，你看我坑过你吗？"

"你坑我的次数还少吗？"张大力反问道，"前脚拿了影帝后脚就说没意思要息影的人是谁？"

祁天瑞不说话了。

还有点气闷。

"你要这么急怎么不自己去？"张大力问他。

"你看我现在这样子。"祁天瑞指了指自己的黑眼圈，又瞪大了眼让张大力看自己充满了红血丝的眼睛，最后伸手摸了摸下巴上冒出来的胡茬，"我这样子去，多不像样。"

张大力想想也是，最近祁天瑞的确是累得够呛。

第一印象很重要，现在祁天瑞的形象虽然有种颓废的帅气，但并不适合作为第一印象。

祁先生想给自己整一个震撼人心霸气侧漏的出场方式——比如楚秋脚滑差点摔倒，他拦腰把人扶起来，想想就觉得非常带感。

祁天瑞捻灭了烟，躺在了张大力办公室的长沙发上。

祁天瑞记得楚秋的电话号码，梦里的他把这串数字背得滚瓜烂熟，但一次都没有拨出去。

说真的，在梦里，祁天瑞去找楚秋的时候是信心满满的。

因为当初决定把楚秋从天使娱乐里挖出来的人是他，让楚秋一炮而红的是他，为楚秋后来的道路保驾护航的也是他。

所有人都知道祁天瑞护着楚秋。

但祁天瑞万万没想到，楚秋……是真的不知道他的付出。

楚秋自始至终都不知道是祁天瑞在背后为他铺平道路，直到梦境结束的时候，楚秋还瞪大了眼，喊他祁先生。

祁先生。

祁天瑞想到楚秋那茫然惊讶的小表情，深深地吸了口气。

感觉胸口疼，分分钟就要波动。

祁天瑞回忆起那个过分真实的梦境，他从片场跑回去跟朋友喝酒聊天，本意是难过一小会儿，然后就收拾收拾，重新开始。

但没想到，开车去郊外兜兜风散散心竟然发生了那么惨烈的意外。

他竟然在梦境里就那么死了！

说实话，楚秋演戏的天分真的好得没话说。

他的感情戏总是非常动人，不少人猜测他实际上是个情场老手——至少感情经验十分丰富。

可实际上，楚秋的感情生活是一张白纸。

陷入回忆的祁天瑞感觉头昏眼花，呼吸困难。

张大力把收集到的资料打印出来，一抬头就看到祁天瑞侧躺在沙发上，捂着胸口满脸沉痛。

张大力感觉十分纳闷。

"你干吗呢你？发羊癫疯了啊？"

祁天瑞顿时把身上的戏一收，坐起身来："准备走了？"

张大力点了点头，道："今天那个楚秋在 B 市影视城有戏，我去看看，观望观望。"

"行，你去观望吧，保准你不会后悔。"祁天瑞摆了摆手，听到张大力开门的声音时，又是一顿，"哎，等等！"

他坐起身，一摸裤口袋里，除了烟盒跟打火机之外没摸到别的。

"啧。"祁天瑞抬起头来，"你要去见楚秋的话，记得带糖去啊，大白兔奶糖，原味的，他特别喜欢吃。"

张大力一愣，随即用一种看变态的眼神看着他。

祁天瑞赶鸭子一样地摆手："别看我了，我今天没带糖，你一定要记得啊！他没什么别的爱好，就爱吃这个糖。"

张大力心情微妙地离开了自己的办公室。

他算是看出来了。

祁天瑞对那个叫楚秋的人非常上心，楚秋将来必定星途无限！

张大力顿时抖擞起精神，健步如飞地走向了停车场。

楚秋在公司里是个小透明，在剧组里同样也是个小透明。

这部剧的男主角是跟他同一个公司的前辈，但对方并没有提携他的意思。

于是整个剧组里，除了在喊到楚秋戏份的时候会有人想到他的存在之外，楚秋就一个人抱着剧本安安静静地待在角落里，看着镜头下的人演戏，一边在心中揣摩比较着别人的优劣，一边复习着属于他的台词。

作为男五，楚秋的戏份本来就不多，存在感也不强，人设倒是还算讨喜。

楚秋听导演讲完戏，很敬业地把自己该演的戏份演好，情感表现和走位都没出问题，镜头上也看不出一点错处和瑕疵。

偶像剧面对的人群偏低龄，基本上就是刷刷存在感刷刷脸用的，所以通常来说，拍偶像剧的演员，演技大多都不在线。

这种时候，在一群演技烂的人中间，表现良好，甚至说得上是完美的楚秋，就十分扎眼了。

所以在这组拍摄镜头附近的人，表情都显得挺惊讶，包括导演在内。

自然，也包括借了个剧组工作证，混进大棚里来的张大力。

张大力的眼睛很是毒辣。

祁天瑞之所以进娱乐圈玩票，其实是他率先提出的建议。

整个凤凰娱乐都是祁天瑞家的，太子爷想进圈玩玩票，也没人说什么，祁天瑞自己也有点兴趣。

只是谁都没想到玩票竟然玩成了影帝。

张大力对这个事实也感到有点意外，但这恰恰也反映出他当初的看法并没有错。

祁天瑞一个外行，张大力都能把他拽进圈里变成内行。

楚秋面对镜头的熟练，显然是个内行，自然也逃不过他的眼睛。

张大力不得不承认，祁天瑞说的是对的。

不挖走这个人，他绝对会后悔。

楚秋当天的戏份很少，不过四场，很快就演完了。

他换掉了服装卸去脸上的妆容，站在一边，想要去问问导演他能不能先走——因为拍摄的时候偶尔会出现已经通过了的镜头需要重拍的情况，所以演员离开，是需要跟导演说一声的。

在梦里，凤凰的经纪人张大力忙不过来，没办法陪着楚秋一起待在剧组的时候，都会给导演打好招呼，说自家孩子性格腼腆，拍完了记得跟他说一声可以走了，不然他可能会一直待在组里等到夜戏结束。

但是现实中，没有那个对他很好很体贴的经纪人。

导演是很忙的。

大力哥也不在。

所以只能靠自己了。

楚秋深吸口气，刚迈出步子准备往导演身边走，导演就在那边拿着扩音喇叭疯狂咆哮。

楚秋迈出去的步子霎时被吓了回来。

他有点蒙，无措地站在那里，抿着唇，不知道应该怎么办才好。

然后张大力就眼睁睁地看着那个在镜头底下大气爽朗、完美呈现出开朗少年人设、表现精彩得不像话的年轻人，被导演一句并不是冲着他去的咆哮吓得缩了缩脖子。

接着，他手足无措地站在原地发了一会儿呆之后，默默地蹲进了一个不引人注目的小角落，规规矩矩地坐在一张小矮凳上，然后摸出了放在裤兜里已经化了一半的大白兔奶糖，像清点宝藏一样小心地剥开糖纸，放进嘴里，一个人在角落里幸福地弯起了眉眼。

目睹了一切的张大力先生，觉得自己张嘴就能吐出一串省略号来。

身为一个明星，懦弱成这样的，楚秋是张大力所见过的第一个。

明星这份工作，不仅要抛头露面，还需要一定的口才。

外向大方口才好的人，总是会比那些不善言辞或者没眼色的人更受欢迎，也能够得到更多资源。

不过也并不妨碍，张大力想，楚秋还年轻，毕业一年不到，才刚满二十二岁，以后可以慢慢培养。

张大力看着蹲在角落里的楚秋，抬步就想走过去。

结果刚迈出一步，张大力就被拽住了。

"张大力！你真是我亲哥！你之前说好在门口看看我才把工作证借你的！"拦着张大力的是个中年男人，"你进去了，我要受处罚的。"

张大力认识他挺久了，这人在B市影视城里工作快十年了，从群演做成了影视城的维护人员，抱着明星梦而来，结果在现实碰了一鼻子灰。

"我忘了。"张大力拍拍脑门，干脆地转身出了大棚，把工作证还给了他，"多谢了啊。"

"不谢，我们都认识这么久了。"男人接过工作证，挂回脖子上，"你要真想感谢我，透露点消息呗，我卖给狗仔还能赚点外快。"

"去去去，想什么呢？"张大力"啧"了一声，跟着男人一起蹲在了大棚外边，看着一波一波路过的游客探头探脑地往实际上什么都看不到的大棚里看。

"跟你打听个事。"张大力从裤兜里掏出一盒烟。

"这里规定不能抽烟的啊。"男人提醒道。

"哦，对。"张大力把打火机塞回了裤兜里，但还是递了支烟给男人，问道，"你对这个剧组里的明星了解多少啊？"

男人接过烟，塞进衬衣口袋里，闻言一愣："你说的谁？"

"这个你就别问了啊，都说说。"张大力说。

"大哥，这里是 B 市，还是 B 市的影视城，随便扔块砖都能砸到两三个明星，我要都知道，早八百年不在这儿干了。"

男人回头看了一眼大棚里头，说道："这剧组今天第一天用这个棚，我上哪儿了解去。"

"真没用。"张大力嫌弃道。

"没用你还找我借工作证！"

张大力叹口气站起来，活动活动身体，那架势，活像个准备去火拼的黑社会老大。

张大力一摆手，说道："行了行了，我先回去了。"

男人应了一声，也没起身送人，就眼瞅着张大力脚步飞快地离开了影视城。

最近祁天瑞刚拿到影帝就宣布息影的消息闹得沸沸扬扬，祁天瑞和他的经纪人张大力两个人扔锅扔得干脆利落，但这就苦了凤凰公关部的那帮人，连着几天加班加点连轴转。

张大力经常跟祁天瑞一起露面，身份还是有些敏感，不宜在公众场合多做逗留。

被粉丝认出来还好，被媒体记者认出来，那简直就是惨案。

从影视城里出来的张大力，坐在车里翻了好一会儿通讯录，最终拨出了一个电话。

娱乐圈里向来是铁打的幕后流水的明星，幕后的那些人工资收入虽然不如明星来得多，但贵在比走在表面上的明星要来得稳定，所以在就职之后，轻易辞职的很少，来来回回那么些人，也就是跳槽和挖墙脚而已。

张大力电话簿里的联系人多得很，找到一两个以前共事，如今在天使娱乐供职的人并不难。

张大力准备请老朋友吃顿便饭，顺便打听一点小情报，之前问天使娱乐人事部要的资料太官方片面，还是私底下跟老朋友聊聊来得靠谱一点。

楚秋一个人缩在角落里，一直待到吃午饭的时候，终于是被人发现了。

发现他的，是统计人数准备去订盒饭的场务。

拍了一上午，导演气得够呛，简直想把几个主演的脑壳拧下来，给他们去洗一洗脑子里的糨糊再来拍戏。

导演给自己报了一份盒饭，放下手里的扩音器，一转头就看到了被场务从角落里挖出来正犹豫着要不要报餐的楚秋。

导演一愣，懒得从椅子上起来，拎起扩音喇叭就问："楚秋，你戏份不是已经结束了吗？"

刚准备报餐的楚秋两眼一亮，转头看向出声的导演，腼腆地笑了笑，等着导演发话让他离开。

然而现实比较残酷，导演并没有接收到楚秋发射的意念电波。

他只觉得这个年轻人两眼亮晶晶的，就像得到了糖果的小孩子一样，有点可爱。

"你是想留下来学习？"导演自动自发地给楚秋找好了理由，对这个一上午唯一一个拍得很顺的演员挺有好感。

尤其是楚秋结束拍摄之后还愿意留下来观摩学习，一看就特别认真用心。

这样的年轻人如今已经很少了，简直屈指可数。

现在的明星，有点热度的忙着赶通告维持人气，刚起步的更是脚不着地到处蹿，可劲儿地刷存在感。

乍一见到楚秋这样勤恳的，导演有点高兴，他向楚秋招了招手："来，要学习的话离那么远怎么看得到，直接来这里看。"

楚秋：……

不！我不是！我没有！

导演对站在角落里，因为被剧组群众注视而有些窘迫的楚秋，露出了一个长辈般的慈爱笑容。

站在楚秋身边的场务迅速地记上了他的餐。

场务很忙的，没有多少时间让楚秋磨叽。

楚秋呆了好一会儿，最终只得拉着小板凳，抱着剧本坐在了导演旁边。

跟着剧组跑的时候，统一订的盒饭味道并不怎么样。每次只能吃盒饭的时候，楚秋都十分怀念梦里的张大力媳妇儿柳姐给他煲的粥和鸡汤。

张大力是楚秋在风凰娱乐的经纪人，在带楚秋之前，他带的是风凰娱乐现老板、前艺人祁天瑞，那个时期张大力手底下也没有其他人。

后来祁天瑞宣布息影，张大力不想给他发小以外的人当经纪人，就跑去宣传部干了一段时间。

直到楚秋被挖去风凰，在宣传部里当咸鱼的张大力，才被祁天瑞重新刨了出来，抖抖盐就直接塞给了楚秋。

这些事情，是在梦境中，与别人闲聊的时候，那些人顺口告诉楚秋的。

楚秋觉得自己运气真的很好，能够遇到一直护着他的经纪人……和祁天瑞。

楚秋被告知这些事情的时候，实在是想不明白为什么。

在楚秋看来，他和祁天瑞之间是没有什么交集的，虽然出现在他身边的人大多都跟祁天瑞关系匪浅，但楚秋是真的没有联想到祁天瑞本人身上去。

那可是祁天瑞啊，在楚秋懵懵懂懂地被张大力引领着正式迈入圈里的时候，祁天瑞都已经成为都市传说级的人物了。

传说级的人物跟他一个小透明会有什么关系？老板和员工的关系吗？

楚秋对祁天瑞的印象虽然深，但实际交往并不多。

他们只停留在公司有什么活动的时候会远远见上一面，目光交汇之后礼貌点头的程度。偶尔私下碰上的时候，祁天瑞会冲他笑笑，然后给他一颗大白兔奶糖。

但现在楚秋慢慢反应过来了。

脱离了梦境，重新审视一下的话，楚秋大概清楚了自己进入风皇娱乐之后，为什么会得到几乎是反常的资源倾斜。

因为祁天瑞在捧他，而恰巧楚秋并不是一摊扶不上墙的烂泥。在资源充足的情况下，因为粉丝的喜爱而难得燃起了热情的楚秋，用了六年时间，夺得了那一尊荣誉的奖杯。

祁天瑞睡醒的时候，天已经黑了，肚子饿得咕咕直叫。

他从自己休息室的床上翻身起来，整了整衣服，丝毫不介意上面被压出来的褶皱，粗略地洗漱了一下，直接就下楼去找张大力。

张大力吃完午饭就回了公司，忙碌了一下午，正准备去食堂吃晚饭，迎面就撞上了准备敲门的祁天瑞。

祁天瑞一见他，开口就问："怎么样？人给我带回来没？"

"人我看了，挺不错的，但是你想现在就给你带回来，你当是开飞机啊？"张大力翻了个白眼，"吃饭去，边吃边说。"

祁天瑞有点不高兴，但还是转身往食堂走。

他一边走一边说道："这飞机能开为什么不开啊，赶紧开啊。"

张大力懒得回答他这种问题。

两人到了食堂点了菜坐下之后，张大力才开口道："我今天中午去找老刘吃了顿午饭，问了问情况。"

"老刘？"祁天瑞认真思考了一下，"跳槽去天使娱乐的那个演技课老师？"

"嗯。"张大力点了点头。

祁天瑞问："人说什么了？"

张大力答："他夸了一下楚秋。"

实际上老刘的原话是这样的。

"最近的确有个小朋友不错，叫楚秋，不是科班出身，但是特别沉得下心，肯下功夫，天赋也不错。你们要挖人可以考虑他，他在这边公司里境遇不好，天使娱乐的尿性你也知道的。"

不过张大力看祁天瑞对楚秋重视得很，自然不会提到这个事情。

他觉得要真说了，祁天瑞肯定得炸。

祁天瑞对于楚秋在天使娱乐早期的情况的确不清楚，他只知道在梦里风皇去挖人的时候，带楚秋的那个经纪人对楚秋实在是称不上好。

那个时候，楚秋好不容易有了点热度，天使那边一见风皇铁了心要挖人，可是狠狠地抬了一笔价。

祁天瑞虽然不知道具体，却还是知道楚秋在天使娱乐肯定过得不好。

所以他现在就想尽快把人挖过来，放在自己的地盘里护着。

祁天瑞有点儿着急："我跟你说，你现在去挖他，一挖一个准，而且天使那边说不定都懒得抬价的。"

张大力觉得祁天瑞是不是魔怔了。

"你怎么就那么肯定人家会愿意来风皇？"

"为什么不愿意？风皇有资源，有人脉，有钱。"

祁天瑞食指指节曲起，敲了敲桌面："还有我能罩着他。"

楚秋对于祁天瑞急得跳脚想要挖他的事情一无所知。

他终于还是在剧组吃晚饭之前离开了影视城。

被导演放行的时候，楚秋大大地松了口气。

这种需要搭建场景的大棚租下来，一天就是一天的钱，贵得很，棚内一般都是要赶拍夜戏的。

楚秋并不想在剧组里留到夜戏。

因为他今天有想去的地方。

昨天一整天，楚秋都忙于梳理记忆和背剧本台词，等到他将最必要的事情分一二三列上了计划表之后，就一直惦念着等今天拍戏结束，回自己长大的那个福利院看望一个长辈。

楚秋并没有什么知名度，出门连口罩墨镜都是不需要的。

他在 B 市庞大的地铁网络里转了三趟地铁，从位于西郊的影视城，经过一个半小时之后到了位于南郊的福利院。

福利院所在的地段很一般，位处一片老城区的居民区内，距离地铁站步行需要四十分钟，搭乘公交车有六站路。

楚秋从公交车上下来，看了看福利院的大门，又看了看时间。

晚饭时间已经过去了。

楚秋转头去旁边的包子铺里买了两个烧卖一杯豆浆，当是晚饭。

福利院守门的是个老大爷，家住隔壁小区里，子女都在国外，两三年也不见得回来一次。

打从楚秋有记忆起，这位老大爷就一直在福利院守大门，天天乐呵呵地冲着福利院的小朋友们笑，偶尔还会悄悄地给他们塞点糖。

"哎呀？"

老大爷也发现了他，扶了扶老花镜，抬眼看向站在门口的青年。

他的眼睛已经有些浑浊了，却还是认出了楚秋，脸上一笑就挤出了许多干枯的褶皱。

"这不是小秋吗？快过来让海爷爷看看，又回来看你楚姨啊？吃饭了没有啊？"

"嗯。"楚秋顺从地走过去，乖乖喊了一声海爷爷，俯身将脸凑到海爷爷面前，任由老人揉捏他的脸。

老人见到年轻的后辈，所能询问的问题永远都只有那么几个。

楚秋毫无形象地蹲在海爷爷身边，陪着他聊天。

说是聊天，实际上也就是老人在不停地唠叨，而楚秋则在一边安安静静地倾听，时不时认真地应一声。

海爷爷一下一下地轻抚着面前年轻人的发顶："有空多回来陪陪我们这些老骨头，年纪大了过一天少一天，时日无多咯！"

"我会。"楚秋认认真真地应下来，然后纠正道，"您长命百岁。"

"好好好，长命百岁。"

老人大笑起来，听到院子里渐渐响起来的孩童玩耍的声音，捡起放在一旁的蒲扇，用扇面拍了拍楚秋的背。

"你楚姨该出来了，去找她吧。"

楚秋点点头，转头跨进大门，走进了福利院里。

楚秋这一次来，就是为了楚姨。

楚姨本名楚锦华，是个苦命的女人，遇人不淑，嫁了个酗酒的丈夫，怀孕的时候被家暴至流产，身体落下了病根，再也怀不上。

她离婚之后，就经人介绍来了这个儿童福利院，一待就是大半辈子。

楚秋的姓氏就是来自她。

说她是楚秋的母亲也一点都不为过。

梦里，楚姨走得突然。那时楚秋刚打出一波热度，他忙碌了四个多月，完全没有回福利院看看的空闲，就在这四个月里，楚姨离开了人世。

癌症来得毫无预兆。

甚至在病倒之后，楚姨还反复叮嘱别人不要打扰正处于关键期的楚秋。

以至于将她视作母亲的楚秋没能送她最后一程，最终拿到手上的，只有冷冰冰的死亡通知书和一罐骨灰。

哪怕随着时间推移，他渐渐接受了现实，但只要一想起这件事，楚秋心里就揪得厉害。

但好在，现实中，一切都还没有发生。

楚秋第一次，无比庆幸自己拥有的预知能力。

楚秋注视着带着一群小朋友，笑容满面地从楼里走出来的楚锦华，吸了吸鼻子，将漫上鼻尖的酸涩与眼中的湿润压回去，抬步迎上惊喜看向他的中年女人。

楚姨的身体总是偏瘦，细细的一条，羸弱得像是风一吹就会倒。

"我回来了。"楚秋走过去拥抱了一下她。

楚姨捏着楚秋的胳膊，"哎哎"应是。

"回来啦？吃过晚饭了没？工作忙不忙啊？回来住一晚上还是就来看看？"

楚秋冲楚姨笑笑，嘴角弧度小小的，眉眼弯着，睫毛长且浓密，自带眼线。看起来乖巧得像一只小小的萨摩耶，白白的软软的一团，还带着笑。

他声音轻柔，一一答道："吃了，不忙，住一晚上。"

楚姨闻言高兴极了，她在原地转了两圈，喜上眉梢："你帮着带会儿小朋友，刚好我去收收今天晾的被褥。"

楚秋点了点头，目送着女人的背影，转头看向排排坐的小朋友，顿时就有些无所适从。

等楚姨收好被子整理好了小朋友的床铺，重新回到大操场上的时候，就看到楚秋被一群小孩包围着，有几个淘气的还爬到了楚秋身上。

他背上背着一个，两条笔直的大长腿一边挂着一个，眼睛还盯着另外一个爬到铁栏杆上的小男孩，整个人手足无措，慌乱两个字几乎写在了脸上。

楚姨的出现简直就像是救世主降临一样。

楚秋将死缠在他身上的小孩放下地，看着他们一窝蜂地去找楚姨要糖吃，大大地松了口气。

福利院的小朋友们需要按时睡觉，他们没有单间卧室，基本上都是挤在一个大屋里，分几个小床，男女分开。

楚姨让楚秋唱摇篮曲，哄孩子们睡觉。

小朋友都乖乖地趴在床上。

没有被一大堆视线盯着，或者被一大群人围着的时候，楚秋还是能表现得相对放松的。

他的声音很好听，再加上在天使娱乐的这段时间里，楚秋接受过声乐训练，唱起歌来虽然不说惊艳世人，但也足够惊艳到这群小朋友了。

精力旺盛的小孩子们兴奋起来，吵吵嚷嚷地点歌。

等到楚秋终于哄睡了小朋友，楚姨高兴地领着人回了屋。

楚姨如今的身体看起来并没有异常。

楚秋乖乖地坐在床边，一边观察楚姨，一边听她唠家常。

比如谁谁好久了也不回来看一眼，在外面也不知道过得怎么样；比如谁谁前两天回来了，带了什么礼品；又比如谁谁终于找到了什么工作，她放下了心……

说的都是从前跟楚秋一起长大的小伙伴们的现状。

楚秋默默地听着，不时应上一声，心里思考着应该怎么跟楚姨提一提，让她去做个全面体检的事情。

福利院每年会定期组织体检，楚秋不确定是真的没有查出来症状，还是楚姨为了不让他们担心，隐瞒着没说。

所以楚秋还是觉得，他本人盯着楚姨去做一次全面体检比较合适。

楚姨此时已经问起了楚秋以后有什么打算。

楚秋顿了顿，诚实地回答道："等手上的戏结束了，我就去尝试接触一下风皇娱乐，试试水。"

"我不懂你们演员。"楚姨摇了摇头，"你要觉得合适，就自己做主。"

楚秋照旧乖巧地点头："嗯。"

脑子里又开始想怎么提及体检的事情。

就在这时，楚姨打了个喷嚏。

草木皆兵的楚秋握紧了拳头，紧张道："病了？"

"不是，大约是哪个小鬼头在想我吧。"楚姨笑容慈爱，摸了摸楚秋的头。

"楚姨，明天我要去体检。"

楚秋说了谎话，他双手不自在地紧抠着裤子，嘴唇抿着，无比紧张地盯着坐在他对面的楚姨。

楚姨看着楚秋紧张的模样，会错了意，笑道："长这么大了，还怕抽血啊？"

"嗯。"楚秋没否认，他的话语中多了一丝羞赧，"想楚姨陪我去。"

他说完，小心地看着楚姨，生怕对方拒绝。

楚秋长得很好看。

是楚锦华所带过的小孩子里长得最好看的，也是楚锦华所带过的小孩子里最听话、最害羞的。

这样的性格和长相，难免会让长辈多关注一些，楚锦华对楚秋也的确是上心得紧。

而在楚秋这一批小朋友渐渐长大，离开了福利院之后，最经常回来看望她的，也是楚秋。

这个内向听话的孩子难得撒娇。

楚姨一下子就心软了。

第二天楚秋没有任何通告和档期，按照他以往的习惯，应该是去公司打卡，然后去当天的课程老师那里。

既然今天不去，就应该请假。

楚秋起了个大早，跟楚姨一起准备了早餐之后，携手离开了福利院。

楚秋准备去的医院在癌症方面是出了名的优秀，他清楚地记得导致楚姨死亡的就是肺癌。

他准备到时候让楚姨和他一起做个体检。

凑巧那家医院距离天使娱乐就三站地铁的距离，楚秋可以顺路去公司请个假。

在天使娱乐，关于技能课程这一方面，楚秋称得上是劳模了，能上的课程他基本上一个没落下，虽然这其中也有他被克扣资源不需要频繁跑通告的原因在，但是对于努力上进的年轻人，这些课程老师都是喜欢的。

楚秋去跟演技课老师请假的时候，对方就非常爽快地点了点头，却又在楚秋离开的时候叫住了他。

楚秋有些疑惑："刘老师？"

"楚秋啊，要是有机会的话，去外边看看挺好的。"

演技课的刘老师说道。

他想到前一天张大力特意跑来问他好苗子这件事，觉得要真是张大力在寻找新人准备亲自带的话，对楚秋来说这个机会再好不过。

"天使娱乐不适合你。"刘老师压低了声音，给楚秋塞了一张名片，"风凰娱乐那个祁天瑞的经纪人在找有天赋的新人，我跟他推荐你了，这是他的名片，你要是有想法就联系他，别害羞。"

"哎……？"楚秋惊讶地看着手里的名片。

熟悉的名字，熟悉的电话号码，熟悉的风凰 LOGO。

张大力。

楚秋走出公司大门的时候，还有点回不过神来。

他低头看着手里的名片，不过半个巴掌大小的卡纸，被他翻来覆去地看了好几遍。

真的是张大力的名片。

楚秋将名片小心地放进钱包里，心中满是疑惑。

梦里不是这样的。

他应该在很久很久后，才会拿到张大力的名片，而且是张大力在跟他交谈过，询问过他是否有离开天使娱乐的意向时，亲手递给他的。

梦里，楚秋都不知道演技课的刘老师跟张大力认识。

楚姨在传达室里坐了一会儿，见楚秋出来便迎了上去。

说来可能有许多人不会相信，楚姨在 B 市待了近三十年，实际上都没怎么离开过南郊那片地方。

对于 B 市庞大而复杂的交通网，她总是望而却步，往往只是搭乘公交车在附近的市场里采买足够的生活用品，就回到小小的福利院里去。

离开了那片熟悉的地域，楚姨感到十分不自在。

她紧跟着楚秋，似乎稍微远离几步，都会被大城市嘈杂匆忙的人流所淹没。

此时已经过了工作日的高峰期，比起过来的时候，地铁上并不算多么拥挤。

他把唯一剩下的位置让给有些拘谨的楚姨，伸手握住头顶上悬挂的拉手，垂着眼，思考着名片和楚姨的事情。

大梦初醒后，楚秋花了一整天时间梳理自己已经有些记不太清楚的记忆，以及现实中自己所拥有的东西。

　　但令人心塞的是，现在的他在财产与成就方面，几乎称得上是一无所有。

　　同时，这段刚刚毕业，对于未来一片茫然的混沌时期，似乎也并没有什么太值得惦记的好事。

　　但也不全然如此，楚姨还好好的，这算是众多坏事中令他高兴的一件好事。

　　如今大约还要再加上另外一件事。

　　——张大力在寻找新苗子。

　　楚秋觉得自己可以一试。

　　他对自己的许多方面都没有什么信心，但唯独演戏不在此列。

　　并不算太拥挤的地铁车厢里，灯光显得尤为明亮。

　　穿着贴身黑 T 恤的青年垂着眼，冷白色的光落在浓密的睫毛上，在青年眼睑下打出了一层薄薄的阴影。他侧脸的线条几乎称得上是完美，皮肤白皙细腻得有些过分，握着拉手的手背上，能够清楚地窥见青色血管。

　　他注视着虚空中的一点，似乎在认真地思索着什么，形状漂亮的嘴唇色彩有些淡，微微抿着唇时血色又被压下去了些许，低头而暴露出的弯曲的脖颈，在灯光之下显露出一种脆弱的姿态。

　　他好看极了。

　　就像是一幅画。

　　楚秋听到了极轻微的快门声，将他从苦恼中拉扯出来。

　　他偏头看了一眼距离他不远的座位，一个看起来大约十八九岁的女孩举着手机，两眼亮晶晶地看着他。

　　楚秋微微一愣，茫然地眨了眨眼，脑子里还转悠着什么时候联系张大力比较合适的想法。

　　常年被镜头和镁光灯包围的明星，在面对可能会存留下影像的镜头时，他们大都有着一种本能。

　　一部分大大方方地对着镜头微笑，一部分是看情况选择视而不见还是摆出合适的姿势。另外一部分，比如楚秋，他属于非常特殊的那一类。

　　他会脸红。

　　楚秋是个非常敬业的好孩子，哪怕羞窘得耳尖上全都是艳丽的红色，也还是向举着手机的女孩子露出了一个微笑。

　　他眉眼弯起来，灯光落进月牙一样的眼中，似有湿润的波光反射出星点光芒。

　　女孩子感觉自己要溺死在这一笑之中了。

　　楚秋感觉自己有点坚持不住笑脸了——他紧张地握紧了拉手，不自在到嘴角的弧度都变得有些僵硬。

恰巧，地铁的报站提醒响了起来，楚秋得救一般地松了口气，忙不迭地收回目光，告诉楚姨该下车了。

楚秋是个跟不太熟悉的人视线交汇超过三秒就会害羞得面红耳赤的人，在公共场合察觉到别人对他的关注，他都会坐立不安。

他领着楚姨，逃命一样离开了地铁的车厢。

拍照的女孩子这才回过神，在楚秋慌忙离开车厢之后，她带着兴奋又满足的笑意，在几十张连拍照片中精心挑选了九张，加上滤镜之后发到了微博上。

楚秋带着楚姨进了医院就直奔门诊。

昨天晚上，他就已经提前在医疗平台上预约了两份体检，一份是他自己的常规体检，另一份是楚姨的防癌体检。

托清楚地知道楚姨死因的福，楚秋非常干脆地给楚姨报了一堆肺部检查的项目。

楚姨在被楚秋推进放射科的时候，才茫然地回过神来。

原来今天的体检还有她的份。

她微微皱起眉来，不赞同道："上个月院里才组织了体检，小秋你花这冤枉钱做什么？"

一旁的医生听了，笑道："小孩子的一番心意嘛，做做检查也好，人年纪大了，等到身体反应过来不对的时候，一般也晚了。"

楚秋没说话，他坐在椅子上，放在双膝上的手握紧了，紧张地看着医生，生怕他随口把他给楚姨报的其实是防癌体检这事说出来。

但好在楚姨躺上台子做 CT 之前，医生都没有说出什么别的话来。

楚秋小小地松了口气。

一边的一个实习医生挺年轻，笑着问道："瞒着你妈妈报的啊？"

楚秋抿着唇，没有否认"妈妈"这个称呼，只是面带羞赧地点了点头。

医生拍拍他的肩："有心了。"

楚秋犹豫了一会儿，小声问道："体检结果多久能拿到？"

"常规体检一天，你妈妈这个全套下来，三天。"

楚秋摸出手机，将这件事情写进备忘录里。

他现在寄希望于楚姨的身体暂时还没有问题。

楚秋刚入职九个月，由于签的是新人约又被克扣资源的关系，刨除底薪，拿到的分成并没有多少，满打满算这么长时间攒下来的钱，也就近五万。

癌症的治疗、住院、后期复健和复检，全都是大笔大笔的钱。

五万块砸进这里边，连一点水花都溅不起来。

楚秋需要时间想办法赚钱。

漂亮的青年沉默地垂着眼，放在腿上的手十指缠着，握得很紧。

祁天瑞干脆利落地把手上的工作处理完毕，一整个下午都蹲在了张大力的办公室里，唉声叹气。

他毫无感情起伏地朗诵："今天又是没有楚秋的一天。"

张大力：……

祁天瑞继续毫无感情起伏地朗诵："啊！没有楚秋的人生！就没有任何的意义！"

张大力：……

祁天瑞瞅着张大力，"啧"了一声，站起身往外走。

张大力终于说话了，他问："你去哪儿？"

祁天瑞揉了揉自己帅气俊朗的脸，高兴道："去找我的小秋秋！"

张大力听了想打人。他越想越气，那张黑社会大哥样的脸一板："你要是现在被人逮住了，你知不知道会有什么后果？"

祁天瑞一点都没有被板着脸的张大力威胁到。

他把桌上的手机放进裤兜里："人生自古谁无死！"

张大力一捶桌子："你别以为我真不敢打你！"

祁天瑞一咧嘴："你打我我就跟嫂子告状去。"

张大力：……

祁天瑞哼着歌推开门，走到门口的时候脚一顿，低头翻了翻他通过关系拿到的楚秋的日程表，悲伤地发现楚秋今天没有通告也没有戏。

他很清楚不是双休日又闲的时候，楚秋一般都会跑去公司的课程班里蹭课，但他现在的情况，是绝对不可能走进天使娱乐总部的。

毕竟他可是背负着现今娱乐圈最大流量的男人。

祁天瑞收回脚，默默地回到了办公室。

胸有成竹的张大力掀了掀眼皮："怎么？"

"唉。"祁天瑞叹了口气，"大力，我的大事可交在你手上了。"

张大力冷哼一声。

祁天瑞翻着日程表："明天和后天，楚秋都要去影视城，张大力先生，请你务必尽快把人拿下。"

"行了行了，用你说？"张大力不胜其烦地摆摆手，"我明天就去。"

祁天瑞满足了。

他转头看了一眼张大力办公室会客用的矮几，那上边放着一碟子大白兔奶糖。

祁天瑞伸手拿了一颗，剥开糖衣塞进嘴里，笑眯眯地轻嗅着奶香，就仿佛楚秋已经站在他面前了一般，满心都是喜悦。

连张大力嘲讽他会坏牙，也无法阻止祁天瑞的好心情。

身负娱乐圈最大流量的男人摸出手机，百无聊赖地刷起了微博。

最近微博有一个活动，活动主题是街拍，可以拍人也可以拍景，活动按人气排名，到活动结束，得到票数最高的博主能够得到一份丰厚的奖励。

不少在圈内没有什么热度的十八线小透明都跑来这里蹭热度。

不管怎么说，论颜值，娱乐圈里多少还是优于普通人群的。

再者，刷刷数据对于娱乐公司来说根本就不是问题。

祁天瑞随手刷新着屏幕，看着活动话题照片墙上一堆或真或假的街拍。

除了有些恶搞的辣眼睛照片之外，这个活动的确挺饱眼福的。

祁天瑞正漫不经心地想着自家公司要不要也扔几个正准备出道的新人去玩一玩，下一瞬手底下就是一停。

他惊讶地看着手机屏幕，那上边正是垂着眼的楚秋的侧脸，看背景，像是地铁。

天使娱乐把楚秋放来参加这个活动了？

祁天瑞疑惑地想着，点进了发布照片的微博。

"小小努力加油拿 offer：＃街拍＃＃小哥哥＃地铁上遇到了长得超漂亮的小哥哥！特别好看！发现我在拍他的时候他还以为会被要求删照片呢，结果他明明害羞得耳尖都红透了还在冲我笑！笑容可软了感觉能掐出水！简直像天使一样！就着照片我能吃下三大碗饭！可惜还没上去搭话小哥哥就吓跑了！"

微博附上了拍摄的照片，但是没有圈上楚秋的微博账号，看起来好像是真街拍。

祁天瑞默默地把九张照片全都保存了下来。

他看了一眼自己正在登陆的微博账号，又悄咪咪地看了一眼毫无所觉的张大力，然后开着自己那个粉丝几千万的大号，搓着手美滋滋地给这条微博点个赞。

祁天瑞偷偷干完了坏事，准备今晚上去张大力家里蹭一顿饭。

他跟张大力说了一声，躺在张大力办公室沙发上，握着手机，熟练无比地按下了前四位数字，看到跳跃而出的楚秋的电话号码，手指停在了拨通的按键上，犹疑不定。

祁天瑞深知自己在坦白这件事上有多胆小，在梦里，他怂了整整六年，最终鼓起勇气，却被楚秋一句"祁先生"给打蒙了。

祁天瑞觉得自己应该比梦里勇敢些才对。

祁先生定定地看着屏幕上的号码，满脸纠结地进行了一系列心理建设之后，心一横，按下了绿色的拨通按钮。

拨出去之后，祁天瑞就觉得不妥，因为看时间，楚秋大概是在参加课程，不可能接到他的电话。

祁天瑞看着已经响起了拨通提示音的手机，手指悬在挂断的红色按键上，犹豫了半响，就如同他拨通的时候一样，看着这个红色的圆形，怎么也按不下去了。

好不容易鼓起勇气拨通了电话，电话那头却没有人接。

祁天瑞觉得自己简直丧死了。

他蔫蔫地从沙发上爬起来，失望地叹了口气，手指滑向挂断键，准备结束这一次挣扎。

在他挂断之前一秒，手机上的振铃突然变成了计时。

祁天瑞耳边一阵嗡鸣，听到没有开免提的手机听筒里传来了一声清晰的"你好"。

这声音他在梦里听了千万遍。

祁天瑞从愣神之中惊醒，忙不迭地站起身，捧着手机跟捧着什么稀世珍宝一样，急吼吼地冲到张大力身边，小心翼翼地把手机放在了桌面上。

十几秒过去了，电话那边依旧没有人声传出，楚秋有点茫然，但也没敢挂电话。

这个电话号码，楚秋是认识的。

要说他背得最熟的电话号码是哪几个，最先是楚姨的，楚姨走了之后，就是张大力的。

而张大力总是叮嘱他记好祁天瑞的电话号码，说要是有急事打不通他的电话，可以找祁天瑞帮忙。

虽然梦里楚秋从来没有遇到过需要找祁天瑞求助的情况，但还是很听话地把祁天瑞的电话号码给背熟了。

楚秋站在放射科室外的走廊上，安静地等着电话那边的动静。

他不清楚为什么祁天瑞会在这个时候打电话给他，看到号码的时候他愣神了好久才反应过来。

有好多事情都跟梦里不一样了。

楚秋不明白这到底是怎么一回事，但能早点跟风凰那边搭上线，对他来说是好事。

楚秋乐观地想着，将心中因为电话那边的安静而导致的小小不安压了下来。

大医院里总是人来人往的。

楚秋低头靠着走廊的墙站着，尽量避免他人的直视，也依旧吸引了不少视线。

长得好看的人走到哪儿都容易变成人群的焦点，何况放射科外还有不少人排队等着做检查。

生病的时候看看漂亮的小哥哥，仿佛病痛也会减轻一些。

楚秋不自在地抬眼看了看探头探脑往他这边看的人群，又不愿意走远了，担心楚姨出来后找不到他，便干脆转过了身，背对着排队的人群。

张大力挑眉看着祁天瑞冷笑。

祁天瑞双手合十，做出了"大佬求求你"的表情。

张大力看了一眼手机界面上显示的名字，又是一声冷笑。

祁天瑞再一次拜了拜张大力，然后在对方拿起手机准备开口的时候，把手机拿回来，放在桌面上，按了免提。

张大力：……

祁天瑞笑着看他，用标准的面对公众的微笑。

张大力深吸口气，对着电话和颜悦色："是楚秋吧？"

电话那头的青年一愣，惊愕地看了一眼手机上显示的电话号码，又重新将手机放回耳边，低低地应了声"是"。

张大力在祁天瑞挤眉弄眼的示意下说道："我是风凰娱乐的张大力。"

楚秋讷讷地张了张嘴，看着医院惨白的走廊，张了张嘴："大……"

他话刚起了个头就及时止住，改口道："张先生。"

楚秋的声音很小，柔和温暖，很好听。

在梦里，有人评价说，他这样干净的嗓音不去唱歌是一种资源浪费。

但出于某个众所周知的原因，楚秋只偶尔会录几首歌，并没有真正涉足歌手圈的意思。

毕竟谁都不想发生那种伴奏都放了一半了，歌手拿着麦克风在舞台上紧张得半个字都憋不出来的演唱事故。

张大力对楚秋的声音条件很是满意。

"我昨天去影视城，看到你拍戏了。"

楚秋微微睁大了眼："……哎？"

"你很不错，我……风凰娱乐很欣赏你。"张大力顿了顿，看了一眼目光灼灼地注视着手机的祁天瑞，说道，"是这样的，风凰娱乐想要跟你合作，你有没有这方面的意向？"

楚秋回头看了一眼放射科的牌牌，想到接下来可能是接踵而至的金钱黑洞，毫不犹豫地答道："有的，张先生。"

张大力有些惊讶，祁天瑞却没有。

楚秋是性格内向腼腆，不是傻。

他十分清楚自己的处境，天使娱乐于他而言就像火坑一样，上一次风凰娱乐提出邀请的时候，楚秋也是毫不犹豫地答应了。

趋利避害是人类的本能，楚秋再迟钝，也知道总是想要他去陪酒、不去就克扣资源的天使娱乐不是什么好地方。

张大力看着祁天瑞一副胸有成竹、运筹帷幄的样子，将脸上的惊讶收敛了，问道："你明天在影视城有戏份的吧？戏份结束之后能不能出来吃个饭，当面聊一聊？"

"可以。"楚秋对于张大力很是信任，几乎没有任何怀疑和纠结。

他回忆了一下自己的戏份安排，答道："明天下午。"

"那行，就明天一起吃个晚饭。"张大力很喜欢楚秋这爽利的作风，挂断电话后，转头就嘲讽祁天瑞，"看不出来啊祁天瑞，你居然厚成这样？"

撑着脸安静地听完楚秋和张大力电话的祁天瑞无法反驳，他默默地拿回手机，把之前保存的楚秋的街拍照片设置成了屏保，心满意足地在屏保上划来划去。

　　张大力将他的动作尽收眼底。

　　"你这么想挖他？"

　　祁天瑞抬眼："嗯哼。"

　　"我之前对这小孩一点印象都没有啊。"张大力仔细回忆了一下，依旧没能从记忆里刨出关于楚秋的痕迹，干脆就问祁天瑞，"你什么时候认识他的？"

　　祁天瑞看着手机上楚秋的照片，懒洋洋地靠在椅背上，答道："梦里。"

　　张大力心说祁天瑞这是哪学的肉麻套路。

　　他拍了拍椅子扶手，正准备继续深入关怀一下他发小的私生活，办公室的门被敲响了。

　　张大力遗憾地收回视线，正了正坐姿："请进！"

　　推门而入的是苦着一张脸、浑身上下都写满了疲惫和崩溃的公关经理。

　　在看到祁天瑞的时候，他面部表情狰狞了一瞬。

　　现在风皇娱乐上下最招公关部恨的，就是各种新闻缠身，导致他们部门加班加点累断腿的祁天瑞了。

　　而祁天瑞身为风皇娱乐的前任太子爷，现任万岁爷，公关部就算再恨，也只能打碎了牙齿往肚里吞。

　　公关经理本来是找张大力商量事情的，但祁天瑞这张欠揍的脸，终于让他没能绷住内心剧烈的波动。

　　"祖宗！"公关经理崩溃地冲祁天瑞喊了一声，"这种时候，您那微博能不能别瞎动了！"

　　张大力一听就明白，祁天瑞十有八九又偷偷摸摸搞了什么事情。

　　他用力一拍桌子，用他那张板起来能吓哭一条街的小朋友的脸，一脚踹在祁天瑞椅子下边的滚轮上，怒目圆睁："你又干什么了？！"

　　祁天瑞连人带椅子被哧溜一下踹出去老远。

　　风皇万岁爷从手机上挪开了视线，看了看他的发小，又看了看公关经理，摆了摆手："不就是点了个赞吗？"他语重心长，"刷微博，点赞，多正常的事？值得这么吱哇乱叫的？"

　　公关经理一口血哽在喉咙口，分分钟就能滋祁天瑞一脸。

　　"你怎么不看看你宣布息影的那条微博下面的动静！

　　"粉丝都要万人血书求你复出了！

　　"你还敢美滋滋地给一个路人的街拍点赞！

　　"你是缺心眼还是脑子进水啊！

　　"你晃一晃脑子是不是都能听到海浪声啊！"

　　以上这些话，公关经理一句都不敢说出来。

　　他不断地告诉自己现在最重要的是要商量出解决问题的方法。

　　最终他平和了一下心情，理智地问道："您是认识街拍里那个人，还是认识发街拍的那个？"

祁天瑞非常大方地承认道："照片里的人。"

公关经理又问："咱公司的新人？"

祁天瑞觉得这经理简直上道极了。

他十分自信地说道："是再过不久就要跳槽过来的。"

公关经理点了点头，知道了是相关的人之后，就知道怎么处理这个人的事情比较合适了。

公关部的人最近精神紧绷得厉害，继续问了几个关键的问题判断了一下情况之后，公关经理转头就走，一点都不想跟顶头上司多待上几秒。

张大力还在瞪祁天瑞，他说："祁天瑞你就不担心楚秋被天使娱乐的找麻烦？"

"不担心啊，你是不是对我的小秋秋有误解？"

祁天瑞伸着两条大长腿，伸出手指轻轻点了点自己的脑袋。

"他是害羞，但这里聪明着呢。"

第 2 章

改弦易辙

楚秋为了克服某些性格和精神上的缺憾，想了很多方法。

最理想的情况，就是他克服心理障碍，将自己的性格转变成开朗大方的类型。

但遗憾的是，不论楚秋怎么努力，都无法像那些能说会道的明星一样，他始终无法准确地表达出自己的愿望和情绪。

他所能做到的最大限度，就是拿到台本，脑海中反复进行精确到表情和语气的模拟练习，最后顺畅地将脑海中模拟的情形表演出来。

所以在有台本的情况下，楚秋的表现都是合格的，只是在面对突发情况和意料之外的提问时，会感到十分棘手。

因此，在参加一些意外性比较强的节目和活动时，楚秋会尽可能多地想出可能发生的意外情况，并给自己构思一个小场景、一个小情节，把应该展现出来的态度和节目性考虑进去，综合起来，给自己写几个小场景剧本，然后就像是有台本在手一样，遇到相似的意外情况时，做出早已演练过千百遍的反应。

这种方法非常浪费时间和脑力，但至少保证了楚秋不至于成为综艺车祸，别人顶了天也就评价一句"楚秋的综艺感不强"。

而楚秋的这种处理方法，并不是在进入了娱乐圈之后才得到的灵感。

至于这样的处理方式是什么时候想到的，又是怎么得来的，祁天瑞并不清楚，他只是对于楚秋寻求自我突破的行为非常赞赏。

实际上正如祁天瑞所想的那样，楚秋刚挂了电话，就点开了手机备忘录，开始给自己构思小剧本了。

风皇要挖他，那么他现在那个小心眼的经纪人肯定会在极短的时间内得到风声。

在确定能够成功脱离天使娱乐进入风皇之前，楚秋要保证自己不在天使娱乐落下把柄，这是为凤皇负责，也是为自己负责。

楚秋垂着眼，轻轻敲击着手机，将事件的背景和几种可能性记录下来，发了一会儿呆之后，转身回到了科室里。

楚姨的检查已经进入了尾声，楚秋脚步犹豫了一下，站到了那个实习医生身边，声音压低，问道："楚……我妈妈她的身体有问题吗？"

实习医生已经又收下了两份病历和排号，见是楚秋，答道："目前还没发现，我之前说了的，三天可以来拿报告。"

楚秋道了谢，拿了病历本，带着楚姨继续前往下一个体检项目。

午饭是在医院外的蒸菜馆里吃的。

楚姨看着楚秋一路走哪都不放下手机，总是在轻敲屏幕的样子，凑过去看了一眼，尽是文字。

她给楚秋夹了一筷子菜，问道："这是做什么呢？"

"工作。"楚秋将手机放回兜里，拿起筷子戳了戳碗里的饭菜，抿着唇弯了弯嘴角，笑容腼腆。

下午还有楚姨的两个检查项目，楚秋在等楚姨的时候，接到了现任经纪人的电话。

楚秋进入天使娱乐九个月，跟这位公司分给他的经纪人相处的时间满打满算也没超过一个月，在他反复拒绝经纪人的不当要求之后，这个一开始把他当宝贝的经纪人就把楚秋晾在了一边，再也没有主动关注过他。

他甚至连面都懒得见，屈指可数的剧本和通告都是通过助理交给楚秋的。

没什么大事，这个经纪人是绝对不会主动打电话给他的。

通常，拨通楚秋电话的都是这个经纪人手底下的五个经纪人助理之一。

楚秋微微皱眉，没想到经纪人居然会在这个时候打电话过来。

他以为至少要等到他跟凤皇那边谈妥了，才会再一次见到这位神龙见首不见尾的经纪人才对。

楚秋心想这人是不是又企图让他去跟某位手握资源的大佬吃吃饭喝喝酒，可内心再多么不情愿，他依旧接通了电话。

出乎楚秋意料的是，那个对他一贯没有好脸色的经纪人这一次的语气竟然出奇的温和。

"楚秋啊，你什么时候认识了祁老板？"经纪人问。

楚秋被这一问问傻了，他甚至没明白经纪人提到的是谁的名字。

他茫然了两秒，迟疑地问道："谁？"

"祁天瑞，祁先生，祁老板。"电话那头的声音十分清晰，用了三种不同的称谓来强调身份。

楚秋明白了经纪人说的是谁，却更茫然了，上午联系他的人是张大力，虽然用的是祁天瑞的手机，但现在的他的的确确是不认识祁天瑞的。

"我并不认识祁先生。"楚秋说道。

经纪人沉默了一小会儿，也没多问，客套了几句就挂掉了电话。

楚秋盯着手机界面，对于经纪人居然会跟他客套这件事感到惊异不已。

在梦里，他被凤凰挖走的时候，经纪人那气急败坏恨不得撕了他的样子，楚秋印象十分深刻。他不认为在得知他要离开天使娱乐这件事后，这个心眼比针尖尖小的经纪人会这样心平气和地跟他讲话。

肯定是有什么意料之外的事情发生了。

楚秋思考着，又搜索了一下祁天瑞的消息。

——然后他就发现，他的微博炸了。

起因源自近一周没有消息的祁天瑞给一条微博点了个赞。

那条微博已经被原博主删掉了，但楚秋在自己微博的评论下边看到了那条删掉的微博的截图，看照片角度，正是他今天在地铁上被小姑娘拍下来的那些。

被祁天瑞点了赞的原博主大概是被最近状似疯魔的祁天瑞粉给吓坏了，删掉了那条微博之后，发现有人开始扒照片里的主角，又忙不迭地另发了一条，说明自己是私自拍摄、私自发出的照片，希望网友不要去扒照片里的小哥哥，打扰人家正常生活。

但濒临崩溃的祁天瑞粉才不会搭理她的要求，仅一个上午，就把楚秋扒了出来。

不只是扒出了楚秋的微博，还把楚秋是个十八线小明星的事情给扒了出来。好在楚秋参与的通告一个巴掌数得过来，没有什么大亮点也没有什么黑点，完全就是花瓶一样的角色。

而楚秋微博上的内容就更加干巴巴了，他并不怎么使用社交软件，也没有什么需要维持的热度和形象，整个首页总共七条微博，都是配合宣传的转发，全然一副冷淡的作风。

更可怜的是，在微博被大量祁天瑞的黑粉和路人轰炸之前，楚秋的粉丝数才两千出头，那七条微博下边评论最高只有几十条。

就这数据，说楚秋是十八线小明星都抬举他了，他连个发自拍的小网红都比不上。

但是现在，楚秋的粉丝数以肉眼可见的速度增长着，转发不多，但评论却早已显示了999+。

楚秋对此习以为常，在了解了事情的经过之后，楚秋忽视了评论的数字显示，直接点进最近发出的那条微博，看了看热评。

热门评论大致分三类。

热搜观光团，祁天瑞的粉丝和祁天瑞的黑粉。

观光团神通广大，不知道从哪里扒了一堆楚秋的截图和照片，吃瓜舔颜求自拍，自得其乐。

祁天瑞的粉丝撕心裂肺无比激烈地狂刷评论，寄希望于楚秋跟祁天瑞认识，能够站出来说一说祁天瑞的现状。

祁天瑞的黑粉上蹿下跳，幸灾乐祸顺便泼泼脏水，阴阳怪气地说这个十八线外的小明星跟祁天瑞肯定有不可告人的交易。

经历过大风大浪的楚秋内心十分平静。

他心平气和地看完之后就默默关掉了微博。

祁天瑞这个腥风血雨的热点，他是真的一点都不敢蹭。

可即使楚秋不蹭，光是吃瓜党和祁天瑞的连带作用，就已经把他送上了热搜排行榜。

没有公司投入资源在背后趁机推动炒热度，楚秋倒是没跑到前十去，在三十之后四十之前徘徊了一阵，到了第二天，除了不甘心的继续蹭他微博的祁天瑞粉丝之外，楚秋的微博又恢复了正常。

圈内人对这种事情最是敏感，再一次拉着小板凳坐在剧组角落里吃糖看剧本的楚秋，终于不再是透明人了。

不忙的时候，场务会关心一下楚秋需不需要喝水。两三个镜头之后，化妆师也非常主动地给楚秋补上了妆，没再像之前一样，需要楚秋主动去找他了。

祁天瑞那一个莫名其妙的赞所带来的变化十分明显，幸好楚秋在梦里经历过这样的改变，脑子里有一套一套小剧本的他对此适应良好。

楚秋没有因此而有所改变，他照旧在镜头面前表现完美，照旧在得到关心的时候感到害羞和拘谨，照旧能躲进多偏僻的角落就躲进多偏僻的角落。

外人的变化对于楚秋来说没有影响，只是总有人在各个角落里找到他这一点，让并不擅长交流的楚秋感到有些苦恼。

当天下午，祁天瑞死乞白赖非要跟张大力一起去影视城接楚秋。

斗争失败的张大力坐在驾驶座上，时不时透过后视镜看一眼坐在后座、穿得人模狗样略带点风骚的祁天瑞，表情看起来十分狰狞可怖。

祁天瑞无比自在地从裤袋里摸出了几颗大白兔奶糖。

他拆了一颗，开口问道："大力，你有楚秋那个剧组导演的电话吧？"

张大力没好气地应道："有，干吗？"

"给他打个电话，让他告诉楚秋，戏份结束之后别留剧组了，直接来停车坪。"

张大力几乎要把问号挂在脸上："为什么不直接联系楚秋？"

"因为楚秋比较害羞。"

张大力开始还有点茫然，接着突然想到之前见到楚秋想去找导演，结果被导演一吼吓得躲到角落里去的行为，一时间竟然福至心灵，完美地明了了祁天瑞话里的意思。

车停在影视城外的停车坪里，张大力拨通了剧组导演的电话。

楚秋结束了今天的戏份，准备去卸妆的时候被导演拦住了。

楚秋愣了愣，有点紧张："需要重拍吗，导演？"

导演摇了摇头，打量着楚秋的眼神有点小诧异。

楚秋不知道自己哪里错了，被导演这么一打量，浑身都不自在。

导演压低了声音说道："张大力让你戏份结束之后直接去停车坪。"

"啊……"楚秋眨了眨眼，向导演感激地笑了笑，"谢谢导演。"

张大力这一次没有开祁天瑞的专用座驾，而是从公司里开了一辆保姆车来，看到楚秋左顾右盼地从车前路过的时候，"啪啪"按了两下喇叭。

祁天瑞看着走过来的楚秋，紧张地坐直了身体，嘴上还不忘口花花一下缓解情绪："怎么感觉像偷情一样？"

张大力坐在驾驶座上，一听这个描述，简直想反手一个煤气罐送祁天瑞上天。

"你是不是不会讲人话！"张大力骂道。

祁天瑞看着走到了车后座门边的楚秋，紧张得控制不住自己的嘴："没事大力，我不会告诉嫂子的。"

张大力气歪了嘴，一把扯下挡风玻璃上粘着的小黄鸭，冲着祁天瑞的脸粘了过去。

楚秋拉开车门，刚一俯身，就看到了手里拿着只小黄鸭，正抬眼看着他的祁天瑞。

祁先生对上了楚秋的视线，慌张得手上一个用力，被捏住的小黄鸭长长的"嘎——"了一声。

楚秋：……

祁天瑞：……

这个初见跟祁天瑞所设想的差别太大了。

他的内心有点崩溃。

祁天瑞起身，生无可恋地把手里的小黄鸭粘回挡风玻璃上，然后安稳地坐回去，一脸高冷。

楚秋的目光在祁天瑞身上一触即离，礼貌地打招呼："下午好。张先生，祁先生。"

张大力透过后视镜看了一眼板起脸来的祁天瑞，内心嗤笑，回答楚秋时语气却十分温和："叫我大力就行，你要不好意思，我年龄比你大，厚颜自称一句哥。"

楚秋弯起眉眼："大力哥。"

想说的话都被张大力抢先说了的祁天瑞现在很想暴打张大力一顿。

他也很想让楚秋喊他哥！

祁哥天哥瑞哥都好啊！

反正都比祁先生要好！

气哼哼的祁天瑞冷着一张脸，矜持地向楚秋点了点头。

刨除掉不幸车祸的意外事件所带来的影响不谈，在梦里，楚秋对祁天瑞这个老板的印象非常之好。

究其原因，大概是因为祁天瑞不但是一个认真负责的老板，还会拿糖刷他的好感。

楚秋曾经一度想拽住祁天瑞的西装外套，去摸摸他外套口袋里是不是连着一个堆满了奶糖的异次元。

祁天瑞在楚秋面前一贯是表现得比较正经矜持的，这让楚秋没有对他产生出一丁点异样的想法，甚至对于那庞大的资源倾斜，楚秋也因为不熟悉正经演艺公司的资源分配的缘故，而没能发觉出什么异常。

要不是后来有人酸他资源多好多好，楚秋还懵懵懂懂的，以为自己所得到的那些通告和剧本，就是凤皇娱乐作为业界第一的大公司所能够分给旗下艺人的资源。

察觉到不对的时候，楚秋手中已经拿到几个奖杯了。

手里握着奖项，凤皇给楚秋的资源就越发的光明正大且招摇起来。

在进入凤皇之后，楚秋的演艺道路完全能用平步青云来概括。通俗一点说，就是一飞冲天，而且是全然没有负面新闻的红火。

这大约都是托了祁天瑞的福。

祁天瑞察觉到楚秋时不时扫过他的视线，偏头看过去，正撞上楚秋略带些好奇的目光。

跟梦里他们在凤皇总部的电梯里第一次见面时，楚秋小心翼翼又难掩好奇的神情一模一样。

楚秋对上祁天瑞的视线时愣了愣，下一秒就迅速偏过头去，假装成并没有偷看对方的样子。

他挪开了视线，祁天瑞却没有。

祁天瑞看着乖巧地坐在那里，垂着眼一声不吭的楚秋，有些恍惚。

他不吱声，连目的地都不问是哪，仿佛全然信任着车内的两个陌生人。

这种情况，梦中也是发生过的。

那会儿凤皇还在跟天使娱乐掰扯楚秋的违约金，这期间，楚秋有个通告在身。通告结束之后，天使娱乐的经纪人连哄带骗地把楚秋带去了一个酒店的包厢。

天使娱乐的经纪人心眼比针尖还小，一心想着他把楚秋挖掘出来，这人不知感恩不听话就算了，好不容易有了一点点热度就跳槽，简直就是白眼狼。

于是他就想在楚秋离开天使娱乐之前压榨他的剩余价值，顺便给凤皇送一个丑闻大礼包。

楚秋被软硬兼施地灌了许多酒，但他的运气非常好，在被人塞进车里之前，恰巧撞上了张大力和祁天瑞。

祁天瑞和张大力向来护短，尤其是楚秋还是祁天瑞点名要挖的人。

把差点一脚踏进深坑里的楚秋抢救回来之后，张大力在前边开车，祁天瑞就坐在后座，有点担心。

那个时候他对楚秋的欣赏很纯粹，就觉得这是个可造之才，培养起来可以变成公司的摇钱树。

对于天使娱乐这种想使绊子影响人家前途的下作手段，祁天瑞是相当看不上的。

梦里的楚秋就如同现在一样，端正地坐在车里，也不问去哪，安安静静的，不说话也没有什么动作，乖巧无比。

他记得他问楚秋的住址，想把人送回家，这么晚了也免得家人担心。

楚秋听到他的问题，在茫茫然地空白了一阵之后，给出了一个位于B市南郊的福利院的地址。

张大力和祁天瑞才知道楚秋是个孤儿。

他们抱着难言的复杂心情将楚秋送到了福利院，看着楚秋抱着急匆匆跑出来的女人喊了一声姨之后，又哼哼唧唧地蹭着对方，喃喃地喊着妈妈。

那一年张大力的女儿出生，才刚学会喊爸爸妈妈，张大力实在是看不得这样的场面，打了个招呼就跑到福利院大门口蹲着抽烟去了。

祁天瑞则被充满了歉意的楚姨留下喝了杯茶，在知道祁天瑞是楚秋的老板之后，她顿时变得小心起来。

楚秋还粘着她喊妈妈，喊得楚姨泪眼婆娑的。

那个面相看起来十分操劳，忧思颇重的女人，擦了眼泪，跟祁天瑞絮絮叨叨说楚秋有多乖，会很听话很努力，劳烦您多多照看之类的话。

听起来简直像托孤一样。

后来发生的事情让祁天瑞意识到，楚姨当初说的话的确是在托孤。

因为半年之后，那个在他面前擦掉眼泪，絮叨地关心着楚秋的女人去世了。

祁天瑞对楚秋的特殊关照和关注，就是从那个时候开始的。

张大力恨不得把楚秋当亲生崽一样护着，大抵也是因为这个——当然，最大原因还是楚秋实在是太乖了，跟他那个熊起来没人制得住的女儿一比，简直就是小天使。

等祁天瑞从对梦的追忆里恍惚回过神来，一眼就扫到端正地坐在一边的楚秋握紧的手。

熟知楚秋这是在紧张的祁天瑞收回视线，嘴唇动了动，想要说点什么，最终却又什么都没说。

祁天瑞看着挂在挡风玻璃上晃来晃去的小黄鸭，想到了楚姨的事情，便习惯性地开始思考自己能为楚秋做点什么。

楚秋在楚姨死后消沉了很长一段时间。祁天瑞想着，要是这件事能避免就再好不过了。

楚秋悄悄地松了口气。

祁天瑞的注视让他感到十分不自在，就算这个祁天瑞跟他是第一次见面，但还是没办法从容面对。

好在祁先生并没有盯着自己看太久，楚秋想。

祁天瑞看了一眼窗外，发觉这正是通往他家的路。

他瞅瞅坐在前座的张大力，一下子就明白张大力这是准备把他扔下车了。

毕竟楚秋之前刚跟他扯上了一点似是而非的关系，要是被人发觉他和楚秋的确有所联系，对于如今还没有硬实力和代表作的楚秋来说，并不是什么好事。

张大力虽然面相上看起来像个五大三粗头脑简单的黑社会老大哥，但实际上对于小细节的把控还是非常精准小心的。

车驶进小区，停在了第一条岔道口。

楚秋看着外面的景象，呆怔了一瞬。

这个看起来像是高级住宅区的地方，并不像是适合谈话的地点。

他愣愣地转头看向张大力，表情茫然。

他显然没料到车子会停在这里，一时间不知道应不应该下车。

张大力回过头来，看着还赖在车上不走的祁天瑞。

"祁大老板，你该下车了。"他提醒道。

祁天瑞不太情愿，但也知道自己的确是不合适继续跟楚秋接触。

不被人发觉还好，万一要被别人知道了，天使娱乐那边肯定要作妖。毕竟跟经纪人洽谈和直接跟娱乐公司高层接触，那可是完全不一样的概念。

祁天瑞下了车，刚走出没两步，又在张大力准备踩下油门的时候折了回来。

张大力松开了油门上的脚。

祁天瑞走到楚秋坐着的车窗边，轻轻敲了敲车窗。

楚秋疑惑地放下车窗，仰头看着祁天瑞，声音小小的，很清澈："祁先生？"

祁天瑞点了点头，他今天穿得很休闲，伸手从衣兜里拿出了两颗大白兔奶糖，递给了楚秋。

楚秋微微睁大了眼，惊讶地看着祁天瑞。

"拿着。"祁天瑞说道。

楚秋忙不迭地伸手接过了两颗糖，有些小开心。

他弯了弯嘴角："谢谢。"

祁天瑞看着拿了两颗奶糖就好像摘到了星星一样高兴的楚秋，没忍住，伸出手轻轻触碰了一下楚秋的发顶，揉了揉。

手下软绒绒的触感就像小动物的毛发，柔软、温暖，还带着些许的奶香气。

祁天瑞回过神来，在楚秋犹疑的眼神和张大力看变态一样的注视下，不动声色地收回了手，一本正经地说道："我很看好你。"

楚秋又微笑着道了谢。

张大力翻了个白眼，直接把后座的车窗升上来，一脚踩下油门，糊了还在沉迷楚秋不可自拔的祁先生一脸的尾气。

车子驶出小区，张大力直奔着一家保密性极佳的家常饭馆去了。

这个饭馆楚秋是知道的，老板是张大力亲戚，通过张大力和祁天瑞的关系，专门为圈内人士提供服务。

两人下了车，张大力一回头，就看到楚秋拆了一颗糖，正准备吃。

"当心坏牙。"张大力习惯性地提醒道。

楚秋闻言动作一滞，纠结地看着手上已经拆开了糖纸的奶糖，吃也不是，不吃也不是。

纠结了一小会儿之后，楚秋把被他拧成一团的糖纸抚平了，准备把糖包好放回去。

张大力没想到自己的话还真能影响到楚秋，愣了半晌，一边想着这小孩还真跟祁天瑞说的一样听话，一边又说道："拆了就吃了吧。"

楚秋仿佛生怕张大力又说点什么，无比迅速地把糖送进嘴里，然后美滋滋地含着糖，默不作声地跟在张大力背后进了包厢。

两方需要交流的问题，也无非就是待遇、资源和合约的问题，旁的一些细枝末节还需要以后慢慢磨合慢慢修改。

张大力被祁天瑞撺掇来接触楚秋，也知道祁天瑞是希望他亲自来带楚秋。

张大力虽然是个经纪人，但因为发小是风皇娱乐老板的关系，在公司内地位很是特殊。

张大力要带的人，那其所能够享受的资源必然是非常优渥的。

祁天瑞宣布息影之后，有不少风皇旗下的明星希望能够转到张大力手底下去。

因此，张大力很有底气，立足于楚秋如今的情况开出了条件。

对于楚秋而言，直接跳过新人约就已经喜出望外了，而毫无名气的他能够待在张大力手底下，还能够享受到风皇的资源，他没有道理不答应。

风皇娱乐的环境相对别的公司来说要公平很多，只要你有实力往上走，公司就会毫不吝啬地给出合适的资源。

正因此，风皇娱乐总是能捧出红极一时的实力派演员，在这个圈子里独占鳌头。

张大力现在开出的待遇条件自然比不得楚秋在风皇待了六年之后的待遇，但结合楚秋目前几乎是一无所有的情况，这样的待遇已经十分吓人了。

正急迫地想要多攒些钱好应急的楚秋自然是一路点头"好好好"，一点异议都没提出来。

张大力见楚秋对每一个条款都乖乖点头，有种自己在欺负什么都不懂的小孩的微妙感，但一边又非常高兴对方的爽快。

他是满怀着诚意来的，这些条件虽然的确还有弹性余地，但也不多。他就比较担心新人眼高手低，狮子大张口，一言不合就甩手走人。

好在楚秋并没有这样的想法，能够达成双赢自然是最好不过。

他们在服务员上完菜的时候就已经完美地达成了共识，这简直是张大力进行商业谈话进行得最顺利的一次了。

张大力高兴地给楚秋盛了碗汤，心情一好，就想做点好事，比如给他的发小打打助攻什么的。

"其实是祁天瑞让我接触你的。"张大力说道。

楚秋夹肉的动作一顿。

张大力又说："他关注你很久了，一直夸你。"

楚秋心里算了算时间，他满打满算进入天使娱乐也就九个月，第一个通告是在半年前。

不是楚秋谦虚，而是这九个月以来，哪怕他除去有通告的时候之外，那些课程的确是一节不落地上过来了，但那演技……

说真的，楚秋觉得那完全都是黑历史，值得称道的，也就只有这一张脸了。

难不成之前祁先生看中的就是这张脸？

楚秋有一下没一下地戳着碗里的饭粒，有点不太想承认总是会给他塞糖的祁天瑞是这么肤浅的人。

在楚秋心里，祁天瑞一直是个特别高大上，有能力又挺亲和的领导。

因为脸而去挖一个人，跟祁天瑞在他心目中的形象差别实在有点大。

——虽然被拒绝了之后去飙车结果出车祸这件事，跟他心目中的形象差别也挺大的。

楚秋吃完了饭，看看时间，拒绝了张大力送他回家的提议。

在不忙的时候，张大力是会保证自己在晚上八点之前回家的，他很爱他的妻子，也相当顾家。

楚秋知道这一点，如今他这张脸没多高的知名度，自己搭地铁回去完全没有问题。

到宿舍也才七点左右。

楚秋打量着清爽干净到几乎看不出生活痕迹的宿舍，发了一会儿呆之后，沉默地开始收拾行李。

楚秋看着藏在窗帘背后钉在墙上的几张小纸条，上面写着一些抱怨的话。

生活一直没有起色，总是会让人产生怨怼心情的，楚秋虽然不善于表达，但情绪跟普通人是一个样的。

他不会主动诉说公司和经纪人对他的不公，所以每当心中升起负面情绪，就会像小时候一样，把心情写在纸条上，然后把纸条钉在墙上捶两下，就当是已经发泄过了。

楚秋挨个看完了那些小纸条，觉得有些好笑。

他将纸条扯下来，将早已遗忘的小情绪都投入了垃圾桶。

楚秋深切地知道风皇的运作效率有多快，今天他跟张大力谈妥了，最迟后天，风皇的人事部就会跟天使娱乐这边接触。

楚秋也知道天使娱乐的这个经纪人有多小心眼，他决定离开天使娱乐，对方肯定不会有多愉快，十之八九要冲他发难。

实际上楚秋根本不明白为什么经纪人会那么在意他离开这件事情，在楚秋进入风皇得到资源红火起来之后，这位经纪人总是接受一些莫名其妙的小报网媒的采访，指责他忘恩负义，指责他攀附拜金。

但事实上，不论是娱乐圈内还是普通的上班族，跳槽和换工作都十分正常。除非是有什么师徒关系或者别的牵扯，一般来说明星离开一个公司，就算心里不高兴，表面上也会做出祝福其前程锦绣的姿态。

不过想不通的事情就放在一边是楚秋长久以来养成的好习惯，他极少会去钻牛角尖。

他觉得经纪人在知道风皇要挖他的消息之后，盛怒之下很有可能直接把他赶出宿舍。

所以楚秋干脆提前收拾好东西，万一真的发生了那种事情，他也能够从容离开。

反正他也对这个宿舍没有什么归属感，除却衣物被褥之外，只剩下了一些书籍整齐地摆放在书桌上。

连台电脑都没买，收拾起来非常方便。

B市的房子不好找也不好租，楚秋心想如果实在找不到地方住，那就回福利院蹭个床位。

也不用多久，风皇财大气粗，挖人的动作一向快且利落，上一次他等了个把月就搞定了，这一次他还是个一丁点热度都没有的小透明，应该会更快才对。

等风皇给他安排好宿舍，他就马上搬出来。

只回去待十天半个月的，院长不会介意。

楚秋收拾好东西又打扫了一下卫生，直到整个房间都干干净净了，才放下手里的东西，洗澡睡下。

楚秋每次搬家都习惯干干净净地走，避免给下一任住户或者是清洁阿姨造成困扰，也免得别人麻烦。

事实正如楚秋所料，风皇那边的动作远比楚秋想象的还要快。

第二天去公司打卡的时候，楚秋就被经纪人堵在了形体教室门口，把他拽进了办公室里。

"楚秋你真行啊！"经纪人劈头盖脸就是一顿骂，"平时不声不响的，背地里居然勾搭到了风皇的人？是你厉害。"

楚秋抬眼瞅瞅他，不说话。

他沉默不语的样子令经纪人更加火大："你以为去了风皇你就能红了吗？我告诉你，你这样的，到哪儿都是废物！"

楚秋依旧不说话，看这男人的眼神活像是在看猴戏。

"你那是什么眼神？"经纪人一拍桌子，桌上的笔一震，咕噜噜地滚到了地上。

楚秋想了想，便干脆转开了视线，并不想跟经纪人有多余的交流。

有的人就是心里脏，所以看谁都是脏的。

楚秋嘴笨，真吵起来被人围观不好看不说，他也的确吵不过。

经纪人发了一大通火，而楚秋站在那里听着，油盐不进，甚至还拆了一颗大白兔奶糖。

经纪人气得想打人，但是他并不敢真的动手。

楚秋吃完了一颗糖，正准备吃第二颗的时候，经纪人直接停掉了他正在拍的戏。

楚秋终于有了点反应。

他抬眼看了看拨通了电话的经纪人，微微皱起了眉。

楚秋知道，娱乐圈里一直都是僧多粥少，哪怕是一个校园偶像剧的男五，不让他演了也会有一大批人想着补位。

他倒不是不爽有人补位，只是这种拍摄过程中中途离组的行为十分令人诟病。

因为离组意味着该演员所演的镜头绝大部分都需要重新拍摄，像楚秋这种只拍了几个镜头的演员还好说，那种拍到一半还中途离组的演员，会导致整个剧组运转出问题。

拍摄、场景、美术和外景都需要重新跑一趟，这一溜下来，都是大把大把的人民币砸出来的。

中途离组是圈内最令人不喜的行为之一。

这事关一个演员的信誉。

尤其是在他准备跳槽去凤凰娱乐的关头。

这事说来是个不大不小的黑点，会被攻击的说辞楚秋也能够想得到，比如攀了高枝就迫不及待地耍大牌撂担子不干什么的。

但仔细想想，对如今的楚秋来说，也不是什么严重的问题。

如果他没有在梦里混迹娱乐圈的经验，对还是个小菜鸟的楚秋而言，这点信誉损失甚至还没有失去一个男五来得严重。

楚秋满打满算也就拍了一天半的戏，镜头加起来不过十二条，修补起来并不困难。

这种只拍了十来条镜头的小角色换不换人，对于整个剧组来说影响不大。

何况这个剧的投资方里就有天使娱乐，自然是投资方说什么是什么。

楚秋看了一眼经纪人，将手里的奶糖剥开塞进嘴里，懒得再听这人讲话，说了声"告辞"，转身离开了办公室。

听到楚秋的角色要换人，导演是非常不高兴的。

这个倒霉催的剧组里数来数去也就楚秋一个人能让他舒心地拍完一条镜头，突然间说换就换，他能高兴才有鬼。

但天使娱乐是投资方，说换一个，导演还真没办法说什么。

有钱就是老大嘛，在成为知名大导演之前，很多导演甚至连拍板选角的权力都没有。

全看谁有钱，谁投资多，指明了要谁演就要谁演，钱不够另算。在投资方不插手选角的情况下，导演手上才有选角的权力，而且只有一部分。

所以导演对前来补位的演员怎么看怎么不顺眼。

间隙休息的时候，他想到昨天张大力给他打的那个电话，想了想，跑去角落里拨通了楚秋的电话。

楚秋正在往形体教室走，看到这个号码时有些惊讶。

在接通电话的瞬间，楚秋就听到那个胖胖的导演闷声闷气地问他怎么回事。

这种被经纪人换掉了角色的事情说来是有些丢人的，楚秋也不可能跟这个并不熟悉的导演深入去说这些事情。

所以他只能道歉。

导演干脆就直接问了。

"你是不是要离开天使娱乐，所以被换了？"

楚秋没说话。

被换掉角色这种事在圈子里经常发生，只不过公布演员名单且开机之后发生的概率非常之低。

楚秋这次是真不走运。

"算了，反正你也没拍多少镜头。"

导演勉强称得上是在宽慰他——想到楚秋跟张大力接触，意味着他有很大的可能性会前往凤皇娱乐，导演的宽慰又多出了几分真心。

凤皇娱乐加上张大力，远比一加一要厉害得多。

"希望以后还能有合作的机会吧，祝你前程似锦。"

楚秋道了谢，挂了电话，继续往形体教室走。

结果没走出两步，他的手机又震动起来。

楚秋有点蒙。

他的手机在三四天里除了10086之外没有一点动静是很正常的事情，今天一连两个电话实在是让他有点不适应。

楚秋看了一眼显示的陌生座机号码，接通了电话。

电话那头是一道温柔好听的女声。

"楚秋先生是吗？这里是B市第一人民医院，楚锦华女士是您的家属吗？"

楚秋愣了愣，低低应了一声。

"是这样的，楚秋先生，楚锦华女士的胸片有些问题，建议她再来医院进行详细的检查，我们医院是B市最权威的……"

楚秋脑子"嗡"的一声，接下来的声音一点都听不到了。

他冲向办公楼外，满脑子都是赶紧回福利院，一定要把楚姨救回来！

楚秋急匆匆地赶回了福利院，直接去找了院长说明情况。

院长吓了一大跳，大手一挥就给楚姨批了假。

楚秋拿着假条跑去找楚姨。

如今的福利院跟楚秋小时候不一样了，经常有志愿者过来帮忙，附近的学校也会偶尔遣一些老师过来带带小孩子，教一些启蒙知识。

福利院的小孩子们被教养得很乖，学校的老师们对这样的工作并不觉得麻烦，甚至是有些喜欢的。

楚秋找到楚姨的时候，她正站在小教室外边，满面笑容地看着端端正正坐在屋里的小朋友，怀里还抱着一个约莫一岁大的孩子。

楚姨看到楚秋，喜出望外——因为工作的关系，楚秋通常都只有周末会回来，偶尔感觉累了，周末也不回，而是选择在宿舍里宅两天，什么都不想什么都不做。

最近连着看到楚秋，楚姨实在是高兴。

她握着怀里小孩子的手挥了挥："小豆子看，你秋哥哥又来看你啦！"顿了顿，"好像应该喊叔了？"

楚秋没接茬，把手里的假条放到了楚姨面前。

楚姨往后仰了仰，耷拉着眼皮凝神一看，愣了愣："病假条？我的？"

楚秋将小豆子接过来，熟练地抱好，另一只手拉着楚姨就往楼下走。

楚姨有点回不过神来，她看着楚秋把小豆子交给了另一个阿姨，直到被楚秋拽出福利院了，才反应过来。

"我之前的体检有问题？"

楚秋闷闷地点了点头，难得奢侈地用手机叫了车。

哪怕他知道赶这么点时间并不能改变什么，但他就是想要快一点，再快一点。

"不用这么担心。"楚姨安慰他，"最近就是胸闷咳嗽，不是什么大毛病，人往老年走了，总会有些问题的。"

楚秋不吭声，只是把楚姨的手握得紧紧的，好像一撒手她就会不见一样。

楚姨知道楚秋的性子，索性不再多说。

她觉得自己的身体自己有数，要真有大问题，她还能安稳地站在这里吗？

但楚秋所表现出的重视，还是让楚姨感觉心里极是熨帖。

小孩子的心意嘛。楚姨想着，脸上忍不住露出了笑容。

相对于楚秋的忧心忡忡，楚姨显得十分放松。

放射科里当班的依旧有那个年轻的实习医生，他对楚秋还有印象，大概是因为楚秋那张脸总是容易给人一种震撼和宁静感。

医生拿着 CT 结果和胸片详细地给楚姨解释其中的问题，而年轻的实习医生则把楚秋拉到了一边。

"我听老师之前讨论了，你妈妈这个情况要做两个穿刺检查一下。"他说道。

楚秋点了点头。

实习医生看了看楚秋，又说道："你妈妈现在临床表现还不是很明显，如果出来的结果不好的话，趁早治疗，恢复的可能性是很高的。"

楚秋又点了点头，小声说："谢谢。"

实习医生挠了挠头，谦虚道："没事没事，我本职工作嘛！"

说完后他沉默了两秒，有些不太好意思地挠了挠头，左右看看没人，便想凑近楚秋说悄悄话。

楚秋有些不适应，在他靠过来的时候微微向后退了一步。

医生也不介意，他把手机放到楚秋眼前，问道："那个，就是……这个是你吧？"

楚秋瞅了一眼手机屏幕上的照片，愣了愣，然后点了点头。

那是他之前在地铁上被拍到的照片。

"是这样的……我家妹妹是祁天瑞的粉丝，最近天天闹腾得厉害，我就想问问你，是不是跟祁天瑞认识啊？"

楚秋迟疑了一下，最终还是摇了摇头。

实习医生"哦"了一声，叹着气收回了手机，苦着一张脸。

楚秋猜测他大概是在苦恼他家妹妹瞎闹腾的事情。

科室的门被推开，楚姨神情紧张地走出来，里边的医生还在劝阻她。

"检查什么呀！肯定是你们误诊了，我就偶尔会咳嗽胸闷，人老了都有的毛病！"楚姨胸口起伏着，瞪圆了眼，像是在生气。

她伸手拉住楚秋，说道："小秋我们回去！"

可她却没能拉动楚秋。

这个在楚姨的印象中乖得像只兔子的小孩今天出乎意料的坚定。

"要做检查。"他说道。

医生看着他们，站在旁边有些尴尬。

楚姨拉不动楚秋，只好不停地劝他："有什么好做的，这些医院就是想坑人钱，我之前在院里做了体检，哪有什么问……"

楚秋打断了楚姨的话："要做检查。"

楚姨没能拗过难得倔起来的楚秋，最终还是拿着医生给的单子去做了穿刺。

楚秋看着时间，出去买了两份午饭，之后就坐在医院走廊上安静地等着。

楚姨被折腾得脸色有些难看，好在楚秋买的都是楚姨喜欢的菜色，到底还是让没什么食欲的楚姨吃了下去。

"楚锦华和家属楚秋是吗？"医生走出来问道。

楚秋和楚姨一起站起身来。

结果说好不好说坏不坏。

肺部肿瘤，良性的，建议留院观察，最好是能够确定手术，早些切掉防止恶变。

楚姨这下是真被吓得不轻。

医生看了她一眼，语气温和："也不用太担心，发现得早，手术风险也不大，之后好好养生，定期检查，以防复发就行了。"

楚姨还有点不信："不是良性的吗……"

"良性肿瘤是存在恶变可能的。"医生提醒道。

楚秋见楚姨还要说话，便直接插嘴道："要治。"

楚姨脸一板，把楚秋拽到了一边。

"小秋啊，咱不治这个，楚姨身体好得很，花那冤枉钱做什么？"

楚秋很清楚，楚姨没有存款。

她没有自己的孩子，把一腔热情和爱意全都倾注在了福利院的孩子们身上，每个月拿到的工资都给孩子们置办东西了，压根儿没给自己留什么存款。

楚秋曾经听楚姨说："钱财这种东西，生不带来死不带去，我又没孩子，这辈子也没什么可图的东西，你们能有一两个人惦记着我，记得给我收尸入土就已经非常好了。"

楚姨囊中羞涩，却绝对不会在她养大的孩子们面前表露出来。

楚秋低垂着头，发短信查询了一下余额，抿了抿唇。

"不行，要治。"他依旧坚定地说道，"钱我来出。"

可实际上，他也并没有多少钱。

住院费用不便宜，再加上手术之前的一些检查项目的费用，正如楚秋之前所想的一样，五万块砸进去，连水响声都听不到。

楚秋给楚姨办好了住院手续后，翻手机浏览一个个联系人的名字，思考谁能帮帮忙。

楚姨术前不需要护工，算是暂时省下了一笔，医保还能报销一部分。

楚秋一边想着，一边挨个给现在还能联系到的福利院小伙伴打了电话，用他贫瘠而匮乏的交流技巧沟通了大半天。

有几个一听要钱就直接挂掉了电话，剩下愿意帮忙的，都不是能赚钱的类型。

林林总总又凑了两万。

这其中最让楚秋高兴的，就是已经结婚的一个姐姐说自己没多少钱能给，第二天却直接从外地赶了过来，准备陪床照顾楚姨。

这下算是彻底省下护工钱了，但陪床费又是一笔钱。

就算加上了这两万，资金也显得十分紧迫。

楚秋把有可能会提供帮助的人的电话打了个遍，却依旧一筹莫展。

他这边坐在医院里掰着手指算着紧巴巴的账，另一边，深觉自己被楚秋轻视了的经纪人气得不行，怒火冲天地准备给楚秋和风皇送几个大礼包。

这一天忙成死狗还被张大力告知楚秋角色被换的祁天瑞同样气得不行。

虽然他看不上那么个小角色，但对于现在还是个小新人的楚秋而言，被换掉角色的打击是非常大的。

居然有人敢在他祁天瑞眼皮子底下欺负他的人！

而且还在楚秋即将进入风皇娱乐的关头搞事情，这简直就是不把风皇、不把他祁天瑞放在眼里！

祁天瑞走路带风，一路冲到公关部，拍着桌子满脸狰狞："敢欺负楚秋！整他！"

在经纪人心里，楚秋其人，黑点有三。

其一，花瓶。

其二，中途离组。

其三，翻脸不认人。

三点之外，又有一点原罪。

他抱了凤皇娱乐的大腿——疑似跟祁天瑞关系匪浅。

楚秋这个十八线小明星就算被爆出惊天黑料也没人会看，但牵扯上祁天瑞，就算是个芝麻大小的黑点，都会被无限放大。

尤其是祁天瑞最近的事情流量那么大。

虽然随着时间流逝，粉丝们大都已经接受了祁天瑞转幕后的事实，但实际上这个群体就像是寂静下来的滚烫的锅底，只要随意放点东西进去，这个锅就能迅速把落进去的东西煎糊了。

大多数业内有名的大公司，对旗下艺人不至死的黑点都不会大动干戈，有粉有黑是正常的事情，有对立才能凝聚粉丝，才能让粉丝共同对外，让粉丝有归属感。

也有许多艺人未红先黑，第一波流量就是黑出来的，最后翻转打个脸，能收获一大群路人粉。

经纪人认为，楚秋跟祁天瑞可能有那么点关系，不过以他对楚秋的了解，遇到这种情况，楚秋十有八九会选择默默憋着。

楚秋有多好相处，经纪人深有了解。除了在某一方面特别倔之外，楚秋真的是许多经纪人理想中的合作者。

听话，努力，社交不广，只听不说，嘴巴死紧。

但人总是需要变通的，楚秋那一点倔，在经纪人眼中就成了不可原谅。

黑楚秋并没有多难，舆论轻而易举就可以击溃一个没有粉丝基础的小新人。

而凤皇娱乐旗下那么多明星，公关部怎么也不至于盯着一个花瓶新人，给他迅速进行危机公关。

业内都知道，最近凤皇的公关部被祁天瑞的事情折腾得去掉了半条命，这两天才刚刚稍微放松一些，还真没精力去关注一个小新人。

放料放得十分开心的经纪人不知道，楚秋进入凤皇之后，接手他的人是张大力。

他也不知道，楚秋的确是个习惯性闭嘴不说话的，但得知了情况的祁天瑞已经气得蹦了起来。

"他居然黑楚秋！"祁天瑞深吸了口气，努力压了压自己胸腔里熊熊燃烧的怒火，"还支使我的粉黑楚秋？！"

张大力跟着跑来公关部经理办公室，对着被祁天瑞发火吓了一大跳的公关经理摆了摆手，然后给祁天瑞倒了杯冷水。

祁天瑞气得嘴里都要冒火了，接过水一口饮尽。

他的粉丝战斗力有多强，他自己是十分清楚的。

祁天瑞把纸杯扔进垃圾桶里："控场，能翻盘就翻盘，天使娱乐那边既然给脸不要脸，就拉他们下水！楚秋要是洗不脱，那个放料的人也别想活！"

身经百战的公关经理了解了一下情况，他对这个长得特别好看的小伙子印象还挺深刻。

看祁天瑞这反应，估计是公司未来很重要的扶持对象了。

公关经理觉得自己发现了一个惊天大秘密，但还是十分冷静地说道："楚秋要洗很简单。"

"那等什么？"祁天瑞一听，直接就把他撵出了办公室，对着外边几个负责人喊，"赶紧的赶紧的，开会开会！"

在楚秋全然不知情的情况下，仅仅两天的时间，他已经在这个信息爆炸的时代腥风血雨过一回了。

这次是真正拉上了祁天瑞，刷了一大波流量不说，还把他的形象从"攀了高枝就翻脸不认人中途离组的白眼狼"洗成了"饱受公司欺凌克扣资源被换角色不得不另寻出路的小可怜"。

据说这其中有见过楚秋的实习医生的妹妹战斗在前线；有自称剧组工作人员的跑出来称赞楚秋的演技绝不是花瓶；还有自称天使娱乐员工的站出来挂了张课程出勤表，以此表示楚秋有多努力。

对这些一无所知的楚秋，此时正坐在医院走廊的椅子上，面无表情地抿着唇。

一夜没睡安稳，他今天精神有些不佳。

楚秋伸手揉了揉脸，有心想要询问一下张大力，他的合同什么时候能够搞定。

有张大力的名头在前边顶着，再加上成熟的演技，楚秋觉得自己多跑跑组，想要接到来钱快的戏应该问题不大。

这些来钱快的戏，大多都是演员出了问题需要素质过硬的替身，又或者剧组出了问题，急需要有一定基础的人顶上来。

报酬不算丰厚，放映之后也不会有署名，但好在来钱快，也不麻烦。

问题是他现在跟张大力不熟。

楚秋撑着脸，纠结地看着手机屏幕上张大力的通讯页，指甲尖轻敲着手机屏，却怎么也按不下去。

楚秋挫败地垂下头。

他只要一想到张大力会用陌生的、无法捉摸的语气跟他说话，就已经焦虑得不行了。

在他的梦境里，张大力之于楚秋，是在楚姨离开之后，顶替了他心中长辈位置的人。哪怕张大力只比他大六岁，他依然真情实感地把张大力当成亦父亦兄一样的人物。

而张大力也总是护崽一样地护着他，对别人说这是我家小孩儿。于是那种可以跟在张大力屁股后面喊爸喊哥的代入感就更加深重了。

光是想到张大力可能会因为对他并不熟悉而用面对外人时的客套而模糊的语气来面对他，楚秋就感觉自己像只在热锅上遭受煎熬却又找不到出路的蚂蚁。

心脏被煎出的火烧得难受至极。

可楚姨的病不能耽误。

楚秋有些难过，有些委屈。可最终，还是拨通了张大力的电话。

张大力正跟祁天瑞一起吃饭，还跟祁天瑞说："楚秋还真是沉得住气，到现在都不来个电话问问网上的事。"

"你想多了。"祁天瑞叼着酸奶吸管，翻了个白眼，"他十有八九根本不知道这件事。"

他可是将梦里的楚秋不太喜欢使用社交软件的事情记得一清二楚。除了微信这种即时通信软件之外，其他的那些论坛微博之类的，基本上没必要的时候楚秋都懒得打开。

明明是正值青春活泼充满梦想的年纪，却活得像个小老头。

祁天瑞还听张大力说楚秋已经进化到开始订传统纸媒了，订的还是《人民日报》，一有空就看，看得还贼认真。

简直跟提前进入养老生活一样。

张大力觉得这么大的事楚秋怎么可能不知道。

他反驳道："娱乐圈里哪有人消息会这么滞后的？"

话音刚落，放在一边的手机就响了起来。

张大力看了一眼来电显示，一挑眉："这不来了？"

祁天瑞抢过手机按了免提，然后轻轻放在了桌面上。

楚秋抿了抿唇："大力哥？"

"怎么了？"张大力话还没说完，祁天瑞就噼里啪啦在自己手机上打了几个字，放在了张大力面前。

叫他小秋！

张大力："……小秋？"

楚秋愣了愣，隔了几秒才应了一声，心里的焦躁随着这称呼减少了许多。

"大力哥，合同……"楚秋说到这里顿了顿，有点不知道应该怎么继续询问下去。

他极少主动向别人询问或者要求什么，内敛过头的性格让他宁愿在不知所措的时候求助于百度搜索，也不愿意麻烦别人。

张大力看了一眼祁天瑞手机上已经换掉的字，说道："你别担心，我这边动作会很快的，已经在给你物色合适的角色了，等和天使娱乐那边谈成了，有的是工作等你。"

说完，他宽慰道："这两天的事不会影响到你什么的。"

楚秋又是一愣，还是先道了声谢，然后才问道："这两天的事？"

张大力抬头瞅着祁天瑞，祁天瑞一脸"我就说吧"的表情。

"就是……"张大力正准备给楚秋说一下这两天发生的事情，电话那头就传来了一道清丽的女声。

那女声喊："小秋。"

祁天瑞和张大力都是一蒙。

楚秋那边的环境很是安静，他们还以为楚秋是在家里。

这个女声是怎么来的？

听起来很年轻，还喊得那么亲密？

楚秋对打了一瓶热水回来的姐姐点了点头，算是回应了招呼。

这个姐姐名叫楚夏，是先楚秋三天被送去福利院的，所以次于最先送来的春，得了个夏的名字。

祁天瑞在那边恶狠狠地戳着手机。

问他在哪儿！

就算祁天瑞不说，张大力也是要问的，明星恋爱可是大问题。

"小秋，你现在在哪？"

楚秋抿了抿唇："医院。"

张大力问："你病了？"

"不是。"

楚秋声音不大，有些低哑，还带着些鼻音。

"是你家谁病了？"张大力问。

祁天瑞"啧"了一声，手机打字告诉张大力，楚秋是孤儿。

张大力惊讶地瞪大了眼。

楚秋沉默了一小会儿，答道："是我姨。"

祁天瑞一听，猛地站了起来。

张大力不知道楚秋的姨是谁，祁天瑞还能不知道？

在梦里，楚秋有一段时间消沉得不行，体重以肉眼可见的速度掉下去，精神萎靡不振，形容消瘦，连眼神都没有光了。

因为变化太过于明显的关系，这事还闹出了好大的动静，有黑子瞎泼脏水说楚秋这种状态一定是吸毒了。

之所会这样，就是因为楚姨去世了，而此前楚秋没有得到任何消息。

忙忙碌碌几个月过去，事业有了起色，却失去了对他而言极为重要的家人。

祁天瑞印象太深刻了，楚秋接了个电话之后蹲在角落里泪流满面的样子。

这小孩安静得可怕，连哭都是没有声音的。

他不愿意让人看到他的悲伤和软弱，连喜悦也总是显得寡淡。

祁天瑞和张大力那段时间急得满头包，两个人都蒙了，不知道应该怎么处理楚秋这个事情。

楚秋的情况实在太特殊了，楚姨的离开对他来说就跟天塌了一样。楚姨重病，却不愿意打扰上升期的他，这件事给了楚秋狠狠一击，完全无法振作了。

楚秋一直没给他们添过麻烦，乖巧听话又努力，没想到一出事，就是这么大一件事。

祁天瑞和张大力最后不得不把楚秋拉去看了心理医生。

面对外界风风雨雨说他是瘾君子的传闻，公关部把化验单甩出去之后，无奈地公布了一部分消息，也没有多翔实，只说楚秋家里出了事。

结果一直没人特意去扒的楚秋的身世一下子就被扒出来了。

孤儿，福利院长大。

一向跑得最快的记者去福利院采访之后，公众才知道当红小生楚秋为什么会在极短的时间内变成那副模样。

粉丝们心疼得不行，大把大把的花束和礼物往凤皇娱乐总部送，一封封充满心意的信件几乎要把凤皇总部大厅填满。

张大力和祁天瑞听了心理医生的建议，从信件里挑个挑选出合适的给楚秋看。

张大力的妻子更是天天给楚秋送吃的，全都是亲手做的，说这样有家的味道。

他们想着，一个支柱倒塌了，那就寻找一个新支柱，把楚秋垮掉的世界重新撑起来。

粉丝的支持也好，张大力的家庭也好，又或者是其他的，只要能把楚秋从自暴自弃中拉回来，无论是什么都行。

最终让楚秋走出来的，是他某天半夜惊醒，独自开车前往公墓时，看到楚姨墓前堆满的鲜花，和在鲜花之中夹着的写给楚姨的感谢信与追悼词。

这些都是楚秋在 B 市的粉丝送过来的，信件很厚，除了恳切真挚的感激与追悼之外，还印着许多人的名字，是来自五湖四海的粉丝的名字。

楚秋在墓前待了一夜，之后大病了一场，病好之后终于振作起来，整个人像是脱胎换骨一样，对工作表现出了极强的热情。

那之后楚秋近乎奉献一般的勤恳，仿佛是回馈他的努力，他的人气也直线上涨，以一种无可阻挡的姿态直攀巅峰。

祁天瑞怎么都没想到，楚秋会在这么早的时候得知楚姨的病情。

如果楚秋这么早就知道了楚姨的病情，祁天瑞觉得他之前大概是想错了。

楚秋是不傻，但那么干脆地答应凤皇的邀请，恐怕还有急需钱财的原因在里面。

祁天瑞一想到梦里长达近两年的时间里楚秋的处境，就觉得心被揪紧了。

张大力挂断了电话，一抬头就看到祁天瑞已经从口袋里翻出了口罩墨镜，正往脸上戴。

作为被逮住就不会被放过的大流量人士，祁天瑞哪怕是在此八年之后走在路上都会被认出来，更别说现在了。

张大力看了一眼桌上的菜，刚端上来，都没吃上几口。

"干吗去？不吃饭啊？"张大力拿起筷子说道。

"你吃吧，车钥匙给我，等会儿你自己打车回去。"祁天瑞声音隔着口罩，闷闷的。

张大力把车钥匙扔过去，目送接过钥匙急匆匆推门而出的祁天瑞的背影，一边叹气想着祁天瑞这是真栽了，一边拨通了公关经理的电话。

被打了预防针的公关经理面无表情地挂断电话，决定等祁老板回来就要求这个月全公关部门奖金翻倍！

加班费已经不足以弥补他们内心的愤懑了！

祁天瑞开着车，内心不知道应该生气还是难过。

他算是明白为什么楚秋今天会打电话过来询问自己合同的事情了。

楚秋很少会主动给人打电话，甚至对于不太熟悉的人，他主动开口说话的情况都少有。祁天瑞深知询问合同这件事，已经是楚秋所能做到的最大限度的求助了。

没错，就是求助。虽然一般人根本听不出来这是求助，但对楚秋而言，这是难得的外放和示弱。

如今的楚秋并没有将他和张大力视作可以全然信任的人。

他甚至都说不出想要借钱这样的想法。

大概是因为在福利院长大的缘故，楚秋非常害怕给别人造成麻烦，在工作当中，为了避免他出演的镜头需要重拍而连累别人，他总是要多努力几分。

楚姨曾经跟祁天瑞说过，楚秋打小不哭不闹，天天跟在小朋友队伍的尾巴上，连被别的小朋友抢了糖或者被欺负了都一声不吭。

祁天瑞把车开到医院停车场，刚准备给楚秋打电话，就看到楚秋跟一个长得清秀干净，约莫二十四五的女性一起从住院部里走了出来。

祁天瑞想，这应该就是刚刚电话里的那道声音的主人。

祁天瑞在两人走过车前的时候按了两下喇叭。

楚秋脚步一顿，偏头看了一眼那辆黑色的轿车，目光扫过车牌的时候愣住了。

这个车牌他认识，张大力的。

"楚秋。"祁天瑞出声道，把墨镜摘了下来。

楚秋惊讶地瞪大了眼："祁先生？"

祁天瑞见他认出了自己，心里有点高兴。

他点了点头，把墨镜重新戴上："上车。"

楚秋犹豫地看了看身后的楚夏。

祁天瑞看出他的为难，便转向楚夏说道："一起？"

楚夏看了祁天瑞半晌，然后恍然道："祁先生……祁天瑞？"

楚秋和祁天瑞都没说话。

楚夏笑了笑："你们有事要谈吧？我还要照看姨，就不打扰了，小秋回来给我带份祁先生的签名呀！"

楚秋抿着唇，看了一眼祁天瑞，祁天瑞干脆地点了点头。

楚秋上了车才发觉车里没有其他人，不禁有点茫然。

张大力呢？

祁天瑞嫌热，在楚秋上了车之后就摘掉了口罩和墨镜。

"大力有事忙，我来看看你。"祁天瑞一下就看出了楚秋的疑惑，瞎扯了一句之后问，"午饭吃了吗？"

来自祁天瑞的关怀让楚秋感到了小小的不自在，他拘谨地摇了摇头，答道："没。"

祁天瑞假装没听出他话里的紧张："想吃什么？"

楚秋乖乖坐在后座，又乖乖答道："随便。"

祁天瑞也没指望楚秋说出个具体地址来，直接发动了车子。

"你姨的身体怎么样？"祁天瑞状似无意地问道。

楚秋垂下眼，抿着唇，没吭声。

祁天瑞透过后视镜扫了楚秋一眼，知道情况大概不算好。

"如果有困难就说，公……"

祁天瑞话说到一半，想到梦里顶着公司的名头给楚秋花式开后门的后果，硬是把习惯性挂嘴上的"公司"两个字咽了回去。

"如果有困难，我会帮你的。"

楚秋抬头看了一眼祁天瑞，咬了咬下唇。

祁天瑞伸出来的这条橄榄枝，楚秋想要努力一把，伸手接住。

"祁先生……"

弱弱的声音冒出个头，又倏地沉寂下去。

极少向他人求助的楚秋茫茫然的不知道应该怎么做，于是他低头摸出手机，开始给自己写小剧本了。

祁天瑞略作考虑，想了个折中的方法，既能让楚秋得到需要的金钱，还能不让楚秋觉得他给别人添了麻烦。

祁天瑞开口道："如果你姨的事情有困难的话，我给你走个后门，让你透支一下薪酬，支撑你姨的医疗费用，身为凤凰的老板，这点权力我还是有的。"

楚秋愕然地停下了手里的动作："谢谢祁先生。"

"不用谢。"祁天瑞说完，沉默了两秒，"别叫我祁先生了。"

楚秋茫然地"啊"了一声，试探着小声地喊道："祁哥？"

祁天瑞觉得自己死而无憾了。

祁天瑞已经想好了，既然楚秋胆小不合群又社交困难，那他就主动一点，带着楚秋融入他的朋友圈。

祁天瑞一边想一边开车，七拐八拐地拐进了一个位置偏僻的餐馆。

这家餐馆位置虽然偏僻，但生意却十分红火，桌椅都摆到了大院子里。

祁天瑞熟门熟路地开着车钻进了人家后院，冲着坐在摇椅上优哉游哉的人"滴滴"按了两下喇叭。

那人闻声抬头，看到走下车的祁天瑞，一蹦站了起来。

"哦喔！"那人几步走过来，"什么风把祁大老板吹来了？"

楚秋下了车，有些呆怔地看着跟祁天瑞打招呼的男人。

这张帅脸，楚秋是认识的。

但是这张脸的主人应该穿搭时尚，随手一张照片稍微修一下就能直接上杂志的那种。

绝对不是现在这种穿着白色大背心，套着肥大沙滩裤，脚上趿拉一双磨损严重的人字拖的样子。

这形象，拎个鸟笼拿个蒲扇，搬条小矮凳往路边上一坐，活脱脱就是个标准B市老大爷。

祁天瑞给楚秋介绍："这是周熠月，这间饭馆的老板。"

楚秋这才反应过来，向周熠月抿唇微笑："周先生。"

"你是那个……"周熠月没等祁天瑞介绍楚秋，就一拍脑门，"想起来了，楚秋是吧？"

楚秋点了点头，对于周熠月居然认识他这一点感到十分惊讶。

这周熠月也是个妙人。

原本周熠月和双胞胎弟弟周熠星是组合出道的，酷帅双胞胎的人设挺时髦，哥哥是能说会道的潇洒型，弟弟是心直口快的直爽型，圈了不少女友粉。

就在他们正当红的时候，周熠月参加了一个厨艺节目，自那以后就沉迷烹饪不可自拔，最终干脆放飞自我，续约的时候跟公司和粉丝说我不干了，包袱款款地走人，跑去学了厨。

学厨就算了，他还美滋滋地天天往千万粉丝的微博上发他做的菜，还专挑半夜发。

粉丝们一个个都跟傻了一样，她们想过千万种跟爱豆告别的姿势，但万万没想到会是这种。

——好好一个前途光明眼看着就要扶摇而上的明星，怎么就突然转职成美食博主了？

但出乎意料的，周熠月这次胡闹并没有引起多大的反弹，许久之后，他还经常搞点转发抽奖，送粉丝自己做的一些东西。

周熠月的经历，至今都是圈内流传甚广的传奇，楚秋自然是知道的。

只是在他的梦境中，他从没见过周熠月，只见过同在风皇娱乐的周熠星，有过几次合作。

周熠月和周熠星长得一模一样。

也怪不得楚秋刚看到周熠月的时候，脑子一片空白。

周熠月对这两天闹出一片腥风血雨的楚秋也好奇死了。

他问：“楚秋啊，天使娱乐真的一直克扣你资源？你都没考虑自己找渠道跳槽？你那个经纪人这两天没为难……”

“行了行了啊你。”祁天瑞把楚秋拉到自己背后，“今天你下厨行不行？”

“当然行啊！祁大老板驾临我当然得伺候好。”周熠月笑眯眯地看了祁天瑞一眼，转身往屋里走，一边走还一边说，“祁大老板手里还扣着我宝贝弟弟当人质，吃了我的饭可要对我家小星星好一点。”

祁天瑞习惯了周熠月的油嘴滑舌，转头跟楚秋说道：“你别搭理他，他就是习惯胡说八道。”

“别黑我啊，大老板。”周熠月不乐意了，他拿了纸笔，“点菜点菜。”

祁天瑞张口就报了三菜一汤。

记菜名的周熠月动作一顿，惊讶道：“你平时不……”

祁天瑞向周熠月飞了个眼刀子。

周熠月闭上了嘴，抬手做了个拉拉链的动作。

楚秋有点愣神。

这些菜色都是他喜欢吃的。

祁天瑞对楚秋说："不知道你喜欢吃什么，这些都是这里的招牌菜，熠月手艺很好，总归是不会难吃的。"

周熠月闻言，用发现了新大陆的眼神看着祁天瑞，仿佛祁天瑞今天内裤外穿了一样。

祁天瑞也不想的。

问题是他现在这么了解楚秋是很不正常的，别说楚秋了，他站在旁人的角度一想，自己都觉得自己是个变态。

祁天瑞又冲周熠月飞了个眼刀子。

周熠月不愧是混过演艺圈的，表情收放自如，在楚秋看向他之前，已经换上了一脸赞同的神色。

他拍着胸脯保证："没错没错，都是招牌菜，我的手艺你放心！"

于是楚秋一下子就不怀疑了。

见楚秋顺利地接了这个说辞，祁天瑞松了口气。

祁天瑞点的都是些家常菜，两人刚进包厢坐了没两分钟，第一道菜就端了上来。

祁天瑞正在跟楚秋讲这两天发生的事情。

楚秋这才知道自己居然已经在热搜上溜达了一圈下来了。

这跟之前顺其自然的热搜尾巴可不一样，而是实打实的热搜前十。

照祁天瑞的说法，某几个著名论坛也有相关事件的帖子。

楚秋一边听祁天瑞说话，一边点开了自己的微博。

原本四位数的粉丝数已经涨到了八万多。

他顺手搜了一圈相关的话题，发现跟他有关的话题主页，都是一面倒的有利言论。

一看就知道有人控场了，而现在会为楚秋处理这些的，应该是风皇那边。

怪不得周熠月会认识他，还问了他那些问题。楚秋想着，对祁天瑞连着说了两声"谢谢"。

祁天瑞摆摆手，问："这两天天使娱乐那边没找你麻烦吧？"

虽然是这么问，但祁天瑞觉得被他正面捅了一刀权当警告的天使娱乐估计是不敢碰楚秋了。

指不定那边现在都把楚秋当成烫手山芋，恨不得赶紧把他送给风皇，免得祁天瑞再发神经。

楚秋摇了摇头："没有。"

昨晚楚秋睡在医院里，手机没电了，直到今天一大清早，楚夏风尘仆仆地从外地赶过来，楚秋才拿了她的充电线给手机充上了电。

未接电话的确有几个，但楚秋都当成没看到，一个没回。

祁天瑞点了点头，见楚秋的注意力还在手机上，便敲了敲桌面："不要玩手机了，菜要凉了。"

楚秋顿时有点不好意思，小声地说了句"谢谢祁哥"，重新拿起了筷子。

祁天瑞被楚秋的一声哥喊得浑身舒坦，他眼瞅着楚秋夹了块鱼肉准备吃的时候，楚秋的手机响了起来。

楚秋夹着鱼肉的筷子一顿，心想自己最近的业务真是出乎意料的忙碌。

明明还没红起来，电话却比他红起来之后还要多。

"谁的？"祁天瑞随口问道。

楚秋看了一眼来电显示，乖乖答道："经纪人。"

"那别接了。"祁天瑞阻止道，"这会儿才打电话给你，指不定是想用什么阴招对付你呢。"

祁天瑞这是真误会人家了，放料的经纪人焦头烂额的，昨晚上十来个电话打给楚秋一个都没打通，宿舍里也抓不到人，公司给他的谴责压力很大，他的这通电话，是要对楚秋服软的。

楚秋对这个经纪人的印象非常糟糕，对祁天瑞的印象却很不错，两相比较，他毫不犹豫地选择听祁天瑞的。

楚秋也没挂，把手机调成静音，就假装这个电话从未来过。

楚秋和祁天瑞聊着有的没的——祁天瑞负责找话题滔滔不绝，楚秋则负责安静地吃，不时应上两声，竟也没有冷场。

祁天瑞高兴极了。能够跟楚秋同桌吃饭聊天，这简直是历史性的大跨越。

周熠月的厨艺真的很好，两个人硬是吃撑了肚皮，把三菜一汤扫了个精光。

祁天瑞见饭要吃完了，便开始想怎么延续自己跟楚秋的相处时间。

他绷着一张正经严肃的脸，看着一点都不愿意浪费，正垂眼努力夹起最后几颗饭粒的楚秋，只觉得这小睫毛精简直哪哪都完美无缺。

特别是喊祁哥的时候。

那小嗓音，可爱得能掐出水，好听得像在唱歌。

"下午有事吗？"祁天瑞问。

楚秋摇了摇头。

他被换掉了角色，合同还卡在那里，现在楚秋就跟个无业游民似的。

祁天瑞心里一片雀跃，脸上却绷着，点了点头："那正好，我下午也没有工作，带你去公司认认门。"

结果祁天瑞刚带着楚秋出了包厢，迎面就看到一个商业伙伴。

对方一愣，接着笑眯眯地走了过来。

大腹便便的中年男人摸了摸自己的肚皮："祁老板，居然在这里碰到你，正好，省了我下午去找你了。"

楚秋闻言呆了呆："祁哥，下午有工作？"

不是说没有吗？

祁天瑞：……

失策了。

祁天瑞冲中年男人尴尬又不失礼貌地微笑了一下，打了声招呼，就转头对楚秋说道："你去周熠月那里等我。"

说完，喊来一个服务员，顺便侧身挡住了那个中年男人看向楚秋的目光。

楚秋若有所觉，抬眼看向祁天瑞。

两人视线相对，距离极近。

祁先生对小睫毛精扬了扬嘴角。

祁天瑞对外的形象向来是沉稳矜持绅士的男神型，这一笑却带了一丝痞气。这个笑容，让习惯了祁天瑞端正男神形象的楚秋有点反应不过来。

楚秋的反应一向比别人慢半拍，祁天瑞对此习以为常。

他转头对小跑过来的服务生问道："你们老板呢？"

服务生清楚能在后院的包厢里吃饭的都不是简单人物，赶忙答道："老板在后院厅里打牌。"

祁天瑞点了点头，指了指楚秋："带他去找你们老板。"

服务生领了吩咐，带着楚秋离开。

楚秋还沉浸在祁天瑞那个不符合设定的笑容里，走两步就回头瞅瞅祁天瑞。

而楚秋一步三回头的样子，让祁天瑞内心汹涌澎湃。

小秋秋怎么那么可爱！

祁天瑞一直目送楚秋绕过了拐角，脸上露出傻爸爸一般的笑容。

服务生所说的后院厅并不是后院的大厅，而是侧厅里被两架屏风隔出来的一个隔间。

周熠月正在跟三个看起来挺年轻的小伙子一起搓麻将。

服务生喊了声老板。

周熠月回过头来，一眼看到了楚秋。

楚秋突然被四双眼睛注视着，紧张得有点手脚不知道往哪儿放。

"楚秋？"周熠月一愣，转过凳子来，"祁天瑞呢？"

楚秋小声答道："谈工作。"

"哦……"周熠月点了点头，挥挥手让服务生离开，问楚秋，"会打麻将吗？"

楚秋摇了摇头。

周熠月有点遗憾，他输得很惨，上一把一炮三响，手气简直臭不可闻，本来还想着让楚秋顶一下，改改运气什么的。

"坐这儿来。"他起身拉了个沙发软凳，放到他的位置旁边，"来学学。"

周熠月跟祁天瑞是关系挺不错的朋友，看祁天瑞的态度摆明了是对楚秋上了心，周熠月自然是要帮着护住人的。

他们这样的人表示立场，一般就是带着人一起玩。

这圈子里，实力人脉缺一不可，而比实力更难得到的就是人脉。

祁天瑞带楚秋来这里，显然就是来刷脸熟的。

周熠月对楚秋很感兴趣，表现得挺热情。

可他越是热情，楚秋就越是紧张。

麻将桌上的这四个人，对楚秋来说是完完全全彻头彻尾的陌生人。

他光是坐在这里，都觉得自己要窒息了。

两圈牌局过去，楚秋面对一直热情教授他的周熠月，恨不得团成一个球，脑袋埋进地里，假装自己并不存在。

饶是喜欢满嘴跑火车的周熠月，说了这半天话，也觉得有点口干了。

他喝了口水，一偏头就看到三个小伙伴都在给他使眼色。

周熠月顺着他们的视线，看了一眼楚秋，这才发现小孩儿浑身都绷紧了，显得万分紧张。

他愣了愣，终于意识到之前祁天瑞发消息跟他说楚秋性格内向，让他别胡说八道到底是个什么概念。

周熠月闭上嘴，忙不迭地从旁边的拼盘里抓了一把小食，放到了楚秋面前。

楚秋抬了抬眼，看到夹杂在瓜子花生蚕豆里的一颗大白兔奶糖。

周熠月吆喝着又开了一局，四个人有一搭没一搭地闲聊，时不时用余光瞄一两眼楚秋的动静。

直到这一局快结束了，他们才发现楚秋小心地抬起头看了一圈，确定没有人注意他之后，长长地松了口气。

他慢慢地伸出手，把那颗奶糖扒拉出来，又小心地看了一圈周围，确定的确没人注意他，便渐渐放松了，低下头来安静地剥糖纸。

周熠月觉得楚秋的行为活像只偷食的兔子，胆小谨慎，安静又可爱。

就像看到楚秋接下糖时的祁天瑞一样，周熠月也没能控制住自己的双手，在再一次一炮双响之后，伸手摸了摸楚秋的头。

楚秋一惊，吓得差点被奶糖呛到。

他瞪大了眼看着手还落在他脑袋上的周熠月，像只被吓呆了的兔子。

周熠月咳嗽一声，收回手，拿了一颗奶糖，享受起投喂的乐趣来。

"喜欢就吃。"他说道。

楚秋犹豫了两秒，伸手接过了糖。

周熠月转头又开了一圈牌局。

他强行抢了庄家，按下摇骰子的按钮，搓着手道："摸了摸楚秋，我感觉我要时来运转了！"

楚秋拆糖纸的动作一顿，茫然地抬头看了他一眼。

周熠月把自己的牌反扣着摆成一排，也不去看。等到牌都拿完了，他才掀开牌面，动作迅速地整理起来。

约莫五秒之后，周熠月一拍桌子，满脸震惊。

他抬眼看着三个小伙伴和饱受惊吓的楚秋，手里牌一摊，喜形于色。

"天福！"

"……"

"什么？！"

"我不信！"

"呸！快给钱给钱！我先拍张照留念一下！"周熠月喜滋滋地搓着手，"输久必赢！黑久必红啊！别不服气！"

周熠月收了钱，又是一局。

周熠月又一次点了个双响炮。

"我怀疑你们在针对我。"周熠月说着，偏头看了一眼楚秋，发现楚秋正眼巴巴地瞅着拼盘里的大白兔奶糖。

于是他又拿了一颗递给楚秋。

楚秋接下糖，感觉脑袋上又被摸了摸。

周熠月神神道道："赐予我力量吧！锦鲤秋！"

楚秋一脸茫然：……

这人怎么回事？

周熠月再一次抢了庄家，搓着手杀气腾腾地拿牌。

楚秋看了他一眼，默默低头剥糖纸。

"老天！"周熠月一个哆嗦，又把牌掀了，摸出手机拍照留念，"又是天福！"

他拍完，转头看向楚秋，满脸惊奇："真是邪了门了……"

坐在楚秋右手边的小伙子说道："再试一次。"

周熠月点了点头，一脸肃容，拿了颗糖，双手捧着递给了楚秋。

楚秋：……

他迟疑地看着周熠月，终于还是在对方的注视下收下了糖。

然后不意外的，又被摸了脑袋。

周熠月坐庄，四个人火速拿了牌，最后把视线全都投注在了周熠月身上。

周熠月掀牌，整理，在一群小伙伴们的注视下，打出了一张牌，然后淡淡道："听牌了。"

……

"天啊！活的锦鲤！"楚秋右手边的小伙子推了牌蹦起来，伸手就想摸楚秋的脑袋。

周熠月赶忙把楚秋连人带椅子推到一边，他蹦起来，把茫茫然还不清楚发生了什么事的楚秋护在身后。

"摸什么摸摸什么摸！这可是祁大老板家的，不给摸！"摸了三次的周熠月一脸正气。

"我就摸一下！"小伙子在周熠月身前转来转去，"我明天要跟我爸去谈个项目，磨叽三个月了都，烦得要死，让我蹭一下灵气！"

周熠月呲他："蹭什么蹭！祁天瑞回来揍你信不信！"

祁天瑞刚走进侧厅，就听到这句话，有点纳闷："我揍谁啊？"

楚秋听到祁天瑞的声音，一下子站了起来，绕开了还在纠缠的两个人，几步走到了祁天瑞背后，躲着。

祁天瑞皱了皱眉："你们欺负他了？"

周熠月连连摆手："没没没。"

楚秋拽了拽祁天瑞的衣摆。

祁天瑞狐疑地看了他们一眼，最终还是没深究，带着楚秋离开了。

周熠月看看自己的双手，想了想，摸出手机发了条微博。

"周熠月：给大家分享一只活着的锦鲤，拜大佬！@楚秋。双天福起手听牌，还有谁！转发这条锦鲤送两罐牛肉拌酱！！！"

第一次见到活体锦鲤的周熠月激动地按着手机，发微信给周熠星。

周熠星在微信上称呼为"你星爹"，周熠月则为"你月爸"。

你月爸：我弟！

你星爹：我哥！

你月爸：我的弟！我记得你明天有郭导的试镜是吗？

你星爹：是啊。

你月爸：我跟你讲，祁大老板不知道打哪儿捞了一条活的锦鲤回来。

你星爹：嗯？

你月爸：就这两天闹得贼凶的那个楚秋！给颗糖！摸摸脑袋！送了我两把天福

自摸一把起手听牌！

你月爸：还有谁！你就说还有谁！

你月爸：点击微博链接，看在你是我弟弟的分上，允许你转发蹭一下运气。

你星爹：……

你星爹：你别是做饭做傻了吧？

周熠星跟周熠月毕竟是双胞胎，双胞胎之间的相似度和默契度是很高的。

就像周熠月一样，周熠星也对楚秋好奇得要死。

周家兄弟俩跟祁天瑞关系都不错，偶尔会约出来一起浪一浪。

包括梦里祁天瑞出事之前，跟他一起吃吃喝喝的人里，也有这两兄弟。

对于胆敢拉祁天瑞一起刷热度，却没被风皇的公关部摁死，反倒还推波助澜的人，仔细数来，楚秋是第一个。

知道祁天瑞带着楚秋跑去周熠月那里吃饭之后，周熠星就对这个人更好奇了。

祁天瑞虽然对外一直是沉稳矜持优雅绅士型的人设，但真实性格到底什么样，他们这群人再明白不过了。

吊儿郎当，嘴欠，还特别喜欢嘚瑟。

这样的性格，双胞胎兄弟都完全没办法想象，祁天瑞真对人上心会是个什么样子。

所以当风皇表现出对楚秋非同一般的宽容和重视的时候，周家兄弟掐脚一算，就觉得祁天瑞对这个楚秋肯定是有想法的。

结果他们前一天还在讨论这个事情，转眼祁天瑞就迫不及待地带着楚秋找周熠月了。

不得了啊。

周熠星想着，虽然随手给他哥发了句嘲讽过去，但还是点开了微博，一眼就看到了他哥发的微博。

四张图片，前两张是天福，第三张是起手听牌，最后一张是微微垂着眼，正在认真剥糖纸的楚秋，他似乎完全没有发觉自己被偷拍了，满心满眼都是手里的大白兔奶糖。

楚秋这两天在风皇的一线大佬眼里多少有了点痕迹。

周熠星承认，楚秋是真长得好，他哥发的楚秋的照片都没往上加磨皮滤镜之类的东西，在自然光下显得特别自然、特别清新。

周熠星坐在摄影棚里，抬头看了一眼在燥热的打光灯下拍摄的搭档，想了想，还是转发了他哥的微博。

"周熠星：试蹭个运气，牛肉酱黑箱给我岂不是美滋滋。// 周熠月：给大家分享一只活着的锦鲤……"

转完，周熠星还顺手把楚秋给关注了。

过了一会儿，他突然转头问助理："小李，你有没有糖啊？"

助理一脸问号，但还是迅速答道："没有，星哥你要是想吃，我给你去买。"

"不用不用。"周熠星摆摆手，稍微整了整身上的造型，重新站在了打光灯下。

第
3
章
奶
糖

祁天瑞开着车，时不时透过后视镜看看楚秋。

楚秋还有点呆呆的，正垂着头，犹豫着要不要把最后一颗糖吃掉。

楚秋虽然是吃不胖的体质，但像糖这种东西，张大力是严格限制他的。

就跟限制他亲闺女吃糖一样，一天三颗，不能再多，多了就恐吓他牙上会被虫钻洞。一旦发现他偷吃糖，张大力还会生气。

现在才下午，距离一天结束还有足足十个小时。

楚秋想着，修长漂亮的手指纠结地拧着奶糖的包装，拆了又拧回去，拧回去又拆了。

祁天瑞没能看到楚秋的小动作，但他对现在这样安静而和谐的氛围十分满意，感到欣喜愉快。

祁天瑞很高兴，甚至还有点想唱歌。

车子一路开到了凤凰总部的地下停车场，祁天瑞刚领着楚秋从电梯踏入大厅，正巧就撞见了张大力和公关经理往旁边的一间小型会议室走。

意外相遇的三个大佬面面相觑，最终视线不约而同地落在了楚秋身上。

楚秋还在思考"到底吃不吃掉最后一颗糖"这一人生哲学，察觉到周围变得亮堂，而有人正灼灼地看着他的时候，面前的三个大佬已经看了他约莫有五六秒了。

楚秋顿时就有点紧张，紧接着又发现大厅里来来往往的人正往他们这边瞥，就感觉更紧张了。

他偷偷往站在他旁边的张大力背后挪了挪。

祁天瑞被楚秋的小动作逗笑了，他转头看了一眼周围好奇的人群，知道他亲自带楚秋在凤凰里溜达这事儿不现实。

他之前说带楚秋来认认门，也的确只能是认认门而已，最终还是要把人塞给张大力，让他带着。

但只要能够跟楚秋待在一起，哪怕只是延长一点点的时间，祁天瑞也感到十分满足高兴。

"大力以后是你的经纪人，让他带你走走吧，你们多熟悉一下。"祁天瑞话说得大度体贴，在楚秋看不到的地方，却冲着张大力龇牙。

张大力眼一瞪，觉得他可能真的应该把家里的沙包贴上祁天瑞的大头照，每天暴打一百拳。

心里是这么想的，张大力面对楚秋的时候却还是十分温和。

虽然相处不多，但张大力就是特别喜欢楚秋这个乖巧听话又有天赋的新人。

尤其是有祁天瑞这个作天作地的熊孩子做对比的时候，张大力就更加觉得楚秋难能可贵。

"我得先开个小短会。"张大力说道。

他现在还挂着宣传部总经理的职，自然是要做实事的。

张大力用哄小孩一样的口吻道："小秋你在会议室外边稍等一下，做得到吗？"

楚秋乖乖地点了点头。

楚秋和祁天瑞完全没发觉这样的语气有什么问题，楚秋的性格和身世问题在场的三个都很清楚，只是真的看到张大力跟哄小孩一样哄楚秋，公关部总经理先生还是没绷住，露出了一脸魔幻的表情。

楚秋被留在了小会议室外边的休息室里，休息室很小，空间不大，也就一张沙发一个矮桌。

踩着高跟鞋的公关助理小姐姐给楚秋泡了杯茶，然后急匆匆地进了会议室。

祁天瑞站在休息室门口，看了一眼身处这个狭小空间，却非常满意自在的楚秋，转身准备回自己的办公室。

他还记挂着跟楚秋一起的那个妹子说要他签名的事情，他办公室里一堆精心装裱过的签名卡，还是得回去拿才可以。

何况他今天也并不是真的没有工作。

楚秋一见祁天瑞转身，忙站了起来："祁哥？"

祁天瑞安抚他："签名卡在办公室，你要走的时候来我办公室拿就行。"

楚秋点了点头，犹犹豫豫地走到祁天瑞面前，把那颗让他纠结了一路的大白兔奶糖递给了祁天瑞。

祁天瑞一愣。

楚秋抬眼对他露出了一个笑，带着最纯澈的感激，还有些许的羞赧和窘迫。

"糖很好吃。"楚秋说道。

祁天瑞低头看了看手心里的糖，上边还残留着属于楚秋的温度。

他有点跟不上楚秋的思维——说实话，他还没见过楚秋把到手的糖分给别人过呢，连张大力都没有。

当然，梦里那个一见到楚秋就抱着楚秋大腿喊抱抱的张大力的亲闺女除外。

楚秋也知道自己在没有小剧本的时候表达能力比较着急。

他想了想，小声说道："谢谢祁哥。"

谢谢你一直以来都帮我良多。

楚秋把让他纠结了一路的糖送了出去，见祁天瑞并没有拒绝，便高高兴兴地转头重新缩回了沙发里。

祁天瑞大概明白楚秋的意思了。

"谢礼？"祁天瑞低头看了看手里明显被折腾得不轻的奶糖。

这大概是祁天瑞收到过的最寒酸的谢礼了。

但是却也是他收到的，最让他感到意外和惊喜的谢礼。

——一颗被楚秋踩躏了好几次的大白兔奶糖。

虽然又寒酸又丑，但祁天瑞知道，从楚秋的角度来说，这可真是忍痛割爱。

祁天瑞站在休息室门口，看着整个人陷在软绵绵沙发里的楚秋，只觉得内心的烟花在"嘭嘭嘭"地炸个不停。

风皇娱乐的总部占地面积很大。其内除却办公部门以外，还有独立的录音棚、摄影棚，设备顶尖齐全。此外还设有餐厅、咖啡厅、健身房等一大堆用以调节工作生活的清闲地方。

往来于这个综合性极强的娱乐公司的人很多，有风皇本公司的，别的公司租棚的人也不少。

梦里，楚秋在风皇待了六年，对于风皇的位置和构造记得滚瓜烂熟。

他跟在张大力身后，听张大力给他一一介绍，时不时配合地点一点头。

"摄影棚一般情况下不用作影视拍摄，平时大多是拍拍杂志和采访之类的。"张大力在一个摄影棚外向楚秋介绍。

这个摄影棚有人正在使用，楚秋有些好奇地探出半个脑袋去看了一眼，正对上了站在打光灯下的人的视线。

是周熠星，如今稳稳站在风皇一线的明星。

两人视线相对，微微怔愣过之后，便礼貌地露出笑脸，各自移开了视线。

"那是周熠星。"张大力说道。

楚秋点了点头，跟周熠月真的是长得一模一样。

张大力没有多作逗留，转身就带着楚秋继续溜达了。

摄影棚内，周熠星在打光灯下热出了一身汗，好不容易拍完了一套硬照，懒散地往椅子上一坐，拿出手机冷酷无情地把他哥骚扰他的消息干脆利落地全部清空。

周熠月闲得无聊时总是喜欢骚扰他弟弟，对此周熠星早就习以为常。

周熠星接过助理递来的冰毛巾，擦了擦额头上的汗。

"还有一套双人的，拍完今天就没事情了。"助理看着日程表，"明天上午九点，是郭导的新片试镜。"

正擦汗的周熠星点了点头。

郭导是业内古装电影一把手，是少有的能够在选角上有决定权的导演。

周熠星如今正缓慢地把重心往大荧幕上挪，已经有一年多没接电视剧的本子了。

郭导的这个新片，周熠星是十分心动的。

而且幸运的是，郭导给他递了剧本，希望他去试镜，点明了是男主角的角色。

但选角这种事，又不是大投资为捧人而拍的电影，导演通常都会把合适的演员名单列出来，交由副导演去询问档期，然后看那些有档期的演员一同来试镜竞争，谁最合适，就让谁上。

能让郭导看上担纲男主角的对手，肯定不会是小菜鸡啊。

周熠星忧心忡忡地拍完了最后一套双人照，点开微博想看看粉丝的表白，给自己增加一点信心，结果却被一片洋洋洒洒的还愿大军吓了一大跳。

周熠月的那条原微博下更是重灾区。

周熠星翻了那些还愿评论好一会儿，心里纳闷真这么邪门？一转头就抓住了他正在收拾东西的助理。

"小李，你去帮我买包糖吧。"

助理一愣："行啊，您要什么糖？"

周熠星一噎，想到他哥发上来的那张照片，不太确定地答道："大白兔吧。"

小助理趁着周熠星在卸妆，一溜烟跑去买糖了。

张大力跟楚秋已经绕着风皇溜达了一圈。

"这两天的事情你知道了？"张大力见楚秋点头，继续说道，"天使娱乐那边已经松口了，你很快就能来这边入职。"

说完张大力顿了顿："有地方住吗？"

楚秋答道："宿舍。"

张大力看着楚秋这副乖巧得仿佛一点脾气都没有的样子，叹了口气："那我回头先给你腾出个公寓来，你今天回去之后就收拾收拾行李吧。"

早已经把行李收拾好的楚秋笑着点了点头。

张大力问："需要帮忙吗？"

楚秋摇头："不用，谢谢大力哥。"

张大力带着楚秋在凤皇内部四处走，为的不是让楚秋了解那些职能部门的工作，而是让这些人眼熟一下楚秋。

他逢人便说楚秋是他要带的新人，麻烦以后多多关照。

楚秋跟在人高马大、面相宛若黑社会大佬一样的张大力身后，就像一条乖巧听话的小尾巴，见人就笑，眉眼弯弯，耳尖通红。

明眼人都看得出他的害羞和窘迫，却依旧觉得那笑容真是可爱得不行。

仿佛捏一捏就能沁出水来，让人特别想欺负。

"今天晚饭就在食堂吃吧？凤皇的食堂跟外边的餐厅味道上也没什么区别。"张大力说道。

被陌生人的视线洗礼了大半天，整个人已经浑浑噩噩的楚秋茫茫然地点着脑袋。

张大力看着楚秋脸上还未褪去的红晕，有些想笑，又憋住了，他问："要不要去洗把脸清醒一下？"

楚秋依旧茫茫然点着脑袋："……好。"

张大力就真的带着楚秋去洗了把脸。

等到楚秋慢慢回过神来，他才说了正事。

"小秋，我这里有几个可以争取的角色。"张大力说道。托父辈的福，他的人脉很广，哪怕手底下已经没有带人了，该到手的消息还是一个没落下。

正好便宜了楚秋。

楚秋有些惊讶。

他还以为得先跑一段时间的组，有了些热度了才会有这样的待遇。

他问道："电视剧？"

"都有。"张大力答道。

楚秋更惊讶了。

如今的楚秋连个正经的出道作品都没有，说他没有正式出道都不过分。

对一个新人来说，能够被主动询问角色就已经很让人受宠若惊了。

张大力竟然上来就是一个深水炸弹，炸得楚秋不知如何反应。

都有的意思就是——有电视剧，也有电影。

大荧幕出道的人，整个圈子内一个巴掌数得过来。不是天赋惊人，就是背后有人、有靠山。

但不可否认的是，如果真能凭借大荧幕出道，他的起点会变得非常高。

"就是先告诉你一声，你不用着急。"张大力从祁天瑞那里得知了楚秋缺钱的情况，说这话主要是为了安慰他，"等合约定下来了咱们再看。"

楚秋点点头，瞅瞅张大力，嗫嚅道："电影……不会太早了？"

张大力一顿。

实际上，他给楚秋留意的是两个电视剧的角色，人设讨喜，导演和制作团队也很靠谱。张大力认为，凭楚秋的现在的演技，挑选其中一个角色进组肯定是完全没问题的。

路要一步步走，饭要一口口吃，张大力比较习惯稳扎稳打。

但祁天瑞硬是往策划草案里塞了两个电影角色。

祁天瑞对楚秋如今的演技到底怎么样其实并没有底。

可他理直气壮地跟张大力说："演一遍给别人看不就知道能不能行了？"

想到这里，张大力说道："实力足够就行。"

楚秋各方面都不自信，但唯独对自己的演技实力，却是信心满满的。

他点了点头，不再多问，跟在张大力身后，想着趁现在还没有到饭点，赶紧去体验一把食堂的口味，吃完就跑。

两人在去食堂的路上，跟从摄影棚里出来的周熠星撞了个正着。

准确地说，是周熠星低头玩手机，没看路，直接撞上了张大力。

张大力跟周熠星挺熟："周熠星你看路啊！"

"大力啊。"

周熠星打了声招呼，转头看到张大力身后的楚秋，眼睛一亮。

"你是楚秋？"

楚秋一愣，点了点头："你好，周先生。"

周熠星正了正脸色："你真是楚秋？"

楚秋："……是的。"

"楚秋先生！"周熠星一脸严肃地喊了楚秋一声。

他正经的样子令楚秋忍不住也跟着挺直了背脊，紧张地看向他。

周熠星肃穆道："楚秋先生，我能摸摸你的头吗？"

楚秋："……哎？"

张大力：……

周熠星见楚秋一脸疑惑，连忙补充道："糖我之后补给你，我的助理帮我去买了！"

楚秋：……

楚秋茫然地跟张大力和周熠星一起吃完饭后，跑去祁天瑞办公室拿签名板。

祁天瑞问他："大力呢？"

楚秋小心地把签名板包好，答道："开会。"

张大力把楚秋送到了离祁天瑞办公室不远的地方，就被人急匆匆地拽去开会了，走前告知了楚秋路线。

楚秋对风皇娱乐十分熟悉，来得很顺利。

祁天瑞觉得这简直就是天赐良机："我送你回去。"

楚秋动作一顿，抬眼看了看已经站起身来的祁先生。

"祁哥……"他讷讷地喊了一声，有点不太好意思，"大力哥让周熠星送我了。"

祁天瑞一愣。

"周熠星？"

楚秋想了想，解释道："我们一起吃饭。"

之前楚秋乖乖给周熠星摸了摸脑袋，周熠星高兴地送了他一整包大白兔奶糖，顺便蹭着张大力一起吃了顿晚饭。

晚饭后张大力被抓走开会，临走前拜托周熠星送楚秋回去。

祁天瑞听了想打人。

我真是看错你了大力。

祁天瑞面无表情地想。

你这个专业拖后腿的猪队友。

祁先生矜持地点了点头，摆了摆手："注意安全。"

楚秋把签名板包好了，向祁天瑞露出个小小的笑，道谢后转身推开了办公室的门。

"等等！"祁天瑞出声喊住了楚秋，打开自己的皮夹，从一堆卡里抽出一张信用卡，递给了楚秋。

楚秋吓了一跳，后退两步，瞪大了眼看着祁天瑞。

祁先生有点无奈。

他其实是很想霸气地对楚秋说"随便刷"的，但祁天瑞很清楚，楚秋绝不会接受这样无端的馈赠。

祁先生心中轻叹，迎着楚秋的目光，平静地说道："账算在你以后的收益里，你姨的病比较重要。"

楚秋垂眼看了看祁天瑞手里的卡，又看了看面容沉静的祁天瑞，呆愣半晌，才回过神，伸出手去把卡接了下来。

他拿着卡和签名板，手足无措地站在办公室门口，张开嘴想说点什么，声音却又消失在了祁天瑞的注视之下。

最终楚秋吸了吸鼻子，小小地呜咽了一声。

"……谢谢。"

这几天以来他似乎一直在感谢。

感谢祁天瑞，感谢张大力，感谢上天赐予的预知能力。

楚秋的气息有些不稳，带着点喑哑的哭腔。

他又重复道："谢谢。"

楚秋的哭腔令祁天瑞有瞬间的失措。

良久，他抬起手来，落在了楚秋肩上。

宽大的手掌在楚秋肩上拍了拍："会没事的。"

楚秋吸吸鼻子，点了点头。

祁天瑞瞅着楚秋有些泛红的眼睛，伸出手想去揉一揉，却被楚秋自己抢了先。

祁先生不动声色地收回了抬到一半的手，声音放轻了："回去吧，路上小心。"

楚秋应了一声，揉着眼睛出了祁天瑞的办公室，走的时候还小心地带上了门。

锁头合上的"咔哒"声极轻，祁天瑞却随着那声响动深吸口气，抄起手机就给张大力打电话。

身为朋友居然这么没有默契！

张大力你这个发小到底是怎么当的！

祁天瑞坐回椅子上，愤愤地想着。

还有周熠星！

你信不信我扣你工资！

周熠星并不知道祁天瑞的险恶用心，他毫无形象地坐在楼梯口等着楚秋，还感觉有点窥视了祁天瑞小秘密的兴奋感。

他听到了脚步声，回头看到楚秋来了，站起身来拍了拍裤子。

"马上要签约了吧？"周熠星坐在驾驶位上，转头看向正扣着安全带的楚秋。

楚秋一顿，点了点头，开口报上了宿舍的地址。

"这么不爱讲话，以后跑宣传的话会很辛苦的。"周熠星发动了车子，随口说道，"还是锻炼一下比较好。"

楚秋扣好安全带，抬头看向周熠星。

他们之间并不熟悉，楚秋不知道应该说些什么比较合适，就只是抱着签名板，眼巴巴地看着周熠星。

周熠星的性格跟对外形象没什么冲突，开朗健谈，大方直率，跟他哥一样说起来就唧啵唧啵个不停。

剧组跑宣传的时候，就最喜欢带上这种口才好会抖料又有眼色分寸的人，楚秋对这种性格的人向来都羡慕得不行。

周熠星对楚秋印象很好。大约是看多了那些得到高层青睐就恨不得尾巴翘到天上去的新人，对楚秋这样问一句答一句不多话又乖巧谦虚的新人，哪怕不是出于祁天瑞的关系，他遇上了也很愿意帮上一把。

车子停在楚秋宿舍楼下，周熠星看了一眼解安全带的楚秋，顿了顿，喊了他一声。

楚秋闻声抬头。

周熠星向他招招手："脑袋靠过来一点。"

楚秋看了周熠星两秒，微微往前挪了挪。

"明天我有个很重要的试镜。"周熠星伸手摸了摸楚秋的脑袋，一脸虔诚，"蹭蹭运气。"

今天被薅了好几下脑袋的楚秋沉默了一会儿，终于还是小声祝福道："试镜顺利。"

这是这一路上，楚秋除了报地址之外第一次开口说话。

"声音这么好听，不多说点话太可惜了。"周熠星感慨着收回手，目送楚秋进了宿舍，才驱车离开。

张大力的动作很快，三天时间过去，他就通知楚秋可以搬去新宿舍了。

虽然楚秋表示过不需要帮忙搬家，但出于被祁天瑞操练出来的老妈子心态，张大力还是在当天跑去接了楚秋。

张大力到的时候，楚秋正好把被褥捆好打包，只差一些零零碎碎的书籍资料之类的东西还没收拾。

张大力膀大腰圆的，就跟抢劫一样，在楚秋还因为他的到来而发蒙的时候，扛起楚秋打包好的被褥就走。

楚秋：……

楚秋目送张大力进了电梯，慢吞吞地走回屋子，给张大力倒了杯凉水放在小桌子上，继续蹲在一边整理小物件。

张大力再一次上来，看到放在小桌上的水，脸上露出笑来。

他擦了擦汗，拿起杯子，对楚秋说道："合同最迟后天能签了。"

楚秋点了点头，并不意外。

张大力喝了口水："我昨天遇到周熠星了，他托我问你，这周末有没有兴趣去当他的电台嘉宾。"

楚秋转头看向张大力，呆愣愣的。

"电台？"

张大力点了点头："周熠星的。"

周熠星大学里学的是播音主持，后来进了凤凰娱乐，作为歌手组合出道，他哥放飞自我跑了之后，他又转型成了演员，称得上是经历丰富、多才多艺。

这么些年来，波波折折兜兜转转，他自始至终没有放下过他做主播的那个电台，也正是因为那个跟粉丝交互极强的电台的存在，哪怕他反复转型折腾，人气也依旧稳如泰山。

"他说蹭了你的运气，试镜很顺利，刚好这周末又没有预定好的嘉宾，所以想看看你有没有意向。"张大力解释道。

楚秋对蹭运气这种说法不置可否，他摇了摇头："不合适。"

"我也觉得现在不合适。"张大力对此表示赞同，"但是我觉得你以朋友身份隔三岔五去一下的话也挺好的，多锻炼锻炼。"

楚秋点点头，拿胶带把装满了小物件的箱子都封上。

张大力已经拎起了他的行李箱。

楚秋行李箱里装的东西很少，其轻巧程度大约跟回家过国庆的学生差不了多少。

张大力拎着箱子，等楚秋锁门。

不远处的电梯响了一声，走出两个人来。

楚秋抽出钥匙，蹲下身去抱放在地上的大纸箱。

那两人却停在了他们跟前。

楚秋抬头，一眼就看到了那个总是浑身冒着戾气仿佛别人欠他八百万的经纪人，身后还跟着之前楚秋被换掉了角色的那个偶像剧的男主角。

经纪人眼神轻蔑，从楚秋身上一扫而过，摆上笑脸看向张大力："这不是张先生吗？"

张大力礼貌地点点头。

"来接楚秋啊？"

张大力不是很想说话，于是又点点头。

经纪人笑了笑："那楚秋该乐坏了吧？楚秋这孩子哪都好，就是不太听话，祝你们以后合作愉快啊。"

"多谢啊。"张大力皮笑肉不笑的，意有所指，"辛苦你这么记挂我们家小秋了。"

很多时候，经纪人之间讲话除了互捧就是互踩，说的话都隔着两个肚皮十八道弯，一句话能解读出好几种意思来。

张大力摆明了就是在嘲讽之前这人放楚秋的料，结果反而惹火上身。

他懒得去看那人的表情，把楚秋怀里抱着的纸箱子接过去，示意楚秋拎上行李箱，转头就走。

楚秋看了看张大力的背影，又看了看面沉如水的经纪人，还有一个事不关己高高挂起的男明星。

他想了想，把手里的房钥匙挂在了门把上，拉着行李箱，一路小跑跟上了张大力。

张大力觉得自己完全没必要跟那种人置气，但是他看到表情完全没有变化的楚秋，又有点气这孩子怎么都没点脾气。

这以后把人放出去，别人岂不是能随意揉捏搓扁的欺负？

"你刚刚怎么都不说话的？"张大力问。

楚秋正把行李箱放进后备厢，听到这话愣了愣。

张大力帮他放好，盖上车后盖，说道："以后遇到这种当着你面讽刺你的，你直接骂回去，有什么事我……"

说到这里，张大力卡壳了一瞬，他想到前两天祁天瑞打过来的那个控诉他拖后腿的电话，轻咳一声，强行带祁先生出了镜。

"我和祁天瑞给你兜着！"

在签约之前，楚秋为了有些必要的材料需要来回跑几趟。

最近几天经常出入凤皇总部的人，多少都对楚秋有点眼熟了。

——废话，出现在楚秋身边跟他搭话的人不是张大力就是祁天瑞，再不济都是凤皇公司旗下的一线，能不眼熟吗！

实际上楚秋也不明白发生了什么。

这两天总是在大楼和棚区里遇到这样那样的人，大多都挺眼熟，左右都是凤皇数得上号的，这些人发现他后都很惊讶，等确定他就是楚秋，纷纷一脸神神道道地摸摸他的脑袋，然后塞给他一颗糖。

楚秋从一开始的一脸蒙到现在已经习以为常。

糖的种类很多，不全是大白兔，其他的糖都被楚秋装进小袋子囤起来放在宿舍里，准备等数量多了，就带回福利院去。

今天楚秋是来正式签约的，在大厅里遇到了回公司录歌的情歌天后陈妙。

"你是楚秋？"陈妙摘掉墨镜，打量她面前的青年。

隽秀的青年神情愣怔，一头黑色碎发看起来软蓬蓬的，眼睛因为惊讶微微睁大。

楚秋有些拘谨，轻轻点了点头："您好。"

陈妙笑了笑，抬手摸了摸楚秋的头，然后从包里拿出了一颗旺仔牛奶糖。

楚秋一边想着"又是这样"，一边非常熟练地收下糖，甚至还奉送了一个微笑。

楚秋笑起来很好看，特别纯粹的那种好看，饶是见多识广的陈妙也不由得被震了一下。

她忍不住又想摸摸楚秋的脑袋，却被赶过来的张大力阻止了动作。

楚秋向陈妙点了点头，例行祝福："祝您事情顺利。"

陈妙愣了愣，看着一脸诚恳的楚秋，忍不住露出了笑容。

跟长得好看的人交流也是一种视觉上的享受，何况还被对方诚挚地祝福了。

"多谢。"陈妙赞道，"你的声音很好听。"

被歌后夸了声音好听的楚秋很高兴，更多的却是不知所措的羞窘。

"谢谢……"他讷讷地回应，听到张大力在后边喊他，忙不迭地告了辞，在歌后面前落荒而逃。

张大力和楚秋逐条把合同分析完，刚拿出手机就看到了陈妙新发的微博。

他们的朋友小群里都已经炸了。据说陈妙拍摄录音花絮的时候，距离她不远的灯架不小心被工作人员踢倒，直直往陈妙身上砸，陈妙戴着耳机没反应过来，上边的灯因为撞击滑落下来，碎了一半，玻璃四溅。

陈妙却幸运的只被灯架砸了一下肩膀，碎玻璃没在她身上落下一丁点伤痕。

陈妙吓得不轻，直说运气好，这要划在脸上身上就糟糕了。

大概是人在遭遇危险却得以逃脱后，总会给运气找一份寄托，她不知怎么的就想到了楚秋，抖着手就去把周熠月之前发的那条转发量已经过了五万的微博给转了。

转的内容是亲测有效。

张大力活了这么久，见过被黑火的，见过因为脸火的，见过因为奇葩火的，见过因为演技火的，见过因为能吃火的。

但他从来没见过像楚秋这样，被人家当锦鲤转给转火的。

张大力的内心甚是复杂。

楚秋对张大力的复杂一无所知，他搬到新公寓之后就一直在调整状态，每天晨跑健身早睡早起，公司医院公寓三点一线，压根儿连手机都很少碰。

"这些是目前你可以尝试争取的角色。"张大力把手里的文件交给了楚秋。

不论是张大力还是祁天瑞，看片子的眼光都很高。

张大力除却最开始找的那四个角色之外，在这段时间里又拿到了另外的几个试镜的邀约——这邀约自然不是冲楚秋来的，而是张大力私下人脉运作的结果。

楚秋浏览着表格上的角色和已经定下来的演员阵容，发觉其中大多都是正当红或者以后数得上号的人。

这些片子的导演和制片阵容也十分不错，不管是电视剧还是电影，在不远的未来，都称得上是豪华。

手上的角色表没有主角，但其中却有一部古装电视剧的男三还在甄选中。

这部剧楚秋有印象，是历史改编的群像剧，女主视角，但算不上是大女主戏，里边更着重于国仇家恨、觉悟与思想的争锋。

男三是女主的弟弟，是个能给人留下深刻印象的悲情角色。

楚秋迅速扫过其他几个角色，几乎想都没想，就在那部剧的男三上画了个圈。

在此之后，楚秋又画了另外三个角色，一个电影配角，两个电视剧角色。

他并不是怀疑自己的演技没办法进组，而是为了防止有人带资进组挤走他这个什么都没有的小透明。

大制作电视剧的男三，放哪都是要被一群当红炸子鸡削尖脑袋抢的。

更何况剧组方非常靠谱，基本上拍出来就是板上钉钉能过审放映的，说不定还能卖到大电视台，在黄金时段播出。

楚秋觉得自己的演技就算再好，应该也没有大量人民币砸下来的魅力大。

所以他又圈了另外三个角色，如果男三拿不下，那就退而求其次。

张大力收好了楚秋的合同，一抬头就发现楚秋已经选好了。

"这就好了？"张大力伸手拿过那几张表格粗略看了几眼，有些惊异，"看不出来呀小秋，你这野心还挺大。"

这些角色都很适合楚秋的形象，大多在人物介绍中都有对外貌和气质要求的描述。

楚秋的选择却跟张大力的预想相差很大。

楚秋圈起来的那些角色，无一不是人设讨喜、在剧集中有重要作用的。

张大力觉得楚秋这眼睛未免也太尖了。

楚秋语气十分坚定："我能拿到。"

张大力的视线从表格上挪开，在跟楚秋协商换角色和纵容信任他之间犹豫了一会儿，最终选择了后者。

他点头道："行。我就帮你先去约刘导这部剧，还有郭导的这个电影，我记得档期跟刘导的剧刚好岔开，我也一起给你约了。"

刘导的剧，就是楚秋看中的那个男三。

张大力寻思着楚秋演技不差，但出于人气考虑，就算有实力，估计想拿到这角色也够呛。

不过张大力并不是很担心，他跟刘导关系良好，要是人家向他表示楚秋实力足够却因为人气原因而落选的话，他就去找祁天瑞。

想必祁天瑞是十分愿意给楚秋砸钱的。

带资进组嘛，多带点，刘导肯定乐不可支地把这个演技合意又自带资金的人收下。

但要是演技入不了刘导的眼，这事就拉倒。

演技不行还强行带资进组最招这种熬出了头的导演讨厌。导演圈子就那么大，在一个大导这里挂上了黑名单，之后再想进主流圈子就难了。

出于长远考虑，张大力是绝对不会干这种事的。

"小秋，话说在前头。"张大力给楚秋打预防针，"谈角色的基础是你的演技能入导演的眼，在这个前提下，我会尽全力给你争取角色。但反之，我是不会多帮你做什么的。"

"嗯。"楚秋乖乖点头，对着张大力严肃起来甚是吓人的脸，重申道，"我能拿到。"说完他顿了顿，补充道，"刘导的。"

电影的角色他还真的没抱多大的希望，因为大荧幕上的角色几乎都是演技与人气并重的，当然这得刨除掉人气爆炸演技却尬得飞起的一小撮奇葩。

楚秋自始至终都觉得塞进来的这两个电影角色可能是在逗他。

"行。"张大力笑着把合同和表格一起收起来，问道，"要不要一起吃午饭？"

楚秋摇了摇头："今天要去看我姨。"

张大力点点头，刚想说他开车送，紧接着脑子里就浮现出了祁天瑞那张充满了怨念的脸。

张大力张嘴吐出了一串省略号，想着干脆把送楚秋的这个机会交给祁天瑞，结果就一愣神的工夫，楚秋已经收拾好东西推门出去了。

张大力手指动了动，默默低头拿起了桌上的文件夹。

然后在心里给祁天瑞插上了一根蜡烛。

太惨了，张大力想。

祁天瑞天天想着楚秋，而楚秋脑子里压根儿没有祁天瑞这根弦。

真的是太惨了。

凤皇总部距离楚姨所在的医院有些远。

楚秋转了两次地铁才到达了医院站。

楚秋始终都对自己被一群拥有大把粉丝的大佬们当成锦鲤转发还愿的事情一无所知，他走进医院电梯，按下了顶层之后，发觉电梯里的几个护士小姐姐都在盯着他。

医院电梯里，一堆目光灼灼的护士妹子。

楚秋看过也拍过恐怖片，为了找感觉，相关的小说也看过不少，他偏头一扫，灯光惨白的电梯里面色惨白的几个护士让一股凉意直冲他头顶，吓得他脸都僵了。

"你是……楚秋吧？"距离楚秋最近的护士开口道。

楚秋忍不住往旁边挪了两步，垂着眼，不敢吭声。

几个护士妹子相互看了看，只当他是不愿意承认。

刚刚开口的护士妹子又问："你跟周熠星认识吗？还有祁天瑞？还有陈妙……"

楚秋闻言，愣了几秒，眨了眨眼，又小心翼翼地偏头看了一眼电梯的墙面。

有影子。

青年松了口气，终于正面看向了出声的护士，向她点了点头。

护士两眼一亮，似乎还想问点什么，电梯门却十分不合她心意地打开了。

楚秋微微笑了笑，让开了身子，好让她们出去。

没想到自己会被认出来。楚秋摸了摸衣兜，这才想起他根本就没有准备能够遮挡的东西。

明明坐地铁都没被认出来。

楚秋感到有些疑惑。

电梯到达了他的目的地楼层，楚秋先去找了楚姨的主治医生。

有了足够的金钱，楚秋几乎是迫不及待地找上了负责的医生，希望能够尽快动手术。

钱足够再加上祁天瑞暗地里帮忙，楚秋很顺利地预约到了这方面的外科专家。

明天就是楚姨动手术的日子，这些天一直都在进行术前准备，楚夏也在学习护理手段，今天只需要好好休息，放松心情就可以。

主治医生告诉楚秋，楚姨情况良好，他松了口气，转身去了病房。

在拿到祁天瑞给的信用卡之后，楚秋就毫不犹豫地给楚姨换了单人病房，虽然费用高，但配置极佳。

单间套房，精装修，环境温馨。

楚秋敲了敲门，听到里边的应答之后推门进去。

楚夏正在削苹果，一边削一边跟楚姨聊天，两个人笑容满面的，看起来十分轻松愉快。

"小秋来啦，快坐。"楚姨笑眯眯地向楚秋招了招手，"昨天你走了之后，小冬他们来探望我了。"

楚秋愣了愣，坐下之后点了点头。

楚姨抚摸着楚秋的脑袋，问道："他们说你突然把钱都还给他们了，这是怎么回事？"

"啊……"楚秋有些讷讷。

他深知小伙伴们找工作赚钱不容易，十来个人努力凑也只凑出了两万多块，如今他已经有了金钱的来源，自然要将之前他们打来的钱还回去的。

谁都不容易，他有钱了，多担待一点也没什么。

至于债务问题，曾经资产超千万的楚秋并没有放在心上。

他既然能够做到一次，那么从头再来一次也不会有问题。

只是这种事情，楚姨是不知道的，楚秋也没想到要主动去说。

楚姨只清楚地知道，楚秋因为囊中羞涩而不得不找以前在福利院长大的人挨个借钱，但之后没两天就突然有了大笔的钱，不但给她转了病房，还迅速安排了手术。

偶尔会关注一下明星的楚夏这几天也跟她说了不少娱乐圈里的污糟事情，联系一下突然有了钱的自家孩子，楚姨有些担忧："小秋啊，你这些钱哪来的？"

"祁哥……"楚秋发现楚夏一瞬间变得惊讶的表情，磕磕巴巴地改了称呼，"祁、祁先生借我的。"

"祁先生？"楚姨转头看了一眼被楚夏放了个支架在床头柜上撑起来摆着的签名板，"那个祁先生？"

楚秋点点头："我以后挣钱了还他。"

楚姨还是有些不放心，她张了张嘴，最终又叹气："可别勉强自己。"

楚秋有些疑惑于楚姨的担忧，却还是乖乖点了点头。

楚夏同样感到担心，但楚秋这副懵懵懂懂的样子，让她又觉得说不定楚秋对这些事情并不清楚——万一点明了她们的担忧，使楚秋对祁天瑞有了芥蒂，反而会影响他与楚秋的关系。

毕竟楚秋没什么朋友，楚夏作为姐姐是很清楚的。

要是因为她的提醒而让楚秋失去了一个难得的真心朋友，那可是天大的罪过。

楚夏想着，转头看了一眼签名板，转移话题道："这个签名板摆上之后，那些护士姐姐经常跑来问我你的事情。"

楚秋有一瞬间的惊讶，然后又一脸恍然。

怪不得今天在电梯里他一下子就被那些护士小姐认出来了。

"对了小秋，你最近是不是认识了不少明星啊？祁天瑞，周熠星，柳闻青……"楚夏掰着手指一连数了一只手，"还有今天的陈妙！"

"我在微博上看到他们转发你啦，说你是锦鲤，运气超好！"楚夏笑着晃了晃自己的手机。

楚姨也是知道这个事的，听到楚夏说这些大明星的做法能让楚秋出名，只觉得高兴。

而对周熠月把他发上微博的事完全不清楚的楚秋却是惊呆了。

楚夏笑嘻嘻地伸手摸了摸楚秋的脑袋："你可得保佑咱姨手术顺利啊，锦鲤秋，姨您也摸摸。"

楚姨看着被楚夏揉得晃了晃脑袋的楚秋，也跟着煞有介事地摸了摸。

楚秋一声不吭地任她们揉捏，手上却打开了微博，悄咪咪地看了一眼状况，却在瞬间被转发锦鲤和还愿大军卡死了机。

楚秋：……

为了手术顺利，术前一天晚上楚姨会注射镇静剂来保证睡眠。

楚秋在医院待到了晚饭结束才踏上了回去的路。

夏季白天很长，楚秋回到公寓所在的小区时天还没有黑。

楚秋没有回家，而是跑去了小区中间的池塘边上吹风发呆。

风皇娱乐给旗下的明星艺人租赁的公寓条件很好，其所在的小区就是B市内数得上号的高级住宅区。

占地宽阔，风景秀丽，安保严格，公共设备也十分齐全，小区内还有个私立的双语幼儿园。

楚秋已经习惯了在小区里溜达的时候，隔三岔五就能遇到能在电视上看到的明星演员了。

他坐在池塘边的秋千上发着呆，满脑子都是对楚姨明天手术的担忧。

楚秋努力想要转移自己的注意力，免得太过紧张而失眠，这会导致他保持良好的生物钟混乱。

——虽然正式开始拍戏之后生物钟的紊乱是没办法避免的，但楚秋还是想尽量以一个完美的状态去迎接新的生活。

楚秋坐在那里，两眼放空，脑袋靠在秋千绳上，瞅着路过的人，挨个辨认，转移注意力。

第一个路过的是一个房地产大鳄，他亲密搂着的女性并不是他的妻子。

第二个路过的是一个最近火起来的女明星，楚秋对她没有什么印象。

第三个路过的是一个不认识的小哥，正牵着狗四处溜达。

第四个……

楚秋默不作声地辨认着那些他认识的不认识的人，最终映入眼帘的，是两张一模一样的脸。

"真是你啊，楚秋！"周熠月和周熠星从楚秋背后冒出来，拍了拍他的肩膀，"你在这儿干吗呢？喂蚊子啊？"

楚秋看向前方又一个路过的人，辨认完了对方的身份后，才转头看向周家的双胞胎。

这两个人太好辨认了，周熠月打从放飞自我之后就一直疏于打理自己的形象，而周熠星则有很重的偶像包袱，哪怕是在这种绝不会进来狗仔的小区里，也穿得跟马上就能去时装周一样。

楚秋站起身来，向他们点点头："两位晚上好。"

"你也住这儿啊？吃晚饭了吗？"周熠月问。

楚秋点了点头，想到是两个问题，就又点了点头。

"那你晚点有安排吗？"周熠月又问。

楚秋摇头。

"那敢情好。"周熠星一拍手，双胞胎之间的默契让他几乎不用想就明白了周熠月为什么会问楚秋这样的问题。

周熠月笑嘻嘻地搂住了楚秋的脖子，还占便宜地揉了揉楚秋被风吹得乱糟糟的头发："你要没事，来陪我跟熠星对对戏吧。"

楚秋一愣，转头看向周熠星，脸上带出了少许的笑意："试镜过了？"

"托你的福。"周熠星揉了揉鼻子，"走走走，去我家对戏！"

说完周熠星一挺胸："作为大前辈，我允许你偷偷学习一点前辈的演戏技巧！"

周熠星信心满满地嘚瑟着，在楚秋从他这里拿到了对戏的小片段后，还兴致满满地指导了一下楚秋应该如何解读人物。

周熠星万万没想到，下一秒他就被楚秋"啪啪"打了脸。

对戏也能够很好地转移注意力。

楚秋拿着周熠星给他的小片段，认真阅读。

扫到角色名字时，楚秋愣了愣，开口问道："郭导的电影？"

周熠星正在洗手间里洗脸护肤，刚贴上面膜出来就听到楚秋的问题，不由轻咦一声，"你知道啊？"

"这个角色。"楚秋轻轻点了点其中一个名字。

周家双胞胎理解能力不错，一下就明白了楚秋指的是他要试镜这个角色。

他们相互看看，都挺惊讶。

"一开始就上电影啊……"周熠月把切好的水果端过来，瞅了瞅楚秋，"那正好，这个角色你来。"

新人试镜电影，在没有后台的情况下，成功的可能性是非常低的。

就算当真是有实力有演技，最终也会败在别人的金钱和人气之下。

毕竟电影要看票房。单纯从演员方面来讲，演技和人气缺一不可——在有的导演眼里，甚至人气比演技要重要得多。

"这电影角色张大力给你挑的？"周熠月拿牙签戳了块哈密瓜给楚秋。

楚秋点了点头，诚实道："希望不大。"

周熠星扶着面膜强行吃了一块哈密瓜，想到了祁天瑞，笑嘻嘻道："那也不一定啊，你现在又不是没有人气。"

楚秋瞅瞅周熠星，又看了看周熠月，没说话。

他现在那些人气的始作俑者可不就是这两兄弟吗？

"我跟你讲，我给好多人说了你特别灵的，有事没事多摸摸多拜拜。"周熠星邀功。

楚秋：……

原来那几个大佬遇到我就要摸脑袋是因为你啊。

周熠星面对楚秋沉默不语的凝视，轻咳一声，摘掉了面膜，点了点楚秋腿上放着的小本本，转移了话题："来，我教你应该怎么分析人物，怎么演。"

楚秋虚心受教，然后带着一种微妙的不开心，与周熠星对戏。

周熠星被惊呆了。

他瞅了瞅手里的小片段，又看了看完全进入角色的楚秋，后者一脸盛气凌人的骄纵模样，完全看不出一点惯有的害羞，吓得周熠星一连吃了好几块哈密瓜。

"你……"周熠星扯了扯站在一边也受到了惊吓的周熠月。

周熠月回过神，惊奇地打量着楚秋，道："怪不得祁天瑞和张大力这么重视你。"

这个年纪，这个天赋，怪不得了。

周熠月一开始还真以为楚秋是祁天瑞捞回来的锦鲤而已,因为楚秋之前那些寥寥的讯息看起来都非常一般。

肉眼看得到的优点,就是脸好看加上性格不错了。

主要是性格好,这也是他们这帮人愿意给祁天瑞一个面子,主动对楚秋释放善意的原因之一。

锦鲤这个说法本就是调侃,再加上楚秋真有点邪乎,周熠月和周熠星干脆顺水推舟,结个善缘。

以后楚秋要是真被捧红了,这还能是个梗,让人提起来就想到楚秋,这种令人发自内心认同的标示性形象十分难得,许多明星想要还整不出来呢。

他们是真没想到,楚秋竟然还是个实力派。

周熠月拍了拍他弟,笑道:"上吧!大前辈星!"

周熠星一听就知道他哥在嘲他之前嘚瑟,转头冲周熠月龇牙,然后委屈巴巴地继续跟楚秋对起了台词。

第一次真正放开了演戏,虽然只是对戏,并不是在镜头下,但楚秋还是感觉放松了不少。

之后的气氛十分和谐,周熠月还用冰箱里的食材做了点小菜,三个人喝起了酒。

听楚秋说他姨明天动手术,周熠月拍着胸脯保证,等楚姨能进食了,他负责下厨做大补的汤汤水水。

周熠月喝开心了,高兴地拍了张照片,发上了微博。

"周熠月:美酒美人,美滋滋。"

刚发出去没多久,周熠月就收到了两条信息。

张大力说:"别给他吃那么多糖,糖纸都堆成山了,牙要坏。"

祁天瑞的消息就很多了。

他说:"周熠月周熠星你们怎么这样!"

他愤怒地补充:"我都没跟他喝过酒!"

祁天瑞还说:"别惯着他吃这么多糖。"

然后又说:"他酒量不好,少喝点。他明天还有事,回头送送他,八栋一单元1201。"

最后说:"你要不给他送到家门口看着他进去再走,我明天就撕了你!"

周熠月:……

他起身拿下楚秋手里的糖,面对楚秋茫然的神情,晃了晃手机。

"祁大老板和张大力可担心你了。"周熠月把手机递给楚秋让他看。

楚秋半杯酒都没喝完,一直在专注吃糖,现在清醒得很。看到张大力的消息时,他心虚地瞅了一眼桌上的糖纸,伸手把糖纸都扔进了垃圾桶里,假装自己并没有吃过。

周熠月被他逗笑了，顺口问道："秋，你跟祁天瑞什么时候认识的啊？"

楚秋愣了愣，盯了祁天瑞发给周熠月的消息许久，摇了摇头："没多久。"

周熠月"哦"了一声，觉得这事大概还是得去问祁天瑞。

"秋，你模仿过祁天瑞啊？"周熠月又问，"我看你之前的一些技巧里有他的痕迹。"

楚秋心里一慌，含糊地应了一声，像是要加强肯定一样，点了点头。

实际上并不是楚秋特意去模仿祁天瑞，而是梦里的祁天瑞教过楚秋一些小技巧，这些小技巧对情感表现很有用，镜头下看起来也很棒，楚秋就一直在用。

没想到一下子就被周熠月给看出来了。

楚秋有点慌张，还感觉有点不好意思。

周熠月和周熠星眼尖，看出了楚秋有所隐瞒，也没多说，周熠星笑嘻嘻地说回头跟郭导推荐一下楚秋。

最终周熠月就如祁天瑞所交代的那样，把楚秋送到了他家门口，看着楚秋进门了，才转身离开。

楚秋洗漱完刚躺上床，被对戏拉走的注意力在独处的环境下瞬间涌了上来，一闭上眼就会想起梦里接到的那通电话。

毫无预兆的，就说楚姨病逝了。

楚秋被回忆纠缠着无法入眠，终于无奈地从床上爬起来，抱着抱枕盘腿坐在大阳台上，看着窗外的夜景发呆。

楚秋所入住的公寓跟上一次不一样，上次风皇安排给他的是个四十来平的单身公寓，这次却是七十多平的两室一厅，还带了个向阳面的大阳台。

楚秋坐在阳台上看着夜景发愣，怎么都合不上眼。

第二天去医院的时候，楚秋的精神状态有些糟糕。

楚姨进了手术室之后，一直挂着笑容的楚夏也有些忧心忡忡。

她轻轻拍了拍楚秋的肩，揉了把脸："放心吧，不会有事的。"

楚秋不吭声，坐在手术室外的休息椅上，背脊挺直，手握得死紧，目光一眨不眨地盯着手术室的门。

楚夏叹了口气，伸手握住了楚秋的手。

大热天的，楚夏却感觉楚秋的手冷得像冰一样。

楚夏心态很好，因为医生说手术成功率高达百分之八十，只要没有并发症，基本上就是稳稳能成功的。

术前，负责主刀的医生还笑着说病人的状态很好，术后好好复健，注意保养，完全不会有什么问题。

楚夏张了张嘴，想要安慰两句，但楚秋紧张慌乱的神情让她把到嘴边的话又咽了回去。

这个弟弟向来不爱说话，从小到大跟别的小朋友也不算亲近，现在还有联系的那些人里，绝大部分在小时候都抢过楚秋的糖。

虽然楚秋被外边的人欺负时，福利院的小孩子们会帮楚秋揍回去，但因为经常被抢糖的关系，楚秋还是不太敢跟他们玩，每天都跟在楚姨屁股后面，也不吭声，像条小尾巴似的。

要说整个福利院里谁最真心实意地把楚姨当母亲，楚秋说是第二，真没人敢拍着胸脯说自己是第一。

这一次要不是因为楚秋机缘巧合带着楚姨来检查了一次，那后果……

楚夏抿了抿唇，站起身来，还是决定去给楚秋倒杯热水来，就算不喝，暖暖手也好。

楚秋盯着手术室的门不放，直到紧握的手被强硬地掰开，塞进了一杯热水，他才意识到楚夏离开过又回来了。

"冷静一点。"楚夏说道。

楚秋抿着唇，一言不发。

"你可以看看手机玩玩游戏，转移一下注意力。"楚夏说完，觉得楚秋手机里肯定是没有游戏的，于是把自己的手机递给他。

楚秋摇摇头，没接，继续盯着手术室的门发愣。

"医生说至少四小时呢，你打算僵在这儿等四个小时啊？"楚夏问道。

楚秋反应慢吞吞的，转头看了楚夏一眼，点了点头，又转了回去。

楚夏没话说了。

她泄气地坐在旁边，干脆自己看起了之前做的护工笔记。

楚秋还就真的僵坐了四个小时。

祁天瑞知道楚姨今天动手术，他掐着时间去周熠月店里点了几样菜，然后转道去医院。

停好车，他掏出手机给楚秋发信息。

裤口袋里突然震动的手机惊到了楚秋，他快速地眨眨眼，活动了一下僵硬的手，才把手机拿了出来。

信息是祁天瑞发来的，问楚秋楚姨的手术怎么样了。

楚秋刚输入两个字，手术室的门就打开了。

楚秋猛地站了起来，手机砸在地上都没心思去捡。

楚夏也跟着站起来，两人看着走出来的医生，一脸急切。

医生笑了笑："放心吧，手术很顺利。"

楚秋悬在嗓子眼的心脏终于落回原地，他紧盯着被推出手术室的昏睡中的楚姨，浑身僵硬，挪不动脚。

楚夏喊了他好几声，都没能把他的魂喊回来。

最后楚夏干脆跟着病床一起走了，楚秋还站在手术室外发蒙。

祁天瑞老半晌没等到楚秋回复，心里有点慌。

楚秋一贯很有礼貌，面对没有明确矛盾的人，他就算是睡得正香被吵醒，也会乖乖接电话回消息，没有一点脾气。

但楚秋竟然没回他消息！

难不成楚姨出了什么意外？

祁天瑞越想越慌，头一次一点纠结都没有，干脆利落地拨通了楚秋的手机。

祁天瑞找到楚秋的时候，楚秋正坐在手术室外的地上，背靠着休息椅抱着膝盖，把自己团成一团，目光呆滞，俨然一副"我傻了"的样子。

楚秋的手机躺在他旁边的地上，黑色的机身白色的地面，显得孤零零的。

祁天瑞帽子墨镜口罩全副武装，为了避免被人认出来，他穿了件肥大的 T 恤加牛仔裤，还一手拎着一个保温桶，浑身都往外冒土气。

祁天瑞保证这扮相，他妈站在他面前都认不出来。

祁天瑞走到楚秋旁边，把手机捡起来，坐到了他身边。

团成一团的秋团子动了动，转头看了一眼身边的人。

手术室门口往来的人很少，这会儿更是一个都没有。

祁天瑞偏头对上了楚秋的视线，把口罩摘了下来。

楚秋愣了好一会儿才反应过来："祁哥？"

祁天瑞点点头，把手机递给楚秋。

楚秋真没见过祁天瑞这样生活化的打扮，他张嘴惊讶了半晌，才问道："你怎么来了？"

祁天瑞顿了顿，思考了几秒应该怎么回答这个问题。

最终他含糊道："就是过来看看，你没接我电话，我就问了你姨的主治医生。"

楚姨手术十分顺利，没出一点岔子，这让祁天瑞感到很高兴。

楚秋懵懂地点了点头，并没有察觉出祁天瑞的含糊。

他的视线转向了祁天瑞手里的保温桶。

祁天瑞顺着看过去，解释道："给你的，还有你那个姐姐。"

"啊……"楚秋愣愣地应了一声，"谢谢祁哥。"

　　"起来吧，也到饭点了。"祁天瑞站起身来重新戴好口罩，拎着保温桶，顺便把楚秋也拉了起来。

　　楚秋顺着力道站起来，带着祁天瑞往楚姨的病房走。

　　楚姨全麻还在昏迷，楚夏正在听护士交代注意事项，比如有什么不对一定要马上按铃通知之类的。

　　楚秋和祁天瑞走进来，护士小姐没有认出全副武装的祁天瑞，而是对楚秋笑了笑，就离开了。

　　祁天瑞把保温桶放在桌子上，摘掉了墨镜口罩和帽子。

　　楚夏惊讶地瞪大了眼，而楚秋并没有觉得有什么不对，顺手给热得满头大汗的祁天瑞递了张纸。

　　祁天瑞有些意外，动作却没有停顿，理所当然地接过纸擦了擦汗。

　　"你们先吃饭吧，我已经吃过了。"祁天瑞说道。

　　楚秋点了点头，跟楚夏两个拿了保温桶和病房里的碗筷，跑到阳台上吃饭。

　　祁天瑞没跟出去，选择坐在病房里吹空调收汗。

　　楚夏转头看了一眼屋里的祁天瑞，轻轻捅了捅楚秋："真是祁天瑞？"

　　楚秋正在开保温桶，点了点头。

　　"他怎么跑过来了？"楚夏小声问道，"还有，我一直没问，之前他怎么会跑来医院找你的？"

　　楚秋摇了摇头，表示自己并不清楚。

　　他性格被动，不喜欢多花脑力去思考别人的目的，比起认认真真去考虑别人脑子里想的是什么，楚秋比较倾向于单纯从语言去了解，然后用自己的眼睛去分辨。

　　别人说什么，那他就听什么；别人不愿意说，他也就不问；如果感到疑惑了，就自己找个机会去求证，把疑惑解开。

　　楚秋对祁天瑞十分信任，所以他虽然对祁天瑞的一些行为感到不解，却自动自发地将之归类为了理所当然。

　　总归祁天瑞不会害他，没有必要非得知道他的一二三四个出发点吧？

　　就跟朋友和家人之间相互帮助是理所当然的一样，出于感情自然而然的关心，哪会有那么多弯弯道道。

　　楚夏咬着筷子，等着楚秋把保温桶里的菜分碟装好，忍不住又回头看了看房里的祁天瑞。

　　"小秋啊……那个祁天瑞……"

　　但看到楚秋茫然的样子，楚夏把后面的话咽了回去，转而说道："祁先生对你挺好的，吃饭吃饭。"

　　楚秋点点头，就如楚夏说的那样，乖乖吃饭，吃完了又乖乖跟姐姐一起刷碗洗保温桶。

人吃饱了就会犯困，尤其是楚秋一晚都没合眼，再加上心里的包袱终于卸掉了，所以没过多久就在祁天瑞放低声音的催眠之下昏昏欲睡。

祁天瑞欣赏了一会儿楚秋脑袋一点一点、迷迷糊糊的模样，又抬头看了看楚夏。

楚夏听祁天瑞说娱乐圈里的事情正听得津津有味，见祁天瑞看她，这才发觉楚秋在犯困打盹，便指了指一旁的陪床位。

本意是想把楚秋带走的祁天瑞：……

他叹了口气，把迷迷瞪瞪的楚秋哄去了床上。

楚秋困得不行，也不认床，一碰到软绵绵的被褥，毫不犹豫地倒上去，抱着被子迅速团成了一个团，秒睡。

楚夏观察着两个大男人的互动，等到祁天瑞坐在楚秋床边上欣赏够了秋团子的睡颜站起来的时候，她终于一咬牙，喊他："祁先生。"

祁天瑞偏头看她，面带疑惑。

他倒不至于对楚夏摆冷脸，毕竟是楚秋的家人，虽然不是亲的，但对楚秋也挺好。

只是对不熟悉的人，他也热络不到哪里去就是了。

楚夏脸上带着不安的笑容，说道："祁先生，您对小秋可真好。"

其实在楚夏心里，娱乐圈里的关系是乌七八糟的一团乱，以楚秋认真得不行的性格，在这圈子里一定是会吃亏的。她怕楚秋被祁天瑞这样的大佬蒙骗。

祁天瑞冷静而直白地坦言道："我欣赏您的弟弟楚秋，我们公司想培养他……"

直到祁天瑞拎着保温桶离开了，楚夏看着躺在床上睡得香甜的楚秋，长出了口气。

楚秋睡得很熟，楚姨都比楚秋醒得要早些。

最后他是被楚夏和楚姨联合起来赶回去的，因为楚夏听祁天瑞说，楚秋明天要去参加周熠星的电台。

楚姨情况稳定，工作对背着一身债的楚秋而言，就显得非常重要了。

所以楚夏和楚姨把人撵走，还交代他一定要好好表现，她俩都会按时收听。

并不怎么会说话的楚秋感觉压力有点大。

他在回去的路上，给周熠星发了消息，询问有没有台本。

周熠星回了他四个字：没有，闲聊。

完全不会闲聊的楚秋：……

周熠星说是闲聊，就真的是闲聊。

兴致来时唱唱歌，兴致无时瞎扯淡。跟粉丝互动一下，满足一下粉丝的小愿望，比如念念故事或者说一些他们特别喜欢的人物台词什么的，更多的时候是开个热线出来，直接点对点互动。

　　每周日雷打不动晚十点开播，每次一个半小时，粉丝黏着度直线上升，周熠星的粉可是整个圈子里出了名的质量高。

　　这个电台偶尔还会邀请嘉宾，做电影电视剧的宣传，不过这就纯粹看跟周熠星的关系和周熠星高不高兴了。

　　楚秋休整了一天，其间收到了张大力发来的试镜通知。张大力告诉了他时间和地点，到时候会来公寓接他。

　　到达电台的录音棚时，周熠星正抱着一杯泡面吸溜。

　　他向楚秋招了招手，额头前边的刘海扎成了个小辫，随着他的动作一翘一翘的。

　　"秋来啦！吃晚饭了吗？"

　　这都快十点了，当然吃了。

　　楚秋点了点头，看了一眼他手里的泡面。

　　"今天都没来得及吃晚饭，趁现在赶紧垫垫肚子。"周熠星喝了口汤，"想好今天说什么没有啊？"

　　楚秋犹疑一下，点了点头。

　　他写了一堆小剧本，全是周熠星和周熠月的料。

　　他们之前喝酒喝嗨了说了不少东西，楚秋挑挑拣拣把能说的记录了下来。

　　周熠星的电台，收听的人都是周熠星的粉，多说点周熠星的事情大概会更让粉丝听众高兴。

　　周熠星也想了一堆话题，全是祁天瑞和楚秋的料，间或夹杂着张大力。

　　周熠星觉得他请了楚秋，就得多制造一点楚秋的话题，让听众对陌生的楚秋有一个基础的好感。

　　两个准备互相伤害的人对视了一眼，周熠星率先问："你居然想好了，想的什么啊？"

　　楚秋眨了眨眼，把自己打印出来的小剧本递给了周熠星。

　　周熠星目瞪口呆："……你还准备得这么充分啊。"

小剧本上边写着诸如周熠星小学时没写作业偷偷把周熠月的作业本改成自己的名字，结果却忘了把自己的本子改成周熠月，结果被他哥和他妈联手爆捶一顿的事。

还有高中的时候，周熠星假装成周熠月偷偷收妹子给他哥的情书的事。

又比如这两个戏精看了某部男公关动画之后，学人家玩"猜猜谁是星星"的游戏，结果被烦不胜烦的老妈拿着晒衣杆追杀了两条街的事。

还列了这些事说出来的时机一二三四五，以及语气一二三四五。

周熠星：……

这种黑历史就别说了吧，说了我掉粉怎么办。

"其实我本来是准备说点你的事情的，但我对你的事知道得也不多，大多都跟祁天瑞有关系。"周熠星放下手里的小剧本，"总把你的话题带上祁天瑞不合适。"

楚秋点了点头，总是捆绑的话会被粉丝当成是炒 CP。

别以为炒 CP 两家粉就会亲如一家了，更多情况下，除了 CP 粉会和谐之外，其他粉丝只会撕得更厉害。

尤其是两方的地位资历并不对等的时候。

"还是瞎聊吧，顺其自然，大不了我多唱唱歌，你准备的这些……"周熠星看了一眼时间，距离开播也就五分钟了，他心情复杂地看着上边列出来的事情，拿笔划掉了几个，深吸口气，"看情况说点也行，给我留条活路啊。"

楚秋笑了笑，起身进了录音室，坐下之后，看到打光师扛着反光板跟进来，愣了愣。

周熠星拿了个 DV 放在一边的台子上，听着打光师的意思调整着位置和高度。

周熠星摆好了位置，向楚秋解释道："拍花絮，回头剪个五分钟的片段发出去，能卖脸当然要多卖一卖。"

楚秋点点头，戴上了耳机。

楚秋听着耳机里的倒数，倒数完的瞬间就听到周熠星开口说了长长的一连串话，大约是节目介绍和自我介绍。

"今天的友情嘉宾是锦鲤先生楚秋！鼓掌鼓掌。"

周熠星的口才很好，又会聊天，跑宣传的时候总是被称为剧组综艺之宝，哪怕楚秋不擅长这种即兴聊天，也被周熠星带着说了许多话。

楚秋抖料抖了个爽，还接到观众热线说希望锦鲤可以帮着语音抽个卡。

没想到楚秋还真帮这姑娘抽了一张超稀有的卡出来。

周熠星愣了愣，一边摸出手机，一边笑嘻嘻地看着被新的热线拜托唱《两只老虎》哄小孩子睡觉的楚秋，对着 DV 的摄像头，悄咪咪地在摄像头前边不远处打开了手机里的游戏。

周熠星摘掉耳机，凑在 DV 旁边，用气音说道："我们来见证一下奇迹。"

然后就着楚秋唱《两只老虎》的声音，周熠星点开了语音抽卡。

屏幕连续蹦出三道金光，十一连三张金底超稀有。

周熠星吓得差点没摔了手机。

楚秋刚好唱完，疑惑地看向他。

周熠星脸上的惊恐顿时一收："唱完了？"

楚秋点了点头。

周熠星把手机反扣在桌面上，兴致勃勃，看起来特别高兴："那接下来我唱一唱保留曲目《小星星》好了。"

楚秋没意见，转头就看到外边导播冲他们竖了个拇指，举着牌子说这一期收听人数涨了不少。

对于这个结果，楚秋虽然不明白为什么，却还是有点小开心。

这都是进步的脚印，楚秋想。

祁天瑞推开电台棚的门时，楚秋和周熠星刚结束节目，正在听导播乐呵呵地说这一次的收听波动。

导播说最后十分钟，楚秋帮幸运观众抽卡之后收听率涨到了一个高峰。

周熠星深以为然："锦鲤嘛！"

楚秋：……

不，我不是，你们真的误会了。

祁天瑞敲了敲门。

录音室里的几个人转头看过去，每个人脸上都是惊讶。

祁天瑞向楚秋晃了晃手里的保温桶，脸上带着细微的柔软笑意。

"大力他媳妇柳女士的慰问品。"

楚秋回了个笑，喊了声"祁哥"，继续低头整理桌上翻乱的纸张。

他完全没意识到这保温桶里的东西是给他的。

大概是给周熠星的吧，楚秋想。

毕竟周熠星和祁哥关系很好，今天又没吃晚饭，辛苦了一整天，收工慰劳一下理所当然。

周熠星看了看祁天瑞，又看了看无动于衷的楚秋，愣了半晌，仿佛明白了什么，转身冲祁天瑞咧嘴一笑，大步迎上去。

"嗨呀！祁大老板你怎么知道我没吃晚饭！"

祁天瑞瞪着周熠星，一脸"我超凶你快滚"的表情。

周熠星嬉皮笑脸地看着祁天瑞，低声道："我也饿了。"

祁天瑞气歪了嘴："滚一边去！"

祁天瑞疯狂甩着眼刀子。

周熠星顶着祁先生仿佛要杀人的视线在一边坐下。

他冲楚秋招了招手："秋！来一起吃夜宵！"

楚秋愣愣地从录音室里走出来，还显得有点茫然。

周熠星转头看看脸色黑沉沉的祁天瑞，脸上都要笑出花来了。

这可真是太有意思了！

柳姐煲的海带排骨汤味道几年如一日。

楚秋礼貌性地喝了碗汤，小口小口抿着。

他是吃不胖的体质，但每天晚饭过后也会尽量避免吃东西，毕竟身上长点肉，在镜头下会暴露得非常彻底。

周熠星也没吃多少，说是新接了戏需要控制体重。

祁天瑞知道演员想要在镜头下好看，基本上都得瘦成一道闪电。

所以他也没带多少过来，周熠星和楚秋两个分着还是能吃得完。

"明天是刘导的试镜吧？"祁天瑞问楚秋。

周熠星看了一眼祁天瑞，又看了一眼点头的楚秋，咂了咂嘴。

祁天瑞很相信楚秋，见他点了头，便不再多问，只是明确说道："刘导要是有意选你，公……"

祁天瑞顿了顿，深觉自己那个总是喜欢把公司推在前面当门面的习惯真的不好！

改！

必须得改！

祁天瑞下了决心，改口道："要是刘导有意选你，我给你追加投资。"

楚秋却并没有发觉这个小细节，他抬眼看了看祁天瑞："带资进组？"

"嗯。"祁天瑞点了点头。

楚秋垂下眼喝汤，没有意见。他清楚，刘导那个大IP剧不带资的话被选上的概率非常小，尤其是他现在基本没什么市场价值的时候。

楚秋喝完了大半碗汤，站起来去了洗手间。

周熠星看着人走远了，伸手肘捅了捅祁天瑞。

怅然地瞅着门口的祁天瑞转头看过来，很是不开心，没好气地问："什么事？"

周熠星习惯了他的狗脾气，也不觉得怎么样，只是问："你跟楚秋什么时候认识的？"

祁天瑞瞥他一眼："问这个做什么？"

周熠星心说他好奇啊！

嘴上却道："你讲实话，是不是早就注意到他了？"

祁天瑞点点头，也没瞒着："是啊，但是最近才接触他。"

祁天瑞压根儿没想过要在朋友们面前藏着掖着，毕竟以他们对他的了解，稍微相处一下就能知道，祁天瑞对楚秋的关注和了解绝对不是短时间内该有的。

周熠星一点不意外祁天瑞的坦诚，他也觉得这人八成已经盯很久了，不然没办法解释为什么祁天瑞动作这么大，非得挖一个屁点热度没有的小新人回来。

重要的是还祭出了张大力去照顾这个小新人，之前他们想要蹭一蹭张大力的人脉都还被拒绝了呢。

现在一比较，祁天瑞这心简直是偏得没边了。

"最近才接触？"周熠星叼着勺子皱了皱眉。

那楚秋的演戏小技巧估计不是祁天瑞亲自教的了。周熠星想，毕竟楚秋用得熟练得很，信手拈来，估计学会的时间不短了。

"哎。"周熠星凑近了祁天瑞，"我觉得你希望还是挺大的。"

祁天瑞一愣，打量着周熠星，问："此话怎讲？"

"昨晚上我们对戏的时候，楚秋有好多小技巧都是模仿你的。"周熠星晃晃脑袋，刘海扎着的小辫子一翘一翘，"以那熟练度，模仿的时间估计不短了，这孩子很崇拜你嘛。"

祁天瑞闻言一笑，笃定道："这不可能！"

祁天瑞很清楚，楚秋原本对他那些小技巧一无所知，都是他亲自教的，之所以印象深刻，是因为这是梦中他们两个人为数不多的独处和接近。

那几天里，楚秋每一句话每一个神情，祁天瑞都记得清清楚楚。

楚秋的天赋非常高，而且十分认真，属于一教就会的那种类型。

后来在荧幕上看到楚秋使用他教会的小技巧，祁天瑞内心还抱着一种微妙的窃喜。

所以周熠星说楚秋这会儿就会他教的那些小技巧，祁天瑞是不信的。

"怎么就不可能了，我眼睛那么尖的！"周熠星表示自己看得清清楚楚。

祁天瑞还是不太相信，他沉默了好一会儿，心里又有些隐隐的期待。

"真的？"

"真的啊！"周熠星说道，"而且……怎么说，虽然只是对戏，但楚秋看起来真不像个新人。"

祁天瑞皱着眉，陷入了沉思之中。

周熠星拍了拍祁天瑞的肩膀："哎，楚秋回来了，自己问问不就知道了。"

祁天瑞转头看向推门回来的楚秋，有些迟疑。

他很清楚楚秋一开始对待演艺事业的心态，就是单纯地当成一份工作，态度勤恳，要他特意去观察另一个演员的小习惯和技巧并加以模仿，是不可能的。

每个成名的演员都拥有自己的风格，还有一些心得体会和独特的小技巧，楚秋后来也有，只是其中多少还留着祁天瑞的影子。

但那应该是很久之后才发生的事情。

楚秋也是从青涩慢慢成熟起来的，现在的楚秋，应该怎么也担不上混迹娱乐圈这么多年的周熠星一句"不像新人"才是。

楚秋察觉到祁天瑞对他的注视，礼貌地看回去，疑惑道："祁哥？"

祁天瑞抿了抿唇，开口道："楚……小秋啊。"

楚秋对祁天瑞喊这个称呼有点不适应，但还是点了点头。

祁天瑞却不知道怎么说下去了。

难道直接问楚秋为什么会那些小技巧？是不是模仿他了？

不管怎么问听起来都有点像指责。

但祁天瑞又迫切地想知道楚秋是不是真的如周熠星所说的那样。

因为梦中这个年纪的楚秋，应该还在天使娱乐里当一个籍籍无名的小透明，对演艺圈并没有太高的热情。

可眼前的这个楚秋似乎并非如此。

如果没有热情，怎么会想到要模仿他，怎么会有能够让周熠星都觉得不像新人的技巧和演技。

祁天瑞抓心挠肝地想问，却又找不到合适的言辞说出口。

他纠结了半天，最终对楚秋摆了摆手，含混了过去。

祁天瑞决定等明天楚秋试镜结束后，去找刘导讨试镜影片看看。

他想看看楚秋到底是不是私底下悄悄模仿他了，也想知道现在的楚秋到底是个什么水平。

另外还有一个大胆的想法，祁天瑞压在心底深处，没敢去细想。

周熠星凌晨的航班，要去 C 市录制一个综艺节目，祁天瑞从张大力那里知道这件事，特意跑过来慰问楚秋，顺便送他回去。

楚秋有些困了，他头靠着窗，抬眼看看驾驶位上的祁天瑞，觉得自己还是得找个时间去把驾照拿了，虽然平时也不会有多少机会亲自开，但像这种时候要是自己有车就不用太麻烦别人。

祁天瑞在一个红绿灯口停住，从后视镜看向后座上的楚秋。

车内没有开灯，昏暗的车厢里只有一旁昏黄的路灯落入的暗淡金辉。

大约注视着在意之人的时候，人总会不自觉地加上几层厚厚的滤镜。

楚秋的脸色在暗淡的灯光下显得有些苍白。

这个人总是能给他惊喜，祁天瑞想。

不论是性格、天赋，还是那张让人看了就忍不住升起好感的脸，又或者是那份努力和坚持——楚秋总是让祁天瑞感到意外和惊喜。

祁天瑞的指尖轻轻敲击着方向盘，看着还剩一分钟的红灯，打破了车厢里的安静。

"公寓住得还习惯吗？"他问。

楚秋愣了愣，因为睡意上涌而有些迟钝的头脑缓慢地运作起来，含混地应了一声。

那声音带着鼻音和困倦的慵懒，祁天瑞忍不住回头看了一眼，见楚秋正揉着眼睛。

"困了？"

楚秋点了点头："嗯。"

"休息一会儿吧，还有半小时就到了。"祁天瑞说道。

楚秋很干脆地闭上了眼，这个时间点已经超过他生物钟的睡眠时间了。

楚秋今天一整天都在考虑刘导的戏和周熠星的电台——他不擅长应付突发事件，就只能多下功夫去防止意外发生。

比如给自己写小剧本，比如扎实努力地备戏。哪怕他并不确定自己能不能在竞争中留存下来。

演员忙碌起来，只能在交通工具上休息这种事情简直是家常便饭，楚秋习以为常，祁天瑞也习以为常。

祁天瑞将空调的朝向和温度调整好，免得楚秋睡着之后感觉冷。

祁天瑞并不清楚在他认识楚秋、发掘楚秋之前，这个人的生活环境和态度是怎么样的，只知道他在天使娱乐不算好，因为经纪人刻意的打压，两年里没有任何热度。

祁先生看着跳绿的指示灯，发动了车子。

他开得慢而平稳，尽量不让楚秋因为刹车和油门的力道而惊醒。

祁天瑞很享受这样安静宁和的相处，也十分享受楚秋的信任。

虽然他知道这份信任源于楚秋内向到几乎不会反抗的性格，但祁天瑞就是高兴。

他有的是时间让楚秋发自内心地将信任交给他。祁天瑞想着，带着温和笑意的视线不时透过后视镜，看向后座上睡得安稳的青年。

楚秋睁眼的时候，他们已经到了公寓的地下停车场，祁天瑞停的位置距离楚秋公寓的电梯口不远。

楚秋解开安全带："谢谢祁哥。"

祁天瑞回头道："不谢，明天试镜加油。"

楚秋闻言，笑着点了点头。

祁天瑞盯着楚秋离开的背影，突然放下车窗，喊住了他。

楚秋回过头来，疑惑："怎么了？"

"就是……"祁天瑞有满腔想说的话。

比如你从哪儿学来的那些小技巧。

但最终，祁天瑞却只是给了楚秋一颗大白兔奶糖，然后跟他说了声晚安。

楚秋高兴地收下了糖，回了声晚安。

直到楚秋的身影消失，祁先生才面无表情地、重重地捶了一下方向盘。

祁天瑞满脸纠结地敲着自己的脑袋，非常的恨铁不成钢。

因为试镜影片通常只会留下正式演员的，所以在第二天试镜开始之前，祁天瑞特意给刘导去了个电话，说想要楚秋的试镜影片。

试镜影片是不外传的，祁天瑞也没让刘导为难，说到时候直接去刘导那里看。

又因为试镜影片通常只有一台正面拍摄的摄影机的缘故，祁天瑞担心看不着细节，又特意让张大力帮忙留意一下。

实际上他本意是亲自带楚秋去试镜的，但是被张大力以"你别搞事"为由，无情地拒绝了。

所以在楚秋随张大力去试镜的时候，无比委屈的祁天瑞被留在了公司里乖乖上班。

张大力提都懒得提祁天瑞的事了，他在车上给楚秋耳提面命，说的都是刘导的忌讳。

刘导也是拿过许多奖项的导演了，在国内是数得上号的大导，跟同行开始拍大荧幕之后就不想再拍电视剧的习惯不一样，他的团队并不在意到底是电影还是电视剧，有了好本子，就愿意拍。

刘导的电视剧通常都是大制作，虽然是电视剧，制作精细度比不上电影，却也没差上太多。

至少要让观众看起来没有违和感，这是刘导经常挂在嘴上的底线。

刘导的剧本身就是收视率的保障，光是首播独播权就能卖出天价，一点都不愁会赔本，刘导担起来的剧，也向来不缺投资。

不过拍戏嘛，自然是投资越多越好，钱越多，就越能追求精细完美。

所以对于带资进组的演员，只要演技过得去，人不作妖，刘导都是非常欢迎的。

张大力虽然不担心楚秋会作妖，但该提醒的还是要提醒到位。

张大力说得口干舌燥，天气又热，放在后备厢里的一箱子水都变得温热了。

他拿了一瓶，试了试温度又放回去，转头对楚秋说道："刘导等下该到了，你在这里等会儿，我去买两瓶冰水来。"

明明是非常知名的经纪人了，却干着助理的活。

但楚秋和张大力都没觉得有什么不对——楚秋是习惯了，张大力也是习惯了。祁天瑞当初因为工作忙而睡眠不足脾气暴躁的时候，没少支使张大力做这做那，张大力也无奈，但是小祖宗嘛，惯着就惯着呗。

楚秋可比祁天瑞乖巧多了。

楚秋乖乖点头，目送张大力离开。

张大力太显眼了，在他离开之后，楚秋被一群人注视着，让他感到有些不适。

楚秋左右打量人并不算多的场地，发挥他寻路的天赋，迅速找了个角落躲起来。

刘导的这部戏是 IP 剧，网络原著是女主视角的作品，主要讲述的是蛮族铁骑南下，国破家亡山河飘零之时，退无可退的民众努力站起来的反抗斗争。

其中女主身为地方豪族家的女儿，上有野心勃勃企图谋朝篡位的大哥，下有体弱多病的药罐子亲弟，还有一个满腔热血报效家国的庶弟。

楚秋今天要试镜的角色，就是那个体弱多病的药罐子亲弟。

这个角色的戏份很多，是个很讨巧的悲情角色。

原作者和编剧都不约而同地将这个角色作为当时民众的缩影，让他从起初的怯懦胆小，最终咬着牙挺直了背脊，在家族与故乡摇摇欲坠的时候挺身而出，最终为了护住城内百姓与幼弟，死在了蛮族刀下。

这个重要的角色被原著点明了是个体弱多病的美人，原作者甚至还大胆地用了弱柳扶风四个字来形容。

但有时候现实是很残酷的，就比如圈子里，有脸的演技都不怎么样，一小撮演技好又有脸的，基本上资源都足足的，不愿意再来拍电视剧了。

而不巧，原作中有不少大场面的战争，要制作起来，数来数去都是钱。

所以刘导这次，就抱着让这个角色演技稍微过得去就行的心态，稳坐高台，等着这些来试镜角色的人出价。

楚秋坐在角落里，低头看着手机，上边密密麻麻的是他做的人物分析和小剧本。

楚夏听说他要试镜了，特意一大早给他发了消息说加油。

还附赠了一张和楚姨的合照。

楚姨脸色还有些白，但却是带着笑的。

楚夏说头天晚上没什么事，一切平安。

楚秋回了消息，正准备继续复习，就看到有两个人停在了他面前。

楚秋愣了愣，没想到自己蹲在这个角落里都能被人找到。

他抬起头来，然后皱了皱眉。

楚秋极少对别人表现出明显的嫌弃和不满，但烦得要死的前经纪人在此列之外。

"这不是楚秋吗？"前经纪人见楚秋一个人坐在角落里，左右都没看到张大力。

看起来楚秋也没多受重视嘛，别说张大力了，连个助理都没有。

他咧嘴一笑："来试镜啊？"

楚秋不想理他，干脆冲跟在这个经纪人背后满脸无奈的小哥点了点头。

小哥一愣，冲楚秋咧嘴笑笑，伸手就准备去拉经纪人。

结果在他拉到人之前，经纪人又开口了："来试哪个配角啊？凤凰资源不错嘛，这才几天就让你来试刘导的戏。"

楚秋歪了歪头，余光瞥见张大力拎着两瓶水站在门口张望，便站起身来，准备过去。

前经纪人冷哼了一声。

楚秋听到这声冷哼，脚步一顿，想到之前张大力说过，遇到事情直接反驳，不用怕，他略一犹豫，便转过身来。

"不才，试镜高阳曜。"他语气平淡地说道。

前经纪人的表情瞬间变得无比精彩。

高阳曜，字朗清，小名平安。

男三，女主胞弟，戏份颇多，计划四十八集的剧集中，横贯整整三十九集的剧情。

楚秋说完，屁颠屁颠地跑去找了张大力。

张大力见到楚秋笑弯了眉眼的样子，挑了挑眉："这么高兴？"

楚秋抿着唇，嘴角却翘着，说："嗯。"

张大力忍不住揉了一把楚秋的脑袋，循着他来的方向看去，发现了一个脸色糟糕地看过来的人，愣了愣。

他问："你反驳他了？"

楚秋点了点头，小心地瞅着张大力。

张大力一脸稀奇，然后把冰凉的水贴到了楚秋有些泛红的脸上，夸奖他："干得好！"

楚秋面上的小心翼翼霎时褪去，显得更高兴了。

他接过水，刚喝了没两口，张大力就拍了拍他的肩，说："刘导来了，试镜你排第四，没多久了。"

楚秋探头看向一旁的室内，刚巧第一个试镜的人推门而入，楚秋在门打开的瞬间看到了里边坐着的几个人。

楚秋愣了愣："柳先生？"

"嗯，这部剧的男主是柳闻青。"张大力有点不自在。

柳闻青是张大力的大舅子，是张大力媳妇——被楚秋喊作柳姐的亲哥哥。

张大力年轻那会儿追媳妇的时候，因为长得太粗犷，被柳闻青当成小混混，从家里撵出来好几次，一直都对柳闻青有点阴影。

楚秋知道柳闻青这人稳扎稳打的，一步步往上走，现在是能担票房也能担收视的一把好手。

就是跟楚秋一样，综艺感不强，梦里他俩被并排戏称为"风皇综艺双尬"。

不过柳闻青是因为性格偏正经，压根儿不懂那些梗和玩笑，而楚秋却是因为害羞和不善言辞。

对于柳闻青和张大力之间的一些小矛盾，楚秋也是有所耳闻的。

张大力逞强："没事，你要是试镜过了，回头我去跟他说一下，让他在组里照顾照顾你。"

楚秋眨了眨眼，说道："对手戏少。"

张大力一时没反应过来什么意思，过了几秒，才恍然。

楚秋的意思是，要是他跟柳闻青的对手戏少的话，在组里碰上的机会并不多，想照顾也照顾不到。

何况就算是有对手戏，也不一定要在一个场地里拍出来，多的是方法用镜头切换来组合戏份。

许多剧组为了节省时间，都是习惯好几个场地摄影组分开同时拍摄的。

除了群戏和有亲密接触的戏码需要同一个摄影组一起拍摄之外，很多演员分在不同组里，一部剧拍完了都不见得能见上一面。

张大力觉得自己的理解能力真是越来越牛了。

他叹气，又揉了一把楚秋的脑袋，说："没事，他要是罩不住，还有我呢，我罩你。"

张大力那张天生就像混黑的脸说出这种话，是非常让人有安全感的。

楚秋跟张大力小声交流了几句之后，里边就喊到了他的名字。

张大力跟着楚秋进了屋子，抬头对坐在台子上的几个人点了点头。

楚秋站到场中，摄像机架在不远处，话筒伸得老长。

刘导饶有兴致地看着楚秋。

楚秋的脸他是十分满意的，当初张大力发来资料的时候，他就很满意这张脸了，但是楚秋没有人气，也没有作品，以往的那些履历并不足以让刘导私下里把楚秋内定下来。

祁天瑞早先给他打电话要看试镜影片，这让刘导升起了点八卦的心思。

这几天风皇那帮一线演员的动静太明显了，摆明了就是要捧楚秋。

这个楚秋非科班出身，接受训练的时间也不长，这让刘导有些不信任，其实要是楚秋的演技过得去，刘导是很愿意卖风皇一个面子的。

前提是过得去，而且，首要的问题照旧还是钱。

不过既然风皇要捧人，那砸钱，砸大钱，是不可避免的事。

刘导微微坐正了一些，拍拍自己的圆肚皮，笑得跟个弥勒佛似的。

"楚秋是吧。"他看着场中标致隽秀的青年，从试镜片段中挑出了两个来，让楚秋试演。

第一个场景，是高阳曜刚出场的时候，自卑怯懦，身体虚弱，受不得风吹遭不住日晒，出门时正巧遇见有人背地里嘲弄他的姐姐，一怒之下搭弓射向那些宵小，将人吓退。

第二个场景，是高阳曜站在城头，面对即将倾覆的故乡，挺直着背脊，满目萧然与悲壮，最终在满城哀兵的注视之下，率先抽出手中之剑。

两个场景台词都不多，却需要充沛的情感来演示。

好在这些试镜的片段，楚秋昨日在自己的小公寓里都一个一个地试演过了，录制的工具就是他那台两千出头的便宜国产手机。

楚秋花了几分钟回忆了一下这两个片段，脑子里过了好几遍，才向一旁对台词的工作人员点点头，开始了表演。

张大力虽然觉得祁天瑞烦，但祁天瑞特意交代他关注的事情，张大力还是会帮着看看的。

楚秋开始表演没一会儿，张大力就感觉到有点儿熟悉。

比如说，楚秋在表达沉思的时候，视线会错开镜头向左移，脑袋微偏，约莫两三秒，然后抬眼面对对手说出台词。

这是祁天瑞的习惯。

又比如楚秋在从侧面转头看向镜头的时候，会习惯性眨一下眼，瞥向镜头时这一眼就会格外有韵味。

这也是祁天瑞的惯用技巧。

刨除对楚秋的入戏速度和演技的赞赏之外，张大力看楚秋，怎么看怎么觉得这人的小细节里有着那么点祁天瑞的影子。

不是很明显，也融入了楚秋自己的东西，但熟悉祁天瑞，经常跟他演对手戏的人，仔细一看多少都能觉察出来一些。

在场的比如张大力，比如柳闻青。

柳闻青挑了挑眉，对楚秋这些纯熟的小技巧挺欣赏。

张大力心情就比较复杂了。

他之前怎么就没发现这一点，反倒是让祁天瑞先发觉了。

怪不得祁天瑞让他帮着留意一下楚秋的表演，张大力一开始还寻思这有什么好留意的，结果这一看顿时就明白了。

张大力有点自豪，自豪完又在思考祁天瑞到底是什么时候跟楚秋倾囊相授的。

楚秋的试演很顺利，没忘词也没出意外，演完之后，场地里沉默了一阵。

柳闻青是挺满意的，内心比较了一下包括楚秋在内的前四人的表现，认为单论演技，楚秋应当是水平最高的，但人气另算。

不过他也知道，以祁天瑞对楚秋的意思，只要刘导松口，这个角色估计是稳了。

柳闻青想着，向楚秋笑着点了点头，表示友好。

楚秋有些拘谨，腼腆地回了个笑。

刘导瞅了楚秋一会儿，摸了摸自己的脑袋，起身把张大力拽到了一边。

"你家这个新人不错啊。"刘导悄咪咪地说道。

张大力点了点头，挺自豪："那是，您看怎么样？"

"之后试镜这个角色的还有俩，但是前边的我都不满意，后边两个也是流量小生，水平怎么样我是很清楚的。"刘导说着，搓了搓手，"比来比去，我觉得你家这个比较好。"

张大力笑着点点头，问："您这是想定下了？"

"想，但是楚秋没什么人气……"刘导笑了两声，话也说得敞亮，"我知道这个新人是你们要强推的，直说吧，能带多少投资来？"

张大力伸出三根手指，道："这个数。"

刘导眉头一皱："三千万低了啊，这可是男三。"

张大力讨价还价："这是追加，风皇之前不是已经投资不少了？"

刘导张了张嘴，还想多抠点出来，转头一算风皇之前的投资，咂了咂嘴，见好就收："行，三千万就三千万，差不多了。"

张大力一笑，伸手跟刘导握了握："合作愉快啊，刘导。"

旁听了全过程的柳闻青先生一时无言，他觉得这对话要稍微截取一下，简直活像是在搞见不得人的人口买卖。

人虽然已经定下了，但为了表面上过得去，后边两个的试镜还是要进行下去的。

张大力带着楚秋出去，表面不动声色。

刚一出门，就看到了正在大厅里等着的前经纪人。

张大力往楚秋前边一站，挡住了那人投来的视线，虎着脸瞪着眼，拉着楚秋走了。

前经纪人气得脸色通红，转头冲压根儿不想管他这破事的小哥说道："你看见没，出来的时候都板着脸，肯定是失败了！"

小哥看天看地就是不看面前的经纪人，心里感觉有点腻得慌，但又不得不干巴巴地应了一声"哦"。

张大力走进电梯，还皱着眉头："这个人好烦！"

楚秋觉得张大力这话说得没错，不过他倒不觉得生气，于是伸手拍了拍张大力的背算是安慰。

但张大力似乎并不需要他的安慰。

他皱着眉头，想着想着突然就咧嘴一笑："他肯定觉得你没选上。"

楚秋点了点头，他也这么认为。

这个经纪人总觉得楚秋一开始不行，就会一直不行，认为楚秋是他拉进圈里的，脱离了他之后就会寸步难行。"你说，等你进组了，他会不会气到昏过去？"张大力认真探讨。

楚秋也跟着认真地想了想，不确定道："大概……"

自视甚高看不起别人的人，转头发现那个被他看不起的废物爬到他头上去了，而他自己还半死不活，气出病来可能都是轻的。

张大力一想到这人在演员名单公布之后的憋屈，顿时就不气了，转头乐呵呵地出了电梯，大步走到车旁边。

"这部戏风皇投资很多的，到时候剧本拿到手上了，要是跟柳闻青一个组的话，就多跟他交流交流，要是没在一个组，你也要把腰杆挺直了。"张大力说，"特别是像刚刚那种的，不许尿！知道吗？"

楚秋乖乖点头，转身去拽安全带。

"哦对了，你从哪儿学的祁天瑞？祁天瑞特意让我帮忙留意来着。"

张大力坐上了驾驶座，发动了车子，没发觉后座上楚秋突然凝滞的动作。

"你扒他那些电影和电视学的？学了挺久吧，看你挺熟练的。"

楚秋张了张嘴，半晌，才小心地问道："祁哥……留意这个？"

"嗯，祁天瑞他……"张大力道，"祁天瑞他关心你嘛。"

楚秋愣愣地眨了眨眼，干巴巴地道："……哦。"

张大力开着车，说："毕竟他关注你挺久了。"

"……嗯。"楚秋点点头，这事张大力之前就跟他讲过了，楚秋并不意外，但他突然就有些在意，想了想，问道，"什么时候？"

"嗯？"张大力疑惑了一会儿，"你是说他什么时候关注你的？"

楚秋点了点头，见张大力专心开车没有发觉，又应了一声。

张大力想起祁天瑞一开始的说辞，以一种开玩笑的口吻回答道："他说是在梦里。"

"也不知道祁天瑞打哪儿学来的这种套路。"张大力并没有察觉到楚秋的异常。

楚秋沉默地扣好了安全带，抿着唇，不说话。

张大力已经习惯了楚秋的沉默，楚秋不吭声，他完全可以自娱自乐地说下去，提起祁天瑞，那话喋喋不休地能扯上好几个小时不带停。尤其是在祁天瑞贼熊贼作还特别能折腾的情况下，张大力说起祁天瑞，那秃噜出来的，字字句句全都是单身老父亲步步拉扯熊孩子长大的血泪。

"戏精吧他。"张大力叨叨着，注意力都在开车上，并没有分出多少去考虑自己说的话会不会给祁天瑞的光辉形象抹黑。

"小秋我跟你讲，你别看祁天瑞镜头里人模狗样的，其实私底下跳得很……"

楚秋安静地听着张大力唠唠叨叨，回忆着这些日子里祁天瑞的动作。

越想，越觉得好像是有那么些不对劲。

每件事拆开来仿佛都不是什么大事，但连在一起看，楚秋就发觉，祁天瑞对他是不是太好了一点。

太过关注他，也太过热心了。

楚秋恍恍惚惚地回想着。过了半晌，惊觉那些被他理所当然地接受了的，来自祁天瑞的关心和友好，都应当是建立在祁天瑞跟他认识许久的前提下的。

但实际上，现在的祁天瑞，跟他认识的时间还没超过一个月。

认识一个月没到，怎么会知道他喜欢大白兔奶糖。

认识一个月没到，怎么就会热心地借他钱，还一借就是一笔大数目。

认识一个月没到，怎么会在楚姨动手术那天特意跑来看他，还带了饭菜。

退一步说。

在梦里，是祁天瑞遇到了他，跟他搭了戏，欣赏他，才发掘了他。

而现实里，他又是凭什么突然就得到了张大力的青睐，还得到了风皇一线那群人的友好呢？

梦里，他进入风皇，张大力可是在宣传部里挂了一年多的职才被刨出来的。可现实里，张大力才进了宣传部没多久，屁股都没坐热，就被祁天瑞一脚踢出来带他了。

这些异常，楚秋察觉到了，但都没往心里去。他迟钝是一方面，向来对周围发生的事情漠不关心也是一方面。

毫无目的性地花费精力去观察周围的人和事物，对楚秋而言实在是有些难以做到。

青年皱起眉，脑袋靠在车窗上，感到十分苦恼。

难道祁天瑞跟他一样，也能做预知梦？那这一连串的陌生变化，就完全能够解释了。

怪不得他连公寓都变成了套间。

祁天瑞似乎已经发现不对劲的地方了，楚秋倒是不意外，毕竟祁天瑞跟他不一样，那是个会关心周围的人和事，并且感觉十分敏锐的人。

还是装什么都不知道好了，楚秋十分光棍地想。

反正之后的工作会变得多起来，等到他忙碌起来了，全国甚至世界到处飞，想跟祁天瑞碰面都不是件容易的事。

只是他可能需要写出很多小剧本，来面对可能发生的意外事件。

张大力在楚秋走神的期间说了个爽，等红绿灯期间他看了一眼楚秋，转移了话题。

"郭导那个电影试镜在周五，他们剧组已经快筹备完成了，场地也搭建得差不多了，你要能拿下角色，过了就能开拍。"

楚秋点头表示他知道了。

"你怎么会想到挑这么个角色？"张大力问。

郭导的电影里，楚秋挑的是个反串角色，因为是庶出长子的缘故，被畏惧嫡母的亲娘瞒下了性别，当女孩子养大，性格骄纵任性，对内却又十分护短。

在这部电影里，这个角色戏份并不多，但楚秋记得，郭导这部电影是准备拍续集的，只不过一直到他重生回来，都还没拍出来就是了。

楚秋觉得这个角色能够给郭导留个印象，以后在电影大导面前的路会好走很多。

运气好，说不定这个角色在拍续集的时候还能再带上他。

反串的角色，总是能比别的角色更加让人印象深刻。

对导演、对观众而言都是如此。

楚秋对此深有体会，因为在梦里，他第一波热度就是因此而来，直到他成名，都一直被反复提及。

楚秋诚实地回答了张大力："因为印象深。"

张大力点了点头，突然一笑："其实那两个电影角色，都是祁天瑞要求加上的。"

楚秋无言地闭上了嘴。

他更加确定祁天瑞就是梦里他认识的那个祁天瑞了。

怪不得第一次角色里就能有电影角色，怪不得电影角色里会有反串的角色。

——祁天瑞这个人，绝对是夹带私货的。

这件事说来话长，这得从祁天瑞和楚秋第一次见面说起。

预知梦里，楚秋破天荒地鼓起了勇气去争取跑组，最终被风皇一个 MV 导演看中，拉去给风皇一个新人歌手拍 MV。

而祁天瑞大概是闲得无聊，在风皇的园区里溜达，一溜达就溜达到了摄影棚那边，刚巧本该跟楚秋搭档的演员有事违约取消了这边的合作，导演烦得不行，祁天瑞就干脆说他客串一下。

这是楚秋第一次，也是唯一一次正经地跟祁天瑞对戏。

楚秋的角色是个很一言难尽的……妖艳贱货。

角色性别男，是个女装癖，主要剧情是这个"妖艳贱货"以惊艳的形象登场，勾引男主，在被男主发现是男儿身之后，甩掉男主。

楚秋一度觉得那首歌很神经病，这个剧情也很神经病，但再神经病，这也是他难得的一份工作，还是跟风皇新人搭上边的工作，运气好他说不定能够就此翻身。

所以楚秋在琢磨怎么表演的时候，是很认真的。

祁天瑞第一次看到楚秋，就是看到他浓艳明媚的女装模样。

楚秋有一张好脸，一张特别适合化妆师在上边做文章的好脸。平日里楚秋看起来隽秀清俊，一上妆，他完全可以随着化妆师给他的妆点而展露出截然不同的气质。

脸还是那张脸，却显得明艳魅人，穿着一袭大红的吊带长裙踩着高跟，浓妆艳抹，连喉结的存在都被缀着金色挂坠的颈圈遮挡淡化掉了。

反正祁天瑞是没看出来这是个男孩子。

MV 拍摄没有台词，楚秋也很害羞的，硬是全程都闭紧了嘴，一声不吭地拍完了全程。

那时候楚秋在天使娱乐里蹭了近两年的演技和形体课程，基础怎么也说不上差。

拍摄结束之后祁天瑞觉得这姑娘演技不错，镜头感也很好，抱着摇钱树能挖就挖的心思去问了导演两句，才知道这是个男孩子。

后来这个 MV 顺利产出，楚秋因为跟祁天瑞搭戏以及令人惊艳的女装扮相很是火了一把。

那之后，风皇就把他从天使娱乐挖了回来。

这也是楚秋跟祁天瑞在娱乐圈内除却老板和员工之外，唯一仅有的联系了。

楚秋得知这个电影里的反串角色竟然是祁天瑞放进来的，竟然一点都不觉得意外。

……有点幼稚。

这种执着地想要追寻熟悉感的行为，很幼稚。

张大力说道："周熠星在郭导那里帮你说了几句，郭导昨天直接把剧本发给我了，试镜的可能不止是那几个片段，趁着还有几天，你准备准备。"

楚秋应了一声，低下头拿出手机，给自己写起了小剧本。

祁天瑞是第二个知道楚秋试镜过了的，不是张大力告诉他的，而是刘导。

觉得自己捡了个天大便宜的刘导在楚秋离开不久就给祁天瑞去了个电话，怪祁天瑞藏着这么个宝贝不早点放出来。

祁天瑞心说本来还得更晚呢，一边跟刘导唠嗑，一边应了周末去刘导那里看试镜影片顺便吃个饭的邀请。

祁天瑞工作还是很忙的，虽说他可以直接一跃坐到董事的位置上去，但因为他前几年自己进圈浪了很久的缘故，家里不太高兴，导致他不得不坐在总裁的位置上干点实事锻炼一下，等到家里人首肯了，才能升为董事当甩手掌柜。

祁天瑞每次溜达去找楚秋多久，回头基本上就要加多久的班。

要不是试镜影片外传不符合规矩，祁天瑞才没那个空闲去找刘导。周末也不行，他连找楚秋的时间都少得可怜，哪还愿意腾出时间去跟胖乎乎的刘导吃饭。

张大力把楚秋送到医院后又回了凤皇，敲开了祁天瑞办公室的门。

他一点都不客气，自顾自地从冰柜里拿了瓶冰饮，对埋头工作的祁天瑞说道："选上了。"

"知道了。"祁天瑞签完一份文件，打开另一份，问道，"让你留意的呢？"

张大力往沙发上一坐，问："你跟我说实话，你是不是偷偷教过他？"

祁天瑞笔尖一顿："嗯？"

张大力解释道："楚秋模仿你的痕迹虽然不重，但很多，我看出来了，柳闻青估计也看出来了。"

祁天瑞没说话，微微皱着眉，有些恍神。

"我问你，关于楚秋，你是不是有很多事瞒着我？"张大力看着祁天瑞，敲了敲桌面，"别人就算了，我这个经纪人还瞒着，不合适吧？"

祁天瑞眉头皱得更深了，他放下笔，问："你指的是哪方面？"

张大力"啧"了一声，直白道："今天我仔细看了，恕我直言，他那个技巧，那个镜头感，说他非科班出身进圈才一年不到，此前几乎没有演艺经验，我不信。"

张大力本身是想问楚秋的，但是一想楚秋那性子，又觉得这两个人真要有什么事瞒着他，始作俑者肯定是祁天瑞。

自觉已经看穿了祁天瑞和楚秋之间小秘密的张大力先生，干脆就跑来问幕后黑手祁天瑞了。

祁天瑞却挑了挑眉，也显得有些意外。

他想到周熠星之前跟他说，楚秋一点都不像个新人。

"你是说他在镜头前很熟练？"祁天瑞问。

"岂止是熟练。"张大力说，"你给他一套服装，他马上就能给你演一整场出来！"

祁天瑞没明确给张大力回答。

他说还要再考虑考虑，有些事情要求证。

祁天瑞说这话的时候，表情看起来特别严肃特别正经，跟平时嬉皮笑脸的样子截然不同。

"啧，你这人怎么这么麻烦。"张大力觉得祁天瑞真是婆婆妈妈磨磨唧唧，但也知道祁天瑞话都撂了，那这回肯定不会交代。

他也不多留，宣传部还有工作等他交接。

张大力之前带祁天瑞的时候，手底下就没有别人，向来是助理和经纪人的工作全部一手包揽。

现在带楚秋，张大力也是这么个打算。

工作他来对接，行程他来定，机票他来买，跟着待剧组的，也是他本人。

张大力喜欢事事亲力亲为。

所幸他没在宣传部待多久，需要交接的事情不多，趁着楚秋的事务还不多，得赶紧把事情都交出去。

今天他看了楚秋的表现，张大力已经干脆利落地把给楚秋排的那些课程表全甩了，准备重新再做。

不用上课程，基本上也就等于不用常驻风皇总部。

等楚秋走上正轨，真正能在风皇总部待的时间不会多，就算回来，大概也是直奔园区里的摄影棚。

张大力才懒得管这样的决定会不会让必须得常年坐镇风皇办公大楼的祁天瑞呕血，他现在满心都是捡了个宝的欣喜，迫不及待地想把这颗蒙尘的宝贝擦干净，将他的光华展露于人前。

就跟他之前拽着祁天瑞入圈时的心情一样，他喜欢这种见证美玉一点点绽放光芒的感觉，张大力对此情有独钟，并且相当有成就感。

楚秋这次去医院，乖乖戴了口罩和帽子，完美地融入了医院的人群，丝毫没有引起护士姐姐们的注意，他安然无恙地钻进了楚姨的病房。

楚夏被他的扮相吓了一跳，直到楚秋把帽子和口罩摘下来，才松了口气。

她拍着胸脯："小秋你这打扮跟可疑人士似的，吓死我了。"

楚秋不好意思地摸了摸鼻子："怕被认出来。"

他还从来没有遇到过这样的困扰，在梦里他彻底红起来之后，几乎没有小伙伴联系他，他也不会主动去联系那些小伙伴。

没朋友，楚姨又走了，楚秋一门心思就是工作，周围的人都是圈内的，对这样的打扮习以为常，还真没人说过这打扮看起来像可疑人士。

"你今天不是去试镜吗？"楚夏轻声问。

楚秋给还在睡觉的楚姨拉了拉被子，同样低声答道："结束了。"

楚夏兴致勃勃地问："过了？"

楚秋抿着唇笑了笑，没说过没过。毕竟这种事在正式开机之前都说不好的，合同还没签，万一突然冒出来一匹黑马把他挤下去呢？

楚秋经历过这种事，虽然这么做很得罪人，但圈里多的是毫不在意的人。

楚夏见楚秋不说，以为是有保密协议，便不再问。

"楚姨听了你昨天的广播，不过没听完就睡着了，今早醒来了一小会儿，拉着我拍了照给你又睡了。"

楚秋静静地看着楚姨，点了点头。

"我老公今天打电话过来问，说要不要帮忙，我拒绝了。"楚夏撑着脸小声说道，"他要是来了，你来就不方便了，而且他家那边亲戚老多了，嘴还碎。"

楚秋闻言，偏头看了楚夏一眼，脸上露出严肃的神情，问道："你不高兴？"

"嗯？你说我？"楚夏愣了愣，然后笑着摆了摆手，"没有啦，我老公很护着我的，想来是担心我安全，但是亲戚嘛，斩不断理还乱的，有点麻烦……"

楚夏打开了话匣子，跟楚秋说了很多家长里短，高兴的不高兴的，幸福的和烦恼的，矛盾的和包容的……

楚秋看着楚夏的神情，她眉眼间透出的轻松和幸福不是假的。

楚秋有些羡慕，像他们这些孤儿，最渴望的就是能够拥有一个自己的家庭。

楚夏过得很好，楚秋坐在她旁边，仔细听着她分享幸福。

楚秋也在楚夏提出问题的时候回答了一些，比如他告诉了楚夏，这周五他要去C市试镜，如果过了，就直接留在那边入组等待拍摄。

郭导的电影要求一向严苛，真要选上了，就算是他那个预定出场只有二十来分钟的角色，开机拍摄加上断断续续可能的改动和重拍，楚秋觉得至少一个月内是回不来的，毕竟还有外景拍摄或者是几个不同摄影组来回拍摄的可能。

鉴于自己可能很久回不来，而之后几天也要好好通读剧本备戏准备试镜，楚秋将自己的卡给了楚夏，免得有什么意外的时候，楚夏身上的钱不够。

楚夏也不矫情，干脆地收了楚秋的卡。

收完她又想到了楚姨治疗费用的来由，想到祁天瑞之前同她说的话，沉默了两秒，伸手拉过了楚秋的手。

楚秋从外边进来，手掌仿佛还带着阳光的温度。

楚夏记着那天祁天瑞的样子看起来挺诚恳，但说不好听一点，演戏出身的，谁知道是真是假。

楚夏想了又想，终于问道："小秋，你觉得那个……祁先生，怎么样啊？"

楚秋被她问得一愣，讷讷地重复道："怎样？"

楚夏点点头，说："是啊，他……"

楚夏的话被楚秋放在一旁的手机震动打断。

楚秋拿起手机，看到是祁天瑞发来的消息。第一条说恭喜他试镜成功，第二条又说接下来的试镜加油。

楚秋盯着两条消息看了好一会儿，不知道应该怎么回复。

若他还没意识到这是他认识了许多年的那个祁天瑞，楚秋还能照常回复，可一旦意识到这就是那个为他默默做了很多事情的祁天瑞，楚秋就感到手足无措。

他拍过的那些剧本似乎都没有能够参考的地方。

"怎么了？"楚夏注意到楚秋皱起的眉，问道。

"祁哥……祁先生的。"楚秋低着头，手上敲出了几个字又删掉，犹豫不决。

楚夏看着他这副纠结的样子，心中一惊："说什么了？"

楚秋沉默了一阵，干脆回了一个"嗯"字过去，答道："没什么。"

楚夏忧心地看着楚秋，觉得弟弟大了真是不好带了，还瞒着家里人不说。

她发觉楚秋完全没觉察出自己的担忧，便叹了口气，转移了话题。

楚秋照旧在医院待到了晚上，陪着楚姨楚夏聊聊天说说话，直到快到地铁末班时间了，才离开医院。

半夜的地铁空荡荡的。

楚秋坐在座椅上，手机震动两下，收到张大力的消息。张大力说，去C市的机票已经定好，然后又说刘导那边已经把整本剧本都发过来了，明天打印出来给他送到公寓里去。

楚秋回复说好，然后低头认真开始写起小剧本。

主题内容是：如何在面对祁哥时不露馅，以及露馅的话如何蒙混过关，又及，如果蒙混不过的话，如何坦白。

完全不知道楚秋正在提前布局计划的祁天瑞，已经跟刘导吃完了饭，拿到了楚秋试镜的影片。

楚秋此前一天已经去了C市，并且不出他意料地留了下来，这让祁天瑞心中的猜测又肯定了几分。

试镜影片记录得十分清楚，正如张大力所说，楚秋的技巧和镜头感都完全不像个新人，反倒处处透着游刃有余的气息。

如何表现情绪，如何展露自己的优势，如何面对镜头，对楚秋而言信手拈来，仿佛活在镜头下多年的老手。

这一条镜头完完整整的，没有丝毫停顿和瑕疵。

张大力说给他一套服装，他就能演下一整场的话，丝毫没有夸张。

刘导在一边乐颠颠的："你家这个新人，只要不作妖，再过上几年，我想请他，怕是都得掂量掂量付不付得起片酬了。"

祁天瑞笑了笑，说刘导过誉了。

两个人商业互吹了一会儿，看完不过五分钟的影片，祁天瑞就非常干脆地告辞了。

祁大老板离开的时候心事重重。

他敢肯定，那个人有百分之九十八的可能，就是梦里的楚秋。

剩下的百分之二可能是他所想不到的意外情况。

祁天瑞太熟悉镜头下的楚秋了，他可是眼睁睁看着楚秋一步步走上来的，从青涩到成熟，到最后拿下那个奖杯，都在他的注视之下。

祁天瑞皱着眉。

难道，楚秋也做了那个诡异的梦？

他沉默了好一阵，最终摸出手机来，拨通了楚夏的电话。

"祁先生？"楚夏的语气听起来有些惊讶。

"是我，楚小姐，我想问一下，楚姨的病是怎么查出来的？"

楚夏答道："小秋自己体检，顺便给楚姨报的呀。"

"能问一下，楚姨检查的项目是哪些吗？"祁天瑞问。

楚夏闻言一愣："嗯？你怎么不问小秋？"

祁天瑞找起借口来眼都不眨一下："楚秋现在在 C 市不方便打扰，我家里有长辈……"

楚夏恍然："噢噢，你等等，晚点发给你。"

祁天瑞挂了电话，回到家里没多久就收到了楚夏发来的项目列表。

他打开电脑，敲击键盘随意一查，就看到了跟这份列表全然一样的项目。

B 市第一人民医院肺部防癌体检套餐。

这么有针对性的检查……

祁天瑞看着屏幕上的列表，将最后百分之二的可能性也彻底抛却。

他的指尖有一下没一下地轻敲着鼠标，良久，抬手捂住双眼，喉咙中发出几声微不可察的气音。

"真的……是你啊。"

楚秋试镜成功留在了 C 市，郭导的电影筹备已经进入了尾声，现在就剩下演员到位试造型，定好妆之后就可以正式开拍了。

这部电影计划在 C 市影视城里开机。

楚秋的拍摄档期安排得零零碎碎的，还有几个外景安排，张大力一想横竖楚秋现在没什么工作，就干脆在剧组订的酒店里也定了间房，让楚秋在戏份结束之前都待在 C 市，空闲时间在剧组里溜达溜达也行。

不过以楚秋的性格，溜达的可能性估计奇低无比，张大力也知道，所以就把郭导的电影和刘导的电视剧剧本都交给了楚秋。

"你好好做准备，我回一趟 B 市，有些事情要处理。"张大力说完，又告诉楚秋，"周熠星今天应该跑完外边的通告，该来 C 市了。"

楚秋接过剧本，决定除非剧组通知他去试妆，不然不出酒店大门。

"你有周熠星的联系方式，有事就找他。"

楚秋乖巧点头。

张大力不由感慨人跟人之间的差距就是大。

要换了祁天瑞，肯定已经开始不耐烦地赶人了。

张大力其实是有点不放心的，他本想在他最近忙碌的这段时间里给楚秋找个助理，等他忙完再接手楚秋。

结果祁天瑞说不用给楚秋找助理，因为楚秋根本不会开口跟助理说他想要什么想干什么，事情肯定都自己做了，给他个日程表，楚秋能丝毫不漏地自觉完成，助理请了跟没请一样，不请还免了楚秋不自在。

要知道在梦里，哪怕是张大力，也是绞尽了脑汁才让楚秋对他表露出需求。楚秋第一次对他说"想喝水"的时候，张大力感动得给祁天瑞打电话吹了足足两个小时！

但现在的张大力到底不是以后的张大力，他还是不放心，走前唠唠叨叨地嘱咐了一大堆，走后还给周熠星去了个电话，告诉周熠星楚秋的房间号，说麻烦他照顾一下。

周熠星当初没把握的试镜就是郭导的这部电影，他担纲男主。

知道楚秋也试镜成功，周熠星挺高兴的，隔壁市的通告跑完，屁颠屁颠回了 C 市，甚至退了剧组给他订的顶层套房，转而订到了楚秋隔壁的单人间。

有了张大力的交代，周熠星高高兴兴地把行李交给助理处理，转头就去敲楚秋的房门了。

楚秋看了看猫眼，看到是周熠星后愣了愣，打开了门。

周熠星没进门，站在门口问楚秋："晚饭吃了没？"

楚秋摇摇头。

周熠星一咧嘴："能吃辣吗？"

"还好。"楚秋答道。

周熠星双眼一亮："走走走，戴上口罩帽子，星哥哥带你去吃好吃的！"

周熠星比楚秋大了七岁，再过两年就跨过三十了，就算加上楚秋之前的年龄，周熠星自称一句哥都不算占便宜。

楚秋眨了眨眼，还没来得及说什么，周熠星已经钻进了隔壁，在助理小哥哥的注视下，从行李箱里翻找出了帽子墨镜口罩。

一边翻一边兴致勃勃地念念有词。

楚秋拿着口罩和帽子走到隔壁小心地探头时，就听见周熠星哼唱着"甜水面担担面小面凉面红油抄手回锅肉，麻辣兔头锅盔凉粉还有卤猪蹄"，特别活力四射地走了出来。

楚秋：……

"小李我跟楚秋出去啦！"周熠星戴上帽子拿着车钥匙，拉着楚秋以迅雷不及掩耳之势蹿出走廊冲进电梯，把助理小哥哥抛弃在了酒店里。

等到上了周熠星的车，楚秋都还有点蒙。

周熠星噼里啪啦问一堆："来过 C 市吗？想吃点什么？吃辣会不会爆痘？会的话我们就吃点清淡的，回头还得定造型呢。"

楚秋反了一会儿这些问题，然后说道："不会，都好。"

周熠星高兴极了："那好！我带你去吃老灶火锅！"

C 市是个山城，湿热，喜食辣，重油。

周熠星无比熟练地在道路上穿行，最终停在了一家生意极为红火的店面门口。

周熠星做贼似的下了车，看到迎面走来的服务生，压了压帽檐对楚秋说道："秋，你面生，你挡前边！"

楚秋闻言眨了眨眼，往旁边迈出一步，挡住了服务生看向周熠星的视线。

服务生看着面前两个帽子口罩全副武装的人，有些迟疑："您好，两位吗？"

楚秋点了点头，周熠星从他背后探出半个脑袋，问："有包厢吗？"说完马上缩回脑袋。

服务生答道："有的，但只有大包了。"

"大包就大包。"周熠星十分豪爽。

服务生带着周熠星和楚秋去了大包厢。

刚一落座，周熠星就把脸上头上的遮挡全摘了，擦掉头上的汗，一副热得不要不要的样子。

楚秋转头看了一眼惊呆了的服务生，也摘掉了口罩和帽子，不好意思地冲他点了一下头。

"周……周……"服务生舌头有点打结。

周熠星挠挠头："我们能点菜了吗？"

服务生闻言反应过来："好、好的！"

周熠星兴致很高，对这家老灶火锅店的菜品如数家珍。

楚秋安静地听着，周熠星说要点什么，他都点头同意。

周熠星点了一堆肉菜一个素食拼盘一扎酸梅汁，把点菜平板还给服务生，嘴上还抱怨: "哎, 你不知道他们每次都不愿意陪我来, 说人多, 吃了还爆痘, 我都只能一个人来, 特别寂寞, 还是我们秋好。"

楚秋给喋喋不休的周熠星倒了杯水, 企图让周熠星停下嘴休息一下。

周熠星喝了口水, 一脸感动: "秋你真体贴。"

然后又开始嘚啵嘚啵地吐槽那群不愿意跟他到处吃的小伙伴。

楚秋想了想, 说道: "控制体重。"

"我又不会多吃!"周熠星特别肯定, 还顺手给想要签名的服务生签了个名, 等到他出去之后, 才压低了声音说道, "我出来偷偷吃东西这么多年, 从来没被导演他们发现过!"

楚秋: ……

那你很棒棒啊, 要不要给你鼓鼓掌。

这顿饭吃得挺安稳, 除了那些想要签名合影轮流进来的服务员之外, 楚秋和周熠星吃得十分开怀。

主要是周熠星调动气氛的能力实在厉害, 楚秋不说话, 他能一个人不停地叨叨一整顿饭。

其间还有人认出楚秋, 表示久闻锦鲤大名希望能帮着抽个卡。

楚秋害羞得不行, 脸色以肉眼可见的速度红成了一个番茄, 看得周熠星叹为观止。

楚秋帮五个人抽了, 只有一个失手。

"说到抽卡……周五了啊, 我上周电台的花絮也该发了。"周熠星放下筷子, 拿着手机凑到楚秋旁边, "来看看。"

之前说楚秋的镜头感好, 其一表现在他会抓镜头, 知道怎么展现自己, 其二表现在他这张脸, 在没得罪灯光师和造型师的时候, 就算是素颜, 楚秋在镜头里也堪称完美。

周熠星咂咂嘴, 觉得楚秋以后前途无量。

这种小花絮官网一般不会发布, 而是作为小福利, 发在个人平台上, 比如微博。

不过这些东西也不是周熠星自己发, 手里有微博密码的又不止他一个。

周熠星点开评论, 看到评论里一群鬼哭狼嚎舔颜的, 还有一群哭喊着也要楚秋帮忙抽卡的, 剩下一部分在酸楚秋后台多硬还没正式出道就有这样的强推, 或者是说楚秋抱大腿真难看之类的。

周熠星皱了皱眉, 对楚秋道: "你别在意, 这种酸不溜丢的红眼病很多的。"

楚秋点点头, 实际上他根本不在意。

楚秋仿佛天生自带滤镜, 只看得到那些夸他的、真心喜欢他的粉丝。

周熠星看看吃得差不多的桌面, 说道: "走吧, 我估计之前那几个服务生怕是保不住秘密。"

楚秋对周熠星很信任，在周熠星表示这顿他请的时候，也没有多争，戴上帽子口罩，跟周熠星迅速离开了火锅店。

果然，他俩回到酒店一开微博，就看到周熠星楚秋在火锅店的消息上了热搜。

周熠星挂着得意的笑脸，看着热搜里粉丝痛哭流涕说去晚了，以及对那几个签名合影了的服务生表示羡慕嫉妒恨。

周熠星把之前他们在火锅店里的照片发上了微博。

"周熠星：嘻嘻，你们抓不到我和我们秋的，死心吧。"

郭导的电影向来严谨到严苛的程度，就连楚秋这样的配角，妆面和服装也是试了又试换了又换，连续三个造型被枪毙之后，造型师解放了楚秋，说让他明天再来。

那边周熠星也被毙了两套，见楚秋解放了，高高兴兴地凑过来，又拉着楚秋跑去觅食。

大概是因为周熠星和楚秋这几天在 C 市四处觅食的行动太嚣张，常年在外寻找美食并且无比开心地跟新朋友分享的老司机周熠星，终于翻船了。

有个网媒记者拍到了周熠星带着楚秋蹲在路边吃锅盔凉粉的照片。

当然了，吃锅盔凉粉不是问题，问题是那几张照片上，周熠星正特别体贴地给一手锅盔一手豆奶的楚秋擦脸上沾到的油渍。

在阳光斑驳的树荫下，两个帅气隽秀的男人，这画面不用加一点滤镜，都仿佛透着一丝难言的旖旎。

于是，周熠星的经纪人炸了，张大力炸了，周熠月炸了，祁天瑞更是气得脑壳都冒烟了！

我就一个多星期没看着楚秋！

周熠星你想！干！什！么！

祁天瑞要气死了！

周熠星被各种电话狂轰滥炸，叫苦不迭。

他也很委屈啊！

他只是拉着楚秋去觅个食有什么错啊！

不就是顺手帮着擦了个脸吗！

你们这群人脑子里的想法怎么都那么……

我喜欢的可是胸大屁股翘的大姐姐！

正在整理假发的周熠星透过镜子，看着坐在旁边化妆的楚秋，非常委屈："要不是他们都不陪我一起吃，我也不会这么得意忘形啊！"

化眼妆的楚秋听化妆师的话，闭上了眼。

周熠星完全没被楚秋的沉默打击到热情："周熠月都不陪我！说双胞胎太扎眼了，肯定没一会儿就会被发现。"

楚秋认为的确是这么个道理。

周熠星在旁边继续说："这么多年只有你陪我四处吃，我还没来得及吃冷锅串串，还没来得及吃小面，还有红油抄手，还有……"

"听起来吃完了会一脸痘。"给周熠星整理假发的造型师说道。

周熠星闻言，忍不住伸手摸了摸脸。

给楚秋上妆的化妆师也是一笑，调侃道："别人的电影都是男女主角传绯闻，你俩倒好，不走寻常路。"

周熠星一哆嗦，觉得昨晚被祁天瑞的咆哮摧残得不轻的耳朵又开始嗡嗡作响。

他无比激烈地摆了摆手："哇！姐姐可别这么说，我跟秋是很纯洁的朋友关系！"

同样也想说话的楚秋听到周熠星解释了，便默默把话头收了回去。

化妆的小姐姐感觉到楚秋的动静，随口问："回头要是遇到记者了，楚秋你还不说话啊？"

"我们秋不用说话。"周熠星说，"也不会有记者。"

也不看看祁天瑞都气成什么样了。

昨天晚上打电话不带重样地喷了他足足半个小时！

半个小时！

人生有几个半小时！

周熠星掐脚一算，估计这事情的热度活不过两天。

他干脆就没把这事往心里去，反正祁天瑞肯定会把事压下去。

周熠星戴好了假发，转头看了一眼还闭着眼的楚秋，低声说道："秋，昨天你祁哥说回头会跟张大力一起过来看看你。"

楚秋愣了愣，察觉到刷子离开了自己的眼皮，忍不住睁眼看向周熠星。

"祁哥来？"楚秋问。

周熠星扬起脸方便化妆师拍底妆，顺口答道："是啊，说是来看看你。"

楚秋张了张嘴，又闭上，最终闷闷地应了一声。

旁边两个造型师相互看看，闭紧嘴不作声。

原本以为楚秋只是跟周熠星是朋友才有幸被拉进了他们那个朋友圈里，没想到竟然猜错了。

祁天瑞的分量可比周熠星重得多。

整个圈内都知道，祁天瑞他爸是凤凰集团董事长，凤凰娱乐是给祁天瑞练手用的，祁天瑞上头还有个亲哥，能力贼强，以后是要接手凤凰集团的。

只要家里人一点头，祁天瑞就能直接升成凤凰娱乐的董事长。

祁天瑞以后就是凤凰娱乐的土皇帝，手握生杀大权，凤凰娱乐又是圈内龙头，说不好听一点，除了个别不听话喜欢跟主流对着干的，以后绝大多数的正规娱乐媒体，都要给祁天瑞几分薄面。

也难怪这个楚秋才准备出道就有这样的资源了。

因为楚秋是反串角色的缘故，他的服装是繁复的衣裙，假发上的钗饰复杂而沉重，脸上的妆容相对周熠星的要复杂一些。

周熠星打量着楚秋。

他见过楚秋先前的几套妆面。

第一套，在化妆师的巧手下，楚秋的脸部轮廓变得柔和，眼波都带着远山青黛的柔美。当然这妆面一出来就被毙了，因为楚秋的角色是个骄纵任性的性格。

之后有妖艳版的，也有锋利英气版的，最后都被毙了。

楚秋的脸，是那种贴合妆面的脸，骨骼好，肌肉分布好，没有特别突出需要花大力气修饰地方，适合往任何方向塑造。

通俗地说，就是楚秋没有一张所谓的主角脸、苦情脸和正派脸等等的定位。

这是好事，意味着他以后接角色几乎百无禁忌，不会因为外貌条件而受到阻碍。

周熠星就有一张正派脸，想换换口味接个反派角色都够呛。

楚秋这样的就十分令人羡慕了。

楚秋这一次的妆容很好，明媚艳丽，一袭绿色衣裙，长发及腰，透着一股少女的活泼与清纯，眼尾与眉尾皆被勾出一抹上挑的弧度，使得一身少女气息中，又透出了些许锋利与凶狠来。

楚秋起身试着走了两步。

周熠星建议："秋你把步子收收，你现在可是女孩子！"

楚秋点了点头，肩往下沉，步伐放轻放低，硬是几秒内就走出了柔美女性的风姿来，不注意看被立起的衣领遮住的喉结，还真看不出这竟然是个男孩子。

"步子得再大一点。"周熠星评价，然后转头瞅了瞅一脸满意的造型师，说道，"我觉得这次能过。"

给楚秋做造型的姐姐笑着说道："借你吉言了。"

周熠星说得没错，楚秋走到导演面前的时候，郭导都愣了两秒才反应过来。

郭导很满意，一拍板说过了。

过了女装扮相，之后还得试男装。

等到全剧组试装结束，已经是两天之后的事了。

电影正式开机。

楚秋运气好，戏份全是跟周熠星一起的，拍摄分组自然也是跟周熠星分到了一组。

张大力和祁天瑞来探班的时候，正巧是周熠星饰演的男主角揭穿了楚秋的男孩子身份，被恼羞成怒的楚秋吊起来打的戏份。

数台摄像机的包围圈中间，楚秋穿着一袭浅绿衣裙，柳眉倒竖，正拿着鞭子抽打周熠星。

张大力心说要不是楚秋不会变声，说台词的时候还是自己的声音，他肯定觉得这就是个小姐姐。

什么男孩子！

假的！都是假的！

祁天瑞却一点也不惊讶，他看楚秋抽周熠星看得可开心了，虽然知道是假抽，但那鞭子挥舞的呼呼声配上周熠星的惨叫声听起来就贼过瘾。

楚秋那个手法，估计拍这幕之前练了不少时间。

张大力和祁天瑞靠刷脸一路畅通无阻地走到了郭导旁边。

郭导头都没回，聚精会神地看着监视器里主镜头的画面。

这幕镜头不长，这种镜头通常要拍好几次，最终通过后期镜头合成让人看到鞭鞭见血的画面。

那边将这一幕镜头拍完之后，郭导一拍大腿喊道：“可以了可以了！过！”

楚秋脸上的表情顿时就平淡下来，他把鞭子递给场务，转头小心地打量被放下来的周熠星。

“放心吧，没抽着，就算抽着了那个道具也不会多疼。”周熠星抖抖身上狼狈的衣服，抬头见楚秋还在眼巴巴地瞅着他，忍不住笑了笑，抬手准备揉一把楚秋的脑袋，看到他脑袋上的假发，又骤然停了手。

祁天瑞把张大力扔去跟郭导叨叨，黑着脸走到楚秋背后，瞪着对面的周熠星：“爪子放下。”

周熠星：……

我就没准备碰。

楚秋回过头，看到了站在他身后，间隔不过两拳的祁天瑞。

楚秋忍不住往后退了一小步。

他脑子里闪过无数小剧本，轻轻眨了眨眼：“祁哥？”

祁天瑞盯了楚秋好一阵，嘴角翘了翘：“来看看你。”

楚秋笑了笑，脸上有些羞赧，正想说什么，被那边造型师喊他去换衣服的声音打断。

今天楚秋还有一场戏，得换上男装。

"去吧。"祁天瑞温和地说道。

等楚秋离开，祁天瑞转头看向周熠星，脸上表情顿时变得凶神恶煞，一伸手搂住周熠星的脖子，活像要勒死他一样，怒道："周熠星你好大的胆子！"

周熠星疯狂拍打祁天瑞的手臂，满脸惊恐："假发！假发要掉了！"

祁天瑞松开了手，指责他："你居然大意到被拍！我都没跟楚秋一起被拍！"

周熠星震惊地看着祁天瑞，内心很无语。

谁愿意跟你抢这个！

你神经病啊！

周熠星严肃表态："我对天发誓！我对你家秋秋只有纯洁无瑕的友情！"

"闭嘴，我不想跟你讲话。"祁天瑞怒气依旧。

周熠星想打人。

可惜在他动手之前，楚秋的化妆师走出了化妆间。

祁天瑞双眼一亮：现在化妆间里只有小秋秋！

他脚下生风，一路卷进了化妆间，让周熠星扑了个空。

周熠星气得不行，冲祁天瑞的背影气急败坏地挥舞着拳头，然后就被郭导喷了一脸。

导演敲着手里卷成卷的剧本，拿起大喇叭喊："周熠星你别发神经了，赶紧过来！"

化妆间里，楚秋刚从简易的换衣间出来，就看到背对他的祁天瑞坐在镜子前。

楚秋脚步一顿，转头就准备退回换衣间。

祁天瑞转过身："已经看到你了。"

楚秋犹豫两秒，还是走到祁天瑞身边坐下，然后极小声地辩解："没躲。"

祁天瑞不说话，只是静静地注视着楚秋，直到把人看得忍不住想逃跑了，才轻轻叹了口气。

"小秋。"祁天瑞这样喊他，听得楚秋藏在长袖下边的手握紧了。

祁天瑞目光扫过楚秋紧握的拳头，却没有丝毫犹豫，开门见山地问道："小秋，你也做了那个奇怪的梦吗？未来七八年的事，你也全知道了？"

脑子里已经预演了十万八千种装傻的小剧本的楚秋，被这个完全在他意料之外的问题问傻了。

楚秋呆怔地看着祁天瑞，一脸蒙。

"……哎？"

原本祁天瑞是准备等楚秋拍完电影回到 B 市后，找个时间和他好好谈谈的，可才一个星期，他就看到楚秋跟好兄弟一起上了头条！

祁天瑞还能坐得住？

他当然坐不住了！

祁天瑞发誓，他一开始压根儿就没想在这时候跑来见楚秋，因为他知道以楚秋的迟钝，还真不一定能发现他也做了那个梦。

祁天瑞原本有一肚子的话想问楚秋，胸腔之中翻涌鼓动的情绪欢呼着、雀跃着，无一不在散发出欣悦与高兴的美妙情绪。

但话头一牵，脱口而出的却是记挂在心尖许久的担忧。

祁天瑞再一次说道："我梦到你未来成为国内娱乐圈顶流，甚至拿到了影帝，你又梦到了什么？"

楚秋张了张嘴，脸上全是失措的慌乱和意料之外的茫然。

小剧本里没有考虑过这样的意外，楚秋一时不确定该如何应付。

"不要装傻。"祁天瑞沉着脸严肃地说道，下一瞬又骤然变得温和，"如今这世界，该是我知道你最多。"

楚秋怔愣地看着祁天瑞，他们面对面，化妆镜上边的灯光落在他们脸上，一片明亮的银辉，将祁天瑞脸上的担忧情绪一展无遗。

似乎被这样的情绪触动了，楚秋握紧成拳的手倏然放松下来。

他轻轻抿着唇，将脑子里盘旋徘徊的小剧本放到了一边，轻声答道："我梦到你出车祸了，我觉得是因为我，然后我就飞机失事，惊醒了。"

祁天瑞的神情有一瞬间的扭曲。

他的确在梦中经历过死亡，所以深知这份痛楚。

他能够忍受，在睁开双眼之后能够迅速适应下来，是他心理素质强悍，可他断断是不希望楚秋经历这些的。

他沉默了一会儿，良久，他轻舒口气："疼吗？"

楚秋摇了摇头。在飞机坠落撞地之前，他就吓醒了。

反倒是现在脸色极其糟糕的祁天瑞，看起来像是经历了非常糟糕的过程。

楚秋终于反应快了一次，他从自己的背包里拿出一颗大白兔，忙不迭地塞给了祁天瑞，回忆着楚姨以前安慰他的样子，犹疑了两秒，终于还是伸手轻轻拍了拍祁大老板的脑袋。

对祁天瑞说"痛痛飞走"这种话还是太过于羞耻了，楚秋到底还是没有做全套，拍完脑袋之后就顺手给自己拆了一颗大白兔。

祁天瑞被拍得蒙了两秒，楚秋吃了颗糖，抬头看到祁天瑞在发呆，大白兔静静地躺在他手心里。

楚秋略一思考，伸手把糖拿过来，剥开了糖纸，把糖块放回祁天瑞手里。

想了想，他说道："吃糖就不疼了。"

这没头没脑的话，终于让祁天瑞明白过来楚秋这是在安慰他。

然后祁大老板把那颗糖吃了，抿抿唇："甜。"

楚秋含糊地应了一声。

祁天瑞偏头看向站在门口的造型师，向她做了个请便的手势。

楚秋这才发现造型师来了。

祁天瑞没有离开，坐在旁边看着楚秋脸上的妆容被一点点换掉，等到造型师转头去拿男式假发时，才开口问道："周熠星带你去吃的那些好吃吗？"

"好吃。"楚秋回答，顿了顿，又说，"辣。"

祁天瑞闻言又笑了几声，似乎挺高兴。

楚秋很少在私底下看到祁天瑞笑，大概是因为祁天瑞出现在他视野之中时，总是以风皇老总的身份。这样轻松的笑脸，楚秋还真没见过几次。

他透过镜子瞅着笑得开心的祁天瑞，有些不明白自己说了什么，竟然这么好笑。

祁天瑞像是看透了楚秋的疑惑。

"就是高兴。"他直白而坦然，"知道你是你，我就很高兴。"

楚秋闻言愣了愣，垂下眼沉默了。

祁天瑞并不在意楚秋的沉默，转而说道："我就来看看你，在这里待一个下午就走。"

楚秋听到这个消息，骤然松了口气。

不是常驻就好，楚秋想着，配合一言不发的造型师戴上了假发。

祁天瑞看着楚秋陡然轻松下来，感觉无比心酸。

他很清楚，楚秋的世界很小，不喜欢社交，也不擅长交朋友。以前他心里只有楚姨和福利院，楚姨离开之后他心里就只有粉丝和张大力一家。

祁天瑞在他心里，大概并没有多深刻的痕迹。

也许是小时候喜欢的糖总是被别的小朋友抢走的缘故吧，楚秋的行为就像是一只受了惊的小兽，圈定了自己小小的领地之后，就戒备任何人的进入。

对待祁天瑞，跟对待所有陌生人一样，楚秋把自己的领地守得死死的，没有丝毫的放松。

祁先生对楚秋说道："晚上一起吃饭吧。"

楚秋正在戴假发，不方便转头，便透过镜子看着祁先生。

祁先生也透过镜子看他。

楚秋抿抿唇，问："大力哥呢？"

祁天瑞微微皱了皱眉。

祁天瑞明显不乐意带上张大力。

而面对这样的情况，楚秋终于用上了他的小剧本。

他脸上露出一个小小的腼腆的笑："周熠星说还有很多想吃的没有吃，不如今天晚上我们一起吧？"

祁天瑞盯了楚秋好一会儿，说道："好。"

楚秋透过镜子看着挫败地揉着脸的祁先生，忍不住露出了一个笑来。

祁天瑞注视了楚秋许久，轻叹口气。

算了算了，楚秋高兴最重要。

祁天瑞站起身来，顶着楚秋和造型师好奇的目光，拿过楚秋的包，从里面搜出一大袋大白兔奶糖，又坐回凳子上，面对楚秋，幽幽道："没收。"

楚秋：……

周熠星感觉超开心的。

他左边坐着张大力，对面坐着祁天瑞，祁天瑞的右边坐着楚秋。

一个中等包厢里，桌子中间的红油辣锅正咕嘟咕嘟地冒着泡。

周熠星眼都不眨地点了一堆菜，转头交给了服务员。

这一次他们运气不错，领他们进包厢的服务生似乎是个不追星的，并没有认出他们。

菜上来之后，楚秋给自己夹了两块山药，低着头安静地啃，一点声音都没有。

祁天瑞和周熠星那边已经聊开了。

桌上没有酒，但友人闲聊的气氛依然热络。

楚秋除了小时候曾经在福利院和小朋友们排排坐吃饭外，几乎没有这种跟三两个朋友凑在一桌吃饭的体验。

不，应该说，他连朋友都没有。

但现在包厢内的这种气氛让楚秋感觉非常好，很自然，也很舒服。

他听着祁天瑞他们天南海北地聊着天，前一秒还在说最近的股市和投资，下一秒就跳到了哪里避暑比较凉快。

周熠星是那种不论多大都是少年心性的典型，吃饭间隙又唱又跳又拍照拍视频的，活跃得不行。

"我超开心！"结账的时候，周熠星笑容满面的，"过去你们一个个的都不陪我来外面吃，今天我终于如愿以偿了！"

"都说了目标太大。"祁天瑞一边刷卡一边随口应道。

作为出镜率颇高的明星，失去一定的自由和隐私是理所当然的事情，一行有一行的弊端，在席上的几位都很明白。

周熠星玩着手机，嘟哝："一个人坐在包厢里吃很寂寞的好不好？"

周熠月因为打不通周熠星的电话，一连发了几十条消息，大致内容是："早让你别瞎拐人家到处去吃了"以及"咱爸妈问我你是不是弯了导致他们又在给我张罗相亲"。

周熠星非常冷酷地无视了他哥的信息，点开微博，把刚刚吃饭时拍的短视频发了上去。

"周熠星：多年夙愿今天终于达成了！@周熠月 @柳闻青 @陈妙……都说了不会被发现的！看我们四个今天的战果！感觉晚上的电台干劲满满！"

回去路上开车的是祁天瑞。

张大力兜里手机震了好几下，翻出来看到了周熠星发的那条微博，认命地在他自己、楚秋和祁天瑞三个人的微博之间切来切去，三个号全都转发了一下。

三个"转发微博"冷漠地摆在那里，来源都是华为 H10，可谓敷衍至极。

祁天瑞和周熠星的粉有不少都关注了楚秋。虽然楚秋是突然出现的，但绝大多数周熠星的粉都把楚秋当成了周熠星的好朋友。

用个时髦点的说法，楚秋和祁天瑞都是周熠星的"大亲友"。

而祁天瑞的粉，大多是之前祁天瑞点赞楚秋照片时的历史遗留。

这群人基本上是几个人都关注着的，这么密集的转发，熟悉一点的粉丝一眼就看出来转发人是张大力了。

放在平时，粉丝们肯定是要调侃一下让张大力放他们男神出来的。

但现在不同，粉丝们懒得理他，全部挤进了周熠星微博底下，嗷嗷地求祁天瑞当本期电台嘉宾。

周熠星挺宠他的粉丝，坐在副驾驶上转头问祁天瑞要不要当本期嘉宾。

周熠星在外拍戏的时候，电台一般都是租棚，租不到的时候，还有备用的远程电台，找个安静点的地方调试好参数，就算是荒郊野外也能做。

这次他们是租棚。

C 市飞 B 市的航班比较紧俏，祁天瑞回去的飞机在凌晨，时间上是来得及的。

祁天瑞抱着对周熠星跟楚秋流出了那套照片的强烈的不爽，点头同意了周熠星的邀请。

楚秋在宾馆里听周熠星这期电台，躺在床上笑出了声。

祁天瑞无情地把周熠星许多糗事卖了一堆，连带周熠月也被卖了不少。

周熠星明知道祁天瑞这是在打击报复，他委屈，还没地方说。

不过周熠星这期电台主要是给郭导的新片做第一波宣传的，细细数来抖料其实也没抖多少，之后祁天瑞还配合做了一波宣传。

这一次他们没有提到楚秋的事情，楚秋本人就在剧组演员表上这事也没有提到，在电影没有正式宣传之前，他们并不希望消耗路人对楚秋的好感。

现在路人对楚秋都是转发锦鲤求转运的态度，但一个名字总是频繁出现在别人面前，而且还没有什么相应的成就和作品，总是容易招来黑的。

楚秋听到十一点，起身去洗了个澡，擦着头发出来时，正巧接到楚夏的来电。

楚夏说楚姨后天就可以出院了。

可惜后天楚秋有戏份，没有办法赶回去。

郭导这部《江湖行》的开机发布会踩在了夏天的尾巴上，正值入秋，天气稍微转凉了一些，但摄影棚内依旧闷热。

楚秋是没资格参加开机发布会的，而且今天是他戏份的最后一场，安排在下午，除非之后需要补拍镜头，否则短时间内，他恐怕不会再跟这个剧组的人见面了。

最后一场是打戏，楚秋已经跟着武术指导学了两天，他的走位和动作，导演跟武术指导都点了头。

楚秋当天上午就去了，准备再和武术指导过一次动作，结果不巧，指导正在教另一个演员。

楚秋左顾右盼，想着是找个小角落待着还是回宾馆去，在没来得及做出决定时，被急着赶道具的美术小姐姐拉到一边，拜托帮忙上大色块涂料。

当摄影机拍到楚秋的时候，他正盘腿坐在道具堆的角落里，拿着一把刷子小心地给道具刷漆，转过头来一脸愣怔。

看到扛着摄影机的小哥，楚秋以为对方是要从这里过，连忙起身让出了位置。

小哥笑着摆摆手，解释道："花絮拍摄。"

楚秋眨眨眼，点了点头，冲着摄像头抿唇笑了一下，然后继续低头刷漆。

小哥问楚秋："这是干吗？"

楚秋说："刷漆。"

小哥沉默了两秒，又问："你是演员，怎么在这里做美术的活？"

楚秋举着刷子，愣了两秒才反应过来，答道："被拜托了。"

这个时候，美术组小姐姐端着两份盒饭一路小跑过来，看到多了个摄影小哥，不由愣了愣。

摄影小哥问了美术，才知道是她的两个同事都身体不适请了假，她实在是赶不及，才无奈地把唯一一个站着发呆的闲人拉来帮忙。

——主要是因为楚秋不大牌，看起来也很好说话。

楚秋的确是挺好说话的，被人拜托，他就照做了。

美术妹子简直感恩戴德，她一屁股坐在地上，动作无比狂放地掀开外卖盒子，递了一盒给楚秋，提醒道："你下午有戏，赶紧吃完去化妆。"

楚秋点点头，也跟着坐下来，端着盒饭开吃。

摄影机诚实地把这一切都记录了下来。

电影的拍摄花絮会剪辑好几份，一份一份慢慢发出去作为宣传手段。

郭导的宣传习惯一贯是发了定妆照之后，就发第一份花絮。

而第一份花絮一般不会暴露多少剧情内容，更多的是让人知道演员幕后的情况，要么是以矛盾作为爆点，要么就体现剧组内部和谐。

大多时候都是后者。

摄影小哥觉得楚秋这一幕被留下来的可能性很大。

所以在楚秋做好了造型之后，他又扛着摄像机跟了上去。

今天郭导不在，负责镜头的是一个执行导演。

楚秋在武术指导那里又走了一遍动作。武术指导点头之后，楚秋和几个群演站到了镜头前。

第一次是试戏，目的是让楚秋和群演整体走一遍看看效果需不需要重新调整。

这一幕拍的是楚秋第一次跟男主角相遇的情节，没有肢体接触的动作，周熠星今天不在，所以镜头干脆就分开拍了。

导演负责念周熠星的台词，楚秋则一边打，一边对着一块绿色抹布讲话。楚秋今天的服装是一身鹅黄色的对襟襦裙，上襦偏粉，头顶上的假发梳着垂鬟分髾髻，手中持剑，眉眼间尽是凶狠的杀意。

这个角色叫司秋，定位非正非邪，他唯一的目标就是护着他的生母，为此他什么都干得出来。

司秋的运气很好，因为他遇到的是活蹦乱跳积极向上又热爱管闲事的男主，将他引上了一条正道。

但在遇到男主之前，司秋是远近闻名的凶婆娘。

而在手持利剑的时候，司秋便露出属于一个男子该有的凶气和狠厉。

在女性的妆容打扮下，这气势便显得有些突兀和违和。

是以，男主一眼就看出了他的真身。

楚秋听到导演那边把男主的台词念完，猛地转头，挽了个漂亮的剑花，锋利的剑尖直刺向了……那块绿色抹布。

"好！"导演喊了过，又拉着楚秋讲了几句，然后正式开拍。

楚秋只要试戏过了，正式开拍时通常都是一条过，这次也不例外。

楚秋演得顺利，执行导演也高兴，在反复确定了镜头没问题之后，他举着喇叭冲着周围喊道："恭喜楚秋成为本剧组第一个杀青的演员！"

周围的剧组人员鼓起掌来，高高兴兴地把顺利完成了戏份、没出任何幺蛾子的楚秋欢送回了化妆间。

拍摄花絮的摄影小哥等到楚秋卸妆换完衣服出来，小跑两步跟了上去。

楚秋没发现他，低着头给张大力发了条消息说结束了，然后转身回了之前堆放道具的小角落里。

美术妹子还在角落里苦兮兮地上涂料。

楚秋走到她旁边，看到他之前刷的那个道具进度停留在了他离开的时候，便重新拿起了刷子，坐在一边安静地刷了起来。

他的想法很简单，既然被拜托了，现在又恰巧有空，那就继续涂呗。

美术妹子没想到楚秋还会回来继续帮忙，感动得眼泪汪汪的。

"谢谢你啊，楚秋。"她吸了吸鼻子。

楚秋刚才的打戏运动量挺大，摄影棚里又闷，这会儿额头上鼻子上挂着汗珠。

他垂着眼，长长的睫毛随着他视线的移动而轻轻颤动着，嘴唇微抿，手极稳，一板一眼地上着涂料。

真好看。美术妹子想道。

楚秋被她看得有些不自在，抬头看了她一眼。

美术妹子冲他笑了笑，收回视线，低头刷了起来。

张大力来接人的时候，就看到一男一女两个人坐在角落里，跟道具堆里长出来的大蘑菇似的，气氛凝滞得活像是两个自闭儿童，一点交流都没有，自顾自垂着脑袋安静地刷着涂料。

道具堆外边，还蹲着一个摄影小哥，那摄影机俨然是开着的。

张大力眯眼看着那两朵大蘑菇，伸手拍了拍摄影小哥的肩。

摄影小哥吓得一哆嗦，猛地转头看向张大力。

然后又被张大力那张冷下来的脸吓得打了个嗝。

张大力对自己的威慑力很是满意。

他指了指摄影机，低声说道："刚刚的别留。"

摄影小哥一寻思，就知道他讲的是楚秋和美术妹子长时间安静相处的镜头。他点了点头，心想反正这镜头是要给导演过一遍的，经纪人说了不算。

张大力又看了和美术妹子坐在一起当蘑菇的楚秋好一会儿，决定回头还是给祁天瑞打个预防针。

张大力和楚秋并排坐在车后座，由周熠星的助理开车送他们去机场。

张大力侧头看了一眼正在认真看剧本的楚秋。

他已经从摄影小哥那里知道楚秋跟人家妹子什么事都没有，只是被拜托顺手帮了个忙。

张大力想了想，还是给祁天瑞去了条消息。

大力出奇迹：老祁啊，你有没有想过，楚秋是个直的啊？

祁天瑞知道楚秋那边杀青了，正闷头努力工作，企图挤出时间回头跟楚秋多相处一下。

张大力发来的消息让祁天瑞一愣。

然后他回复了六个点。

张大力一看，就知道祁天瑞压根儿没想过这个可能性。

张大力放下手机，转头看向了楚秋。

楚秋正在背台词，他在背台词方面天赋异禀，大概是因为脑子里总要记住很多小剧本以备不时之需的关系，楚秋在速记方面的才能堪称惊人。

"回去给你一套原著。"张大力开口说道。

楚秋转头看了张大力一眼，拿出手机来点了几下，把手机屏幕放在了张大力面前。

手机屏幕上是《太京》的原著，楚秋已经全文订阅，并且看了一小半了。

文比较长，楚秋忙着拍电影记台词，还没看完。

刘导的这部剧跟网络原著同名，编剧也是原作者亲自操刀，以楚秋的眼光来看，这个剧本节奏非常棒，想来原作者本身应该是从事编剧相关工作的。

"手机字小，伤眼睛。"张大力说，"反正这本书你柳姐那里各个版本的都有，我拿一套来也不妨事。"

楚秋点了点头，说"好"。

"哦对了，你可以跟你柳姐聊聊人物。"张大力一拍脑袋，"她是原作者来着。"

楚秋瞪大了眼，惊讶地看着张大力。

"我也是前两天才知道的啊。"张大力说，"你柳姐没上班，就偶尔通过我做一做编剧助理，平时就写写小说打发时间，我没想到她这么厉害。"

楚秋回忆了一下张大力的家庭地位，竟然一点都不觉得意外。

楚秋知道柳姐偶尔会做做编剧，但他还真不清楚柳姐还点亮了网文技能。

"挺好的，这样你进组之后不会受欺负。"张大力一咧嘴，那张充满了黑道气息的脸上虽然带着笑，但依旧杀气腾腾的。

楚秋一个名不见经传的小透明突然杀进大制作剧组，还直接跳到了男三的位置上，光这一点就不知道得有多少人等着咬他一口。

网上舆论什么的都是小事了，张大力比较担心楚秋在拍戏的时候被人使绊子。

抢戏放暗箭是常态，楚秋有实力，张大力不担心这点，就怕有的红眼病狗急跳墙，趁着某些打戏和混乱群戏的机会，故意下黑手让楚秋受伤。

打戏受伤正常，但被故意打伤，就很恶心人了。

奈何楚秋目标大，而且横看竖看上看下看，他这副安静乖巧的样子，都好欺负。

被欺负了还不一定会说出来。

《太京》剧组里可没有热情洋溢、天天拉着楚秋一起玩的周熠星，柳闻青那个老干部，拍起戏来脑子就一秒退化成金鱼，除了拍戏其他都直接扔到脑后，到时候还能记得有个楚秋需要他多加照料才有鬼了。

张大力一想就担心得不行，交代楚秋说："刘导是习惯让主编剧跟组一起讨论的，你柳哥和柳姐都在组里，要是不想跟别人打交道，你就跟着他们。"

楚秋嘴上说好，却觉得自己到时候恐怕照旧是有戏拍戏没戏蹲角落的。

刘导那边的档期已经出来了，前期拍摄都是在棚内，之后要去影视城取景，还有一些外景压在了最后。

前中期拍摄都在 B 市完成，张大力虽然不可能全程跟着楚秋跑，但离开的时候也不会太多。

楚秋的戏份很重，跟柳闻青的对手戏也不少，再加上需要跟组的柳姐，有这几尊大神盯着，楚秋觉得就算是有人想搞事情，也闹不大。

"不用担心的。"楚秋说道。

"也是。"张大力操着老妈子的心，叹了口气，"你是锦鲤嘛，运气应该很好的，碰不到那些红眼病。"

楚秋：……

我真的不是。

因为是夏天，楚秋的行李十分轻巧，连行李带箱子也不过五公斤重，张大力下车的时候，拎着行李箱就跟拎空包一样轻松。

楚秋戴着口罩和帽子，背着背包，跟在张大力背后进了 VIP 通道。

两个人坐在休息室里候机，张大力的手机"嗡嗡嗡"震个不停，拿出来一看，全是祁天瑞的消息，措辞十分之激烈，可以从中窥见祁大老板的内心有多崩溃。

张大力跟祁天瑞你来我往了一会儿，那边终于消停了。

张大力放下手机，问旁边依旧抱着剧本啃的楚秋："回 B 市之后你有没有什么安排？"

在梦里，自从张大力得知楚秋是个孤儿，而楚姨又走了之后，就再也没问过这样的问题。

楚秋没有朋友，对社交非常冷淡，除了工作就是工作，工作之外勉强称得上是社交活动的，就是被张大力强拉去他家吃顿饭。

楚秋一年里唯一算作私事的，就是去祭拜楚姨。

可是现在不一样了。

虽然楚秋依旧是孤儿，但楚姨没有离开。

这次她的病发现得早，手术十分成功，回到福利院后，恢复的情况相当好，前两天还给楚秋打电话，说回了 B 市后回福利院看看，给他做一桌好菜犒劳一下。

楚秋并不是没有朋友了。

　　热情周到、爽朗大方的周熠星大概算得上是他的友人，这一个月来没少拉他四处溜达着吃喝玩乐。

　　楚秋也不孤单。

　　祁天瑞熟悉他，了解他，熟知他的许多事情。

　　变化很大。

　　楚秋想，好多东西都不一样了。

　　但这些变化，并没有让楚秋感到苦恼。

　　对于这些变化，楚秋扪心自问，他是感到十分开心和愉悦的。

　　楚秋摩挲着手中的剧本，对张大力的问题，轻轻点了点头。

　　张大力问："有什么安排？"

　　身为明星艺人，很多隐私的事情也是需要报备的，以免发生意外情况，比如被跟拍影响到朋友生活，被断章取义地截取了照片泼一身脏水之类的事情。

　　楚秋很熟悉这些。

　　所以他很诚实地回答了张大力的话："回福利院。"

　　楚姨很久没下厨了，楚秋从前两天那通电话起就一直在期待。

　　张大力听他这么说，只好把心中的打算往后挪了挪。

　　"我跟你一起去吧。"他说道，"也该去见见你家长辈。"

　　张大力说你家长辈说得十分自然顺畅，楚秋听了就忍不住露出笑容来。

　　他并不排斥这件事，甚至是乐于见到这种事的，因为张大力的存在对于楚秋而言，同样是家人。

　　楚秋点了点头，低头去看剧本。

　　张大力的手机安静了没一会儿又开始"嗡嗡"响。

　　张大力用脚趾头想都知道肯定是祁天瑞，他翻了个白眼，继续对楚秋说道："小秋，得空了要不要到我家去坐坐？"

　　楚秋头都没抬："好啊。"

　　他眯眼打量了楚秋好一会儿，始终没能从楚秋平静的脸色中觉察出什么来。

　　公司分给楚秋的公寓有家政阿姨定期来打扫卫生，楚秋回去洗了个热水澡，大睡了两天之后，拎着给福利院的大家买的大包小包的东西下了楼。

　　下电梯的时候，正巧撞上了周熠月。

　　周熠月看起来状态非常不好，一脸菜色，看着楚秋的眼神幽怨而哀愁，还特别反常的沉默不语。

　　楚秋被他的眼神盯得浑身凉飕飕的。

　　"秋啊。"周熠月扒上来，"秋啊，星星他在 C 市，是不是特别开心啊？"

楚秋想了想，对周熠月点了点头。

周熠星岂止是开心，他在 C 市快活得都快化身窜天猴直冲上天了。

周熠月脸色更差了。

"凭什么星星他在 C 市浪得飞起，我就要因为你俩那套照片被迫相亲啊！"

周熠星和楚秋那几张照片一出来，双胞胎的爸妈越看越觉得自家小儿子怕是弯了，转头就跑去周熠月店里逮住了大儿子，说月啊，星星弯了，你可得把持住。

"这才一个月！我都见了六个姑娘了！"

周熠月委屈极了，他瞅着楚秋，仿佛下一秒就能"哇"的一声哭出来。

楚秋想了想，从手中的几个袋子里艰难地拿了个苹果出来，递给了周熠星，权当安慰。

周熠月也没客气，接过了作为安慰的苹果，又瞅了瞅楚秋拎着的大包小包，觉得这副样子不像是要去工作。

正巧这时候来接楚秋的张大力走了过来。

"准备干吗去？"周熠月问他。

张大力一边接过楚秋手里的大小包，一边回答说"探亲"。

"那挺好，不赶时间，秋你赶紧帮我个忙。"周熠月摸出手机，打开了前置摄像头，"来，对着镜头说你是个直的，星星也是直的，你跟星星是普通朋友关系，我发给我爸妈。"

说完，忙转头问楚秋："你……是直的吧？"

张大力：……

@ 祁天瑞

你看看人家！

再看看你自己！

真是废物！

楚秋有喜欢的人吗？

他自认为是没有的。

楚秋阅读过许多书籍，看过许多影视作品，也认真看过情感类节目，他习惯从中归纳总结出"喜欢"和"爱情"这种特殊情愫的情感表现和生理反应，以此作为他拍戏时的参考。

但除却他能感同身受的亲情类作品和节目能让他产生共鸣之外，关于爱情的故事，他始终无法将自己代入进去。

大概是因为未曾感受过，所以无法理解，就如夏虫不可语冰。

楚秋虽然无法了解这样的情感，但对于这种不是亲情却胜似亲情的情感始终都抱着敬畏之心。

他努力归纳总结了许多，同一个场景私下练习无数次，一直依靠技巧来演感情戏，容纳了许许多多的参考，虽然没有情感代入，在镜头下却依旧表现得十分完美。

很多大导都夸他入戏快，感情充沛。

可实际上，楚秋一直以来都对爱情这档子事没有什么实感。

他没有喜欢的人，也未曾拥有那份心情。

张大力开始赶人："行了行了，周熠月你赶紧回去，我们先走了。"

周熠月撇撇嘴，收好手机，拿着楚秋给他的那个大苹果走进了电梯。

张大力开着导航，时不时透过后视镜看一眼坐在后座垂眼沉思的楚秋。

又是一个红绿灯路口，张大力踩下了刹车，问楚秋："想什么呢？"

楚秋从沉思中回过神来，冲张大力摇了摇头。

总不能跟张大力说他在想祁天瑞。

要说祁天瑞对楚秋的好，楚秋有没有发觉，有没有感动，那肯定都是有的。

可正因为有这份感激在，面对对他特别好的祁天瑞，楚秋就愈发感觉不知所措。

楚秋非常明白，祁天瑞只是单纯地想要对他好，用以表达自己的好感与诚意。

可楚秋对此只觉得压力有点大。

论报答，加上他上辈子的资产，都不够祁天瑞给他砸的一个零头。

意识到自己没办法报答这份好感，楚秋就感觉自己愁得头大。

以祁天瑞的地位和身份，大概是意识不到这一点的。

就比如他觉得甩手给楚秋砸个几千万让他直接空降剧组根本就不算个事，又比如他觉得给楚秋控舆论垒资源推楚秋，大大方方地把楚秋拉进他的朋友圈里，也不算个事。

他的身份和地位，注定无法明白被他施以如此程度的重视和好感的人内心的不安。

楚秋并不讨厌祁天瑞，对于他的做法也未曾升起过厌恶情绪。

从梦中醒来细细思索，他才猛然意识到在自己没有察觉的地方，祁天瑞偷偷地为他做了多少事情。

祁天瑞对楚秋的好，楚秋都一笔一画记得很清楚。

可对于没办法回应他的好感，却又希望能够报答的楚秋而言，这一笔一画的债务就越堆越高，越堆越高，高得楚秋拼命仰起头，都望不到顶峰。

人情债最是难还，楚秋感到十分苦恼。

他希望在现实中，事情能够有所改变。

不论是他改变，还是祁天瑞改变，都是好的。

楚秋抬眼看着前方的红绿灯，红色的秒钟闪烁跳跃着归了零，灯光从黄转绿。

过了这个红绿灯，就到了福利院所在的街道了。

张大力找了个树荫停好车，跟楚秋从后备厢里分着拎出来大包小包，往福利院走。

正是下午，初秋的阳光还有些炽烈。

楚秋走了没两步，转头看了一眼停在张大力座驾前边的面包车。

福利院附近的车楚秋差不多都认识，这块小小的郊外老城区，就像独立于繁忙大都市之外的小城镇，哪家娶了媳妇、买了房、买了车、找到了工作，或是出了什么事，基本上都门儿清。

楚秋记性很好，这辆车他没见过，车牌号也没见过。

张大力正在看写着"B市福兴儿童福利院"的挂牌，见楚秋停下，问道："怎么了？"

"没事。"楚秋摇了摇头，又瞅了那车一眼，走到传达室窗户外，想问问负责守大门的海爷爷，结果发现老爷爷躺在椅子上，在开着空调的传达室里美滋滋地睡得正香。

停在福利院门口，可能是办好了手续来领养小孩儿的夫妻吧。楚秋想着，带着张大力直接进了院门。

楚秋一边走，一边简短地介绍。

"操场。"

"宿舍。"

"教室。"

……

张大力听着楚秋毫无解说的介绍，无奈地配合着点头。

福利院不大，建筑也已经很老了，墙面上爬着翠绿的爬山虎，围墙里侧的角落里有几块土地，搭着架子爬着藤，藤下的菜畦里长着一些青菜。

院落不大，进入院子迎面就是操场，正对面是教室和活动楼，左边是宿舍，右边看起来像是办公的地方。

加起来也就这三栋楼，最高不过三层，最低的是作为办公场所的平房，横排数过去，每栋楼一排约莫六个窗户。

几栋楼楼门都是颇古早的铁艺门，里边有一扇木门关着，用以阻风挡雨。

楚秋直奔正对面的活动楼，在楼门前停下了步子。

这栋楼楼门开着，有着锈蚀痕迹的铁门上挂着一块小黑板，上边用粉笔写着"教学楼"三个字。

"你们这里……学什么？"张大力跟着楚秋走进门，好奇地问道。

楚秋答道："小学。"

找不到领养家庭的孩子，福利院会负责小学六年的教育，师资力量不强，大都是市里准备去支教的老师来这里锻炼一下，经常是一个月就要换一次新老师。

之后能考上初中的，就去念初中，国家免学杂费再加上贫困扶助和奖学金，省着点日子还是能过。

考不上初中的，也会因为义务教育的缘故被分到其他地方去。

再之后，就看孩子个人的造化了。

张大力隐隐约约能听到小朋友的读书声。

很多教室都是空的，里边被改成了小食堂和午休室，甚至还有给婴儿的玩具房。

路过婴儿玩具房的时候，张大力看到里边有两个穿着志愿者 T 恤的小年轻，正照顾着两个刚会爬的小婴儿。

其中一个小婴儿缺了手掌，爬得一瘸一拐的，总是跌跟头。

张大力停下了脚步，站在窗户旁边看。

楚秋也跟着停了下来。

张大力和他媳妇准备要孩子了，夫妻俩关于育儿胎教的书看了不少，对拥有自己的孩子这件事充满了期待和憧憬。

如今看到这两个小孩儿，张大力觉得有点不是滋味。

他盯了那个残疾的小婴儿，问楚秋："他们是被扔掉的？"

"嗯。"楚秋点了点头。

有些孩子因为身体残疾或者生下来就带着疾病而被亲人抛弃，实在查不到父母的，就会被送到福利院。

张大力又看了婴儿室里爬两步就咕噜咕噜滚两圈的小婴儿，轻叹了口气："走吧。"

楚秋点点头，带着张大力去正在上课的教室。

福兴福利院占地小经费少，绝大部分资金依靠政府资助和社会捐助。固定人员两个巴掌数得过来，偶尔会有来社会实践的学生以及志愿者。

能接纳的小孩子也不多，院长咬死了最多接收五十个，不然根本看不过来。

现在院内的孩子，除却刚刚那两个才学会爬的婴儿，总共加起来三十六个小朋友，其中二十二个是适龄儿童，可以就学。

楚秋和张大力拎着大包小包爬上了楼，刚一拐弯，就看到两台摄像机架在走廊上，还有两三个扛着摄影机的男人，蹲在教室里拍摄。

教室里挺热闹，好几个年轻的志愿者正带着小朋友玩游戏。

小朋友们脸上挂着笑，看起来十分开心。

楚姨站在走廊上，正笑眯眯地跟站在一台摄像机旁的人说话。

迎面对上了正在拍摄的镜头，楚秋呆了一下，赶忙让开了身子，蹲到一边小声地喊了声姨。

"小秋？"楚姨脸露惊讶，然后又笑皱了脸，向楚秋招了招手，"回来啦，快过来让姨看看。"

楚秋满腔疑惑地走过去，张大力盯着那个背对着他们跟楚姨讲话的人的背影，觉得有点眼熟。

那人回过头来，看到张大力时明显一愣。

"张大力？"

张大力轻咦一声："李导演？"

楚秋把拎着的水果吃食和零零碎碎的东西放在楚姨身边，抬眼看了李导演好一阵，才恍然大悟，想起了这人是谁。

这个导演他是知道的。

在八年后，李导演被称为广告怪才，拿过不少奖，风格跳脱，脑洞极大，天马行空，他的广告在年轻人中很受欢迎。

楚秋不知道这位如今还有些青涩的导演来福利院做什么。

他礼貌地打了声招呼，见张大力跟李导演攀谈起来了，便转头小声问楚姨的身体状况。

张大力跟李导演客套："您在这儿干吗呢？"

"有个公益广告。"李导演答道，"你们祁总推荐了这里。"

正跟楚姨讲话的楚秋霎时一静。

作为公益广告的取材地点，福利院能得到不少好处。

这就跟电视某个节目里说，有某个村庄贫困不堪，村民们食不果腹、衣不蔽体一样，在播放之后，瞬间就能够得到大量的社会关注和捐赠。

楚姨不明白，院长不清楚，但楚秋却十分了解。

祁天瑞不可能不明白这一点，大概就是因为他知道这一点，所以才推荐了这里。

楚秋的出身，祁天瑞是很清楚的。

向导演推荐这里是为什么，是为了谁，楚秋都不用多作思考。

大概就是聊天的时候得知了导演要拍孤儿主题的公益广告，祁天瑞心里记挂着他，就干脆推荐了他成长的地方。

而李导演可能就是随口那么一说，到底什么时候拍，来不来拍，都是未知数。

只是恰巧李导演真的来拍了，又恰巧遇上了他回来。

楚秋愣在原地，直到楚姨扯了扯他的衣袖，才回过神来。

楚姨问："要不要去跟小朋友玩？"

楚秋看看里边的摄像机，摇了摇头。

人家在取材，他突然进镜头干吗，人导演还在旁边呢。

"不要害羞，孩子们都惦记着你呢。"楚姨却不了解这些，她轻轻推了推楚秋，笑道，"天天都问上次唱歌的小秋哥哥什么时候回来，说还想听你唱歌。"

楚秋心想这群孩子其实该喊叔叔了。

不过楚秋的容貌和气质都显得较为青涩，叫哥哥也没什么违和感就是了。

张大力听到楚姨的话，颇有些惊奇："小秋还唱歌了？"

张大力听过楚秋唱歌，不过是通过周熠星的电台听到的，唱的还是两只老虎，特别可爱。

他对楚秋的声音条件评价很高，一直在琢磨着等楚秋热度高起来了，就考虑录歌去。

楚姨这才注意到张大力，却被他那面相吓了一跳。

张大力十米外吓哭小孩子的人设怎么都不崩。

她扯了扯楚秋的衣袖："这位是……"

楚秋这才想起自己没有给张大力和楚姨做过介绍。

他向楚姨解释道："经纪人张大力。"转头看向张大力，"我姨。"

楚姨将信将疑，毕竟张大力那张脸看起来活像混黑的，她迟迟疑疑地跟张大力握了手。

李导演看了眼楚秋，以为他是楚姨亲戚，这会儿是来福利院帮忙的。

"你带的新人？"他问张大力。

张大力点了点头。

这种时候就体现出张大力他们家人脉牛了，这个圈子里，就仿佛没有张大力不认识、聊不上两句话的人。

李导演活动了一下脖子，转头问楚秋要不要友情出演。

"不过这个广告没收益，是我准备拿去参赛的。"他说道。

楚秋和张大力都是一愣。

他们都以为这位导演的公益广告是确定了会播出的，祁天瑞才给推荐呢。

结果居然是参赛。

这种大规模征集的公益广告，零门槛，不限定主题，征集结束后会从中挑出三到五个来，全渠道大规模投放。

已经有名气的广告导演很少会掺和这种活动，不是说他们不屑于此了，而是行业潜规则如此。每个行业都需要新鲜血液，这种零门槛高回报、导演又能肆意展示自己才能的机会少之又少，通常情况下，这类大型活动都是默认给新人的。

最近没日程安排的楚秋转头看向张大力。

张大力没意见。要是这次李导演的片子被选中了，对楚秋来说简直是天上掉下来的馅饼。

全渠道播放的资源放哪儿都是个大饼饼，等闲人连边都摸不到。

哪怕是凤凰呢，祁天瑞就是把自己脑壳挠破，都啃不下全渠道播放这块大饼。

张大力问："化妆呢？服装呢？"

"化什么妆服什么装？"李导演靠在走廊墙壁上，"素颜出镜，展现最真实的自己。"

张大力：……

那你可能要失望了。

李导演先跟楚秋形容了一下他想要的感觉，之后说等小朋友的素材拍够了，就去拍主要人物出场的场景。

楚秋点点头，低头看了看放在地上的东西，然后又看向楚姨。

把楚秋从跟在屁股后边的小尾巴一直带到成年，楚姨了解楚秋每一个动作每一个眼神的诉求。

比如现在，楚秋就是在询问，地上的水果零食怎么办。

她拍了拍楚秋的手臂，说道："去把这些苹果洗了，等会儿分给小朋友。"

楚秋便拎着一大袋苹果去了楼道尽头的洗手间。

张大力没跟楚秋抢活儿，留在原地跟楚姨和李导演唠嗑，主要是跟楚姨唠嗑，多多了解一些楚秋的情况。

一个人独处，是楚秋感觉最自在的时候。

他清洗着苹果，动作很仔细，神情却十分恬淡舒适。

远远传来的孩子们的笑闹声很舒服，近在咫尺的水流声很舒服，手中散发着浅淡果香的苹果也让他感到十分舒服。

楚秋洗着苹果，想着广告，想着之后的《太京》，想着台词和原著，脑子里铺设开场景，想象着台词语气和肢体表现。

他嘴角微微弯着，看起来心情不错。

等洗完了一袋子约莫十来个苹果，他又把塑料袋用水冲了，再将洗干净的苹果放进被水冲过的塑料袋里。

苹果个头很大，小孩子吃完一个肯定肚子饱饱吃不下饭了。

楚秋拎着湿淋淋的袋子去了楼上小厨房，准备把苹果切好了分盘。

现在离饭点还远，小厨房里应该是没人的。

楚秋一边想着，一边推开小厨房的门，惊讶地发现小厨房里竟然有人，还是个小姑娘。她背对着门，扎着高高的马尾辫，穿着志愿者的 T 恤，正手脚麻利地择菜。

楚秋愣在门口，犹豫了几秒，还是迈开大长腿走了进去，直奔砧板。

小姑娘闻声转过头来看了一眼，而后站起身来，小声问道："你……是楚秋吧？"

楚秋刚把手里的苹果平均切成四瓣，听到问话，放下苹果和刀，转过头去。

映入眼帘的脸有些熟悉。

楚秋怔怔地看着距离他不远的姑娘，有那么一瞬间以为自己身处 B 市的机场出口。

这姑娘他在梦里就认了个脸熟——任谁每次回 B 市，一落地就能看到这姑娘站在通道出口第一排，都会脸熟她的。

她是 B 市人，是楚秋的一个特别出名的铁杆大粉。

她家里很有钱，热爱组织粉丝接机，大概是因为楚秋刚火起来的时候，头几次粉丝接机把完全不适应情况的楚秋吓得脸色刷白差点扭头就跑的缘故，她每次组织的接机活动都特别安静，特别有素质，能让楚秋在相对平静的环境下给签名给合影。

楚秋之所以对这个粉丝印象很深，并不仅仅是因为接机的事情。

他之所以记得这个姑娘，是因为她就是那个组织粉丝给楚姨墓前献花的人，也是将许多粉丝的信件小心包好，送到楚姨墓前的人。

之后她更是以楚秋的名义，发动粉丝，尽心尽力地组织了不少慈善活动。

这个姑娘开朗、活泼、向上，对整个世界都充满了善意。

不仅如此，她还一直都理智而矜持地保持着粉丝和偶像之间的距离，从来不曾要求过私下见面和探班，最多就是希望能够知道楚秋什么时候能够回 B 市，好方便她组织接机。

在现实里见面，如今没有作品也没有什么正经通告播出的楚秋，感到了几分失措。

"真的是你呀！"

姑娘惊讶地捂住了嘴，见着楚秋抿着唇，耳尖泛红，顿时笑弯了眉眼。

她落落大方地道："你好，我是你的粉丝。"

楚秋同样惊讶。

他现在这样也能有粉丝？

妹子没有要靠近的意思，她只是拉着凳子转了个方向，面对楚秋，坐下继续择菜，问："你来这里做慈善吗？还是拍广告？"

楚秋愣了愣，答道："探亲。"

"这样啊。"妹子点了点头，"你声音真好听。"

楚秋抿抿唇，不答话了，转过头去继续切苹果。

妹子抬头看了他一眼。

青年站在窗前的料理台前，外头的天光铺洒在他身上，耳郭充血，光亮落在那上边，通透得像上好的红宝石。

在害羞啊。

妹子无声地笑起来，挑着一些日常和工作的话题和楚秋说。

"我看到你微博转发郭导的《江湖行》啦，听说你有很多戏份，很期待呀。"

楚秋闷闷地应了一声。

两人一问一答，等到楚秋切完了那十来个大苹果，装了盘，气氛已经和缓了不少。

妹子表示她真没见过像楚秋这样能把天彻底聊死的人，要不是她会找话题，简直能尴尬死。

不过看楚秋耳尖上一直没有褪去的红色，妹子就有点忧心。

偶像这么害羞，在圈子里怎么混哦。

料理台上四个摆满了苹果的盘子，楚秋端起了其中两个。

妹子一抬头，走上去把另外两盘也端了起来。

"走吧，小朋友那边该下课了。"她说道。

张大力见楚秋切个苹果回来，旁边就多了个妹子，妹子笑容满面地跟楚秋说着什么，楚秋点头或者应声，气氛还挺和谐。

但楚秋是那种遇到陌生人会说话回应的人吗？！

他不是！

张大力没有跟楚秋相处太久，却也充分了解了楚秋的社交障碍。

不算特别严重，在别人眼里大约也就是害羞腼腆，过于内敛的性格了，但实际上，打小造成的心理问题并没有那么好克服。

面对陌生人，楚秋撑死了也就点个头，更多的时候就像他刚刚对李导演一样，站在旁边一声不吭。

张大力盯着跟楚秋一起下楼来的那个姑娘，等楚姨接过果盘跟姑娘一起进了教室，他忙伸手把楚秋拉到了一边。

"那姑娘是谁啊？"张大力小声问。

楚秋答道："粉丝。"

张大力沉默了两秒，说："你可千万别跟粉丝发展什么亲密关系啊！"

楚秋乖乖点头。

张大力又回头看了一眼教室里的粉丝妹子。

突然，他转头问道："小秋，你有在意的人吗？"

楚秋很干脆地摇了摇头。

在他的世界里，刨除掉亲情，跟这两个字扯上瓜葛的，有且仅有祁天瑞这一朵仙葩。

尤其是梦醒之后，这朵仙葩的存在感就特别强，还喜欢时不时地蹦跶两下，以彰显自己优美的身姿和惑人的幽香。

楚秋认为自己会联想到他理所当然。

他偏过头，望着教室里正听李导演讲话，准备正儿八经拍广告的小朋友和楚姨，想要转移注意力专注接下来要拍的广告。

可过了十来分钟，小朋友们预演都跑了一圈了，楚秋的脑子里依旧长着那朵妖娆多姿的仙葩，形象还越来越明朗化。

楚秋：……

吓死人了。

楚秋跟着导演下楼去拍广告了。

粉丝妹子认出了张大力，把自己悄悄拍下来的楚秋的照片给他看，问能不能发。

张大力删了其中几张带着建筑背景的照片，然后把手机还给了她，顺口问道："你是楚秋的粉丝啊？"

妹子拿回手机，点了点头，脸上笑容明媚。

张大力挺稀奇："你怎么知道他的？"

楚秋就上过两次电视，还都是小节目，基本上没什么镜头落在他身上，再加上本身不爱说话，别人丢梗他都接不上来，所以后期剪辑只给他切了几个镜头，导致楚秋的存在感几乎为零。

"他可能已经不记得了，我其实跟他见过的。"

妹子笑着说。

"他有次通告是慈善活动的嘉宾，我那时候刚好在做志愿者，看到他虽然紧张得要死，却对那些性情孤僻、有心理疾病的小孩子特别有耐心。"

妹子说着，从手机里翻出几张照片，都是距离不算近的拍摄，但楚秋的脸上毫无遮掩，看得十分清楚。

张大力注意到拍摄时间是六个月前。

"楚秋长得好看，温柔又有耐心，我一眼就看上他啦。"妹子笑嘻嘻地说，"我那会儿就觉得楚秋肯定会红的，他跳槽风皇我可开心啦，天使娱乐一直不给他好一点的通告，不过我希望他红了以后不要变吧。"

张大力听着，点了点头。

这种初期入坑又长情的粉丝十分难得，张大力和颜悦色地跟妹子聊天唠嗑，字里行间都是在说楚秋的好话。

做经纪人这行，嘴皮子最是利索，不利索谈不来合作。

要说谈话是门艺术，那张大力的嘴大概已经把这门艺术臻至化境，开出花了。

妹子跟张大力聊得很开心。

等到楚秋拍完，热得满头大汗回来休息的时候，妹子已经跟着志愿者团队离开了。

张大力老怀甚慰地拍了拍楚秋的肩，感慨道："天使娱乐的人还是有点用的嘛！"

一次估计只有一两千块收益的通告，换来一个有钱的老粉，这波完全不亏啊！

简直赚大了好吗！

楚秋一脸问号。

张大力摆了摆手，和楚秋一起走进了教学楼，找楚姨商量了一下，就笨手笨脚地试着跟小孩子相处起来。

看着那些因为分到了糖果而欢欣雀跃的小朋友，张大力笑着走过去，努力摆出温和的样子，艰难地获取着小朋友的好感。

——张大力那张脸，可是阿姨和哥哥姐姐们嘴里形容的，最标准的坏人形象。

但总有几个胆子大的小朋友。

他们把身材魁梧的张大力当成了大树，爬到背上的有，要骑大马的有，两边手臂还一边挂着一个荡秋千。

张大力还跑去婴儿房里待了一个多小时，无比深刻地感受了一把带小孩的艰辛。

"等你柳姐生了娃，我还是请两个阿姨轮班照顾孩子的好。"张大力笨拙地给婴儿换尿不湿，一边冲楚秋说道，"这带孩子也太难了。"

楚秋站在一边，动作熟练地抱着另一个小婴儿，看着张大力满脸崩溃的样子发笑。

两人连同导演和拍摄的工作人员一起在福利院吃了晚饭。

离开的时候，楚秋见导演和拍摄的工作人员高高兴兴地上了之前他感到陌生的那辆面包车。

张大力开了自己车的空调，关上车门后，跟楚秋一起去传达室里享受空调，等着车里温度降下来。

张大力看了看手机上的日程，说道："明天周末了，干脆明天去我家吧？"

楚秋干脆地点了点头。

"形体和声乐课程不能丢，日程我发你了，你要是有兴趣的话，舞蹈之类的也可以去上一下。"

楚秋点点头，摸出了他一整天都没怎么碰的手机。

然后他发现四个小时前，祁大老板给他发了一条消息。

楚秋将张大力发给他的日程表先保存了，才点开祁天瑞的消息。

祁天瑞：休息好了？

楚秋回了个"嗯"，就准备把手机收回去。

结果那边祁天瑞秒回。

祁天瑞：周末有空吗？一起吃个饭？

楚秋顿了顿，回复：明天去大力哥家。

祁天瑞看着楚秋发来的消息，无比迅速地回复了楚秋：我明天也去的，他也约了我。那么明天见。

楚秋愣了愣，转头把手机交给了张大力。

张大力扫了一眼：……

你滚！老子并没有约你。

内心这样想着的张大力先生，在楚秋的注视下却点了点头，说道"是啊，约了他的。"

楚秋一向相信张大力，听他肯定了，就收回了手机。

反正也不是什么大事，楚秋低着头点开了日程看着。

张大力问他："喜欢吃什么？"

楚秋答道："土豆。"

张大力心说楚秋这孩子可真好养活。

第二天来接楚秋的是祁天瑞。

楚秋愣了两秒，最终无声地认下了这个事实。

他伸出手去准备开后座的门，手还没碰到门把，副驾驶车门就弹开了。

楚秋：……

祁天瑞坐在车里，笑着看他。

楚秋轻舒口气，迈开腿坐上了副驾驶座。

"大力被柳姐留在家里打下手了。"祁天瑞解释道。

楚秋觉得祁天瑞并没有特意解释的必要。

他转头看了祁天瑞一眼，目光扫过他握着方向盘的手。

"嗯。"楚秋点了点头，拉上车门，扯过了安全带。

祁天瑞趁着楚秋低头，仔细看了看他。

楚秋扣好安全带，祁天瑞启动了车子。

车内十分沉默，气氛却并不僵硬。

楚秋发现了挂在后视镜下的小瓶子，才察觉车里的香气变了。

之前祁天瑞车里挂的是有些甜腻的绿茶香，今天的却是苹果香。

——是能让楚秋感到放松的香气。

楚秋愣了半晌，突然说道："谢谢。"

祁天瑞专心开车，没听清他说了什么："嗯？什么？"

楚秋声音提高了些，重复道："谢谢。"

他顿了顿，补充道："香。"

祁天瑞闻言，露出了笑容："变敏锐了不少啊，小秋。"

楚秋抿着唇偏过头去，不说话了。

祁天瑞却很高兴。

堵车也没能阻挡住他的好心情，祁先生打开了车载音响，在堵车路上放起了歌。

祁天瑞收的歌大多都是陈妙的。

许多音乐人都说陈妙的声音有股神奇的力量，能让人感受到迸发而出的蓬勃向上的活力与朝气。

陈妙不爱唱情歌，她的歌大多是人生感怀与鼓舞人心，有数的几首情歌，都是金曲。

楚秋也很喜欢听她的歌。在疲累到感觉自己无法再支撑下去的时候，他就是听着粉丝给他录的鼓劲和祝福的音频，以及陈妙的歌，硬生生熬过来的。

就像破茧，撕破阻碍虽然痛苦虽然艰难，但跨过这道坎，就是截然不同的新天地。

祁天瑞的心情很好，好到跟着音乐唱了起来。

楚秋放松了靠在椅背上，听着耳边的音乐，低头翻阅着《太京》页面底下那些原著书粉对人物角色的分析。

如果能够一直这样自在地相处也不错。

楚秋想着，轻轻点了点屏幕翻页。

堵车的路段过去了，歌曲也陡然一转，变成了陈妙有数的几首情歌之一。

楚秋想要继续翻页的动作一顿，忍不住转头看了祁天瑞一眼。

祁天瑞专心开着车，眉眼间的愉快和温柔没有丝毫遮掩。

楚秋抿了抿唇，默默收回了视线。

张大力家楚秋去过很多次，而祁天瑞去的次数更是多不胜数。

他俩到的时候是张大力开的门，糙汉子张大力围着一只小黄鸡的围裙，围裙上有些水迹和淡色的血迹，手里还抄着刀，一开门就凶神恶煞地瞪了祁天瑞一眼。

楚秋被他这副形象的打扮给吓了一跳。

祁天瑞也蒙了一瞬，然后迅速反应过来。

他从一旁的鞋柜里给楚秋拿了双新的一次性拖鞋出来，自己也套了一双，打量着张大力："你这是干吗呢？"

张大力没好气道："剖鱼！"

祁天瑞喜欢吃鱼，要不是带上了祁天瑞，他媳妇也不会买鱼回来，他也不用剖。

张大力愿意洗菜择菜切菜做菜怎样都好，唯独不喜欢亲手宰杀活着的食材。

用他的话说，就是："一个活蹦乱跳的生灵被我亲手扼杀了，感觉良心很痛。"

三人进了客厅，柳姐从厨房里出来，跟张大力围着同款围裙，围裙中间印着一只撅屁股的小黄鸡。

"小秋是吧！大力经常提起你，随便坐随便坐。"

楚秋弯了弯嘴角，打招呼："柳姐好。"

祁天瑞伸脑袋看了厨房一眼，被柳姐推了出来。

"放宽心，有你的清蒸鱼和米豆腐炒肉末。"

祁天瑞一笑，转头去泡了两杯茶，一杯给自己一杯给楚秋。

楚秋听到柳姐的话，愣了两秒，想到上一次跟祁天瑞吃饭时对方点的菜，心道果然。

上一次祁天瑞完全就是在迁就他的口味。

楚秋接过杯子，又跟祁天瑞说了声谢谢。

祁天瑞愣了两秒，问："这次是谢什么？"

楚秋说："上一次吃饭。"

祁天瑞一下子就笑了。

"如果一起吃饭的对象是你，不管是什么，都合我胃口。"祁天瑞这样说。

柳姐的手艺虽然比不上周熠月那个专业的，但也是非常不错了。

有家的味道。

楚秋安静地吃着味道相当熟悉的土豆丝炒肉，看着祁天瑞一口气包揽了小半碗的米豆腐炒肉末。

柳姐一边热情地给楚秋夹菜，一边唠着家常。

诸如多大啦？大学哪念的？谈过恋爱没有？有对象了没有？

楚秋对这样的关心十分受用，一一如实回答。

说到理想型对象的时候，楚秋摇了摇头，说"不知道"。

柳姐没深问，见楚秋喝了小半碗汤又添了一大勺，笑着转移了话题："喜欢喝海带排骨汤啊？"

楚秋腼腆地点了点头。

"大力说你通过了《太京》的试镜，回头我跟组，煲汤给你喝呀。"

柳姐说什么，楚秋通通都是"好好好"，并时不时附赠一个羞涩腼腆的笑。

楚秋的注意力并不全在柳姐身上。

他看到祁天瑞碗里总是有着几块鱼肉，几勺米豆腐。

楚秋打起了小算盘。

他不是不会做饭，福利院是打小就教小朋友做饭的，毕竟没有父母宠着，学会基础生活技能是必须。

祁天瑞不缺钱，自然不需要楚秋用金钱来报答他。

楚秋就想，如果他做祁天瑞喜欢的菜色给他吃，祁天瑞应该会很开心。

——毕竟只是来接他，被他发觉了换香的小心思，祁天瑞就已经高兴得眼睛都弯起来了，如果能够收到他做的食物，应该会更开心才对。

要是祁天瑞没有那么有钱就好了。

要是祁天瑞没那么有钱，他就能努力工作，多挣钱来回报祁天瑞给他的投资。

张大力给楚秋算过账，截止楚秋拿到奖杯为止，他给风皇带来的收益才刚刚超过前期投资——当然，这个投资是把祁天瑞的私人投资也算进去的。

楚秋心里盘算着，吃了一片海带。

可仔细想想，给祁天瑞做吃的，难度系数还是有点高。

……还是赚钱还债吧。

这个难度系数比较低一点。

楚秋默默想道。

楚秋没在张大力家里待太久。

吃过午饭后，深刻感受到了楚秋到底有多不善交流的柳姐，干脆把一套精装原著交给了他，还顺便把自己做的人物设定，以及她觉得不错的读者评价拷贝了一份给他。

能够得到原作者承认，并且夸赞说不错的分析评论，自然是非常了不得的。

拿着这些东西，楚秋大大地松了口气。

张大力夫妻也没多留楚秋，吃过饭聊了会儿天消了食，祁天瑞和楚秋就准备走了。

祁先生对楚秋说道："我送你回去。"

楚秋点点头，之后，难得地打开了万年不开一次的微博。

祁天瑞喜欢玩微博，但楚秋不同，他不怎么会玩社交软件，不管是配合工作的宣传转发还是个人生活方面的微博，基本都是清一色的"来自华为H10"，标准的张大力式冷淡画风。

大约是昨天遇到的那个女孩子让楚秋有了一丝触动，楚秋点开微博之后，直接搜索了自己的话题。

话题热度最高的一条，恰巧就是昨天遇到的姑娘。

"心尖尖秋宝宝：＃楚秋＃想过很多次会以什么样的形象遇见楚秋，万万没想到，今天在做公益志愿者的时候猝不及防地遇到了！

我秋超可爱！素颜上镜楚楚动人！切苹果巨熟练！一看就是个会做饭的好男人！还会害羞，夸他一句声音好听耳朵就红透了！对小朋友也超有耐心！！

今天去的地方，小朋友和工作人员对楚秋都很熟悉的样子，他大概常去那里吧。嗨呀！有个认认真真喜欢做公益的男神真的好开心呀！"

遇到这种粉丝自发的微博，就很能体现出一个明星的真实搜索量和人气了。

这条微博转发刚过五百，评论更少，倒是点赞有两千多。

楚秋看了那条微博好一阵，将下边的评论逐条看了，自带滤镜地忽视了那些来黑的和来酸的，然后从手机里挑了三张张大力顺手给他拍过的照片，什么话都没说，就发了上去。

祁天瑞开着车，又放起了陈妙的歌。

　　楚秋抱着书回了家，看了一眼空荡荡的冰箱，起身下楼去买菜了。

　　楚秋很少叫外卖，也不喜欢去餐馆，基本上都是在啃剧组盒饭或者是飞机餐，要么就是张大力拎来的小灶，自己做饭的机会并不多。

　　但做饭这个技能就像骑自行车，学会了就是学会了，哪怕许久不做，重新捡起来的时候也会慢慢回忆起来。

　　这个小区附近有个不大不小的商圈，除了打折日，平日里人都不算多，来往的都是这附近几个高级住宅区的人。

　　楚秋所住的公寓楼是整个小区距离大门最近的一栋，下楼走个两三分钟出了小区门，再往左拐走大约十分钟，就能看到这片住宅区中间最大的百货商场。

　　今天是周末，但没有大促打折的活动，来往的人并不多。

　　楚秋扯了扯让他感到有些闷热的口罩，抬步走进了商场里。

　　他直奔负一楼的生活超市，熟门熟路地拿了几颗土豆，在去往生肉柜台时，路过了摆着米豆腐的冰柜。

　　楚秋目不斜视地走过去，过了两秒，停下脚步，又拐了回来。

　　他站在冰柜前，看着嫩黄色的米豆腐，犹豫不定。

　　不远处似乎发生了什么骚动，楚秋回头看了一眼，被层层叠叠的商品架挡住了视线，也就收掉了自己的好奇心。

　　楚秋在冰柜前停了许久，久到负责称斤贴标签的阿姨都走过来问他需不需要帮助了，才缓缓伸出手，拿起一块米豆腐，放进了篮子里。

　　顺手做做看也不费事，楚秋想，反正超市也有现成的肉末买。

　　他又拿了几盒苹果味的早餐奶，在洗浴类的商品架前停下脚步，看着牛奶香和苹果香的沐浴露，犹豫了几分钟，最终拿了牛奶香的洗发水和苹果香的沐浴露。

楚秋拎着篮子走到收银区排队，在前边的妹子结账的时候，微垂着脑袋挡住他人可能投来的视线，沉默地把购物篮里的商品一样一样拿出来放在台面上，然后挨个把商品标签转向了收银员。

排在楚秋前边的妹子身材高挑，穿着白衬衫牛仔裤运动鞋，头上戴着个白色的鸭舌帽，帽檐压得很低，就买了一瓶老干妈，还是风味鸡油辣椒味的。

楚姨特别喜欢这个味道，楚秋随意地想着。

收银员找了那姑娘钱，一转头就看到楚秋把东西整整齐齐地排成一排，标签还都面向她，直接一扫就行，非常方便。

收银员抬头冲楚秋一笑："谢谢您啊。"

楚秋礼貌地笑了笑。

前边结完账的妹子回头看了楚秋一眼，然后往外走的脚步就停住了。

楚秋盯着收银员动作迅速地把商品全扫了，问他："需要塑料袋吗？"

楚秋点了点头，把买的东西小心地用塑料袋装好，米豆腐放在最上边，怕被压碎。

装好之后，楚秋抬头看了一眼出口，正巧对上了之前排在他前边的妹子的脸。

楚秋惊得差点没把手里的塑料袋扔了。

他瞪圆了眼，小声招呼道："……妙姐？"

这姑娘正是他今天听了好久的那些歌的演唱者，陈妙。

陈妙单纯从长相上来说并不特别出挑，现在卸了妆又作普通少女打扮，只是戴了个鸭舌帽就没人认出她来。

"多亏我没认错。"陈妙冲楚秋一笑，拉着人便往出口走，顺手指了指旁边藏在货架后假装是在拍摄超市情况的摄像机。

楚秋算是明白之前为什么会有小骚动了，敢情是有人扛着摄像机进来了。

"真人秀。"陈妙解释道。

楚秋转头看了一眼在他们离开之后，也跟着离开了超市的摄影小哥，茫然地跟着陈妙走出了超市。

陈妙一边走一边解释道："《三日二十》这个真人秀你听过吧？"

楚秋点了点头。他当然看过，不仅看过，在梦里还参加过呢。

这个真人秀的内容就跟它的名字一样，给某个明星二十块钱本钱，他们必须利用这二十块钱生存三天。

真人秀期间，人物的角色限定是普通人，会被随机投放到某座城市的某个地方，不能主动通知朋友帮助，偶遇不算。

这档真人秀是下了血本的，头几期参与的没经验的明星们也舍得下脸，第一天晚上没能找到休息的地方，干脆捡了几张报纸就去蹲桥洞了。

楚秋参加的那期，深知福利院套路的他直接花了六块钱，转了两趟地铁去了东郊一个福利院里当志愿者蹭吃蹭住去了，顺便还给福利院拉了不少关注度。

陈妙是个性格刚猛想干吗就干吗的洒脱性子，刚花了十块钱买了一瓶老干妈准备慰劳一下自己瘪瘪的肚子，转头就发现了正在买菜的楚秋。

她觉得自己的运气简直好极了。

在老干妈拌饭、干吃老干妈和蹭楚秋一顿饭之间，陈妙傻了才选择前两者。

"能不能帮个忙啊，楚秋？"陈妙小声道，转头看了一眼还没跟上来的摄影小哥，诱惑道，"我这个节目加急的，宣传我新歌，下下周的周三黄金时段播出，你帮忙的镜头绝对切不了。"

楚秋看了看陈妙，又看了看她手里的老干妈，还是摸出手机问了下张大力。

张大力回了一串省略号，然后干脆地回复：拍拍拍，不拍才是傻的。

得到了张大力的答复，楚秋就跟着高兴得一步三蹦跶的歌后陈女士去找工作人员报备了。

大力出奇迹：秋……你跟哥讲实话，你是不是某种精怪转世，比如锦鲤？

看着张大力的问题，楚秋想到自己去一趟福利院撞上未来新锐广告导演，出来买个菜又遇到火爆得不行不行的真人秀……

不由摸了摸自己被鸭舌帽罩住的头。

楚秋：……

难不成我真的是条锦鲤？

晚上，祁天瑞收到了陈妙发给他的一条微信。

陈妙：你家小锦鲤手艺不错啊，便宜你了。

祁天瑞一头雾水，转头给张大力和楚秋各发了一条消息询问，却都没有得到答复。

一看时间，凌晨一点，估计都睡了。

祁天瑞心里还想着明天跟楚秋和张大力碰下面，可惜第二天一大清早，他就收到了坏消息。

张大力带着楚秋飞去了S市，要给《江湖行》录一个宣传节目。

本来没有楚秋的份，但是因为另一个演员档期没调整好的缘故，临时通知楚秋顶上。

祁天瑞：……

祁天瑞于是也订了张飞S市的机票，拎起外套就往外走。

楚秋坐上飞机的时候还有些困，但对于这种突袭的工作，他早已习以为常。

在热度不够高的时候，他是没有资格挑选工作的，甚至连拒绝的权利都没有。

张大力见楚秋揉着眼睛一副困顿的模样，有点心疼。

其实按照正常年龄上学的话，楚秋现在应该在念大三呢。

张大力夫妻俩备孕状态良好，做好了准备随时迎接新生命的到来，现在看到小孩子就容易动感情。楚秋虽然已经二十出头，但因为性格的缘故，他在张大力眼里照旧是个小孩子。

楚秋困得迷迷糊糊，习惯性地伸手去扒张大力的背包，手法异常熟练地从夹层里翻出了打印好的台本。

张大力被他这熟练的动作惊到了，看着楚秋撑着眼睛看起了台本，想了想，决定去质问祁天瑞。

一定是祁天瑞泄密！

张大力翻出了手机，言辞激烈地质问祁天瑞。

大力出奇迹：你跟楚秋到底瞒着我什么事！

其实他最想问的是，你跟楚秋到底背着我做了什么不可告人的交易！

张大力心想，祁天瑞好像什么都能告诉楚秋，这绝对不正常。

正开车前往机场的祁天瑞没有理他。

直到飞机起飞，张大力都没有得到祁天瑞的回复。

楚秋认认真真地看着台本，拿笔把自己需要注意的地方标出来，再仔细阅读台本上一些关键的问题，摸出手机开始给自己写台词。

写着写着，楚秋的困倦一点点褪去，偶尔会给张大力看看这样回答合不合适。

张大力非常惊讶，并不擅长与人交流的楚秋，给那些问题写出来的答案十分圆融得体，一看就是久经锻炼得来的圆滑。

张大力几乎找不到应该提出更改意见的地方。

不正常！

这绝对不正常！

打小就对娱乐圈有所了解的祁天瑞当初都没楚秋这么熟练！

张大力将楚秋手里的台本抽掉，一脸认真地问："小秋，这些都是祁天瑞教你的？"

楚秋疑惑地摇了摇头："我会。"

张大力顿了顿："你怎么会……你这样也太熟练了。"

楚秋这才明白过来张大力在想什么。

他的确是太熟练了，不管是演技也好，面对镜头也好，遇到这些突发的工作也好，都太熟练了一些。

楚秋不知道怎么跟张大力说，毕竟预知能力这种事情，说了张大力也不一定信，可能还会以为他是不是因为心理问题衍生出了臆想症之类的。

梦里张大力陪伴过因楚姨的离世而自我放弃的楚秋，对楚秋的心理问题一直如同惊弓之鸟，恨不得把心理医生随身携带才好。

楚秋想了又想，最终说道："梦里学会的。"

张大力闻言，第一反应就是把手背贴上了楚秋的脑门，试试他有没有发烧。

楚秋的身体很健康。

他让张大力的手贴了一会儿，然后脑袋向后仰了仰，避开了。

张大力咂咂嘴："难不成你还真是锦鲤转世啊。"

楚秋：……

大力哥你对这个设定是不是有点过于执着。

张大力看楚秋微微皱眉有些苦恼的样子，干脆转移了话题，问："祁天瑞知道吗？"

楚秋干脆点头。

"行，他知道就行。"

张大力把台本还给了楚秋，恶狠狠地想着，我回头就去问他！不说就把他摁在地上打一顿！

这次的节目主要是电影宣传，是事先录好，回头排个日期，在合适的时候连同大范围的宣传一起投放。

这是个纯粹的谈话节目，也就是通俗所说的脱口秀。

郭导很干脆地把话痨周熠星扔了出来。

周熠星比楚秋的航班晚一个小时，等他从机场到录制现场，楚秋已经等了两个半小时了。

张大力跑去跟导播唠嗑了，这种节目镜头什么的多多益善嘛是不是。

周熠星一进化妆间，看到坐在那里仰着脸让化妆师上妆的楚秋，活像是看到了失散多年的亲人。

他两步蹿过来，跟楚秋执手相看，一开口就是："秋啊，我跟你说S市那个醉虾生煎包玉米烙蜜汁猪蹄鲜肉月饼本帮菜都超好吃的，步行街那边有一家餐厅便宜实惠味道又好，最重要的是那里的糖醋排骨限量只要五块钱一份，我俩一起去可以点两份简直赚翻天了！"

祁天瑞一进化妆间，就听到周熠星企图带走今天本来应该跟他一起出去吃饭的楚秋，一股火气猛地从心底深处往上冒。

他一脚端在周熠星屁股上，力道不重，却吓得周熠星跟被火燎了一样蹿出老远。

周熠星一扭头看到祁天瑞，气得跳脚："祁天瑞，怎么又是你！"

"对，就是我，一直是我，不服你打我啊！"祁天瑞理直气壮，往楚秋身边一坐，问他，"台本看过了？"

楚秋转头看了一眼委屈巴巴地另外拉了个凳子过来的周熠星，听化妆师的话抿了抿唇，然后点点头。

祁天瑞特别喜欢楚秋这副安静乖巧的样子。

一看就特别想塞糖给他吃。

祁先生一脸沉稳地从自己的口袋里拿出了一颗大白兔奶糖，刚塞到楚秋手里，还没来得及摸摸他软乎乎毛茸茸的脑袋，就被张大力拽到了一边。

"祁天瑞你赶紧给我从实招来。"张大力板着一张脸，把今天楚秋无比熟练地扒拉台本的事情说了，然后问道，"你俩到底有什么事情瞒着我？再不说我要发火了！"

张大力真冒火的时候，那张脸对他人的恐吓度是以几何倍数往上升的。

祁天瑞一看就知道发小心里是真有火气了。

"还真有件事你不知道，说了你都不一定信。"

祁天瑞说着，把张大力直接拽出了门。

楚秋目送祁天瑞和张大力离开了化妆间，又听旁边周熠星絮絮叨叨地念着菜名，一脸"你不陪我去吃我死不瞑目"的表情。

楚秋犹豫不决，他还记着跟祁天瑞的约定呢。

要没这事儿，他肯定满口答应跟周熠星去吃饭了。

周熠星哼哼唧唧，企图磨到楚秋同意。

直到张大力一脸恍惚三观炸裂，一步三晃悠地走回来，坐在楚秋身边满脸深沉地盯着他的时候，周熠星才闭上了嘴。

张大力内心十分复杂。

预知梦这种事情，要是楚秋说出来，他肯定是不信的。

不但不信，他还会觉得楚秋的心理疾病是不是加重了。

但祁天瑞信誓旦旦地说了未来一二三件事，还特别笃定地表示张大力以后的崽是个女娃娃之后，张大力多少有点动摇。

他跟祁天瑞之间经常开玩笑，但在这种时候、这种问题上，实在是没有开玩笑的必要。

而且，除此也没办法解释楚秋的表现跟他那干干净净的履历之间的天差地别。

还有楚秋表现出来的，对他那些习惯超出寻常的熟悉。

张大力心情复杂地凝视了楚秋半晌，最终抬手拍了拍楚秋的肩，说："辛苦了。"

楚秋笑了笑，摇了摇头。

张大力沉默了一阵，又说道："一切都会变好的。"

楚秋顿了顿，满腹想说的话在舌尖翻涌着，又落了回去，最终只是笑得灿烂了许多，轻声答道："嗯。"

张大力走开了，带着他破碎的三观一起。

祁天瑞代替了张大力，正跟导播聊天。

周熠星是见识过楚秋的小剧本的，张大力一走，他又凑到了楚秋身边，问他要小剧本看一看，回头方便他接梗。

楚秋把手机记事本打开，递给了他。

周熠星拿到手机，还不死心："等会儿跟我一起去吃吗？"

楚秋十分的诚实耿直："祁哥约我。"

周熠星"哦"了一声。

"我就几天没看着你们，你们这么熟络啦？"

楚秋顿了顿，然后摇了摇头。

周熠星收了话头，拿着楚秋的手机认真看了起来。

楚秋的小剧本算是中规中矩，没什么爆点，周熠星也知道让楚秋制造爆点不太可能，就跟楚秋商量着两个人搭一搭小剧本，相互接接梗。

当然，话主要还是周熠星来说，毕竟周熠星做司仪多年，又是电影主角，这次的主要担纲必然是他。

楚秋本身不愿意多讲话，交给周熠星他自然求之不得。

楚秋和周熠星的配合很是愉快，周熠星愿意多抛话头给楚秋，楚秋自然也会跟着多说一点。

这档节目是没有观众的，坐在观众席上的其实都是工作人员，楚秋讲话的时候扫过台下，能够看到观众台旁边的通道口，祁天瑞正靠在墙上，专注而安静地看着他。

那是怎样的心情呢？

楚秋忍不住就会去想。

他对待感情是很认真的。

因为他的朋友很少，所以他会小心翼翼地抓住他所拥有的温暖的亲情。

他连友情都少有感受，更不用说爱情。

而楚秋唯一能够抓紧的情感，曾经随着楚姨的离去而从他手中逃脱，这无疑让楚秋更加忌惮再去付出什么。

周熠星在节目结束之后就彻底陷入了"话说太多的贤者时间"。

他蔫蔫地坐在后台喝着水，蔫蔫地卸妆，蔫蔫地回应着经纪人的问话。

周熠星安静得不像周熠星了。

自然也没有再缠着楚秋要去吃那个五块钱的限量版糖醋排骨。

祁天瑞很高兴，也很满意。

他爱抚了一下周熠星的狗头，然后给卸完了妆坐在旁边有点担心周熠星身体状况的楚秋戴上了帽子和口罩，在被张大力发现之前，拽着楚秋一溜烟跑了。

祁天瑞不论到哪都是不缺车的。

S 市有很多能玩的地方，但这个国际大都市对于楚秋和祁天瑞而言都不算陌生。

人多，自然是不适合去景点的，这两人也没什么兴趣。

所以祁天瑞在认真思考过之后，把楚秋带去了地下商场。

地下商场人流量不算多，但也不少。

楚秋觉得祁天瑞疯了才会跑来这里。

"别怕。"祁天瑞把墨镜摘了，只戴着口罩和帽子，"信我，你走自然点，不会有人特意去观察你的脸的。"

也只戴着帽子和口罩的楚秋垂下眼想了一会儿，决定还是相信他。

"你不知道，我上次什么伪装都没做，从大会堂走到广场，没一个人认出我。"祁天瑞说，然后叹了口气，"我都怀疑自己是不是过气了。"

楚秋没吭声。

他很少这么单纯地逛街，进地下商场的次数屈指可数，那可数的几次，还是拍戏的时候借用的场地。

楚秋黑溜溜的眼珠藏在帽檐后边，好奇地看着周围的店面。

好像跟普通的商场和街道也没什么区别，有吃的有喝的还有服装鞋子，只是多了一些出售小东西的精品店和手作店。

楚秋想着，转头去看祁天瑞，却发现人不见了。

"在这里！"祁天瑞看到楚秋茫然地站在原地，端着两碗冰激凌一路小跑就过来了。

他递了一碗给楚秋。

楚秋那碗是苹果牛奶双球的，他的是抹茶双球。

楚秋接过冰激凌，拿勺戳了戳，然后看向祁天瑞，指了指口罩。

忘记了这回事的祁天瑞：……

一人端着一碗冰激凌却戴着口罩不摘的两个大男人愣愣地站在原地，半晌，楚秋率先笑出了声。

"别笑啊，我是真忘了！"祁天瑞的声音中透着郁闷的情绪。

楚秋想了想，干脆拉下了口罩，舀了一勺之后，叼着勺子光明正大地继续往前走。

祁天瑞愣了两秒，低头看了看手里的抹茶冰激凌，一时不知如何是好。

——好像是反过来被楚秋照顾了。

祁天瑞"嘶"了一声，烦躁地捶了捶自己的脑袋。

不过祁先生今天是有备而来的！

没错！

他在飞机上顺道做了小抄！

是什么小抄呢！

是S市游玩地点集锦攻略！

楚秋今天很开心。

跟朋友一起逛地下商场这种新奇的体验，让他很开心。

祁先生总是蹩脚地做一些不符合他形象的事情，同样让他很开心。

因为毫无遮掩地走在大街上，零零碎碎的被几个粉丝认出来，签了不少名、合了不少影，也让他感到开心。

遮挡得严严实实的祁先生似乎被当成了他的助理，有几张合影还是祁先生拍的。

就连玩累了之后跟张大力碰头，张大力揪着祁天瑞的耳朵暴跳如雷恨不得把祁天瑞摁在地上疯狂摩擦的样子，都让楚秋十分开心。

原来这就是有朋友的感觉吗！

楚秋想着，高兴得连走路都带着小跳跃。

回程的航班上，张大力很生气，一点都不想理把乖宝宝楚秋拐走了大半天的祁天瑞，闷声闷气地哼了一声以示不爽，然后连上了飞机上的 wifi。

他刚打开自己的微博，就看到了首页上周熠星的热门微博推送。

"周熠星：恕我直言，这个助理小哥哥，怕是姓祁。// 月月你会唱小星星吗：哇！今天路上遇到 @ 楚秋了，素颜比本仙女化了妆还好看！性格超级好！被我和朋友认出来后脸都红了，说话声音小小的，特别好听，还不停往那个助理小哥哥身后躲！但最后还是签了名合了影！开心到飞起！"

周熠星的微博平地一声惊雷，把楚秋和祁天瑞的粉都炸了个灰头土脸。

楚秋跟祁天瑞一起逛街？！

哦，朋友逛街不是重点，重点是除了点赞过楚秋照片之外，看起来跟楚秋毫无瓜葛的祁天瑞怎么跟楚秋扯上关系的？！

祁天瑞还帮楚秋和粉丝拍合影？

祁天瑞现在什么身份？

楚秋现在什么身份？

一个凤凰老板，一个凤凰刚挖进来的新人！

楚秋的粉看着祁天瑞的粉跑来楚秋这边嗷嗷叫，你瞅瞅我，我瞅瞅你，不敢吭声。

不能吵啊！两边粉丝吵起来了，他们的偶像岂不是会很尴尬。

张大力感觉有点儿心累。

他踢了踢祁天瑞的小腿，晃了晃手机界面。

祁天瑞收拾收拾自己内心的激愤，拿出手机点开了微博。

看到微博上吓掉了一地瓜的围观人士，祁天瑞想了想，转头拍了一张楚秋满脑袋呆毛乱翘的睡颜，转发了周熠星的微博。

"祁天瑞：这个助理就是我没错，惊喜不惊喜？意外不意外？刺激不刺激？告诉你们，秋在我手上，赶紧拿糖来赎。// 周熠星：恕我直言……"

几个跟楚秋合了影的妹子，完全没发现那个被她们当成助理的小哥哥是祁天瑞，在祁天瑞亲自出马盖戳真实性之后，得知真相的她们正在连环爆炸。

"月月你会唱小星星吗：我当时还纳闷助理怎么也戴帽子戴口罩！这么大热天儿的！但是视线全在楚秋的盛世美颜上根本没注意看啊啊啊啊啊啊啊！崩溃！"

"秋色动人：啊啊啊啊啊秋秋的睡颜！天哪我男神怎么那么可爱，好想亲亲舔舔扭扭抱抱他！跟秋秋合影超级开心然而还是感！觉！错！过！一！亿！我的手机可是被祁天瑞拿过的手机！里边还有我跟秋的合影！天哪我一定要把它裱起来细心呵护！"

……

祁天瑞看着微博底下的评论发笑，楚秋似乎被打扰到了好眠，把脸往毯子里埋了埋。

楚秋的心情似乎棒极了，连睡觉的时候，他的嘴角都带着浅淡的笑意。

祁天瑞手机"叮咚"一声响，低头看到了陈妙的转发。

"陈妙：不惊喜不刺激不意外，我没拿糖也跟秋换了一顿好吃的！嫉妒没用，不服吊死。// 祁天瑞：是我没错……"

祁天瑞瞪着那条转发半晌，突然想起昨天晚上陈妙给他发的消息，张大力和楚秋都没有答复，便转过身去踢了张大力。

张大力正瞅着陈妙微博下面以肉眼可见的速度增长的评论发愁。

愁的不是一群一群跟着自家女神开玩笑说楚秋是凤凰团宠，是鲤鱼精转世的评论，而是几乎跟这些正面评论数量持平的黑评。

楚秋没有作品出来，跟这么多大佬表现出良好关系，实在是有些站不住脚。

就连张大力自己，设身处地代换一下某些心思比较多的人的心态，也会觉得楚秋这是靠抱大腿上位的。

这虽然不是大问题，而且只要楚秋有作品出来，这些恶评大多都会迎刃而解，但张大力看了还是不高兴。

祁天瑞见张大力没反应，就又踢了踢他。

张大力不耐烦地掀掀眼皮："干吗？"

祁天瑞对张大力所有的情绪表现都见怪不怪，完全不理他不耐烦的语气，问道："楚秋和陈妙这阵子接触了？"

"是啊。"张大力点了点头，上下打量祁天瑞，"你们能做预知梦，是不是也有什么玄学加成啊？楚秋这运气未免也太好了。"

祁天瑞一愣，皱着眉："讲人话。"

"昨天从我家回去之后没多久，楚秋就在公寓门口的商场里遇到了录《三日二十》的陈妙，陈妙逮着他了。"张大力说道，"陈妙这期加急的，现在应该还在录，不过下下周三就播了。"

张大力说完，就看到祁天瑞一脸哀怨。

身强体壮、魁梧高大、浑身肌肉、臂能走马的大力先生，被他那哀怨的神情吓得一哆嗦，鸡皮疙瘩掉了一地。

"我都没有吃过楚秋做的饭！"祁天瑞觉得自己此时的配乐应是《小白菜》。

满心悲苦，无处话凄凉。

楚秋之后一直安安分分地在家里看原著、背台词，偶尔去凤皇总部蹭一蹭声乐和形体课程。

声乐老师总是企图说服楚秋转型歌手，屡战屡败，屡败屡战，俨然一副革命战士百折不挠的姿态。

楚秋一直以为自己这一次正式出现在公众面前，应该会是刘导的剧或者是郭导的电影，再不然，李导的广告也是有可能的。

他万万没想到，最先把他摆到公众面前的，居然是一个真人秀综艺节目。

听到消息时，楚秋正在公寓里那个灯光明亮、面积宽敞、没有堆放任何杂物的大阳台上练台词。

楚秋有独自一人也能够在脑海中完美模拟出另外一个人存在的技巧。

他能自己跟自己脑海里的人物对戏，并把这个过程用手机拍摄下来。

一幕台词结束之后，楚秋会认真观看自己的表演，从中找出不足，然后重新演一次，一直到他觉得完美为止。

正在楚秋挑剔着自己表演的时候，手机上方推送出了一条消息。

消息来自张大力，告诉他陈妙的那个真人秀开播了。

于情于理，作为第一个让楚秋正儿八经出现在电视上的节目，他都是要看一看的。

实际上，陈妙在那天遇到楚秋之前，已经在这周围游荡了一个上午。

路痴歌后拿着手机开着地图，七拐八绕好不容易找到了商场，感觉饿了，就准备买一罐国民女神压压惊。

素颜的陈妙看着镜头，说："十块出头一罐老干妈，两块钱一份米饭，我至少能吃四餐老干妈拌饭！"

说着，陈妙伸出了四根手指头，又道："对了，老干妈我推荐风味鸡油辣椒味道的。"

楚秋：……

歌后你这样会不会不太合适。

陈妙哼着歌走进超市，屏幕上后期打出了字幕，大意是陈妙去买老干妈了，跟拍的摄影却发现她跟一个男孩子交流起来。

楚秋出现在镜头里，脑袋上被标注了一个箭头。

楚秋看到节目里的自己低着脑袋把买的商品都摆出来，标签面向收银员，还强行把商品都整整齐齐地排成竖行的时候，不由抿了抿唇。

这种行为在镜头里看来十分神经质，楚秋不明白为什么节目组没有剪掉。

不过节目在放出来之前张大力已经过了一遍，既然他觉得可以，楚秋也干脆忽视了这一点。

他那天穿得很简单，从头到脚，T恤、休闲裤、鞋子、帽子，都是黑的，只有口罩是白色。

陈妙的表情看上去十分惊喜，因为摄影机距离很远，陈妙又没有戴收音设备，没有人听到他们说了什么。

镜头切到节目演播间，主持人问陈妙这是谁，两人又说了什么。

"楚秋啊，我真没想到会遇到他，他人超好的，一问他愿不愿意帮我，他就点头了。"

陈妙睁眼说着瞎话，而镜头里所展示出来的却是楚秋茫然地被陈妙拽走，直到陈妙把他拉到工作人员面前说明情况，楚秋才慢吞吞地反应过来，点了点头。

"这看起来一点都不像很干脆点头的样子啊！"主持人笑着说。

陈妙摆摆手："楚秋胆子小，他超害羞的。"

似乎是为了证明陈妙说的话，楚秋虽然在镜头里摘掉了口罩，但对工作人员的提问和搭话都是清一色的"嗯"和"是"。

隔着屏幕都能感觉到工作人员的无奈。

陈妙在演播间里指着正放映的片子："耳朵都红透了。"

节目组小心地把可能会泄露楚秋真实住址的地方都剪了个干净，最终进到他的公寓里，也没拍公寓的格局，而是直接把摄像机架在了厨房门口。

陈妙是出了名的厨房杀手，虽然不至于炸厨房，但据说她每下一次厨，她家的厨房就如同狂风过境，基本都需要重度清理一次。

楚秋显然是知道她这个毛病的，反复拒绝了好几次陈妙打下手的企图，动作麻利地洗菜、择菜、烧饭，有数的几个做饭的镜头里，楚秋的动作行云流水，一看就不是生手。

最终成品是四菜一汤，连带把摄影小哥和女性工作人员的份也做了，直接把楚秋今天买回来的菜吃了个精光。

"楚秋手艺不错。"陈妙在演播室的镜头里夸道，"土豆丝炒肉、凉拌生菜、米豆腐炒肉末，还有一个蘑菇汤，味道挺好。"

镜头给了桌上的食物几个特写。

加上后期滤镜，看起来简直是无上美味。

陈妙一边吃一边问楚秋，知不知道怎么才能在这个节目里生存得好。

楚秋张口就想说去福利院啊。转头一想，直接推荐去福利院有炒作之嫌，之后他指不定还要落个利用慈善行业的恶名。

于是他说道："小吃店打工。"

陈妙还真听了他的话，找了个煎饼果子店待了一天，被不少粉丝认出来，煎饼果子店的生意火爆得让老板眉开眼笑，留了陈妙在店里过夜，还给了她一天的时薪以及本不该有的提成，加起来总共五百块。

节目组为了节目看点，在没有矛盾发生的时候，是会特意增加关卡的。

所以前一天对着镜头说要在煎饼果子铺里待足三天的陈妙，第二天一大早就被工作人员增加了关卡，说因为煎饼果子铺生意太好导致交通阻塞，要求陈妙离开，继续征服星辰大海。

之后楚秋没有仔细看了，因为他收到了祁天瑞的消息。

祁先生说：想吃米豆腐炒肉末。

显然，祁天瑞也在看这个真人秀。

楚秋想了想，给他分享了一个外卖 APP 的下载地址。

祁天瑞收到楚秋回复的时候笑倒在了沙发上，他愉快地敲击着手机屏幕回复。

祁天瑞：想吃你做的。

楚秋想了想，回复了一条"好"。

虽然答应了，可直到楚秋半月后正式进了《太京》的剧组，两人也没找到机会见上一面。

不是祁天瑞太忙，就是楚秋有工作。

之前那个综艺给楚秋涨了不少粉，楚秋多多少少也能接到杂志和广告的邀请了。

楚秋此时正坐在《太京》剧组搭好了场景的摄影棚里，旁边的造型师翻着一本小册子，时不时在楚秋脸上比画两下，结合实际确定妆容。

楚秋的手机放在桌上，响了一声。

他还没伸手去拿，张大力就说道："《江湖行》发你的定妆照了。"

说完，张大力把自己的手机放到了楚秋面前。

界面上是一个粉丝撕心裂肺的咆哮。

"啾啾小秋秋：我要！这性别有！何！用！//@电影江湖行：定妆照第一弹：司秋。"

这声叩问可以说是十分深入人心。

得到了无数小仙女们激烈的赞同。

能够挤进大导的电影里，最大的好处就是，只要你的形象给人以惊艳或者深刻的印象，就能够让那些担纲大腕的粉丝们对你有少许记忆。

有很大的可能性能够从那些大腕的粉丝里吸取一些并不坚定的、喜欢爬墙的粉。

说白了，就是从大佬们手底下抠点粉丝过来。

娱乐圈是很残酷的。许多粉丝并不长情，他们的情绪很容易激动，也很容易变心。

铁打的明星流水的粉，抢夺粉丝几乎是心照不宣的事情。

楚秋作为《江湖行》剧组宣传定妆第一波，这中间凤皇肯定有所运作，这运作所带来的好处是实打实的。

尤其是在他的角色和定妆照都那么让人惊讶的前提下。

看那些关注《江湖行》情况的粉丝反应就知道了。

——反串角色总是更容易让人记住。

楚秋扫了一眼自己的两张定妆照，虽然对自己的女装扮相早就有了心理准备，但他还是忍不住伸手摸了摸自己的脸。

完全看不出是个男孩子啊。他想到。

一旁的造型师把手里的小册子合上，笑眯眯地道："好啦！看完了没有？要准备开始做造型了。"

楚秋点了点头，收回了手和视线。

造型师给楚秋戴上发网和假发，在他脸上动起刷子来。

《太京》挑了个百事皆宜的黄道吉日开了机。

第一幕的场记板打下来的时候，恰逢其会地下起了绵绵细雨。

一旁准备撒水的工作人员看了看天，扔下了手里的工具，从高台上爬了下来。

这一幕是棚外的景，剧本上正写着：三月扬州，细雨绵绵。

这一幕不是男、女主角的戏，而是楚秋和女主——也就是高阳曜与其姐高谣的戏。

三月扬州，细雨绵绵。

高家病秧子高阳曜旧疾复发，高谣忧心不已，不顾侍女说会过了病气给小姐的劝解，一边喊着高阳曜的小名平安，一边撑着伞冲进了胞弟的院落。

高阳曜听到姐姐的声音，咳嗽着拉开门。

这一幕是整个剧集最开始的画面。

刘导有点小迷信，千叮咛万嘱咐第一幕千万千万要一条过，说天公作美，天时地利，人也要和。

楚秋和演女主的女演员仔仔细细地对了好几遍戏，最终在场记板正式打下来的时候，顺畅地过了这一整条的长镜头。

楚秋的面色被化妆师调得苍白，为了体现出角色的病弱，只要有他的镜头，几个场务都跟贴身侍卫似的，扛着反光板给他打光，衬得楚秋皮肤白得有点透明。

楚秋穿着一身素白里衬，内襟和袖口都以银线绣着高家的家徽，外边披着青色长袍。头发松散，唇色苍白，虽然咳嗽着，背脊却挺得笔直。看向冒雨向他跑来的姐姐时，面色极为柔和。

翩翩公子，富贵在衣，骄矜在人，柔暖在心。

"咔！"刘导满意极了，摸着自己圆滚滚的肚皮，笑得像个弥勒佛。

他看向站在旁边躲雨的张大力，拍着肚皮笑嘻嘻道："真是捡到宝啦！大宝贝啊！"

张大力看完这一条长镜头也忍不住露出笑脸。

"第一幕一条过啊！之后肯定都顺顺利利！"他说道。

刘导听了这句话更高兴了，转头对旁边的副导演道："下一场。"

副导演脸上露出为难的神情。

刘导笑容一顿："怎么了？"

副导演也很无奈："刘导，余嘉他……还没来。"

"开机第一天他就迟到？"刘导"啧"了一声，小声嘟哝了一句屁事多，然后仿佛什么事情都没发生一样，"那先跳了他的。"

副导演点了点头，冲蹲在屋檐底下躲雨的楚秋他们喊道："先拍第四幕啊！"

楚秋愣了愣，蹲在他旁边的女主角——如今正当红的演技派女演员徐欢毫无形象地翻了个白眼，说："肯定是余嘉又迟到了。"

楚秋没说话，跟着徐欢一起转身进了屋。

第四幕照旧是楚秋跟徐欢的戏，室内戏。

两个熟练工在试过一次之后就干脆开始正式拍，又是一条过，对于彼此的演技和状态都非常满意。

刘导挺开心，一转头看到副导演挂了电话，一脸无奈地说余嘉堵车，还要一小时才能到。

刘导顿时又不开心了。

他只好把今天预定的楚秋跟徐欢两个人的戏都先提前，挨个跟楚秋和徐欢讲戏。

楚秋和徐欢都是聪明的，有不懂的往那儿一站试着演一遍，再稍微讲一讲改一改，也就都明白过来了。

两个人的镜头过得顺畅无比，简直让刘导拍手称赞。

他冲张大力和徐欢的助理说道："要都是他们俩的水平，我至少能少租大半个月的场地！"

张大力和助理小哥与有荣焉，心情也是颇好。

楚秋和徐欢再一次结束了一场雨中戏，张大力和徐欢助理动作非常整齐，迅速地给两人递了水顺便帮忙擦假发上沾着的水珠。

虽然下了小雨，但刚入秋半个月，气温也没低到哪里去，这水珠也分不清是被服装闷着热出来的汗珠，还是雨水。

"对了，大力，那余嘉，本来试镜的是高阳曜。"

刘导说完，发觉他这个挡雨棚下的四个人动作都是一顿，干脆说道："他一直到开机之前都在骚扰副导演希望能够拿到这个角色。楚秋，他要是作妖，你担待一点。"

刘导一直崇尚和气生财，拍戏的时候拍得不顺，只要不是演员故意的，他很少会发脾气。

用他的话来说，就是："人嘛，都有状态不好的时候，调整调整就好了，不要总是给人家那么大压力。"

"余嘉……"张大力想了想，"最近流量挺高的。"

刘导点点头，现在棚下就他们五个人，除了楚秋都是熟人，不避讳地说："是啊，就是演技一般般。"

一般般这个说法已经很委婉了，换了祁天瑞来说，估计得直接飙脏话。

刘导有点不好意思："其实我是想让他第一场戏跟柳闻青拍，杀杀他威风的，不过柳闻青这两天档期实在排不开。"

张大力一笑："没事，我们秋又不会怕他。"

楚秋没说话，徐欢哼了一声，看了眼怕妆晕只能小口喝水的楚秋，说道："我觉得楚秋被欺负的可能性比较大，余嘉现在膨胀得厉害。"

楚秋转头看了看徐欢，又看了看刘导，最终又看向了张大力。

张大力爱抚了一下楚秋的假发，安慰道："没事，他要真敢使劲儿作，刘导会教他做人的。"

张大力话音刚落，棚外就开来了一辆车。

徐欢冷笑一声，漂亮的脸蛋上满是不爽，讥讽道："哦，大佬来了。"

助理小哥苦哈哈地拽了拽这祖宗，希望她不要正面去噎人。

徐欢是有实力，粉丝也不少，但女演员的粉丝和男演员的粉丝比起来，是公认的战斗力不高。

平时不得罪都要被有事没事毫不尊重地喷一下，要是真的正面开撕，吃亏的还是徐欢。

徐欢自己也知道这一点，她一脸不高兴，最终还是没说什么，她拍了拍楚秋的肩。

楚秋权当这是鼓励了。

他放下手里的水瓶，听导演讲接下来要拍的场景。

余嘉是当红流量小生，演技不怎么样，口碑也一般。但架不住人家粉丝多，市场好，又有人愿意给他砸钱，所以一路走得顺风顺水。

放到小剧组里，余嘉这种祖宗，就是导演都是要捧着他的。

余嘉是直奔着高阳曜的角色来的，他觉得自己拿这个男三肯定是十拿九稳，但偏偏半道上杀出了个楚秋！

余嘉接到《太京》剧组的电话时有多高兴，听到自己落选了高阳曜的时候就有多生气。

虽然他最终还是在剧里捞了个大配角，但戏份和人设是怎么都比不上楚秋拿到的高阳曜的。

余嘉拿到的角色是高家那个野心勃勃、企图趁着皇室衰微的时候谋朝篡位的大哥。

这个角色最后还因为贪生怕死而通敌叛国，勾结外敌，可以说是一个彻头彻尾人人喊打的反面角色，很难演出魅力来。

何况余嘉本人的演技摆在那里，实在没办法给这个角色赋予什么深度。

虽然对外宣称是余嘉想尝试多方面的角色，但余嘉心里到底有多窝火，只有他自己知道。

不过很快，楚秋也感受到了。

试戏的时候楚秋照常发挥，他知道余嘉的演技一般，但没想到在他正常发挥的情况下，余嘉竟然都被他压得死死的。

试戏结束，面对余嘉糟糕的脸色，楚秋感到十分尴尬。

一般来说，搭档演对手戏的演员都会针对对方的水平做出适当的调整，完全压制着对手演员，那根本就是结仇的做法。

谁都不希望剧集或者电影播出的时候，两个人同框，一个人演技自然流畅如同行云流水，另一个人明显尴尬宛如野鸡。

那简直就是公开处刑。

可楚秋是真没想到余嘉的水平居然感人成这样。

楚秋茫然无措地转头看了一眼张大力，张大力对他摆出了一脸"没眼看了"的表情。

怎么办啊。

楚秋尴尬极了。

总不可能道歉吧。这要道歉，不就跟扇了人家左脸一巴掌之后，说"抱歉啊你脸不对称了"，然后甩手又给人右脸一巴掌一样吗？

刘导和徐欢也一脸微妙，看到楚秋瞪着眼不知道怎么办的样子，无言地沉寂了两秒，刘导率先打破了安静。

他招了招手，说道："余嘉啊，你刚来还没进入状态，来，我给你再讲讲。"

余嘉被刘导拽过去，楚秋大人地松了口气。

第二次试戏时，楚秋就有意识地调整和引导起对方来。

幸运的是，第二次试演让刘导点了点头。

楚秋放松了不少，偏头对余嘉展露了一个略显羞涩的示好笑容。

余嘉冷冷地看他一眼，嗤笑一声，然后满脸不屑地移开了视线。

楚秋的笑容在脸上僵了僵，默默地收敛了。

楚秋是个很敬业的演员，他接触的绝大部分演员也都是非常敬业的，不管私下矛盾交情如何，至少在拍戏的时候很少作妖。

可余嘉却一点都不忌惮导演和场务。

在正式开拍的时候，他开始闹幺蛾子了。

他抢戏。

而且是用很蹩脚、很明显的表现手法来抢戏。

那技巧尴尬到举打光板的工作人员都有点没眼看。

楚秋被他这突如其来的叛逆给震得蒙了半秒，但还是非常顺畅地接下了台词和自己该走的位。

刘导喊了停，不轻不重地对余嘉说："收一点，像试演时那样就行。"

余嘉点头。

楚秋收到了刘导一个隐晦的安慰眼神，也跟着点了点头。

然而马上，楚秋就意识到余嘉的点头是不作数的。

因为他又抢戏，抢戏就算了，还瞎走位，总是有意挡住半个拍摄楚秋的机位。

刘导沉默两秒，又喊了停，提醒余嘉注意走位，然后转头让副导演给余嘉在地上贴了两个走位贴。

之后他意有所指地说："之前徐欢和楚秋没用上这个，我就给忘了，是我的失误。"

意思是徐欢和楚秋压根儿不需要走位贴就能完成镜头走位，你一个给人家添麻烦的小辣鸡就别作妖了。

余嘉笑嘻嘻的，似乎完全没听懂一般，说："抱歉啊导演，我不是很熟练。"

刘导脸上的笑容不知什么时候不见了，听了这毫无诚意的道歉，也只是淡淡"嗯"了一声。

场记板再一次打响。

楚秋坐在椅子上，咳嗽了两声，台词还没说出来，余嘉就突然大步跨过来，握住楚秋的双手，说起了并不存在于剧本上的台词。

楚秋：……

"余嘉！"刘导一拍桌子，话里带了火气，"你到底想干什么！"

余嘉似乎依旧没觉得脾气好得出了名的刘导会冲他发火，解释道："我就是觉得这样比较合适……"

刘导打断了他的话，桌子拍得"啪啪"响："我是导演还是你是导演？主编剧原作者反复修改推敲半年完成的剧本你半天就觉得你改的更合适是吗？！"

"第一次第二次我当你没进入状态不熟练，第三次你居然敢直接改剧本？人楚秋总是假咳嗽多伤嗓子，你是演员不用我多说吧？你这么能耐，你怎么不上天呢？"

片场一片寂静，工作人员都不敢吭声。

楚秋还保持着戏中的样子坐在椅子上，紧抿着唇，动都没敢动一下。

之前徐欢和楚秋两个演得顺利，刘导乐得不行，余嘉本来就是这高兴中的一点砂。

刘导可以忍他迟到，可以忍他作妖一次两次，但一直作，刘导是不愿意忍的。

谁的时间不是钱了？

设备开着不要钱的啊？

场地租金不要钱的啊？

工作人员的工资不是钱啊？

就连楚秋面前那碗说是药但实际上是跑了气的可乐，也是要钱的啊！

刘导胖乎乎的肚皮气得一鼓一鼓的。

"事不过三，开机第一天就迟到两个小时，开拍你还敢作妖，你是不是不想好好演？不想演就给我滚！多的是人想要这个角色，我剧组不稀罕你那点投资！"

这话说出来，导演是动真火了，完全有可能把人直接踢出剧组。

毕竟《太京》剧组还没对外召开开机发布会，演员名单也没对外公布，现在想换演员完全来得及，撑死了就是损失一些投资。

但刘导这种大导，想再拉到投资还不简单？

多少演员削尖了脑袋想进他的剧组，找个演技过得去带资多一点的，对刘导来说易如反掌。

余嘉和余嘉的助理都被吓了一跳，愣愣地站在那里，被全剧组的人以微妙的眼神注视着。

徐欢双手抱胸，站在一边幸灾乐祸地看好戏，表情都懒得收敛。

她之前跟余嘉演过两部现代剧，没少被余嘉的粉追着咬。

余嘉似乎还真把粉丝给他俩凑的CP当真了，以为她喜欢他，当着她的面总是一副趾高气扬的不屑样子，把徐欢恶心得不行。

最终站出来打圆场的还是张大力。

"开机第一天不要动气，大家都好好演，总会有意外的嘛。"张大力那张脸虽然并不适合做和事佬，但在场的都是人精，梯子递过来了，自然马上就顺着下了。

余嘉被骂了之后，乖乖把这条镜头过了。

刘导喊了"咔"之后，楚秋一溜烟地蹿到了张大力身边。

张大力正低头跟人发消息，余光瞥见楚秋来了，顺手塞给他一颗大白兔奶糖："来，吃颗糖压压惊。"

楚秋拆了糖纸，脸颊鼓鼓的，探头看了看张大力的手机屏幕，发现跟张大力发消息的正是公关部的总经理。

是关于提防余嘉那边的团队咬上楚秋的讨论。

楚秋皱了皱眉，看了一眼在导演面前乖得跟鹌鹑一样的余嘉。

"他会吗？"楚秋问。

张大力抬头看了一眼正低头戳手机的余嘉助理，再一次爱抚了楚秋的假发，笃定道："他会。"

张大力说会，那十之八九就是真的会。

张大力对这一行再了解不过，对于这些事情的嗅觉有多灵敏，楚秋是充分了解的。

他通常都不让楚秋接触这些——出于对楚秋心理状况的担忧，张大力总是对楚秋说，你好好拍戏，不用管其他的。

张大力把楚秋保护得非常好，跟养亲儿子一样。

娱乐圈里那些乌七八糟的事情，一向是能不让楚秋碰就不让楚秋碰。

楚秋也知道张大力对他的担心，张大力不愿意他了解这些，他就听话，不会多去关注。

楚秋收回落在张大力手机上的视线，仰着脸让造型师补妆，顺便看徐欢和余嘉的戏。

徐欢的演技跟楚秋的不一样。楚秋是比较偏重表现和方法技巧，以此来塑造人物形象。徐欢却不同，她是非常明显的体验派，并且天赋极佳。

简单地说，楚秋是演什么像什么，而徐欢是演什么都能让人认得出这是徐欢。

徐欢的角色塑造都是基于自身，然后再去构造一个基于她自身存在之上的人物。

楚秋则是先构造一个完整的人物，然后思考如何模仿表演。

导演通常都比较喜欢楚秋这样的。但徐欢这种，他们也喜欢，只是徐欢所选择的方向，往往都是大器晚成。

因为徐欢的演技是基于她自身的经验和阅历而言的，有些角色，在她尚且青涩、没能锻炼打磨出美丽光泽的时候，并不适合她。

曾有导演明确地告诉楚秋，他演得很好，演技可以说得上是非常漂亮，但还是缺了一样东西。

他的角色里缺少自我。

意思就是说，楚秋所饰演的角色里，没有属于他自己的东西。

所以楚秋对非常有自我特色的体验派演员，总是会更多地留意。

至于余嘉……

楚秋的视线扫过正跟徐欢试戏的余嘉，最终默默收回了视线。

还是多看看徐欢洗洗眼睛的好。

"哎，指导来了。"副导演走到楚秋身边，喊他，"楚秋，等会儿你那一幕有射箭的镜头，去跟指导商量一下。"

楚秋点了点头，接过道具小哥送来的轻飘飘的弓，一路小跑去摄影棚另一侧小角落里找弓术指导去了。

高家是一方世族，作为三子的高阳曜哪怕是个病秧子，也需修习君子六艺。

其中便有射术。

楚秋参演过许多影视作品，多少接触过一些需要用到弓箭的角色，对射术不算陌生。至少摆出来的花架子还是足够看的。

不过楚秋还是乖乖跑去找了弓术指导。

影视作品，除了认真严谨的行业相关作品之外，绝大部分片子都会请专业方面的指导常驻，然后再与动作指导商量，怎么让某些特定的动作在镜头里变得好看。

比如打架的时候，比如群戏的时候，又比如楚秋之后要演的那一幕。

这一幕正是楚秋试镜时演的片段。

高阳曜的身体先天不足，自觉对家中多有拖累，眉眼间总是带着些许卑怯和忧愁，但也正因此，他决心不再落了家中名声，是以修习六艺与学问都异常勤奋。

高家三少爷才名在外，就是药罐子也挡不住那些仰慕他才情的少女。

但高阳曜被高家护着，生怕一个不当心他们的三少爷就魂归西天，所以外边人对自己的仰慕，高阳曜并不清楚。

他只是日复一日地勤恳修习，想着不要让自己成为姐姐未来出嫁时的累赘，也不要堕了高家的名声。

这日是高阳曜去靶场练习射术的日子。

高阳曜气力不足，一箭之后便要休憩半刻才会再一次搭弓。

但观箭靶，却是每一箭都稳稳地扎在了五丈之外的红心点内。

楚秋忽视掉几乎要碰到他脸上来的摄影机，以及周围几个用奇形怪状的姿势举着打光板的工作人员，握拳掩唇咳嗽几声，放下手，垂眼从一旁的箭篓里抽出一支箭矢来。

箭矢不重，跟弓一样都只是假把式，但射出去如果戳到了人，那也是会挺疼的。

楚秋动作流畅地搭弓，右脚后退半步，拉弦，射箭，动作一气呵成，自成一股风雅之气。

"咔！"刘导很是满意，重新看了这一条镜头之后，点了点头，抄起手边的喇叭转头喊道，"第十幕的人呢！赶紧过来！"

第十幕是紧接着刚刚那一幕的情节。

是高阳曜休憩了半刻钟之后，听到一旁有人讥讽姐姐高谣，重新搭起的弓箭便瞬时转向了出声之处，箭矢射出，险险擦过了说话人的耳侧。

楚秋只要将弓箭粗略瞄准那一块地方就好，其他的就交给后期。

但到底还是有点小风险。

刘导耳提面命地强调了一遍又一遍，要真没弄好就赶紧躲，别受伤。

试演了足足四次，才正式开拍。

楚秋需要做的动作很少，试演四次他已经十分熟练了。

搭弓，拉弦，转向，松……

楚秋在松手之前，看到余嘉站在两个配角背后两米高的灯架下。

为了以防万一伤到余嘉，楚秋顿了顿，还是放下了弓箭。

余嘉见状，转头就走。

刘导还盯着镜头，见楚秋突然停了，问道："怎么了？"

楚秋转头看了一眼张大力，发觉张大力刚巧收回看向余嘉的视线，然后冲他竖起了一个大拇指。

楚秋眯着眼笑了笑，跟刘导道了歉，重新开始之后过掉了这个镜头。

这个镜头结束，楚秋今天的戏份就到此为止了。

回去的路上，张大力夸赞楚秋反应敏锐，幸好那一箭没射出去。

楚秋低头应付着这几天总是时不时要在微信蹦跶两下的祁天瑞，听到张大力的夸奖，愣了愣："嗯？"

"你要把箭射出去了，万一戳到余嘉，你看他会不会拿这个事情作妖。"张大力说，"他故意站那儿的，反正这箭不可能造成不可挽回的伤害，疼一下就有理由光明正大地站在高地上欺负你，挺划得来的。"

楚秋心想：竟然还有这种操作？

张大力觉得余嘉真是险恶，而楚秋对这种操作简直叹为观止。

张大力开着车，寻思着得跟祁天瑞讲讲这个事，万一余嘉真搞出什么事来，祁天瑞肯定是要炸的。

祁天瑞一炸就要搞事情，他搞事情，最后受累的肯定不是他自己。

张大力把这个事跟祁天瑞报备了一下。

祁天瑞"哦"了一声，转头就打了几个电话，跟那些个给余嘉砸钱的人进行了一番深入交流，达成了不可告人的共识。

楚秋对这种事情向来不敏感，他照旧该干吗干吗。

在接下这个角色之后，楚秋的工作才算是刚刚踏上了正轨。

身为男三，楚秋得到的通告非常多，虽然大多是以宣传为主，但比起之前日程空荡荡的情况，已经很好了。

两天之后，男主角柳闻青进组，顺道带着他那个担任总编剧的妹妹。

张大力有意让楚秋在剧组里站得更稳些，就干脆带着楚秋蹭柳闻青的车一起去剧组了。

车上五个人，除了开车的助理小哥之外，剩下四个一人拿了一个柳姐蒸的包子啃。

柳姐似乎怕他们饿，蒸了足足十二个包子，然而助理小哥已经吃过饭了，并不能帮忙分担压力。

这导致另外三个大男人吃饱了之后，塑料袋里还剩下五个大包子。

张大力、楚秋和柳闻青你看看我，我看看你，在下车的时候，顺手一人拿了个包子，张大力拎着剩下的俩，准备投喂给今天同样有戏份的徐欢或者刘导。

柳姐跟张大力走在柳闻青和楚秋身后，小声问自己老公："听说有人要欺负小秋啊？"

她声音虽然小，但走在前边的两个人都听到了。

柳闻青偏头看了一眼安安静静咬着包子的楚秋，楚秋察觉到他的视线，也转头看他。

柳闻青有点好奇："谁啊？"

竟然还有人会去动祁天瑞罩着的人？胆子不小。

楚秋犹豫着不知道要不要说，他没觉得余嘉做了多过分的事。

但张大力却干脆地答道："余嘉。"

柳闻青仔细回忆了一下，疑惑地道："没什么印象。"

"演技一般的人你都没什么印象。"柳姐说道。

柳闻青点了点头："嗯。"

张大力三两口吃完包子："行了行了，你俩赶紧去化妆。"

柳闻青看着张大力拉着柳姐拎着包子直奔刘导，转头对楚秋道："走，别落单，不然当心被拧掉头吃掉。"

楚秋："什么？"

柳闻青难得扔个梗，结果楚秋一脸蒙，他深感自己又一次尴聊了，内心有点小失落。他其实还是挺希望自己的综艺感能够提高一点的，然而好像并没有什么用。

不过楚秋看起来好像比他还要更糟糕一点。柳闻青想，他甚至连话都不怎么爱讲。

"我觉得《太京》上宣传的时候，还是尽量不要就我俩去。"柳闻青十分诚恳地说道，"主持人会想掐死我们的。"

楚秋有点跟不上柳闻青话题的跳跃度，愣了足足有三秒之后，才点了点头，跟着柳闻青进了化妆间。

摄影棚里没有单独的化妆间，楚秋和柳闻青正巧遇到了坐在化妆台前正在戴假发的余嘉。

今天对方来得真是出奇的早，楚秋想。

柳闻青眯着眼看了一会儿余嘉，转头想找他的助理。

助理没找着，只看到了楚小秋。

柳·专业尴聊·老干部·脸盲·闻青拽住楚秋的手臂，用极低的声音问道："那是谁？"

楚秋有点无语……面对柳闻青一脸的茫然，他扭头看了一眼余嘉，差点以为坐那儿的真不是他们刚刚提到的余嘉。

柳闻青想了想，说道："我不是很擅长认脸。"

他能记住的人，多半都是有什么地方给他留下了深刻印象的——比如楚秋在他眼里就等于好运气的鲤鱼精。

楚秋并不知道这一点，得到解释之后点了点头，小声答道："那是余嘉。"

"哦！"柳闻青恍然大悟，然后做出了亲近的样子，拉着楚秋坐在了距离余嘉挺远的地方。

柳闻青怎么也是个重量级的人物了，余嘉在他进来的时候已经摆上了笑脸，结果对方看起来却跟楚秋关系极佳。

跟男主角关系这么好，怪不得楚秋能够拿到男三，余嘉想。

他透过镜子看到自己一脸憋屈的样子，心里窝火得厉害。

余嘉长得不错，并不是时下流行的奶油脸，而是比较偏向阳刚的那一类，但可惜没肌肉也疏于锻炼，否则以他的市场价值，片源会广阔很多。

余嘉不明白为什么这两天那几个一直对他百依百顺的人，突然之间就不太愿意帮他了，但钱还是照砸，资源还是照给，余嘉也知道适可而止。

但他们不愿意帮忙，他自己上还不行吗？

余嘉化完妆，跑去棚外的小角落，偷偷打了个电话。

张大力把包子塞给没吃早饭的刘导之后就进了化妆间，后边还跟着柳闻青的助理，柳姐则在跟导演一起看这几天拍的镜头。

张大力在楚秋身边坐下："今天有夜戏的。"

楚秋点了点头。

秋天的晚上已经没有什么蚊子了，灯光下飞舞的虫蛾也不怎么多，总体来说拍得还算安逸。

今天月亮很亮，刘导抬眼瞅瞅天上悬挂的弯月，大手一挥："今天月色好，大家辛苦一下，咱们多拍一点！"

这时是晚上十点，但导演说要多拍，那自然只能多拍。

演员们苦哈哈地继续动作起来。

楚秋今天戏份很重，一整天里几乎场场都有他的份。

他安静地坐在角落里，有些困顿地揉着眼睛。

张大力正站在摄影棚门口接电话，表情看起来有点可怕。

柳闻青站的位置离张大力不远，依稀听到了一些情况，转头看了一眼正跟助理讲话的余嘉，想了想，让自己的助理去给楚秋送了罐常温的咖啡。

虽然冰咖啡提神效果比较好，但到底还是伤胃。

小年轻还是保重一下身体的好，柳闻青想着。

楚秋微怔地接过了那罐咖啡，抬头看了一眼柳闻青。

对方在跟刘导讲话，看刘导打比方的样子，估计是在讲戏。

楚秋对助理小声说了谢谢，开了咖啡喝了一大口。

张大力挂了电话，看向站在灯光下的余嘉，跟对方视线对上之后，冷笑了一声，转头去角落里把楚秋刨了出来。

张大力说："这两天不许上网瞎看。"

楚秋喝了一口咖啡，点了点头。

大概是又有谁发通稿黑他了，楚秋想。每次发生这种情况，张大力就会跟他说这句话。

最近楚秋没得罪过什么人。

除了余嘉。

楚秋咬着咖啡罐边缘，瞅着正往他这边看的余嘉，半晌，十分平静地转开了视线。

楚秋非常相信风皇公关部的能力。

他在梦里被人蹦跶着黑了不少次，最终都被顺顺当当地打成了无实锤黑料，虽然跟他自身从不犯傻搞事的作风关系很大，但风皇公关部也功不可没。

而且……

楚秋想到刚刚祁天瑞发来的消息，觉得余嘉这次怕是要偷鸡不成蚀把米。

是这样的，祁天瑞在张大力不让楚秋瞎看之前，已经给楚秋发消息了。

祁先生对此感到非常骄傲。

他觉得自己进步极大，简直棒极了！

没错，他不再默默地帮楚秋处理这些事情还不吭声了。

夜戏结束的时候，已经凌晨一点多了。

柳姐早在导演说加拍的时候溜了，而柳闻青的助理已经换了一班，倒不用担心疲劳驾驶的问题，最终由柳闻青的助理开车，拉着车里咸鱼一样的三个人，挨个送回家。

第一站是楚秋的公寓。

张大力坐在椅子上困得睁不开眼，还挣扎着拽住要下车的楚秋，提醒他："别去看网上那些乌七八糟的东西！"

他觉得楚秋才刚二十出头，不一定能顶得住那些闲言碎语。

楚秋听话地点了点头。

见到楚秋点头，张大力就眼一翻，干脆地睡了过去。

楚秋对开车的助理小哥道了声谢，关上了车门，目送车子离开。

楚秋是很听话的，张大力不让他看，他就真的不去看。

而此时此刻，许多网络媒体上，铺天盖地的，全是关于楚秋的通稿。

至于为什么是半夜人流量少的时候这样铺天盖地，自然是因为半夜的大流量位置价格比较便宜。

这次搞事的人是余嘉，祁天瑞两天之前就跟楚秋讲过，他已经搞定了余嘉背后的人。

余嘉单独一个人带着他的公关团队想搞事情，自然不愿意为了楚秋这么一个十八线小透明花多少钱。

白天流量高峰的时候价格高得离谱，他又不傻。

祁天瑞也没想到余嘉对跟他无冤无仇的楚秋这么恨。

不就是抢了个男三吗？

说句不好听的，要不是余嘉背后那几个捧他的，凭他的演技想进《太京》剧组？

除非刘导瞎了眼！

在网上开始有动静的时候，祁天瑞是仅次于风皇公关部得到相关消息的。

余嘉背后的人明确表示了不会管他针对楚秋的事，那么这件事就非常好解决了。

无非就是花钱砸通稿呗。

祁先生当即就给楚秋去了消息，说余嘉在搞事情。

楚秋那会儿还在拍戏，并没有看到。

祁先生自娱自乐，给楚秋留言：我会把事情摆平的，你好好拍戏。

所以楚秋甚至应该是先于张大力知道这件事的。

不过就算知道了，他也并不在意。

祁天瑞还嫌余嘉太小气，只敢弄晚上流量低的时间段。

公关部做出的第一反应，就是压热度。

余嘉没有魄力去买大型门户网站的头条，但就那些中小型媒体网站驳杂而混乱的一大堆通稿，也足够让人产生一种"这个料好大"的错觉了。

公关部压着热度，打电话询问祁天瑞打算怎么处理。

祁天瑞翻着通稿里那些被反复炒来炒去的黑点，无趣地瘪了瘪嘴。

楚秋身上能揪住的黑点非常之少。

其一，无非是臆测他抱大腿上位，去了风皇短短两三个月的时间，就跟风皇的一线有了看似亲密的联系。

其二，就是说他在跳槽风皇之前中途离组，结果转头就进了郭导的《江湖行》剧组，指责楚秋趋炎附势攀高踩低，人品堪忧。

其三，自然就是说楚秋能得到这样的资源，背景后台肯定不一般，明里暗里地暗示深扒一下会有惊喜。

余嘉显然是调查过楚秋的，他并不敢指名道姓地拉风皇的一线们下水，更加不敢惹到祁天瑞身上去。

他就是想破了脑袋，都不会想到，楚秋的背后真是祁天瑞。

本来还挺期待自己说不定能跟楚秋传上点什么绯闻的祁天瑞看着那些通稿，忍不住翻了个白眼。

"余嘉是吧？"祁天瑞打了个哈欠，对电话那头说道，"热度压着吧，能撤的撤了，然后明天白天流量最高的时候来一波余嘉的黑料，你们有的吧？"

公关部的人表示当然有，所有背地里有黑历史的当红小生和小花的黑料，他们手里握着不少，就是为了危机公关的时候能够放大料出来转移舆论视线。

余嘉这种从底层被人看上，一路顺风顺水被捧上来，如今膨胀得不行的人，向来是不缺黑料的。

只是捧他的人不好惹，而他的市场价值高，粉丝战斗力又强，所以也不会有人明面上去得罪他。

余嘉一直没有踢到过铁板，便更加肆无忌惮起来。

什么迟到、抢戏都是小儿科了，余嘉在那些小剧组里没少作威作福，甚至要求编剧改剧本的事情他都有做过。

公关部负责联络的人认为用这些黑料保楚秋太奢侈了，完全是可以压热度然后慢慢撤通稿的，在流量高峰阶段全网甩黑料，成本好高。

穷得只剩钱的祁天瑞大手一挥，说："我自己出资！"

公关部的联络人顿时闭上嘴，不说话了。

夜戏之后，可怜的柳闻青和徐欢明天还要接着拍戏，而楚秋却有了两天的喘息时间。

楚秋回到公寓里洗完澡，就躺在床上一觉睡到了第二天中午。

在上一次突然被真人秀袭击之后，楚秋就学乖了，总是保证冰箱里存货充足。

楚秋看着放在冷藏室最外边的那块米豆腐，又看了看时间，十一点半。

今天是工作日。

楚秋想了想，发了条消息问祁天瑞有没有吃饭。

祁天瑞的回复很快，说"没有"。

楚秋便将那块米豆腐拿出来，顺手回复："米豆腐炒肉末。"

祁天瑞问："你做的？"

楚秋回了个"嗯"。

坐在办公室里看公关部开始放余嘉黑料的祁天瑞拿着手机，坐在老板椅上愉快地连人带椅转了几个圈。

楚秋想着既然答应了祁天瑞要给他做顿饭，那就趁早给做了。

毕竟之后自己的行程密密麻麻，还是这两天的假期最合适。

楚秋公寓里没买保温桶，只有带扣的塑料便当盒。

他给祁天瑞装了一菜一汤，还有一碗米饭。

他拎着饭菜一路畅通无阻地走进祁天瑞的办公室，一推开门便看到祁先生端正地坐在办公桌前，认真地浏览着手中的文件。

祁天瑞今天开了一上午的会，关于一些投资的问题，凤皇总是要三天两头地开会。

散了会又在关注公关部搞余嘉的事情，手里积压的文件都要堆成山了。

家里有意锻炼他，并没有派有能力的特别助理来帮忙。

这导致祁先生总是有着开不完的会，签不完的字和忙不完的工作。

在楚秋进来之前不久，秘书又给可怜的祁先生送来了几份高管刚做好的企划案。

"又有什么事吗？"祁天瑞头也不抬，眉头皱着，显得有些小焦躁。

他肚子饿了。

一个小时过去，楚秋还没来。

祁先生感到十分委屈。

刚刚秘书又送来文件，他就感觉更不开心了。

楚秋走进办公室，将手里拎着的塑料袋放到了办公室的玻璃矮桌上，然后转身往门口走去。

回到门口，他小声地说了句："打扰了。"

然后动作极轻地带上了门，转身离开了。

楚秋非常明确自己就是来送饭的，自然送完了就走，完全没毛病。

而坐在办公室里终于看完了一份企划案的祁天瑞，一抬头，发觉办公室里并没有人，只是桌上多了三盒塑料袋装着的带扣便当盒。

祁天瑞：……

他猛地站起身来，看了一眼便当盒里的内容，忙不迭地冲到门口，拉开门，走廊上却连个秋影子都没有。

祁天瑞不用动脑子都知道，楚秋并不想打扰他工作，并且压根儿就没意识到还有一起吃饭这个操作。

祁天瑞吃饱了饭，决定把心中的不喜倾泻到得罪了楚秋的余嘉身上。

他面无表情地坐到电脑前，满面木然地点开了自己的几个面对公众的社交账号，毫不犹豫地敲下了一行字——

真诚地希望能够明确地将"演员"和"明星"的角色定位分开，免得总有那么些人恬不知耻的以演员自居。

发布之后复制粘贴，让自己所有的社交账号全都发出了这么一段话。

祁天瑞的粉丝们蒙了，蒙之后瞬间炸了！

祁天瑞突然发这句话是什么意思？

谁得罪他了？他在影射谁？

马上就有机智的粉丝反应过来，祁天瑞说的可能是余嘉。

因为今天，现在的这个时间段，全网最火的话题，热度最高的事情是什么？

各大门户网站和媒体都能干脆地告诉你——

是当红流量小生余嘉的黑料！

也不知道余嘉是得罪谁了，突然之间，毫无预兆，黑料一波一波地出，直接空降热搜，头一个话题一纸律师函发到平台，平台刚撤掉没两分钟，下一个话题又马上蹿了上来。

从上午十点到下午两点，每小时公布一个实锤料，都不带重复的。

余嘉的公关团队一开始还铆足了劲撤热度压话题，到后来安静如鸡。因为他们发现撕热度根本撕不过对手，砸钱也砸不过搞事的人，人摆明了就是想整余嘉，而且是让余嘉不死也残的那种整法。

本来这事儿只是单纯的网民的狂欢，娱乐圈内压根儿没一个人吭声。

他们甚至都不知道是谁想搞余嘉，因为余嘉这两年来得罪的人实在是……有点多。

直到祁天瑞第一个站出来意有所指，就差没有直接点明某位当红小生了，大家才恍然大悟。

整余嘉的是祁天瑞，怪不得余嘉的公关团队毫无反抗之力。

祁天瑞面对公众的时候，虽然喜欢骂人，但是从来都是骂人不带脏字的，很多人都将之称为语言艺术。

余嘉的粉比得上祁天瑞的粉吗？

比不上，甚至余嘉有不少粉，都是在祁天瑞宣布息影之后爬墙过去的颜粉。

颜粉这种粉丝是最不坚定的，他们喜欢的只是脸，随时都会因为看中了别人而爬墙，购买力和忠诚度实在堪忧。

但如果只是网络上动手，这帮人却也是最合适的枪。

祁天瑞的粉一窝蜂地跑去余嘉那边看热闹了，而业内的人则在等着祁天瑞下一步动作。

因为他们想搞明白祁天瑞到底为什么，突然这么风风火火，一副要把余嘉弄死的样子。

他们没有等多久。

祁天瑞光明正大到近乎嚣张地转发了《江湖行》官博发出来的花絮第一弹。

"祁天瑞：赶紧看看我们秋洗洗眼压压惊 //@ 电影江湖行：花絮第一弹，暖心小棉袄楚秋秋！"

现在网络上打开任何一个论坛或者门户网站，都能看到这件事相关的新闻条目与帖子，无比显眼，都大大咧咧地挂在头条和首页上。

无数路人对此拍手称快，自家偶像被余嘉家的粉恶心过的，也深感出了一口恶气。

但他们没想到祁天瑞说完这句之后竟然还有后续！

扯上楚秋，那这件事就不是单纯的祁天瑞看不惯余嘉而出声支持舆论，性质变了，变成祁天瑞踩余嘉顺便捧楚秋了!

拉踩这种事情,搁哪儿都是大忌。

祁天瑞能不知道这一点吗?

他怎么可能不知道,祁天瑞非常深刻地明白这件事,但他还是这么干了。

无他,因为祁天瑞认为,这件事完全可以利用起来,再炒一波楚秋。

如今黑锅都有余嘉背,楚秋也的确跟余嘉产生了矛盾,而且非常明确是余嘉吃饱了撑的没事找事,只要舆论带得好,完全可以将事情改变得顺理成章。

比如,楚秋被余嘉欺负,身为朋友的祁天瑞怒而指责,替朋友撑腰,并安慰楚秋。

这是他老早就跟公关部说好的。

祁天瑞红极一时却在最巅峰的时候急流勇退,一退就直接接手了业界巨头风皇娱乐,这事搁如今什么神奇故事都能冒出来的娱乐圈里,也算得上一个传奇了。

毕竟不清楚祁天瑞背景的人,想破了脑袋都想不到风皇的小太子竟然会跑去亲自混圈体察民情,还混出了这么大名堂。

有着这样传奇经历的祁天瑞,粉丝相当多。

他从男神变成国民老公,也不过就是小半个月的事情。

没人想到祁天瑞会亲自出声谈论余嘉这件事,还拉个楚秋出来遛一圈,这就不对了,这摆明了是想踩余嘉一脚,顺便抬一抬楚秋。

这事儿搁如坐针毡火山爆发的余嘉粉丝眼里,就跟在烧得通红的锅里泼了一壶水一样,"嗤"地一下就沸腾炸开了。

祁天瑞不以为然,他发完那句话就把网站页面扔那儿,一边优哉游哉地看着企划案,一边等公关部悄悄地搞定某些事情。

大舆论总是需要很多铺垫,也需要时间发酵,深知这些操作的祁先生很是耐得下心。

某个门户论坛的八卦区里,有不少关于余嘉这件事的讨论,他们一致认为一直都黑料频出却始终没有实锤的余嘉,肯定是踢到铁板了。

其中一个帖子一直都飘在首页上,出奇的没有在余嘉的公关团队死命压热度的情况下沉帖。

提问:余嘉这一次到底是得罪谁了,一副鱼死网破要把他往死里整的样子?

一堆人在猜是不是娱乐圈唯一一个站出来说这件事的祁天瑞。

毕竟也只有祁天瑞有这么大能耐、这么大动静去折腾余嘉了,看看那些热门和头条,分分秒秒都是白花花的银子。

可又有人说,余嘉是有多大的胆子去得罪祁天瑞,别是脑壳里装着一片大海吧?

祁天瑞是什么人?

风皇娱乐的老总!

如今娱乐圈里，风皇娱乐手里掌握着多少资源，人得多傻才会去得罪风皇娱乐的老总啊？

不巴结都是好的了。

但其中有一个楼层这么说——

"业内人士，剧组场务小透明，免扒。

不知道余嘉得罪谁了，但是余嘉这个人，我一定要吐槽一下。

我跟余嘉合作之前，听朋友讲过余嘉这个人喜欢搞事情，不好相处，还总是喜欢抢戏，打压他看不爽的演员，压根儿不管人家是不是大前辈，一点都不尊重群演和工作人员，有的时候连导演都骂。

所以在跟他合作之前我已经有心理准备了，不就是暗地里做小动作嘛，忍一忍假装没看到就行了。但是我真的没想到，余嘉竟然能傻成这样。

跟你们讲，余嘉在试镜的时候就特别自信，觉得我们组里的男三位置一定是他的，试镜那天特别趾高气扬。我们副导演说，一直到开拍为止，余嘉那边都一直在联系他希望活动一下，拿到男三的位置。

但结果男三没落到他头上，他拿到了一个大配角。

我不知道他怎么想的，第一天开机就迟到了两个多小时，我们导演比较迷信，找了风水大师算了黄道吉日和时辰，说要什么时候开始就要什么时候开始，早三天就通知了。

但是他就是迟到了，完美错过了开机仪式。

这就算了，毕竟余嘉搁好多剧组都经常迟到，这在哪儿都不是什么秘密，我们就当信了他粉丝的邪，觉得余嘉人红事多忙呗。

但是万万没想到，他进组就看组里那个男三超不爽。那个男三性格很好，比较体贴工作人员，没戏的时候都会躲在角落里默默复习剧本，免得影响到我们往来，有的时候忙不过来，喊他一声他也会帮忙搭把手，总之挺温和的一个人。

他试戏的时候估计是没想到余嘉的演技竟然那么感人，我个人比较愚钝，一般是察觉不出什么所谓的演技差别在哪里的，但是男三和余嘉两个人的演技真的……云泥之别。

当时场面超级尴尬的好吗？最终有人当了和事佬递了梯子，结果男三冲余嘉笑笑示好的时候，余嘉居然翻！了！个！白！眼！

……这是何等感人的情商啊！

之后正式开拍的时候，余嘉又是抢镜又是抢戏又是瞎走位，最后竟然还敢改剧本！

男三虽然还不红，但是人家实力在的好吗！

男三跟别人一起拍的时候基本都是两三条就过，余嘉一跟他搭戏就开始有意无意地瞎作妖，男三被他拖累，导致足足有十四条废弃镜头！

而且余嘉从来记不住超过一百字以上的台词，我们组里所有的台词提示卡多是给这位准备的……到后来余嘉干脆台词卡懒得看，就站那儿瞎叨叨了。

我们组都是现场录音的，余嘉居然主动表示要后期配音……

我们那个脾气超好的导演都发火了，让余嘉不想拍就滚出去。

余嘉可是能够凭一人之力拉低整个剧组效率的大佬啊！

跟他合作感觉真的是……一言难尽。"

……

帖子的形容很模糊，一时间也辨不出被余嘉折腾的这个男三是谁。

但这个回复出来之后没多久，就被人截图下来，发到了各个社交网站，作为余嘉热爱耍大牌专给别人添麻烦的证据之一。

祁天瑞看完一个企划案就顺手刷一刷自己的几个社交账号，看着余嘉的粉丝在他这里上蹿下跳，撑着脸想了想，活动了一下手腕和手指，笑眯眯地又发出去一条博文。

"祁天瑞：作为凤皇娱乐的老板，又或者一个从业人员，我不要求所有人都干一行爱一行，但至少要有最基础的敬业精神和职业素养，这就跟做会计要会计证，当老师要从业资格证一样。可惜娱乐圈里没有硬性的证书规章，没有一个最基础的门槛，这大概就是什么妖魔鬼怪都能在圈里蹦跶的最大原因吧。"

发完这一条，祁天瑞又转发了一条余嘉粉丝的留言。

"祁天瑞：凭我是凤皇娱乐的老板。这位女士，被您放在心尖尖上喜欢珍视的人所打压欺负的，也是别人放在心尖尖上喜欢珍视的人。推己及人，麻烦您摸着良心，把这话再说一遍？ //@ 嘉嘉家的佳佳：你一个宣布息影的人，凭什么指责还在圈内活跃勤勉努力工作的别人？我们放在心尖尖上喜欢珍视的人，凭什么要遭受无端的指责和抹黑！"

转发完，祁天瑞又继续埋头文件了。

楚秋对网络上的腥风血雨一无所知，他现在正在公寓里，抱着剧本使劲啃。

大长篇电视剧的台词总是很多，再加上是古装剧，原作者的文学功底又十分扎实，有些台词实在拗口，有的字读音甚至要查字典才行，所以记忆起来也相对要困难一些。

楚秋一边轻声却抑扬顿挫、感情充沛地背着台词，一边无意识一下没一下地捏着手里软绵绵的捏捏乐。

捏捏乐是海豹形的，白色的，圆滚滚，大约拇指长度，捏起来绵软解压。

放在桌面上的手机是静音，楚秋余光看到屏幕亮了一下。

发来消息的是周熠星。

楚秋伸手把手机拿过来，点开了周熠星的消息。

你星爹：余嘉欺负你了？

你星爹：昨晚上半夜发你通稿的是他？

你星爹：他还在剧组拖你后腿？

你星爹：柳闻青和张大力干什么吃去了？

楚秋看着这四个问题，想了想，回复。

楚秋：嗯？嗯？

周熠星看着楚秋的回复，给他发了六个点过去。

看起来楚秋是压根儿没把这件事放心上，周熠星对他这副不沾红尘一样的态度感到有些无奈，他信息里发了一张截图给楚秋。

你星爹：被欺负了你不会欺负回去啊？

你星爹：这个是你吧？

楚秋点开图片扫了一眼，正是那个论坛回复的截图，便给了周熠星肯定的答复。

楚秋的实力，跟他对过戏也正式拍过对手戏的周熠星是很清楚的，拍电影基本都是五条内必过，拍个精度要求没那么高的电视剧，怎么可能会一个镜头拍十四条！

正经把自己当一个演员的，大多都很烦那些没演技还总仗着人气给别人添麻烦，半点不提升自己的人。

不巧，余嘉这几点都占全了。

周熠星是真心把楚秋当朋友的，虽然其中最大的原因是楚秋会陪他到处去找吃的，愿意跟他一起分享美食。

跟楚秋相处起来很舒服。

楚秋愿意陪他做别人都不愿意做的事情，楚秋也会安静地听他嘚啵嘚啵讲话，不管是抱怨还是分享快乐，抑或是其他的什么，楚秋都愿意听。

哪怕是周熠月呢，有时候都会捏住他的嘴，让他少说点话。

周熠星喜欢说话，热爱跟人交流。虽然楚秋不是很爱开口，但他的表情足够让周熠星分辨出他心里是否对他说的事情表示赞同和欣赏。

现在，他的朋友被他一直看不爽的人欺负了，还只有祁天瑞一个人站出来讲话！

周熠星气哼哼地给祁天瑞今天发的三条微博挨个点了赞，然后也发了条微博。

"周熠星：真事，补充一下，完事还发通稿黑人。"

没过多久，周熠月也跟着转了这条，是给周熠星的微博做个补充。

"周熠月：不是星星。//@ 周熠星：真事……"

出乎意料的是，目前正跟余嘉一个组里拍戏的柳闻青竟然也表了态。

"柳闻青：在任何行业内，努力与勤勉只是个人的美德与优点，并不是值得被他人拼命吹捧称赞的事情，娱乐圈尤甚，何况某些人根本不曾努力过。这一点，望周知。//@ 祁天瑞：凭我是风皇娱乐的……//@ 嘉嘉家的佳佳：你一个宣布息……"

祁天瑞瞅着首页，倒是不意外会有那么些性格冲动又被余嘉欺负狠了的人站出来说话，却没想到这几个人也跑出来凑热闹。

正准备发消息问一下，一刷新就看到有人在他评论里说徐欢怎么也在点赞。

徐欢不止大号给几个站出来谴责余嘉的微博都点了赞，她还换了三个小号，挨个给点了赞！

余嘉翻车，被他恶心得不行的徐欢绝对是第一个放炮庆祝的！

但徐欢到底还是没有风皇这几个一线的热度高，除了一些她和余嘉的CP粉有些爆炸之外，基本上没什么大动静。

紧接着，专门开来爆黑料的账号发了一个惊天大料。

那是一段视频总集，里边各段视频拍摄的角度比较微妙，大部分看来都是用手机偷录的。

视频里完完整整地罗列着时间线，从余嘉四年前出道开始，一直到三个月前。总共六段视频，虽然是偷录的，但都露出了余嘉的脸。

视频内容是什么呢？

耍大牌，骂人，摔酒瓶子威胁人，在剧组里跟其他演员吵起来，动手打助理小哥。

声音和画面俱全，一点都没落下。

这个视频存活时间没能超过五分钟，但奈何无数人蹲着刷，最终还是流了出去。

现在的热度已经不需要祁天瑞再花钱了，这么大的新闻，那些新闻门户网站无一不是抢着报道。

这件事在整个圈子里都炸开了锅。

余嘉终于翻了船这事，在那些真心实意想要这个圈子好的人心里，无一不是拍手称快的。

而另外一些跟余嘉心态相同，也得罪过不少人的，看到余嘉踢到铁板之后的下场，也绷紧了皮，胆战心惊地想着自己有没有得罪过不得了的大佬。

直到楚秋的假期结束，重新去了剧组，这件事的热度也没有一丁点的下降。

而在楚秋假期结束的前天晚上，那个爆黑料的账号发了除黑料外的首条个人消息。

"给余嘉最后一个机会，麻烦余嘉把这些年来做错的事检讨一下，该道歉的道歉。对当事人道歉，对公众道歉，对为你讲话相信你的粉丝道歉。顺便提醒余嘉一下，我手里还有更大的宝贝没放出来，请不要企图蒙混过关。"

是以，楚秋到达剧组的时候，刚进摄影棚，迎面就撞上了余嘉，而余嘉一反常态，无比郑重地对他鞠躬道歉。

楚秋吓了一跳，转头躲到了张大力背后，瞪圆了眼看着这个面色憔悴的人。

跟两天前的意气风发截然不同，支撑着余嘉让他能傲慢地用下巴看人的骨头被打断了，为了平息众怒，不管他内心是不甘还是愤怒，都只能选择低头。

楚秋从来没有见过这样的阵仗，他拽了拽张大力的衣服，不知道应该怎么回答。

在梦里的世界里，黑他的人不少，但还真没有一个人最终结果是当着面对他道歉的。娱乐圈里横竖不就是那么些事嘛。

内部再怎么撕，最终道歉都是面对公众承认错误，哪有什么面对面地向圈内人道歉的说法。

圈里人这么多，资源那么少，黑来黑去撕来撕去太正常了，楚秋虽然不接触这些，但道理还是明白的。

"怎么回事？"楚秋小声问张大力。

张大力转头看了他一眼，对于楚秋听话的没有去看这两天的腥风血雨很是满意，他问道："你接受他的道歉吗？"

楚秋想了想，干脆地点点头。

在他点头的瞬间，余嘉大大地松了口气，当即便侧身路过了他们，急匆匆地离开了剧组。

"开机发布会和演员名单都还没公布，他就被踢出去了，现在估计还赶着去跟其他人道歉。"张大力说，"虽然撤了投资，但不用付违约金就把人踢出去，刘导挺高兴的，换了个不会让你一个镜头拍十四条的人进来。"

楚秋点了点头，转头瞅着离开摄影棚之后上了车的余嘉。

张大力把楚秋的脑袋转回来，说道："别看了，他犯众怒活该，连柳闻青都被他气到了。"

楚秋一脸疑惑。

张大力解释道："柳闻青出道八年，脸盲又不会聊天，一般人都跟他聊不上几句，自然没什么矛盾，所以他与别人发生正面冲突的情况并不多。估计余嘉当时是觉得柳闻青忍功了得吧，前天因为网上闹得凶他心神不宁的，跟柳闻青的对手戏拍了两个小时，十八条都没过，柳闻青就发火了。"

楚秋：……

某种意义上也是个人才了。

两人边说边走进了化妆间，张大力拉了个凳子坐到楚秋旁边，看着造型师给他做造型，说道："祁天瑞这两天没找你？"

楚秋摇了摇头，想到自己给祁天瑞送过饭，又点了点头。

张大力自从知道这两个人的非自然经历之后，就特别好奇。

但祁天瑞那边怎么都问不出什么来，楚秋又不爱讲话，他抓心挠肝的，最终还是只得到了一些无关紧要的信息。

看到公关部成功地把那个"被余嘉欺负的男三"引到楚秋身上之后，祁天瑞就彻底撒了手。

　　手脚麻利地把今天的工作处理完，祁天瑞起身去休息室拎上那三个被他洗干净的便当盒，驱车去了周熠月的店里。

　　今天天气不错。

　　带着土豆丝炒肉和捷报去投喂楚秋，岂不是美滋滋。

而互联网上，网民们还沉浸在扒皮的快乐之中。

作为受害者，楚秋因为本身就有凤凰在背地里动作的缘故，所以是第一个被扒出来的。

真正关注这件事的业内人士，比不明真相的吃瓜群众要早一些得到消息。

他们谁都没想到祁天瑞会因为一个新人兴师动众成这样，就是祁天瑞自己，在以前刚进圈没人知道他背景的时候被打压了，也没见他这么凶狠地报复别人。

他们所能得到的楚秋的信息太少了，目前来说只知道楚秋跟祁天瑞、周熠星他们那帮凤凰一线是关系不错的朋友。

可仅仅只是朋友的话，怎么会做到这种地步？

当初周熠月跑去当厨子闹得腥风血雨的时候，祁天瑞也就不咸不淡地发了条微博说尊重个人选择来着。

以此推论，楚秋和祁天瑞绝对不只是朋友那么简单！

圈内该懂的都懂了，看看余嘉的下场，纷纷觉得以后就是指着祁天瑞的鼻子骂，也千万不要得罪楚秋。

祁天瑞这短护得未免也太吓人了一点。

可对于吃瓜群众来说，他们看事情的角度就不一样了。

对他们而言，看到的就是余嘉被爆料之后，祁天瑞站出来指责对方，其中绝大一部分原因是为了好朋友楚秋在剧组里被余嘉欺负了。

祁天瑞虽然不是个特别能忍的性格，无比喜欢怼人，但他怼的一般都是瞎蹦跶的黑粉和戏精，很少会摆在明面上去指责某一个同行。

毕竟他对外形象是一款沉稳绅士的男神型人物。

可很多人，就是有一种"你可以欺负我，我能忍，但你碰我朋友，那不行"这样的心态。

不少人对祁天瑞的做法感同身受，并相当赞同。

而周熠星又是个向来不藏话的，有什么说什么，上个综艺就是行走的爆料机，虽说爆料也会挑对象和事情，但在特别喜欢追他综艺的人眼里，周熠星就是个路见不平拔刀相助，拔不了刀也要嘟啵几句的性格。

更何况连出道八年，生气次数一个巴掌都数得过来的柳闻青都生气了，实在是让人忍不住觉得余嘉私底下肯定非常糟糕。

而并没有特别频繁地在公众面前出现的楚秋是什么样的性格呢？

看之前放出来的《江湖行》花絮就知道了。

楚秋的花絮时间不长，也就六分四十秒，但却足够体现出楚秋的性格。

楚秋很安静，这一点从扛花絮摄像机的小哥都要满摄影棚到处找角落才能把他刨出来就知道了。

楚秋性格也很好，看他在近七分钟的花絮里，经常帮忙工作人员搬东西或者是涂道具就能看出来。

楚秋还不爱讲话，花絮里他总是一言不发地听着导演和武术指导讲戏比画，偶尔点点头，基本上没开过口，但他很能理解导演的意图。

在仅有的两个带台词的镜头里，也能够充分地感受到楚秋的台词功底有多扎实。

一个好的演员，光是听他念台词，就足够让人脑补出一副完整的画面来。

甚至就连拍戏时总是板着脸十分严肃的郭导，也带着点细微的笑意，对着花絮摄像头夸赞了楚秋。

他是这么说的："这个年轻人一定会给你们带来巨大的惊喜。"

花絮里更多是楚秋一个人拿着道具剑，在没人的角落里练习走位和武术动作，偶尔发现花絮摄影机的时候，反应也只是冲着镜头腼腆地笑一下，配上他那张脸，俨然是一副青涩少年的模样。

颜值高，性格好，天赋强，不搞事，勤奋努力，还被大导演点名表扬夸赞，说他前景极佳，那这个人必然是非常不错的。

那个花絮浏览量极高，不少顺着余嘉事件摸过去的人，都被楚秋在花絮里的表现圈了粉。

对于这些事情，楚秋是不知情的。

他正跟柳闻青排排站，听刘导讲戏，两个人还时不时比画两下，看是不是刘导要的意思。

在一边歇着的徐欢和顶替余嘉上来的那个演员正在唠嗑，徐欢红光满面的，显然心情非常舒畅，一点都看不出连续两天熬夜拍戏的疲惫。

而张大力则搂着两台手机，看着那些夸奖楚秋的评论，笑得见眉不见眼的，活像是自家孩子被夸奖了一样。

祁天瑞拎着饭食进了剧组的时候，正是下午饭点。

楚秋和柳闻青的对手戏还没结束。

祁天瑞往张大力身边一站，把手里的保温桶塞给他，然后不顾发小的怒视，专注地凝视着楚秋。

直到现在，祁天瑞都觉得楚秋是个非常神奇的人。

他就像一块海绵——各种意义上的海绵。

软绵绵的特别好揉捏，又特别会吸取来自周围的信息和好的东西，用以充实自身。

祁天瑞一直都没能找到楚秋的天花板在哪儿，他仿佛没有限度地在提高自身的能力，一点一点，等到人们回过神来的时候，楚秋已经往前走出了一大截。

祁天瑞看着跟柳闻青对戏丝毫不落下风的楚秋，拿手肘捅了捅张大力，问道："大力，你说，我们秋的上限在哪儿？"

"呸，你说什么呢？"张大力反驳他，"小秋还在上升期，讨论什么天花板！"

祁天瑞左右看了看，小声道："但是他国内该拿的奖都已经拿过了。"

"那有什么？"张大力说道，"他肯定没有最佳新人奖。"

祁天瑞：……

这倒是。

楚秋的确没拿到最佳新人奖。

"而且就算该拿的都拿了，不是还有外边吗？"张大力说得轻描淡写，仿佛已经胜券在握。

祁天瑞点点头："也是。"

"是什么！"张大力说起这个就来气，"你这个没出息的败家玩意儿，我本来是把这个希望寄托在你身上的好吗！"

祁天瑞缩缩脖子，关于这点，他的确是对不起发小。好在刘导在这时喊了"咔"，张大力没好气地把两个保温桶塞进祁天瑞怀里，说道："还不快去！"

祁天瑞拎着两个保温桶，跟他发小一起凑了上去。

祁天瑞这次拎了两个保温桶，一个放汤，一个放米饭，除此之外还有两个巨大的五层抽屉食盒。

足足十二个菜一大份汤，都是周熠月亲手做的。

喊几个主演和认识的工作人员过来一起吃，道具桌子拼一下，方方正正地围了一大桌。

楚秋坐在祁天瑞和张大力中间。

吃饭的时候总是会闲聊几句，尤其是工作顺利，饭菜味道又不错的时候。

比如感觉这次拍摄说不定能够提早结束工期的刘导，就摸着他圆滚滚的肚皮高兴地说道："最近那些人气流量估计都绷紧皮了。"

几个演员没应声，倒是导演组的一个执行导演点了点头："那些人，自己该走什么路线都分不清，没什么实力的话好好拍偶像剧不就好了，非得挤进咱们这种正儿八经的剧里来刷脸。"

有人起了头，席间自然少不了诸多抱怨和乐事的分享。

楚秋一贯是不被问到就不吭声的，加上周熠月的手艺实在好，楚秋吃得根本抬不起头。

祁天瑞坐在他旁边，说："别只盯着土豆丝吃啊，还有那么多菜呢。"

祁天瑞转头拿起公筷，先给楚秋夹了一大筷子土豆丝，然后才安心吃起来。

桌上的谈话没停过，但祁天瑞毕竟是祁天瑞，搁哪儿都是被无数双眼睛盯着的。

他这么明目张胆地给楚秋夹菜，跟宣示主权没什么两样。

——姑且不说他自打脸的行为吧，刨除掉这一点，他的确是宣示主权没有错。

再联系一下余嘉为难楚秋，转头就被祁天瑞生生搞到身败名裂的事实，在座的几个演员都在心里把楚秋的危险值提升到了满点。

看看余嘉的下场吧！

最大的流量担当又怎么样！

粉丝战斗力超强超忠心又怎么样！

还不是被扒了层皮，当初姿态有多高，现在摔得就有多疼，脸皮都被撵进泥地里了！

祁天瑞一点都不怕这么干会得罪人，他手里握着风皇娱乐，还有大把的资金，他怕什么？

他摆明了就是要给楚秋撑腰！

祁天瑞来探班，的确是抱着让人知道他要护着楚秋的心思。

梦里他就是把姿态摆得太高了，导致楚秋不知道他所做的事情不说，他本来应该顺顺当当的事业路也走得有些磕绊。

深刻地明白了自己到底有哪里做得不够的祁天瑞，才不在意别人怎么看他的这种行为呢。

除了楚秋，别人都是布景板！

"今天有夜戏？"祁天瑞低声问。

楚秋点了点头。

楚秋拍《太京》期间，基本上都是待在 B 市的，所以祁天瑞最近没怎么看楚秋的日程表。

他又问："最近还有假期吗？"

楚秋想了想，摇了摇头。

最近的确没有假期了，日程满满当当的，不是拍戏就是宣传通告，张大力还给他接了一些杂志的采访。

坐到男三这个位置，忙碌度基本上也就仅次于男主了。

"那你这周末是什么安排？"祁天瑞又问道。

奈何楚秋脑子里百分之七十是工作，百分之二十八是楚姨和张大力一家，只有另外百分之二，才是留给别人的。

祁天瑞就挤在那可怜兮兮的百分之二里。

"跟柳哥有个宣传节目。"楚秋说。

"你和柳闻青？"祁天瑞转头看了一眼柳闻青，又问楚秋，"就你们俩？"

楚秋点了点头，又补充道："欢姐还不确定档期。"

祁天瑞沉默了两秒，还是忍不住给宣传节目的主持点了根蜡烛。

在梦中的那段日子里，为了避免综艺车祸，压根儿没见过凤凰的综艺双尬同台，这一次终于可以见识一下了。

在此之前，礼貌性地心疼一下宣传的主持人好了。

"祁天瑞：不就是十二个菜嘛，是男人就不要在意细节！//@周熠月：@祁天瑞，牲口。"

祁天瑞发完微博，把手机往床头柜上一扔，感觉有点失落。

他躺在柔软的大床上，瞅着天花板，思考着下一步。

不说别的，至少要在楚秋心里达到张大力的位置吧！

不对，至少要超过张大力才对！

在祁天瑞思考如何让自己超越张大力的时候，楚秋正蹲在摄影棚的一个小角落里，找了个插头给手机充上电，然后捧着手机看视频。

这是他之后要参加的那个节目的往期视频。

这档节目的名字是《藏宝图》，跟《三日二十》一样，算是半真人秀的一个综艺，是先录下真人秀环节，剪辑完成之后，在有固定嘉宾的演播厅内播放，将各人的反应再进行一次录制剪辑。

《藏宝图》这个节目关卡有三个，会提供一份活动区域的地图，每个关卡有一个通关关键词，每通过一个，就会得到下一个关卡的关键词。

节目没有台本，要靠参与艺人自己的推测来解决问题。

没办法提前知道关键词是什么啊，只知道外景录制的地点……

楚秋深刻地感受到了来自《太京》剧组宣发的恶意。

他摸摸自己的手机，觉得这种没办法写小剧本的综艺简直就是灾难。

楚秋很清楚梦里的自己跟柳闻青被并称的那个外号，他跟柳闻青一起拍过几部戏，但不管是经纪人还是剧组方面，都避免了让他们两个一起上宣传。

一个会冷场的就足够了，千万别一次上两个去考验主持人的心脏。

但楚秋现在还是个小新人，虽然私底下不爱讲话，之前在陈妙的真人秀里也显得沉默寡言，可谁也不敢肯定他在担纲综艺的时候，会不会突然进化成周熠星啊！

很多艺人私底下很阴沉，可一旦面对镜头，就能一秒变成爽朗大方口才好的类型。

给观众展现自己最好的一面，这是一个公众人物的基本修养。

包括张大力，都是这么想的。

祁天瑞跟张大力说过他太高看楚秋的综艺能力了，但张大力反驳得理直气壮。

他说："那一定是之前你太宠着他了，不擅长就不去做怎么行！"

祁天瑞心说他以前也是这么想的。

但最终还是被残酷的现实给打败了。

可张大力不信邪，祁天瑞又坏心眼地想看看两个总是让综艺节目主持人崩溃的人合体到底能怎样，所以他干脆就懒得再说了。

担心翻车的楚秋难得主动地去找了柳闻青，问他这个节目怎么办。

柳闻青一摊手，说："我不知道啊，兵来将挡水来土掩咯。"

楚秋皱着眉，更担心了。

"你放心吧，粉丝其实很希望看到我们真实的一面，只要不是恶癖，他们都能从中看出萌点来。"柳闻青安慰道。

他脸盲又不是很懂梗，经常性尬聊，粉丝们都嗷嗷喊萌，也没见什么转黑责怪之类的言论。

柳闻青都这么说了，楚秋能怎么办呢？

当然是选择原谅他啊！

可不巧的是，在《藏宝图》节目开始前一天，楚秋和柳闻青两个拍夜戏拍到凌晨两点。

张大力有工作要去接洽，把楚秋托付给了柳闻青。

等柳闻青的助理开着车赶到了节目组预定的地点，外景主持人和摄影小哥迎上来，拉开车门就看到在后座上睡成一团的两个人。

摄像机诚实地将他们的睡颜记录下来，助理在一旁向主持人道歉，说前一天晚上夜戏拍到凌晨，他俩有点犯困。

主持人表示没关系，赶紧喊醒就行。

楚秋比柳闻青醒得早，柳闻青睡着都自带声音屏蔽功能，任凭周围吵翻了天，他都醒不过来。

据说这是柳闻青常年在剧组偷时间睡觉休息睡出来的能力。

助理熟门熟路地从杂物箱里翻出一块冰袋，捏冰了往柳闻青脖子里一塞。

柳闻青一个哆嗦，无比迅速地醒了过来。

主持人是个爱笑的，难得看到荧幕形象优雅正经的柳闻青一脸蒙的样子，当即就笑出了声。

"柳先生，清醒了吗？"他问道，"你已经到达《藏宝图》外景录制地点了。"

楚秋和柳闻青揉着脸下了车，一人叼着一袋子豆浆，拿着油条啃。

《藏宝图》以日常和随性解谜为主打，相对来说是戏剧感和综艺感最轻的综艺节目。

因为还涉及解谜这个元素的缘故，节目的外景录制时间是整整一天。

一天里只需要解决三个关卡，节目组所选择的录制地点大都风景宜人，往来的人也不多，可以让他们慢悠悠地一边聊天唠嗑一边压马路，顺便解谜。

鬼知道《藏宝图》的节目组是怎么在B市附近找到这种地方的。

演员们习惯将这个节目当作一次假期，有机会的话，都愿意上节目放松一下。

这一次的录制地点是一片被枫叶笼罩的街区。

秋日的枫叶由绿转红，层层叠叠地覆在这个静谧而安静的街区上，清晨的阳光落入这如盖的红色，将街道温柔地染红。

清晨鸟鸣的声音清脆而悠远，充斥着微凉的活力。

"真好看。"柳闻青叼着小半根油条，说道。

那边主持人已经报完了幕，镜头转向了两个站在一起，左手豆浆右手油条的男人。

"今天参加解谜活动的，是来自《太京》的柳闻青和楚秋！"主持人将话筒递给了他们，"能说说《太京》是一部怎样的作品吗？"

楚秋后退一步，指了指柳闻青，示意是他说。

柳闻青猛喝一口豆浆，把嘴里的油条咽下去，开始对着摄影机讲述大体的主线，顺便介绍了一下原作。

趁着柳闻青讲宣传词，楚秋三两口吃完早餐，把手里的垃圾交给了助理小哥，然后顺手接过了工作人员递来的关键词提示卡和地图。

这时，柳闻青结束了宣传词，主持人宣布："那我们来看看今天的街道地图和第一个关卡的关键词提示！柳先生和楚先生觉得会是什么呢！"

已经打开了地图和关键词的楚秋：……

转头看楚秋的柳闻青和主持人：……

楚秋蒙了半晌，又小心地把地图叠好了："……重拍？"

"不用了。"主持人把地图和关键词卡都拿过来，打开，对着摄影机展示了一下。

"第一个关键词是紫薇花，老规矩，不能使用手机。"主持人笑眯眯道，"对于这个关键词，你们是否已经有了想法呢？"

柳闻青转头看了一眼楚秋。

楚秋给了他一副无奈的表情，表示自己并没有想到。

没头没脑的"紫薇花"三个字，一时半会儿能想到哪里去？

柳闻青身体力行地证明了这三个字一时半会儿能想到哪儿，他不确定地答道："难道是尔康？"

主持人：……大哥，你这话我没法接。

主持人镇定地转过头，问楚秋："楚秋认为呢？"

楚秋沉默了几秒，脑子里满是紫薇尔康紫薇尔康，他抿了抿唇，怎么都甩不掉脑子里的你是风儿我是沙，于是他同样不确定地道："……金锁？"

柳闻青一脸满意，觉得自己终于拥有了一个能懂他梗的小伙伴。

主持人一脸蒙。

搞锤子啊！

这两个人想干吗？

你们是来宣传《太京》的好吗！不是别的电视剧！

你们这脑壳晃一晃怕全是水哦？！

主持人尴尬地沉默了两秒，随即就像什么事都没发生一样，赞美道："不愧是你们，真是不错的想法！"

柳闻青一听，更满意了。

楚秋瞅瞅对面摄影小哥一脸要笑不笑的样子，心里琢磨着怕是猜错了，而且是大错特错。

主持人等了一会儿，发觉这两个人都不主动接茬，顿时感觉自己脑袋上的头发都掉了两根。

他深吸口气，说道："那么现在，请你们拿着地图，寻找符合关键词的解答吧！"

柳闻青接过地图，嘴里念叨着尔康和金锁。

楚秋探头看了一眼地图，又瞅了瞅提示的卡牌，正想从柳闻青手里拿过地图仔细看，就听到柳闻青说道："小秋，走！"

楚秋一愣："嗯？"

柳闻青迷之自信："我知道去哪儿了！"

楚秋蒙了一会儿，问道："哪？"

"湖上的桥！"柳闻青自信地迈开大步，以一种老年人的速度，慢悠悠地往地图上标注着湖的地方溜达。

楚秋跟在柳闻青身边，主持人和摄影师也跟着。

楚秋没有问柳闻青为什么要去湖上的桥，而柳闻青也没有主动解答的意思，主持人在一边干着急。

突然，柳闻青开口了："这枫叶挺好看啊，不过我还是更喜欢银杏一点，金黄金黄的，有种禅意。"

楚秋点点头，从柳闻青手里拿过地图，安静地搜寻。

主持人：……

谁要你说你更喜欢哪个树种了！

你就不能解释一下为什么要去湖上的桥！

还有那个楚秋！

你为什么只点头不搭话！

你为什么不问柳闻青为什么要去湖上的桥！

你既然在埋头找地图，就顺口说一说你在找什么啊！

观众看解谜的乐趣就在思路啊！

主持人从来没见过这种综艺感基本等于零的人，可怕的是《太京》一下子送来了俩！

你们剧组是不是有什么不可告人的阴谋！

录制刚开始，主持人就觉得自己有点儿累。

他轻叹口气，咳嗽一声。

正在欣赏枫叶和正在瞧地图的两个人，齐刷刷地转头看他。

主持人保持微笑，问道："为什么要去湖上的桥呢？楚秋你理解柳闻青的意图了吗？"

楚秋诚实地摇了摇头。

主持人问："那你就跟他走？"

楚秋摸了摸自己的肚皮，答道："消食……"

主持人吃惊于楚秋的回答。

你生活很健康嘛，楚秋先生！

但谁要听你这个理由啊！

你就是面带微笑地说一声"我相信他"也好啊！

主持人深呼吸，转头看向柳闻青，问："那么胸有成竹的柳闻青先生，为什么要去湖上的桥呢？"

"因为桥上不一般都有那些什么……同心锁？"柳闻青一脸认真地推测，"说不定你们在上边扣了个金锁呢？"

楚秋一愣，惊讶地看着柳闻青，回道："原来如此。"

主持人内心咆哮：你们是认真的吗？放过那个金锁好不好？她是无辜的啊！

柳闻青完全没察觉到主持人已经崩溃，他继续慢悠悠地往地图上标注的湖心公园方向溜达。

楚秋跟在他后面，低头看地图，像条小尾巴。

突然，柳闻青脚步一停，楚秋一脑袋撞在他背上，后退了两步，看到柳闻青弯下腰来，从落叶中捡起了其中之一。

他满脸惊喜："银杏叶！"

主持人：……

不要生气，保持微笑。

楚秋瞅了一眼柳闻青手中的叶子，继续埋头看地图。

这份地图十分详尽，横展开来有他整个人那么长，里边每一个店面每一条街道甚至是小巷子，都标得清清楚楚。

主持人看着沉迷地图的楚秋，想了想，还是凑过去问道："你在找什么？"

楚秋小声答道："花店。"

"嗯？"主持人来了兴趣，"找花店做什么？"

楚秋歪了歪头，答道："找紫薇花。"

这个答案终于靠谱了一点，虽然不是正确答案，但主持人终于从这种迷之秋游感里找回了一点自己还在录制《藏宝图》的熟悉。

主持人赞美道："很聪明的想法啊，现在就去吧？"

楚秋却摇了摇头，看了一眼依旧自信满满走在前边的柳闻青，说："先去找金锁。"

主持人：……

结果走遍了湖心公园的桥，别说金锁了，连把普通点的同心锁都没有。

柳闻青站在桥上，皱着眉："这不可能啊。"

你住口！

不，你住脑！

怎么想金锁才是最不可能的那个吧！

主持人非常想撬开柳闻青的脑壳，看看里面是不是全是棉花。

柳闻青的助理小哥表示里面不是棉花，里面是各种各样的影视作品。

但凡节目组出个影视作品相关的关键词，柳闻青绝对能马上解答出来，可惜节目组并没有这样的意识。

柳闻青从桥上下来，问楚秋："秋，你怎么看？"

"去花店。"楚秋答道。

柳闻青点了点头，两个人又一路溜达着去了花店，柳闻青一直拈着那片银杏叶，就像拈着片宝贝一样。

楚秋和柳闻青给认出了他们的花店老板签了名，但拒绝合影，并提出了问题。

"紫薇花？"店主妹子凝神思考了一会儿，然后恍然道，"湖心公园外围的绿化带里，有一片紫薇树。"

刚从湖心公园回来的两人：……

他们只得又一次回到了湖心公园，在宽阔的绿化带里寻找紫薇树。

两个人都不认识紫薇树，但如果它是第一关的最终目的地，就应该有工作人员等在那里。

柳闻青拍了拍楚秋的肩，说："秋，你左边，我右边。"

楚秋点点头，两个人分头行动。

如果楚秋能够看到柳闻青那边的画面，就会发现之前给他们发关键词卡的和地图的工作人员，正坐在一丛紫薇树下，然后眼睁睁地看着柳闻青从他面前路过了一次，两次，三次……

第六次的时候柳闻青终于停了下来，开口就是："这位先生你好，抱歉打扰你一下，请问你知道这里的紫薇树在哪块地方吗？"

主持人跟着柳闻青，人都要笑傻了。

脸盲柳名不虚传！

坐在紫薇树下的工作人员站起来拍了拍屁股，说："这里就是。"

说完，他慢吞吞地把放在旁边的包交给了柳闻青，特别违心地说道："恭喜柳先生和楚先生通过第一关。"

柳闻青：……

柳闻青背着包找到了楚秋，绝口不提他脸盲路过人家足足六次的事情。

他只是说："人找到了。"

然后把包交给了楚秋。

楚秋打开包，发现里边放着两大朵西兰花，旁边放着一张关键词卡。

楚秋疑惑地拿出了两朵西兰花，柳闻青则打开了第二张关键词卡。

"虾？"柳闻青一脸疑惑。

"虾？"楚秋重复了一遍，又看向自己手里的西兰花，猜测，"西兰花炒虾仁？"

"嗯？"柳闻青也看向楚秋手里的西兰花，同样猜测，"自己做？"

楚秋想了想，说道："我会。"

柳闻青挺高兴，他展开了地图，说："那我们得去买虾，然后跟别人借个厨房。"

地图上果然有一个海鲜店。

柳闻青和楚秋二话不说就跑了过去。

此时已是上午十点。

楚秋一边挑虾，一边算了算时间，感觉今天午饭应该刚刚好到饭点。

"难不成我们午饭就吃这个？"柳闻青指了指旁边肥美的大闸蟹，"我还想吃那个。"

最终楚秋和柳闻青拎着五只大闸蟹和一袋子虾，又转头去了菜市场。

一直跟着他们的主持人终于忍不住拦住了柳闻青，问："你们这是准备做什么？"

"做饭啊。"柳闻青奇怪地看了他一眼，"给了西兰花，提示又是虾，难道不是让我们自己做一份西兰花炒虾仁吃？"

主持人：……

的确不是啊。

你们脑子都是怎么长的？

日常解谜类真人秀节目怎么会让你们亲自做饭。

别是两个傻子吧。

主持人欲言又止。

"既然要做西兰花炒虾仁，正好快到饭点了，就顺便把午饭也做了嘛！"柳闻青语调特别轻快，等楚秋买好了菜，两人就顺着地图找了个小餐馆，顺利地刷脸借用了厨房，等了近两个小时，然后美滋滋地吃了一顿大餐。

主持人和两个摄影小哥的份都有。

楚秋亲手做的，大闸蟹一人一只，西兰花炒虾仁，蒜蓉空心菜，土豆丝炒肉，蚂蚁上树和小葱豆腐汤。

楚秋的手艺还行，反正比节目组的盒饭好吃多了。

吃得饱饱的主持人满足地咂了咂嘴。

柳闻青向他伸手："关键词卡呢？"

主持人一摊手，说道："很遗憾，你们的猜测是错误的。"

柳闻青：……

楚秋：……

两人面面相觑，柳闻青纠结道："那……西兰花已经被我们吃掉了怎么办？"

主持人耸了耸肩："你猜。"

楚秋默默地把碗里最后的一口汤喝完，打开了地图。

然后他看到就在距离他们所在的小餐馆不过两百米的拐角处，有一个叫作"虾城"的酒店。

看简介，是专门做各种虾类菜品的。

楚秋：……

要命，看起来这才是真正的目标。

找是找到了。

……可是节目组给的道具被吃了怎么办？

场面一度陷入了尴尬之中。

楚秋和柳闻青面面相觑，瞅着吃得只剩下一点汤汁的西兰花炒虾仁。

两人沉默了好一会儿，柳闻青一拍脑门："我们可以去买啊，假装是道具！"

楚秋很赞同。

两个人说干就干，谢过了小餐馆的老板，准备走人。

主持人咳嗽了一声，表示你俩这样当着我的面作弊，不妥当吧。

柳闻青伸手拍了拍主持人的肩。

"你也吃了。"他语重心长，"既然吃了，那就是收受贿赂了。"

主持人：……哈？

还有这种操作？

"收受了贿赂，所以通融一下也是应该的嘛，不然我就去举报你们节目组偷吃嘉宾道具还不认账！"柳闻青说道。

主持人善意提醒他："不要传播不正确价值观，柳先生。"

柳闻青点了点头，转头面对镜头说道："好孩子千万不要学，但是我个人认为，提前认识一下社会的险恶也是极好的。"

主持人：哈？

柳闻青叹了口气，十分沧桑："这，就是现实，就是生活。"

说完，转身拉着楚秋往菜市场溜达。

主持人看看摄影小哥，耳朵上戴着的蓝牙耳麦里传来导演说"跟上跟上"的指令。

似乎并不认为这种做法不妥当。

行吧，导演都没意见，那他也不讨人嫌了。

楚秋和柳闻青已经忘记道具西兰花长什么样了，两人蹲在菜市场里千挑万选，凭借可怜的一丁点记忆，勉强买了两朵他们认为最像的，塞进节目组给的包里，跑去了"虾城"。

原来，这个酒店是节目组给他们定好的午饭地点，而且菜单已经定好了，只等他们解谜成功饱餐一顿。

可谁都没想到他们居然这么黑洞，拿着西兰花和虾的提示，就想到西兰花炒虾仁。

——动动脚趾头，都能想到这是暗示他们去以虾为主题的餐馆吧？

但他们居然直接自己动手做了！

自己动手做饭就算了！

居然还做了一顿大餐！

节目组都被他们整蒙了。

看着菜单，已经吃过饭的楚秋和柳闻青：……

这就很尴尬了。

最终几个人还是坐进了包间里，吃起了虾。

不吃主食就行了，几盘各种做法的虾而已，不难吃完。

在娱乐圈这样险恶的生存环境下，连要求嘉宾吃蟑螂的节目都在综艺上出现过，只是吃撑一点而已，换个角度想，完全是赚了。

等他们把虾吃完，服务员收下了他们的西兰花，并端上来两个罐头。

罐头上印着猫和狗的头像，上面写着"宠物食品"四个大字。

柳闻青一愣："难道还要吃这个？"

他似乎并不介意的样子，只是皱着眉头摸了摸肚子，感觉有点撑了。

主持人更加想撬开柳闻青的脑壳，看看里边到底长了什么玩意儿了。

让嘉宾吃狗粮，那被解读一下都是人格侮辱了好吗！

你一脸自然地说还要吃这个是想干吗？！

"这是下一个关卡的道具。"主持人解释，拿过了工作人员递来的关键词卡，并说道，"如果你想吃的话也是可以的。"

柳闻青摆摆手："吃不下了吃不下了，老年人现在需要出去走两圈消消食。"

楚秋安静地把罐头放进包里。

柳闻青把关键词卡打开，看到里边画着一只神烦狗和一只喵喵。

柳闻青：……

楚秋：……

微博表情也算关键词啊。

那只神烦狗的表情，不知道的还以为是导演发来的激烈嘲讽呢。

你们节目组也是会玩。

"好了！那么开始寻找最后一个与关键词相关的信息吧！"主持人兴致勃勃道。

柳闻青看了一眼不时揉揉肚皮的楚秋，说道："先消食。"

楚秋抬头，对柳闻青露出一个微笑。

柳闻青没忍住，揉了一把楚秋的头。

主持人看着他们两个欲言又止。

出门之后，柳闻青瞎挑了一个方向随便走，一边走还一边夸奖刚刚吃的那些菜的味道。

楚秋瞅着地图跟在他后面，照旧是不被问到就不会搭话——本身他偶尔还是会的，但沉默的习惯，在遇到周熠星之后，就加剧了。

因为但凡他出声搭一句话，周熠星能兴奋地叨叨好久。

所以楚秋终于还是继续保持了沉默寡言的倾听者形象。

两人交流时的气氛很是和谐，主持人的头发却都要愁掉了。

你俩多说说话好不好，多说说解谜思路好不好！

柳闻青你不要再感慨景色多好看、饭后悠闲散步多舒服、之前的饭菜有多好吃了！你看看人家楚秋！

人家楚秋还在认真地看地图找线索呢！

你在干吗啊！

当腿部挂件吗！

你令人称颂的敬业精神呢！

柳闻青完全没接收到主持人的脑电波。

他欣赏着笼罩住街道的红枫，脚步一顿，两手背在身后，朗声道："朗清，我观这秋色，红艳似火，见暮雨潇潇洒洒，断虹霁雨，紫燕啾啾，煞是动人哪！"

楚秋头也不抬，同样字正腔圆，却透着一股虚弱与悲悯的气息，他答道："我观这秋色，遍天铺霜，枯藤叶落，寒鸦喑哑，飞鸿远去，实是萧瑟。"

柳闻青转头看了一眼楚秋，说："不对。"

楚秋愣了愣，脑袋从地图后探出来，问道："怎么说？"

"台词没错，感觉不对。"柳闻青想了想，说道，"再来一次。"

主持人木然地看着两个人突然对起了戏，感觉心有点儿累。

虽然这的确是宣传节目，就连关键词卡和地图背面都印着《太京》的宣传海报，但是当众对戏……

好像也挺带感的。

他们这档节目最终剪辑出来的影片时长足足有一个小时，节目总时长一个半小时，一个小时的影片内容，可以塞许许多多的东西进去。

因为是主打日常向的缘故，他们的节目压根儿就不需要安排特别大的爆点，就算只是单纯地播放剪辑出来的解谜和嘉宾之间的打闹，也有足够的收视率。

人们总是对明星私下里的模样和日常生活感兴趣的。

而他们节目组满足了这两点，还增添了解谜这个趣味性，一直以来收视率都非常不错。

楚秋和柳闻青在谈及拍戏的时候，话终于稍微多了起来。

演员嘛，都是需要配合交流的，包括跟导演，偶尔也是要比画两下。

主持人看着跟柳闻青交流对词而不落下风的楚秋，想想这两人之间的年龄差，深感楚秋这个年轻人以后定然十分了不得。

天赋这种东西玄而又玄，总是让人由衷地感到羡慕，甚至是嫉妒。

多少演员昼夜不息地努力，最终都倒在了天赋这道门槛上。而拥有天赋的那些人，一开始的起始点就比别人高出了一大截。

主持人正在感慨，楚秋和柳闻青的脚步和话语突然齐齐一停。

他们左顾右盼，似乎在寻找什么。

主持人一怔："怎么了？发现了什么？"

柳闻青"嘘"了一声："好像有什么声音。"

他话音未落，楚秋就已经转头走向了旁边一个被灌木丛遮盖住的花坛。

负责拍摄楚秋的摄影师赶忙跟上去，接着，他就拍到楚秋小心地拨开灌木丛，露出了里边一个小纸箱。

纸箱里是四只还没睁眼的小奶猫，胎毛之下粉红色的皮肤清晰可见，箱子底下垫着棉布，小猫伸着脑袋四处探着，似乎在寻找什么。

纸箱敞开的那一面上写着：希望好心人带走它们。

柳闻青也跟上来，看了一眼后想到最后一个关卡，转头震惊地看向主持人，一脸"你们真是丧尽天良"的表情。

他摸了摸布袋里的罐头，问："这罐头它们不能吃吧？"

"这不是我们安排的。"主持人解释，"还没睁眼的小奶猫不能吃这个。"

楚秋已经把箱子抱了起来，听着箱子里虚弱的咪咪声，转头看向了柳闻青。

柳闻青一下子明白了楚秋想干什么。

他从楚秋抱着箱子的手里拿过地图，找了半分钟的样子，脚下拐了个方向，说道："那边有个宠物医院。"

于是楚秋和柳闻青，带着一脸蒙的主持人和两个摄影小哥，一溜烟跑去了宠物医院。

主持人一边跑一边想，节目解谜的时候怎么没见你们跑这么快呢。

最终从宠物医院里出来的时候，柳闻青拎了一大袋子羊奶粉和一些医生建议的用品。楚秋拎了医生推荐的据说比较保暖的宠物袋，宠物袋里安静地趴着四只喝饱了睡觉觉的小奶猫。

两个人站在路边沉默了一会儿，又打开了地图。

这个街区范围不算大，总共有两家宠物医院、一家宠物店和一家犬舍。

"最后一个关卡应该就是这几家的其中一个了。"柳闻青说道。

两人顺路跑去了另一家宠物医院，得知并不是最终关卡，又转道去了宠物店。

因为宠物店的宠物容易得病的缘故，楚秋怕出事，便拎着四只小奶猫，站在门口没有进去。

主持人也没有进去。

他见楚秋时不时看一眼宠物袋，看完就笑弯了眉眼的样子，问道："很喜欢猫？"

楚秋点点头："嗯。"

"准备养吗？"主持人问道。

楚秋犹豫起来。

他没时间，也不可能把猫送回福利院，福利院的小孩子大多是因为身体不好才被抛弃的，指不定就有什么过敏症状。

楚秋沉默了两秒，摇了摇头："没想好。"

"什么没想好？"柳闻青牵着条金毛出来了，他拍了拍金毛的脑袋，"店主说这个大宝贝会带我们去最终地点。"

主持人礼貌性地称赞了一下柳闻青，然后说道："我们刚刚在说这几只小猫的事情。"

柳闻青愣了愣，说："这事不用想啊，不过敏就养呗。"

"我忙。"楚秋实事求是。

"养猫不费劲，不过忙起来经常几天不着家也是……"柳闻青呲呲嘴。

楚秋想了想，问道："大力哥？"

柳闻青摇了摇头："别考虑你大力哥，你柳姐过敏的。"

柳闻青说完，想到前几天特意跑到剧组，在所有人面前圈了地的祁天瑞，两眼一亮。

"给祁天瑞啊！咱们几个人里就他一个常驻B市了。"他说道，"回头问问去。"

楚秋低头看了看宠物袋里睡得七仰八叉的四只小奶猫，应了一声"嗯"。

柳闻青拿没有摸过金毛的那只手爱抚了一下楚秋的脑袋。

柳闻青把买来的宠物用品全都交给了被喊过来接东西的助理，然后牵着大金毛慢慢溜达，时不时被兴奋的金毛拽得往前趔趄着冲几步。

楚秋为了防止金毛一个兴起凑过来拽咬宠物袋，改拎为抱，小心翼翼地避开了因为出门而兴奋得飞起的狗子。

柳闻青走着走着，又一扬声，念起了台词。

但这一次，他并没有得到楚秋的应和。

柳先生转过头来，便瞧见楚秋低着头，正专注地看着宠物袋，里面的小奶猫醒了过来，正仰着头"咪咪咪"地叫。

猫崽还小，发育不全，"喵"的声音都发出不来，只会"咪咪咪"，嗲声嗲气的，像小爪子轻轻挠在心上。

柳闻青拍了拍楚秋的肩头，说道："看路，不怕摔啊？"

楚秋点了点头，抱着宠物袋，时不时低头瞅一眼小猫崽。

这是一窝狸花猫，条纹深深浅浅，两只棕色一只灰色，还有一只看起来大概是突变了，竟然是只橘猫。

柳闻青摇头晃脑："十只橘猫九只胖，还有一只压塌炕。那只橘的以后长大了，能填满整个宠物袋。"

楚秋不吭声，他觉得胖胖的没毛病，揉起来手感多好。

金毛突然"汪汪"叫了两声，撒开脚丫子疯狂往前奔跑。

柳闻青没有防备，被手里的牵引绳拽得一个趔趄，忙不迭地跟上了金毛的步伐，嘴里还喊着"团团"，估计是这只大金毛的名字。

然而他的呼唤并没有什么用。

楚秋就看着柳闻青被大金毛扯着，跟要起飞一样，一溜烟就从他面前蹿出去，然后消失在了拐角。

楚秋瞪着眼，跟完全没反应过来的两个摄影小哥和主持人面面相觑。

主持人率先被蓝牙耳麦里传来的导演的声音惊醒，火急火燎的："追上去追上去，快追！"

几个人顿时迈开腿顺着柳闻青消失的拐角迅速跟了上去。

楚秋身体素质还算不错，跑起来的时候，抱着宠物袋的手稳稳的，分毫不乱。

他们找到柳闻青的时候，他正像条咸鱼一样躺在长椅上，一边的金毛围着他转圈圈，并企图舔一舔柳先生那张被九亿少女热爱的脸。

柳闻青对此表示了一万个拒绝，金毛一凑上来他就把狗脑袋推开，非常冷酷无情。

一人一狗旁边是拿着奖品不知所措的工作人员，看到楚秋等人跟上来，他松了口气，赶忙迎了上来。

主持人看了一眼再次躲开蹿上来的大金毛的柳闻青，问："这是怎么了？"

"大概是跑得太凶了吧。"工作人员说道。

楚秋走过去伸手把柳闻青拽了起来，顺便从工作人员那里拿了瓶水，递给他。

柳闻青边拧瓶盖边喘气："不行了不行了，老年人以后不能参加这么刺激的活动。"

年方三十二，自称老年人。

这时候，大金毛蹭到楚秋腿边，大概是闻到了小崽子特有的奶香气，它摇着尾巴，眼巴巴地看着楚秋手里的宠物袋。

楚秋对大金毛可怜巴巴的注视不为所动，尤其是看到大金毛把柳闻青拽得在短短几秒内就消失在他的视线外，就更加防备了，忙把手里的宠物袋举高了一点。

"请出示第三关的关键词卡。"工作人员说道。

楚秋把宠物袋交给主持人，先从柳闻青背着的包里拿出第三关的关键词卡递给工作人员，又把第二关的关键词卡放在地上，最后把罐头打开倒在上面。

金毛摇着尾巴，没几口就把一个罐头吃完了。

工作人员核对了关键词卡，举起了放在一边的巨大牌牌，把上边贴着的不透明薄膜撕掉。

主持人无视了坐在长椅上一副要死不活的柳闻青，以及顺手揉了揉大金毛脑袋的楚秋，语气中充满了虚伪的高兴和羡慕："最终奖励揭晓，本期的奖励是这个——锵锵锵！"

"欧洲双人高端定制一月游两份！"主持人笑眯眯地鼓着掌，看到旁边不知何时站起来的柳闻青和楚秋也在一起鼓掌，十分欣慰地笑了笑。

然后跟送瘟神一样把那个巨大的牌牌连着真正起作用的两张优惠卡交给了两人。

他近乎迫不及待地激动宣布："本期《藏宝图》外景到此结束！感谢大家收看！"

主持人话音刚落，柳闻青再一次咸鱼一样坐在了长椅上。

他倒不是体力不行，他可是正值壮年呢，而且演员的工作说白了也是一份体力活。

只不过毫无防备地狂奔了一段距离，一时半会儿还真没缓过来。

"收工了收工了啊！"外景导演坐着车过来，拍着柳闻青和楚秋的肩膀，"你俩以后要是还上什么节目，记得先通知我。"

柳闻青和楚秋一脸疑惑。

导演说："我要看热闹。"

柳闻青：……

楚秋：……

"其实你俩挺好的。"导演安慰了一下，"就是意外性太强了。"

柳闻青和楚秋相互瞅瞅，姑且就把这话当夸奖收下了。

工作人员把狗狗牵走，顺便把宠物袋还给了楚秋。

节目组的人撤得飞快，柳闻青和楚秋坐在休息的长椅上发呆，等助理开车过来，跟两个孤寡老人似的，还抱着四只"咪咪咪"的小奶猫，风吹着脑袋上乱翘的呆毛，特别凄凉。

"先打个电话给你祁哥吧。"

柳闻青大概也觉得这画面有点太惨，他边说边拿出手机，看楚秋两手抱着宠物袋不怎么方便的样子，便自己拨通了电话。

祁天瑞刚从会议室出来，看到是柳闻青的电话，愣了愣。

柳闻青今天应该在跟楚秋录节目，这才下午三点，就完成了？

祁天瑞接通电话，"喂"了一声。

柳闻青听到祁天瑞那边接通了，便说道："楚秋有事找你。"

祁天瑞听得到电话那头微微的风声和呼吸声，发觉楚秋不讲话，他脸上带出了几丝笑容，往沙发上一坐，喊道："小秋？"

祁天瑞估计柳闻青是临时打电话给他的，导致楚秋都没时间去想应该怎么表达。

正如祁天瑞所想的那样，楚秋的确还没想好应该怎么说。

表达并不困难，困难的是楚秋克制不了自己内心之中"我给别人添麻烦了"的认知。

一旦有这样的认知，在舌尖打滚的话就像是被一层厚厚的隔板给挡住了一样，怎么也发不出声音来。

过了两秒，楚秋才应了一声，喊道："祁哥。"

"是节目发生了什么事吗？"祁天瑞引导。

楚秋点了点头，然后又"嗯"了一声。

祁天瑞对楚秋总是充满了耐心，上一世楚姨出事之后，祁天瑞认真地跟认识的心理医生学了些与社交障碍交流的技巧。

他声音非常温和："没事，发生什么了？你告诉我。"

"捡了猫。"楚秋这一次答得顺畅了些。

"嗯？"祁天瑞愣了愣。楚秋没在他面前，他没办法从楚秋的面部表情上看出点什么来。

楚秋没等到祁天瑞的下一句问话，偏头看看被柳闻青放在腿上的宠物袋，问道："祁哥过敏吗？"

"没有。"祁天瑞答完之后，突然福至心灵，问道，"是想我帮忙养猫吗？"

"……嗯。"楚秋应了一声，听起来有些犹豫。

"没事，我可以养的。"祁天瑞听出了楚秋的犹疑，马上出声安抚，"你到时候工作忙不好养，我帮你养着。你有假期的时候，来我家看就行了。"

楚秋闻言，松了口气。

祁天瑞美滋滋地："捡了几只？"

楚秋答道："四只，没断奶。"

祁天瑞想都不想，满口答应："那你准备什么时候送过来？"

楚秋愣了愣，这个他还没想好。

祁天瑞说："要不就今天吧，刚好一起吃个晚饭？"

楚秋本想邀请柳闻青一起吃饭，但柳先生非常干脆地拒绝了，表示自己困得很，要休息。

楚秋没在意对方的拒绝，伸手把宠物袋拿回来，瞅着在里边颤巍巍爬来爬去的猫崽子，突然眉头一皱："真丑。"

柳闻青正在喝水，一听楚秋这话，差点没呛死。

"你捡它们的时候可不是这么说的。"

刚出生没多久的小猫崽还没一个巴掌大，身上只有一层薄薄的胎毛，脸上身上都没长开，是挺丑的。

楚秋转头看了一眼柳闻青，说道："以后漂亮。"

丑是实话。

但以后肯定会挺漂亮，狸花猫很少有长得丑的，至于橘猫嘛……

楚秋看了看那只趴在角落里的小崽子，觉得这只以后也不会丑，除非脸上的斑纹长歪了。

"行行行，以后漂亮。"柳闻青拧上瓶盖，站起身来，"车来了，送你去祁天瑞家。"

楚秋抱着宠物袋站起身来，弯腰上了车。

这个季节车里已经不需要开空调了，车窗开条不大不小的缝隙，通风凉爽。

楚秋完全沉浸在看猫崽子之中不可自拔。

柳闻青听着那嗲声嗲气的"咪咪咪"，也觉得心里痒痒。

"我看看。"他凑过去，看着爬在最上边的那只灰色的崽子，问楚秋，"取名吗？"

楚秋蒙了两秒，犹豫不决。

他觉得取名是老大一件事了，坐在车里轻率地决定是不是不太好。

"取吧取吧。"柳闻青撺掇，然后指了指灰色的猫崽，"大灰！"

然后指了指左边的那个棕色小脑袋："二棕。"

其次又指了指右边的那个棕色小脑袋："三棕。"

最终指了指团在角落里的橘猫："四胖。"

柳闻青取完名一拍手："完美！"

楚秋：……

你别是个傻子吧。

"就这么愉快地决定了怎么样？"柳闻青问。

楚秋看着满脸期待的柳闻青，过了足足一分钟，才艰难地点了点头。

算了算了，名字不过是个代号而已。

楚秋自我安慰。

"对了，这个旅行的卡，免费的高端定制欧洲双人游，你要不要用啊？"柳闻青问，"我身边的人欧洲玩得都差不多了，用不着这个。"

其实楚秋也是全世界安全的地方都跑过好几圈了，只不过他并不是去玩的，而是工作，至于风景什么的，还真没有好好看过。

不过他对这个也没什么兴趣。

因为等到他第一波作品出来之后，马上就会陷入连轴转的境地里，别说旅行了，到时候可能连回家睡觉的机会都没有。

楚秋犹豫了许久，还是将柳闻青递来的两张卡都收下了。

他没有玩的心情，但楚姨和楚夏可以有啊！

楚夏和她老公经济条件很一般，听她说结婚后都没有度过蜜月。

楚秋想把这个给楚夏，她应该会很高兴。

楚姨的话……楚秋不确定她会不会答应，如果答应，就把楚姨和院长一起送出去玩一玩再好不过。

辛辛苦苦操劳一辈子，该享受一下生活了。

"谢谢。"楚秋说道。

"谢什么呀，干咱们这行的最不缺的就是钱，要说谢的话还是等你欠我人情的时候吧。"柳闻青这话说得坦荡敞亮，让楚秋忍不住露出了一个笑脸。

"对了，再过一个月是祁天瑞生日了啊。"柳闻青状似无意地说道。

楚秋一愣，算了算日子，还真是。

"你想想送什么礼物吧，祁天瑞虽然不看重这个，但要是能收到他还是会很开心的。"柳闻青说道。

楚秋皱起了眉。

这还真有点为难他了，他基本上是没有亲自为谁准备过礼物的，要祝寿或者是给谁庆生，生日礼物从来都是张大力准备好，然后让他亲手送出去就行。

而祁天瑞……

张大力从来没替楚秋准备过送给祁天瑞的礼物。

可祁天瑞是谁啊！

是凤皇娱乐的顶头老板。

生日礼物这种东西，楚秋当然是……没有送过的。

因为祁大老板从来不在凤皇总部办生日宴会，而楚秋也一贯不怎么出席那些私人办的酒席和晚宴。

楚秋出席的，一般都是慈善拍卖会和一些商业性质的酒会。

所以从未出席过祁大老板生日宴的楚秋，自然也不会有送生日礼物给祁先生的机会。

但这次不一样了。楚秋既然知道祁天瑞帮助了他那么多，作为朋友，楚秋觉得自己为祁天瑞准备一份生日礼物无可厚非。

可楚秋不知道应该送什么。

他对此毫无经验。

柳闻青住的地方比较近，他非常干脆地下了车，交代助理把楚秋送去祁天瑞家。

祁天瑞老早就等在了住处门口。

祁先生打从被张大力灌了迷魂汤，跑来混圈的时候，就从家里搬出来独自一人住了。

可虽然是一个人，但从小就没委屈过自己的祁天瑞还是大手一挥买了栋别墅，带大院子的那种。

看到柳闻青的车，整个人陷在院子藤椅里的祁天瑞一个鲤鱼打挺坐起身来，打开了院子的铁艺门。

看到楚秋大包小包地往外拎宠物用品，他连忙走过去帮忙。

助理跟祁天瑞打了声招呼，调转车头离开。

祁天瑞高高兴兴地拎着大袋小袋，笑着说道："欢迎来我家。"

楚秋有点紧张，祁天瑞家跟张大力家不一样，张大力对楚秋来说是家人，去他家，楚秋并不会感到多拘谨。

但祁天瑞不同。

祁天瑞可是他的老板！

楚秋紧张得手心都冒出汗了。

失策了，楚秋想。应该拜托柳哥留下来，跟我们一起吃饭的。

祁天瑞紧张得身上一阵冷一阵热的，背上虚汗一层层往外冒。

失策了。早知道就应该随便拉个谁来，缓和下气氛也好，最好是周熠星那个电动马达嘴。

祁天瑞一边想着，一边问楚秋晚饭想吃什么。

楚秋回答说什么都好。

楚秋拎着宠物袋，不安地问道："祁哥，真不过敏？"

"嗯，没有过敏史。"为了证明自己话语的真实性，祁天瑞说道，"周熠月家里养着狗也养着猫，我接触过。"

楚秋跟着祁天瑞进了屋，在玄关换了鞋，规规矩矩地坐在了客厅的沙发上。

别墅很大，装修风格却并不显得厚重富贵，也不感觉商务，而是当下年轻人比较喜欢的活泼撞色风格。

就连楚秋坐着的沙发，也是布艺小碎花。

楚秋将宠物袋放到地上，去洗手间上了个厕所洗了个手，出来就看到祁天瑞拿着平板，面无表情地拨通了周熠月的视频电话。

然后楚秋就围观了一场资深铲屎官嘲讽新上任铲屎官的大戏。

祁天瑞气得仿佛想冲到周熠月面前去掐死他，而周熠月一脸嘚瑟，如果脸上有字，大概就写着"你个渣渣"四个大字。

楚秋坐在旁边，看着祁天瑞满脸怒气地跟周熠月斗嘴，手上却无比温柔地按照周熠月的指导，给猫崽喂隔水加热的羊奶粉。

然后又小心翼翼地用湿润的小海绵给猫崽擦屁屁，刺激排便。

楚秋想帮忙，却被祁天瑞阻止了。

他的意思是这事他以后总得熟练，多练练上手快。

楚秋盘膝坐在旁边，看看猫崽又看看祁天瑞渐渐熟练起来的动作，歪了歪头。

祁天瑞轻咳一声，挂掉了视频通话。

他问楚秋："给猫崽取名字了吗？"

楚秋沉默了两秒，点了点头。

然后他指着祁天瑞手里那只："大灰。"

又指了指两只团在一起的棕色小猫崽："二棕，三棕。"

最后转向还在等着擦屁屁的橘猫："四胖。"

祁天瑞沉默两秒，肯定道，"这是柳闻青取的吧。"

楚秋点了点头。

祁天瑞内心愤愤，怎么取得这么难听。

他转移了话题："晚饭去吃西餐？"

楚秋应了一声，没意见。

祁天瑞知足而快乐地给四崽崽擦起了屁屁。

"老大老二老四是男孩子，老三是女孩子？"祁天瑞问。

楚秋点了点头。

祁天瑞心想还好以后最胖的不会是这一窝里唯一的女孩子。

不然多虐心啊。

楚秋沉默地看着祁天瑞给四崽崽擦屁屁，突然问道："祁哥生日，想要什么？"

祁天瑞一愣，听到手里四崽崽的"咪咪"声又回过神来。

他看了四崽好一会儿，抿了抿唇，最终说道："不想要礼物。"

楚秋感到十分为难。

"不用礼物，我想邀请你陪我出席生日宴会。"祁天瑞说道。

祁天瑞这样的身份地位，生日不仅仅只是生日而已，也是一种促进商业交流的手段之一。

"好。"楚秋说道。

祁天瑞挺高兴，将四只猫崽的照片发上了微博。

"祁天瑞：时至今日，不想再瞒着大家了。事情是这样的，我已经有孩子了，四胞胎，三个傻小子，一个小公主，他们都超级可爱，简直是降临于世的天使！希望大家也像喜欢我一样喜欢他们。"

下午五点，正值一天工作忙完，大家聊天打屁唠嗑等下班的悠闲时光。

凤凰总部园区，公关部办公室里一片和乐融融的景象。

余嘉事件结束之后，那些喜欢发通稿搞事情带节奏的流量都绷紧了皮，一个个都安安静静的，不敢再胡闹整料，整个圈内一片清明，点开热搜和各大门户网站的主页，都是非常官方正面的"某某电影开机""某某电视剧收视大爆"之类的消息。

没有需要他们加班加点盯着的危机公关，办公室里的人们忙完了一天的工作之后，正闲闲地坐在椅子上，相约着晚上去哪里撮一顿。

唯独需要留下来值班的小组，苦哈哈地坐在电脑前，端着盒饭，随时防备着意外发生。

总经理先生今天是不需要值班的，他叼着个香梨啃着，美滋滋地把自家女友约出来，准备来一场浪漫而温馨的约会。

总经理先生搜索着 B 市内比较有情调的餐厅，选中了一个原木复古的主题餐厅之后，正准备打电话预约，就听到值班组那边一声高亢的"我的妈"！

总经理正咬香梨，听到这声惊呼后梨肉卡在了喉咙里，导致他激烈地咳嗽起来。

偌大的办公室里，正在摸鱼等下班的其他人也被吓到了，他们如同收到了指令的士兵一般，迅速从摸鱼状态里脱离出来，抬头等着值班组那边解释情况。

值班组的小哥忙不迭地放下盒饭，高举双手："对不起对不起！意外意外！"

一个小姐姐骤然放松下来，往椅子上一倒："搞什么啊！吓得我还以为又要加班！"

总经理那边好不容易把香梨咽下去，趴在桌子上喘息着，感觉自己去了半条命。

"别一惊一乍的。"他有气无力地说道。

值班组的小哥委屈极了："是祁总啊！祁总搞事情，我也很绝望啊！"

总经理深吸口气，平复着呼吸，无奈地问道："怎么了？"

"哦，是这样的，祁总养猫了。"小哥答道。

总经理不敢置信地看着他。

祁天瑞养个猫而已，你干吗一副天塌了的样子？！

小哥更委屈了："你们自己看祁总微博啊！真不关我事！"

办公室里鼠标键盘齐刷刷地"啪啪"响了几秒，然后陷入了诡异的寂静之中。

总经理用力捶了捶自己的胸口，一副要心脏病发的样子："……等我赚够了钱，我就辞职。"

坐在总经理下首的小哥打了个哈哈："经理，恕我直言，您的名言就是'钱永远都赚不够'。"

总经理：……

闭嘴，就你话多！烦不烦！

实际上，看到祁天瑞这条微博之后爆炸的人，不仅仅只有一个风皇公关部。

祁天瑞深谙如何当一个标题党。

这条微博发出去，先是吓蒙了一大群粉丝，以为自家男神隐婚多年，紧接着看到照片之后，发现男神是在搞事情，粉丝们跟公关部的心情一样，恨不得冲到屏幕那头去掐死祁天瑞，但这种事情的可能性显然是非常低的。

终于，他们还是长长地松了口气，然后一脸冷漠地转发扩散。

转发转发！我不能一个人被伤害！！

周熠月看热闹不嫌事大，转发了微博。

"周熠月：恭喜恭喜，荣升老父亲。//@ 祁天瑞：时至今日……"

周熠星给您点了个赞。

柳闻青给您点了个赞。

陈妙给您点了个赞。

……

不仔细看照片的吃瓜群众还以为祁天瑞终于公布了什么惊天大秘密！

楚秋没开微博，也不知道祁天瑞发了什么。

祁天瑞发完微博就去了洗手间。

楚秋放下手里的水杯，蹲在猫窝旁边，看着在棉垫上滚来滚去的四只小崽子，时不时伸出手去，轻轻戳一戳。

小小的，软软的，温暖柔和，通过接触的地方，能够清楚地感觉到幼小的生命在跃动。

猫崽子叫声嗲里嗲气的，直勾到人心里最软的地方去。

楚秋喜欢这些小小的柔软的生物。

因为这些小家伙的生命十分脆弱，体型娇小，轻易就能够将之纳入掌心，牢牢抓住，只要将它们关好，就不用担心它们在不经意间就消失在自己的世界里。

它们需要依赖他人才能够好好生存。

楚秋喜欢这种被依赖、被需要的感觉——周围的所有人都小心地照顾他，体贴又温和地对待他，楚秋并不是不识好歹，他对向他释放善意的人们都抱着感激和友好，但从内心深处来说，楚秋却更加想要感受被他人依赖的滋味。

如果当初楚姨能够多依赖他一点，悲剧就不会发生。

但想是这么想，楚秋自己也明白，他长久以来的性格和某方面的心理障碍，从任何角度来说，都不足以让别人产生安全感和依赖感。

楚秋想要改变，想要被身边的人夸奖说"小秋终于也变成一个能够独当一面的大人了"。

他想着，伸出手指轻轻抚摸着猫崽的脑袋，脸上带着柔软的笑意。

四胖的四只爪爪张开，抱紧了楚秋纤长的手指，没睁眼的小脑袋晃来晃去，最终落在了楚秋的指尖，吮吸起来。

楚秋：……

住口，这是手指，不是奶嘴。

心里是这么想，行为却与之相反，他改蹲为坐，坐在软绵绵的地毯上，让自己舒服一些，被四胖吮吸着的手指分毫不动，并没有抽回来的意思。

他寻思，四胖是不是没吃饱。

毕竟橘猫胖，有一大半的原因是因为吃得多。

大胃王什么的，应该从小就能看出来吧？

祁天瑞从洗手间出来的时候，看到的就是楚秋盘腿坐在猫窝边上，扶着四胖的脑袋，让它仰着头，小心地喂着奶。

另外三只猫崽子闻到了奶味，正循着本能，挣扎着企图往楚秋手上爬。

楚秋将小奶瓶挪开，动作轻柔地掀翻三只猫崽子，摸了摸它们鼓鼓的小肚子，随即摆出了一脸严肃的家长神情，冷酷地把羊奶粉放到了一边。

他紧皱着眉看着在窝里爬来爬去肚皮圆滚滚的四只猫崽，思考它们是不是吃撑了。

他像是在扮演一个严父的角色，眉眼间却透着一股软绵绵的担忧。

祁天瑞看着看着，就笑出了声。

祁天瑞真的带着楚秋去吃了西餐，去的餐厅挺高档，出入的人群平均层次也要高一些。

两个人堂而皇之地一起进入餐厅，毫无遮掩，坦坦荡荡，迎着许多若有若无的窥视，随同侍者在一个较为隐蔽的座位上坐了下来。

祁天瑞跟楚秋待一起的时候，总是会想要多说些话，同时也引导楚秋多说一些。

他们俩的共同话题不算多，祁天瑞还能够利用预知梦的机会，表现一下自己慧眼如炬和投资的准确性，楚秋大概就只记得哪些电影票房爆了，哪些电影收视爆了。

但那种大爆到成为现象级的影视作品到底还是少，而每年上映的电影、电视剧和网剧如过江之鲫，楚秋要每部都记得清清楚楚是不可能的。

于是祁天瑞就随意地聊聊猫，聊聊楚秋最近的工作。

"对了，之前你在福利院遇到的那个李导演，记得吧？"祁天瑞问道。

"……嗯，记得。"楚秋回道。

"他找你友情客串的那个广告被选上了。"祁天瑞笑眯眯的，"等到最终审核流程走完，就能够投入播放了。"

楚秋点点头，一口吃掉了卷好的意面，一边咀嚼着一边思考，过了半晌，开口问道："什么时候？"

"嗯？"祁天瑞有些惊讶地看向楚秋。

楚秋完全能理解他的惊讶，毕竟他很少会主动挑起话题，就算是在张大力面前也是如此。

可理解归理解，被祁天瑞这样诧异地看着，楚秋还是感觉有些不自在。

他紧紧地扣住了手里的餐叉，顿了顿，还是解释道："广告。"

"啊？哦！"祁天瑞反应过来，"最长一个半月吧。"

楚秋点点头，沉默地吃着意面，脑袋几乎要埋到碗里去，他是实在想不到什么能接茬的话题了。

祁天瑞看着楚秋窘迫的样子，动作迅速地把自己动都没动过的牛排切好，递到了楚秋面前。"今天跑了一天节目，累了吧？多吃点。"

　　中午吃了两顿撑得要死的楚秋两秒之后还是拿起餐叉安静地吃起来。祁天瑞觉得小秋的话变多了，也不由得开心起来。

第8章　奶猫

张大力脑壳疼。

张大力一边跟刘导说，楚秋在祁天瑞生日那天只能拍一个上午，一边在内心疯狂唾弃他那个总是打扰楚秋工作的发小。

"二十三号《太京》开机发布会，你男三，不强制你出席，但我还是跟刘导应了，说你会去。"张大力说道，"还有，李导演今早上给我打电话，说他的那个广告选上了，在走最后的流程。最快半个月，最慢一个半月，配合《太京》的前期宣传，到时候你的工作应该会特别忙了。"

楚秋已经从祁天瑞那里知道了这件事。

只是大概担心他期待落空，所以祁天瑞只跟他讲了最终一个半月的时限。

可听张大力说，最快半个月就足够，楚秋就忍不住开始期待起来——演员渴望自己的作品受人欢迎，人之常情。

张大力拍了拍楚秋的肩膀："对了，秋，你应该知道，你去参加祁天瑞的生日宴会见到祁天瑞的家人吧？"

楚秋一愣，然后点了点头。

楚秋很少参加私人晚宴，参加的那几次，也总是站在边缘，跟宴会的主角隔得远远的，不想被人发现。

至于出席的会有哪些人，那些人又是什么身份地位，楚秋从来不会去注意。

这种连张大力都没办法回绝的宴会，他不求有功，只求不翻船就谢天谢地了，哪还会去特意关注有什么人出席。

但就算他从不关注这些，也知道生日宴会不可能没有父母兄长的出席，何况祁天瑞这个人本身就有非常大的价值，不管是资本价值还是市场价值，都非常可观。

张大力想了想，还是说道："祁天瑞他爸妈和大哥人都挺好的。他爸妈总觉赚太多钱也没地方花，不如跟喜欢的人在一起，到处走走看看，享享福。所以，祁天瑞也过得随性。你不用怕他们那一家子。不过，你最好多准备点小剧本。"

楚秋点了点头，就算张大力不说他也会准备一堆的，毕竟站在祁天瑞身边就约等于麻烦。

祁天瑞很清楚地感觉到楚秋企图改变些什么的心情。

他救下了楚姨，跟福利院里一起长大的那些人再一次有了联系，愿意接纳周围对他示好的人进入自己的领地，也开始鼓起勇气反抗那些针对他的人。

——虽然他挣扎着改变的动作很微弱，但祁天瑞还是敏锐地发觉了。

若是在梦里，周熠星那几个人的热情只会让楚秋避之不及，更别说之前张大力喜形于色地告诉他，楚秋当面说了天使娱乐的那个经纪人。

还有前一天，楚秋主动挑起话题的举动。

祁天瑞感觉得到，楚秋在试图改变，在试图成长，在试图变得主动。

他迫切地想要克服自己的缺憾，来回报这世界赋予他的善意。

这大约是楚姨成功治愈了病痛，解开了楚秋郁结于心的疙瘩为他带来了力量。

楚秋在试图改变，他开始更多地倾听外界，接触他人，并小心翼翼地试探着伸出了脆弱而柔嫩的触角。

祁天瑞觉得，对待企图自救的心理障碍患者，温柔的相处与耐心的引导才是最正确的。

楚秋愿意改变，那他就小心引导，等着他迈开稚嫩的步子。

如今这世上，没有人比祁天瑞更了解楚秋需要什么了。

就是张大力和楚姨，也比不上。

那边楚秋在准备开机发布会的小剧本，这边祁天瑞也忙碌到嘴里都冒出了燎泡。

祁天瑞最近忙成了一条狗，出于某个众所周知的原因，这一次生日宴会的宾客名单，需要祁天瑞亲自筛选出来。

搞事情的，不要。

对他有意思的，不要。

总是带奇奇怪怪女伴男伴来的，不要。

嘴巴贱的，不要。

不会看脸色的，不要。

玩得太开的，不要。

天使娱乐的……也不要。

反复订正数次之后，祁天瑞看着那份几乎囊括了整个 B 市及周围几个市内青年才俊和成功人士的名单，满意地点了点头。

《太京》的开机发布会如期顺利举行。

在此之前，张大力高兴地告诉楚秋，之前拍的李导演的那个公益广告，正式投入播放了。

时间不长不短，正巧过去了三个星期。

楚秋跟着主创团队坐在了主席台上，深吸口气，按照自己写好的小剧本，摆正了面色。

《太京》的开机发布会来的大多都是正经媒体，问的问题中规中矩，都在台本定好的范围内。

主要炮火集中在两个主角身上，偶尔会关照一下楚秋。

楚秋对这个状态满意极了。

又有一个记者举起了手，主持人点到了他。

那是个看起来有些矮小的中年人，他开口说道："您好，有个问题想要询问楚秋先生。"

楚秋面带微笑，轻轻点了点头。

"楚秋先生，传闻您带资数千万拿到角色进入剧组，那么，请问您确定您真的有实力接下这一角色吗？"

楚秋愣了愣，这个问题是没有在台本上出现的，但他还是坚定地绷住了小剧本上写出来的人设，非常干脆地答道："确定。"

这种完全不客套的回答让提出问题的记者一顿。

旁边深知楚秋"问啥答啥"这一特质的导演和两个主演，微皱的眉头骤然放松，险些笑出声来。

要给楚秋下套，就不能尖锐而明确地给他选择——虽然这种问话的方式最容易激起人的怒气，导致人口不择言，但对楚秋是完全没有用的。

这句话要是换成"传闻您带资数千万拿到角色进入剧组，如今观众广泛否认您的实力，请问您怎么看待这样的传闻"，楚秋妥妥的就得蒙。

一个记者一个问题，问完回答了就不能再追问，记者皮笑肉不笑，虚伪地祝福道："那祝您好运了。"

楚秋完全没接收到他的虚伪，非常实诚地对他露出了一个笑容："谢谢。"

这声感谢发自肺腑的真诚，隔老远都能看到那个记者一脸吞了苍蝇的表情。

柳闻青在桌子下猛掐自己大腿，免得笑出声来。

转头一看旁边的徐欢，她脸上的笑意已经控制不住了。

主持人轻咳一声："下一个。"

"您好，同样是想询问楚秋先生。"另一个记者站起来，脸上带着友好的微笑，问题却不怎么友好，"听说余嘉与您在本剧组有过矛盾，请问您如何看待余嘉？"

这个问话方式问对了，但奈何出了余嘉那么个祖宗的剧组早有准备。

楚秋将台子上的话筒拉近了一些，沉稳地道："我以诚待人，望人亦以诚待我。"

漂亮！

柳闻青简直想给楚秋鼓掌了。

明着嘲余嘉，暗着连这些个不按套路走的记者也嘲了进去。

棒极！棒极！

发布会结束之后，柳闻青伸手勾住了楚秋的脖子，问他："谁给你准备的台本？张大力？祁天瑞？"

楚秋摸出手机，解了锁，把这次发布会的小剧本双手奉上。

柳闻青看着足足六十多版小剧本问答，目瞪口呆："你写的？"

楚秋点了点头。

柳闻青感觉身为老年人的自己不能呼吸了。

现在的小年轻，都这么牛的吗？！

"张大力！"柳闻青转头就去找张大力，想知道这人到底从哪儿挖来的这种妖孽。

张大力在后台看着柳闻青气势汹汹地冲过来，愣了愣："干吗？"

"楚秋……"

"别别别先别叨叨，让我看完。"张大力一抬手拦住了柳闻青的话头。

柳闻青眉头一皱："看什么啊？"

"小秋的广告。"

跟柳闻青一起把那个儿童福利院相关的公益广告看完，张大力低头切到楚秋的微博发了条动态。

"楚秋：第一支公益广告发出啦——希望大家多多关注慈善事业，力所能及之内，为无家可归的小朋友们贡献一份爱心。"

秋宝宝心尖尖：呜啊啊啊啊啊啊啊！看到我秋的广告了！刷开机发布会直播的时候刚准备点跳过广告，觉得广告上的人好眼熟，定睛一看！那不是我们秋嘛！拍的时候我在场，没想到这个广告这么快就投入播放了，感动得眼泪汪汪，广告好棒啊，真心希望大家有时间有空闲的话去福利院做做志愿者和义工。

秋色动人：陪妈妈看电视的时候看到了，感动！

啾啾小秋秋：那支广告看完之后默默地拿出了钱包，少吃点零食多捐点款！让这个世界充满爱！

今天也要把小心心交给秋秋：因为颜粉上的楚秋，一直没正式作品就偶尔发两张照片，唯一能舔的动态还只有片花和周熠星那个电台小视频，我都在想他就是当个花瓶我也能宠爱下去，万万没想到，他居然是个实力派！啊啊啊啊，最后看着被送回福利院来的小朋友那个眼神啊啊啊啊！

啵唧秋：汪的一声哭出来，以后谁再跟我说我男神只有一张脸，我反手就是一个煤气罐砸死他！开机发布会上的秋秋简直帅到爆炸！

秋宝宝心尖尖：回复 @啵唧秋：对对对，"我以诚待人，望人亦以诚待我"，听完我的内心简直是……不能呼吸！

秋秋的长睫毛：还有那声巨耿直的"确定"，简直了，我们秋是不是压根没有接收到那位记者先生的恶意啊，说谢谢说得那么实诚……笑死我了。

"楚秋什么时候拍广告了？"柳闻青瞅着广告问。

张大力美滋滋地刷着微博，仿佛被夸的人是他一样，笑得见眉不见眼的。

"就回福利院那次咯，刚好碰上那边录素材来着。"他随口答道。

"回福利院？"柳闻青迅速抓住了重点，他愣了愣，回头看了一眼楚秋。

那安安静静一声不吭的沉默模样，看起来乖得过头。

柳闻青回过头来，低声道："楚秋他孤……"

"嘘。"张大力做了个噤声的手势，没点头也没摇头。

相当于是默认了。

柳闻青一巴掌拍在脑袋上："你们这瞒得……"

"有什么好说的？"张大力翻了个白眼，"赶紧去卸妆，晚点还有事呢。"

柳闻青"啧"了一声，坐到楚秋身边，抬手揉了一把秋脑袋，然后说道："糖没带，晚点补给你。"

楚秋默默地从口袋里掏出一颗大白兔塞柳闻青手里，然后向柳闻青伸出手。

柳闻青：……

厉害了，你这糖居然还带循环利用的。

他无奈又好笑地把手里的糖给了楚秋。

楚秋开心地剥开糖纸吃了。

一般男士的妆都不重，卸起来也方便，楚秋和柳闻青都搞定了，徐欢还在擦第一层保养。

卸完妆之后从来都懒得擦保养，只在每天睡前护个肤的两个大男人，对着桌上的瓶瓶罐罐叹为观止。

真是不容易啊……

徐欢用的那些护肤品气味挺好闻，柳闻青闻着闻着就摸了摸肚皮，感觉饿了。

"今晚去吃烤鸭吧？"柳闻青对楚秋和徐欢说道，"突然想吃烤鸭了。"

他的提议太过于突然，旁边两人都是一愣。

"今天啊？"徐欢嘟哝了一声，摸出手机看日程。

柳闻青解释道："今天发布会之后，咱们肯定得忙起来了，我日程上宣传拍戏通告一大堆，再不去，短时间内肯定去不了了，我不想吃烤鸭外卖，总觉得味道不对。我请客，你们去不去？"

徐欢确定了自己的行程没问题之后，听到请客马上双手赞成，顺便激烈谴责："就是有你们这样动不动就请客的人，我的体重才减不下去！"

"你自己懒不要甩锅，而且就你这体重，再瘦点，就跟小秋那个弱柳扶风冲突了。"柳闻青转头看向楚秋，"小秋去不去？"

楚秋正听着他俩唠嗑，觉得挺有意思。听到柳闻青问他，想了想，今晚上并没有安排，便点了点头。

"张大力！"柳闻青转头喊，"今晚吃烤鸭去不去啊？"

张大力随口答道："好啊，你可以喊上祁天瑞和周熠月，我觉得他俩怕是太闲了，自从祁天瑞养了那几只猫崽子，他俩每天一有空就在微信里喵喵喵，跟两个智障一样。把他俩喊出来，让他俩面对面喵个痛快！"

柳闻青一听，觉得张大力说得有道理极了，赞同道："对！让他俩面对面喵！"

自从祁天瑞从楚秋手里接了猫之后，每天再忙也非得回家，偶尔还拍照拍视频逗猫，然后在各个社交网站平台发上去。

好好一个大男神，活生生转型成了萌宠博主，搞得跟隔壁不演戏去当了厨子隔三岔五发菜谱的周熠月一样。

周熠月还天天给祁天瑞发的猫片点赞！

两个铲屎官狼狈为奸！

这还算好的了，真正倒霉的是他们这群待在一个小群里的朋友，以前周熠月天天发猫发狗发弟弟就算了，现在加上一个祁天瑞跟着发猫片，两个人还隔空"喵喵喵"，聊天记录看起来简直跟两个智障儿童一样。

现在距离晚饭时段还有点时间，三个大男人坐在后台等徐欢。

柳闻青和张大力在给那两个智障儿童打电话。

楚秋低头看着手里那张蓝色的优惠卡发呆，昨天他刚拜托张大力帮忙把那张双人游旅行的优惠卡寄给楚夏，今天他除了开机发布会之外，就在思考如何劝一点都不想出门旅游的楚姨出去走一走。

楚姨老老实实一辈子，生活的圈子只有那么一点点大，她是个没有野心、毫无攻击性的女性，也并不希望自己的生活往外延伸。

想送她出去玩一玩这个想法，楚秋提一次，楚姨就拒绝一次，理由不尽相同。

比如年纪一大把了出去一趟累得慌，又比如她出去了谁来带小朋友，还比如国外最近乱得很有什么好去的，诸如此类。

她总能找到理由拒绝楚秋。

楚秋都觉得他要是再反复提，楚姨大概要生气了。

他翻转着手里的卡片，轻轻叹了口气。

柳闻青挂了给周熠月的电话，转头就看到楚秋手里还拿着大半个月之前节目组给的奖品。

"没送出去？"他问道。

"嗯。"楚秋点了点头，"我姨不愿意。"

柳闻青斟酌了一下楚秋嘴里的姨到底是个什么身份，然后随意说道："年纪大了不喜欢出远门很正常，怕累嘛！你也别勉强，不想出国的话，回头你找个假期，带她去国内那些著名景点玩玩呗，她有你陪着肯定更开心一点。"

楚秋听了，觉得很有道理，他还从来没跟楚姨一起出去旅行过。

硬要追溯的话，楚秋只能想到小时候，福利院拿到了一笔挺多的捐款，组织小朋友一起出门春游了一次。

楚秋一边想着，一边伸出手，准备把手里的卡还给柳闻青。

柳闻青一摆手："你还我也没用啊。"

楚秋蒙了两秒，转头看向了徐欢。

"啊？"徐欢愣了愣，听到他们对话，多少也猜到了一点，连忙摇头，"懒得去，工作都累死了，放假只想宅在家里。"

楚秋：……

免费出国旅游的机会，一个个的居然都没兴趣。

"要不你们拿去回馈粉丝呗。"徐欢提议道，"那什么，就是那个……对，转发抽奖！"

楚秋和柳闻青录的《藏宝图》预计是在开机发布会后第三天播放，正好是楚秋、柳闻青、徐欢三个的定妆照发布之后，节目作为前期宣传正式播出。

前期宣传并不如影视作品放映之前的宣传来得密集，很多节目都是大半年前就先录好了，然后等到后期的时候一口气播放出来造势，所以一边拍戏一边跑宣传是常态。

而且前期宣传总是不如后期宣传人气高。

柳闻青对自己的人气还是很有自信的，不过既然有机会能造势，那就造呗，也挺好的。

柳闻青想到就做，拉楚秋在光线良好的地方合了张影，并发了微博。

"柳闻青：跟 @ 楚秋参加了《藏宝图》的节目录制，回馈粉丝抽个奖，'免费欧洲高端定制双人一月游'的优惠卡，关注 @ 太京电视剧 + 转发，三天后八点梨子台节目播放时开奖。"

祁天瑞不只人来了，他还带着猫来了。

大半个月过去，猫崽子身上覆上了一层茸茸的软毛，纹路也变得清晰起来，一直分不太清的二棕和三棕，因为脑袋顶上的条纹一只是三条一只是四条而变得能够清楚地区分了。

由于饭店的特殊性，一般不允许带宠物进入，他们最终还是去了周熠月的店。

周熠月是老板，并不是主厨，他只在朋友或者某些大人物来的时候兼任一下厨子，其他的时候都是一个人捣鼓点新菜式给自己吃。

周熠月没怎么做过烤鸭，就干脆交给了厨师。

在等待的过程中，六个人里除了张大力离得远远的，防止沾上猫毛导致老婆过敏之外，剩下的五个围着祁天瑞拎来的宠物袋，盯着从宠物袋里跳出来的四只小奶猫，气氛肃穆而沉重。

"三棕怎么这么可爱！"柳闻青一个没控制住，做出了经典名画呐喊的表情，"它它它它在舔我！"

柳闻青看着抱着他的手舔来舔去拱来拱去的三棕，觉得自己怕是要加入祁天瑞和周熠月的"喵喵喵"神教了。

楚秋抱起了四胖，揉了揉它的脑袋，非常熟练地挠着它的下巴。

四胖吃得多又懒得动的性格已经初具雏形，它趴在楚秋怀里，一动不动，跟另外三个一出宠物袋就四处蹦跶蹭蹭的猫崽截然不同。

他们全程没有通过微信群交流，对他们私底下聚餐一无所知的周熠星，喜滋滋地发了两张截图放在群里。

楚秋抱着四胖摸出手机，点开了那张截图。

第一张是之前张大力替楚秋发的那条微博下边的评论，一群粉丝在排队发颜文字，热评几乎被清理一空，全都换成了表情符号。

第二张截图内容是这样的：

"周熠星：恕我直言，你们么么哒的是张大力。// 楚秋：第一支公益广告……"

楚秋：……

幼稚。

祁天瑞在这个时候，也发了条消息。

祁天瑞：星星，你猜我们几个在干吗？

柳闻青：我帮星星回答好了，我们在准备吃烤鸭。

大力出奇迹：你对粉丝们么么哒我有什么意见吗？

你月爸：撸着奶猫吃烤鸭，再喝点小酒！

你星爹：……

周熠星沉默了。

周熠星很委屈。

周熠星愤怒了！

你们吃烤鸭怎么可以不带我！

周熠星转头切了微博，堂而皇之地挂了那几个臭不要脸的好哥们。

"周熠星：@陈妙，妙妙！！@张大力@楚秋@祁天瑞@周熠月@柳闻青@徐欢，他们在背着我们吃烤鸭！还撸猫！"

陈妙在上通告，没空理他，被周熠星艾特的那几个人都收到了提示，却并没有马上做出回应。

因为烤鸭上了桌，他们把猫崽放回宠物袋，跑去洗手了。

楚秋回来后带着笑容，给满桌的菜拍了张照，然后发了条微博。

这一次，那些被周熠星艾特到的人都无比迅速地转发了楚秋的照片。

周熠星收到这一连串暴击，看了一眼照片上皮脆肉香鲜嫩多汁的烤鸭，又看了看自己面前的剧组盒饭，感觉自己受到了天大的委屈。他发了一句话："是你们逼我的！"然后附上一个网页链接。

然而他在群里发的链接依旧无人问津，因为在座的人已经高高兴兴地包起了烤鸭。

烤鸭点了三只半，加上配菜，一群人吃得肚皮滚圆也没能把东西全消灭掉。

本着绝对不能浪费粮食的优良传统，最终他们决定划拳，谁输了谁吃。

楚秋因为不熟练，开头连输五次，吃得整个人都显得委屈巴巴的。

第六次，祁天瑞就故意输了。

他包了烤鸭，鼓着脸颊咀嚼，转头瞄了一眼楚秋，微微一怔。

楚秋正在看吆喝着继续划拳的周熠月，眉眼弯着，嘴角的弧度没有丝毫压抑，毫无防备地暴露出了自己的快乐，掩藏在睫毛之后的黑眼睛仿佛在发着光。

楚秋很开心。

祁天瑞意识到了这一点。

楚秋因为跟朋友一起感受到了快乐，因为被人接纳而开心。

楚秋从来没有对集体活动有过欣喜和期待。

因为从他有记忆以来，集体活动根本没什么值得反复回忆的快乐，这大概是他小时候孤僻胆小，总是被别的小朋友孤立而产生的结果。

但他现在似乎能够明白了。

为什么别人会因为跟朋友一起相约旅行，一起相约吃饭而感到高兴。

为什么别人成群结队的时候，脸上总是挂着灿烂的笑意。

楚秋能够演得出来那样的快乐，因为他看了很多参考。

只是他从未发自内心地体验过这些。

但现在，楚秋觉得自己大概是抓到了友情娇羞的小尾巴。

饭后，周熠月决定在店里休息，剩下的几个人分工合作，祁天瑞送楚秋回去，为了避免传出不好的绯闻，张大力和柳闻青两个一起送徐欢回去。

祁天瑞大概是真撑得厉害，连车速都慢下来不少。他把楚秋送到了小区门口。

楚秋把宠物袋放到后座，对祁天瑞道了谢，然后解开了安全带。

祁天瑞偏过头看他，在楚秋开车门的时候，开口问道："你高兴吗？"

楚秋一愣。

"今天，你高兴吗？"祁天瑞问他，"你喜欢这样吗？身边有友人，不再孤独的感觉，让你感到愉快了吗？"

楚秋发了一会儿呆，将最真实的声音倾口而出："是的，我很高兴，很喜欢。"

祁天瑞开心地笑了起来。

"那你下次可以试试主动邀请我们。"他这样说道。

楚秋点了点头，说："好。"然后道别下车。祁天瑞看着楚秋走出去两步，又转回身来，急忙提前放下了副驾的车窗。

楚秋俯下身，把一只手伸进了窗户里。

祁天瑞看到他手心里的大白兔奶糖，失笑。

他接过糖，问道："这是报答我第一次见到你，给你送糖的行为？"

楚秋摇了摇头："今天的。"

祁天瑞惊讶地一挑眉："嗯？"

"谢谢你帮我，祁哥。"楚秋说完，往后退了两步，轻轻挥了挥手。

谢谢你发觉了我的挣扎，谢谢你愿意帮助我。

我察觉到了。

我感受到了。

楚秋目送祁天瑞的车子远去，转身进了小区的大门，低头将口袋里今天的最后一颗大白兔奶糖吃掉。

……好甜。

祁天瑞回了家，把四只猫崽放回阳光房。

他把阳光房彻底改装成了猫房。地上铺着淡蓝色的泡沫板，房间的三个角落都安装着大型猫爬架，房间内还随意摆放着几个中小型的爬架。

墙面上装着许多定制的木板和带洞洞的小木箱子，完全可以满足喵主子喜欢到处乱跳和钻洞的兴趣。除此之外，墙面上还垂直钉着的一些小木棍，木棍尖端垂挂着毛茸茸的小球球，或者是一些老鼠形状的小布偶挂件，就算祁天瑞一整天都不在家，猫崽子也能玩个爽。

这些装饰的意见全都来自资深铲屎官周熠月。

祁天瑞任由猫崽们在偌大的房间里爬上爬下，顺手把瘫在旁边懒洋洋四处蹭蹭的四崽抱进怀里，摸出手机来，给群里报了个平安。

报完看到提示信息，他往上一拉，顺手点了周熠星发的链接。

链接是个论坛的帖子。

祁天瑞把怀里的四崽放到地板上，往后一倒，侧身躺下，准备看看周熠星想搞什么事。

四胖抬头"咪"了一声，蹦跶着又拱进了祁天瑞怀里，伸着脑袋舔了舔祁天瑞的下巴。

祁天瑞看了一眼正拿屁股对着他的大灰，又看了看主动拱到他怀里还给舔舔的四胖，内心充满了感动。

四崽，等你能吃罐头了，阿爸天天开给你吃！

祁天瑞揉了揉四胖的脑袋，这才看向手机上的帖子。

帖子标题是这样的：

【无锤瞎猜】关于那个突然之间跟众多一线关系亲密的新人楚秋，楼主有一个大胆的想法……

这种八卦乱猜的帖子，他们一贯是看都懒得看的，不过偶尔看看找找乐子也无伤大雅。

祁天瑞又揉了一把怀里的四崽，看了下去。

几乎与此同时，回家洗完了澡，敷着面膜的楚秋也躺在床上，看到祁天瑞报了平安之后，顺手往上一拉，就看到了那个帖子链接。

闲着也是闲着，楚秋干脆点了进去。

No.0 楼主身高两米八 - - - - - - - - - - - - - - - - - - -

是这样的，今天楼主首页上突然有一波疯狂的转发，定睛一看，居然是柳闻青那个又红又专的老干部发起的！

楼主仔细揣摩了一下那条微博，最终将视线定在了被柳干部提起的那个新人身上。

不知道大家关注了他没有，楼主之前是不怎么知道这个人的，所以回家之后楼主就那么随手一搜，发现这个新人真的了不得啊。

于是楼主心中有了一个大胆的想法……

楼主先去喝口水啊！

No.1 -

……楼主，喝水骗回复这种梗早八百年就没人用了。

No.2 -

大家都别问！憋死楼主！

No.3 ————————————————————————

嗯？我秋怎么了？

他只是个无辜的花瓶而已啊！

No.4 ————————————————————————

花瓶？

楼上怕是今天没注意电视和各大播放平台吧？

No.5 ————————————————————————

等等，发生了什么我不知道的事吗？

No.6 ————————————————————————

楚秋拍的那个公益广告啊……虽然广告很短，但是他的表现真的是没话说。

之前看他《江湖行》花絮的时候还没什么感觉，就是觉得这小新人蛮可爱蛮努力的吧，但是这个公益广告……

No.7 ————————————————————————

那个公益广告真的是看一次鼻酸一次，第一次看的时候眼泪唰唰的。

我不管，反正看完我就捐款了。

No.8 ————————————————————————

同意6哥，讲道理，那么短的广告能够表现得那么有张力，我第一次看都以为是哪个混迹圈内多年始终没红起来的老油条或者是话剧演员啥的，然而回头一查，发现是个刚二十出头的小年轻……

现在的年轻人这么厉害的吗？

……

No.31 ————————————————————————

楼主身高两米八

嗨呀你们怎么自己聊起来了，好气！

是这样的！我要开始扒了！

No.32 ————————————————————————

楼主居然没被憋死。

No.33 ————————————————————————

事情是这样的！

楼主先是去百度搜了一下楚秋的百科！

楚秋还是有铁粉的，《太京》的开机发布会和公益广告才刚出来没几个小时呢，百科就已经录入了。

我们来看看楚秋的事迹。

附上图片。

很短，非常短，就几排，但是稍微懂一点情况的都能看出来，楚秋从跳到凤凰娱乐之后，到手的资源可以说是非常可怕了。

他去年夏天才刚进入天使娱乐，非科班出身，一直在天使娱乐受训，只是不知道为什么那么好的一张脸却在天使娱乐始终都拿不到资源。从现在能在公众眼皮子底下捕捉到的痕迹分析，楚秋是个性格特别好的人，这种性格拿不到资源真的很奇怪了。

当然了，这个我们可以暂时压下不谈。

楼主当时顺手去搜索了一下楚秋跳槽的消息，发现那个时候的快照遗留。

楚秋正式进入凤凰之前，就有通稿说楚秋抱了凤凰大腿转头就罢演了《甜心糖果》的男五，而且是中途离组。

不过那个时候楚秋热度不够，这件事并没有打出多少水花。

这是前段时间，半夜突然铺天盖地发出来的通稿。

圈出来的说他中途离组抱大腿攀高枝的内容，是不是很眼熟？

前情提要到此为止。

那么问题来了，由于最近余嘉小鲜肉的事情闹得特别大，再加上首先被扒出来那个被他欺负的男三就是楚秋，而余嘉出事之前那天晚上，网络上全是黑楚秋的通稿。

对照一下那篇被周熠星盖章是真事的帖子，解码之后我们可以这么理解：

《太京》剧组，余嘉没拿到男三，耍大牌迟到错过开机仪式。

余嘉针对拿到男三角色的楚秋，对楚秋的示好视而不见。

余嘉拖整个剧组后腿，尤其喜欢在跟楚秋搭戏的时候作妖。

余嘉事后发通稿黑楚秋。

结合上下文，楼主是不是可以斗胆猜测，余嘉之所以被曝得那么惨，是因为他踢到了楚秋这块铁板？

No.34

楼主你抬头看看你标题，你挂的是无锤瞎猜啊？

为什么现在你看起来那么有理有据令人信服。

No.35

这么一想，我们秋原来也是有后台的人。

竟然有点高兴……

No.36

楼主这就说完了？

鄙视一下又短又快的楼主。

No.37

长得好又有后台……

那我也斗胆猜测……楚秋怕是……

No.38 ——

楼上你可赶紧拉倒吧。

快住脑，自从祁天瑞息影转头就接手了风皇娱乐之后，我就再也不信长得好又有后台的人上面都是干爹了！

说不定是亲爹啊！

当初因为偶像眼红祁天瑞资源死命黑他，后来看到他接手风皇娱乐之后脸都被打肿了。

No.39 ——

楼主身高两米八

说楼主又短又快的站住！

楼主这些真的不算实锤啦，就是瞎猜，毕竟又没有照片啊之类的硬锤，毕竟世界上有那么多巧合嘛……

在周熠月之前，你不会想到当红演员会一甩手就去当厨子啊对不对？

在祁天瑞之前，你不会想到当红演员会一甩手就变成总裁了啊对不对？

自从风皇娱乐的那群一线又去当厨子又是去当总裁，还有两个直接开办画展之后，我就非常相信能跟风皇那帮一线玩到一起的都不是普通人了。

他们根本不能用普通人的脑回路来揣测。

但是身为普通人的楼主，还是壮着胆子企图揣摩一下自从有了祁老板之后画风就变得奇奇怪怪的风皇娱乐。

我们暂且不管余嘉是不是因为踢到楚秋这块铁板翻的船。

我们就单纯地来看一看楚秋跳到风皇之后拿到的资源。

这里要特别提一下，楚秋进入风皇之后的经纪人是张大力。

张大力是谁，了解风皇的应该都清楚。

祁天瑞的发小兼经纪人。

能跟祁老板当发小的，能是一般人吗？

当然不能。

所以我们来看看楚秋到他手底下之后的资源。

目前接拍的两部戏。

第一个角色：司秋。

出自前期投资就有四个亿的武侠大电影《江湖行》，导演郭猛，国内武侠类影视作品最顶尖的导演，男主演是周熠星，女主演是邱雪。

司秋是配角，具体戏份有多少，《江湖行》剧组没有公布，但是听业内的朋友说，郭导想把这个拍成系列。

如果是系列电影，那其中可操作的空间就很大了。

第二个角色：高阳曜。

出自目前还没公布具体投资数额的大 IP 电视剧《太京》，男主演是柳闻青，女主演是最近人气急速上升的实力派女演员徐欢。

《太京》网络原作被奉上神坛，高阳曜的角色戏份多又讨喜，感兴趣的可以去翻翻原著。剧本是原作者亲自操刀，导演刘爱国，刨除刘导想拍个好作品但缺钱的时候会跑去接拍几个捧人的大烂片捞钱这种黑历史之外，刘导真正想认真做好的电影和电视剧，几乎每一部都是精品。

高阳曜，就是被余嘉撕的那个男三。

被奉上神坛的 IP 剧的男三，讲道理，楚秋他一个新人，背后要是没人，就是带上亿的资进组，演技好到能上天，他也挤不进去。

除了影视作品，我们再来看看目前楚秋其他的几个作品。

《江湖行》的花絮，定妆和花絮都是剧组推荐第一弹，虽然郭导选择把男女主作为压轴，尽量淡化掉了楚秋第一的特殊性，但楚秋一个配角能放到第一弹推荐，这背后……嗯，话不能说尽。

《三日二十》那个是脸好碰到了陈妙，这个不算，但今天去补他那段的时候，他娴熟的做饭技术还是给楼主留下了很深刻的印象。

至于今天开始全渠道投放的公益广告以及那个开机发布会的视频……

全渠道，就是但凡你所能够看得到有电视电影广告放映的地方，都可能会有这个广告。

电视怎么播公益广告的不用我多说吧？

某些网站没买会员的时候，开头的广告，中间的广告，记得吧？

电影院里电影开始之前放的广告，知道吧？

这些都是渠道之一。

这广告就是奔着疯狂洗脑的节奏去的，别的不多说，至少楼主自己就没绷住，直接捐了钱。

凤凰能啃下这种全渠道，推一个新人，说楚秋背后没人，说楚秋没后台，我不信。

楼主看了一下跟楚秋玩得好的那帮人，再一次斗胆猜测。

楚秋是不是祁先生流落在外的弟弟啊？

全渠道！

全渠道！

全！渠！道！

我今天下午在电影院看到那个广告的时候吓得楼主手里的奶茶都掉了好吗！

楚先生一定是祁先生流落在外的弟弟！

楼主不接受其他任何解释！
……

楚秋：……

祁天瑞关掉帖子后，在微信群里输入一行字：你都有空看这种帖子了，看起来是太闲了，准备接受工作的凌辱吧@周熠星，不用太感谢我，作为朋友，应该的。

周熠星表示强烈不服。

楚秋近两个月都要在棚内拍摄，这几天总导演刘导不在，据说是去视察B市影视城内斥资近两千万搭建的太京城了。

太京城是完全虚构的一座京城，但好在柳姐在原作里清晰地写明了城市格局，甚至还给出了一个粗略的分布草图，最终通过建筑设计师的商讨精修之后，开始着手正式建造。

刘导计划《太京》这部作品已久，如今那边的场景搭建已经进入了尾声，等到棚内拍摄完成，就会转移到那边去拍摄。

不过以刘导的要求，距离棚内拍摄结束，少说还有一两个月的时间。

毕竟刘导是经常把前两天通过了的镜头翻出来，然后说不行要重拍的人。

代替刘导的执行导演这几天担子不算重，由于棚内戏大多都是文戏的缘故，也不需要特殊的安全措施，拍起来舒心得很。

徐欢去了另外一个摄影组，这个组里主要演员就剩下了楚秋和柳闻青两个，刘导的意思是把他俩之间的棚内对手戏扔一个组里一口气拍完。

这天，另外两个配角因为档期有变的缘故中途插入，一整个上午加上半个下午都轮不到楚秋和柳闻青，如果两个配角戏搭不好，可能一整天都不会有他俩的事。

但身为戏份重的主演，在安排了拍戏的档期又没有提前请假的前提下，基本上都得待在片场里全程待机。

两个配角状态有些不好，看起来十分疲惫，第一个镜头一直卡着过不去。

楚秋和柳闻青一人搬了个小矮凳，坐在执行导演旁边，顶着假发穿着服装，还没上妆，就撑着脸瞅着他们拍戏。

两个配角被盯得压力山大，好不容易过了这条镜头，满头大汗地跑过来向柳闻青和楚秋连连道歉。

身价高的演员的一举一动总是会被人多加猜测，比如柳闻青。

楚秋虽然身价并不高，但只要看看之前得罪他的余嘉的下场，也没有人敢小看楚秋。

而得罪不起的楚秋和柳闻青两个人排排坐盯着他们，那压力可不止是一加一了。

尤其想到今天本来是这两个主演的档期，突然被他们两个配角横插一脚，很有可能一整天都坐冷板凳，这两个配角就更慌了。

楚秋撇开不说，柳闻青一天的档期耽搁下来，损失的那都是白花花的钱。

两个配角被他们盯得心里惴惴，镜头刚通过，就跑来给他俩道歉了。

楚秋和柳闻青没想到自己坐在旁边看他们拍戏，会给他们造成这么大的压力。

其实很好说话的两个人面面相觑，连连摆手，之后迅速找了个不会妨碍工作人员来往的角落蹲着，又对了两遍今天定好的戏份，觉得有点无聊。

"周三了。"柳闻青突然想起来。

楚秋点了点头。

柳闻青嘟哝："晚上《藏宝图》该播了吧。"

楚秋看了一眼备忘录，再点点头。

然后两人就坐在无人路过的角落里，一个低着脑袋玩手机，一个两眼放空发着呆。

拍花絮的摄影小哥举着DV录过了两个配角，转头没见着主演，就开始满片场溜达找人。

他找了整整三圈，最终在堆放道具的一个柜子后边，找到了伪装成蘑菇的两个主演。

摄影小哥愣了半晌："你们这是做什么呢？"

"发呆，等戏。"楚秋答道。

柳闻青看了一眼微信群里的周熠星，反驳道："不，周熠星说这叫贤者时间。"

楚秋：……

摄影小哥：……

我们有理由相信柳干部不知道"贤者时间"是个什么梗。

楚秋本来也不知道，但架不住周熠星总是喜欢跟他叨叨一些奇奇怪怪有的没的，听多了，自然就知道了。

但周熠星却不喜欢跟柳闻青叨叨这些，因为柳闻青总是喜欢板着一张脸纠正他哪里用词不对，老干部完全跟不上那些流行词汇，太正经了——虽然有眼睛的人都能看到他非常努力地企图融入年轻人的世界，然而他的挣扎并没有什么用。

那些词汇和梗更新换代太快了，沉迷拍戏的柳闻青先生刚搞懂一两个，接着又蹦出来一堆。

不过柳先生的热情并没有被打击到，他依旧锲而不舍地企图融入年轻人之中。

摄影小哥一时间尴尬到不知如何接茬，他都不知道怎么接茬，楚秋就更不用指望了。

柳闻青感觉到气氛有点微妙，他愣了三秒，又低头看了看微信群里蹦跶得正欢的周熠星，意识到了问题："我又说错话了？"

楚秋和摄影小哥面面相觑，然后纷纷虚伪地摇头。

柳闻青叹气，没有戳穿这两个人的虚伪，他问小哥："怎么了，到我们戏份了？"

"没有。"摄影小哥答道,指了指自己手里的 DV,"花絮。"

柳闻青"哦"了一声,靠着墙动也没动。

花絮这种东西不需要太认真对待,幕后嘛,有紧有松才能让观众看得高兴,于是楚秋和柳闻青继续瞪着眼靠着墙发呆。

摄影小哥:……

你们配合一下啊!

别只顾着发呆啊!

聊聊天好吗!

仿佛是听到了摄影小哥内心的呐喊,柳闻青突然开口说道:"《江湖行》快杀青了。"

楚秋算了算时间,距离《江湖行》开机已经过去了两个多月,预计拍摄档期是四个月,因为大多都是棚内拍摄,外景极少,效率高的话三个月左右结束也正常。

柳闻青又说:"周熠星要回来了,他说想一起约饭,但是他又让我说错话了。"

楚秋愣了愣:"嗯?"

柳闻青想了想,说:"下次去吃涮羊肉,不带他。"

楚秋:……

这样打击报复是不是不太好。

"他还在上一期电台里黑我们。"柳闻青说道,"说我们残忍地孤立他,跑去吃好的,宁愿带猫都不带他。"

楚秋:……

"猫比他可爱多了。"喵喵神教新进教徒柳闻青这样说道。

楚秋想到旁边还有个正在拍摄的 DV,勉强说道:"星星……也很可爱。"

柳闻青转头就想说"呸",但看到 DV,又默默憋了回去。

"我觉得吧,我之所以被黑称为尬聊狂魔,有很大一部分是周熠星的错。"柳先生非常不要脸地向电动马达名嘴小星星扔出了一口锅,"那些东西都是他教我的。"

这口天外飞锅,周熠星是一万个拒绝的。

摄影小哥录了半小时他们的闲聊,都没等到场务来通知上戏,便关了 DV,告辞离开。

那两位配角的戏相当不顺,一直到七点多,天上月亮都挂上许久了,他们还没有拍完。

执行导演无奈地对蹲在角落里发了一整天呆,唯一的收获就是蹭了两顿盒饭的两个主演说:"你们可以回去了,明天上午也可以不用来。"

"情况这么糟糕啊?"柳闻青问道。

"嗯……还好吧。"执行导演有点头疼,"他俩就是状态不佳,估计是最近太累了。"

柳闻青点了点头,转头跟楚秋说:"七点四十了啊,可以准备抽奖了,要不看完《藏宝图》再回去吧?"

楚秋没档期安排，自然从善如流。

张大力最近完全把楚秋托付给了柳闻青，自从楚秋的广告全渠道投入播放之后，就有不少奇奇怪怪的邀请发过来，张大力又喜欢什么事情都亲力亲为，这会儿忙得像条狗。

两人去化妆间换衣服、摘发套，柳闻青的助理则操作着平板电脑，准备抽奖。

《藏宝图》是电视与网络同时直播，只是网络直播出于各种各样的网络问题，要比电视慢上五到六分钟。

片场里没电视，柳闻青和楚秋两个打开手机，锁定梨子台的官方直播平台，一人一瓶矿泉水，等着节目开播。

《藏宝图》除却宣传影视作品之外，还推荐一些冷门但风景不错的地点，其中自然是 B 市的内容最多，但有的时候，他们愿意配合嘉宾的档期，飞往嘉宾所在的城市，寻找一个冷僻但风景优美的地方作为节目的拍摄地点。

这也是《藏宝图》节目的另一个寓意——不只是嘉宾寻找宝藏，观众也同样跟着节目组在发掘华夏大地这张宝图之上的壮美河山。

节目开始例行是演播室嘉宾介绍和开场白，之后放送录像，开场照旧是节目拍摄地区的推荐。

柳闻青看着直播视频上密密麻麻的弹幕，伸手把透明度调低，打了个哈欠，下一秒，他的哈欠就卡住了。

画面切到了他的车外，主持人拉开车门，就看到自己和楚秋在后座上睡成了一坨。

两个脑袋挨得很近，都皱着眉，似乎睡得并不舒服，但车门打开的动静并没有惊醒他们。

一堆弹幕疯狂刷起！

[妈呀，看他们好累，当天晚上拍戏到凌晨两点……一大清早才七点多就要出来跑宣传。]

[前期宣传还好啦，应该是碰巧，正式播放之前的宣传才是真的可怕，全国各地连轴转，大电影还得全世界各地连轴转。]

镜头跳过了他们买早餐的阶段，直接到了报幕。

[主持人在报幕，后边两个在小心翼翼地分油条——你们关心一下主持人啦！]

[这两个人好可爱啊！！吃东西都那么可爱！]

[救命！一边喝豆浆一边说梗概是想怎么样，虽然这节目是主打随性自由的，但是你们也太自由了一点吧！]

[楚秋在后面发生了什么？工作人员是不是直接把地图和关键词卡给他了？]

[主持人蒙了！哈哈哈！]

[楚秋也蒙了，啊，那句小声的重拍简直可爱极了！]

[礼貌性地爱抚一下主持人。]

[象征性地心疼一下主持人，我真的好喜欢楚秋这种默不作声安安静静的羞涩款啊！]

楚秋看着屏幕里的自己，难得地感到了一丝细微的尴尬。

看惯了荧幕上始终都扮演着另一个角色的自己，当看到私底下的样子被搬上屏幕时，虽然不是第一次，但楚秋还是很不习惯。

他以前参加的真人秀屈指可数，大多都是在场地内有台本的正统综艺活动。

这么看着自己，有点新鲜，有点尴尬，还有点疑惑。

原来自己平时在别人眼里就是这样子的。

楚秋看着主持人打开了关键词卡，询问柳闻青有什么想法。

[恕我直言，主持人，你这是自寻死路！]

[压一根黄瓜，柳闻青要尬。]

[跟一根黄瓜，柳闻青肯定要尬。]

[跟一车黄瓜，柳闻青不尬我直播脸滚键盘。]

柳闻青看着弹幕，不轻不重地哼了一声。

楚秋转头看向柳闻青，后者撇撇嘴，把他的脑袋拧了回去。

"看节目，别看我。"他说道。

楚秋想说这个时候柳闻青的表情明显比节目精彩一点。

但他还是体贴地没有说出来，视线挪开，继续看节目。

正巧，柳闻青说出了那句堪称经典的尔康。

[竟然还有这样的操作，尬聊狂魔名不虚传！]

[主持人都傻了。]

[我竟然觉得很有道理？喵喵喵喵？]

[紫薇想到尔康，的确没毛病。]

[不要听到什么都尬尬尬！柳闻青说你们给我笑！听到了吗！快笑！]

[我是新来的，问下规矩，直接笑可以吗？那我笑了哈哈哈哈哈哈哈哈哈哈哈哈！]

[尬聊狂魔是想笑死我，好继承我的蚂蚁花呗！]

[决定就是你了！楚秋！上吧！拯救主持人的任务就交给你了！]

主持人将话筒挪向了楚秋，镜头里的楚秋蒙了两秒，然后眨了眨眼，不确定地道："……金锁？"

[……]

[……]

[……]

[喵喵喵喵？金锁？]

[不要被尬聊柳柳带跑啊楚秋！坚持做你自己！]

[……我有句话，不知当说不当说。]

[前面的我帮你说了吧，这两个人……]

[恐怕就是传说中的，综艺黑洞吧。]

[说实话我觉得如果我是主持人，我早就跳起来打这两个人的膝盖了。]

[为什么要跳起来打膝盖？]

[因为我才一米五。]

[居然让柳闻青看地图，楚秋难不成想当个腿部挂件躺赢？]

[跟着柳闻青能躺赢？？怕是活在梦里吧。]

[非常想知道柳先生的脑洞是怎么长的，有的时候他脑子里仿佛是一团棉花，有的时候又仿佛深如马里亚纳海沟。]

屏幕里的柳闻青已经自信满满地带着楚秋往湖心公园走了。

那架势，仿佛他早已运筹帷幄成竹在胸。

[……有没有人来解读一下为什么要去湖上的桥，这其中有什么联系吗？]

[这可能就是宇宙的黑洞奥秘吧。]

[真是令人油然而生出一股敬畏的奥秘。]

[我隔着屏幕都能听到主持人内心的呐喊了——说说话啊！解谜啊！解谜啊！]

[柳闻青喜欢银杏已经不是秘密了，但我没想到柳干部竟然能把一片银杏吹上天，这口才，他脑洞要是小一点，也会多很多司仪的工作吧……]

弹幕认认真真地讨论着柳闻青如果脑回路正常的话，他的通告范围能拓宽多广。

一群人说肯定比周熠星要好得多，毕竟周熠星因为脸长得太正气，那浓眉大眼的耿直样子就没法当反派，一直以来戏路都被限制着，想演个反角都被观众说出戏，始终没能挑出个合适他拓宽路子的好剧本。

但柳闻青不同，柳闻青长着一张彻头彻尾的男主脸。

正派、反派，上至王公贵族、下至搬砖农民工，从硬汉到小弱鸡，他都能，唯一不能演的就是邪魅惑人一眼勾魂的类型。

没办法，硬件条件受限，有的角色不合适就是不合适。

但柳闻青能接的本子多，一般都担纲主演，他的综艺感不强也就不是什么大事了。

周熠星凭着一张嘴能被诸多剧组抢着要，这也多半是因为他接戏受限，只好想办法从别的方面来给自己增加砝码。

弹幕里还有人想分析一下楚秋，但由于楚秋的信息太过稀少，最终响应者寥寥。

柳闻青把弹幕透明度调得很高，再加上弹幕密集又快，楚秋凝神看了好一会儿之中，终于还是揉着眼睛放弃了。

节目组剪掉了一部分柳闻青叨叨银杏真好看，以及他们慢悠悠溜达的镜头。

[大家快看！楚秋拿地图了！]

[主持人：……]

[楚秋在地图上找什么？]

[你猜？]

[你猜我猜不猜？]

[我不猜你猜不猜，但是我猜主持人要爆炸了。]

[我一直以为之前看陈妙的《三日二十》的时候，楚秋闷葫芦是因为他休假被打扰了不高兴，万万没想到……他是真的闷啊。]

[主持人忍不住了！主持人开始了主动出击！主持人开始询问了！]

屏幕里楚秋的神情十分平静，初秋清晨的阳光落在他身上，显得整个人都软绵绵的，红枫映照之下脸上仿佛飘着几缕红晕。

面对主持人提出的关于为什么毫不犹豫地跟着柳闻青这一问题，他伸手摸了摸肚子，答道："消食……"

[……]

[……]

[这个理由我给满分。]

[我还以为会非常套路地说"我相信柳哥"，结果竟然是消食？]

[是我的错觉吗？我竟然在楚秋的语气之中听出了一股迷之宠溺的意味。]

[我现在相信楚秋在之前开机发布会上不是故意装没听懂了，他恐怕是真的没听懂……]

[多年不见这么清新脱俗的耿直小伙了，笑哭。]

[爱抚主持人，为什么不去问一问神奇海螺呢？]

[没有神奇海螺，神奇黑洞要不要啊？]

[他去问了！]

屏幕里的柳闻青满脸认真，依旧一副万事皆在掌控的自信表情。

"说不定你们在桥上扣了个金锁呢？"

[……我竟然被说服了。]

[我也被说服了，紫薇花联想到尔康想到金锁然后想到桥上挂的同心锁，所以去看看桥，这个逻辑完全没毛病啊，精彩！妙极！]

[虽然看主持人的表情，这个逻辑恐怕是从一开始就歪了，但柳先生拼命想要证明自己不是综艺黑洞的心情，在下感受到了。]

[可那又有什么用呢，他依旧是个黑洞。]

[啊！这可能，就是，宇宙的奥秘吧！]

[前面的你醒醒，这不是宇宙的奥秘，这是凤凰娱乐的奥秘。]

[我觉得与其指望柳闻青，还不如指望楚秋，真的，虽然他耿直，不爱讲话，但是他好歹脑回路还是比较贴近正常人的……嗯，在没被柳闻青带跑的前提下。]

[天哪，我们秋双手举着地图一边看一边当小尾巴的样子简直可爱到爆了！]

[柳闻青在那边自成一个世界，主持人都不想理他了。]

[恕我直言，这简直是一个家长带着两个大龄智障儿童秋游……]

[主持人发现了楚秋比较好攻略，他对楚秋出手了！]

[楚秋选手给出了一个满分答案！去花店找紫薇花！]

[你们凤皇还是有正常人的嘛！]

屏幕上主持人正撺掇着楚秋马上就去花店找，然而楚秋却摇了摇头，把地图收起来，几步跟上了柳闻青，说："先去找金锁。"

主持人：……

[我之前觉得有种迷之宠溺果然没错……]

[宠溺个锤锤，到地方楚秋都直接坐在公园长椅上抱着地图休息了！]

现在的画面是这样的。

楚秋在走进公园之后，就挑了个视野开阔，可以看到湖上那几座桥的长椅坐了下来。

柳闻青兴致勃勃，跟他拍着胸脯说第一关马上就过了，说完转头就往最近的那座桥上走去。

之后的镜头连切七个，都是柳闻青站在空空如也一把锁都没有的桥上，满脸严肃的样子。

后期给每个镜头都打上了充满悲伤的"×1""×2"……一直到"×7"。

柳闻青站在桥上，皱着眉，不愿接受现实。

屏幕外的柳闻青也皱着眉，同样不愿意接受现实。

"综艺不行就算了，我居然连游戏都不行啊！"柳闻青揉了把脸，然后看了看化妆镜里的自己，内心悲苦。

我能怎么办，我也很绝望啊！

楚秋不知道怎么安慰，只好给他递了颗糖权当安慰。

节目里两个人去花店的路上被剪了，花店的店主只露了一面，给他们指了个路。

两个人麻溜地滚回了湖心公园，分头行动开始找人。

[我觉得这期节目说不定是柳闻青抱着楚秋的大腿躺赢。]

[附议，还是楚秋直击要害来得牛。]

[楚秋不爱吭声，但人家游戏玩得好啊！]

[柳先生的脑洞只要不总是拐十八个弯，他的游戏也能玩得很好。]

[演员嘛，总是跟艺术沾边的，跟艺术沾边的，多多少少都跟普通人的脑回路不一样。]

[凤皇普通人担当周熠星表示不服！]

［可拉倒吧，周熠星还普通人，就他那电动马达嘴，你摸着良心再说他是普通人？］

［……对不起我错了。］

［楚秋和柳闻青的节目扯什么周熠星！谁告诉我柳先生是不是已经第三次路过同一个地方了？］

［柳先生没有路痴属性，他只是单纯地找了三圈也没找到人。］

柳闻青第四次路过同一个地方的时候，后期终于给坐在树底下被路过了四次的人打了个标签："↓通关 STAFF"。

［……］

［我差点忘了我们柳干部脸盲了……］

［我感觉我被柳干部传染了脸盲，我也没有认出来。］

［废话，这是我们第一次看到这个工作人员，但楚秋和柳闻青肯定是面对面见过的。］

［第五次路过了。］

［主持人快笑厥过去了，主持人你当心柳先生打你哦。］

［第六次路过了！］

［柳干部走过去了！柳闻青眉头一皱，发现此人有点眼熟！］

屏幕外，柳闻青一抬手，迅速挡住了楚秋的双眼。

楚秋一愣，没反应过来。

可柳闻青挡住了楚秋的眼睛，却没有多余的手来捂住他的耳朵。

于是楚秋就听到了这样一句话："这位先生你好，抱歉打扰你一下，请问你知道这里的紫薇树在哪块地方吗？"

楚秋：……

［……］

［……］

［柳先生，我可真是高看你了。］

［我竟然有那么一瞬间觉得你综艺感超强……］

［柳闻青居然假装成寻找得十分顺利的样子跟楚秋碰头了。］

［绝口不提自己脸盲呢，柳先生。］

［在朋友面前努力维持着自己岌岌可危的脸面和尊严呢，柳先生。］

［我至今不能明白为什么节目组第一关通关的奖励是西兰花……］

［前两关的通关奖励都跟下一关的提示有关系，西兰花和虾的话，应该是跟食物有关吧。］

［楚秋说是西兰花炒虾仁啊，很有道理，满分。］

［终于见到一个带得动我们干部综艺的人了，周熠星都带不动他！比心心，请一定要坚持住啊楚秋！］

[感觉这一关好简单啊！柳先生完全是抱着腿躺赢嘛！]

[柳闻青你这么理直气壮地要求要吃大闸蟹真是好棒棒！]

[节目现场做饭？！你们藏宝图什么时候有这么骚的操作了？？喵喵喵喵？]

[你们节目组居然让嘉宾做饭！太棒了我喜欢！]

[小秋秋这个熟练的动作，一看就没少做哈哈哈哈哈哈哈哈哈哈！]

[可爱，想吃，看起来好好吃的样子啊，口水嗒嗒。]

[去拿包饼干啃一啃，坐等下一关。]

……

[坐等下一关的你拿完饼干回来了吗？这俩黑洞翻船了……]

[前面说柳闻青这关可以抱着楚秋腿躺赢的站出来，我差点就信了你的邪！]

[哈哈哈哈哈哈哈哈哈以后谁再说我们干部没综艺感，我反手就是一个煤气罐送他上天，呸！你们只是没有找到我们干部正确的打开方式！]

[我新人，想笑，需要走什么流程吗？不需要的话我就笑了哈哈哈哈哈哈哈哈哈！]

[我的妈呀，楚秋黑洞得比柳闻青还牛哈哈哈哈哈！]

[希望以后，邀请他们俩的综艺，统统不要给台本！]

[哈哈哈哈哈哈哈哈哈这绝对是我有生以来第一次遇到的，参加真人秀把通关道具吃了的组合哈哈哈哈！]

[我就说藏宝图怎么可能让嘉宾自己做饭！万一是陈妙那种炸厨房的……]

[开发出了新的骚操作也是很有可能的啊，毕竟嘉宾是谁都是有准备的嘛，一早知道楚秋会做饭无可厚非啊。]

[这又不是生存类的真人秀，怎么可能让嘉宾自己想办法弄吃的。]

[讲道理看到主持人给展示的原本定好的菜单，我感觉楚秋眼里的委屈都要溢出来了……心疼地抚摸抚摸。]

[揉揉秋脑袋，不哭！吃饱了我们还可以再吃点虾虾压压惊。]

[节目组精心给他们准备了一顿美美的午餐，万万没想到，这两个人居然自己做饭，还连带着主持人和摄影小哥的份一起做了，这到底是人性的泯灭还是道德的沦丧……]

[不过还好啦，不带主食的虾其实不怎么饱肚子。]

[柳闻青你过分了！]

[柳闻青你居然抢楚秋剥好的虾！]

[楚秋你醒醒，不要乖乖继续剥给他吃啊！]

[怎么这么好欺负啊，疯狂搓揉小秋秋。]

[柳先生你这样是不是不太好。]

[怎么就不太好了。]

[好歹是电视节目吧，这么做的确……]

[你跟你朋友你闺蜜打闹吃对方东西的时候会觉得不太好吗？]

[柳先生这波操作理直气壮理所当然的样子，我给满分。]

[楚秋剥虾好熟练。]

[居然还准备另叫两份打包回去……]

[还打包，你们是不是太随意了一点，这可是正经的黄金档节目啊！]

[比起打包，我比较在意第二关通关道具……节目组是怕他们又放飞自我把道具吃了所以换成了宠物罐头吗……]

[柳闻青竟然真的想吃……]

[一脸理所当然的柳先生……您恐怕已经失去做人的尊严了。]

[恕我直言，柳闻青刚刚仿佛是解决了桌上一大半的虾，斗胆猜测，他拿楚秋剥的虾估计是担心耿直秋实诚无比地吃太撑。]

[然而楚秋并没察觉到这一点，非常耿直地一个接一个继续剥。]

[你们这么一说……]

[来自前辈的爱！感受到了吗楚秋！]

楚秋转头看了一眼柳闻青。

柳闻青皱了皱眉，又把他脑袋拧回去："看节目，别看我。"

"嗯……"楚秋点了点头，"谢谢柳哥。"

"都过去这么久了谢什么啊。"柳闻青说道，"就当你之前做的那顿饭的报答咯。"

[我一直以为《藏宝图》这个节目走的是日常温馨路线，万万没想到，它其实是爆笑类综艺。]

[今天这期可以载入《藏宝图》史册了，开创藏宝图节目多年以来新风尚。]

[素颜柳素颜秋！]

[第三张关键词卡是什么鬼？]

[分析一下，猫头狗头加宠物罐头，我猜跟动物有关，再细化一点，应该是跟宠物有关系，应该去找宠物店或者宠物医院之类的地方吧。]

[主持人一副"啊终于最后一关了我要解放了吗"的表情。]

[主持人怕是入职以来第一次这么期待录制结束。]

屏幕里楚秋揉着肚子，柳闻青看了一眼，说先溜达溜达消消食。

楚秋抬头对他笑了笑，柳闻青也跟着笑着揉了一把楚秋的脑袋。

[哈？]

[等等？]

[主持人一脸吃了狗粮的表情，配上字大概就是：我不想干了。]

[讲道理，天气不热，午饭之后在这种安静又漂亮的街道上溜达消食，也挺舒服的。]

[是啊是啊，有种非常安逸的幸福感。]

[柳闻青已经完全沉浸在景色中了吧，他真的记得他是在录节目吗？]

[我们干部脑子比较小，他一向是一次只能干一件事，与此同时其他的事情都会被忽略掉，见谅见谅。]

[他明明还在夸刚刚的虾真好吃。]

[节目组一定收了刚刚那个饭馆的广告费。]

[我觉得是柳闻青收了。]

[刨除柳闻青不谈，楚秋可是正经地想好好走节目剧情的，你们看他一直在认真研究地图。]

[不，我已经不再相信他了。]

[可是秋带动了柳闻青！]

[那也不能掩盖他本身也是个黑洞的事实。]

[你们两个黑洞拼命想要把节目拉回主线的决心我们已经感受到了，但是并没有什么用。]

[可是好好笑啊！]

[这大概就是负负得正的奇迹。]

[我不管，就算我们秋是黑洞我也爱他，把小心心交给秋秋。]

节目里柳闻青停下了脚步，微微仰起头，双手背在身后，清了清嗓子，朗声说起了台词。

[柳先生？]

[等等！这是《太京》里的台词吧！我看之前定妆照资料卡上写楚秋的角色字朗清来着！]

[当众对戏？！还有这种玩法？？]

[这两个人……]

[这宣传可以说是非常牛了。]

[实力派演员这么厉害的吗？光听个台词都能脑补出画面感！]

[已经完全能脑补一冷一暖两个才子站在枫林里对话了，对比好强烈！]

[柳闻青还说感觉不对，我觉得楚秋的台词说得很牛了啊！虚弱消极的悲观主义形象跃然眼前好吗？哪里不对了！]

[听他俩交流我有点蒙，恕我分辨不出后来稍作更改的语气与之前有什么区别……]

[突然明白为什么风皇会那么推楚秋了，天啦！]

[难怪余嘉会诋毁楚秋，如果只是输了资本后台无话可说，输了实力简直就是把他摁在地上摩擦，脸都要肿得比山高啊。]

[讲道理别的不说，光说台词功底，余嘉他台词要是有楚秋一半牛，他就能摆脱流

量小鲜肉的名头了，可惜没有。]

[我比较在意，楚秋跟柳闻青台词对话居然丝毫不落下风，完全没有被当众处刑的感觉……楚秋这个天赋是不是太牛了一点，他真的是一年前才被挖掘出来的非科班出身的吗？]

[我现在信郭导说的那句话了。]

[郭导？郭猛？说啥了？]

[他说：这个年轻人一定会给你们带来巨大的惊喜！]

[楚秋的资料显示才二十一啊，柳闻青都快三十了，你秋是怪物吗？！]

[这已经不是惊喜了，这是惊吓，你秋简直就是妖怪……]

[你秋的人生是不是开挂了？]

[怪不得还是个新人就能跟风凰那帮子一线玩到一起，我收回之前说楚秋是正常人的话，这就是个妖孽！]

[啊啊啊啊啊，我心跳加速了，受不了了，迫不及待想看剧！想看！！想看！啊啊啊啊！]

[想看 +1，管中窥豹好不爽啊啊啊啊啊啊！]

[弹幕先停一停停一停！！看画面！！]

[四只！猫崽！看这颜色，这要不是祁天瑞天天崽崽崽喊着的那四只，我直播吃键盘！！]

[你风凰一线和高层关系是这么乱的吗？！]

[我还寻思着祁天瑞怎么养猫不养品种猫，原来如此……]

[楚秋想养，没时间，于是交给祁天瑞？等等，让我理一理这其中的因果关系。]

[预感一场盛大的掐组合大潮即将到来……]

[贵、贵圈系列？]

[你们为什么要忽略掉楚秋第一个想到的是张大力这个事实？]

[醒醒，张大力结婚多年了，拉组合也要按照基本法。]

[我们春秋是绝对不会低头的！]

[星秋永不为奴！]

[月秋傲然挺立！]

[春秋什么玩意儿？]

[解释一下，柳闻青这个名字一听就是春天嘛，楚秋是秋天嘛，组合一下就是春秋了。]

[那、那祁助理……气、气球？听起来有点微妙的尬，别人家的名字都好洋气噢，嫉妒。]

[气球不尬！我们气球可是已经盖章有崽的了！]

[对！气球盖章有崽！足足四只崽！！还有谁敢来一战！]

[就你们组合党戏多。]

[萌不萌组合关你啥事，网络警察当得很刺激吗？]

[果然掐起来了，我竟毫不意外。]

[这节目怕是要变成组合党的乐园了。]

[呸，我可是捧着笔记本乖乖做着奶猫照顾笔记呢，万一哪天我有了猫……]

[感谢后期把医生的话整理出来还打上了着重的记号，看来也是个猫奴。]

[吸！我会有猫的！]

[身为一个祁天瑞路人黑，我从未想过有一天我会去关注祁天瑞——因为四只猫。]

[不管是柳闻青还是楚秋，还是正在掐组合做笔记吸猫的人，真的还记得这个节目是藏宝图吗……]

[……]

[这么说来……]

[对不起，我忘了。]

[春秋疯狂发糖！]

[我有一句话我一定要讲，你们春秋发糖的姿势就是被金毛拽着"嗖"的一下消失在镜头里吗？]

[我们干部只是一个爱好在拍戏的时候睡觉的老年人，求求你们放过他。]

[不，他还爱好学梗。]

[还爱好一本正经地的甩锅。]

[还爱好"嗖"的一下消失在镜头里。]

[哈哈哈哈哈哈哈哈你们神经病啊！]

[哈哈哈哈不要这样对我们干部啊！]

[提问：如果柳闻青被这只金毛疯狂舔了一遍脸，柳粉们是何感想？]

[舔狗。]

[认、认真的吗？]

[当然是开玩笑的。]

[嗯等等？这个奖品为何有点眼熟。]

[这个奖品仿佛……是……我们干部转发抽奖的那个吧？]

[被楚秋和干部摸过的优惠卡？！]

[中奖的为什么不是我！]

[中奖的是个刚入坑不到三个月的新粉姑娘，刚巧她前段时间结婚正在纠结蜜月如何过。]

[啊啊啊啊啊啊啊！嫉妒使我丑陋！]

……

节目结束之后，祁天瑞一脸深沉地摸了摸怀里的四胖。

已经完全变成了一个萌宠博主的祁天瑞又收获了一大批吸猫粉，他给柳闻青发了一条消息过去。

祁天瑞：你要是敢对外讲猫崽子是你取的名字，我们友谊的绳索恐怕岌岌可危。

这期《藏宝图》的反响出奇热烈。楚秋和柳闻青两个在节目里的表现堪称精彩——不管是狂奔的脑洞还是两人对戏的几个小片段，都让人拍案叫绝。

《藏宝图》节目组收视宣传两丰收，高高兴兴地给楚秋和柳闻青一人发了条祝贺收视大涨的消息，并热情地邀请他们后期放映宣传的时候再去一次。

柳闻青和楚秋相互看看，都决定假装没看到。

虽然这期节目给他们带来了不少粉，但自己内心有多尴尬，楚秋和柳闻青都纷纷表示不想再经历第二次。

力潮文创
POWER TIME

曜日照你，步e鬐茂.
一先而前，永不回头.

醉饮长歌

理想型娱乐圈

（全两册）

醉饮长歌　著

长江出版社
CHANGJIANGPRESS

图书在版编目（CIP）数据

理想型娱乐圈 / 醉饮长歌著.
— 武汉：长江出版社，2021.5
ISBN 978-7-5492-7689-9

Ⅰ. ①理…　Ⅱ. ①醉…　Ⅲ. ①长篇小说-中国-当代
Ⅳ. ①I247.5

中国版本图书馆CIP数据核字（2021）第082370号

理想型娱乐圈/醉饮长歌　著

出　　版	长江出版社	
	（武汉市解放大道1863号 邮政编码：430010）	
项目策划	力潮文创·蜜读	
市场发行	长江出版社发行部	
网　　址	http://www.cjpress.com.cn	
责任编辑	陈　辉　李　恒	
封面设计	RECNS	
印　　刷	嘉业（天津）印刷有限公司	
版　　次	2021年5月第1版	
印　　次	2021年8月第1次印刷	
开　　本	710mm×1000mm　1/16	
印　　张	31.5	
字　　数	690千字	
书　　号	ISBN 978-7-5492-7689-9	
定　　价	75.00元（全两册）	

电话：027-82926557（总编室）027-82926806（市场营销部）

目录 CONTENTS

第 9 章　新的征程 —————————— 001

第 10 章　海风 —————————————— 029

第 11 章　福利 —————————————— 059

第 12 章　首映式 ——————————— 087

第 13 章　影展 —————————————— 115

第 14 章　生日快乐 ———————— 141

第 15 章　力量 —————————————— 167

第 16 章　《A》 ———————————— 181

第 17 章　喜欢的温度 —————— 205

第 18 章　票房 —————————————— 213

第 19 章　全家福 ——————————— 241

番 外 篇 ————————————————————— 249

后 记 ———————————————————————— 259

第
9
章

新
的
征
程

场记板落下，一天中最后一个镜头的第三次重拍在两分钟后终于成功通过。

执行导演盯着监视器，满意地说了声"过"。

"好啦！今天没有夜戏安排，收工收工！"

楚秋和柳闻青骤然放松下来，一旁的张大力给难受地揉着脖子的楚秋递来一杯温水和喉宝。

现场收音的病弱角色有一点比较麻烦，假咳嗽咳多了会伤喉咙。楚秋的角色是男三，戏份特别多，一整天下来嗓子火烧火燎的，这也是为什么之前祁天瑞知道余嘉折腾楚秋的时候那么愤怒的原因。

楚秋的声音条件很好，就更长远的目光来看，有可能的话，祁天瑞和公司方面都是希望楚秋往唱歌方面延伸一下的，不必到专业歌手的程度，毕竟楚秋的性格祁天瑞很清楚，再怎么改变，也很难达到能开演唱会的程度。

公司方面的要求也不高，只希望楚秋能够出几首歌让粉丝传唱就行。

若是有必要，能担任一些电视剧的主题曲演唱最好不过。

退一步说，就算不往歌手方面发展，一副好嗓子在拍戏念台词的时候，也是一个非常大的加分项。

所以楚秋的嗓子是很金贵的，余嘉敢这么折腾，祁天瑞自然是铆足了劲把他往死里整。

古装戏和特效戏最麻烦的就是每天做造型和卸妆，这也是刘导总喜欢加拍夜戏的原因。

夜戏早拍完早轻松，毕竟每天拍完之后卸妆之类的最少都得折腾四十来分钟。

所以刘导把夜戏都排得很前面，前面一个月辛苦一点，之后就可以宽松许多，也可以空出一些下午和晚上的档期来，方便灵活调整。

楚秋最近的日程变得丰富起来，还收到了不少导演的邀请，大导没有，大概都还在观望，而且好本子也不是什么时候都有的，就算有，也不一定落得到楚秋的头上来。

毕竟楚秋还没有真正意义上的作品出来，只凭借一个综艺和郭导一句夸奖，是不可能马上就让圈内的那些大佬们认他的。

作品才是体现硬实力的东西。

张大力给楚秋排的档期，每周都有一天半到两天的时间用来休息。拍戏的中途不宜太过劳累，会影响拍戏状态，张大力很清楚这一点。

明天楚秋休息，但柳闻青下午有半天的戏。

《江湖行》在此前一天杀了青，杀青宴结束，周熠星就迫不及待地回了B市，据周熠月说他今天已经在床上睡了一整天，大概是累坏了加上之前又喝了不少酒，这一天完全没醒过。

楚秋含着喉宝，透过化妆镜看着坐在旁边的柳闻青，问道："柳哥，涮羊肉吗？"

柳闻青有些惊讶地转头看向楚秋。

楚秋自然明白柳闻青为什么惊讶。

毕竟他主动邀请人吃饭这事……的确是挺让人惊讶的。

楚秋顿时感觉有点小尴尬，但想想祁天瑞之前对他说的话，微微一顿，还是继续道："我请客。"

柳闻青更惊讶了。

张大力也愣了几秒，然后不着痕迹地踢了一脚柳闻青的凳子。

"哇哦。"柳闻青迅速回过神来，"涮涮涮！"

楚秋转头看向张大力，后者毫不犹豫给他比了个OK的姿势。

楚秋拿出手机，点开了今天依旧被喵喵喵刷屏的微信群。

楚秋：涮羊肉，我请客。

祁天瑞：来来来来来！

陈妙：小秋请客！在哪啊？

楚秋：……没想好。

周熠月：推荐正阳楼啊，秋！我认识老板！我去让老板给咱们开个后门搞个包厢！别从正门走，不安全。

楚秋：好。

陈妙：去去去，走走走。

周熠月：我打个电话给星啊，看他没冒泡应该是没醒。

祁天瑞：叫不来就不带他了。

柳闻青：不带他，支持！强烈支持！

周熠月：打了三个电话他不接，估计静音了睡得死沉。

祁天瑞：那我们走吧，我记得你片场离正阳楼挺近的。

楚秋揉了把卸完了妆的脸，站起身来。

张大力去开车了，柳闻青决定蹭张大力的车，就让助理提前下了班，跟楚秋一起往外走，问他："怎么突然想起来请客？"

楚秋抿着唇，微低着头，感觉有点不好意思。

祁天瑞给楚秋提过主动邀请朋友试试看的建议，而楚秋自己也明白，友谊的维持是双向的。

他不擅长聊天，哪怕是群里聊得火热的时候，他也只是跟着看看笑笑，真要他参与进去，难于上青天。

楚秋感觉自己很难顺利地融入别人的话题里去，除非有人主动招呼他。

楚秋每次打开群的时候，不管群里是安安静静的还是话题已经开始了，他都不知道第一句话应该说什么。

平日里最频繁地喊楚秋的，一个是祁天瑞，一个是周熠星。

每次被他们提及，楚秋就会感到非常开心，可即便开心，他也每每都是回答了他们的问题之后，就再一次沉默下去，拿着手机安静地等着他们下一次提起他的时候，再冒一次头。

楚秋主动在群里说话的次数屈指可数。

这一次主动说话，发现自己竟然十分迅速地得到了回应，楚秋嘴角上扬，内心十分雀跃。

他可喜欢这群热情又诚实的朋友啦！

他并不擅长揣摩别人的心思，所以他对这几位友人简直不能更满意。

他们会很明确地告诉楚秋他们需要什么，会很坦然地说出自己的想法，每天都要把彼此吹到天上去，日常互怼互撕也从未真的生气。

光是看着那些聊天记录，楚秋都觉得自己的世界似乎也变得热热闹闹的，到处都充满了人气。

楚秋想着，安静了两秒，最终低而含糊地说道："我很喜欢你们。"

"嗯？"柳闻青没听清。

楚秋一偏头，耳尖发红，却是闭紧嘴不再说了。

柳闻青看了一眼楚秋，笑道："我觉得我好像错过了很重要的一句话。"

"没有。"楚秋这次回答得很快，正好张大力的车开过来，他逃避一般地迅速钻了进去。

柳闻青也跟着坐进了车里，说道："你这叫欲盖弥彰。"

"什么欲盖弥彰？"张大力问道。

柳闻青看了楚秋一眼，摇了摇头："没什么。"

正阳楼距离片场的确不远，不堵车二十来分钟就到了。

两个最近热度挺高的人哪怕是走后门，也戴上了口罩和帽子，一溜烟蹿进了订好的包厢里。

楚秋听周熠月的远程指挥点了单，等到所有菜品上桌之后，另外三个人也到了。

几个人非常自觉地把楚秋身边的位置留给了祁天瑞。

周熠月夹了一筷子羊肉，咂嘴："这个天吃涮羊肉还有点早，冬天再来一次，美滋滋。"

"下次你请。"陈妙说道。

周熠月一脸谦虚："不不不，妙姐不是在筹备明年的巡回演唱会了吗？妙姐请妙姐请。"

陈妙慢悠悠地沾着酱："那张大力请吧。"

"我掐指一算，我老婆冬天会怀孕，怕是没空出来浪。"张大力头都不抬，"柳闻青请吧。"

突然被迎头扔了一口锅的柳闻青刚把羊肉送进嘴里，蒙了两秒，转头看向了楚秋。

楚秋一愣："我请？"

周熠月马上配合鼓掌："好！我们秋不愧真英雄！"

祁天瑞给楚秋夹了一筷子涮好的肉，非常友好地对另外几个小伙伴笑了笑。

楚秋一时半会儿没回过味来，但人精祁天瑞能不懂吗？

这么些日子下来，这四个人也明白了楚秋社交上有点困难，私下里多少也都问过祁天瑞，这会儿明里相互甩锅，暗里其实就是把一早就准备好了的机会推给楚秋。

楚秋性格被动，那他们主动一点，把约定送到楚秋手里，让楚秋不用为下一次主动邀请聚会找理由发愁，又不是什么难事。

人与人之间的相处不就是不断地包容与被包容么，体贴一下朋友又不会少块肉。

何况还能再蹭一顿涮羊肉。

没毛病，这种稳赚不赔的事情简直棒极！

楚秋最喜看这群人凑在一起打打闹闹，天南海北的瞎侃，偶尔还以桌上的食物为赌注，玩一些楚秋以前只听过却没有亲身体会过的小游戏。

周熠月叼着一块肉钻了两圈桌脚，从桌子底下爬出来，把肉卷进嘴里，顺口说道："老祁，下个星期五你生日了啊，我能带着星星去蹭蹭饭吗？"

祁天瑞正小声地教楚秋这个游戏怎么玩，一听周熠月这问题，就翻了个白眼："认识之后哪年少了你们。"

"我和星星带秋去！"周熠月说道。

祁天瑞一声冷笑："用得着你带？"

周熠月、柳闻青和陈妙相互看看。

"说到生日。"张大力抬头看向祁天瑞，问道，"你给小秋看宾客名单了吗？"

祁天瑞不服："用得着吗？"

"怎么用不着？你总不能让小秋看到了人都认不出来吧？他又不是柳闻青。"

眼见着又横飞过来一口锅的柳闻青放下手里的筷子："张大力你人身攻击啊你！"

"我带的人，认不出人怎么着！"祁天瑞梗着脖子说道。

楚秋闻言，转头看着祁天瑞，说道："祁哥，名单。"

祁天瑞很无奈："你等着他们认你就行了，你认他们做什么？"

祁天瑞说的是实话。作为被祁天瑞带的人，楚秋基本上只需要站着等人上来自我介绍就行了，哪怕态度傲慢一点都没关系。

但楚秋却无法适应这一点。虽然他参与晚宴酒会的时候习惯躲在角落里，但宾客名单照样该背还是得背。

毕竟场地就那么大，就算躲在角落，也有一定概率跟人接触，到时候认不出人来，尴尬不说，还会落个目中无人的话柄。

何况这一次还是作为祁天瑞的男伴。

楚秋很认真，祁天瑞只得投降，顺便再给楚秋塞颗糖。

楚秋刚点下接收文件的下载按钮，屏幕头条上就冒出了一条微信推送。

周熠星：你们！又背着我！去吃！好吃的！友谊和亲情难道已经死掉了吗！

周熠星得到的依旧只有"谁叫你睡觉把手机静音"的群嘲，小伙伴们非常冷酷无情，只有唯一的良心楚小秋，给他发了个摸摸头的表情。

周熠月到底心疼自家兄弟，叫了几份招牌菜，打包准备给睡了一天估计要饿瘫在家里的周熠星。

周熠星知道这事之后，号叫的委屈终于少了一点，说自己去做个三明治垫垫肚子。

饭后照旧是由祁天瑞送楚秋回去，楚秋已经觉得这件事非常自然。

张大力恨铁不成钢地看着正被温水煮着的青蛙秋，到底也还是没说话。

被自家发小煮，总比被外边那些乱七八糟的人要好得多，何况楚秋与祁天瑞之间，万语千言难以道尽。

祁温水看着楚秋跟他单独相处得越来越自如，内心就一阵阵雀跃。

每天微信蹦跶着给楚秋发四只崽崽的照片还是很有用的，楚秋这种一戳一蹦跶的类型，在他决心想要改变，想要努力接纳他人的时候，多多主动接触总归是不会错。

平日里见不到面没关系，楚秋已经会跟他单独微信聊天了啊！

虽然还是以回应为主，但是在一天拍戏结束的时候，楚秋也已经会给他发条消息说收工了啊！

祁天瑞一边倒着车，一边问正拿着手机看宾客表和简要资料文件的楚秋，语气似是十分随意："对了，你这两周都挺忙，没有来看猫崽，正好明天休假，现在才八点，你要不要去我家看看？"

看了眼愣住的楚秋，祁先生又说道："正好我那里有打印出来的名单和对照资料，你可以顺手拿回去。"

楚秋看了看祁天瑞，说"好"。

祁先生做贼心虚，从口袋里拿了颗大白兔递给楚秋。

楚秋接过糖，毫不犹豫地吃掉了。

祁先生高兴得跟过年似的，生怕楚秋反悔，一踩油门直往家里冲去。

众所周知，一只成年猫一天的睡眠时间几乎可达十六小时。

而睡意这个东西是会传染的。

经祁先生亲身验证，待在猫屋里半个小时以上，就会开始犯困，尤其是在抱着软乎乎不爱动弹的四崽的时候，催眠效果特别牛。

如果四只猫崽都在身边趴着咕噜噜地睡觉，那完了，基本上二十分钟就会眼皮子打架。

祁先生用心险恶，他企图用猫崽的咕噜攻击让楚秋在二十分钟以内犯困！

今天工作了一天的楚秋一定很累了！

说不定睡着了就不会想爬起来了！

这样子，祁先生就有理由让楚秋留宿了！自己的房间将迎来第一位留宿的好朋友。

想想真是令人激动！

祁天瑞一脸正直地带着楚秋进了猫屋。

猫屋里装了两道排气系统，基本没什么异味。

祁天瑞进去第一件事，就是拎着放在排气口下边的两个猫砂盆离开了猫屋。

祁天瑞这熟练的动作让楚秋愣了愣，就这么点工夫，四只猫崽已经全都跑到他脚旁边，咪咪叫着，时不时拿脑袋蹭蹭他的脚。

楚秋小心翼翼地盘腿坐下来，大灰立即跳进了他腿间的空隙里，转了两圈后趴下来，小脑袋搭在楚秋的小腿上，耳朵一动一动的。

二棕和三棕扒拉着楚秋的膝盖，似乎也想挤进来，却因为地方被大灰占了而急得团团转。

四胖倒是非常随遇而安，咪了一声，就地一趴，靠着楚秋的腿团成团闭上了眼。

楚秋摸摸这只，又摸摸那只，然后两条大长腿一抻，往后挪了挪，不给大灰睡他腿窝了。

可猫总是喜欢往狭窄的地方钻，楚秋往后挪多少，四只猫崽就往前靠多少。

最终楚秋无奈，起身抱了个被戳出了好多洞洞的大箱子，然后抱着箱子坐下，开口朝外。四只傻猫跟在他屁股后面，一股脑儿全都钻进了箱子里。

楚秋把箱子摆正，低头瞅着滚了两个跟头就伸出爪子开始玩那些大约硬币大小的洞口的四只猫崽，揉了几把，双臂交叠搭在箱子边缘，脑袋搁手臂上，笑眯眯地看着它们。

猫崽子的睡眠时间比成年猫还要长，祁天瑞还没回来，四只猫崽就玩累了，挤成一团睡了过去。

楚秋伸出一只手，轻轻抚摸着奶猫身上柔软的绒毛，光是触碰着都觉得连心都软了下来。

四团毛茸茸挤在一起，简直让人想把脸埋进去蹭个爽。

猫屋里很安静，四只猫崽睡觉的时候也很安静。

楚秋小小地打了个哈欠。正如祁天瑞所想的那样，他工作了一天，很累了。

疲累的工作之后，又在精神高度兴奋的状态下聚了顿餐玩了许多游戏，哪怕没有猫崽子，楚秋回了家大概也是洗澡倒头就睡。

祁天瑞推开猫屋的门，看到的就是趴在箱子边缘睡过去的楚秋，以及箱子里睡成一团的四只小奶猫。

祁先生看着还没十分钟就睡过去了的楚秋，心中竟没有目的得逞的欣喜，只觉得心疼。

祁天瑞轻手轻脚地把猫砂盆放回原地，盘腿坐在楚秋对面。

那么疲累地工作干什么呢？

其实我能够帮助你。

祁天瑞想。

可是楚秋并不愿意——他总是不愿意亏欠别人东西。

梦里，楚秋跟张大力清算过公司给他的投资，一直努力工作，就想着至少要让自己给公司带来的收益与投资成正比。

这一次，楚秋连张大力都不找了，直接自己明明白白地列出了投资和借款，摆明了是想跟以前一样，笔笔账都算清楚。

祁天瑞清楚地知道，楚秋无法心无芥蒂地坦然享受别人对他的好。

给他投资，那么他就会以努力工作来回报，对他怎么样好，他就怎么样地报答你。

比如祁天瑞给他切牛排，楚秋就给祁天瑞包烤鸭；又比如祁天瑞对楚秋好，让楚秋感到高兴，楚秋就答应给祁天瑞做一顿饭，因为他知道这样也会让祁天瑞感到高兴。

楚秋账算得这么清楚，让祁天瑞感到有些无措。

祁天瑞也明白，楚秋这毛病，归根结底是认为自己配不上这样的好，哪怕他企图改变自己的内敛和羞涩，自卑却依旧难以掩盖。

即便得到了影帝的奖杯，楚秋心底也依旧生长着怯懦的种子。

他发现不了自己的好，认为自己愧对粉丝的喜爱，认为自己并不值得别人对他那么好。

哪怕他承认自己的实力，承认自己的努力，却始终都无法坦然接受别人对他的追捧和夸赞。

所以楚秋把事情都算得很清楚，每一件事，都希望能够平等地回报别人。

真正自信的人是绝不会因为别人的善意与友好而感到恐慌的，他们通常会欣然接受，并对这份美好的感情致以谢意。

但楚秋不是这样。

别人对他越好，楚秋就越恐慌越焦虑。

这份焦虑和恐惧，直到楚秋攀登到了顶峰也从未停止过。

包括楚秋那种奉献一般的工作精神，虽然被所有不知情的影视工作人员赞扬，但知情的人都很清楚，这是不正常的。

这样错误的自我认知，才是真正导致楚秋走不出社交障碍的根本原因。

祁天瑞还清楚地记着心理医生跟他讲的话，他打从一开始就知道楚秋这一点。

可他别无选择，只能缓慢地、一点点地将楚秋从内心世界里拉出来，然后让他认识到，自己到底有多耀眼。

祁天瑞要让楚秋知道，有些人就是值得被关爱，值得被追捧，值得成为众人掌心的宝物。

祁天瑞觉得自己多少是往前迈出了步子的，虽然艰难而微小。

他知道楚秋之所以愿意走出来，最大的原因是他将楚姨救了回来。

这件事让楚秋的心结和恐惧松动了许多，让他有了"我可以改变，我可以做到"的认知。

这是好事，不管是生理疾病还是心理疾病，都是需要双向配合才能够好好治疗的。

楚秋终于开始小心翼翼地接受外界，同时也对外界释放善意了。

今天楚秋主动约周熠月他们出来，绝对是值得写进小本本里的一个大跨越。

他祁天瑞对楚秋，别的不说，唯独就是不缺耐心。

祁天瑞轻轻推了推楚秋，声音极其柔和。

"小秋，醒醒。"

楚秋迷迷糊糊地睁开眼，眼白浮着几丝红色。

他眨了眨有些干涩的眼睛，看向祁天瑞，愣了半晌，才哑着声音喊了声"祁哥"。

"困的话去床上睡，客房就在旁边。"祁天瑞说道。

楚秋点了点头，点到一半又停住，迷糊混沌的脑子似乎终于开始运转了。

"送我回家？"他问道。

祁天瑞摇了摇头，把楚秋拉起来："这么累了，直接在我家睡吧。"

楚秋思维迟缓，他顺着力道站起来，被祁天瑞牵着手腕，慢悠悠地往旁边的客房挪过去。

楚秋是因为没有力气，脚步软绵绵的。

祁天瑞于是脚步放慢又放慢。

客房距离猫屋很近，十几秒也走到了。

祁天瑞转头看了一眼楚秋，哑然发现，慢悠悠的速度已经让楚秋几乎要站着睡过去了。

祁天瑞叹气，认命地把楚秋塞进被窝里。

楚秋一躺下就迅速团成了一团，他迷蒙混沌的思维似乎意识到了什么，驱使他挣扎着睁开了几乎要黏在一起的眼皮，努力睁大了眼瞪着站在床边的祁天瑞。

那眼神中，似乎带着一丝丝的防备。

祁天瑞："……"

他往后退了一步，说道："睡吧。"

楚秋又看了他几秒，在困意的攻击下坚持不住，往被子里缩了缩。

祁天瑞顿了两秒，突然开口问道："小秋，你喜不喜欢张大力啊？"

楚秋迷迷瞪瞪："喜欢。"

然后他抿了抿唇，又问："小秋，你喜不喜欢祁天瑞啊？"

楚秋觉得在耳朵边上嗡嗡的人好烦，又往被子里缩了缩，含含糊糊地答道："喜欢。"

祁天瑞沉默了两秒，再一次问道："小秋，你喜不喜欢周熠星啊？"

楚秋"嗯"了一声，拉起被子彻底盖住了脑袋。

祁天瑞："……"

楚秋在祁天瑞家留宿的事情没有激起任何波澜，除了祁天瑞和楚秋，谁都不知道。连张大力也不知道。

第二天，祁天瑞送楚秋回家时告诉他："之前定制的衣服快做好了，回头让张大力给你送过来。"

楚秋拿着装有宾客资料的文件袋，点了点头。

说来惭愧，一个月前祁天瑞带楚秋去量身做了套高定，还是祁天瑞出的钱。

楚秋现在的出场费和片酬都不高，在楚姨出院后，他拿到医保的报销，再加上自己的一些收益，把之前借用的医疗费用还给了祁天瑞，但一转头又欠了一笔高定的钱。

还是得多接通告攒钱，楚秋想。他比较期待服装代言，因为这样的话，不论出席什么活动，都不用再因为服装而选得满头包了。

但想拿到中档及以上的服装代言，至少得等到手里的两部戏都投入市场，楚秋才会有那么一丝细微的机会去竞争。

楚秋兜里的钱，不够他买一件够得上祁天瑞档次的礼物，他也不是个会打肿脸充胖子的人。

但祁天瑞生日，他也不可能真的什么东西都不准备。

祁天瑞说不要礼物，不管是跟他客气还是真心这么觉得的，楚秋都认为，就算不管以前祁天瑞为他做的那些事情，单以如今朋友角度去看，他也应该送上一份心意。

祁天瑞要能拿到礼物，嘴上不说，心里肯定是高兴的。

所以楚秋打算亲手做个六寸的蛋糕，到时候一群朋友凑在一起开小会的时候拿出来吃掉。

六寸蛋糕，每人也就能分一小块，不需要太纠结体重的问题。

又能作为心意，又能跟朋友一起分享。

楚秋觉得再好不过了——除此之外，他也实在想不出应该送点什么。

张大力带着衣服来找楚秋时，他正在厨房里捣鼓。

"饭点都过了，这会儿才准备做饭？"

张大力一边换鞋一边问，把手里平平整整没有一点折痕的整套西装小心地挂在了衣帽架上，仔细打量了一会儿。

"白西装，还好领带胸针准备的是宝蓝色，这要是准备的红色，上身简直跟个新郎官似的。"

楚秋笑了笑，没说话。

他不怎么穿浅色系的西装，是因为浅色系在一众深色系里，总是会特别打眼。

可这一次他作为祁天瑞的男伴出场，穿什么估计都要被人盯着，楚秋也就无所谓了。

"这什么？"张大力伸脑袋看了一眼，"蛋糕？你做蛋糕？"

"嗯。"楚秋点了点头，小心地把蛋糕坯上的奶油刮匀，手背轻轻擦了擦脸，有些羞赧，"买不起贵重的礼物。"

"挺好的。"张大力觉得完全没问题。

不缺乏物质的人，收到什么样的礼物都会觉得高兴。

横竖都是别人的心意，哪有什么贵贱之分。

祁天瑞生日宴会的地点定在凤皇集团总部顶楼的球形大宴会厅里。

这个球型大宴会厅是 B 市最顶尖的宴会厅之一，位于凤皇集团总部这座呈尖塔状建筑的第八十八层，距离地面约五百三十米。作为最顶层的宴会厅，高度约三层楼，面积足有七百平方米。

这个球型大宴会厅经由世界顶尖的建筑设计师团队设计，高高的穹顶装饰着许多宛若璀璨星光的灯泡，穹顶之下一直到地面的圆形外围，除了入口与几个紧急出口以外的地方，全都是透明的。

晚宴在这里举办，站在宴会厅边缘，可以清楚地俯瞰 B 市的夜景。

祁天瑞站在直达电梯里，透过电梯的反射，看着正目不转睛地盯着外边的楚秋。

电梯的外侧也是玻璃，虽然随着电梯的长久运行而有了些脏污的痕迹，但在夜晚并不明显。

随着电梯的上升，他们所在之处能见到的夜景也越来越广阔。

"喜欢看？"祁天瑞问。

楚秋点了点头，答道："像在飞。"

祁天瑞笑了笑："记得你来过。"

"嗯。"楚秋轻轻应了一声，"搭的客梯。"

客梯可没有内部高层直达电梯的风景，只能待在铁盒子里安静地等着楼层到达。

其实当空中飞人的经历也不是没有过，但坐在飞机里只透过一个小窗口看，到底还是不如站在这个一整面都是透明玻璃的电梯上俯瞰来得爽快。

祁天瑞笑道："看不出来你还有颗想搞极限运动的心。"

祁先生心里已经开始打起什么时候带楚秋去飞一飞的算盘。

楚秋抿着唇腼腆地笑了笑，又看了一会儿外边的夜景，便听到了电梯到达的声响。

楚秋同祁天瑞对视一眼，两人肩并肩走了出去。

从直达电梯里出来的位置跟其他客梯出来的位置不一样，入口自然也不一样。

直达电梯的入口与宾客入口面对面，处于横跨宴会厅两头的正对面。

祁天瑞作为今日主角，自然是压轴登场。

候在宴会厅门口的侍者看到祁天瑞和楚秋，忙鞠躬行了个礼，伸手拉开了紧闭的大门。

宴会厅内辉煌的灯光倾泻而出。

楚秋的脚步微微一滞。

祁天瑞敏锐地察觉到这一点，他脚步放慢，转头笑着对楚秋耳语："别紧张，我在呢。"

楚秋轻舒口气，同样贴近了祁天瑞的耳朵，小声道："很久没参加过了。"

祁天瑞闻言，脸上的笑容变得更明显了几分："你不是写了好多小剧本吗？慌什么？"

楚秋顿了顿，强调道："第一次当主角。"

作为被祁天瑞亲自带过来的男伴，楚秋自然清楚自己在别人眼里，基本等同于半个祁天瑞。

这种例子，楚秋早已经在其他的商业酒会上见过了，被举办人带来的女伴和男伴，总是少不了被人所关注和问候。

祁天瑞声音极低，近乎呢喃："以后会经常当的。"

楚秋清楚地听到了。

他转头看了一眼祁天瑞，若有所思，然后在看到第一个向他们举杯的人时，想着小剧本上的人设，挂上了温和的笑容。

在外人看来，耳语的两人似乎关系极佳。

祁天瑞的笑容真诚而愉悦，哪怕是已经踏入会场，目光也依旧温柔地停留在了身边一身白色西装的俊逸青年身上。

在场的人都感到十分意外。

众所周知，祁家的二少爷打从十二岁正式对外露面起，到现在十几年了，不论是自己的生日宴会还是受邀出席那些商业宴会，都是从来不带伴的。

楚秋对此并不清楚，完全没意识到自己跟祁天瑞出席个生日宴会就被许多人在心中评估。

祁天瑞作为主角，总是得要对来参加宴会的人们说两句话才行。

他从路过的侍者手中的托盘里拿了杯香槟放在楚秋手里，说道："我马上就下来。"

楚秋接过香槟，点了点头。

穹顶之上洒落下的光亮如同璀璨的星光，将整个球型宴会厅照得通亮。

人们盘旋在楚秋身上的目光随着祁天瑞的离开而收回，他们面带微笑，专注地看着司仪台上的祁天瑞，并适时地给出掌声。

楚秋见过很多次这样的祁天瑞，在公司的一些活动上，祁天瑞都要发言，比如回顾一下过去，展望一下未来，说一说期待和一些愉快的事情。

可即便看过很多次了，这种模样的祁天瑞也实在是耀眼，就像是瑰丽的宝石，肆无忌惮地展示着自己的风采。

自信、沉稳、骄矜，牢牢地将所有人的视线都吸引过去。

祁天瑞的发言进入尾声，楚秋垂下眼，晃了晃手里的香槟，正想喝一口，就发觉有人在他身边停了下来。

楚秋一怔，偏头看去。

那是一个眉眼间跟祁天瑞有着六分相似的男人，一身紫色西装，领扣上别着一朵怒放的玫瑰。

他背脊挺直，一手插在裤袋里，一手同样握着一杯香槟，下巴微扬，打量着楚秋。

这是祁天瑞的哥哥，祁景瑜。

楚秋脸上还带着标准的温和笑容，他放下刚抬起来的香槟杯，刚准备打招呼，祁景瑜就先开了口。

"多少钱，离开我弟弟？"

楚秋：……

祁天瑞刚刚走下台子就听到他哥正对楚秋发神经，气得一巴掌削在祁景瑜脑袋上。

要不是看祁景瑜身上穿着容易脏的西装，他还想再踹两脚。

祁天瑞骂他哥："你神经病啊！说了多少次别看妈妈买的那些小说了！"

祁景瑜被削得"嘶"了一声，发胶固定的发型都被削歪了。

他摸了摸自己晃一下脑袋都会跟着晃两晃的发型，"哎"了一声。

"不是小说，我这不是看你演过这种角色想试……"

被揭露了黑历史的祁天瑞气急败坏："闭嘴！"

祁景瑜"嘁"了一声，懒得理他弟弟，转过脑袋脸上就露出灿烂的笑容，向楚秋伸出手："楚秋你好，我是祁天瑞的哥哥祁景瑜，我这个弟弟给你添麻烦了。"

这兄弟俩跳戏跳得太过迅速，楚秋脸上的笑容都没能挂住，懵懵地伸出手跟祁景瑜握了握，茫茫然地"嗯"了一声，然后在祁天瑞的注视下猛然回过神来，磕磕绊绊地否认了刚才无意间的应答。

"不，不是……很高兴认识您，祁先生。"

听到最后的称呼，祁天瑞突然感觉膝盖一疼。

"我们家可有三个祁先生。"祁景瑜说道，"叫我景瑜哥就是了。"

"不行。"祁天瑞在楚秋点头之前迅速插入了他俩的对话，"小秋你还是继续叫他祁先生吧。"

说完，祁天瑞就挤开了他哥，拉着疑惑的楚秋火速走人。

楚秋跟在祁天瑞背后，这才想起了自己小剧本上的人设，对周围看过来的人露出温和的笑容。

"祁哥？"楚秋小声喊。

"换个称呼。"祁天瑞说道，他觉得被祁景瑜刺激大发了。

凭什么祁景瑜第一次见面就能那么理直气壮地要求楚秋喊他景瑜哥！

我呸！

明明是我先来的！

祁天瑞脚步停下，说道："换个称呼，特殊点的。"

楚秋愣了愣，完全不明白话题怎么变成了这样。

"天瑞哥，或者天瑞。"祁天瑞顿了顿，补充道，"我个人比较喜欢后一个。"

祁天瑞和楚秋互瞪了好久，楚秋开口照旧是"祁哥"。

"换一个。"祁天瑞坚持。

另外两个称呼在舌尖滚了滚，楚秋沉默了好一会儿，终于实话实说："听起来很奇怪。"

祁天瑞："……"

我居然败在了这一步!

好气啊!

祁天瑞觉得自己要气成一只河豚了!

面对变得更生气了的祁天瑞,楚秋手足无措。

"那你也不许喊祁景瑜哥。"祁天瑞说。

楚秋赶忙点了点头。

祁先生马上打蛇上棍得寸进尺:"我想吃米豆腐炒肉末。"

楚秋继续点头,耐心地顺着祁天瑞的意应下了几个无伤大雅的小要求,顺毛捋了好一会儿,总算是让祁天瑞的心情平静了下来。

即便如此,楚秋也没想明白祁天瑞之前为什么突然就情绪波动了。

楚秋欲言又止的表情太明显,祁天瑞干脆说道:"想问什么就直接问,没关系的。"

"为什么生气?"

祁天瑞脸色一垮。

这个问题他怎么回答!

说对比出真知吗?

说他觉得他情商的技能点可能都被点到祁景瑜身上去了吗?

祁天瑞觉得要是换了祁景瑜来,肯定不会跟他一样。

祁先生越想越气,干脆说道:"烦他。"

楚秋愣了愣,哦了一声:"不要生气了。"

"你关心我?"祁天瑞问。

楚秋点了点头,这不是当然的吗?

祁天瑞看到他点头,霎时便又高兴起来,原本拉长了的脸也露出了笑容。

祁先生觉得自己真是个非常好满足的人,只需要一丁点阳光就能灿烂无比,跟祁景瑜那个难摆平的渣男根本不一样。

祁先生觉得自己可以说是非常适合与楚秋做朋友了!

今天的宾客有一部分是冲着祁景瑜和风皇集团来的。另一部分,则是冲着风皇娱乐和祁天瑞来的。

只是冲着祁天瑞来的,都没想到祁天瑞会带着人出场。

一个人问他身边的女伴:"认识他吗?"

"有点印象,这个人好像是叫……"女伴回忆了一阵,"楚秋,最近风皇娱乐强推的一个新人。"

"应该是祁天瑞强推的新人。"男人笑道。

女伴摇了摇头："他实力应该是不错的，或者哪方面非常优秀，不然祁天瑞不会这么强推他。"

这样的对话发生在各个角落，人们互通了有无之后，一边佩服楚秋的手段，一边笑着迎上了成功被楚秋捋顺了毛的祁天瑞。

祁天瑞刚才的气势太盛，像是跟祁景瑜吵了一架。

能来参加生日宴的，大都是清清白白的正经人，要么就是世故的人精。

什么该说什么不该说，好奇心应该摆上来还是保持沉默，这些人都再清楚不过。

祁天瑞看起来心情好了，便有希望跟他搭上线的人走了上来。

祁天瑞挂上笑脸看着迎上来的人："卫导，好久不见。"

"好久不见，小祁先生。"来人也笑容满面。

楚秋在一旁喝着香槟，听着祁天瑞和那个卫导演交谈。

这个导演是来给自己的剧拉投资的。

投资嘛，自然要说得天花乱坠。

楚秋挺好奇——卫导演的这个剧听起来不错，但他过去没听过，大概是因为什么意外夭折了。

夭折的剧集很多。拉不到投资，找不到合适的演员，过不了审又或者中途出了意外，都极有可能。

否则也不会有那么多拥有颇多辛酸历史的得奖作品了。

楚秋和祁天瑞都听得很认真，这部剧由某位著名文豪的个人传记改编，立意颇佳，针砭时事，编剧是业内著名的金句名笔，这人跟卫导关系颇好，独自一人花费心血写了剧本，想要将之拍出来。

英雄惜英雄，卫导看过本子，自然就想帮帮老朋友。

所以就来拉投资了。

风皇投资是出了名的难拉，但也有一点是出了名的好——不会在导演摇头的情况下强行带资塞演员进来。

就像之前张大力对楚秋说过的那样，如果导演说不行，那一切免谈，如果导演点头，那拼尽全力也要帮你拿到角色。

所以想要在自己的作品里有尽量多的主导权的导演，大都会咬着牙去试一试能不能拿到风皇的投资。

"卫导，您这个剧的立意角度都很好，光听您说的具体构想，我就很心动了，但，您这个……"祁天瑞叹气，"过审可能需要较长时间。"

卫导不说话了，心中闷着气。

他自然知道这剧如果真按他和老金所想的拍，周期可能会拖很长，投资方可能等不了。

"可是……"卫导演讷讷道,"可是……多好的本子啊。"

祁天瑞也沉默。

投资这部剧,砸下去的钱可能要打水漂。

谁没事喜欢拿钱打水漂啊,祁天瑞又不傻。

楚秋也觉得这么好一个本子夭折了真的可惜,毕竟是那位业内名笔心血之作,要是能改动一下,凭借多年的口碑和人脉,也不是不能通融一下的。

再说,如今国内人物传记类的影视作品少得可怜,以此为题材的电影更是屈指可数,一个巨大的市场空白摆在这里,不吃实在可惜。

祁天瑞回头看了一眼楚秋,问:"你也觉得好?"

楚秋点点头,看向同样转头看他的卫导,对方的眼神带着期盼。

如果眼神能够具体用一句话来表达,那卫导的眼神就是"快帮帮我吧"这么一句话。

楚秋能察觉到卫导的期待。

被人用这样期待的眼神看着,楚秋有些不好意思。

他抿抿唇,到底还是绷住了小剧本上的人设:"做些小改动应该可行。"

他凝神思考了两分钟,慢吞吞地斟酌着词汇,把刚刚卫导说的几段剧情稍微修改了一些。

卫导也知道这个道理,他叹气说得问问,然后又问祁天瑞:"小祁先生,若是老金他改了,那……"

祁天瑞点点头,又说道:"得看过剧本才行。"

卫导点点头,转身去角落里打电话。

祁天瑞又应付了几个找上来的人,转头却惊讶地发现竟然有人直接冲着楚秋去了。

找楚秋的是个导演专业刚毕业的大学生,沈铭。

他家里是业内的,答应给他投资拍部片子,成了以后都让他独立导片,输了就乖乖去大导手底下跟着学习打打杂。

刚毕业的学生总是充满了骄傲和源源不断的热情。

找上楚秋的沈铭迫不及待地对楚秋发出了邀请,甚至什么说明都没有,就是两眼亮晶晶的,对楚秋说:"楚秋你好,我们拍个电影吧!"

楚秋愣了愣:"哎?"

沈铭毫不犹豫,将手里的剧本递了过去:"这是剧本!我观察过了,你饰演这个主角绝对没有问题!"

楚秋蒙了两秒,脸上笑容显得有些无奈:"可是……"

"你先看看。"沈铭坚持。

楚秋顿了顿,横竖也没事,便点了点头,接过封面上印着《向阳而生》四个大字的剧本,翻开看了起来。

刚看到人物表，楚秋就瞬间明白了沈铭为什么说观察过他，他饰演这个角色完全没问题了。

因为剧本的主角，是个自闭症。

这不是骂人吗？

楚秋默默放下剧本，笑容一点点消失了。

沈铭看着他，没有丝毫退缩："你很合适的。"

楚秋嘴唇动了动："我……"

"怎么了？"祁天瑞走过来。

楚秋低头看了看手里的剧本，说道："沈先生邀请我。"

"哦？"祁天瑞看了一眼沈铭，"介不介意我看看？"

沈铭做了个请便的手势。

祁天瑞翻开剧本，扫了一眼人物表，顿了顿，然后继续往后翻。

电影的剧本并不多厚，祁天瑞也没打算翻全部，就看了一眼梗概。

祁天瑞叹气，"心理疾病。"

沈铭说道："我要拿奖。"

祁天瑞将剧本交给楚秋，说道："看看，这孩子家里不缺投资和资源，要拍肯定能拍到最好，如果剧本满意，可以考虑一下。"

祁天瑞话音刚落，那边卫导急吼吼地跑了过来。

"小祁先生，老金说他早已经写好了另外一版的剧本，那个……"卫导有点不好意思。

文人大都有点清高的毛病，也总有着些伯牙子期的小期待。

毕竟是自己的心血之作，那位老编剧还给人设了道坎，非说要真的看上他这个作品，才愿意给他新版剧本。

这种行为在卫导眼里简直幼稚得要死。

偏偏老金干了，干了就算了，还瞒着他不说。

祁天瑞听完，觉得有点好笑。

卫导尴尬地解释了一番，然后犹犹豫豫地看向了……楚秋。

楚秋察觉到卫导的视线，愣了愣，疑惑地歪了歪头。

"就是……如果小祁先生愿意投资的话，老金说，希望楚秋能去试个镜。"卫导讪笑，觉得自己的老脸皮子都要被扒掉了，"他说，知音……呃……"

"卫叔！这是我找的主角！"沈铭看到楚秋两眼发亮，急了，"我先来的！"

卫导纠正他："小沈，是我先来的。"

楚秋拿着剧本，看了看沈铭，又看了看卫导演，感到几分无措。

张大力和周熠月两个没什么人找的"咸鱼"坐在远离人群的小沙发上闲扯淡。

张大力看到楚秋拿着剧本走过来的时候，蒙了一瞬。

"这是什么？"他问，"看起来怎么有点像剧本。"

"是剧本。"祁天瑞在长沙发上坐下来。

张大力皱了皱眉："谁啊？这么不懂规矩。"

演员直接受邀拿剧本的事很常有，但按照正常流程，应该首先联系经纪人询问档期才对。

"沈家那小子。"祁天瑞随口答道，"我特意把他名字划了的，估计是他爸带他来的。"

说着，祁天瑞看了一眼楚秋，发现他正打算翻开剧本，便伸手过去压住了剧本。

楚秋偏头看向祁天瑞。

"看看就好了。"祁天瑞说道，"编剧很厉害，你可以作为参考看看，但沈家那小子不行。"

"哎？"楚秋更惊讶了。

祁天瑞刚刚可不是这么说的。

"客套话你也当真啊。"祁天瑞笑着塞了颗大白兔给楚秋，"怎么这么实诚呢？"

楚秋愣了半晌："可是……"

"虽然我没听到你们之前的话，但我还是分得清你高不高兴。"祁天瑞收回手，"不高兴就不演，你又没欠谁人情。"

张大力闻言，把手里的小饼干一放，抬头看向楚秋，问道："那小子跟你说什么了？"

楚秋一愣。

张大力又问："那小子打小就嘴贱，没少被我揍，他跟你说什么了？"

"……"楚秋眨了眨眼，看着张大力，有种自己受了委屈在跟家长告状的错觉。

楚秋之前不高兴的确不是因为剧本，而是因为沈铭实在是太不会说话了。

都是成年人了，无仇无怨的，第一次见面，难道不懂打人不打脸，骂人不揭短这个道理吗？

现在听张大力说沈铭打小嘴贱，楚秋就觉得沈铭大概是真不懂这道理。

楚秋最终还是摇了摇头。

他觉得要是讲了，张大力和祁天瑞现在就能过去把人揪着脑袋打一顿。

楚秋当时的确是感到自己被冒犯了，心头还难得升起了一丝火气，只是那丝火气还没来得及点燃什么，就被卫导发出的邀请给浇灭了。

别的他不管，但卫导和金老邀请他去试镜，他是绝对要去的。

哪怕是电视剧，他也觉得不可错过。

张大力见楚秋摇头，也不再深究，向楚秋伸手要剧本："我看看。"

楚秋将手里的《向阳而生》递了出去。

剧本是好剧本，主旨是揭露心理疾病患者眼中的世界，借由一些黑暗色彩的激烈情节，以最直白最尖锐的方式指出了矛盾——正常的人，和被正常的人们定义为不正常的人之间的矛盾。

主角生活在一个偏僻而封闭的小镇。

他是个天生的自闭症患者。

原本他在人们眼中只是个孤僻的书呆子，但突然有一天，有人发现了他吃的抗抑郁和抗精神病药物。

平淡的生活在那个瞬间彻底破碎了。

所有人都知道镇上出了个精神病！

一个怎么欺负都不会吭声的软包子，是一个精神病！

人性中的恶仿佛在这个瞬间迸发了出来，人们肆意地攻击他，语言上的，肢体上的。

怯懦软弱，不合群又不善言辞给他带来的，就是拳打脚踢和冷暴力。

他面对周围的讥讽与暴力，想挣扎，想反抗。他将自己关在家里足足三个月，在母亲的鼓励和安抚下，终于鼓起了勇气去表达自己反驳他人，可事情的发展却和他想象的不一样。

依旧没有人理解他，没有人愿意温柔耐心地对待他。

因为他不正常。

脑子不正常，性格孤僻又阴暗。

人们认为他表露出来的脆弱矫情又做作，将他看作一只生长在阴沟里的臭虫。

他的反抗又让人们觉得，这只臭虫居然从阴沟里飞出来，企图飞到他们眼前来了！

于是他反抗挣扎的后果，就是受到更激烈极端的对待。

镇上的人甚至喊来了人贩子，企图将这个不正常的人卖掉。在主角表现出强烈反抗意识的时候，人贩子生生将他踢打到失去意识。

连带着他的母亲也受到了攻击。

他的心灵在日复一日的痛苦中终于彻底垮塌，最终他选择了用药物来麻痹自己。

唯一没有放弃他的母亲，也因为在他的床头发现了这些，疲累之下，满心绝望地选择了放弃。

在众叛亲离之后，他彻底失去了一切。

主角的最终一幕，是坐在沙滩上，看着初升的朝阳，带着幸福而愉快的神情，轻轻哼着歌，然后爬起来，脚步轻快地走向大海。

他看起来不像是奔赴死亡，反而像是满怀期待地迈向新生。

剧本的结局，是主角的母亲拿着她的孩子留下的最后一封书信，声嘶力竭地质问所有人，她和她的孩子到底做错了什么。

然而，没有人回答他，人们仿佛什么都没有发生过一般，一如既往地欢笑着，过着日子。

只有失去了孩子的母亲，最终怀抱着孩子留下的遗物，在狭窄矮小的阁楼里，痛哭失声。

总的来说，情节很有张力，画面感非常强，绝大部分都是主角的心理独角戏，如果拍出来的效果理想，哪怕拿不到奖，作为主角的演员也肯定会大放异彩。

但这情节太过于晦涩，结局也宛如一把锈蚀的钝刀，光是看都觉得心里堵得慌。

张大力拿着剧本，对着旁边的祁天瑞脑袋就是一下。

"这种剧本你都不拦一下？"张大力骂他，"你脑子被狗啃了？"

周熠月蹭在一边看了个八九不离十，也跟着骂："这种本子你都收，疯了吧你！"

"不是，这本子怎么了？"祁天瑞反驳。

这类题材楚秋又不是没演过，演过不止一本。还因此拿过国际最佳影片的奖项，提名过最佳男主角呢。虽然不是特别主流的大奖项，但也不是什么乱七八糟的奖，那个电影节在楚秋参与之后的第三届，也升为A类国际电影节了。

至于入戏走不出来这种问题，张大力和周熠月都很担心，但祁天瑞却是很放心的。

楚秋的表演方式不是将自己完全代入角色的体验派，他的演技更倾向于塑造模仿，非常注重技巧。

他会在脑海中塑造出剧情人物，然后根据大量的参考来推断应该如何表达情感，最终将脑海中塑造出来的人物模仿出来。

彻头彻尾的方法派作风，拍完就翻脸不认，特别干脆利落，毫无后遗症。

虽然这种风格让楚秋跟他的第一个最佳男主角失之交臂，但某种意义上来说，这种不用担心有什么后遗症的演员，是导演最喜欢的类型。

祁天瑞皱着眉，对两位朋友说道："你们也太小看小秋了。"

楚秋面对周熠月和张大力的注视，摸了摸鼻子，不好应声。

他从张大力手里拿过剧本，挺直着背脊，垂着眼专心看了起来。

张大力放弃地摆了摆手。

祁天瑞在一边跟张大力说明了一下卫导的事情。

卫导和金老的这个电视剧企划他们只是听了个大概，具体剧本还没拿到手，但至少卫导和金老两个加在一起，就不会差。

卫导虽然人到中年还没能成为有名的大导，但在业内口碑和人缘都很不错，这也是他之所以被祁天瑞留在名单里的原因。

而金老的剧本，只要不被资本绑架，基本就不会差。

金老写剧本，通常都是面向全年龄，直接奔国民剧的方向去，早年一些颇为经典的国民级电视剧，编剧名单里大都能扒出金老的名字。

金老主动邀请楚秋去他亲自操刀自主创作的电视剧试镜，这是天大的好事。

张大力把这事儿记下来，准备回头去问问卫导档期的安排。

他们四个聚在这个小角落里，有眼色的人自然不会来打搅。而柳闻青、周熠星、陈妙和柳姐好不容易脱了身，都凑到了他们这边。

周熠星一脸意犹未尽地被陈妙生拉硬拽扯了过来，她作为周熠星的女伴一起出席，只感觉自己耳朵边上有八千只苍蝇在嗡嗡嗡嗡。

周熠星坐到楚秋另一侧的沙发上，伸长脖子瞅着楚秋手里的剧本，问："这是什么？"

"剧本。"楚秋毫不避讳地夸赞道，"本子很好。"

周熠星闻言，满脸好奇，刚准备继续问，他旁边就伸出来一个脑袋。

沈铭一凑过来就听到楚秋说本子很好，他觉得楚秋肯定是愿意演的，便得意道："怎么样怎么样！我就说很适合你吧！"

看过剧本的几个人一听这话，眉头齐齐一皱。

祁天瑞"嘶"了一声，直起身，看起来一副想打人的样子。

楚秋眼疾手快，一把将手里的剧本塞进了祁天瑞怀里。

祁天瑞一顿，抬眼看向楚秋。

楚秋冲他笑笑，偏头看向站在沙发后边的沈铭，点了点头，说道："是挺适合我的。"

沈铭脸上的神情更得意了，正想说什么，就被楚秋下一句话打断。

"但不适合你。"楚秋这样说道。

祁天瑞闻言，看了一眼楚秋，眉头一挑，放下手里的剧本，端了杯香槟看好戏。

沈铭表情一僵，像被扇了一巴掌一样："你什么意思啊！"

楚秋冲他温和地笑了笑，慢吞吞答道："字面意思。"

沈铭仿佛被冒犯了一般，高声道："你说我拍不出来？！"

他声音很大，大到让周围的几个人都看了过来。

楚秋脸上笑容不变，对于沈铭的问题，他非常干脆地答道："对，你不行。"

沈铭的确不行，撇除掉他的年龄阅历和这个本子并不适配的原因，在楚秋的记忆里，对沈铭这个名字并没有什么印象。

楚秋把沈铭气跑了。

小年轻跑的时候眼睛都红了，还带着点水光。

在座的人除了祁天瑞之外都目瞪口呆地看着楚秋，仿佛第一次认识他。

柳姐第一个回神，她微微皱着眉："这对话有点熟。"

楚秋闻言，那温和的神情便微妙地尴尬起来。

"的确是柳姐小说里的情节。"楚秋向众人解释，顿了顿，又说道，"我昨晚上刚看的。"

柳姐沉默了两秒，有些艰难地说道："可我记得我昨晚上写的情节是两女争一男。"

楚秋一滞，表情更显得尴尬了。

实际上，楚秋把柳姐文里不少情节全都记下来当参考了。

他清楚要扬长补短，他的短处很明显，无非就是社交的时候容易脑子打结，脑子打完结之后舌头又打结。

这个毛病写小剧本能解决一部分，只要不是太出乎意料的情况，是足够应付的。

但是，就算是写小剧本，楚秋也写不出怼人的话来。

他撑死就是用眼神鄙视一下别人，遇到那些不会看人脸色的，就像一拳打在棉花上一样难受。

一直以来，楚秋始终都没找到什么能让他学会怼人的技巧。

直到前几天他休假，因为剧本上一个情节而准备看看原著时，手滑点进了柳姐的另一篇文，从那之后仿佛打开了新世界的大门。

在座的人除了祁天瑞之外都挺好奇柳姐到底写了什么。

他们纷纷凑到了柳姐旁边，兴致勃勃地听起故事来。

而对此没什么兴趣的祁天瑞发现楚秋又低头看剧本，便问他："喜欢？"

"好本子。"楚秋思考了一会儿，才继续道，"不喜欢，但是想拍。"

祁天瑞愣了愣，垂眼扫了楚秋放在膝盖上的剧本一眼，略一思忖，便明白了楚秋的意思。

剧本好不好，有眼光的人都看得出来，但喜欢不喜欢，却是很主观的看法了。

大多数小众获奖片的色调与情节都很晦涩，要说剧本好不好，那肯定是好的，但要说喜不喜欢，参与的演员却少有会说喜欢的。

甚至有许多演员接拍这类片子，并不是冲着剧本去的，而是冲着奖项去的。

楚秋不缺实力，该有的早晚都会有，根本不用急于去夺什么奖项。

但是他还是想拍这个片子。

这样直白尖锐地指出矛盾的电影，总是会在一定范围内掀起很大的反响，尤其是如今许多地方，许多人的认知都还停留在患上心理疾病、精神疾病即是疯子上，甚至有人认为，孤僻消极的人都是精神不正常的。

楚秋不在意加在这个角色身上的其他的悲剧，就冲着心理疾病这一点，他就想拍。

楚秋知道世界崩塌的时候那种孤立无援的绝望，想要扭转社会普世价值观的看法很难，但楚秋愿意为此做点努力。

虽然这个片子在国内可能属于小众，可一旦能在有分量的国际奖项上取得成就，哪怕只是一个提名，都足够引起国内评论的高潮。

楚秋轻轻抚摸着手上的剧本，轻声说道："我想世界上，像你这样的人能再多一些。"

祁天瑞听得清清楚楚，他惊讶到近乎惊愕地看着楚秋，颤颤巍巍地问道："小、小剧本？"

"真心话。"楚秋转头对祁天瑞露出个极轻微的笑来，不带羞涩，没有腼腆，就是那样平淡而恬静的笑容，干净清澈。

祁天瑞感觉自己的心湖似乎被一只蜻蜓轻轻点了一下。

"拍！你既然想拍，那就拍！"他猛吸口气，一拍大腿，"必须拍！沈铭不行，我去找沈叔把这个剧本买下来，换人拍！"

一旁听着柳姐讲故事的人听到他这话，转过头来看着涨红了脸的祁天瑞，又看了看神情平静的楚秋，感觉这两个人是不是灵魂互换了。

"怎么回事？"张大力问。

"小秋想拍这本子。"祁天瑞说着，精神抖擞地整理了一下身上的着装，宛如一个即将踏上战场的战士，"我去找沈叔。"

张大力先是拉住了他，然后转向了楚秋。

"没问题？"他似乎有些不认同。

"嗯。"楚秋肯定地点点头。

张大力干脆地撒开了拦着祁天瑞的手。

祁天瑞就直奔人最多的地方去了。

楚秋盯着他的背影看了好一会儿，才低头再一次将剧本翻开。

那里是主角的母亲在一切还都还没有发生的时候，怀抱着少年主角，细语低喃的一段独白。

是关于"爱"的。

主角的母亲说：

"爱一个人的时候，他就是全世界最耀眼的存在，连太阳都比不上他的光辉。他吐露的言语带着玫瑰的芬芳，眼神中仿佛有春水流淌，就连脸上的雀斑，也会显得格外的可爱。

"他所做所说的一切都是正确的，哪怕你知道那是谬误，也愿意为了他与整个世界背道而驰。

"爱一个人的时候，会心甘情愿地为他奉上他想要的一切。不论是爱情，自由，还是生命。"

祁天瑞说要买下剧本，就真的找沈铭他爸去谈这个了。

剧本这种东西，说值钱也值钱，说不值钱吧，也能一文不值。

剧本再好，摊上一个不怎么样的导演和制作组，那这剧本有多惊天地泣鬼神都没用。

沈铭的父亲是通过人情拿到这个本子的，并没有花费多少钱财。

但他很清楚，这个本子放到自己儿子手里，肯定是浪费。

现在一听祁天瑞想接手，他痛快地应下，只要求正式开拍的时候，能让沈铭去剧组打杂学习一下。

祁天瑞委婉地表示"令郎那张嘴"。

"骂就行了，实在不行揍他。"沈铭的父亲一点犹豫都没有，"你和张大力以前还揍少了不成？"

祁天瑞得到这句话，很是满意。

他们一个觉得能让傻儿子跟组学学吃点亏挺好，一个觉得不听话就让张大力揍还能让楚秋丰富小剧本素材库简直妙极。两人心思各异，却都高高兴兴地敲定了一个比之市面稍高的价格。

期间祁天瑞顺便切了个巨大无比的蛋糕，楚秋他们也从角落里走出来，礼貌性地社交了一会儿。

他们都知道楚秋也准备了蛋糕，再加上大部分都是演员也得注重一下身材，五层的蛋糕分开每个人就是巨大的一块，一群人站得远远的，并没有去吃。

等到宴会进入了尾声，祁天瑞还在宴会厅里发言，楚秋他们先一步去了小休息室。

一进小休息室，绷了一晚上的几个人都纷纷脱了外套松开了领带，一副要死的样子。

陈妙和柳姐动作出奇的一致，卸了一堆首饰下来，做的发型也粗暴地折腾松了。

周熠月跑去小厨房动作迅速地做了几道小菜，给为了服装一晚上都只喝了点香槟的两位女士垫垫肚子。

祁天瑞那边说完了话，进来第一件事就是给楚秋报喜。

"小秋，剧本谈下来了！"祁天瑞顿了顿，"不过沈叔要求开拍的时候沈铭去打杂。"

"哎？"楚秋愣了愣，没想到祁天瑞效率这么高，"……好。"

楚秋瞪着眼无措地看了祁天瑞半晌，依旧想不到应该如何表现自己的感谢。

最终楚秋讷讷地张了张嘴："谢谢祁哥。"

楚秋这样子，让祁天瑞瞬间就明白他又在纠结应该如何报答了。

"我要吃蚂蚁上树。"祁天瑞马上说道，"你做的。"

"蚂蚁上树？"楚秋顿了顿，"现在吗？"

"不。之后，你有空的话。"祁天瑞笑着说道。

楚秋看着祁天瑞的笑，只觉得祁天瑞今天似乎更好看了一点。

他想着，转头将自己做的蛋糕放到桌上，然后让到了一边。

"明年不会这样了。"楚秋小声说道。对比其他人送的东西，楚秋感觉自己的礼物寒酸极了。

"嗯？"正在拆蛋糕的祁天瑞没听明白，正待再问，却在掀开蛋糕盒盖的瞬间，神情凝滞住了。

蛋糕以黄色与橙色为主，正中画着一片红色的枫叶，寓意是秋。

枫叶旁边六朵红蔷薇的奶油花，寓意是他们认识六年。

这个蛋糕，正是祁天瑞梦醒之前，带给楚秋的那个蛋糕的缩小版。

丑是有点丑，却是祁天瑞自己挠破了脑袋才想到的花样。

"……你还记得啊。"祁天瑞怔怔地看着蛋糕。

楚秋不说话。

他本意就是想将祁天瑞之前送来却没有吃到的蛋糕做出来，但这会儿他在众人略显好奇的注视下，竟然产生了一种微妙的、与祁天瑞两人有了共有秘密的隐秘心情。

祁天瑞很快回过神来，脸上的笑意藏都藏不住，一本正经地说道："明年再加朵花。"

楚秋和另外几个都没听懂，祁天瑞也不解释，哼着歌高高兴兴地随手插了几根蜡烛，点燃。

几个人鬼哭狼嚎地唱完了生日歌，等到寿星许了愿吹灭蜡烛，这个丑丑的六寸小蛋糕终于被残忍地分了尸。

一群人喝着酒聊着天，然后在快到凌晨一点的时候，被各自的助理拖了出去。

周熠星刚杀青不久，正处在假期中，不需要控制自己，便喝了不少，一边被助理拽着，一手还要拽着楚秋，嚷嚷着你们以后聚餐再不带我我就哭给你们看！

楚秋："……"

祁天瑞上前两步把周熠星和楚秋分开，嫌弃地看着周熠星："丢不丢脸！"

周熠月也叹气，深觉丢不起这个人，背一弯，一把背起嗷嗷叫的丢死人的弟弟就走。

陈妙一贯是保护嗓子不喝酒的，柳闻青也因为第二天还有戏没有喝多少，从凤凰集团总部大楼里走出来的时候，这两个人还是保持着一个公众人物应有的气质。

"丢人。"柳闻青看着周熠星，说道。

奈何周熠月还没走远，周熠星一听柳闻青这么说，"哇"的一声号了出来，想蹦回来又被周熠月用力扣着腿，最终只能在周熠月背上扭来扭去。

"柳闻青你别以为我不知道是你撺掇的！"周熠星在他哥背上扭过头，冲柳闻青喊，"你欠我一顿涮羊肉！"

"闭嘴吧你！"周熠月一巴掌拍在弟弟屁股上，愤怒道，"你没看到还有媒体在拍吗！"

周熠星一脸不敢置信："那你还打我屁股！"

周熠月绝望地闭上眼，不说话了。

果然，第二天挤上热搜第三的，就是从周熠星一手被助理拽着，一手拉着楚秋嗷嗷叫一直到周熠月忍无可忍打他屁股的视频。

热搜词条是这样的：你欠我一顿涮羊肉！

十一月上旬，立冬。

《太京》剧组的棚内戏历经近三个月的时间，终于到了尾声。

最后一场棚内戏的剧情，是男主不愿随同迁都，决心瞒着家族，进入最新一拨开拔的大军，他在赶往前线的前夕，与身在太京城中的女主告别的戏份。

天气已经有了些凉意，但在众多机器的运行之下，那凉意并未沾上棚内众人，就已经消散了。

卸了妆的楚秋抱着保温杯坐在一边，他刚刚结束了自己在棚内与徐欢的最后一场对手戏，此时正在旁观抱着保家卫国伟大志向的男女主，在山河破碎之际的别离。

"谣儿，若是……若是这河山重归安宁，来年我定要带你去看遍如烟柳絮，似锦的繁花！"

"咔！"刘导坐在监视器前喊了一声。

"过了过了！"早已拿着香槟等在一旁的剧组人员欢呼着开了瓶。

楚秋和张大力跟着站起身，同样开心地鼓起掌来。

"棚内戏这就差不多啦！"刘导高兴地拍着自己圆滚滚的肚皮，端着水杯坐在监视器前，把这条镜头的几个角度都反复看了几遍，脸上都笑出了褶子，"结束结束！趁着饭点先收拾一下，我请客，大家一起去撮一顿啊！"

工作人员齐声欢呼。柳闻青和徐欢也松了口气，脸上跟着浮现出笑容来。

今天的戏份原本计划是下午结束，结果这刚到午饭的点就已经搞定，能多半天假期也是意外之喜。

"租棚的时间还有一个多星期的剩余，我会把这些镜头再过一次，有需要重拍或补拍的再通知你们。"

刘导说完，目送柳闻青和徐欢去卸妆，又拍了拍自己的肚皮，像是想到了什么，转头看向坐在他旁边的楚秋和张大力，问道："楚秋，之后影视城的戏份可大都是要跟群演打交道的，你没问题？"

楚秋愣了愣，随即意识到刘导这是担心他到时候会比较害怕人群。

他摆摆手："没问题。"

刘导还有些担心，毕竟拍棚内戏的前两个月里，若是比较熟悉的张大力和柳闻青不在，工作人员有事要找楚秋，基本上都得跑到堆着许多布景和道具的各个角落里去找，才能把他挖出来。

最近这些日子，楚秋才渐渐适应了这些工作人员，就算只有自己一个人，也会拉条小板凳坐在导演身边，免得工作人员满棚子去找了。

倒没有工作人员嫌弃到处找他这件事麻烦，毕竟没耐心找或者急的时候，拿着喇叭喊一声楚秋，楚秋就会像召唤兽一样自己钻出来。

私下里工作人员们还会相互开玩笑，赌一赌彼此多久找到楚秋，输了的请吃饭之类的。

不过这样的细节，楚秋是不清楚的。

刘导倒是知道，却是抱着放纵的想法。

物以类聚人以群分，刘导人很随和，他的固定班底也同样是相当温和的一群人，剧组气氛非常好。

刘导本人喜欢在氛围良好的剧组里工作，没有那些个乱七八糟的糟心事，拍出来的镜头都仿佛自带柔光。

"真没问题？"刘导还是不太放心。

楚秋肯定地点点头："嗯。"

"那行。"刘导点了点头，摸出手机来，"有什么想吃的没？"

楚秋说："谢谢刘导，都好。"

刘导转头向副导演问了问人数，然后跑去棚外打电话订座了。

张大力翻了翻手机，说道："小秋，之后你有一个多星期的假期，卫导的意思是你私下里试个镜，过了，就直接内定你当主角。"

"主角？！"楚秋惊得牙磕到了保温杯边缘，疼得立马捂住了嘴。

"是啊，我听说是卫导跑去找了郭导和刘导，看了你不少镜头。"张大力笑眯眯地揉着楚秋的脑袋，"我们小秋不得了啊。"

楚秋还是很惊讶。他一个什么资历都没有的新人，男三已经够出格的了，拍完男三转头就去当主角……

楚秋用脚想都能想到又是一场腥风血雨。

虽说是要试镜通过了才内定，但既然私下里找过导演朋友看过楚秋的镜头了，卫导和金老心里该是有底了才会这么说。

楚秋自己清楚，他这张脸百搭，没什么很严格的定位，演啥像啥，就属于许多导演最喜欢的那一挂。

主要吧，这会儿的楚秋，还很便宜。

张大力和楚秋都觉得应该是最后一个原因占比比较大。

横向比较一下，同等演技里，楚秋最便宜。

纵向比较一下，同等价格里，楚秋演技最好。

欣赏归欣赏，但是个导演都知道这个道理，何况是本来就很难拉投资的人物传记类电视剧。

就算金老操刀也没用，传记类题材天生瘸腿，就是很难拉投资。

再加上又不是什么自带人气的大 IP 电视剧，更加不可能有小生小花挤破脑袋带资进组了。

卫导能拉到凤皇作为第一笔大投资，已经是谢天谢地了。

这类电视剧，请的多半是拍电视剧拍了大半辈子的老戏骨，专拍电视剧的老戏骨就算再厉害，片酬也没有市场流量大的小生小花高。

市场价值摆在这里，是很无奈的事情。

而楚秋又便宜又有演技，最近话题度也不低，要是能过试镜担得起戏份最多的主角，又愿意演，趁机马上签下合同，那可是能省下一大笔钱的。

"虽然的确是有片酬低的因素在，但金老当总编剧的那几部剧，在许多电视台的暑期档都还在来来回回地每年播呢。"张大力说道，"能给你带来的前景是非常远大的。"

楚秋自然明白这一点。

"剧本看了吧？"张大力问。

楚秋点点头。早在祁天瑞生日之后第二天，张大力就把金老给的剧本打印出来送给楚秋了。

电视剧的剧本就比较厚了，而且还是人物传记类的，基本上涵盖了主角从年幼到逝世的重大事件。

剧本上金老还体贴地加上了长长的注释，关于当时的时代背景和一些事件的解释，来方便理解阅读。

"卫导那边这段时间也准备了不少，等到再几笔投资就位，他就该开始准备联系演员安排档期了。"张大力是很希望楚秋能够把这个角色拿下来的。

虽然楚秋那个公益广告的投放量大到切一个电视台看个把小时就能看一次，但这种奔着洗脑循环去的作品，谁都不会嫌多。

"自己私底下没有安排吧？"张大力问。

楚秋想了想，答道："想带姨去爬长城。"

张大力顿了顿，脸上露出笑容来："挺好的，什么时候？"

"后天，后天周一。"楚秋说道。

"行，爬完你休息一天，把状态调整好，我帮你去联系卫导。"张大力把日程记下，看了一眼备忘录，"前天《江湖行》精剪完成交后期了，我估计是想赶明年的暑期档。"

楚秋算了算时间，抿了抿唇。

时间档期什么的，张大力比他清楚多了。

"明年上半年你会很忙，等到电影上映，寒假期间我估计《太京》要赶新年档，所以电影和电视的宣传肯定是连轴转，顺利的话可能还得加上《文豪》开拍，还有祁天瑞买下的那个电影剧本，等你档期空白就可以开始准备联系人员了。"

刘导有固定团队，拍电视剧的时候，经常有一边拍一边开始剪辑的情况，所以刘导要是想赶明年的新年档，也不是多困难的事情。

张大力说："未来一整年都辛苦了。"

楚秋深吸口气，未来几乎是可以预见的大爆发。

柳闻青大概是没有说错的，楚姨并不是不愿意出门，只是不愿意出远门。

爬爬长城，走走老胡同，楚姨还是很开心的。

她拉着楚秋的手，由着楚秋扶着她，慢悠悠地在坡度和缓的长城上走着。

"最近很忙吧？"楚姨说着，心疼地捏了捏楚秋的脸，"都瘦了。"

楚秋今天穿了件带帽黑卫衣，套着宽松的灰色运动裤，脚上蹬着一双黑底红纹的登山鞋，除了把帽子戴上，帽檐拉得比较低之外，没有做其他遮掩。

工作日人少，来来往往的大多都是神情闲适安定的游人，也没人认出他来。

"没瘦。"楚秋微微弯下腰来，方便楚姨捏他的脸。

楚秋的确没瘦，体重反而还增加了，只是看着身形变得更为纤长了一些。但如果脱掉衣服的话，就能够看到他身上紧绷着硬邦邦的肌肉，线条流畅，并不鼓胀，显然是很好地管控锻炼了，保持在当前最合适的状态。

楚姨却不清楚这一点，她心疼，叹着气一下一下地捏着楚秋的胳膊，絮絮叨叨地说着年轻人就是不知道爱惜自己身体之类的话。

楚秋安静地听着来自楚姨的关心。

楚姨又问道："工作怎么样？"

"挺好的。"楚秋答道。

楚姨点点头："我看你们老板人也很不错。"

楚秋一愣："老板？大力哥？"

"不是大力。"楚姨摇了摇头，一边走一边说，"就是来医院看过我的那个，姓祁的小伙子，年纪轻轻一表人才的……"

楚秋张了张嘴，却一句话都没能说出来。

祁天瑞？

祁天瑞怎么跟楚姨有联系了？

"他偶尔会来院里看看，陪小朋友们玩一会儿。"楚姨笑着说，"小伙子很受欢迎，比你受欢迎多了，没一点大老板的架子。"

"祁哥他……"楚秋犹疑地问道，"说什么了？"

"就是来院里看看，也没说什么，只说是想来看看你长大的地方。"

楚姨说着，两人恰巧走到了一个烽燧，便停下了脚步，在里边坐下休息。

"每次来都开着车，带一后备厢的水果和零食，孩子们可高兴了。"

楚秋听着，小心又不安地瞅瞅楚姨，总觉得她还有话要说。

"小秋啊。"楚姨握着楚秋的手，轻轻拍了拍他的手背。祁老板很看重你这个朋友。

楚秋心里一紧，张嘴想要说点什么，却被楚姨打断了。

楚姨脸上露出笑容来，又拍了拍楚秋的肩，"你姨这辈子也没什么别的追求，能够看着你们都健健康康地长大，就很好了。"

楚秋盘着腿，也不嫌脏，坐在烽燧的小窗口旁边，看着外边的群山，听着楚姨唠唠叨叨地说着一些有的没的家常。

大概是近日里楚秋太忙，回福利院的频率从以前一周一次变成了两周一次，人也总是显得比较疲累的缘故，楚姨一直都心疼他休息不好，自然说的话也少了许多。

这次楚秋休息了两天，精神状态极佳，楚姨看他精神，也高兴极了，当真是堆积了不少话想说。

其实大都是一些鸡零狗碎的小事情。比如那个新来的孩子又尿了几次床，比如谁谁和谁谁前些日子又打了一架，又比如谁谁被领养了，家里条件还很不错之类的话题。

楚秋脑袋靠在墙壁上，安静地听着，脸上带着微笑。

"小夏从欧洲那边回来啦，给姨带了好多特产，小朋友们也有份。"楚姨笑着说道，"也见了她男人，两个人好得很呢……"

楚秋点点头，他也收到了楚夏送来的明信片和一支钢笔。

他拧开保温瓶的瓶盖，递给看起来讲累了的楚姨。

楚姨喝了口水，又开始唠叨起来，两人走走停停，从早上慢悠悠地溜达到了中午。

城墙上风大，楚秋把楚姨带了下来，两人随意找了个没什么人的小餐馆，一口包子一口粉地把午饭对付了过去。

下午回院里的时候，楚姨看起来一点都没有疲累，反而精神奕奕，走路都带风。

楚姨看着被小朋友们包围起来正在手忙脚乱地发糖的楚秋，等到每个小朋友都拿到糖了，才问道："今天留不留院里住啊？"

楚秋想了想，还是摇了摇头。

他得好好休息，明天再粗略复习一遍《文豪》的剧本，免得试镜的时候翻船。

"你等会儿。"楚姨拉着楚秋进了旁边的屋子，拎出了一小袋子腌菜和一些青菜，"都是院里种的，带回去吃。"

楚秋也没客气，伸手接了过来。

楚姨说道："你们祁老板挺喜欢吃这腌菜的。"

楚秋一顿，点了点头。

张大力是在凤皇娱乐接到楚秋的。

而楚秋，本来是来给祁天瑞送饭的。

演员这份工作注定了他不可能拥有多规律的假期，正常的节假双休日，跟演员没有任何关系。

楚秋这次小长假，不巧大半都撞上了工作日。

所以他想了想，干脆就做了祁天瑞想吃的东西给送了过来。

这一次祁天瑞总算没有再错过，他在楚秋放下手里的便当盒准备走人的时候出声喊住了他。

"你自己吃过了吗？"祁天瑞问。

楚秋摇了摇头。

"不饿？"

"嗯。"楚秋点点头。

"那也得吃点垫垫肚子。"祁天瑞说着，从休息室里拿出个小碗和一双筷子，分了些米饭进去，把筷子递给了楚秋。

楚秋看了祁天瑞几秒，这才接过了他递过来的筷子。

祁天瑞摸了摸自己的脸，忍不住想脸上是不是有什么东西。

楚秋对祁天瑞的动作视若无睹，他掀开了几个盒盖，夹了块米豆腐。

祁天瑞的目光落在腌菜上，伸手去夹了一筷子。

"你回福利院了？"祁先生顺口问道。

楚秋闻言一顿，转过头看向祁天瑞，祁天瑞这才意识到自己说漏嘴了。

祁先生轻咳一声，发现自己私底下进行的迂回战术暴露了，还是暴露在楚秋面前，感觉有点不自在。

"小朋友们很可爱。"祁天瑞说道，然后又解释，"我就是……我就是去看看，没别的意思。"

"嗯。"楚秋收回视线，想了一会儿，才接着说道，"他们很喜欢祁哥。"

"给他们带了那么多零食糖果，自然喜欢我。"祁天瑞说着笑了两声，"小孩子嘛。"

说完，祁天瑞反应过来，偏过头看着楚秋，微微瞪大了眼，似乎极为意外："小秋……你知道的啊？"

楚秋自然明白祁天瑞指的是他经常去福利院溜达散财的事情。

楚秋点了点头，对上祁天瑞的视线，又解释道："楚姨说的。"

祁天瑞看着那一碗腌菜，想到楚姨那似乎看破一切的眼神，不由得有点心里发虚。他放下筷子，想问楚姨说什么了，却感觉不妥，又憋了回去。

半晌，他终于找回了自己的声音。

祁先生问楚秋："你生气？"

"嗯？"楚秋对此感到有些不解。

祁先生认认真真地凝视了楚秋一会儿，确定他的确是纯粹的疑惑之后，松了口气。

"我以为你会生气我去福利院。"他说道。

"不生气。"楚秋摇了摇头，"院里的人很高兴。"

祁天瑞沉默地夹了一筷子粉丝，吸溜一口，目光始终落在楚秋身上。

"那你呢？"他突然问道。

楚秋茫然地偏过头，疑惑地看着祁天瑞。

"你高兴吗？"祁天瑞问。

楚秋不明白这件事跟他高不高兴有什么关系。

祁天瑞去福利院散财，是好事。对福利院来说是好事，祁天瑞自己看起来也心甘情愿的样子，跟他又有什么关系？

楚秋愣了半晌，才恍恍惚惚地想起楚姨前天说的话。

祁天瑞是冲着他去的。

楚秋的脑子终于艰难地对上了祁天瑞的思维。

"祁哥……"楚秋思考了一下如何表达，才继续道，"是为了我才去的吗？"

祁天瑞干脆地答道："是。"

说句实在话，祁天瑞要做慈善，大手一挥直接砸钱就是了，哪里需要亲自去福利院？

如果不是为了楚秋，为了楚姨，他是不会亲自去的。

献爱心做慈善的方式千千万，他根本无需事事躬亲。

楚姨说得的确没错，祁天瑞的确就是冲着楚秋去的，而且目标非常之明显。

他就爱听楚姨唠叨楚秋以前的事情，摆明了就是因为楚秋而来，目的就差没写在脸上了。

楚秋歪着头看了祁天瑞许久，终于点了点头："有些开心。"

没想过会得到这样答复的祁天瑞愣了半晌，忍不住以为自己幻听了："再说一次？"

楚秋重复道："开心。"

楚秋的确是感到开心的。

当一个人发觉自己被他人重视的时候，不论那个他人是谁，心中多少都会有些触动。

楚秋以前封闭而迟钝，少有这样的认知，现在隐约能感觉到一些。

毕竟楚姨和祁天瑞两个人都非常坦诚明确地说明了，哪怕是他再迟钝，也明白祁天瑞所做的事情，出发点无关其他，就是他本身。

楚秋抿了抿唇，脸上带着微微的笑意。

是的，他的确是感到开心的。

这令他的情绪非常明快，大约是可以称之为喜悦的。

祁天瑞惊愕地看着楚秋，刚夹回来的粉丝"哧溜"一下落进了饭碗里。

他见惯了楚秋平静无波的样子。

就仿佛祁天瑞做什么都无法触动楚秋，都无法落入他的眼中，都无法让他有所动容一样。

有的时候祁天瑞都觉得，楚秋是不是已经完全将自己独立在了这个世界之外，所以才会这么冷漠地看着他为他做那些事情，只在心里清清楚楚地盘算着怎么偿还。

但有的时候，祁天瑞又清楚地知道他做的事情是有得到回应的。

比如楚秋会忍痛分他糖，比如楚秋愿意听从他的建议主动邀约，比如楚秋在他生日的时候做的那个蛋糕，又比如楚秋现在那对闪烁着愉快光芒的眼睛。

祁天瑞有些回不过神来，直到楚秋轻轻放下了手里的碗筷。

碗底与玻璃茶几碰撞，发出清脆的声音。

祁天瑞怔怔地看着楚秋，脑子"嗡嗡"响。

他不知是哪根筋搭错了，又或者是那张嘴脱离了头脑的控制。

一声问询脱口而出，带着些许不明显的期待和小心翼翼："那你愿意接受我为了你做的那些事情吗？"

楚秋一愣，随即不知所措地看向了他。

"没没没没事！"

祁天瑞连忙放下碗筷，连连摆手，甚至在楚秋准备开口的时候轻轻捂住了他的嘴。

"别说，别说，我不想听到否定。"

楚秋："……"

"我只想听到肯定的答案，如果不是的话，你……"祁天瑞放开手，"你还是不要说了。"

楚秋听话地保持了沉默。

这样的反应在祁天瑞意料之内，却多少还是让他有些失望。

他靠在沙发椅背上，可怜巴巴地瞅着不知如何是好的楚秋，一直到楚秋离开，都没再说话了。

祁先生坐在沙发上，看着被楚秋带上的门，整个人都顺着沙发靠背滑下去，悲伤地团成了一团。

而楚秋跑到凤凰娱乐的地下停车场，找了个没人没车的角落，蹲下来捂着脸，同样团成了一团。

张大力接到祁天瑞的电话，开着车过来接人的时候，在风皇娱乐 ABCD 四个大区的停车场里溜达了整整三圈，才在 B 区的一个小角落里，找到了缩成一团的秋宝宝。

张大力拎起秋团子，把他塞进副驾驶，才问道："这是怎么回事儿啊？祁天瑞欺负你了？"

楚秋摇了摇头，瞪着眼看着车窗外，直到车外的景象从停车场变成了绿化带，才缓缓回过神来。

楚秋转头看向张大力，嘴唇张了张，又合上，欲言又止。

张大力被他盯得皱了皱眉，问道："怎么了？想说什么？"

"大力哥，祁哥他……"楚秋讷讷问道，"他到底为什么对我这么好啊？我有哪里好了……"

楚秋这个问题，张大力也说不出个所以然来。

"我觉得你应该直接去问祁天瑞。"张大力说道。

楚秋沉默着不吭声。

实际上他问过了，但是祁天瑞并没有明确地回答他——大概也有他问得不够准确的原因在。

张大力看着楚秋沉闷的样子，问他："那你是怎么想的？"

楚秋茫然了一阵，轻轻摇了摇头。

他不知道。

"其实这个事儿吧，没那么多理由。"张大力一摊手。

楚秋轻轻眨了眨眼，终于开口说道："可是我并不值得。"

张大力觉得楚秋这话说得特别不好。

他抿着唇想了想，问道："你喜欢你姨吗？"

楚秋点点头，毫不犹豫。

"为什么喜欢？"张大力问。

楚秋想了想，答道："姨对我好。"

"祁天瑞也对你好。"张大力说，"我也对你好，你柳姐也对你好，你柳哥也是，星星、月亮他们，哪个对你不好？"

楚秋微微瞪大了眼："那不一样。"

"怎么不一样？"张大力一笑，"再问你一次，你为什么喜欢你姨？"

楚秋被问蒙了，脑子运转着，竟然真的想不出一个具体的理由来。

半晌，他嘟哝着答道："那是我姨。"

"那就对了。"张大力一拍手，"祁天瑞对你好，可不就是因为你是你吗？"

楚秋愣愣地看着张大力，本能地觉得有哪里不对，但是逻辑上来说好像又是成立的。

"这种感觉呢，真的挺难找到一个具体原因。"张大力重新发动了车子，踩下油门。

"别的事都慢慢来，你可别受他影响试镜翻车。"张大力提醒道。

楚秋点了点头，收起了心思。

一个优秀的演员是能够很好地管控自己情绪的。

等见到了卫导和金老的时候，楚秋已经恢复了平静，礼貌地跟两位从年龄上来说可以让他喊叔叔的前辈打招呼。

金老和楚秋是第一次见面，他笑眯眯地看着这个小年轻，越看越觉得顺眼。

他们约见的地方十分随意，是个茶楼的包厢，也没有带摄影机，就带了个小型 DV 过来。

闲聊着喝了半杯茶，卫导见楚秋状态似乎不错，便说道："试镜片段知道的吧？"

楚秋点了点头。

试镜的片段是三个镜头。

第一个镜头是意气风发、对未来满怀希望的赤诚少年，决心留洋，将先进的思想与科学技术带回祖国。

第二个镜头是留洋归来处处碰壁的青年，他未因现实变得圆滑，反而将自己的棱角打磨得更加锋锐，张扬着向所有人大声宣扬自己的思想。

第三个镜头是潦倒不堪的中年人，他穷困饥饿，却依旧不甘于屈服现状，咬着牙不断地辗转在各个报纸的岗位上，写稿，写书，试图以讥诮嘲讽来激起人们的愤慨，毫不掩饰地与讨好上峰无病呻吟的报纸针锋相对，架台打擂，极度渴盼萎靡的年青一代重整旗鼓。

金老很体贴地问道："有需要说明的地方吗？"

楚秋摇摇脑袋，笑得比较腼腆。

这三个镜头，第一个全是眼神戏，第二个考验台词功底，第三个则是判断他的戏路到底够不够宽。

楚秋到底还是年轻，剧本上除了孩童时期需要用到小演员之外，之后的少、青、中、老四个时间段的主角，卫导是希望能够一个人演到底的。

毕竟不是一个人演的，多少还是会有些违和。

但楚秋会怕这个吗？

他当然不怕，赤诚的少年，失去了天真之后依旧锋利的青年，穷困潦倒却始终坚挺着背脊的中年，劳模先生全部都演过。

楚秋有非常丰富的素材库可以供他参考，再加上拿到《文豪》剧本之后长达一个多月的准备期，足够楚秋把这个角色形象塑造好，并且在脑子里走上一个来回了。

卫导拿出 DV，架了起来。

"可以了？"卫导问。

楚秋深吸口气，点了点头。

张大力看楚秋演过很多次了，深知楚秋的状态和心理有多稳。

在卫导喊了开始之后，楚秋面上的腼腆便倏然消失。

楚秋微微抬起手来，虚扶在身前，仿佛正扣着栏杆远眺，手中分明是没有东西的，他的指节却仿佛因为用力而泛着白，嘴唇微微颤抖。

少年的眼中是满满的期盼与骄傲，面上带着一丝兴奋的笑意，嘴角却又微微向下垂，透着一股游子出行的期待与紧绷的不舍。

他背脊挺得笔直，笔直得显得有些刻意，就像是强撑着，努力让自己显得高大坚强一样。

他的目光渐渐远了，终于，似乎他再也捕捉不到远去的故乡，面上的笑容骤然消失了一秒，又重新爬上了脸颊，这一次，那嘴角向下垂着的微小弧度也消失了。

他远眺着地平线，静默地看着那里，最终，他拉平了嘴角的线条，紧绷着面容，像个即将奔赴战场的斗士一样抬起手来，握成拳头，置于太阳穴边。

他带着颤音，微红着眼眶，面对无人的大海轻声宣誓："……我将背负希望归来。"

张大力轻舒一口气，喝了口茶。

卫导和金老都蒙了——楚秋的表现比他们想象中的要好太多太多了。

镜头总是会无限放大一些缺点，而因为设备和灯光的缘故，有的东西多少也会失真，真正后期制作出来的影片整体播放一次，才能够清楚地感受到演员流畅的演技，看单独切开的镜头，除非某些特别经典的片段，都是会对演员的表现有一定程度上的削弱的。

卫导和金老对楚秋的容忍度都挺高，两人都看过楚秋拍的镜头，对于楚秋的演技多少也有一些认知。

他们没见过楚秋真人的演技，对于楚秋抱有期待，但也不会特别高。

虽然郭导和刘导都对楚秋赞不绝口，但奈何楚秋年轻啊！

天赋再好，没在镜头前打过几年滚的年轻人又能优秀到哪里去呢？

"我现在算是清楚为什么刘爱国那老家伙说找你肯定不会有问题了……"卫导这才反应过来，把 DV 的拍摄关掉，"你真的是非科班出身，入圈才一年出头的？"

楚秋笑笑，对于这样的问题见怪不怪。

金老伸着脖子瞅着 DV 里重播的镜头，看完一遍之后满意地咂咂嘴，又想看第二次。

卫导把 DV 拿回来，瞪他的老友："还有两个镜头呢！"

"行行行你拍你拍。"金老说着，自己拿出了手机，对准了楚秋。

楚秋："……"

楚秋自然是将这个角色拿下了。

"我们这边的话，预算还差点，得再拉两笔投资出来，再加上前期准备吧，估计得明年五月才开拍。"卫导说着有点不好意思，但还是拉着老脸说了，"明年五月的话楚秋的片酬肯定高好多啦，咱能不能趁早把合同签了？"

这话说得张大力爱听，但他也不愿意楚秋在收益这事上吃亏。

大前辈的面子是要给，但也不能让很大的步。

而且这种剧，想拉投资本身就难，大家也都知道难处。

两方掰扯掰扯，最终定下了一个两方相对都能接受的价位。

"行，过几天合同拟定出来就马上发你！"省了钱又得到了意外之喜的两位前辈高兴得简直要飞起来，卫导一脸深沉，"大力你可不能坑我。"

"好好好。"张大力点头，"合同尽快送来就是了，我们这边一定迅速搞定！"

金老喜滋滋地加了楚秋的微信，说回头给他推荐几本这位文豪相关的书籍，方便他多做功课。

捡了个大便宜的卫导，转头就跑出去打电话求爷爷告奶奶地拉投资了。

趁早拉到投资趁早开拍趁早上映，不管是扑街还是爆炸，不都是早死早超生。

而被张大力领走的楚秋，正瞅着自己的日程表，看着明年一月到五月的空白期发呆。

"看什么呢？"张大力问。

"日程。"楚秋给他看一串空白的日程。

《太京》里楚秋的戏份一月上旬就杀青了，而且十二月到一月份这段时间的档期被切得鸡零狗碎的，主要是因为楚秋的角色戏份主要都是棚内文戏，外景满打满算才二十幕，影视城里的戏份比外景要多一点，但是也没多到哪里去。

之后一直到五月都是空白，接近半年的空窗期，对演员来说是相当糟糕的。

"你是不是忘了你手里还有个剧本了？"张大力问，"而且顺利的话，上半年《江湖行》的宣传你估计也要上不少的。"

楚秋瞅着自己的日程，说道："一月下旬开拍《向阳而生》吧？"

张大力算了算时间，还有两个月，这种用不着特效也用不着宣发，主要依赖几个主演的演技，制作方面只要规规矩矩地拍好剪好做好的低成本电影，几百万的花费都是豪华配置了，抠门一点一百万顶了天去了，所以以拍摄和制作周期也是非常短的。

"你觉得自己可以就行，导演想好找谁了吗？"张大力问。

楚秋早就想好了，他答道："郭旷。"

郭旷是郭猛的弟弟，跟郭猛喜欢拍各种大开大合、颜色亮丽，一看就十分明快的镜头不一样；郭旷的镜头极其细腻漂亮，颜色看起来就像惨白冰冷的雪地上托着一团暖阳，刺骨寒冷又总是带着点温暖的希望。

楚秋非常喜欢郭旷的电影，当时看到这个剧本的时候，他就觉得如果是郭旷来拍，一定会拍得很不得了。

不过楚秋觉得以郭旷的习惯，这个剧本肯定是会有一定调整的。

因为郭旷不喜欢彻头彻尾的黑暗，就像他的镜头一样，他总习惯给电影一段充满希望的留白。

郭旷的片子，就算是再多么尖锐激烈，整部看完之后，战栗中也多少会感觉还能够揪住一丝温暖。

而那一丝温暖，就足够人们在悲伤寒冷的世界中汲取活下去的希望了。

寒流自冰冷的西伯利亚流窜而来，街上的人们已经穿上了毛衣和大外套。

楚秋套着件大风衣，戴着口罩和毛线帽子，只露出眉毛和眼睛，抱着个文件袋，站在距离影视城不远的一家咖啡厅门口，轻轻跺着脚等人。

楚秋怕冷，冬天只要一出门，毛衣里边就要贴两个暖宝宝，贴在两边腰际，这样他双手插衣兜里或者裤袋里的时候，都会感觉到暖烘烘的。

但脚上就没办法了。

楚秋吸了吸鼻子，跺着脚，在凛冽的寒风中瑟瑟发抖。

他眼睛微眯着，长长的睫毛被吹得一颤一颤。

楚秋今天约了郭旷见面，小郭导演最近似乎心情不太美妙，拒绝了好几次张大力的邀请。楚秋知道后，一通电话就把郭旷约了出来。

郭旷的痛点楚秋再明白不过了。郭猛的片子狂掠票房的同时还拿奖拿到手软，导演奖满打满算到现在也已经拿了三个。

而郭旷入行九年，口碑有，名头有，片子也拿过奖，但导演奖次次提名次次陪跑，要说他心里没气，那是不可能的。

楚秋一脚踩在他痛点上，再激一激，郭旷气得一蹦就应了下来。

楚秋眯着眼，四下张望，在捕捉到一个拿着手机茫然四顾的身影之后，拉了拉风衣的衣领，走过去喊了一声："小郭导演。"

郭旷打量着全副武装的楚秋。

"楚秋？"

楚秋点点头："走吧。"

两人一前一后进了咖啡厅，默契地坐到了角落里，温暖的环境让他们齐齐松了口气。

两人各自点了杯热饮，楚秋也没多说，只是将手中的文件袋推给了郭旷。

郭旷也一声不吭，直接拆开文件袋，抽出里边的剧本翻看。

过程中两人没有一句交流，安静得只剩下呼吸声和偶尔浅啜饮品的声响。

楚秋和郭旷安安静静地待了足足四十分钟，郭旷才把剧本粗略看完。

楚秋已经续了两杯牛奶。

而郭旷杯子里剩下的半杯咖啡已经凉透。

郭旷把剧本放回文件袋，对上楚秋的视线："要改。"

楚秋丝毫不意外地点点头："改。"

郭旷一愣，半晌都没能反应过来——他还以为自己要求改剧本的事情会受到阻拦，毕竟这个剧本的作者，可比他的分量重多了。

郭旷喝了一口冷掉的咖啡，问："主角是你？"

楚秋点点头。

郭旷问道："档期？"

楚秋答道："一月下旬，独立制片。"

"医生和母亲的演员我来找。"郭旷要求。

楚秋没有意见，点了点头。

郭旷看了楚秋两秒，他还真没见过几个比他话还少的人。

但想要的答复已经得到了，郭旷也不在乎别的，拿起文件袋就起身离开了。

楚秋轻舒口气，按铃结账，然后在服务员到来之前，重新戴上了口罩和帽子，起身，刷卡，走人。

说实话，楚秋觉得跟郭旷相处挺舒服的——大概是因为他和郭旷都属于那种可以蹲在角落里发一整天呆的人。

楚秋出了咖啡厅，看了一眼手机上的时间，摸了摸大衣口袋里的工作卡，转身向影视城走去。

路上他顺便买了两个煎饼果子当午饭，趁着走员工通道进影视城里的时候啃了，然后嚼着口香糖重新戴上口罩，混在游客中间跑去了新搭的太京城布景。

B市的影视城是对外开放游览的，只是有大剧组正在拍戏的地方会被隔出来不允许进入，比如新搭建的太京城就在此列。

今天下午有楚秋的戏份，因为要提早来见郭旷的缘故，楚秋拒绝了张大力的陪同。

楚秋走到太京城的场景附近，看着堵在门口的一群男男女女，在他们到底是粉丝还是群演之间猜测了两秒之后，觉得应该是前者。

楚秋今天可没有张大力护身。

想到被认出来之后可能发生的事情，楚秋抿了抿唇，左右看了看，跑到一个小角落里躲起来。

他两手拉紧了风衣，交叉着贴在两侧腰际，感受着暖宝宝源源不断传来的温暖，就像一朵长在拐角的大蘑菇一样，认真思考着自己应该怎么绕过这群粉丝，成功进入片场。

这么大一个太京城，不是没有侧门的，它不仅有东南西北四个大门，还有六个小侧门。

然而并没有什么用，因为今天的戏份全都在现在被堵住的南门上，另外的几扇门都关得死紧，并没有机会进入。

楚秋看着这个距离太京城还有大概半公里的入口，内心十分纠结。

就在这时候，一道男声从他背后发了出来。

祁天瑞看着蹲在小拐角里的人影，愣了半晌："小秋？"

楚秋一愣，转过头来惊讶地看着祁天瑞。

他在影视城做什么？

"我来这边跟影视城谈点事情，顺便……"祁天瑞抿了抿唇，抬头看了一眼被粉丝们堵住了入口的片场。

顺便他问了张大力楚秋的日程，准备过来探班。

他和楚秋已经有足足三个星期没有见过面，也没有讲过话了。

不是楚秋不搭理他，而是他自己不跟楚秋说话。

楚秋还是照旧会给他发一些简单的问候——比如收工了，比如早上好。

但在祁天瑞连续一周都没有给他回复之后，楚秋就停止了这种行为。

楚秋有点蒙。说实话，他以为祁天瑞已经不准备再理他了，毕竟以前就算是因为某些原因没有立即回复，但过去两三个小时，只要祁天瑞看到了，都会给楚秋回复。

可整整一周祁天瑞都没吭声，楚秋就想，祁天瑞大概是不愿意理他了。

楚秋并不擅长处理矛盾，在人际交往上，也是个相当被动的性格。

坚持一个星期，已经是楚秋所能做到的极限了。

他难过地放弃了继续发下去的想法。

祁天瑞始终没有回复，他就在心里默认了祁天瑞大约是放弃他了这个事实。

而祁天瑞呢？

祁天瑞是为自己的失败而感到万分挫败，独自舔舐伤口去了。

每次看到楚秋给他发的消息，就感觉自己被劈成了两半，一半是有些兴高采烈的欣喜，一半是有些难过。

祁天瑞最难过的时候就在想，凭什么啊？

凭什么楚秋还能照常发这些消息？

但祁天瑞坚持了足足一周的硬心肠之后，在楚秋不再给他发消息的日子里，又陷入了恐慌。

我是不是太过分了？

我是不是不应该这么做？

楚秋他现在一定很难过吧？

……

诸如此类的问题纠缠了他许久，直到今天恰巧来影视城谈合作，祁天瑞终于没能控制住自己，扔下一起来开会的助理，脚下一转，就熟门熟路地沿着各种小道往新搭建的太京城走去。

他以前在这里拍过戏，熟悉得很。

结果他刚到门口还没进入剧组，就撞上了蹲在拐角里皱着眉十分苦恼的楚·蘑菇·秋。

"祁哥。"楚秋站起身来，冷风灌进风衣里，让他忍不住打了个哆嗦。

祁天瑞看着他直打战的样子，轻轻叹气，终于认命了。

他到底是不忍心看楚秋受到丁点儿伤害。

祁天瑞把自己的围巾摘下来，给楚秋戴上，说道："怕冷就穿高领毛衣。"

楚秋阻拦不及，又被祁天瑞拦住了取下围巾的动作，最终只得诚实地说道："拍戏会露馅。"

"那这围巾送你了。"祁天瑞说着，拿出手机来给影视城的保安室打了个电话。

楚秋拒绝的话咽了回去，一边不太适应地整理着围巾，一边等着祁天瑞把电话打完。

可这电话还没打完，他们就不幸地被粉丝看到了。

祁天瑞跟一个男孩子的目光对上，才惊觉自己现在脸上什么遮掩都没有。

他眼睁睁地看着那个男孩子眼睛瞪得越来越大，然后目光从他身上挪到了正毫无所觉地低着头，有些不适应地拉扯围巾的楚秋身上。

楚秋虽戴着口罩和帽子，但还是被认了出来。

"楚秋！祁天瑞！"男孩子大喊。

祁天瑞伸手拉住瞪圆了眼不知所措的楚秋，转头就跑。

两人万万没想到，他们见面还没来得及讨论一下彼此之间短暂而微妙的冷战，就遇到了这种需要生死逃亡的大事件。

祁天瑞和楚秋毕竟都是演员，演员的身体素质总是要比普通人好上一些。

但奈何他们并不清楚今天到底有哪些场地正在拍摄不允许进入，结果一路撞上了不少旅行团，身后跟着的人跟滚雪球一样越来越多！

"你知不知道今天哪里不准进啊小秋！"祁天瑞一边跑一边问被他拉着的楚秋。

只要能找到一个正在拍摄的大棚，祁天瑞就能刷脸进去避难。

然而楚秋给了他沉默的六个点："……"

好，看来是不知道了。

影视城的保安部到底不是摆着看的，在祁天瑞和楚秋从影视城西边角落里的太京城，一路东躲西逃跑到东边角落里的民国街的十来分钟里，保安终于站出来，挡住了汹涌的人群。

两人又不放心地穿过了几条街道才停下，弯着腰喘气。

祁天瑞有点崩溃，他已经能想到今天的头条会是什么了！

风皇娱乐老总祁天瑞携风皇娱乐新人楚秋影视城狂奔，是人性的泯灭还是道德的沦丧！

"祁哥。"楚秋做着深呼吸，指了指祁天瑞手上正响着的手机，"电话。"

祁天瑞有气无力地接通了电话，那头是张大力愤怒的咆哮。

"祁天瑞你这蠢货！我就一天没跟着楚秋！就这一天！"

祁天瑞："……"

我能怎么办，我也很绝望啊，我也不想经历这些啊！

祁天瑞心里委屈极了。

楚秋左右看看，隐约记得民国街这边应该是有个小卖部的。

他在祁天瑞打电话的时候，去买了两瓶水回来，在祁天瑞挂掉电话时递给了他。

祁天瑞愣了愣，接过他递来的水。

"小秋。"祁天瑞喊他一声，对上楚秋转过来的视线之后，摸了摸大衣的口袋，从里边掏出了一颗大白兔，"糖给你，我们和好吧。"

楚秋低头看了看祁天瑞手心里的糖，在祁天瑞略显紧张的注视下，伸手拿了，剥开吃掉。

"你收了糖，那就是同意和好了。"祁天瑞说，"你继续给我发消息吧。"

楚秋含着糖，看着祁天瑞，没说话。

祁天瑞觉得楚秋大概是同意了，便带着他小心翼翼地躲开了有些混乱的游客群，成功进入了《太京》的片场。

当天晚上，祁天瑞收到了楚秋发来的微信。

只有两个字：消息

祁天瑞没忍住，往后一倒，在柔软的床上弹了弹，翻身脸埋进枕头里，哼哧哼哧地笑了起来。

秋宝宝心尖尖：为了有素材，我不做人了！剪辑版《逃脱影视城》！

抱起秋宝百米冲刺：有一种大片既视感，我们秋和他果然画风清奇浑身是戏！

气球呼啦呼啦：只有我一个人发现，小秋秋脖子上的围巾有点似曾相识？

秋团子：……这么一说好像的确？

啵唧秋秋：从隔壁祁老板那边爬墙过来的表示，这围巾似乎跟……我们祁老板还挺喜欢的那条长得……一模一样……去年的几张自拍都是围着这个拍的。

楚秋看到了那个剪辑，是张大力给他看的。

粉丝里有一些非常厉害的剪刀手，调色配上音乐之后，竟然还真的有那么几分大制作动片的味道。

楚秋一天的戏份刚结束，正在卸妆，看到张大力手机上登陆的是他的账号，就顺手给这个剪辑点了个赞。

没过多久，祁天瑞也跟着点了个赞。

只不过祁先生跟看完了剪辑就没有往下翻的楚秋不同，他看到了下边粉丝的猜测，内心十分高兴，甚至蠢蠢欲动地想给那个评论也点个赞。

但也只是想想。

最近公关部表示对安逸的生活非常满意，总经理已经利用这段时间跟他女朋友进入了谈婚论嫁的阶段，就差没抄着刀子架祁天瑞脖子上，警告他别搞事情了。

没办法搞事情的祁先生最近感到十分苦恼。

原本跟楚秋和好了，应该是好事才对，但……

祁天瑞看着他跟楚秋的聊天记录，眉头皱得死紧。

楚秋的确是恢复给祁天瑞每天发消息的习惯了——字面意义上的发消息。

不管早中晚，统一都是发来两个字：消息。

虽然祁天瑞完全能从时间上分辨出每天发来的消息两个字里"早上好""收工"和"晚安"这三者的区别，但奈何楚秋除了"消息"两个字之外，根本就不跟他多说其他的话。

祁先生觉得自己大概是被报复了。

楚秋在跟他耍小脾气——报复之前他不理他的事情。

祁天瑞一边觉得好可爱，一边又感到十分苦恼。

这种烦恼让祁先生心里痒痒的，又有些如坐针毡的不安。

正这么想着，祁天瑞又收到了楚秋发来的"消息"两个字。

看看时间，估计是收工的意思。

祁天瑞想了会儿，回复。

祁天瑞：换一个。

楚秋看了一眼手机上推送的消息，居然马上领悟了祁先生的意思。

大概意思是说让他别再只回复"消息"两个字了。

于是晚上睡觉之前，楚秋躺在床上，戳着手机给祁先生发去了一条消息。

楚秋：换一个。

祁天瑞：……

祁天瑞轻轻叹了口气，开始认真检讨自己是不是哪里做错了，以至于让楚秋心里堵着火气。

他一定是有哪里做错了。

但是是哪里呢……

祁先生拿着手机，今天也依旧苦恼着甜蜜的问题。

楚秋在影视城里的戏份不多，刘导担心他没办法跟大堆群演相处的情况也没有发生。

——因为只要他一喊过，楚秋眨眼间就能蹿出他的视线范围，找个谁都看不到，但一喊就能跑出来的角落里猫着。

刘导看了看下一幕的安排，是一幕群戏，副导演把群演和几个主演点到，刘导抄起手边上的喇叭，喊："楚秋！楚秋出来了！"

召唤兽楚秋披着羽绒服，抱着个电暖宝从角落里钻出来。

因为戏服是宽袖，手钻进羽绒服袖子里会压到，所以只能披着，还不好扣上衣扣。

大冬天的影视城里，就算是在毛衣里边贴上暖宝宝也不顶用。

好在等戏的时候不算太煎熬，周围的屋子里虽然都空荡荡的，但挡风还是足够的，加上刘导人厚道，场景周围的屋子里都放了两个小太阳，把整个屋子都照得暖烘烘的。

楚秋不爱待人多的屋里，每次都拿条小凳子，跑去背风的角落，抱着电暖宝一个人待着，偶尔他后边会跟个柳闻青或者徐欢，目的是对戏，或者是一起发发呆。

柳闻青知道楚秋《太京》这边杀了青之后就会去拍另外一部电影，剧本他没看过，只不过知道楚秋又有电影片约了，还挺为他高兴。

柳闻青向来不忌讳送到手里的剧本是电影还是电视剧的，只要是好本子，他就愿意拍。只不过他的经纪人在好本子的前提下，还会给他挑片酬高的，柳闻青这才没背上个饥不择食的称号。

这场是柳闻青跟楚秋的对手戏，也是楚秋在影视城里的倒数第二场戏。

最后一场是楚秋领着无法随同迁离的老弱病残以及留下来美其名曰坚守城池、实际上就是当炮灰的一千兵力，站在城墙上，与兵临城下的敌军对峙的场景。

楚秋的角色死掉的戏和城内的战争戏份已经在刚到影视城的第一周就拍完了，今天过完，楚秋在影视城的戏份也要结束了，之后只有为数不多的外景镜头需要拍一下。

刘导给他们讲完了戏，柳闻青和楚秋试演过之后，就等着动作指导那边给群演的指导结束，再整体配合。

柳闻青问楚秋："你下部电影什么时候？"

"下部电影？"刘导愣了愣，问楚秋，"你下个安排不该是老卫的新剧吗？"

"中间有空白。"楚秋解释。

刘导顿了顿，有些不赞成："年轻人，不要这么急吼吼的，一部拍完多休息沉淀一下……"

楚秋摸摸鼻子，冲刘导讨好地笑了笑。

"算了算了。"刘导看他那样子，摆摆手，"也是，你先提身价，填饱肚子也好。谁的片子？"

"小郭导演。"

"文艺片啊？"刘导惊讶地看着楚秋，"你想拿奖？"

楚秋摇摇头。

他是想郭旷拿奖，毕竟亚尔影展只设导演编剧和影片相关的奖项，并不设男女主角奖项。

但即便如此，关注这类奖项的人也很明白，一部影片的成功，是绝对离不开优秀的演员的。

楚秋没想拿奖，他就想郭旷拿奖，然后他自己蹭一层名头加身，敲开高端影视的大门。

刘导瞅着楚秋，不再说话。

他觉得楚秋多少还是有点年轻气盛，急于求成了。

但他不准备多说，别人劝诫千万句，不及自己撞一次南墙。

这一场群戏楚秋和柳闻青连同一群群演反复走位确认了好几次，一群人冻得嘴唇发紫，刘导才点头说正式开拍。

道具在四处点燃了狼烟，在场记板落下之前，将整个片场都笼罩在了一层黑色的阴影之下。

楚秋的戏份结束得非常顺利，他在柳闻青嫉妒的眼神下离开了寒风乱窜的影视城。

之后的一个月里，他一边筹备着电影，一边将《太京》剧组里他为数不多的几幕外景戏拍完了，楚秋《太京》正式杀青。

杀青的戏没有安排在主摄影组，楚秋跟这个摄影组的人也并不熟悉，只是客套地说了"恭喜"和"辛苦"之后，就迫不及待地回到了温暖的家。

楚秋看看日历，最近一直在影视城和外景场地里打滚，现在杀了青，才惊觉圣诞已经过去，再两天就元旦了。

在不需要赶戏的时候，大部分剧组都会选择在元旦停会儿工，因为绝大部分演员在元旦都会收到一些邀约。而就算没有假放，剧组也会特意准备一顿丰盛的晚饭，基本上仅次于春节赶工时的丰盛了。

元旦那天，楚秋是要回福利院过的。

而元旦假期一过，他就要飞去H岛，开拍《向阳而生》了。

楚秋想了想，打开了微信。

楚秋：涮羊肉？

大力出奇迹：你刚杀青，不要休息的啊？

你星爹：涮！恭喜小秋杀青！！

你月爸：恭喜杀青！这天气最适合涮羊肉了！

陈妙：……忙，我跟你们这群咸鱼不一样，我一堆元旦的邀请。

柳闻青：我也……

祁天瑞：涮！

你星爹：孤立柳闻青！给妙姐加油！

你月爸：孤立柳闻青！给妙姐加油！

祁天瑞：今晚上走走走？

你月爸：还是去正阳楼吧？

楚秋：嗯。

一顿羊肉涮下来，结果就是所有人都知道祁天瑞得罪楚秋了。

他们还是第一次见到楚秋闹别扭，一个个活像是见了鬼，一个接一个地悄悄找祁天瑞打听情况。

太明显了啊！

楚秋谁都会搭理会讲话，唯独祁天瑞跟他说话的时候，就只是面带微笑地点点头。

张大力看着一脸苦恼的发小，趁着祁天瑞去洗手间的时候，跟了出去。

"怎么回事啊？你不是说和好了吗？"

"我觉得……可能是我单方面和好了。"祁天瑞一边说着，一边想：可是楚秋收下糖了啊！

张大力问他："你怎么单方面的？"

祁天瑞稍微解释了一下一个月之前发生的事情。

张大力神情复杂地看着祁天瑞，说："你居然还能做到一周不回消息？"

"现在我每天都回'消息'。"祁天瑞一脸菜色。

"我觉得大概是因为你没正经给小秋解释原因。"张大力推测，"虽然我是能理解你的难过，也能够理解你想东想西不回消息的行为，但是小秋估计是不会懂，你晾着他足足三周没有讲话没有见面，他气你，没有不搭理你，只是发你一个'消息'一个月……"

张大力想了想，还真不算过分。

"其实我觉得他这种生气方式也挺可爱的。"祁天瑞说道。

张大力："……"

"不过你说得有道理，我得去解释一下。"祁天瑞说完，拍了拍张大力的肩，迈着异常轻快的步子回了包厢。

祁天瑞给楚秋解释过之后的第二天，楚秋一大早就给他发了一个小视频。

一群小朋友对着镜头招手，甜腻腻的小嗓音喊："祝祁叔叔元旦快乐！"

祁天瑞看着小视频以及视频下边的"早安"两个字，感觉幸福的滋味再一次到来了。

一月份的 H 岛并不寒冷。

楚秋和郭旷带着《向阳而生》剧组在吹拂着温暖海风的岛上落了地。

两个人都没准备弄多大阵仗，托张大力没能邀请到郭旷的福，楚秋得到了小郭导演的私人电话，两个人私下的交流多了起来。

虽然都是围绕剧本和电影安排的公式化对话，没有丁点闲聊的内容，但楚秋还是感觉挺高兴的。

和以前的自己做比较，他的每一丝变化和进步都是肉眼可见的。

好的变化，总是让人感到愉快的。

楚秋和张大力一人拎个小巧的行李箱，里边装的全是轻便的秋装和夏装，羽绒服和毛衣都脱了，搭在手上。

小成本电影，所谓的小成本，就是要多省有多省。

楚秋其实是不需要太省的，但奈何提议都被郭旷直接否决了。郭旷的电影向来不需要多高的投资，因为往往紧随大投资而来的就是资本绑架，这对一个不擅长商业片的导演来说就是噩梦。

所以郭旷自有一套自己的行事风格。

比如说，他对资本会习惯性地拒绝，会自己做个精确到百位数的预算表，在其基础上慢慢增减。

因为成本有限，所以郭旷通常都是带着人直接去取实景，至于群众演员，就找当地的人，两百块钱一天，多的是人愿意演。

郭旷的电影都没有什么大场面，楚秋印象里最多的，也不过是六人同镜头。

当然了，作为素材拍摄的人群往来的镜头不算在内。

郭旷的这种行为，说好听点是精打细算，说难听点是抠门。

比如这一次来拍《向阳而生》，剧组满打满算十一个人，楚秋、郭旷、张大力加上心理医生和母亲的演员，然后是三个摄影师，一个打光师，一个化妆师加上一个助理。

相比较别的剧组，简直寒酸得不行。

唯一让楚秋觉得抠门也不错的方面，大概就是跟着郭旷，总能够找到一些隐秘而风景极佳的地方。

他们下了飞机，坐了四个小时大巴，又坐了四十来分钟的摩托，才终于到达了目的地。

目的地是一座小镇。

这座小镇依傍着山，面对着海。

——与其说是镇，不如说是个小渔村。

据郭旷说，这镇上，能喘气的东西加起来，都没超过五百个。

镇上的建筑稀疏且老旧，隐约还能看到建筑上砖墙与石板的痕迹。虽然多少都带着一些现代化的气息，但海风侵蚀之下，也爬满了斑驳的污痕。

椰树与热带的灌木肆意地生长在道路两侧，随着风安逸地摇晃着，沙沙声仿若一首轻快欣悦的歌。

刚踏入这座小镇，楚秋就明白了郭旷为什么会选择这里。

明丽、灿烂、生机勃勃却又因所依傍的山而显得封闭。

典型的郭旷式电影的镜头与色调。

楚秋他们到来的时候已经接近黄昏，太阳半边脸露在海面上，将天空、海洋与这座镇染成一片和谐的橘黄。

这座小镇上没有正经的旅馆，只有一个招待所。

招待所里统共就六个房间，其中四间都只有一张单人床。

招待所的老板跑遍了镇上，才借来了三张行军床。于是，除了一位女士单独住，其他人两两共住。

小镇上一次来了十一个外人，在这座封闭的小镇里可是一个大新闻了。

楚秋他们刚放好行李下了楼，就已经有不少人围了过来，惊奇地看着他们。

这群在娱乐圈行业的人对这种情况并不陌生，演医生的那个男演员长得帅气成熟，并没有对这种情况表现出反感，只是温和地问招待所老板哪里有饭馆，而老板尴尬地挠了挠头之后，说："没有饭馆，我们都是在家吃的。"

"找什么饭馆啊，来我们家吃嘛！"一个女孩儿操着一口口音浓重的普通话说道，两眼亮晶晶看着这一行人，"这个点都吃得差不多了，我家今天采了不少海，还没做好，你们去我家呗？"

一群围观群众都点头说"是是是"。

郭旷那个不想讲话的和楚秋这个不爱吭声的都不发表看法，被郭旷联系来的另外几个也不知如何是好，最终做主的就成了张大力和演医生的男演员。

一行人往女孩儿家走去，张大力虽然长得凶力了些，但嘴皮子利索最会找话题，镇上长大的女孩儿淳朴天真，毫无戒备，张大力问什么，她就答什么，郭旷也隔三岔五问上一两句，女孩儿也答了。

楚秋听着就知道郭旷这是在琢磨取景。

郭旷肯定是来这里踩过点的，但海边的天气千变万化，要取实景拍摄，那也得看看天公作不作美才行。

好在他们的运气极好，女孩儿说最近天气都可好了，每次采海收获都很大。

鱼虾比人要敏锐，靠着海吃了一辈子的人们，总是有自己独特的认识大自然的方式。

折腾了一整天的一群人在招待所里睡了个昏天黑地，即便是被褥上有略微的霉气，也阻挡不了他们浓重的睡意。

第二天天还没亮，郭旷就把楚秋从被窝里挖了出来，扔了他两套厚实却破旧的衣服，让他换上。

张大力躺在行军床上，看着闯进来的郭旷还有点蒙。

楚秋揉揉眼睛打了个哈欠，开了灯开始换衣服。

郭旷心里满意，脸上却依旧面无表情，转头又去把三个摄影师和打光师挖了起来。

招待所老板被闹醒了，给他们下了几碗面，瞥见摄影和打光师扛的器材，惊讶地问："你们来这里做什么哦？这么早？"

"拍电影。"郭旷答道。

老板一脸惊奇："我能不能跟去看看啊？"

郭旷点点头："随意。"

一行人举着手电筒，拖着一架摆满了器材和道具的拖板车往海滩边上走。

张大力跟在楚秋旁边，企图给他脸上糊防晒霜。

"你不心疼自己的脸没关系，你的粉丝心疼啊！"张大力从背包里翻出一盒小金瓶，"你心不心疼你粉丝？"

楚秋躲避的动作一停，认命地拿过了小金瓶。

"挺好的啊。"一边的打光师说道，"正好连粉底都省了。"

"不用化妆。"郭旷说道，他正一边走一边就着微弱的灯光写第一幕的场记板。

穷剧组并没有开机仪式这种东西。

场记板落下，就是正式开拍了。

今天郭旷是准备把楚秋单独在海边上的几个关键镜头拍了。

开拍的第一幕，是楚秋迎着朝阳走向海洋的那一幕，照旧是个长镜头。

一行人到达海边的时候，天刚微微亮起来。

海风很凉。

几个摄影师听着郭旷的调遣，架好摄影机。

"楚秋你，坐在那里，去酝酿情绪。"郭旷指着被潮汐抚平的沙滩，"好了叫我。"

楚秋乖乖走了过去，然后一屁股在干沙子上坐了下来。

郭旷拍戏之前向来不试演，任由演员自由酝酿自由发挥。他觉得可以了，那就过；觉得不行，那就重来。

讲戏这种情况，只会发生在一个演员反复不停地被打回去重拍的时候。

相反的，郭旷对摄影师的交代就会很多很多。

他倾向于让摄影配合角色的表演，而不是固定角色的走位来配合摄影——虽然演员大都本能地会找镜头配合就是了。

天际一旦有了一丝光亮之后，就会迅速变成一片明朗。

楚秋在太阳出来之前，抬手冲郭旷比了个 OK 的手势。

一大早没带助理，郭旷自己拿着场记板跑了过去。

"《向阳而生》第一幕，ACTION！"

楚秋坐在沙滩上，盘着膝，睡眠不足让他显得憔悴而疲惫。

他愣愣地望着遥远的海岸线，面无表情，嘴唇微张，眼一眨不眨地，显得有些痴傻。

过了数秒，他轻轻眨了眨眼，似乎觉得有些冷了，便伸手紧了紧自己身上打着几个补丁的破旧衣服，视线看向眼前的沙地。

他静静地看了沙地好一会儿，突然伸出手去，抓了一把沙子，开始堆起了沙堡。

静谧的环境与机械的动作让他感到了些微的愉悦。

破碎却十分好听的温暖曲调被他生涩地唱出来。他似乎是许久没有开口说话了，声音显得干涩暗哑，发音紧绷着，总让人担心他下一秒是不是就要咳嗽出来。

仔细一听，便能分辨出他正不熟练地哼唱着的，是《摇篮曲》。

他的视线垂着，长长的睫毛被海风吹拂，微微颤动，上边沾着几颗细碎的水珠，分不出他眼中流露而出的是悲伤痕迹，还是海风带来的湿润晨雾。

沙堡还只是一个小小的、有了几个尖角的小沙包，可那满布着雾气的海平面上，阳光已经刺破了朦胧的壁障，将天上的昏暗驱逐出去。

金光破晓，瑞彩千条。

正在堆着沙堡的手停了下来，他抬眼，怔怔地看向刺破了浓雾与昏暗的太阳，而后他像是发现了什么，脸上露出了刻板的惊叹与欣喜，站起身来，小心地绕过了地上的小沙包，脚步轻快地奔向了被潮汐湿润的沙滩。

少年曾问他的母亲——

死是什么？

母亲说：死是一切的终结。

少年问：什么是终结？

母亲答道：就像太阳，它能够包容一切，接纳一切，不在意任何错误与脏污，慷慨地接受所有的一切。

不在意任何错误与脏污，慷慨地接受一切。

"也能接受我吧？"楚秋蹲下身来，触碰了一下清凉的海水。

海浪的尾巴轻轻挠过他的手心，温柔缠绕。

他认为自己被认可了，便露出近似狂喜的神情来，下一瞬又紧紧地绷住。

他像是得到了什么启示一样，从容镇定地洗净了手上的沙子，又细心地整理了一番身上破旧的衣服。

终于，在逐渐升起的朝阳的照耀下，站在海浪边缘的人绽放出了一个极其璀璨漂亮的笑脸，没有阴霾，无垢无尘。

宛若朝圣一般，那个人从容而欣悦地面向着柔暖的阳光，大步踏入了冰冷的海洋。

郭旷虽然嫌弃他哥那充满铜臭味的镜头，也略有点嫉妒他拿奖拿到手软的成就，但要论信任，他对郭猛绝对是非常信任的。

楚秋找他拍《向阳而生》，他连试镜都没有就直接点了头，就是因为他听郭猛提起楚秋就赞不绝口。

能够让郭猛提起来就满口称赞的人，能力肯定差不到哪里去。

上一个被郭猛这么使劲儿夸的人，现在正坐在风皇娱乐总裁的位置上呢！

说楚秋年轻，郭旷倒不觉得年轻有什么不好。

毕竟对于很多他这类导演来说，年轻意味着灵气，意味着惊喜。在演员的演技还未成熟之际，有些生涩却发自内心的表达总是能让人眼前一亮，虽然生涩，却充满了令人动容的真诚。

但郭旷完全没料到楚秋的表现竟然能这么好。

技巧纯熟，会主动配合镜头，理解剧本角色也是一把好手。他总算明白他哥总是咂吧着嘴说"张大力又走狗屎运捡了个大宝贝"到底是怎么个羡慕嫉妒恨的心情了。

张大力怎么就总是能捡到这样有天赋的人呢。

郭旷转头瞅了一眼张大力，眼神中带着那么点小探究。

这个镜头长达五分钟，从天色昏暗到朝阳破晓，到太阳冒出了小半个脑袋。

楚秋往海里走了几步，抗着浪在那边等郭旷喊停。

结果十几秒过去了，郭旷还没动静。

楚秋回过头去，看到郭旷已经低头去看监视器了。他无奈地轻叹口气，对旁边跟着他踩进海里的摄影师招招手，又对远处拍远景的摄影师比了个手势。

两个摄影师都跟着卡停了镜头。

"我差点就以为你真的要走进去了。"摄影师说，扛着摄影机跟着楚秋一起往回走，咂咂嘴，看了一眼低头看监视器的郭旷，疑惑道，"郭导怎么不喊停呢？"

因为郭旷一直都是这样的。

有的时候会喊，有的时候干脆就忘记了，倒不是有什么恶意，只是单纯地忘记了而已。

拍摄的时候只有这么一丁点的人，楚秋还是比较放得开的。

他觉得不回答人家的问题不太好，毕竟之后至少还要合作长达一个月的时间。

于是他轻声答道："习惯就好。"

说话的时候还带着点抖，牙齿打战。

楚秋裹紧了身上的衣服，下半身已经被打湿了大半，在清晨冰冷的海风的吹拂下，冻得瑟瑟发抖。

张大力这会儿终于知道郭旷让他多带两条裤子和鞋是准备干吗了。

楚秋和摄影师找了块隆起的岩石躲着把裤子换了，然后齐齐松了口气。

郭旷还在看镜头，旁边蹲着招待所的老板，看到楚秋走过来，一脸震惊地看着他。

大概是第一次看到演员的精分现场。

楚秋向他轻轻点了点头，跑去找张大力要暖宝宝。

虽然一月份的H岛气温相当平和，但一大清早的海边还是非常冷的，等到过了九点，会好很多。

楚秋在之后又拍了好几个镜头，倒是都没沾水。

一直到了中午的时候，郭旷才终于停下了继续拍摄海边镜头的打算。

楚秋长舒口气，摸摸饿瘪的肚子，又使劲揉了揉被海风吹僵的脸。

"感觉怎么样？"张大力有点担心，一旁的郭旷也跟着看了过来。

郭旷对楚秋相当满意，但也知道拍这种片子，演员的心理容易出问题，所以过两天还会有个心理医生过来随行。

之所以一开始就把最后的镜头拍完，也是打算在一开始心态稳定的时候把最难过的镜头拍了，免得沿着故事线拍到最后一个镜头的时候，演员真的直奔着海里去了。

如果楚秋这个时候心态就出了问题，这片子是马上就要喊停的。

"没事。"楚秋摇了摇头，"饿了。"

张大力看着楚秋揉肚子的动作，松了口气的同时，也感觉有一股强烈的饥饿感涌了上来。

"想吃什么？"郭旷突然问。

"到了海边当然吃海货啊。"张大力答道，"也别蹭别人家的饭了，买点海鲜咱们自己做吧。"

郭旷和随行的几个人都是两手只摸器材剧本的，听张大力这么一说，俱是一愣。

"我和小秋会做。"张大力说道，然后转头问旁边的招待所老板，"能借个厨房吗？"

老板笑着点了点头，热情地拉着一个摄影小哥问东问西。

比如说电影他们能不能出场啦，比如在这里拍电影能不能带来些额外收益之类的。

通常来说，作为一部电影的取景地，多少能为当地带来一些旅游业的发展。

但他们这个剧组……

摄影小哥听到这个问题有些小尴尬。说实话，小众电影加上贫苦剧组，又不是票房大片，如果能拿奖说不定还能带来点收益，但如果石沉大海的话，那就是完完全全打水漂了。

于是他跳过了这个话题，拉着拖板车开始跟老板大谈镜头设备。

楚秋在一边跟郭旷就之后的取景和剧情安排进行交流。

张大力在一边听着，发现他们的对话是这样的。

楚秋："医生那里？"

郭旷："镇长办公室。"

楚秋："下雨？"

郭旷："室内戏。"

楚秋："哪里？"

郭旷："昨天小姑娘家的阁楼。"

张大力："……"

大力先生觉得某种程度上来说，祁天瑞彻底输给了这位小郭导演。

张大力一边想着这两个社障的奇妙友谊，一边给祁天瑞发去了一条消息。

楚秋刚吃完饭，口袋里手机震动，发觉竟然是祁天瑞发来的视频邀请之后，愣了半晌，然后在张大力意味深长的注视下，站起了身。

"哎小秋，等等。"张大力喊住他，从放在脚边上的背包里抽出一根自拍杆递给他，"去吧去吧，四处逛逛消消食，顺便让他开开眼。"

张大力用脚想都知道肯定是祁天瑞，而楚秋起身准备出去，摆明了就是要纵着祁天瑞了。

楚秋听话地戳着个自拍杆，戴着耳机，走出了招待所之后，才接通了祁天瑞的视频邀请。

祁天瑞虽然嘴上和内心都觉得楚秋去拍这部电影不会有问题，但在感情上多少还是担心。

出发之前，祁先生就磨着楚秋，让他答应了每天至少给他发两条语音消息，让他放心。

楚秋对这种明确的、充满了善意的要求向来是不会拒绝的，而祁天瑞似乎也终于抓到了如何让楚秋无法拒绝自己的技巧。

有些事情，不清楚明白地说出来，告诉楚秋"我关心你""我怕你出事"，楚秋是无法从他人并不算太明显的举动中看出点什么来的。

而楚秋能够清楚明白地知道的，除了语言表达之外的关心，就是一些肢体接触，比如揉揉脑袋，比如一个拥抱，或者是一个能让他感到善意的笑容。

同时，楚秋还是个非常不耐磨的人，只要不是过分的要求，磨一磨，多念叨几次，楚秋基本上都不会拒绝。

只要拉得下脸来，就会发现楚秋很是宽容。

怪不得周熠星那个臭不要脸的家伙会一直粘着楚秋。

祁天瑞想。

毕竟周熠星是出了名的会撒娇。

祁先生虽然不至于像周熠星那样，但要是拉下脸皮就能贴近楚秋，那甩掉脸皮也不是什么大不了的事。

楚秋这会儿已经把前置镜头改成了摄像头。

这座小镇不大，走路横穿也就只需要半个小时出头。

楚秋住的招待所距离海边的码头还挺近，五分钟就走到了，他举着自拍杆，把镜头对着周围缓缓地转了一圈。

镇上的风景很好，不管是被绿意覆盖的山，还是翻滚着波涛的蔚蓝的海，又或者是被海风侵蚀斑驳了的建筑，都别有一番风情。

沙滩是细软的白沙，近海一片漂亮的碧蓝，浪涛并不凶猛，海水清澈得一眼就能望见底。再向远处看，能够瞧见蜿蜒的海岸线与黑色的礁石，海浪比之楚秋现在待的地方大得多，重重地拍在礁石上，炸出一片白色的浪花。

祁天瑞坐在办公室里，瞅着桌上立着的手机上的画面，顺口说道："别去大海域。"

楚秋应了一声，看到不远处有艘停在沙滩上的小船，准备跑过去看看。

祁天瑞看着手机上的镜头一颠一颠，感觉有点头晕。

"你做什么呢？"他问。

楚秋答道："有船。"

"镜头切回来吧。"祁天瑞说道。

楚秋愣了愣，停下脚步，看了周围一圈，问道："风景不好看吗？"

"好看。"祁天瑞撑着脸看着镜头里的蓝天碧海，眼中晃过一丝笑意，"可再好的风景，也没有你好看呀。"

楚秋手里的自拍杆晃了晃。

在祁天瑞看不到的那一侧，脸红成了一个番茄。

楚秋觉得祁天瑞应该是在夸他。

——姑且就算是在夸他吧。

楚秋蹲在沙滩上，把自拍杆小心地放下，耳朵上塞着耳机，如临大敌地看着手机屏幕上的祁天瑞。

祁天瑞端坐在办公椅上，撑着脸瞅着手机屏幕上的沙地，拉着椅子往前挪了挪。

楚秋被他凑近的脑袋惊得往后一仰，一屁股坐在了沙滩上。

"……"他左右看了看，发现并没有人看到这一幕，才松了口气。

楚秋还没把前置摄像头开回来，所以就连祁天瑞都没发觉他的失态。

他干脆盘膝坐了下来，低头瞅着屏幕。

"怎么不说话？"祁天瑞没听到那边的声音，微微皱了皱眉。

楚秋抿了抿唇，嘟哝道："刚刚……"

"嗯？"祁天瑞做了个稍等的手势，似乎是秘书递来了文件，楚秋的耳机能够清楚地捕捉到那边安静的办公室里，两个人的对话。

祁天瑞的声音很好听，尤其是压低了放低音炮的时候，特别有魅力。

楚秋听到祁天瑞那边的动静渐渐小了，然后便见他手中拿着一个文件袋，又坐回了椅子上。

"要说什么？"祁天瑞一边拆文件袋一边问道。

楚秋轻舒口气，说道："没有那样夸人的。"

祁天瑞一愣："什么？"

楚秋摸了摸脸，确定脸上温度正常之后，伸手去切换回了前置摄像头，看着祁天瑞，没吭声。

祁天瑞半晌才反应过来，楚秋刚刚那句话是什么意思。

他笑道："那可不是夸你。"

"……"楚秋微微睁大了眼。

祁天瑞说："那是对你颜值的肯定。"

楚秋"啪"一下挂断了电话，愣愣地在沙滩上坐了十分钟。

然后面无表情地站起来，就仿佛无事发生过一般，回了招待所。

他不明白祁天瑞怎么突然就变成那样了，明明之前还很矜持，怎么突然之间就变得那么有攻击性了呢？

但还没等他想出个所以然来，就被郭旷逮到，抓去了他刚刚来的码头。

"去学收鱼。"郭旷说道。

楚秋："……"

楚秋还真没学过打鱼收鱼。

打鱼他不用考虑，那是扮演他妈妈的人的任务。

楚秋蹲在码头上，吹了会儿海风，决定先把祁天瑞的事情放到一边——虽然他真的很想知道为什么祁天瑞会突然变得这么……

楚秋想了半晌，也没能想到一个合适的形容词。

他决定不想了，该知道的事情总会知道，目前来说，还是拍好电影最重要。

早晨出海的渔民一个个回来了。

其实出海的人也不多，满打满算不过十三个，分了六艘船，收获并不算丰厚，但自己家吃，大约是足够的。

渔民听他们要学收鱼，笑着说"好"。

"八九月丰裕的好日子里才会往深了走，我们出去一趟，能带回来好多，卖到外边去，能赚个两三千回来。"一个中年男人笑着说道，然后对需要学习技巧的女演员讲着动作和技巧。

楚秋则蹲在一边，看着渔民手脚麻利地翻开渔网，快狠准地把卡在渔网里疯狂挣扎的鱼揪出来，扔进一边的桶里，然后跟着学。

张大力跟祁天瑞打了个电话。

祁天瑞委婉地表示他可能刺激到楚秋了，拜托张大力帮着去看看。

然而张大力并不配合他的表演，直接问道："你干什么了？"

祁天瑞沉默了两秒，答道："我跟祁景瑜取了经，他说照他说的做绝对秒秒钟'拿下'楚秋，从此成为最好的朋友。"

张大力嗤了一声："那你拿下了？"

"显然没有。"祁天瑞郁闷地说，悔不当初，"我要不是急眼了我也不会去问祁景瑜！"

张大力懒得安慰他的发小："所以你到底干啥了？"

祁天瑞还不想暴露自己，严肃道"其实我觉得进展还是有的，比如小秋他害羞了！"

"他一直都挺害羞。"张大力依旧不想配合祁天瑞的表演，"爱说不说，不说挂了。"

"别别别！"祁天瑞急了，"哎呀我就听祁景瑜的，他让我下猛药我就听了！"

结果把楚秋吓挂了电话！

祁先生感觉自己要委屈死了。

"我看不着他现在是什么样，你帮我试探探看看呗？"祁天瑞觉得张大力要是在他面前，他现在就能抛弃节操上去给大佬端茶递水加捏肩揉腿！

"唉！"张大力感慨道，"尽拖后腿！"

"哥！大力哥！"祁天瑞干巴巴地喊了两声。

张大力挂掉电话，叹了口气，跑去找楚秋。

楚秋学东西很快，而收鱼这种事情掌握了诀窍之后动作就非常迅速了。

郭旷站在旁边看了一会儿，宣布楚秋合格。

等楚秋洗干净手，郭旷说道："走。"

楚秋点点头，有些不习惯地闻了闻身上手上的鱼腥味，刚走出没两分钟，就撞见了跑过来的张大力和化妆师。

张大力一点都没觉得楚秋身上的鱼腥味有什么不好，而化妆师则是大方地递上了自己的香水。

张大力走在正努力遮盖鱼腥味的楚秋旁边，等到郭旷和化妆师开始商量起妆面了，才拉着楚秋放慢了脚步。

"小秋啊……"张大力对上楚秋的视线，"你祁哥他托我……"

张大力话还没说完，楚秋就偏过了头，摆明了不想听的样子。

张大力："……"

祁天瑞你自求多福。

郭旷带楚秋去的是镇长办公室，整个小镇也就这间办公室稍微像点样了。

郭旷买了两张小沙发，又大手一挥把窗帘换成了温暖的米黄色，灯是非常朴实的钨丝灯泡，新罩了个白色的圆壳，灯光与这个房间就变得无比的柔和了。

郭旷把这里作为了心理咨询室的取景地。

镇上的人听说要拍电影，一窝蜂地跑过来，围观对改了一些装饰就仿佛完全变了个模样的镇长办公室。

演心理医生的男演员戏份不多，就算是他出场的戏份，主要的镜头视角也落在楚秋身上。

楚秋所扮演的，是个木讷到有些傻，孤僻胆小又无法与人交流的自闭少年。

他的症状并不严重，没有出现智力倒退之类的情况，只是需要依靠大量的抗精神病药物和抗抑郁药物来维持正常的活动。

这让他的母亲一边觉得欣喜，又一边感到非常难过。

而这个长久以来都负责治疗疏导他的心理医生，则认为他还有重归正常人群的希望。

这是他还未曾准备走出自己的世界，前往学校接触人群时的戏份。

在电影里，是作为回忆部分出现的。

因为克服了恐惧去到人群里之后，主角就再也没有去看过这个优秀的医生。

孤僻怯懦，恐惧人群，是错误的，这让他的母亲为他感到痛苦。

少年还挣扎在克服恐惧的路上。

楚秋坐在小沙发上等着化妆师给他上妆。

一边复习着他赋予了形象的角色。

楚秋曾经阅读过很多相关的书籍作为参考。

人与人之间，对于彼此的感情非常简单又非常复杂。

楚秋所扮演的少年在母亲和医生的鼓励下，终于点头同意尝试着进入人群。

这是个充满了明媚希望的源头，也正是主角踏入深渊地狱的开端。

楚秋终于要开始化妆了，上底妆之前，他偏头看向坐在另一张沙发上，也正带着浅浅的微笑看着他的男演员，正琢磨着要不要趁这个时候找对方对对戏，那边就听到了张大力的喊声。

"小秋！"张大力拨开人群，从外边挤进来，还喘着气。

楚秋还没能回过神来，愣愣地看向张大力。

"你嫂子——你柳姐怀了！"张大力脸上的笑容比外面的太阳还要绚烂。

楚秋惊讶地睁大眼。算算时间，也的确是这个日子了，他慌忙站起身来，觉得自己应该说点什么，却又不知道到底说什么比较合适。

最终他便只是笑着说道："恭喜大力哥。"

"同喜同喜啊！你要当叔叔啦！"张大力脸上的喜悦简直是要把整个房间都染上

喜色了，"对了，我来是跟你说，我今天得回去，明天或者后天，祁天瑞会过来顶我。"

　　楚秋脸上的笑容一下子僵住了。

　　"祁哥……"

　　"他聘了三个特助来处理公司的事情。"张大力说道，"他说之前跟你视频的时候觉得这里的风景很好，决定过来度度假。"

　　楚秋："……"

　　我信了他的邪。

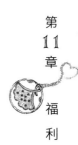

第11章 福利

张大力当天就离开了小镇。

楚秋拉了张小板凳，拿着剧本坐在招待所外面，琢磨剧本上明天的戏份。

小镇上供电不足，灯泡亮度也不够，一般到了天黑的时候，整个镇上除了几盏昏暗的路灯之外，黑灯瞎火的，连别人家里透出来的灯光都少有。

但在太阳落下海平面之前，光照还是十分充足的。

楚秋把露出来的皮肤全都抹上了防晒，才安心地在招待所的门旁边待着看剧本，后来变成了跟演医生的男演员一起坐在门旁对戏。

这个演员姓李，三十出头，属于长得特别温和的类型，让人看了就有"这一定是个好人"的印象。

相由心生，李先生性格温暾，说起话来也很软和，完全就属于邻家哥哥的美好形象。大概正是因为性格太过于温和，他并没有什么强烈的竞争意识，导致这么些年来一直不温不火的。

他倒也知足，觉得这样刚刚好，没有大财也不愁饿死，偶尔在路上被人认出来了，也当成是个不大不小的惊喜。

天际渐渐被染成了橘红色，楚秋和李先生齐齐伸了个懒腰。

摩托车引擎的声音由远及近，两人偏头看过去，发现正是刚刚送张大力离开的人，又捎了个人回来。

"心理医生？不是说明天才会到？"李先生嘟哝了一句。

楚秋扫了一眼从摩托车后座滑下来，跟跄了几步的人，愣了愣。

"沈铭。"楚秋转头提醒了一下跟他琢磨着对了个把小时台词的李先生。

沈铭家里在业内是有些地位的，就跟大小郭导他们家老出导演一样，沈铭他们家出编剧，沈铭这样奔着导演走的，是个特例。

李先生一想，也知道了那个从摩托车上下来一脸虚脱的矮个子是谁。

"你认识？"他好奇道。

楚秋抿了抿唇，摇了摇头没回答。

准确地说，他俩怕是有仇的。

毕竟这个剧本还是他从沈铭手里边抢过来的，郭旷改剧本也压根儿就没搭理沈铭，直接找的原编剧。

"哎，说来他应该是要跟你住的。"李先生说道，"张大力走了，空房就剩你的了，心理医生是个姑娘，肯定是跟之前落单的化妆师妹子一起住的。"

楚秋一顿，转头看了一眼李先生，然后看到了从屋里走出来的郭旷。

"沈铭是来打杂的。"郭旷听到了他俩的对话，看着拎着大包小包以龟速缓慢往招待所挪的小矮子，"让他跟助理挤，床都准备好了。"

李先生扯了扯楚秋的衣袖，做了个拉链拉上嘴的手势。

楚秋忍不住露出些许笑意。

看郭旷的反应，楚秋估计沈铭是得罪郭旷了——怪不得前一天没带上沈铭直接跑了，现在人家来了都还没让人去接。

沈铭也是厉害，郭旷摆明了不想带他玩，他都还非得过来。

小年轻就是小年轻，做事全凭一口气。

"楚秋。"郭旷转头看向楚秋，"我搬去你屋里。"

楚秋愣了愣，犹豫了几秒，然后轻轻摇了摇头。

郭旷看着他，双手抱胸，等解释。

楚秋手指轻抠着手里的剧本，薄唇紧抿着，脸上似乎被漫天的火烧云染上了一丝红色。

"祁哥……"他说着改了口，"祁天瑞，会过来。"

楚秋觉得祁天瑞应该是不会乐意跟别人一间屋子的。

而且从身份上来讲，让祁天瑞跟别人一间屋子也不合适，虽然他们这个剧组很小，要追责也十分方便，但跟祁天瑞扯上关系的事情，多小心一点总是对的。

李先生惊愕地瞪大了眼。

郭旷看了楚秋许久，然后凉飕飕地哼了一声。

楚秋对郭旷还算了解，知道这声冷哼还真不是冲着他来的，郭旷这会儿大概正在琢磨着怎么碾一碾祁天瑞的剩余价值。

祁先生大概是逃不过客串几个角色的下场的。

沈铭终于挪到了他们面前，郭旷带来的助理跑上去接下了他手里的大包小包。

《向阳而生》开机之前，郭旷可没少被得到消息的沈铭骚扰。

沈铭对着他一口一个小偷的，还说什么郭旷抢了他的奖项，听得人心头火起。

何况小破剧组本来就没什么钱，时间更是紧迫，谁有空去照顾一个娇滴滴的小少爷，尤其是这小少爷还不怎么会做人。

沈铭恶狠狠地瞪了一眼楚秋，然后一副要掐死郭旷的样子，问他："为什么不通知我出发？"

郭旷一点都没准备给他留面子，一摊手，面无表情地道："因为不想带你玩。"

沈铭被他气得一个倒仰，指着他"你你你"了半天，也没能你出下一个字来。

最后他气哼哼地跟着助理进了招待所。

楚秋给还没到机场的张大力发了条消息，张大力秒回复。

大力出奇迹：小子欠揍，直接怼就行。

大力出奇迹：这小子最大的优点就是不告状，别怕，不尿。

大力出奇迹 你要是不好意思怼，就过两天等祁天瑞来了告个状，保准撺得他抱头乱窜。

张大力的大意就是，放肆怼，不会有后遗症。

楚秋觉得能在张大力和祁天瑞之流的夹击下坚挺地蹦跶了这么多年，还锲而不舍地继续撩火的沈铭，某种意义上来说也是个非常厉害的人了。

他收好手机，抬头看了一眼渐渐昏暗下来的天色，转头问郭旷："晚饭？"

"去买了。"郭旷答道。

楚秋点了点头。

他们总不可能一个多月顿顿都让楚秋这个主演参与做饭，毕竟他们主要还是来拍戏的。

三个人正瞅着海平面的落日，下一秒，沈铭从招待所里冲出来，质问郭旷："为什么我要跟助理挤？！"

"看不起助理？"郭旷翻了个白眼，不想搭理沈铭，但看他那副样子又忍不住想刺他，"你现在就是助理。"

沈铭反驳道："我是来看看我的电影被你拍成什么样的！"

郭旷都懒得再搭理沈铭了，他在接下这个剧本之后，没少被沈铭骚扰，也知道这本子原来是在沈铭手上的。

因为被骚扰就放弃一个好本子，这种事情是绝对不可能发生在郭旷身上的。

沈铭那张嘴，简直就是在挑战郭旷忍耐的极限。

郭旷本来就是个暴脾气，跟郭猛一脉相承。楚秋没怎么见过他发火，是因为楚秋向来省心，话又不多，而且总是能够迷之对上郭旷的脑回路。

可别人就不一样了，郭旷的收怒点其实是非常之低的，尤其是在对待没什么实力又总爱叨叨的人的时候，耐心简直能够跌破临界值。

沈铭一开始领会不到郭旷文人式含沙射影引经据典的骂，后来郭旷就改了口，句句带刺，哪里痛就踩哪里，讽刺得沈铭无地自容，终于是没再找他了。

但因为被讽刺就放弃去剧组，那沈铭也就不可能是那个在张大力和祁天瑞夹击之下蹦跶了这么多年的沈铭了。

所以哪怕被郭旷明里暗里地使了无数绊子，沈铭还是非常坚挺地扛了过来，并且死皮赖脸地跟着跑来了这座小镇。

郭旷早就懒得纠正沈铭那个"这是我的电影"这个想法了。

他冷笑一声，说道："房间都是剧组的，不待就滚，要待就是助理。"

沈铭哪能不知道郭旷就是想把他整回家里去，他是那么容易认输的人吗？

他当然不是。

于是沈铭哼了一声："助理就助理。"

说完扫了一眼坐在一边撑着脸看戏的楚秋，又哼了一声，转头上了楼。

沈铭来了之后，原本闲适平静的拍摄就变得鸡飞狗跳。

第二天又是起了个大早。

楚秋有好几幕开头是海边朝阳升起时的镜头。

几个人照旧举着手电筒，拖着一拖板车的器材往海滩上走。

到地方之后，几个人也各司其职，摄影师扛摄影机，郭旷扛监视器，打光师扛反光板，楚秋扛画架拎个塑料小桶，就跟演练过千万次一样默契，到了海边就四散开来，各自找了地方，相互看看，又打手势要求彼此调整位置。

沈铭第一次正式跟组，完全不知道开拍之前要做什么事情，最终左右看看，只得拎了个场记板，假装自己融入了这个氛围。

开拍的时候，摄影和楚秋这边很是顺利，只有郭旷，恨不得掐死在他旁边咋咋呼呼问东问西的沈铭。

那边沈铭拍下场记板宣布了第四幕第二条开始，楚秋从旁边的小桶里拿了一支画刷出来，刚准备蘸颜料，耳边就传来了郭旷忍无可忍的怒吼。

"闭嘴！"

楚秋距离郭旷不算远，这声怒吼吓得他一个激灵，沾了点颜料的画刷掉在裤子上，落下了一道稀疏的蓝色痕迹。

众人齐刷刷地转头看向郭旷那边，接着就听到一连串不带重复也没有脏字的句子从气急败坏的郭旷嘴里连珠炮一样轰出来，劈头盖脸地砸在沈铭身上，吓得拎着场记板的沈铭瞪大了眼，安静如鸡地站在那里，活像只落汤的鸡仔。

沈铭估计是第一次被人这么骂，整个人都愣在了那里，瞪圆了眼瞅着气得脑壳都要冒烟的郭旷，一张娃娃脸上表情都空了。

张大力和祁天瑞从来都是懒得多跟他动嘴皮子的，说一次两次三次，第三次还不听话就直接揍。而郭旷那身板一看就不像是能揍人的样子，所以技能点大概都点在了嘴上。

郭旷发了一大通火，结果就是沈铭在之后的几天里，都安静得宛如一只蚕宝宝，按捺不住想问问题的时候，都等郭旷喊了"咔"之后，才细声细气地提问。郭旷偶尔沉浸在镜头里懒得搭理他，他也没敢继续缠着，就等下一次再一起问。

看起来小郭导演暴怒的连珠炮，给沈铭的心灵留下了无比深重的阴影。

楚秋每次转头看到沈铭那副小媳妇样，就觉得祁天瑞和张大力这么多年怕是都白揍他了。

两天后，祁天瑞到了，还没放下行李，就对楚秋嘘寒问暖了一番。

之后他一边拎着行李跟着楚秋上楼，一边问楚秋："小秋，沈铭没搞事情吧？"

楚秋摇了摇头，神情有些微妙。

祁天瑞觉得沈铭不可能没搞事情，决定先观察一下情况，看看要不要揍这熊孩子一顿再说。

但这样的心思在发觉自己跟楚秋一间屋子后，彻底被他抛到了一边。

李先生还跟祁天瑞说了，这是楚秋特意留出来给他的。

祁天瑞放好了行李，看着正抱着被褥铺行军床的楚秋，决定回去就每天给祁景瑜上三炷香，好好供着。

李先生觉得自己先发制人博得祁天瑞好感这件事简直是正确且机智极了。

打从三天前知道祁天瑞要来，而且楚秋还特意给他留了个床之后，李先生就知道这俩的关系肯定不简单。

在这么偏僻的位置，得是多好的朋友才跑来这种穷乡僻壤探班啊？

打从那天起，李先生就绷紧了皮，随时准备着等祁天瑞来了，来个先发制人先手必胜什么的。

祁天瑞是上午到的，下午就正好有李先生和楚秋的对手戏。

下午光线充足，阳光落入室内，将整个办公室照得亮堂堂的。

明亮温和的光线能够让人感到轻松和愉悦，加上打光板，整体就显得非常明丽，一看镜头就知道是令人舒心的日常戏份。

室内布置得很温馨，温暖清新的色块让人很快就放松了下来。

楚秋和李先生在认真拍戏，旁边帮忙扛反光板的祁天瑞瞅着李先生，眼神有点儿微妙。

李先生面上不显，内心冷汗刷刷掉。

祁天瑞撑死了也就用眼神示意一下李先生——这样平和的情绪来自祁天瑞对自己跟楚秋睡一屋的愉快心情。

不过祁先生虽然不会作妖，但多少也有点小不爽。

这点小不爽就体现在祁天瑞一到片场就哼唧着对楚秋说："这角色找我不好吗？我长得也没有侵略性啊。"

饭碗被影帝觊觎的李先生："……"

楚秋偏头瞅了祁天瑞一眼，提醒道："祁哥，你息影了。"

祁天瑞一撇嘴，不说话了。

一幕镜头结束，李先生接过助理递来的水，看着祁先生一溜烟跑到楚秋身边又是拧瓶盖又是给扇风的，深深觉得自己在祁天瑞刚到的时候就示好真是无比明智的行为。

扔下偌大一个公司不管，过来穷乡僻壤陪拍戏已经很不错了。来穷乡僻壤陪拍戏还心甘情愿当跑腿，祁天瑞这人真的可以的。

祁天瑞比剧组人员想象中的好相处，本人没什么架子，让他帮忙干活打杂之类的，也没有怨言。

再加上祁天瑞之前混迹剧组几年，对这些事情也熟悉，这会儿让他接档，完全是一点顾忌都没有，直接上手可用。

郭旷对多个免费劳动力这件事还挺高兴，至少祁天瑞比沈铭那个除了拎场记板之外什么都不会干的人要好得多了。

多了个能支使的劳动力，而且还是上赶着给他支使的，郭旷可是一点都没客气。

祁天瑞围着楚秋团团转，基本上有楚秋的镜头都有他参与的一份。

沈铭睡了个午觉跑过来，看到祁天瑞这殷勤的样子，简直目瞪口呆——祁天瑞竟然也有这么好说话的时候！

沈铭感觉自己这么多年的打都白挨了。

一定是因为他长得没有楚秋那么好的缘故才一直挨打的。

沈铭想。

在被郭旷从专业方面虐杀了一遍又一遍之后，沈铭终于知道自己不添乱就已经很好了。

所以他到了地方之后就抱着场记板，无比乖巧地坐在了郭旷旁边。

祁天瑞打量着说话声音都小了二十分贝的沈铭，一脸吃惊。

他一边用蒲扇给自己和楚秋扇风，一边问："沈铭吃错药了？"

楚秋摇了摇头，解释道："被骂了。"

"被谁？他被骂就能乖？"祁天瑞稀奇道。

楚秋点了点头，然后向郭旷那边扬了扬下巴。

祁天瑞震惊："郭旷还会生气？我还以为他是个圣母脾气呢。"

楚秋："……"

祁天瑞啧啧两声，瞅着今天看起来心情不错的郭旷，发觉他大发慈悲地解答了沈铭提出的问题。

"沈铭乖点挺好。"祁天瑞说道，"免得我撵他了。"

楚秋笑了笑，指尖有一下没一下地磕着矿泉水瓶。

这个动作祁天瑞是知道的。楚秋想事情的时候，手指总是会不自觉的有所动作。

祁天瑞看了一会儿，问道："想什么呢？"

"唔。"楚秋偏头瞅瞅祁天瑞，眼中的沉思渐渐散去，然后慢吞吞地摇了摇头。

楚秋不想说，祁天瑞虽然抓心挠肺地想知道，但也没继续追问。

实际上，楚秋是刚刚才意识到自己晚上要跟祁天瑞睡一屋这个事实。

虽然他已经在祁天瑞家里留宿过了，但自己睡一个房间跟两个人睡同一个房间，概念是完全不一样的。

之前留床位的时候楚秋完全没想到这一点，就是单纯地觉得以祁天瑞的身份跟别人一屋不太合适，但现在楚秋反应过来，祁天瑞跟他一屋，好像也不太合适。

楚秋脸压在竖着的矿泉水瓶上，瞅着祁天瑞。祁天瑞也转过头瞅着他，直到楚秋脸上都被瓶盖压出个清晰的印子了，祁天瑞才终于没忍住，摸了一把自己的脸。

"我脸上有东西？"祁天瑞问。

"没有。"楚秋揉着脸，起身跑去找化妆小姐姐补妆。

祁天瑞不放心地摸出手机，拿前置摄像头当镜子看了看，发现脸上的确没东西。

楚秋在控制自己思维情绪这方面做得很好，至少在镜头下，楚秋并没有把自己满腹心事的样子暴露出来。

镜头中，他就是那个木讷孤僻的少年，只在抬眼看向眼前帅气温和的心理医生时，眼中才有些许活跃的神采。

祁天瑞蹲在地上扶着反光板，看着楚秋的神情，微微皱了皱眉。

郭旷那边喊了"过"。

楚秋闭上眼，坐在沙发上调整情绪。

他眼睛还没睁开，就感觉旁边陷了进去，然后有一双温暖的大手贴上他脸颊两侧，不轻不重地揉了揉。

楚秋愣了愣，睁开眼，疑惑地看向祁天瑞。

祁天瑞收回手，脸上是显而易见的担忧："没关系吧？"

楚秋闻言，知道祁天瑞是在担心他进入情绪，忍不住眉眼弯了弯，轻"嗯"了一声。

"不行。"祁天瑞还是不放心，"回去还是找医生聊聊去。"

楚秋看着祁天瑞一脸严肃的样子，心里虽然觉得没必要，但还是点了点头。

招待所条件非常一般，卫浴都是共用的，只有两个，一层一个。

早上洗漱晚上洗澡，基本都得排队，唯一的好处就是太阳能充足，水还挺热。

楚秋和心理医生聊完，回屋的时候正好碰到祁天瑞，他刚洗完澡，穿着松松垮垮的睡裤，披着浴巾，边擦头发边晃了出来。

走廊上的灯光不是很亮，祁天瑞恰恰站在灯下，昏暗的光线软软地落在祁天瑞身上，在他湿润的头发上洒了一层光圈。

头发上滴下来的水迹落在肩上，又从肩上滑下来。

楚秋这才发现祁天瑞身材不错，腹肌不是很明显，但线条相当好看。

祁先生指了指走廊尽头的浴室，说道："现在没人。"

楚秋点了点头，相当自然地跟着祁天瑞回了房间，然后拿着毛巾和换洗衣物，去洗了澡。

祁先生坐在楚秋亲手铺的行军床上，拿浴巾擦着头发，神情看起来很不安定，时不时抬眼瞅瞅门口，就等着楚秋出现。

但令他失望的是，楚秋回来的时候穿得整整齐齐的，一点都没露。

真小气。

祁天瑞想。

短头发总是干得很快，天黑下来之后，海边的气温也有些低了。

两人钻进被子里，楚秋伸手关了灯。

祁天瑞喊："小秋。"

楚秋在黑暗中应了一声。

楚秋在黑暗中笑弯了眉眼，挪动了两下抱着被子把自己团成了一团。

"嗯。"他轻轻应了一声，"晚安。"

祁天瑞脸鼓起来，长舒口气。

"晚安。"

楚秋醒得比祁天瑞早。

今天早上没有楚秋的戏份，因为设备和人手有限的缘故，排戏份只能一个人一个人地排。

前几天是楚秋的，这几天趁着天气还好，就排了演母亲角色的女演员出海的戏份。

楚秋早起了这么久，终于能满足地赖会儿床了。

他一睁开眼，就看到了睡在行军床上的祁天瑞。祁天瑞睡相很好，特别安静。

行军床不长，又窄，祁天瑞人高马大的，抱着被子缩在小床上显得有点儿委屈。

他跟楚秋有个很相似的习惯，也喜欢整个人都团在被子里，只留小半个脑袋在外边喘气儿。

这睡相真是出乎意料的乖，楚秋想。

他躺在被窝里，目光从祁天瑞脸上挪到他抱着的被子上。

这被子还是楚秋在得知祁天瑞要来之后抱出来晒的，海边上阳光虽然充足，但海风刮着也潮湿得厉害。

第一天来的时候他们睡的被子都有一股很明显的潮气，还带着点发霉的气味。

虽然知道祁天瑞跟过组，估计也经历过恶劣的环境，但楚秋潜意识里还是觉得祁天瑞大概会不太习惯眼下的情况。

所以他在祁天瑞到来之前，把自己能做的都做了。

可实际上祁天瑞适应得很好，不管是设施破旧的招待所，还是低成本剧组的拍摄方式，昨天一天下来，整个剧组都松了口气——他们原本都打算把祁天瑞当万岁爷给供起来来着。

谁知道来的不是万岁爷，而是个任劳任怨围着楚秋转圈圈的犬科动物。

楚秋自然清楚祁天瑞是为谁而来。

但楚秋并不清楚应该如何面对祁天瑞。

他并不排斥对方。

祁天瑞相处起来很温和，温和到了温柔的地步，没有人能够拒绝得了这样明确又轻柔、丝毫不带紧迫和压力的示好。

楚秋也不行。

被人珍视，总是会令人感到愉快的。

祁天瑞的情绪并不激烈，相处也如同一杯暖和香甜的牛奶，隔着厚厚的杯壁都能感觉得到他那份柔暖的小心翼翼。

——虽然前几天不知为何祁天瑞"画风"突变，让楚秋感到窘迫的同时又有些不安，但真正面对面相处的时候，祁天瑞还是他所熟悉的样子。

这让楚秋大大地松了口气。

"好看吗？"祁天瑞的声音带着初醒的暗哑，有些低沉。

楚秋吓了一跳，视线往上一挪，就正对上了祁天瑞的目光。

祁天瑞睡在窗户边上，侧躺着看着房间里侧床铺上的楚秋，逆着光，脸上的神情看不大清楚。

楚秋愣了几秒，诚实地回答道："看不清楚。"

祁天瑞笑了两声，问道："不赖会儿床？"

楚秋坐起身来，摇了摇头，看着依旧赖在床上的祁天瑞，说道："床小，睡我这张吧。"

祁天瑞刚睡醒的脑子还没反应过来什么意思，楚秋就已经拿着洗漱用品慢吞吞地晃出了房间。

被留在房间里的祁天瑞认真思考了足足一分钟，才终于明白楚秋的意思。

——行军床小，想赖床的话赖我睡的这张稍微大点的单人床吧。

行军床的确是很小，小到腿伸直就得悬空一大半。

祁天瑞一翻身坐起来，钻进了还留着余温的楚秋的被窝。

楚秋在自己屋里给他留出床位已经足够令祁天瑞惊喜，但他怎么都想不到，楚秋还会愿意让他睡自己的床。

郭旷没带助理走，楚秋刚到洗漱间，就看到了睡眼惺忪的助理小哥。

"楚秋？"助理小哥愣了愣，似乎没想到会这么早遇到楚秋。

楚秋轻轻点了点头，打招呼："早。"

"哦……噢！早！"助理小哥连忙应声，想到自己进这个剧组之前搜罗的关于楚秋的信息，咂了咂嘴。

怪不得之前余嘉怼了楚秋之后马上就翻车了。

怼了人凤皇娱乐老总的人，不翻车才有鬼了，也不看看这块铁板硬成什么样。

助理小哥拍了拍正在刷牙的楚秋的肩膀，语重心长："要是哪天不能拍，记得报备一声。"

楚秋一脸茫然。

助理小哥等啊等啊，一直等了小半个月，都没等到楚秋报备。

祁天瑞被他们若有若无的打量看得浑身发毛，最后戳破这种诡异气氛的，还是沈铭。

他问祁天瑞："你不是冲楚秋来的吗？"

祁天瑞说："是啊。"

郭旷在旁边摆弄监视器，耳朵竖得老高。

祁天瑞伸手就给了沈铭一下："小小年纪，满脑子都想的什么呢你！啊？他情况特殊，我只是关心他。"他转头看向郭旷，"我说你们看我眼神怎么那么奇怪呢，敢情是因为这个？"

圈子就这么大，祁天瑞跟老郭家自然是有所交往的。

只不过祁天瑞跟郭旷见得少，跟这一代老郭家的当家郭猛见得比较多一点。

郭旷轻咳一声，一脸冷淡，还特别理直气壮："人之常情。"

"行行好吧。"祁天瑞毫无形象地翻了个白眼，感觉自己的尊严被质疑了，非常不爽。

第二天一早，等到楚秋洗漱回来了，祁先生瞅着他的背影，喊了他一声。

楚秋回过头来，疑惑地看向他。

今天天气不太好，没办法拍外景，楚秋要去第一天吃饭的那个小姑娘家的阁楼上补拍几个镜头。

阁楼很小，祁天瑞因为长得太高而被郭旷以他太占地方为由拒之门外。

所以祁天瑞这会儿还赖在床上不动，楚秋却已经要准备走人了。

"你给我留床位，替我晒被子，还把床分给我睡。"祁天瑞数了数，然后问道，"我是不是可以认为，你在考虑接受我作为朋友了？认同我了？"

楚秋完全没想到祁天瑞会有这么一问，他转头看向祁天瑞，毫不避讳对方的直视。

室内的沉寂蔓延开来，配合着窗外涌动的厚重云层和隐约可以听见的海浪声，压抑到让祁天瑞感到有些难以呼吸。

他几乎是下一秒就要脱口而出说些话给自己搭个台阶顺势下来，但在话出口之前一秒，他又生生憋了回去。

天时地利人和，正好这个时候问出口。

他直觉，这一次得到肯定答复的希望比较大。

楚秋在思考。

他有很多事情，很多举动，都是凭借直觉和本能来行事的，就像渴了会喝水，饿了会吃饭，困了会睡觉一样。

很多事情，都是他觉得应该这样做，于是他就这样做了，并不会去深究某一方面的原因。

但跟他凭直觉做事不同，很多人进行一项行动，多是会有一个驱使其做这件事的原因的。

楚秋觉得自己也有这样的原因，就像他感觉饿、感觉渴、感觉困一样。

他会把床分给祁天瑞睡，是因为他看祁天瑞睡行军床很委屈。

更深究一点，大概是因为楚秋很清楚地明白祁天瑞是为他而来的。

一个真心诚意对他好他的人，扔下舒舒服服的大床和偌大一个公司，心甘情愿地来这偏僻的地方围着他团团转，一点都不介意的被导演支使来支使去，要说楚秋心里没点触动，那绝对是不可能的。

实际上，要不是祁天瑞死活不愿意让楚秋睡行军床，现在他俩的床位早就调换过来了。

就连楚秋已经在行军床上团成团睡好了，祁天瑞都能一把抱起整个秋团子，把他放回那张单人床上去，说什么都不跟楚秋换床。

悲伤的是，楚秋抱不起祁天瑞。

不然他俩说不定能如此往复循环一整晚，直到一方妥协为止。

而两人又不可能同床，那张单人床要是睡两个人，半夜肯定得有一个人滚到地上去，或者干脆就是两个人都滚到地上去。

楚秋不愿意看到祁天瑞难受地窝在行军床上，而祁天瑞同样不愿意楚秋窝小床上睡不好。

不想对方在自己眼前受委屈，所以宁愿委屈一下自己。

至少这个时候的这份心情，他们相对于彼此而言，是一样的。楚秋沉默了约莫三分钟的样子，才终于在祁天瑞的注视下，轻轻点了点头。

祁天瑞眼中的惊喜几乎要迸发出来。

楚秋被吓得往后退了两步，转头落荒而逃。

结果当天晚上，楚秋回到招待所，就看到祁天瑞把行军床推到了那张单人床旁边。

他撩开被子拍拍床，一脸兴奋："来，小秋。"

楚秋："……"

楚秋犹豫了很久，还是没有拒绝祁天瑞的要求。

只是单纯的睡觉而已。两个人，两张床，两床被子，只是距离贴近了很多。

晚上关上灯，就能听到彼此的呼吸声。

楚秋觉得有些不自在，感觉脑子里一团乱麻，睁着眼睛看着黑暗中的天花板，一时间竟然睡不着觉。

祁天瑞今天休息了一天，外边刮着风下着雨，他没法出去溜达，这会儿也不困，甚至是称得上兴奋过头。

他们两个那么近，就隔了两床被子，甚至都能够清楚地听到彼此的呼吸声。

祁先生有点控制不住自己的雀跃。

他终于忍不住，喊道："小秋？"

楚秋应了一声："嗯？"

祁天瑞喊完就找不到话题了。

他抱着被子翻过身，面对着楚秋，行军床发出"嘎吱嘎吱"的声响。

黑暗中什么都看不清，但祁天瑞就仿佛拥有了夜视能力一样，专注地凝视着他目光所及之处。

祁先生能想象楚秋的模样——躺在那里，被子的边沿被他压在身下，把自己裹得紧紧的，只露出一个脑袋在外边。

冷的时候，还会蠕动着团成一团，把整张脸都埋进被子里。

这个月份的海边，一旦刮起风下起雨，那风雨便像刀子和石头一样，噼里啪啦往人身上砸。

这会儿门外的雨声落在玻璃窗上，"砰砰砰"的，就跟有人拿石头砸窗一样，动静很大。风透过并不严实的窗户缝刮进来，窗帘被吹得微微鼓起，让室内的温度迟迟升不上来。

楚秋久未等到祁天瑞的下一句话，偏头看了他的方向一眼。

黑暗中什么都看不清，可楚秋却莫名觉得，祁天瑞一定是在看他的。

祁天瑞听到楚秋的动静，回过神来。

"快过年了。"他说。

楚秋算了算日子，的确是快过年了，来到这座小镇已经过去了近三周的时间，距离过年也不过一周了。

"过年准备回去吧？"祁天瑞问。

"嗯。"楚秋点了点头。他已经跟郭旷说好，过年期间请假三天，至少要回去陪楚姨吃上一顿年夜饭，先前打电话的时候也已经跟楚姨那头说好了。

"机票订了吗？"

"嗯。"

祁天瑞没话说了，但也不觉得失去了话题有多尴尬。

刮风下雨的夜晚，伴随着雨滴落在玻璃窗上的声响，总是能够缓和气氛。

私心来说，祁天瑞其实是想跟楚秋待在这座没什么人认识他们的小镇上过年的。

镇上没什么人关注明星，就只有一开始邀请楚秋他们去家里吃饭的小姑娘认出了祁天瑞，被要求保密之后，也很乖巧地表示了一定保密。

这样宁静封闭的小镇，完全不用担心媒体和狗仔，能够自由自在地想怎么样就怎么样，实在是再好不过了。

第二天祁先生起了个大早，察觉外边的风雨声小了一些。

不愿意浪费时间和机会的郭·扒皮·旷眼见着风雨声没那么大了，便带着一群人拉着拖板车一溜烟蹿去了一家人的院子里。

这个院落比较大，郭旷将之作为了学校的取景点。

计划里有不少雨中镜头，郭旷当然不会放过这个机会。

老天爷赏脸，自然是能拍就拍，不然谁知道下一次下雨是什么时候，回头要是一直不下雨了，他们还得去租棚和设备补拍，既麻烦又死贵。

祁天瑞没有跟去，他得知郭旷决定要拍雨中戏的时候，就借了招待所的厨房熬了一大锅姜汤，拉上了一个同样在招待所里休息的摄影小哥，两人一起把姜汤送到了拍摄地。

祁先生这个行为得到了全剧组上下的赞许。

祁天瑞看着身上脏兮兮湿漉漉的楚秋，这会儿也没办法换衣服，只好拿张大浴巾给他披着，又把自己的大外套扒下来盖在了楚秋身上，寻思着这几天估计得让楚秋把感冒灵当水喝。

等到楚秋喝完了一碗姜汤，吸了吸冻得发红的鼻子，祁天瑞又伸出手去，把楚秋冰凉冰凉的手握在手里搓揉，好不容易稍微暖和一些，郭旷那边又开始喊下一幕了。

情人节当天，天朗气清，惠风和畅。

刚结束了连续近一周的降水，天空一碧如洗，经过了暴雨冲刷的海滩也被重新变得温柔的潮汐抚平。

一整夜的沉淀，浑浊的海水重归清澈。

沙滩还有些湿润，被前几天汹涌的波涛卷上来无数浅海栖息的生物。

一大早，镇上的小孩儿就欢呼着套上了厚底的鞋，一溜烟冲去了海滩。

在这样完美的一个早晨，郭旷在招待所一楼不怎么大的客厅里大声宣布："今天休息！"

说完，就拎了张轻便的沙滩椅和一个小桶，跟着小孩们一起跑去了海滩。

楚秋能理解连续儿天风里来雨里去的辛苦，因为他也挺累的，基本上回到招待所都是倒头就睡。

但今天不太一样。

今天是情人节。

楚秋非常怀疑祁先生是不是跟郭旷商量过日程的安排。

因为祁先生也拎了两张沙滩椅出来，站在招待所门口喊楚秋。

他穿着休闲的沙滩裤，随意罩了件衬衫，看起来就是个来海边度假的旅人。

楚秋身上还穿着睡衣。

他在楼上停顿了两秒，看着祁天瑞，终于轻叹了口气，应声道："就来。"

张大力交代，去海边，一定要浑身涂遍防晒霜，还要两小时补一次。

楚秋是很听张大力的话的。

祁天瑞举着楚秋的自拍杆，跟楚秋合拍了好几张，美滋滋地发上了他们家的小群。

他爸妈纷纷表示小伙真俊，看起来真是特别乖。

祁天瑞高兴地表示，那当然了，我们秋不但俊且乖，还会做海鲜大餐！

祁天瑞炫耀完，喜滋滋地关掉了微信，看着沙滩上被小孩子拉过去一起捡海货的楚秋，低头在刚刚拍的一堆照片里，挑了张自己的单人照片，发上了微博。

祁天瑞：度假！

几乎与他同时，楚秋的账号也发出了一条微博。

楚秋：剧组福利。

祁天瑞一愣，抬头看了一眼手里压根儿没拿手机的楚秋，下拉刷新一看来源，就知道是张大力发的。

照片应该是祁天瑞还没来的时候拍的。

楚秋穿着跟祁天瑞今天差不多的衬衫和沙滩裤，正低头去捡一只海星，似乎是听到有人喊他，茫然地转过头来的时候，被抓拍了一张。

神情十分自然，焦距在楚秋身上，背景被模糊了不少，但也能够看得出来是一片细软的白色沙滩，蜿蜒的海岸线尽头是一大堆黑色的礁石，大浪打在上边，炸出一片白色的水花。

照片很好看，但祁天瑞内心升起了一股想要暴打张大力的冲动。

因为好巧不巧，这俩挑的两张照片的背景，几乎有百分之八十的重合度。

小镇就那么大，海岸线也不算长，好看的角度也就那么几个，挑来挑去挑到重合的再正常不过。

张大力反应也非常快，转头就在微信群里炸了！

大力出奇迹：@祁天瑞，你要死是不是！

祁天瑞：滚啊！你才要死！你发微博怎么不说一声啊！

大力出奇迹：智障，你怎么不先说，赶紧去找郭旷也发条去。

实际上祁天瑞私心里不是很想找郭旷，但他也知道对楚秋来说，这会儿跟他扯上关系不是什么好事。

他委委屈屈地去找在不远处的郭旷了。

郭旷对祁天瑞和张大力作出来的幺蛾子表示了六个点。

楚秋对祁天瑞和张大力搞出来的事情全然不知情。

他正和对他有些莫名好感的小朋友们一起，在沙滩上搜寻被这几天的大浪卷上来的海货。

细软的沙滩上有不少平日里见不到的东西，捡海货一半是为了自己的肚皮，还有一半也是为了清理沙滩。

谁都不想海风吹来的时候带来一股腐烂的臭味。

所以在捡海货的同时，他们还会把不能吃的或者不好吃的，都扔回海里去。

能捡的大多是一些贝类，被浪头打晕以至于没来得及跟上退潮的鱼，以及海胆海参之类的东西。

郭旷拎来的小桶这会儿被楚秋拎在了手上，里边装着一些楚秋在小朋友的指导下捡的收获。

身边的小女孩拉着楚秋的手，操着一口稚嫩的童音，板着脸一脸严肃地当着小老师。

她告诉楚秋哪些能吃，哪些没用，哪些带毒。

比如在捡海参的时候，就不能太用力，用力会让海参喷出黏性极强的白色丝状物，粘在手上很难受。

又比如穿着厚底的鞋子，可以避免被水母蛰、海胆刺。

小女孩热情地介绍着自己经常干的事情，对于多了个大伙伴这件事表现出了非常强烈的喜悦。

这座小镇来的外人实在是太少了，少到一年都数不出几个来。

楚秋一边听一边捡着东西，被身边的小姑娘拦住了好几次。

"那个不好吃。"小姑娘再一次拦住了楚秋伸向一只海参的手，拉着他的手转了个方向，"这种比较好吃。"

楚秋点了点头，把小姑娘说的比较好吃的那只捡起来，放进了她的桶里。

"你不要呀小秋哥哥？"小姑娘伸着脑袋看了一眼楚秋的桶，"你才这么点。"

"不要。"楚秋顿了顿，蹲下身来，把桶里为数不多的东西都拿出来，挨个放进小姑娘的桶里，"都送你。"

小姑娘两眼发亮："真的？"

楚秋点了点头。

小姑娘抿着唇，脸上的笑容始终没能藏住，暴露了她雀跃的内心。

楚秋专心地低头拿海货，小姑娘两眼亮晶晶地看着他，看着看着，就趁着楚秋不注意的时候，在他脸上"吧唧"亲了一口。

楚秋一愣，惊讶地看向脸红红的小姑娘。

"谢谢小秋哥哥！"小姑娘拎着桶，两手背在背后，"你是我看过的最好看的人啦！"

说完小姑娘就迈开脚步"啪嗒啪嗒"地跑了。

楚秋愣在原地，忍不住拿手背碰了一下被亲到的地方，感觉自己的耳朵烫得厉害。

目睹了一切的祁先生震惊地看着蹦跶着跑远的小女孩，再看看害羞到整个人都傻了的楚秋，开始深深地怀疑起自己的人生来。

我记得这小姑娘才十一吧？

还在念小学吧？

现在的小学生一个个都这么厉害？

假装什么都没看到好了。他想着，然后自欺欺人地埋头刷起了手机。

祁天瑞：现在的小女孩真了不得啊。

你星爹：那是，你都不知道现在的妹子有多牛，我都觉得我怕是找不到女朋友了。

你月爸：哈？

你星爹：现在的妹子一个个男子力都炸了，你猜她们最近都在喊我啥？

祁天瑞：就不问，憋死你。

柳闻青：就不问，憋死你。

陈妙：就不问，憋死你。

大力出奇迹：别了，礼貌性地问一下，喊你啥？

你星爹：谢谢本群唯一指定良心大力先生，他们……她们居然喊我"老婆"！

你星爹：现在的女孩子都怎么了！

你星爹：抱头痛哭。

群里并没有人心疼周熠星。

祁天瑞对率先歪楼的周熠星，只想捏紧拳头暴打一顿。

祁先生非常冷漠，纤长的手指飞速地按着手机屏幕。

祁天瑞：下一个话题吧。

陈妙：……下一个话题，祁天瑞你跑去找小秋了？

祁天瑞：嗯。

柳闻青：你跟大力发的那两张照片怎么回事？

大力出奇迹：意外，不是大事。

你星爹：哦，那档期怎么安排啊？趁着最大一波宣传还没开始，多聚聚啊，而且妙妙开年第一个月就要开始巡回演唱会了。

祁天瑞：这边档期直接划到了三月十号，如果天气不好估计还得往后推一推。

大力出奇迹：《江湖行》过审了，现在在跑院线。

陈妙：三月第一场我还在 B 市，四月就去 S 市了，再晚你们估计这一年都碰不着我。

祁天瑞：明天我和秋回来过年，就明天聚一聚吧。

祁天瑞说完这句，得到了应和之后，就关掉了微信，手机扔一边，躺在了沙滩椅上。

楚秋慢吞吞地走回来，手里的桶空荡荡的。

祁天瑞明知故问："什么都没抓到？"

楚秋摇摇头，坐到了祁天瑞旁边的位置上："送人了。"

"明天回去跟周熠星他们聚聚？"祁天瑞问。

楚秋对这类邀请从来都是不会拒绝的，他点了点头，将桶放到一旁，看着海滩上蹦跶笑闹的小孩子们，吹着海风舒服地眯了眯眼。

气氛和温度刚刚好，祁天瑞躺在沙滩椅上，几乎要睡过去。

但他的睡意被楚秋一句话打散了。

楚秋问他："中午想吃什么？"

"啊？"祁天瑞愣了半天都没回过神来。

楚秋于是又把问题复述了一遍。

"你要做？"祁天瑞的心扑通扑通地跳。

楚秋点了点头，指了指孩子们手里的小桶："最好是海鲜。"

说实在话，待在海边大半月，剧组里的人吃海鲜都吃到腻歪了。

祁天瑞也挺腻歪的，但楚秋这么一说，他马上精神抖擞起来，连报了好几道菜名，满脸期待地看着楚秋。

楚秋用手机把菜名记上，并没有察觉到祁天瑞的期待，向他确认了一遍菜名之后，又起身走向了郭旷他们。

祁天瑞看着楚秋的背影，抖擞的精神顿时以肉眼可见的速度瘪了下去。

他就知道楚秋主动询问不可能是只单独给他一个人准备，毕竟还在剧组里待着呢。

可虽然知道，祁先生还是感觉委屈巴巴的。

楚秋是想要犒劳一下剧组的工作人员。

毕竟不同于之后会有三天休假的他，在过年这三天时间里，郭旷是需要拍小镇过年的素材的，相关的工作人员自然不能离开。

虽然郭旷给他们每个人都包了个大红包，但楚秋清楚，红包是弥补不了无法回家过年的遗憾的。

所以在离开之前，楚秋就想做一桌丰盛一些的菜。

虽然他的手艺达不到周熠月那样的水准，但怎么说也是B市家常菜的味道，比起H岛清淡过头的海鲜菜式，楚秋希望B市的味道能让剧组的人们感到心情舒畅一些。

就当是提前把剧组的年夜饭吃一遍，热闹热闹，放松放松也是好的，最近的确是太累了些。

十几人份的菜，楚秋一个人自然是忙不过来。

郭旷和祁天瑞都给他帮忙拎东西打下手，最后工作人员也跑过来帮忙，就连沈铭都帮着处理了一些虾。

招待所外摆着几个大盆，盆里是分门别类装得满满的海鲜，一群整天摸器材的人坐着小板凳，一边闲扯，一边笨拙生涩地处理着手里的东西。

一派热火朝天。

祁天瑞拍了不少照片，在最后成品出来摆上桌的时候，更是换着角度花式拍。

用他的话说，这叫记录生活。

一群人摆好桌子坐在招待所门前，在海风的吹拂与阳光的照耀下，拿了一箱啤酒，不喝酒的人拿了饮料，高高兴兴地把这一桌全部人共同完成的丰盛海鲜吃了个精光。

狭窄的阁楼打扫得很干净。

这个小阁楼面积很小，里边只够摆上一张双人床和一张小矮几。

从阁楼窗户外透进来的光将昏暗逼仄的环境照亮，阳光落在那张放在床边的小矮几上，上边摆着几张画。

画纸并不是多好的纸张，颜料在纸张上凝结成块，看起来也显得十分劣质。

画上都是同一片海岸，每一张的配色却并不相同。

最上面两张有柔暖的色彩，漂亮而轻柔的颜色铺就了一整张画纸。

执笔人的绘画技巧并不出彩，颜色却用得非常漂亮。

压在那两张之后的数张画纸只露出了一角或是小半张。

那些黑沉沉的暗色张牙舞爪地爬在画纸上，乌云翻滚，浪涛拍岸，仿若一头头狰狞的巨兽，正对着画布外的世界张开血盆大口。

画布上还放着几个空的药瓶，仿佛被随手抛弃一般随意地摆在那里，成为这个小阁楼里唯一的一点不和谐。

阳光落在矮几上，却将阁楼照得格外颓废。

两只在阳光下白皙到有些透明的手伸出来，沉默地将那几张画纸整理好，整整齐齐地叠在矮几上。

桌边的少年垂着眼，表情木讷，眼神平静无波。阳光落在他纤长的睫毛上，在他眼下打出一道阴影。

他身形消瘦，背也佝偻下来，一眼看去只让人感到深深的疲惫与无力。

他身着短袖衬衣，能清楚看到手臂上有一些红点。

他从一边堆放着一些纸张的角落里抽出几张画纸来，就着阳光，小心地将这一叠不足十张的画包裹起来。

与他木讷的神情截然相反的，是他手上利落的动作。

在将手中的画作细心包裹好之后，又从那一堆纸张中抽出了一张，裁剪成合适的大小，然后带着画纸，拎着画具，弯着腰离开了阁楼。

"咔！"郭旷喊了一声，低头看着监视器，将这条镜头反复看了三次，才说道，"过！"

楚秋把画具放下，揉了把脸，蹲在地上团了一会儿，将情绪收拾好，才抬起头来，对微皱着眉有些担忧的郭旷点了点头。

等在旁边的化妆小姐姐欢天喜地地跑过来，一边准备着卸妆的东西，一边高兴地说道："恭喜杀青啊恭喜恭喜！"

楚秋看着她这副高兴的样子，忍不住笑了笑。

小姐姐估计是在这里待腻了，总是要防晒不说，也没有什么娱乐活动。

日出而作日落而息的确是好习惯，但对于常年生活在都市里的人——尤其是年轻人而言，简直就是折磨了。

"同喜。"楚秋仰着脸，配合着卸妆。

"比预定的档期早结束了一个星期。"打光小哥也挺开心，"休假！可以蹭够一个星期的假！"

"小秋估计是没这么久的假了。"摄影坐在一边，低头刷着手机，"《江湖行》的定档宣传已经开始录制了吧？周熠星这半个月都快累脱形了，据说最高的时候一天要跑五个节目。"

"主演嘛。"化妆小姐姐接话，"小秋那里边戏份不多，肯定没有周熠星忙。"

这话说得倒是没错。

大电影出来一定档，基本就是宣传跑断腿，比拍一场电影累多了。

有时候结束宣传，在后台休息，都会有几个网媒过来采访，更不用说为了宣传去参加的那些耗体力又耗脑子的综艺了。

跑宣传的时候真的恨不得一分钟能掰成两分钟用才好。

可楚秋三月到五月的档期里，关于《江湖行》的宣传内容反倒并不多。

一直到六月份，开始上映前的多地宣传的时候，他的日程才会变得爆满。

但楚秋手里还有个《太京》。

刘爱国是个非常圆滑的导演，基本上经他手的片子，他都愿意花钱花精力去把上下渠道都打点好，剪片也是亲自监督。

所以刘导那边那才刚开始粗剪结束，就已经开始张罗着要准备宣传《太京》了。

IP剧的受众摆在那里，不愁没有宣传的渠道，何况原著作者亲自操刀剧本并且跟组监督的噱头，也足够原著书粉狠刷一波电视剧的热度了。

杀青之后郭旷带着剧组杀回了B市，十来个人一起撮了一顿当杀青宴，然后就地散伙。

本年度亚尔影展的截止日期接近，郭旷不想浪费一丁点的时间，抱着片子就回了自己的工作室。

看那架势，楚秋觉得郭旷这两个月内都不会离开他的工作室了。

张大力给了楚秋三天休息调整的时间，三天一过，一大清早就把楚秋从被窝里刨出来，带去了节目组。

周熠星和《江湖行》剧组的一些重要人物也陆陆续续到了。

这是个大综艺。

楚秋在一群大佬的夹击下找了个角落坐好，拿着台本听张大力絮絮叨叨地讲这个讲那个。

楚秋今天要在这里连录两期，上午是《江湖行》的宣传，他负责当个花瓶就好，而下午则是《太京》的宣传，他就需要多做些准备。

周熠星好不容易才在后台角落里找到了楚秋，看着楚秋和张大力有一搭没一搭闲聊的样子，一撇嘴。

"小秋你注意一点啊，这可不是《藏宝图》那种闲聊节目。"

张大力转头看了周熠星一眼，他看出了楚秋习以为常、游刃有余的状态，所以干脆就没有再多说什么。

不过出于即将成为老父亲的情怀，张大力还是拍了拍周熠星的肩，语重心长："小秋站旁边乖乖待着，你多顾着点。"

周熠星满口答应，刚巧造型师过来，他就干脆坐在了楚秋旁边。

台本其实三天前就已经到了楚秋手上，但他还是习惯在正式开始之前再确认一遍。

尤其是下午要跟柳闻青同台的那场。

楚秋可一点都不担心上午跟周熠星的宣传，毕竟周熠星可是号称一个人就能撑起整个节目的瑰宝。

事实上的确如此。

周熠星在节目上把楚秋护得滴水不漏，而点名问到楚秋的一些问题，楚秋也答得中规中矩。

台下有一小团举着楚秋牌牌的粉丝，神情看起来有些失望。

主持人察觉到后，半真半假地说周熠星："你不要把人家楚秋的话都抢了啊。"

"别闹啊。"周熠星晃了晃脑袋，"楚秋超害羞的，不信你盯着他看十秒，不，五秒，他脸能红成西红柿！"

他话音刚落，整个演播厅都安静下来，无数目光落在楚秋身上，而背后的大屏幕也给了楚秋一个特写。

楚秋完全没反应过来，愣了两秒，不自觉地往周熠星背后挪了两步，偏过头微微避开了滑过来的摄像机，只留个发红的耳尖给了大屏幕。

那一小团举着楚秋应援牌子的粉丝，顿时尖叫着举起手里的灯牌和应援棒，疯狂挥舞。

"看吧，我都说了的。"周熠星笑得靠在了被他出卖的楚秋身上，"我还告诉你们，楚秋每次上这种节目之前，都会跟写作业一样，列举情况一二三四语气一二三四台词一二三四。"

"别看他这样啊，为了综艺他已经很努力了。"周·行走的爆料机·熠星毫不犹豫地卖掉了楚秋。

甚至在即兴表演抽签环节的时候，他还跑到楚秋身边，从口袋里摸出一颗大白兔递给楚秋，然后爱抚了一下楚秋的脑袋。

"我周熠星今天就让你们感受一下锦鲤秋的力量！"周熠星撩起袖子，在装着满满当当一大堆即兴表演要求的卡片盒子里摸出了一张，"出来吧！雨中话别！"

身后的大屏幕切到了周熠星手里还没打开的卡片上。

"为什么是雨中话别？"主持人问。

周熠星一边拆着信封一边笑道："因为我前不久才演过这个情节，不用动脑子。"

信封拆开，上边竟然真的写着"雨中话别"四个字。

主持人惊讶地看了一眼楚秋。

"导演？这绝对是节目效果吧？"她不敢置信，"里面足足五十张不同的卡片哎？五十张！"

"不信你试试啊，借你一颗大白兔。"周熠星递了颗糖给她，"贡品。"

再一次被摸了脑袋塞了糖的楚秋："……"

周熠星可得意了："我们秋可是个大宝贝！"

大宝贝楚秋表示并不想讲话，并拆了颗糖塞周熠星嘴里，决定堵住他的嘴。

周熠星在节目录制结束之后又一次陷入了话讲太多的贤者时间。

他沉默地拉着楚秋和张大力去吃了顿午饭，然后又沉默地把楚秋送回了节目组的大厦。

楚秋刚下车，正巧就遇上了开车过来的柳闻青。

周熠星看了看柳闻青，又看了看楚秋，然后一脸沉痛地拍了拍楚秋的肩。

"祝顺利。"他终于说了中午以来的第一句话。

柳闻青看着周熠星，深刻地觉得自己被针对了。

而楚秋到后台之后，把自己打印出来的小剧本给了柳闻青一套。

柳闻青震惊地看着上边列的一二三四，直到节目开始了都还没回过神来。

楚秋坐在台上录制第一个谈话环节，主持人的问题还停留在柳闻青和徐欢这两个男女主角身上。

楚秋往台下看去，发现下午的观众已经换了一批，但举着他名字灯牌的，依旧坐在那一团里，而下午场次，举着他灯牌的观众比上午多了足足两倍。

这两倍的粉丝有些骚动。

楚秋疑惑地扫了一圈，终于惊愕地发现，在距离观众席不远处，祁先生正靠在入口处的一个摄像机旁，带着浅淡的笑意看着他。

发现楚秋看过来，祁先生抬手，小弧度地挥了挥手。

大半个月没见，祁天瑞眉眼间似乎有些疲惫。

他手里端着个纸杯，看起来是工作人员递给他的，而张大力此时也正走到了祁天瑞身边，跟他低声交谈起来。

楚秋扫过祁天瑞稍显疲累的神情，微微抿了抿唇，收回了视线。

回头做点什么东西给祁哥补补吧。

楚秋一边照着小剧本回答主持人的问题，一边想道。

台下，祁天瑞站累了，干脆跟张大力一起坐到两个空置的 VIP 座位上，顺手给旁边的几个粉丝签了名，就继续在那里交头接耳。

柳姐怀孕三个月了，张大力已经开始找身边的人给孩子取名字。

祁天瑞报了好几个，都被张大力毙了。

正为了孩子的名字而苦恼的祁天瑞和张大力都万万没想到，楚秋在节目"厨房帮帮忙"的环节上，好巧不巧的，正抽中了祁天瑞现在坐着的座位号。

听到主持人报出座位号时，祁天瑞和张大力都蒙了。

镜头打到祁天瑞身上的瞬间，所有人都寂静了一秒，然后尖叫声瞬间充斥了整个演播厅！

祁天瑞！

那可是祁天瑞！

在座的观众都是从正规的、需要定时交会费的粉丝后援会里报名，然后抽选出来的，这些幸运观众，都是演员的粉丝。

她们大都很清楚楚秋和柳闻青还有祁天瑞的关系好，但知道他们关系好是一回事，在现场看到祁天瑞跑来看节目录制是另外一回事啊！

那可是祁天瑞！！！

今天被抽到的粉丝感觉自己要原地爆炸了，这波值当！

太值当了！

演播厅里在座的有三百多个观众，这会儿尖叫声都快掀破顶棚，手里的应援棒简直是要挥断。

赞美节目组！

赞美祁天瑞！

赞美柳闻青！

赞美楚秋！

柳闻青之前压根儿就没发现祁天瑞，这会儿看到被放到大屏幕上的人是祁天瑞，整个人都傻了。

他转头看了看同样瞪大眼惊呆的楚秋，心里稍微平衡了那么一点。

不是他一个人傻，这可真是太好了。

张大力双手抱胸观察走上台的祁天瑞，以及在舞台上一脸蒙的楚秋和柳闻青。

这个表情不错，充满了意外的惊吓，看起来暂时不需要联系公关部。

而被柳闻青和徐欢抽上去的另外两个幸运观众，站在舞台上，脸上都要笑出花来了。

在这个环节结束之后，幸运观众是能得到台上这几个大明星的握手和拥抱的，这会儿还加上了祁天瑞，简直就是天降的馅饼！

祁天瑞溜达上台，大大方方地对着镜头挥了挥手，然后非常自然地挤进了楚秋和柳闻青中间，对柳闻青露出了一个非常友好的笑容。

柳闻青："……"

祁天瑞兜里揣着三颗糖，不过这会儿没法拿出来。

几个主持人也没想到会发生这种事情，有点愣，没两秒，耳麦里传来导演的声音，让他们先采访那几个普通的幸运观众。

楚秋转头瞅着身边的祁天瑞。

祁天瑞也正瞅着他。

"运气不错啊。"祁天瑞说道。

楚秋想了想，轻声叹气："嗯。"

祁天瑞看着楚秋叹气的样子，一下子就笑开了："其实心里觉得挺倒霉的吧？"

出乎祁天瑞意料的是，楚秋摇了摇头。

祁先生愣了两秒，然后迅速反应了过来。

除掉可能会爆炸的舆论来说，抽到的人是他，对于楚秋来说还真不是什么倒霉的事情。

因为楚秋并不擅长跟粉丝相处。

祁天瑞虽然想通了这一点，但还是感到十分开心。

其实，抽上台的人是祁天瑞，楚秋还感觉小小地松了口气。

舆论那是公关部的事情，何况这档节目录制结束之后，才会考虑需不需要公关。

祁天瑞的临场应变能力很不错，说不定能够当场化险为夷。

楚秋对祁先生这方面的能力非常信任。

主持人采访了完了另外两个幸运观众，走到了祁天瑞面前。

"祁先生，老朋友了啊。"领头的男主持笑道，"这一次作为幸运观众走上舞台，有什么感受呢？"

"其实我是临时坐到那个位置的。"祁天瑞说，"我也很意外。"

"那么你最希望跟谁一队呢？"主持人问。

祁天瑞想都不想地答道："这还用想啊？当然是小秋啊。"

柳闻青在一边翻了个白眼，旁边的女主持配合地把话筒递给了他。

"我们这一群人唯一会做饭的就是秋啊。"柳闻青说道，"徐欢都不会。"

"那是。"祁天瑞笑眯眯的，"我就是准备躺赢来着。"

柳闻青看着他嘚瑟的样子，很想把他摁地上打一顿。

他面无表情地看了祁天瑞两秒，然后说道："我有料要爆。"

主持人一愣，然后喜笑颜开地说道："爆爆爆。"

柳闻青慢吞吞地道："上次楚秋去祁天瑞家撸猫，做饭的时候顺手做了一顿猫饭，祁天瑞趁楚秋不注意，把锅里的猫饭吃了。"

祁天瑞转头一脸震惊地看着柳闻青。

那表情是大写的不敢置信。

楚秋微微低着头没好意思吭声。

主持人和观众笑成一团，转头问祁天瑞："真的吗？"

祁天瑞"嗾"了一声："真的。"

"猫饭不是一般都不放盐的？好吃吗？"主持人憋着笑问。

祁天瑞一点都不避讳："好吃啊，吊高汤煮的鸡胸肉，特别鲜，比那天楚秋做的晚饭还好吃。"

柳闻青简直被祁天瑞的脸皮震惊了。

而楚秋，面对镜头抿了抿唇，憋了个小小的腼腆的笑意。

厨房帮帮忙这个环节的内容，就跟它的名字一样，由参与的嘉宾主厨，加上抽取的幸运观众从旁帮忙。

观众对嘉宾进行操作指导或者单纯打下手都好，最终完成一道或几道菜，主食也可，然后由对手和主持人品评，投票决定胜负。

柳闻青和徐欢说是不会做饭，但实际上，他们多少还是会做点简单的东西的。

比如炒饭，比如一些操作简单的汤和凉拌菜。

再不济，勉勉强强拌个蔬菜沙拉或者水果沙拉，节目组也会帮着圆过去。

最终的分组自然是楚秋跟祁天瑞一组，柳闻青和徐欢各带一个幸运观众。

这个环节在录制的时候会给嘉宾两个小时的时间，虽然最后会剪辑到二十分钟左右，但录制的时候，给嘉宾的准备时间和与粉丝交流的时间还是非常之多的。

柳闻青准备做炒饭。

徐欢干脆放弃治疗，直接说我炒个菜，你们试毒。

楚秋则准备看看菜单再说。

节目组不会准备特别多的食材，楚秋准备煲个海带排骨汤，空闲时间里就跟主持人粉丝聊聊天，顺便再炒个菜。

祁天瑞见楚秋要了好几样食材，愣了半晌，提醒他："其实只要做一个菜就可以了。"

"嗯。"楚秋点了点头，却还是跟工作人员确定好了食材。

祁天瑞也没多说，反正节目还在录制，到时候不该有的剪掉就行了，能被抽取来的观众都是有保密协定并且很懂事的，不用太担心他们说出去。

两个小时的时间很长，因为节目效果的关系，需要嘉宾从洗菜择菜开始做，不熟练的嘉宾总是会在这个环节上卡好久。

舞台上嘉宾和主持人有一搭没一搭地闲聊，两个不会做饭的男女主角被身边的粉丝和台下的粉丝支使得团团转，跟着楚秋脑子都不用动一下的祁天瑞还在旁边给他们添乱。

楚秋这边不到半小时就把海带排骨汤煲上了，动作干脆利落、熟练无比，而徐欢和柳闻青还在那边痛苦地挣扎着切菜。

祁天瑞身为楚秋的"挂件"，一边帮楚秋洗菜，一边大肆嘲笑柳闻青，顺带调侃两句徐欢。

"东西又不是你做的，你嘚瑟个什么劲？"柳闻青回嘴道。

祁天瑞尾巴都要翘到天上去："可我跟秋一组啊！"

柳闻青抄着陶瓷刀，看起来一副反手就要给祁天瑞一刀的样子，然后转头对楚秋说道："秋你就不管管这个幸运观众？"

楚秋正低头专心切蒜，闻言茫然地转头看了，想了半晌，把上午周熠星塞给他的两颗糖剩下的那颗塞给了祁天瑞，说："来帮忙。"

祁天瑞美滋滋地吃了糖，然后挽起袖子，帮着择菜。

这个时候，祁天瑞神采奕奕的，看起来开心得不得了，就仿佛之前楚秋看到的疲累是错觉一样。

楚秋切着蒜，话语在脑子里转了几转，等到蒜都快被切成蒜蓉了，才停下手来。

主持人和主镜头都在状况频出的那两组上，楚秋是作为模范偶尔才会被提及。

楚秋转头看了一眼那边，然后看向正扒卷心菜的祁天瑞。

"祁哥，最近很忙？"他低声问道。

祁天瑞扒卷心菜的动作一顿，转头瞅瞅楚秋，也没瞒着，脸上带着笑："看出来了？"

楚秋点了点头。

"我想赶紧甩掉总裁的位置。"祁天瑞说道，"家里说，我要谈成几笔大投资不亏损，就让我当董事去，最近都在找项目，开会，跟董事要钱投资，等我甩掉总裁的位置，当董事就很闲啦。"

毕竟董事要干的事情，就是开会，开会和开会。

而开会是为了什么呢？

通常都是为了找总裁的麻烦和决定公司巨额投资与上层决策，一般来说，这种会议一个月都不会超过三次，有的时候三个月都不会有一次。

毕竟投资不好找，上层决策也不会频繁变更，怼外聘总裁这种事祁天瑞更是懒得干。

祁天瑞笑眯眯地说："到时候就来给你当知名不具祁助理。"

楚秋愣了半晌，手里拿着陶瓷刀，轻轻眨了眨眼，"不用"两个字在舌尖徘徊了许久，终究是被他咽了回去。

祁天瑞和楚秋两个人之间的氛围实在是太好了。

看他们配合的默契程度，用脚趾头想都知道肯定不是第一次一起做饭了。

主持人看了看狼狈的另外两组，又看了看动作虽然慢吞吞却有条不紊的楚秋和祁天瑞一组，其中一个女主持凑了过来，说道："看起来不止一份菜啊？还煲了汤。"

楚秋点点头，指了指汤，说："给祁哥的。"

主持人和祁天瑞都是一愣。

祁天瑞还真没想到，会有一份是给他的。

"单独给祁天瑞的啊？"女主持人调侃，"你们关系这么好，柳闻青可是要吃醋的。"

楚秋很耿直："祁哥最近忙。"

祁天瑞轻咳两声，装模作样："谢谢秋了啊。"

一边正在切萝卜丁的柳闻青冷笑了一声："我吃秋做的饭的次数可比你多。"

祁天瑞："……"

你是不是要死？

夹在修罗场之间的楚秋呆愣了两秒，然后指了指放在另外一边的一份荤菜配菜和一份择好的生菜，说："给粉丝的。"

台下举着楚秋牌牌的那一群疯狂尖叫起来。

台下观众也有份！

天啦！哪怕只有一口也好啊！

不少妹子脸上都是"孩子大了懂事了"的慈爱表情。

还有一部分相互拥抱着满脸不敢置信。

主持人对楚秋竟然能有这份心也感觉十分惊讶。

她笑着看了看桌上的那些食材，算了算粉丝人数，说道："这些应该不够吧？"

楚秋一愣，也抬头去粗略估计了一下那边的人数，又看了看食材，好像的确不够。

"那再炒饭。"楚秋说。

台下一群粉丝继续疯狂尖叫！

我们秋简直棒呆了！

还有谁！就说还有谁！

爱豆做饭给粉丝吃估计仅此一家了。

柳闻青和徐欢站在旁边，看到他们的粉丝团满脸羡慕嫉妒恨地看着楚秋那团粉丝。

徐欢抖擞起精神，站在她身边的主持人把麦克风递给她。

徐欢瞅瞅自己已经处理好的食材，说道："我也想给粉丝吃。"

徐欢旁边的粉丝满脸高兴，她会做饭，这会儿徐欢在她的指导下做得还挺像模像样的。

至少不会发生食物中毒的惨案。

柳闻青运气不太好，他抽上来的粉丝对做饭也是抓瞎，被台上台下两边粉丝折腾得最厉害的就是他。

柳闻青瞅瞅自己砧板上切得乱七八糟的萝卜丁，认真思考了一下，然后问台下的粉丝团："你们想吃吗？"

已经被楚秋和徐欢二连击，对柳闻青满怀期待的粉丝们号叫出声，手里应援棒和灯牌晃得都要出残影了："想！"

"不怕食物中毒啊？"柳闻青又问。

"不怕！"

"那行吧。"柳闻青转头看向满脸警惕的祁天瑞，面无表情地把祁先生扒拉到一边去，面对楚秋语重心长，"秋啊，我对你好不好啊？"

楚秋张嘴吐出一串省略号，心里猜到了柳闻青想干吗，于是点了点头。

柳闻青一笑："那你教教我，炒饭就行了。"

"好。"楚秋点了点头。

柳闻青美滋滋地把他的料理台拉到了楚秋旁边。

祁天瑞哼了一声，双手抱胸旁观楚秋悉心指导柳闻青和被他抽上来的粉丝。

楚秋转头看看祁天瑞，想了想，给祁先生塞了半根用剩下的胡萝卜。

祁天瑞拿着胡萝卜愣了半晌，满脸都是问号。

"甜的。"楚秋指了指胡萝卜，"可以吃。"

祁天瑞："……"

所以你一根，不是，半根胡萝卜就想打发我？

祁先生气得鼓起了脸，瞪着柳闻青，就仿佛手里的半根胡萝卜是柳闻青的脑袋一样，恶狠狠地咬了一口。

舞台上一片和乐融融，啃完了胡萝卜的祁天瑞看不下去，帮着柳闻青把莴笋切了丁，又帮徐欢去片了豆腐。

最后节目组临时弄了一堆纸碟过来，就跟食堂开饭了似的，挨个给粉丝发吃的。

环节结束之后，距离规定的最长时间还有半个小时的剩余，粉丝们都吃得很开心，虽然味道并不特别惊艳，但粉丝的表情看起来简直就像是吃到了世界顶级佳肴。

主持人喝着楚秋说给祁天瑞准备的汤，纷纷表示从未见过画风这么清奇和谐的演播厅。

台上台下都飘荡着欢快的气息。

结果最终接受失败惩罚的，出乎所有人意料，竟然是楚秋。

因为最后评分的人变成了粉丝，而这一次，楚秋的粉丝来得最少。

祁天瑞和另外两个幸运观众一起下了舞台，坐回观众席，祁天瑞还有点小情绪。

一般来说，惩罚都是由赢家来定的，作为赢家的徐欢和柳闻青，最终决定罚楚秋唱首歌。

"你们一定没听过小秋唱歌。"徐欢说道，"他唱歌很好听的。"

柳闻青赞同地点了点头："就是老害羞，从来不在节目上唱。"

台本上可没写这个！

楚秋瞪圆了眼瞅着坑害他的两个人，拿着主持人递的麦克风，不知所措。

可台本上也没写给粉丝做吃的。

柳闻青想，不过他倒是在楚秋递给他的小剧本上看到了给粉丝做吃的这个选项。

"人生总是充满了意外的，小秋。"

柳闻青手里没有麦克风，带着点小幸灾乐祸的心情拍了拍楚秋的肩。

"小剧本上一定没写你会被惩罚唱歌。"

楚秋："……"

当然没有，你不是看过了吗。

最后楚秋还是接受了惩罚，站在舞台上唱完了一整首歌。

唱功跟专业歌手不能比，却单凭声音，都让人感觉十分享受。

节目结束之后，楚秋被张大力抛弃，交给了祁天瑞。

而祁天瑞则把楚秋拉去了他家，撸撸猫聊聊天顺便一起吃顿晚饭什么的。

祁先生实在是累得厉害，吃过晚饭没多久，两人一起撸猫的时候，他揉着怀里已经胖成球的四崽，揉着揉着就靠着墙昏睡了过去。

楚秋抱着大灰，愣愣地瞅着靠着墙睡得跟四胖一样死的祁先生，想了想，站起身晃醒了祁天瑞，然后扶着半醒半睡的祁先生回了卧室。

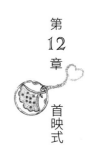

第
12
章

首
映
式

　　楚秋趁着最近档期比较松快，报名把驾驶证给考了。因为大力先生最近忙得像陀螺，一会儿陪媳妇儿做产检，一会儿照顾楚秋日程，一会儿又上育儿课的。

　　打从媳妇怀孕，张大力就表现得比他媳妇还要紧张。只要没有特殊情况，基本上一到晚饭就没了人影。

　　好在楚秋最近宣传活动基本上都是跟几个相熟的人一起，实在不行还有祁天瑞。

　　虽然他本意是让祁天瑞扔个司机过去接送一下楚秋就好，但祁先生显然不愿意放过任何一个能跟楚秋独处的机会，除了有数的几次实在抽不开身之外，基本上都是他本人去接的。

　　等楚秋拿了驾驶证，祁天瑞一边怨念着不能借职务之便跟楚秋独处了，一边大手一挥给楚秋配了辆车。

　　跑宣传录节目的日子过得飞快。

　　五月初，卫导开始与张大力接洽楚秋的档期，定下五月底《文豪》开拍。

　　郭旷顶着浓重的黑眼圈和憔悴的面容，从他的工作室里爬了出来，跟楚秋见了一面，表示终于赶上了本届亚尔影展的截止期。

　　亚尔影展两年一度，在小众艺术影片奖项上独占鳌头。

　　影展设剧情片和纪录片两方面的奖项，细化下来林林总总的，都是影片和幕后相关的奖，并不设演员奖项，纯粹就评影视作品。

　　但无论是哪方面的奖，影片只要能够脱颖而出得到评委青眼，就足够狠狠抬一次影片主演了。

　　郭旷对这部作品很有信心，但也不能说一定就能够得到提名和奖项。

毕竟是国际大奖，运气不好遇到黑马爆冷出局这种事也不是没有发生过，郭旷对此经验丰富。

五月三十，《文豪》开机仪式暨开机发布会如期举行。

这一次发布会并没有闹出幺蛾子，规规矩矩地按照台本和流程走完了。

楚秋坐在后台，看着六月开始的日程，感觉有点绷不住。

距离《江湖行》上映只剩下一个半月了，电影要多地宣传，而之前录的那些综艺也开始了大规模投放。

这意味着身为大配角，之前一周才需要去录个《江湖行》宣传的楚秋，也要开始遭受到各种各样谈话采访的狂轰滥炸。

再加上《太京》的宣传和《文豪》开拍，导致楚秋整个六月都没有一天休假，甚至于很多前一天凌晨才结束的录制，第二天一大早又有新的通告。

七月更是满到日历都要挤不下，到八月中旬之后，才零零星星的有两三天休假——这还是暂时定下的档期。

楚秋知道，《江湖行》是注定会大爆的。

同期没有大电影，也不撞好莱坞大片，在这段空白期里，《江湖行》基本上独霸了整个七月份的电影市场。

而楚秋有信心自己的角色让人印象深刻，到时候还会有无数通告纷至沓来。

刚红的时候都是这样的。

张大力也没比他好到哪里去，柳姐怀孕加上楚秋满满当当的日程，他面对别人笑眯眯恭喜他说家庭事业双丰收的时候，都已经累到笑不出来了。

对于楚秋挤到不行的档期，卫导相当体贴，先把楚秋的戏份协调了一下，七月开始，能往后挪的都往后挪了挪，让楚秋不至于真的一点休息时间都挤不出来，何况精神疲惫的时候对演戏有很大的影响。

随着《江湖行》上映时间的推进，楚秋终于突破了之前缺少作品这一层面的封锁，人气和关注度都呈直线上升。

高存在感带来高关注的同时，还给他带来了不少黑。

也许是野生的，也可能是别家急眼了的粉。

祁天瑞已经两个月没有见着楚秋了，偶尔楚秋那边接通视频邀请，也经常是没说两句话就累到睡过去。

祁先生心疼得不行，干脆就没有再联系楚秋，免得打扰到他休息。

但足足两个月的时间连轴转，祁先生感觉自己已经贴近爆炸边缘了。

连最近开会的时候，他讲话都带上了几丝火气。

祁天瑞躺在床上，抱着猫，拿着手机看了一下楚秋的日程表，发现这会儿楚秋应该已经结束掉一整天的忙碌了。

他想着要不要打个电话过去，又担心楚秋已经休息。

祁先生纠结得使劲揉了一把怀里的三崽，小公主给了他一爪子，跳到了枕头上，趴着。

祁天瑞看到手上被挠出来的印子，叹气，点进楚秋微博，看张大力昨天发的楚秋的照片。

他已经在第一时间点过赞了。

祁先生无聊地戳进那条微博，粗略扫过下边的评论。

祁天瑞知道最近楚秋存在感高，比较招黑，而《江湖行》还有一周才上映，这会儿肯定是黑子狂欢的时候。

他看到下边有人说楚秋又接拍了一部名不见经传的电视剧，嘲讽他接不到电影资源和大 IP 了，肯定是演技不行又作，结果现在被大导拉黑了。

祁先生看着看着，心里憋着的火气轰地一下熊熊燃烧了起来。

他截下了这几条评论，犹豫半晌还是给 ID 打上了码，然后噼里啪啦气势汹汹地敲着手机屏幕。

"祁天瑞：楚秋是我亲自从天使娱乐挖过来的。他是一个很诚恳，很有天赋，十分勤勉努力的演员。他在凤凰之所以能够得到这样的资源，无关其他，也不论他是不是新人。他能够得到这些，是因为他有能够跟资源相配的实力。《江湖行》即将上映，到时候记得捂紧脸，不然肿得比山高就很有趣了。"

祁天瑞发完微博就打开了公关部总经理的微信窗口。

他记得前两天这位总经理刚跟新婚妻子度完蜜月回来，这两天一直在总部大楼里散发着虐狗的酸臭味。

身为被虐的单身狗，祁先生觉得有必要提醒一下对方现实的残酷，给经理先生热热身恢复一下工作状态，顺便让他感受一下来自生活的恶意。

祁天瑞：蜜月回来了吧？

早晚是要辞职的：回来了，正准备休息，什么事？

祁天瑞：希望你通知一下值班组。

早晚是要辞职的：哥？你搞啥啊！

祁天瑞：因为我不爽，所以我这么干了，你再坚持几个月，我快不干了。

早晚是要辞职的：哈？

祁天瑞：要升董事了。

早晚是要辞职的：滚啊！

祁天瑞关掉了微信，欺负了一下散发恋爱酸臭味的总经理之后感觉心气顺了不少。

他刷新了一下微博，看着多出来的一大堆评论，冷笑一声，拎了几个典型出来照脸怼。

祁天瑞：罚你大声朗读原微博三遍，一字不漏的那种。//@ 专业吃瓜：所以祁先生你这是给人作保咯？给新人这么强大的资源你就承认你是捧他又怎么的吧？//@ 祁天瑞：楚秋是我亲自……

祁天瑞：看您微博您朋友被一个服务员不小心溅到了几滴咖啡您就在微博上连着几天"艾特"人家官博满嘴脏话，我朋友被人污蔑人格我就不能说话了？您 ID 取得不错，很符合您的身份。//@ 键盘在手天下我有：作为一个公众人物，您这种直接站队的行为不合适吧？//@ 祁天瑞：楚秋是我亲自……

祁天瑞：我跟楚秋当然有关系，你一翻我微博就能知道我俩什么关系，照你的逻辑，我一定也可以合理质疑一下你脑子里是不是进了水。//@ 吃着火锅唱着歌：以前你自己的黑蹦跶得厉害多了也没见你炸，合理质疑一下楚秋的资源你就炸了？还说跟他没关系？

祁天瑞还想继续怼，奈何微信那边公关总经理疯狂戳他，发现戳不动就一连给他打了好几个电话。

祁先生一一挂掉，然后关掉微博和微信，把手机扔到一边，懒得再看了。

祁天瑞怼人从来不会在意被他怼的人最后会怎么样，但往往都是没有什么好结果的，他习惯把这称之为孽力回馈。

祁天瑞心里有数，这种程度的事情对于公关部来说连加班都不需要，只要《江湖行》票房出来了，一切质疑都会迎刃而解。

他有理由相信，除了那些只认钱不认人的野鸡纸媒和网络自媒体，不会有多少正规媒体去接刻意黑楚秋的通稿。

只不过娱乐圈里不可能只有一个声音，被黑不可避免。

祁天瑞把态度摆明在这里，也是个标杆。

反正祁天瑞经常怼人，为朋友撑腰有话直说的人设不崩，也算是给《江湖行》来了一波热度，明确表示了对这部电影的信心。

祁天瑞长舒口气，感觉心里爽利了不少，揉了一把蜷在枕头上呼噜噜的三棕，爬起来去洗澡。

公关部总经理通知了一声值班组注意情况，看着通信录上祁天瑞的名字气哼哼地瞪了好久，一边想着愿意主动替楚秋炒作祁天瑞当真是真爱粉，一边也跑去准备洗洗睡。

正如祁天瑞所想的那样，这个事情处理下来，公关部连加班都不需要。

不仅不需要加班，还在上班时间做了份小企划，顺手炒了一波电影热度。事情持续发酵，一直到正式公映前的首映式正式举行，无数粉和黑都翘首以盼，都等看那些参加了首映式的影片人和媒体对电影做出一个初步的评价，纷纷希望能够狠狠扇对方一巴掌。

首映式后台，楚秋和周熠星面对面坐着，一人一张沙发瘫在上边，宛如两条风干的咸鱼。

饶是嘴里装着个电动小马达的周熠星，这会儿也已经完全不想说话了。

繁忙的宣传活动已经把这个话痨逼到了绝路，就连前一天他的电台，话都少了许多。

而楚秋纯粹是累到头脑一片空白。

现在是晚上八点。

在来到首映式现场之前，楚秋凌晨五点就爬起来，早八点去摄影棚拍戏之前走了趟《太京》宣传的节目组。

结束之后在去摄影棚的路上吃了早饭补了会儿觉，又打起精神拍了一上午的《文豪》。

吃过午饭之后，他下午连轴转了三个《江湖行》的宣传节目，在宣传节目的同时，又在后台接了两个媒体采访，路上随便啃了点干粮喝了点水，就被拉到了首映式后台，准备化妆，九点钟正式上台。

"啊，要死了……"周熠星脑袋搭在椅背上，看着天花板，"说话好累……"

楚秋觉得非常有道理，但是他完全不想应声。

楚秋眯着眼看了一会儿天花板上的灯光，然后顺着沙发背侧边一滑，动作非常迅速且熟练地团在了单人沙发上，准备趁着化妆还没轮到他的时候眯一觉。

周熠星一看楚秋的动作，抬头瞅了瞅比他们先到，这会儿已经做完了发型的女主角和另外两个配角，也跟楚秋一样，非常熟练地一滑，团在了沙发上，一秒晕厥了过去。

化妆师结束了那边几个妹子的造型，转头喊楚秋和周熠星的时候，就看到了隔着个矮几睡得四仰八叉的两个人。

可就算再累再困再憔悴，首映式上也是一定要用妆容打点得精神起来的。

化妆师非常冷酷无情地把两人拽起来，拉到了化妆台前坐下，开始有条不紊地迅速上妆。

男士不用做造型，只需要画个浓一些的舞台妆，让他们在灯光明亮过头的舞台上不至于脸色惨白得看起来像个鬼就行了。

电影首映式的记者提问是没有台本的，与此同时也不同于开机发布会上规规矩矩的提问。通常都是一堆媒体就近站着，话筒和镜头几乎要怼到人脸上去，问的问题也千奇百怪咄咄逼人。

无关于影片的问题更是比比皆是。

记者在楚秋签完名之后蜂拥而至，其中一道男声突破了诸多嘈杂声音的封锁，传入了楚秋耳中。

那个记者的问题是这样的："贵公司的祁先生对于您和这部电影有着超乎常理的信心，请问您对此怎么看呢？"

楚秋看着面前的长枪短炮，非常沉稳地打太极："很感谢祁先生的信任，这部电影是剧组一起努力的结晶，我对影片同样很有信心。"

周熠星还琢磨着要不要帮忙讲两句，一听楚秋这熟练无比的太极姿势，就不着急去帮忙了。

毕竟我们秋可是背靠着张大力和祁天瑞的，一定早就做足了功课！

而且这几个月来，经历了这么多节目和采访，不可能还无法面对媒体犀利的针对。

周熠星一边想着，一边随口四两拨千斤地把媒体问他的私人问题全混了过去，只在最后阐述影片的时候认认真真地说了一遍。

司仪宣布影片播放的时候，站在台上的一众主演和主创都齐齐松了口气，转头退下舞台，坐到台下，准备欣赏影片。

主创和演员们的观影位置在前排，按照戏份从左到右从前往后，中间夹杂着几个重要的投资商，影评人和观众都坐在他们后边。

楚秋的位置比较偏，他刚坐下，一抬头就看到他旁边的位置上坐着两个月不见的祁天瑞。

"现在要见你一面真难。"祁天瑞用小到难以捕捉的声音说道。

楚秋被舞台灯光照得眼前发白，到现在都还没缓过来，他揉着眼睛，却是清楚地听到了祁天瑞的话。

"可以电话或者视频。"楚秋说道。

祁天瑞转头瞅着他："你都没有主动联系过我。"说着把楚秋揉眼睛的手拽下来，"别揉，闭着缓会儿。"

楚秋听话地闭上眼，靠在椅背上，听到影片开始的声音，想到刚刚祁天瑞说的话，解释道："累，困，忘记了。"

"嗯？"祁天瑞正从衣兜里拿糖，听到楚秋这话愣了会儿神，才反应过来楚秋是在解释为什么没有主动联系他。

"没怪你。"祁天瑞脸上带着笑，"我没联系你也是不想打扰你休息。"

楚秋点了点头，完全放松下来，舒舒服服地靠着椅背，眼睛睁开了一条小缝。

整个放映厅已经陷入了黑暗，光源仅来自前边正在放映的影片。

发觉眼睛已经恢复了正常视觉，楚秋松了口气，转头又小小声地对祁天瑞说道："微博的事，谢谢祁哥。"

"又不是什么大事。"祁天瑞从衣兜里拿出了一颗大白兔，剥着糖纸，"这算什么。"

楚秋看着祁天瑞一脸无所谓的样子，回过头去专心看起了影片。

他是专心准备了首映式的，可身边的祁先生，却明显不是冲着电影来的。

电影放映没两分钟，祁天瑞就轻轻戳了戳楚秋。

他含着一颗奶糖，手里还拿着一颗剥好的。

楚秋转头看看祁天瑞，又低头看看他手心里的糖，在伸手准备去接的时候，对方却避开了他的手。

"吃了我的糖，以后可就得听我的了啊。"

祁先生半开玩笑地低声说道，又把糖递到了楚秋面前。

楚秋看了眼前的糖几秒，没吭声。

祁先生心中叹了口气，准备把糖塞楚秋手里给自己一个台阶下，谁知下一秒，楚秋就干脆地伸了脑袋，就着他的手，把糖叼了过去。

祁天瑞：……

祁天瑞震惊地看着楚秋，嘴张开又闭上，闭上又张开。

"我……"他磕磕巴巴地看着在影片光亮明灭中神情平淡的楚秋，语无伦次，"我……那个……你……"

楚秋看着语无伦次的祁天瑞，嘴里的奶糖绕嘴转了一圈，脸颊从左边鼓到了右边。

祁天瑞小心翼翼："你刚刚……是不是没听清我说什么？"

楚秋说："听清了。"

祁天瑞瞪圆了眼看着楚秋，感觉耳边仿佛响起了"咻"的一声。

下一秒他就炸成了天际的烟花。

直到首映式结束，祁天瑞都还没回过神来。

祁先生感觉自己满世界都在炸烟花，那烟火盛大绝艳，简直就是平生所未见的美景。

而在这样的美景之下，祁先生内心全都是：我是谁？我在哪？我从哪来？要到哪里去？

楚秋仿佛对祁先生的愣神毫无所觉，他看完了电影，然后又接受了一波采访之后，终于得到了解脱。

这场首映式张大力并没有一直陪着，只是把楚秋送到场地就离开了。

因为他媳妇今天要产检。

而楚秋累到一闭眼就能睡过去，自然是不能开车的。

送楚秋回去的任务就落在了祁天瑞身上。

然而祁先生始终是一副反应不过来的样子，愣愣地出了会场，愣愣地等楚秋卸妆，然后愣愣地坐上了驾驶座。

显然是被惊吓傻了，整个人都透着一股迷之傻气。

楚秋又累又困，根本没有多余的思考能力，也没有一丁点剩余精力去注意祁天瑞的异常。

到了停车场找到自己的车之后，他毫不犹豫地钻进了后座。

车是祁天瑞给他的配车，楚秋在车里塞了两条小被子和三个大抱枕。

楚秋一坐下就从后边拉了条小被子和两个抱枕，一个抱着一个垫在脑袋底下，卷着被子往旁边一倒，秒睡了过去。

祁天瑞好不容易才从"我是谁，我在哪，我从哪儿来要到哪儿去"的哲学思考里回过神来，酝酿了满腔话语想说，结果一回头，就看到楚秋淹没在了座椅和小被子还有抱枕之间，整个人都昏睡过去，人事不知。

祁先生："……"

他有理由相信，楚秋刚刚叼糖的行为受到了疲惫的影响。

毕竟人在疲惫状态下，心理防线会脆弱不少，放在正常状态下会犹豫纠结很久的事情，在疲惫不堪的时候，反而会变得干脆。

祁先生觉得自己捡了个大便宜。

他自认还算了解楚秋，他觉得从楚秋点头的时候开始，平日里估计就没少思考他们之间的关系。而显然，对他的好感和关注是占据了楚秋大部分思考空间的。

守得云开见月明，说的大概就是祁先生了。

祁天瑞收回落在楚秋身上的视线，启动了车子，非常利落地把人拉去了他家。

楚秋难得睡了个好觉。

他的生物钟很准时，昨天十二点出头睡过去之后，第二天七点半准时醒了过来，连闹钟都不需要。

这一觉楚秋睡得很沉很深，醒过来感觉精神奕奕。

楚秋睁开眼，看到的是祁天瑞家客房的天花板。

他完全没有昨晚上自己从车上挪到床上的记忆，一丁点印象都没有。

楚秋愣了好一会儿，然后摸出手机看了一眼日程表，发现上午十点才有一个通告，下午则要去拍摄《文豪》，晚上八点到九点有几个媒体的集体采访。

今天真是难得，拥有了能够放空脑子躺在床上休息的时间，虽然这个休息时间只有短短一个多小时。

最迟九点，他就要出发准备去赶通告了。

可是一个小时也很宝贵啦！

之前他都只能在飞机和车上休息。

楚秋美滋滋地在柔软的床铺上滚了两滚，滚完之后脑子缓缓运转起来，梳理了一下昨天的记忆，这才慢慢想起来自己昨天做了什么。

楚秋瞪大眼看着天花板上的吊顶，然后动作极其缓慢地坐起身来，趿拉着拖鞋慢吞吞悄咪咪地走到房间门口，蹑手蹑脚地缓缓拉开了一条门缝。

不巧，祁先生就在外边，正准备敲门，把疑似赖床的楚秋喊起来吃早餐。

楚秋的日程表祁天瑞也有一份，自然是知道他上午有通告的。

可他的手才刚抬起来，客房的门就开了一条缝，楚秋正通过那缝隙往外看，一副暗中观察的样子。

结果猝不及防的，祁天瑞竟然就站在门外。

楚秋蒙了两秒，小小声说道："祁哥早。"

祁天瑞几乎要笑出声来，脚边上的四只猫崽对着门缝"喵喵喵"，伸爪子去挠。

"小秋早，起床来吃饭。"祁天瑞对那条缝隙说道。

楚秋在里边应了一声，见祁天瑞站在门口没走，犹豫了两秒，还是把门拉开了。

他身上还穿着昨天的私服，不过这会儿已经被他睡得皱皱巴巴的了，显然不可能再穿这件出门。

"先去洗个澡吧。"祁天瑞看着楚秋那一脑袋乱翘的头发和身上乱七八糟的衣服，说道。

楚秋乖乖点头，抬步绕开祁天瑞和猫去浴室。

祁天瑞看着楚秋进了浴室，大灰二棕三棕蹲在浴室门口"喵喵喵"，唯独四胖紧跟在祁天瑞身边，进了厨房。

楚秋靠着浴室门长舒口气。

他刷完牙准备洗澡，一抬头，看到毛巾杆上并排挂着的一绿一蓝两条同款毛巾，微微一怔，又低头看了看洗漱台上一蓝一绿的同款漱口杯和牙刷，想到客房里新加上的衣柜，和里边属于他的一些衣服。

楚秋恍惚了一阵，这才猛地意识到，不知道什么时候起，祁天瑞的房子里，已经存留了一份他的痕迹。

明明他来这里的次数算不上太多……

楚秋一边洗着澡，一边回忆着来祁天瑞家撸猫的次数，在发现两个巴掌都被他数了两圈之后，楚秋果断放弃了继续数的想法。

除了专门来撸猫之外，还有有数的几次朋友聚餐，还有之前不需要全国各地飞的时候，因为连着两天的通告距离祁天瑞家近，就被张大力十脆利落地扔到了祁天瑞家待一晚上。

这么说来，次数的确是不少了。

在楚秋完全没有意识到的时候，他小半的家当都已经搬到了祁天瑞这边。

"小秋，衣服我放外边了啊。"浴室隔间外传来了祁天瑞的声音。

楚秋从沉思中回过神来，关掉了水，应了一声。

衣服是他之前放在祁天瑞家的，内裤是新的。

楚秋穿着衣服，心中油然生出了一种自己是不是被套路了的怀疑。

楚秋的确是被套路了。

不只是祁天瑞家有了楚秋的痕迹，楚秋周边也到处都是祁天瑞的存在的证明。

楚姨认同祁天瑞，而祁天瑞的家庭也对楚秋有着不错的印象。

在外界眼中，祁天瑞是楚秋的后台。在粉丝眼中，楚秋是祁天瑞十分要好的朋友，又或者祁天瑞是欣赏楚秋的伯乐。

祁先生煮了两碗面，各卧了一个蛋。

楚秋不是第一次吃祁天瑞做的东西了，这会儿也不犹豫，把跳上桌子的几只猫蹭过来的脑袋一一推开，吃掉了早饭。

《江湖行》的宣传进入了最紧张的时期，楚秋在节目现场碰上了跟他绑定宣传的周熠星。

周熠星的状态看起来连咸鱼都不如，看到楚秋的瞬间，周熠星宛如诈尸一样动弹了一下，结果起到一半又因为气力不够迅速瘫了回去。

楚秋被他吓了一大跳。

他站在旁边看了周熠星半晌，才小心地绕开了被周熠星霸占的沙发，坐到旁边的椅子上去。

"你看起来睡了个好觉啊。"周熠星看着精神奕奕的楚秋一脸哀怨。

楚秋非常诚实地点了点头，而张大力在旁边顺手给周熠星按摩着肩颈。

周熠星舒服地叹了口气，团在沙发上，眼神都变得空洞，已经完全不想讲话了。

张大力在一边叨叨昨天去产检的事。

柳姐怀孕已经六个月了，张大力越发纠结自家孩子到底该取个什么名字。

虽然已经有人给了他好多好多的名字备选，但张大力怎么听都觉得不得劲。

张大力声音不大，而且讲起话来有种特别舒缓的韵律，周熠星听着听着就眼一翻睡了过去。

楚秋是提前半小时到的，这个谈话节目也不要多厉害的造型，十来分钟就搞定了。

谈话是即兴类的，也没有台本。

现在楚秋的临场反应好了许多，再加上旁边还有一到摄影机前就瞬间重新坚挺起来的话痨星，楚秋的压力并不算大。

主持人问："昨天夜里首映式结束就开了网络预售，截至目前，预售票房已经超过了两千万，对此楚秋你有什么看法吗？"

楚秋微微一怔，他还真不知道这件事。

这个数字还是非常可观的。昨晚首映式结束到现在也就十个小时不到，而且还不是周末，居然就已经两千万了。

不过通常来说，预售的票房也就是第一天会涨得特别厉害，出于对制作方和主创里的某些人员的信任和追随，之后陆陆续续的会多出一些。

但绝大多数人还是等着第一波试毒的人反馈之后，才会决定是否真的踏入影院。

"很厉害。"楚秋答道，说出口的话非常自信，"还有两天，还会更多。"

主持人对楚秋这样自信的态度感到有些惊讶："那你觉得会涨到多少呢？"

楚秋认真想了想："不好说。"

主持人没准备放过他，接着问道："大致呢？"

楚秋的余光瞥向周熠星，周熠星冲他做了个口型。

楚秋收回视线，答道："九千万。"

周熠星听完楚秋的话，表情扭曲了一瞬，然后沉痛地捂住了脸。

我说的是六！

九千万很难的啊！

周熠星都不敢这么说！

他几乎可以预见，今晚节目播出之后外界对楚秋的口诛笔伐了。

一个配角在那里狮子张大口什么的。

周熠星和楚秋走出演播厅的时候整个人都显得有些低沉。

"怎么了？"楚秋有些担忧地看着他。

明明在担心楚秋却反而被楚秋担心了的周熠星叹气，摆了摆手："没事，秋啊，正式上映之前你别看那些乱七八糟的纸媒和新闻。"

闻言，楚秋点了点头。

当晚节目播出之后，楚秋几乎可以称之为狂言的发言果然"屠杀"了许多媒体的头条，一群媒体人在网络上攻讦楚秋，说他新人不知天高地厚，给剧组宣发扯后腿。

黑子们在楚秋夸下海口之后更是嗨到爆炸，一波又一波地对楚秋狂轰滥炸。

楚秋却完全没受到影响，因为他自己懒得看网络媒体的推送。

饶是周熠星这等老油条，这种时候都十分佩服楚秋的心态了。

四平八稳，泰山崩于前而面不改色。

第一天结束，预售票房达到了四千五百万。

距离楚秋夸下的海口还差足足一半。

网上黑楚秋的风潮越来越盛，不少路人都表示这事情真的是楚秋一个人拉了整部电影的后腿。

导演郭猛给楚秋打了个电话表达慰问，说这事儿没关系，宣发团队会做好弥补的准备。

楚秋的心态实际上比郭猛还稳，对于导演的关心，楚秋表示了感谢，并乖乖地接受了慰问。

而祁天瑞更是在下班之后就直接钻进了楚秋在录的节目组的后台，也不多说话，就是陪着楚秋。

楚秋对此哭笑不得。

他是真的不在意那些黑子怎么蹦跶、怎么黑他，但他身边的人却一个比一个紧张。

不可否认的是，楚秋对此感到十分开心。

第二天一早，一个被网民称作铁口金舌的影评人，在参与了首映式之后，终于将反复打磨润色好的《江湖行》影评发了出来。

他非常直接地评价这部影片是"一部充满了江湖气息的商业片"。

并在标题就称赞了郭猛，夸赞郭导演开创了国内武侠式商业片的先河。

这位影评人向来习惯褒贬交杂着写，他曾经毫不留情地喷过郭猛的镜头充满了一股讨好金钱的铜臭味。

这一次他虽然还是照旧嘲讽了一下郭猛那散发着金钱气味的镜头，却盛赞了郭猛的胆量以及电影的节奏和表述方式。

"武侠片想要打破'亚洲情怀片'的封锁，首先要改变的，就是他人对'这种片子只有中国人能够领会意味'的固有概念，郭猛做到了。"

影评人把剧组从头夸到尾、从里夸到外，其中夹杂着一些对小瑕疵的挑剔。

在谈及演员部分的时候，同样也是褒贬交加，夸了女主演，挑了周熠星一点刺，最终谈及楚秋的时候，他给予了非常高度的认同和赞扬。

他这样写道：

在此之前，我对于祁先生大肆赞扬一个非科班出身的新人这件事，是非常不屑的。因为有天赋的新人的确会有亮眼的表现，但放在大荧幕上，亮眼的表现并不足以掩盖他们生涩的瑕疵。

但楚秋不同。

楚秋这个新人，让我感到了百分……不，万分的惊喜！

他的表演几乎看不到一个新人在面对镜头时的生涩和尴尬，如果要用一个具体的词汇来形容他的表演，那最合适的，大约就是"行云流水"了。

祁先生的夸赞所言非虚，他所给予楚秋的资源倾斜，的确是值得的。

一想到楚秋还那么年轻，就感觉他简直像个奇迹一样，让我情不自禁地对他的未来充满期待！

……

之后林林总总一堆夸赞楚秋的，细细看下来，竟然没挑丁点楚秋的刺。

这篇影评整体看起来是非常正面的，看得出来，这位影评人对这部开创先河的武侠商业片的期待非常之高。

其中有绝大部分是他认为这部片子能够打破亚洲壁垒封锁的加成在。

而在他之前出了影评的一些影评人，十个里有九个同样都是发出了赞叹的。

在他之后出的评，更是近乎井喷式地盛赞这部影片，其中提到楚秋的，哪怕是绝大部分挑刺的影评，也非常公正地承认了楚秋的演技，的确足够跟那些老演员同台。

至于那些强行嘲的，基本上没人在意他们。

大节奏以无比迅猛的姿态将之前黑楚秋的狂潮压了下去，就仿佛一夜之间变了天一样，参与了当时首映式的影评人，对楚秋这个新人表现出了非常高度的赞赏。

当天下午，诸多媒体放出了首映式的采访视频。

其中有一个观众的采访非常有意思。

记者问他："电影好看吗？"

他答道："好看，周熠星很帅。"

记者问："喜欢哪个角色？"

他答道："周熠星演的。"

记者又问："对谁印象最深？"

那个观众沉默了两秒，然后答道："……司秋，哦，就那个楚秋。"

记者轻"咦"一声："为什么是他呢？"

观众"啧"了一声："刚出来的时候，我真以为他是个女角色，那身段那神情，真漂亮。"

楚秋的粉丝们一直被黑子气得跳脚，这铺天盖地的正面评价一出，就像打了场翻身仗一样，让他们大大地出了口气。

在大环境的加持下，他们再一次挽起袖子，铆足了劲反击，掐起了那群蹦跶的黑黑。

而黑子们还在揪着楚秋说的九千万蹦跶个不停，对于那些正面评价，清一色地直接打成了凤皇砸钱的危机公关。

第二天结束，预售票房六千两百万。

周熠星跟楚秋是绑定一起跑宣传，另外两个主演跟他们一样绑定在一起，跑外地同步宣传。

这会儿周熠星瞅着票房，急得不行。

"上哪儿整近三千万票房去啊？"周熠星在后台痛苦地哀号。

楚秋依旧从容不迫，安慰哀号的小伙伴道："船到桥头自然直。"

"那要是直不了呢？"周熠星问他。

楚秋一脸奇怪地看着周熠星，仿佛不明白他为什么会问这样的问题："那就认栽啊。"

周熠星："……"

还期待你有什么大招没放，我真是太天真了。

张大力坐在一边，看着楚秋和周熠星两个拌嘴。

他手里揣着两个手机，分别是他自己的和楚秋的，严防死守楚秋顺手刷网页看到什么不该看的东西，影响了心态。

楚秋的手机突然震动了起来。

张大力看着来电显示，微微一愣。

"郭旷的电话。"张大力说道。

楚秋正在化妆，不方便接听，张大力就接通了，给他按了个免提。

刚接通，张大力还没来得及开口解释情况，郭旷那边就号了出来。

"进了！进了！"

他声音太大、太激动，把楚秋附近的几个人都吓得一蒙。

"他在看球？"周熠星揉着耳朵。

楚秋摇摇头表示不知道。

郭旷没等到答复，直接在那边号了出来，一副多年媳妇熬出头的解放式嘶吼："我们的片子！进亚尔影展最佳影片和最佳导演提名了！"

话音刚落，整个后台都安静了下来，一群人的目光齐刷刷地落在了楚秋身上。

楚秋惊讶了半晌，然后眨了眨眼，转头对周熠星说道："看，船直了。"

郭旷撞黑马数次，这回终于也感受到了身为黑马的惊喜。

他平素里波澜不惊的语气和短促干脆的说话方式都变了，显然是开心得不行。

整个化妆间都被他的嘶吼惊得凝滞了一瞬，而在反应过来郭旷话里的意思之后，忙碌的工作人员都看向楚秋，反应快一点的，已经对他说了"恭喜恭喜"。

楚秋挨个道谢点头，感觉就像自己已经拿了奖一样。

张大力的反应很快，他几乎马上就意识到了这个消息所能带来的好处。

他动作迅速地拿了楚秋的手机，离开了闹哄哄的后台，到旁边相对安静的休息室里跟郭旷交流起来。

郭旷知道楚秋最近的烦心事这会儿张大力说希望能借用这个事儿炒一波《江湖行》的热度，给楚秋去去晦气，他完全没意见。

反正《向阳而生》，拿去做什么对他而言都不痛不痒，能够帮到楚秋和他哥哥郭猛，郭旷也挺乐意。

"影展正式开幕颁布奖项是在八月底，麻烦你排下档期了。"郭旷说道。

张大力说："好，都行。"

化妆间里，周熠星看楚秋的眼神跟看珍稀动物一样。

"秋你跟我讲实话。"他咂咂嘴。

楚秋一愣："嗯？"

周熠星问："你是不是真的是鲤鱼精啊？"

楚秋："……"

隐约记得张大力也问过这个问题。

楚秋一摊手，摇了摇头。

"亚尔影展啊，郭旷肯定乐疯了吧？"周熠星靠着椅背，"可惜了，不设演员奖。"

亚尔影展主要针对的是小众文艺片、独立制作电影以及人文自然纪录片，评委会不设演员奖，所以，整个影展最重量级的大奖分别为评委会大奖和最佳影片。

楚秋摇了摇头："足够了。"

"也是。"周熠星点了点头，"没因为是中文片就给你刷下去还提了名，看来之前说很多国际奖项评奖委员会内部有改革这事是真的了。"

这事的确是真的。

这两年，许多国际大奖的评委会内部开始改革重组，经过两年的交接和适应期，才慢慢稳定下来。

之后华语电影开始呈井喷式增长，国内许多导演就像终于挣脱了桎梏的野马一样，在各个国际奖项上频繁冒头。

同时，国内资本对电影的影响也越来越小。

大概是因为华语片在评奖方面不再先天瘸腿，国内导演编剧们竟然统一战线，勒紧裤腰带咬着牙，死活不向金钱低头，某些不达标的明星，说不让进组，就不让进组！

经过长达五年的资本与主创的对峙，国内影视业诞生了不少清流剧和低成本得奖片，主创们怀里揣着各个奖项的奖金，虽然比不上大佬投资，但咬咬牙，自费垫钱拍想拍的片子也不是拍不下去。

最终到底还是不愿受到掣肘的主创们占了上风。

之后，许许多多有才华的人士进入业界，国内的影视业一片欣欣向荣的繁荣景象。

业界进入了一个良性的、相对公平的竞争阶段。

"有提名也挺好的了。"周熠星低头看了一眼手机，小声道，"现在是早上七点半，估计午饭之前，电影宣发和公司那边就会开始发通稿了。"

楚秋点了点头。要论公关能力，目前除了业内某两个名声臭到不行，无所不用其极的独立公关团队之外，风凰公关部的能力绝对是首屈一指的。

身在风凰旗下的所有艺人都很清楚这一点，毕竟论人数和补贴，除了外勤组之外，就是公关部最多了——能者多劳，劳者多拿钱。

　　周熠星又刷了刷票房，看着新涨的一百来万，距离九千万还很远，但周熠星却放宽了心，把手机往助理手里一塞，就高高兴兴地拉着楚秋去摄制现场了。

　　这下，就算预售票房达不到九千万，也影响不到楚秋和电影了。

　　江湖传言：能在亚尔影展上拿到最佳影片的片子，其主演的未来前途无可限量。

　　周熠星没看过《向阳而生》，不确定是什么水平，但长久以来华语片被国际奖项压制的现状让他觉得提名已经是极限了。

　　那些奖项的评委们，总是对华语片有先天的偏见。

　　楚秋并不在意是不是真的能拿到最佳影片这个奖项，他只希望郭旷能够得到最佳导演奖——最佳影片的提名对楚秋来说，算是排在最佳导演奖之后的彩蛋。

　　可在这个时候，国际奖项的提名对于几个主创的提升几乎是飞跃式的。

　　楚秋对此不在意，可对焦头烂额的《江湖行》宣发，和针对他的九千万发言翻船的事情做出了足足六个应对策划案的风皇公关部来说，简直就是天降甘霖。

　　废了已经写好的通稿和策划案没问题！

　　小事啊！

　　国际奖项提名这事儿比几个通稿几个策划案来得重要多了！

　　不就是九千万预售票房的发言翻船吗！

　　屁大点事哪值得在意！

　　被亚尔影展提名最佳影片，这事儿不炒到《江湖行》正式上映的票房爆炸不算完！

　　宣发与公关那边加班都加得喜气洋洋的样子，楚秋和周熠星是没办法知道了，两人今天要一起跑四个节目六个采访，周熠星比楚秋还要忙碌一点。

　　风皇公关部跟电影宣发那边接头一商量，果然在午饭前就扔下了一个巨大的炸弹。

　　风皇娱乐官方微博：【速报】恭喜@楚秋主演电影《向阳而生》获得亚尔影展最佳影片提名！恭喜导演@郭旷获得最佳导演提名！八月三十，相约 L.A.。

　　一石激起千层浪！

　　被风皇娱乐和电影宣发组包了一层又一层的巨大的石头砸出来的，是一场海啸！

　　此时不论是粉还是黑，都是一脸蒙。

　　楚秋主演了电影？

　　什么时候的事！

　　他不是只拍了《江湖行》吗？

　　对外公布的其他作品不是也只有《太京》和《文豪》两部电视剧吗？

　　《向阳而生》是什么电影？

　　粉丝们一边疯狂号叫，一边开始讨论起一言不合就搞了个大新闻的爱豆。

　　秋宝宝心尖尖：啊，导演是郭旷的话，我记得今年二月情人节的时候，祁神、小秋还有郭旷不是在一块儿么？那个时候拍的？

啵唧秋宝宝：回复@秋宝宝心尖尖：我也想到了，我隐约记得是有这么一回事，我去翻翻祁先生微博。

气球呼啦呼啦：不用翻了不用翻了，我已经找到了，那天大力先生发的微博，说是剧组福利，我们问祁神楚秋在拍什么，祁神说拍电影……估计就是《向阳而生》吧？见评论截图。

秋宝宝心尖尖：回复@气球呼啦呼啦：啊我也翻到了，亚尔影展的话是小众文艺片吧，估计是完全没可能在国内上映，竟然连一点消息都没有。

日常吸秋：我们秋真是一声不吭地搞了个大事情，突然自豪。

最近粉丝们的心情波动实在太大了，大起大落、大喜大悲仿佛都在短短一周里经历了个遍，这会儿得知楚秋被国际大奖项提名，一个个红着眼杀入黑子的大本营，掐了个鸡飞狗跳。

而黑子一个个都傻了一样，这个现实对他们来说实在是有点残酷。

除了极个别负隅顽抗之外，许多路人黑都哑巴了一样不再吭声，甚至有的去买了张预售票。

人的情绪总是很奇怪，黑的时候恨不得他死，完全不觉得有什么不对。可一旦对方做出了什么颠覆性的事情扭转了印象，就会猛地意识到自己做得有多过分，从而油然而生出愧疚的情绪来。

尤其是楚秋的荧幕形象良好，宣传节目和采访也都是十分乖巧寡言的样子。

说实话，楚秋这种类型的明星，真的很少。

许多明星也许私下里十分阴沉寡言，但在镜头前，却非常活泼正面，能说会道的。

楚秋嘴皮子并不利索，说话也慢吞吞的，反应明显要比别人钝上半拍，但他每次说话，都能让人感觉他是认真在思考，认真地回答。

晚上，在进行今天最后一个采访的时候，记者笑着恭喜楚秋，说《江湖行》的预售票房过亿了。

比他夸下的九千万的海口还多了足足一千万！

二十四小时不到的时间，涨了近五千万的预售票房！

楚秋觉得照这个势头，首日票房加上预售票房说不定要过五亿。

毕竟《江湖行》的上映日期是周末，同期又没有其他有力的竞争对手。

说五亿可能都是低估了。

采访结束后，楚秋一边想着，一边走出节目组的大门，刚掏出车钥匙，就看到了一辆熟悉的车。

是祁天瑞的私车。

楚秋愣了两秒，那辆车的车灯便闪了闪，像是在提醒他。

楚秋把刚拿出来的车钥匙塞了回去，走到车旁，在后座和副驾驶之间犹豫了两秒，还是坐进了副驾驶座。

祁天瑞转头看了一眼楚秋，一边发动车子，一边问道："累不累？"

楚秋摇摇头："还好。"

楚秋这平稳的心态令祁天瑞有些失语。

"去我家？"祁天瑞问道。

楚秋看了一眼明天的通告，距离祁天瑞家不算远，但距离他的公寓却有一段距离。于是他点了点头，说"好"。

"小秋。"祁天瑞踩下油门，驶上公路。

楚秋正低头看票房，听到祁天瑞的喊声转过头来："嗯？"

祁先生看着前方的道路，在昏暗的车厢中感觉有点紧张。

他抿了抿唇，深吸口气，问道："要不要搬来跟我一起住？比上班更方便。"

对祁天瑞的问题，楚秋思考了好一阵，最终还是摇了摇头。

祁先生心里酸酸的，抿着唇，不死心地道："可是你都上了我的车了！"

楚秋认真地思考了一下自己上了祁天瑞的车和搬去跟祁天瑞一起住之间的关系。

然后他得到了并没有什么关系的答案。

祁天瑞嘟哝了两句，看起来有点委屈。

楚秋顿了顿："专心开车。"

祁先生觉得自己现在拽着楚秋无理取闹，应该也会被容忍吧。

比如无理取闹地让他搬来一起住，不搬来就一哭二闹三上吊，抱着四只崽不给楚秋摸之类的。

楚秋看了微抿着唇专心开车的祁天瑞好一会儿，才收回了视线。

周熠星给他发了条消息，问他后天晚上有没有通告，要不要去他的电台做个宣传。

当然不仅仅是宣传《江湖行》，还有连带着提一提《向阳而生》。

粉丝基本没有跟明星直接交流的渠道，周熠星是一朵奇葩，他的电台之所以坚持着做下来了，人气还那么高，大多是因为粉丝们可以通过这个平台跟周熠星有所交流。

虽然这个交流照旧要看脸被翻牌，但它次数频繁啊！

次数频繁均摊下来，不就有许许多多粉丝都跟他有过交流了吗？

周熠星这一次，也是琢磨着让楚秋跟粉丝交流一次的。

楚秋的粉这会儿都要高兴死了，没有什么比爱豆有出息更加让粉丝感到自豪、感到有底气了。

但同时，她们也想知道楚秋的那个奖项提名到底是怎么回事，因为楚秋和郭旷对外都特别冷淡，白天只是非常高冷地转发了一下微博——哦，楚秋的那条微博还是张大力转的。

两个冷漠的"转发微博"挂在那里，满怀激动想要舔屏的粉丝们被迎头浇了一大盆冷水。

楚秋翻了翻自己的日程表，发现明天最后的通告是晚上七点结束，而且是跟周熠星一起，于是同意了周熠星的邀请。

前边是个红绿灯路口，祁天瑞踩下了刹车，转头看着楚秋戳手机屏幕。

"谁啊？"他顺口问道。

"周熠星。"

楚秋回答，顺便跟周熠星敲定了一些事情，然后抬起头来，便正对上了祁天瑞的视线。

楚秋呆了两秒，这才意识到两人处在同一个狭小而昏暗的空间里，霎时间便感到了几分失措。

他握着手机的手紧了紧，呆怔了一会儿，避开祁天瑞凝视他的视线，解释道："明天的电台，周熠星喊我去。"

"嗯。"祁天瑞点点头，偏头看了一眼红绿灯的倒数，还剩半分钟。

于是祁先生开始无理取闹了。

"搬来跟我一起住吧。"他又提道。

楚秋抬眼瞅瞅他，不吭声。

祁天瑞哼哼唧唧的，非常不要脸地撒起了娇："来吧？"

楚秋："……"

祁先生握着方向盘："你不跟我住，还想跟张大力住啊！"

楚秋："……"自己一个人住啊。

"我不管。"祁天瑞看着进入了十秒倒计时的绿灯，"你搬来跟我住。"

楚秋垂着眼，依旧不吭声。

祁天瑞没等到楚秋答复，心中惴惴，琢磨该不会让楚秋不高兴了吧。

他看着最后五秒的倒计时，突然坐立不安，小心翼翼地瞄了一眼楚秋。

而楚秋却一点神情都没露，目光落在虚空中的某一点上，显然已经放空了思维，正在出神。

大概是累了吧。祁天瑞想着，踩下了油门。

楚秋的确是累了，跑了一天宣传，他讲了太多话，就连周熠星那个话痨在镜头外的地方都已经是条咸鱼了，更何况本来就不爱讲话的楚秋呢。

他只是在想祁天瑞的提议。

楚秋自己也明白。就像是流浪猫一样，被人长久地喂食，喂着喂着就熟了，偶尔还会主动示好，蹭一蹭、舔一舔那个喂食的人。

不同于找寻那些参考和素材时平静无波的内心，楚秋能够很清楚明确地感觉到祁天瑞给他的情绪带来的变化。

工作很忙，祁天瑞给他发来的消息，总是能让他感到一丝奇异的愉快和轻松。

楚秋觉得自己需要好好想一想才行。

楚秋思考着，直到祁天瑞的别墅进入了视野才恍然回神，收好手机，解开了安全带扣。

祁天瑞闷闷不乐地下了车。

楚秋想着楚姨的话，便问祁天瑞："祁哥，我睡哪儿？"

"嗯？"祁天瑞一愣，没反应过来，"客房啊。"

楚秋点了点头。

楚秋跟进去之后，又被堵在了玄关。

刚想抬脚，却发现脚上不知什么时候蹲了一只猫，四只爪爪踩在他脚背上，重到踩得有点疼。

楚秋发觉祁天瑞似乎想说什么，但话还没出口，就在下一秒"嘶"了一声，低头看向蹲在他俩之间的猫。

蹲在楚秋脚背上的大灰挠祁天瑞的爪子还没收回来，它抬着小脑袋，落在一边地板上的尾巴尖儿轻轻晃了晃，冲着祁天瑞长长地"喵"了一声。

祁天瑞要被这几只不孝子气死了。

楚秋捡回来的四只猫都很聪明，祁天瑞觉得可能是因为伺候得太好了，一个个皮毛油光水滑的，智商还贼高，都已经学会开门了。

猫屋的门是那种普通的防盗门，下拉打开的那种。

祁先生曾经亲眼看到自家除了吃就只会睡的四胖，蹲在门边上一跳，把自己挂在了门把上，利用自己的体重开了门锁和门，钻了出去。

完美地诠释了什么叫一个灵活的胖子。

打那之后，祁先生每次出门都有好好锁上猫屋，但显然，他今天出门匆忙，忘记了这件事。

祁天瑞看着偏过头的楚秋，揉了一把他的脑袋，然后俯身拎起了脚边的大灰。

"说起来，也快到时间了。"祁天瑞抱着拿后腿蹬他的大灰，阴森森地说道，"该发情了，找个时间阉了吧。"

给猫做绝育无可厚非，楚秋却觉得祁天瑞似乎是在趁机打击报复。

他瞅了还不知道自己将要面临什么的大灰一会儿，然后含混地应了一声。

祁天瑞拎着大灰往客厅走了两步，没听见楚秋跟上来的动静，便回头看向了玄关。

他轻声叹气："赶紧起来，去洗澡了。"

楚秋应了一声。

祁天瑞转身满屋子逮猫去了——尤其是总是利用自己体重开门，开了门就直奔放罐头的柜子，想方设法企图偷吃罐头的四胖。

楚秋蹲在玄关，听到祁天瑞满屋子溜达，喊着四只崽的名字。

祁天瑞好不容易把四只崽全都塞回了它们屋里的时候，已经累得满头大汗。

他坐在沙发上喝水休息，听到浴室的门响，一转头，就看到了正擦着头发走出来的楚秋。

楚秋可真好看。祁天瑞想。性格还那么可爱。

简直就是完美。

眼睛仿佛自带三层滤镜，只是这么单纯地看着，就感觉整个世界都被鲜花铺满。

楚秋感到有些困意。

他把毛巾搭在脖子上，头发还在往下滴水，身上的短袖睡衣是天蓝色的，被从他发丝上滑落下来的水滴浸透，落下斑斑点点的海蓝。

"擦干头发，不然要头疼的。"祁天瑞说着，人已经自发站起身来，拿过楚秋搭在脖子上的毛巾，给他擦起了头发。

或者用揉这个动词更为合适。

楚秋垂下眼，看了旁边的沙发一会儿，走到沙发前，盘腿坐在地板上，然后顶着一头湿润，仰着脸看拿着毛巾的祁天瑞。

祁天瑞会意，笑着坐在了沙发上，继续给楚秋擦头发。

比起两人都站着，这样的姿势让祁天瑞瞬间轻松了许多。

祁先生察觉到楚秋行动之下的体贴，脸上爬着的笑意便愈发灿烂起来。

地板上铺着毛茸茸的地毯，空调开着，丝毫感觉不到夏日的热气。

祁天瑞的动作实在太过于轻柔，轻柔到让楚秋本就汹涌的睡意更加浓重。

祁先生感觉到手底下的脑袋一点一点的，动作停滞了下来。

"小秋？"他将毛巾放到一边，揉揉楚秋只余下些许湿润的短碎发，轻轻喊了他一声。

楚秋似乎是想要转过身来看他，却因为汹涌而上的困意，只是微微偏了偏头，眼睛都没睁开。

楚秋一大早醒过来，定好的闹钟还没有响。

天光才微亮。

等到两人被闹钟吵醒，楚秋才躺在被窝里，傻了一样地瞪着祁天瑞进门，认真回忆着昨晚上到底发生了什么。

祁天瑞脸上写满了高兴，"今天我就去把你的行李都搬过来！"

楚秋没有意见，回客房换了衣服，洗漱，在祁先生去伺候四只崽的时候，顺手做了早饭。

跟之前祁天瑞做的一样。

煮了两碗面，各卧了一个蛋。

距离今天第一个通告还有一个半小时，时间还算充裕。

祁先生刚处理完猫崽们的生活问题，就发现早餐已经准备好了。

楚秋拿了两双筷子从厨房里走出来，摆在了两碗面旁边。

祁天瑞对这样的生活享受极了，他高兴地坐过去，夹了一筷子面，顺口问道"今天《江湖行》上映，你猜猜首日票房能有多少？"

"五亿。"楚秋想起昨晚看到的预售票房，顿了顿，又补充道，"至少。"

今天是周末第一天，也是电影上映第一天。

电影相关的新闻条目甚嚣尘上，再加上《向阳而生》被亚尔影展提名，这会儿各种各样的媒体铺天盖地的，全都在夸、在吹。

自然而然的，今天上映的《江湖行》就被反复提及。

这毕竟是楚秋正式面向观众的、能够称之为"影视作品"的第一部作品。之前运气好，通过李导被全渠道投放的广告，只能算作履历中的光辉一笔，而并非是实力作品。

因此，对这个演出了能在国际大奖上获得提名的电影的新人演员，人们是充满了好奇的。

而好奇，就会驱使人们去探究。

《江湖行》的票房就随着这样的好奇心，噌噌猛涨。

听到楚秋判断至少五亿，祁天瑞琢磨了一番："差不多了，毕竟还是有题材限制的。"

楚秋点了点头。首日五亿的票房，再加上预售的一亿多，也足够让整个《江湖行》剧组高兴到跳起来了。

《江湖行》首日票房破六亿！

粉丝们狂喜乱舞奔走相告，各大媒体头版头条轮番播报，电视娱乐节目也像是约好了一样，开始投放录制好的《江湖行》宣传节目。

这部电影开始疯狂"屠杀"各大头版头条和热帖热搜，简直就像一场盛大的网络狂欢。

《江湖行》上映第二天，周日。

祁天瑞休息，把楚秋的行程大包大揽下来，准备当一天的临时助理。

张大力乐得有个苦力，他现在恨不得全身心都投在他媳妇身上，这会儿只剩下了接洽工作和安排日程，张大力终于可以放心待在家里陪媳妇一整天了。

楚秋昨晚上休息得很好，今天跑通告精神抖擞的，完全不让人操一点心。

临时助理祁先生发挥不了自己嘘寒问暖的功能，只好在摄像机范围之外的地方玩手机。

他这样明目张胆地陪着楚秋一起跑通告，吓坏了一大群人。

祁天瑞很清楚自己的存在会给人们带来多大的震撼。

今天的通告掺杂了许多关于楚秋单独的采访，所以一整天下来，大部分时间都是楚秋一个人，偶尔会跟《江湖行》剧组里的其他人遇上，都是一副喜气洋洋的样子，看到祁天瑞跟在楚秋身边也都只是惊讶一下，就非常顺畅地接受了。

祁天瑞反身跨坐在凳子上，目送着电影里另外一个配角离开了节目后台，意味不明地哼笑了一声："人缘不错呀，秋。"

楚秋一愣，却是摇了摇头。

祁天瑞有些惊讶地看了他一眼，指了指合上的休息室的门："看得出来？"

"嗯。"楚秋点点头，喝了口保温杯里的热水。

他不傻，真情实意还是客套，又或者是掩盖在恶意之上的虚假善意，多少都是能够分辨出一些来的。

并不是所有人的演技都好到了能蒙住别人认知的程度。

楚秋知道自己为什么会被人这样对待。

无非是因为他作为一个配角，如今的存在感和热度却比两个主演还高，要说剧组里全部的演员都对他没意见，那是不可能的。

周熠星跟他关系好，本身也是个心大的，并不在意这个，但别人不同。

总有些人会觉得楚秋现在的热度炒得太过，盖过了自己的风头，从而心生不满。

"有不少黑你的通稿是其中的几个人发的。"祁天瑞作为风皇的老板，手底下多少会得到一些消息，这种情况在圈内不稀奇，绝大多数人彼此之间都是面子上过得去就行了，哪会真的心口如一地真诚待人。

这也是祁天瑞愿意跟周熠星、柳闻青他们玩的原因，这几个都是圈子里愿意真心待人的奇葩，又或者是压根儿就懒得跟别人做表面功夫的耿直人士。

他一边刷着票房，一边随口说着："总有些人觉得杀了熊猫他们就是国宝。"

楚秋被祁天瑞的这个比喻说得一愣，然后微笑起来。

他对舆论不在意，而祁天瑞对于自身的舆论同样是不在意的——绯闻除外。

可祁天瑞对缠着楚秋的那些舆论却十分在意，而且是一点就炸的那种。

祁天瑞对他的粉丝是出了名的冷酷无情，打从他跟认定的这几个朋友关系好起来、经常微博互动之后，就亲手拉黑了不少粉。

大部分都是那些蹦跶着说祁天瑞的朋友蹭祁天瑞热度真是死不要脸的人。

对于这种人，祁先生拉黑起来手下从不留情。

所以如今祁天瑞的粉算是对别家最温柔的粉了，就是周熠星的一些粉丝，都曾经嘲讽过楚秋蹭周熠星热度。

而看不惯楚秋跟祁天瑞经常绑定的一些粉丝，也都不敢去祁天瑞微博下冒头，怕被拉黑，只敢在自己微博上面叨叨几句，或者是去各个论坛披着马甲说一说。

祁天瑞护短，护的却从来都不是粉丝，而是他的这些朋友。

　　而楚秋，虽然对喜欢他的粉丝抱着感激与喜爱之情，却同样不会跟粉丝有多少亲近的接触。

　　现在祁天瑞摆明了护着他的姿态，楚秋感觉心里暖洋洋的。

　　吃午饭的时候，祁天瑞又刷了刷手机上的票房纪录。

　　"今天两亿了。"他高兴地说道。

　　楚秋咬着筷子点了点头，在蚂蚁上树和米豆腐炒肉末之间犹豫了一会儿，最终还是选择了土豆丝炒肉。

　　这个票房的确是一个非常惊艳的成绩了，足够称得上是前无古人。

　　"挺好的了。"祁先生说道。看票房排名，《江湖行》今天已经甩了第二名一亿多。

　　楚秋啃着土豆丝，没吭声。

　　对着镜头讲了一上午的话，让他感觉张嘴吃饭都嫌累。

　　祁先生也明白这种滋味，他以前也是这样的，下了节目就只愿意坐在凳子上放空头脑发呆。

　　这也是他除了影片宣传之外不喜欢参与综艺节目的原因之一，因为实在太耗神了。

　　祁天瑞又刷了刷票房，看着肉眼可见的涨幅，跑去微信群里偷了个柳闻青常对周熠星用的表情包，美滋滋地打开了微博。

　　祁天瑞：之前是谁说我们秋没有演技，拉电影后腿来着。

　　随同微博附上的表情包是"妈妈再爱我一次"系列的扇巴掌表情包。

　　祁先生觉得这个表情包可以说是非常贴合现在的实际了。

　　发完这一条，祁先生还觉得不够，又飞快地戳着手机输入新的内容。

　　祁天瑞：退一步说，我风凰娱乐有资源、有人脉、有实力，要捧一个人，关某些疑似智商不过五十，敲着键盘就觉得自己征服了世界的人什么事？

　　祁先生刚写完最后一个字，准备点发布，就被坐在旁边的楚秋盖住了手机，然后眼睁睁看着楚秋把他刚输入好的内容一个字一个字地全删掉了。

　　祁天瑞撇撇嘴："不想我发啊？"

　　楚秋点了点头，删完了又退出微博，才把手机还给了祁天瑞。

　　"不发就不发。"祁先生有些不高兴——当然不是针对楚秋的，而是针对那些被楚秋手下留情了的黑子。

　　楚秋给他舀了一勺米豆腐炒肉末，平静地道："吃。"

　　祁天瑞和楚秋坐在下午第一个采访节目的后台休息室里，这会儿屋里就他们两个。

　　祁先生顿时扔掉了自己的脸，还毫不留情地踩了两脚。

　　"哎呀！"祁天瑞把自己的筷子放到地上去，然后直起腰来，"筷子掉地上了，要喂！"

　　楚秋："……"

　　祁先生又碾了碾自己脚底下的脸皮："要喂！"

楚秋沉默了两秒，把那一盒米豆腐炒肉末里的勺子拿起来，放进了祁天瑞的饭盒里。

摆明了是让祁天瑞自己吃的意思。

祁天瑞："……"

这跟剧本上写的不一样！

楚秋沉默地吃着菜，不理戏瘾上身的祁天瑞。

祁天瑞演了会儿独角戏，发现楚秋真不理他之后，委委屈屈地把筷子捡起来放进外卖塑料袋里，拿着勺子自力更生地吃起了饭。

祁先生手里拿着勺，对着面前的蚂蚁上树，转头看向楚秋："想吃。"

楚秋看了看祁天瑞手里的勺，吃粉丝的确是不太方便。

楚秋认命地给祁天瑞夹了几筷子粉丝，再一次败在了对方死不要脸的套路下。

等到晚上见到周熠星的时候，在祁天瑞的陪伴下度过了一整天的楚秋，完全刷新了一番对祁先生下限的认知。

这个男人甩掉脸皮放飞自我撒起娇来，简直是要人命的。

感觉比连轴转三天跑通告还要累。

虽然是这样想的，但出现在周熠星面前的楚秋却红光满面，连眼角都带着些微的笑意。

周熠星拉着楚秋拍了张合影，放上了微博。

周熠星：恭喜玩家周熠星拾取嘉宾 @ 楚秋，玩家周熠星将在当期电台使用该嘉宾。

周熠星一脸嫌弃地看着祁天瑞："你怎么跟过来了。"

祁天瑞压根儿不在意他一脸嫌弃，慢条斯理地整了整衣服，从容道："怕你欺负秋。"

"滚滚滚。"周熠星一伸大长腿就要踹他，被祁大老板轻松闪过。

趁着祁天瑞闪避的工夫，周熠星拽着楚秋进了录音室。

祁天瑞笑了笑，跟导播要了个耳机戴着，坐在录音室外，听录音室里的动静。

周熠星不是第一次在节目上提《江湖行》了，他这样每周都会直接面对粉丝开放的电台有一个好处，就是粉丝都会非常清楚地知道他参拍电影的上映日期。

而这一期，已经不需要宣传了，他是来报喜的。

祁天瑞听着周熠星和楚秋在录音室里被粉丝要求这个要求那个。

周熠星被折腾得够呛，而亲妈粉众多的楚秋，也被提了许多奇奇怪怪的要求，这会儿正应粉丝的要求，唱了首《江湖行》的主题曲。

"热线电话时间结束啦！接下来是微博连线时间！带上话题 # 星星电台 #，就可以向我和楚秋提出问题哦！"

周熠星的声音隔着电子设备有些失真，但依旧充满了活力。

"好！那我和小秋要开始看提问啦！"

周熠星说着，点开了放在桌上的平板。

楚秋脑袋凑近了些。

周熠星轻轻点了点其中一条微博，而楚秋点了点头表示没问题。

"好！抽中的第一个问题是网友'秋宝宝心尖尖'的提问：《向阳而生》是什么题材的电影，会不会在国内上映？"

楚秋扶了扶面前的话筒，答道："现实题材，不会。"

"下一个问题！"周熠星又顺手一刷新，"网友'周周周周粥'的提问：星星看到司秋女装的时候是什么反应！"

"什么反应啊……"周熠星咂咂嘴，"没什么特别的反应，因为我是看着秋化好妆的，不过真的特别好看，要是秋是女孩子就好了，我一定追。"

周熠星话音刚落，突然想起祁天瑞在录音室外，顿时一个激灵，抬头看过去。

祁先生对嘴上没门的星星露出了一个温柔和善的笑容。

周熠星：噫！

"下一个下一个！"周熠星清了清嗓子，"网友'拿到 offer 就去欧洲抽卡'提问：我暗恋一个男孩子，他太迟钝了，全世界都知道我喜欢他，唯独他毫无所觉，不知道应该怎么办才好，想问秋和星星，你们男孩子都这么迟钝的吗？"

周熠星念完一愣："咦，好久不见的情感提问。"

说完他搓了搓下巴，一副认真思考的样子："这个是分人的吧，我的话，是能够很迅速地分辨出是不是有女孩子喜欢我的，我算是敏感的那一类。"

"嗯，分人。"楚秋赞同地点了点头，也没说自己是敏感还是迟钝。

他觉得自己已经不能够用迟钝来形容了，只要别人不说，他就跟情感缺失一样，一点都感觉不到异常。

"如果是秋的话，会怎么做？"周熠星转头问楚秋。

"说出来。"楚秋答道。他声音很轻，却有着明显的柔暖语调。

"说出来，不说出来的话，对方是什么都不会知道的，更不会有机会用不同于别人的角度去了解你……你们也不会有机会在一起。"

周熠星震惊地看着楚秋，完全没想到楚秋竟然会有这样的回答。

不止是周熠星，还有正在听电台的粉丝们，或者是坐在录音室外的祁天瑞，都没有想到。

实际上对楚秋的发言感到惊讶的不仅仅只有待在录音室内外的几个人，还有许许多多对楚秋有所了解的观众。

通常来说，有嘉宾的当期电台，嘉宾的粉丝都会在各自习惯待的论坛里开个直播楼。

No.1231

这个说法：

我们秋是不是谈恋爱了？

No.1232

我们秋那个性格能找到女朋友？

免鉴定我真不是黑，可是我觉得我们秋自带亲情光环，能把所有靠近他的妹子全都歪成姐姐和娘亲。

No.1233

或者秋找的是个成熟的大姐姐。

No.1234

别想多了，说不定是星星教他说的，或者是台本，而且你们别忘了，星星之前在节目上说过秋会给自己写小剧本。

No.1235

应该不是星星教他说的，小剧本的可能性比较大。

因为星星都……不讲话了，估计是被惊到了吧。

No.1236

周熠星：吓到失去话痨天赋。

……

周熠星收回落在祁天瑞身上的视线，顺手刷新了一下平板上的界面。

楚秋见他反应过来了，便不再主动念网友提问，重新把主场交给了周熠星。档期电台圆满结束，周熠星在录音室里，非常激烈地作起了妖。

周熠星先生拍着桌子撒泼："你们自己算算欠了我们几顿饭！"

楚秋吐出了一串省略号，觉得周熠星的关注点有点奇怪。

祁天瑞翻了个白眼："人都凑不齐，你想怎么聚餐？"

周熠星哑哑嘴："其实也就妙妙不在啊，可以另想办法嘛。"

"想什么办法，请她演唱会观众喝奶茶？"祁天瑞吐槽，"她今年一整年都忙得很。"

周熠星"哎"了一声。

祁天瑞拉着楚秋准备走人。

他们的相处时间非常宝贵，毕竟楚秋的日程正以肉眼可见的速度变多变满。

而祁先生之后更是要跟进他两个月前启动的投资策划，要开始全世界各地飞来飞去，至少有三个月不会待在国内。

他们现在的相处时间太珍贵了——哪怕彼此都十分清楚他们在未来会有十分充足的时间，但紧迫而忙碌的现在，依旧让他们十分珍惜。

楚秋大概能理解在此之前，祁天瑞死命挤出时间，想要跟他见面的心情了。

周熠星被他们抛弃给了助理，连顿消夜都没蹭到。

楚秋走到半道上，回头看了一眼靠在门边，跟导播说着什么的周熠星，拉了拉祁天瑞的衣袖。

"怎么了？"祁天瑞回过头来，问他。

"星星……"楚秋指了指周熠星，"请他吃个宵夜？"

"用不着，你别一直惯着他。"祁天瑞把楚秋塞进了车里，"都那么大一个人了，还跟个小孩子似的，做什么都要人陪。"

楚秋对祁天瑞的这个说法，只是点了点头，偏头又看了眼周熠星，说："他怕寂寞。"

周熠星没有掩饰自己的情绪，很明显地能够看得出来这个开朗的人心里想的是什么。

热爱交流和寻找美食算是周熠星排解压力的一种方式，身边有朋友能够倾听他讲话、陪伴着他，周熠星的情绪明显会高上好几个档次。

话痨最怕没人跟他们讲话，而周熠星已经修炼到了能自己跟自己对话的程度。

之前周熠星总喜欢带楚秋到处跑到处吃的时候，楚秋就发现了。

而周熠星喜欢粘着他，多半也是因为楚秋做什么事情都愿意跟他一起。

在习惯了身边总有人陪着之后，又总是会因为工作安排而骤然失去陪伴，每次周熠星的情绪都会因此而低沉上好长一段时间。

周熠月等人大概是希望周熠星能成长起来，更加独立坚强成熟一些，所以并不会每一次都应下周熠星的邀请。

"道理我们都懂，但周熠月都没惯着他了。"祁天瑞轻声叹气，"人总得自己学会成长。"

楚秋闻言一怔，回过头来看着坐上了驾驶座的祁天瑞，抿了抿唇，伸手把安全带拽下来，扣上："走吧，回家。"

祁天瑞笑着揉了揉楚秋的脑袋，开动了车子。

周熠星看到停在路边上的车开走，坐在桌边上咸鱼趴。

"啊啊……"周熠星嘟哝，"全世界只剩下我还是孤家寡人一个了。"

导演正拿着刚刚录的 DV 看，闻言抬眼瞅了一眼周熠星，说道："你太黏人了。"

周熠星"哼哼"了两声，不说话了。

《江湖行》的票房一直是近日以来群众关注的热点。

这部首日就票房大爆的电影，第二日不但没有下降，反而飞跃式上升，经过两天周末，加上预售票房，它呈碾压之姿横扫了同期所有电影，并破掉了自有票房统计以来的首日最高、单日最高纪录。

业内人士与观众同样吃惊，这样狂掠票房的电影他们还是头一次见。

所有人都没有想到，国内电影市场竟然有这样的潜力。

不出他们意料，《江湖行》确定了全院线延长播放。

许多时评赞扬这部电影，称之为"充满诚意的破冰之作"。而另一部分媒体则认为，这一次《江湖行》的成功，更倾向于天时地利人和。

天时，是指同期没有可以大爆的电影，也没有好莱坞大片上映。

地利，是指国内观众对武侠题材天然的好感与情怀。

人和，是指宣发配合与舆论，再加上楚秋猝不及防的爆冷。

三者合纵，才将这部电影推上了这样的位置。

楚秋对这类评论都不甚在意。

他甚至没有多去关注这些。比起看那些正面或反面的舆论，楚秋更愿意抓紧时间多休息一下，跟祁天瑞多相处一些。

祁天瑞明天下午的航班，飞A国。

祁天瑞是一个人登机的，楚秋一大早就有通告，没法送。

总算跟老婆舒舒服服地相处了几天的张大力，一大早就到祁天瑞家来接楚秋。

他到的时候，楚秋正在吃早餐。

"吃完饭去试一下之前订的成衣，下周你也该去M国参加亚尔影展了，签证已经下来了。"张大力絮絮叨叨，"晚点周熠月会过来把猫暂时接走。"

祁天瑞在全国几个大城市基本都有房产，而他们这群玩在一起的人，每次需要在那些城市待上一段时间，而自己在当地又没有房产也不想住宾馆的时候，就会去蹭一蹭祁天瑞的房子。同理，其他人的房子也是如此。

而在 B 市的这栋屋子，他们都知道大门密码，只是通常都不会不请自入。

所以周熠月来接猫，并不需要家里有人，直接进来接走就行。

楚秋一边听着张大力叨叨，一边坐起身，去翻衣柜。

"对了，你生日快到了吧？"张大力突然想到了这事。

"嗯。"楚秋点了点头，"不在国内。"

"那没办法了。"张大力还想联合朋友们给楚秋准备个惊喜什么的，但不在国内真没什么办法。

楚秋抿着唇笑了笑，对这事没什么所谓。

"周熠星肯定很失望。"张大力摸出手机，点开了微信群一边发消息，一边随口说着，"他最喜欢借着这些由头聚餐搞事了。"

楚秋"啊"了一声，没说话。

他的生日正值暑假，对于这份职业来说，算是最为忙碌的时候，他们这帮一线的小团体，基本上不可能一个不落地待在 B 市。

"长不大啊他。"张大力看着周熠星在群里新发的消息，果不其然是一串大哭的表情。

接下来的一周时间里，楚秋就被周熠星拉着在 B 市到处蹿来蹿去，基本上只要有节目遇到了，周熠星就会跑过来要求一起玩，而楚秋从来都不拒绝。

周熠星情绪高涨的时候，表现是非常明显的。

明显到那些无法现实接触到他的粉都能够感觉得出来——因为周熠星属于那种一开心就会疯狂发私人微博的人。

国内一线里，会私人内容微博刷屏的，有且仅有话痨周先生一个。

周熠星的经纪人曾经反复提醒过他这样容易招惹到不理性的粉丝，但周熠星却从来没被真的逮到过，于是到后来，经纪人也就不提了。

楚秋本身觉得周熠星只是个乐于分享快乐的人，但这一个星期被周熠星拽着到处浪、到处合影发微博之后，就觉得有点怪怪的了。

分享快乐很正常，但一天下来一连发十几条，就不太对了。

一般来说，现实和精神世界充足的人，是不会太过于在意网络社交的，但周熠星却几乎离不开手机，哪怕有朋友在身边的时候，他也一定得发条微博让别人知道。

这不正常。

反正楚秋跟柳闻青或者周熠星待一块儿的时候，绝对不会特意发上社交平台去。

楚秋又配合着周熠星拍了张合影，看着周熠星喜滋滋地发了条微博。

周熠星脸上的笑容十分真实，看得出来他是真的挺开心的，楚秋把心里的疑惑默默咽了回去。

"你明天就跟郭旷一起去 M 国了？"周熠星撑着脸，喝了一口奶茶。

楚秋坐在他对面，捧着杯牛奶，点了点头。

周熠星现在终于能够休息了，而楚秋也好不容易能够专心拍戏。

可周熠星在家闲极无聊，于是跑到影视城里来找楚秋，楚秋下午有两个小时的时间可以休息，这会儿他们坐在影视城外的咖啡厅里，对坐着发呆。

"你、老祁、大力都要走了，妙妙有巡演，柳闻青最近也紧张他妹妹怀孕，就我一个人好闲啊……"周熠星咸鱼一样趴在桌上，"要不你带我去啊？"

楚秋顿了顿："还有月亮。"

"我哥都不陪我一起玩，就会给我塞吃的。"周熠星瘪嘴。

楚秋心想你不正好喜欢吃吗。

周熠月手艺那么好，对吃货来说应该很幸福才对。

周熠星竖起了一根手指，轻轻晃了晃："而且美食这种东西，要自己寻找出来的才有意思啊！"

楚秋听到周熠星这么说，脸上便露出些许笑意来："等我回来陪你。"

楚秋对友情很珍视，跟周熠月和祁天瑞他们会选择性地拒绝周熠星不同，他总是会在受到邀请的时候毫不犹豫地点头。

周熠星喜欢粘着他，而楚秋喜欢被需要、被依赖的感觉，所以对周熠星明确而直接的邀请，他总是很难拒绝。

"说好的！"周熠星两眼发亮，看了看时间，站起身来，"走走走，你下午戏份该开拍了。"

周熠星打开了小隔间的门，看到外边站着的人，原本开心的神情一滞。

脸色霎时间沉了下来。

门外的是个长相漂亮的女郎，穿着一身公务白西装包臀裙，脚下踩着一双黑色高跟鞋，看起来十分成熟，也颇为惊讶地看着从小隔间里冒出脑袋来的周熠星。

周熠星自称身高一米八，实际身高一米七八，而站在他面前的这位踩着高跟鞋的漂亮女士，看起来跟周熠星身高没差多少。

楚秋觉得这俩之间估计有什么故事。

这位女士看起来简直就是为周熠星量身打造的对象——如果周熠星平日里挂在嘴边的择偶标准是认真的话。

周熠星紧抿着唇，没说话。

"是星星啊，好久不见。"女士没介意周熠星的沉默，笑着打了招呼之后，转向了楚秋，微微点了点头，伸出手大方道，"楚秋是吧？你好，我是万雨瑶，星星的经纪人——以前的。"

楚秋恍然，伸手跟对方的手交握，小声说了句"你好"。

万雨瑶笑了笑，看了周熠星一眼，似乎想说点什么，最后目光触及周熠星的脸色时又默默咽了回去。

"我还跟人有约，就不多说了，祝你们事情顺利。"

楚秋转头看了周熠星一眼，没吭声。

万雨瑶摆摆手，转头往咖啡厅二楼走去。

周熠星猛地抬起头来："瑶……瑶姐！"

万雨瑶脚步一顿，转过头来，脸上的神情显得十分惊讶，似乎完全没想到周熠星会喊住她。

周熠星抿着唇，神情看起来很是紧张："你……"

"嗯？"

"你……结婚了吗？"周熠星问道，问完似乎是终于将思绪理顺了，又追问，"当初不是说准备回老家吗？现在怎么又来 B 市了？回来了还走吗？工作……"

"停停停。"万雨瑶轻叹口气，"没结婚，是回老家了，但是因为各种各样的原因现在又回来了……这会儿我还有事，有什么问题，等你我有空的时候再说，以及，我电话号码一直都没变。"

周熠星的神情便以肉眼可见的速度明亮起来，连应答也掷地有声、中气十足："好！"

楚秋被周熠星拽走的时候还一脸蒙。

而周熠星心情颇佳地拉着楚秋，哼着歌带着笑，都是奔三的人了还小步子都带着蹦跶。

"啊！"避开游客进了影视城之后，周熠星大喊一声猛地抱住了楚秋。

楚秋吓得一哆嗦，感觉头发都要炸起来了，转头看看周围，发现没有粉丝之后大大松了口气——他对影视城还有点阴影，大概是上一次被丧尸……不是，被粉丝追着跑了大半个影视城的缘故，这会儿一点风吹草动都让他感觉精神紧张。

"我好高兴啊，秋！"周熠星使劲蹭了蹭楚秋的肩，大吸一口，"啊！这就是春天的气味！"

楚秋："……"

不，那是洗衣液的气味。

周熠星蹭完之后拉着楚秋继续往片场走，一边走还一边用奇奇怪怪的语调不停地唱着："瑶姐回来啦！瑶姐回来啦！瑶，姐，回，来，啦！"

楚秋："……"

两人走出老远，周熠星都还在不停地哼唱，楚秋忍不住转头看了看周熠星屁股。

周熠星一愣，摸了摸自己的屁股："怎么了？"

"看尾巴。"楚秋说道。

周熠星茫然地看着楚秋。

楚秋没给周熠星解惑的意思，自顾自地走进了片场。

周熠星现在看起来简直就跟走失多年的流浪狗终于找回了主人一样。

难不成真的是春天来了？

楚秋一边换服装一边想道。

换好了服装之后，又给周熠月去了条消息，让他下午来接周熠星。

楚秋觉得以周熠星现在这个走路都打摆子的状态，开车肯定要出事。

就算是楚秋自己开车，周熠星那一惊一乍的样子，楚秋都怕自己被吓到出车祸。

今天楚秋的戏份比较简单，是他饰演的主角青年时与他的灵魂伴侣相遇的情节。

卫导看着镜头，神情看起来惊讶极了。

"眼神都不一样了啊小秋。"卫导看着监视器里重播的镜头，啧啧称奇，"我都想把你之前拍的那些感情镜头重拍一遍，这真的是……真的是……"

卫导"真的是"了半天，也没想到一个合适的词汇。

楚秋对这样的称赞，抿着唇笑得腼腆。

卫导又把镜头看了一遍，整个人都美得冒泡，说道："今天你收工了，去管管周熠星去，他要把组里道具的活儿都抢没了。"

楚秋一愣，转头换了服装卸了妆之后，在道具组的小角落里找到了被三个道具小哥围着的周熠星。

三个小哥一脸生无可恋，而周熠星拎着涂料拿着刷子，手上涂得很稳，嘴里却还在不知疲倦地哼唧着那一句话。

"瑶，姐，回，来，啦——"

楚秋："……"

仿佛明白三个小哥为什么一脸精神恍惚的样子了。

洗脑循环简直就跟魔音穿脑一样令人崩溃。

"星星。"楚秋声音提高了些许，"走了。"

周熠月刚刚发来消息，已经在停车场里等着了。

"噢噢！"周熠星把刷子和涂料放到一边，冲三个露出了劫后余生般庆幸神情的道具小哥笑了笑，蹭到楚秋身边，黏黏糊糊地往外走。

明明没喝酒，却仿佛醉眼蒙胧。

周熠月的车很显眼，十分张扬，大红色的跑车往 B 市影视城外边一溜儿低调的保姆车群里一停，扎眼到有点刺眼。

"星这是怎么了？怎么跟喝多了似的。"周熠月凑过来，刚准备再说点什么，听到周熠星哼哼唧唧的调调之后，微微一愣，"瑶姐？万雨瑶？"

周熠星从楚秋身上滑下来，又黏上他哥，连连点头："对对对，瑶姐回来啦！"

"哦……那敢情你不是喝醉了，是进入发情期了啊。"周熠月把人塞后座里，关上车门，叹了口气。

楚秋配合地钻进了副驾驶座，转头瞅了一眼后座上引吭高歌着"死了都要爱"的周熠星，目光落在周熠月身上，看到对方朝自己的亲弟翻了个无比巨大的白眼。

"不长记性。"周熠月说道。

楚秋一脸茫然。

"哦对，秋你还不知道。"周熠月重重地叹了口气，"万雨瑶是我跟星一开始的经纪人，挖掘我俩的也是她……"

简单来说，双胞胎就是万雨瑶亲手从娱乐圈底层拉扯上来的，几乎倾注了她全部的精力和心血。

万雨瑶是个性格要强的工作狂，为了能让周熠星和周熠月红起来，她拼命努力地拉资源。一半是为了证明自己的能力，得以在凤凰立足；另一半，是真心把这两个从少年时被她挖掘出来的男孩子当成了弟弟。

皇天不负有心人，她成功了，但身体也垮了。

她家里因为她身体的缘故，非常不赞成她继续待在 B 市这个工作压力极大的都市里。

她不乐意，既放不下正在高峰时期的事业，也放不下周熠星和周熠月。

后来周熠月任性地跑去当厨子，万雨瑶又咬着牙陪周熠星扛过了他转型的那段阵痛期，才终于感觉身体劳损得厉害，准备回老家好好养养。

周熠星的性格非常粘人，他一直都很依赖这个年纪比他大了三岁的经纪人姐姐，周熠月离开娱乐圈之后，更是黏她黏得厉害。

万雨瑶一提出要离开，周熠星没按捺住，把自己的心意说了出来。

结局显而易见，周熠星被拒绝了。

因为万雨瑶真情实感地把他当弟弟。

"所以我们一直都有意让他别那么黏人来着，毕竟黏着黏着就喜欢上这个毛病得改。"周熠月说道。

"那是因为我还年轻！你看我都没有喜欢上秋！"周熠星在后座上一下子坐起来，给自己辩解，"而且我现在可是一线！一线知道吗！已经是一个能够放心结婚的好男人了！放在相亲市场里我可是最受欢迎的那一类！"

"你现在也挺年轻。"周熠月反喷他，"我可是知道，你这几年一直都没联系瑶姐！

还不接她电话，搞得她想关心一下你的近况都只能通过我和你的微博！"

"我……"周熠星涨红了脸，"我以为她回老家结婚去了啊！"

"呸！你就是被拒绝了意难平，不然你那一天几十条的微博刷给谁看，还说不幼稚！"周熠月冷笑一声，"现在人往你面前你一站你就把持不住了，就你这破脾气还想追人？回家玩泥巴去吧！"

周熠星被他哥呲得脸都鼓起来，却又找不到话来反驳，气得哼了好几声，一转身躺在了后座上，一副拒绝全世界的样子。

周熠月"嗤"了一声，转头发动了车子。

晚上祁天瑞结束了商业宴会回来，再看手机群聊的时候，手机上 999+ 的消息提示让他深吸口气。

不愧是电动马达星。

他打开消息记录往下翻，看到那个许久未见的名字时微微一顿。

祁天瑞：万雨瑶回来了？

你星爹：是是是！

你星爹：我今天跟秋一起遇到她啦！

祁天瑞：那你联系她了没？准不准备回公司来？

你星爹：……

你月爸：呵呵。

祁天瑞了然。这肯定是没联系，也不知道人家准不准备回公司。

祁先生咧嘴笑起来，"啪啪"敲了两下手机。

祁天瑞：尿！

大仇得报！

不信抬头看！苍天饶过谁！

祁先生看着周熠星在群里跳脚，感觉高兴极了，闷在心口这么久的火气一口气泄了出去，简直不能更美滋滋。

他刚准备放下手机去洗澡，楚秋就发来了一条消息。

楚秋：祁哥很好。

楚秋：比星星好。

祁天瑞看了这两条规规矩矩的消息好久，脚一软往后一倒，落在柔软的床铺上弹了弹。

手机砸在脸上，祁先生痛呼一声捂着脸，在软绵绵的被褥上团起来，耳尖上的红色不知是疼的还是羞的。

祁先生翻身坐起来，一边往浴室走，一边哼着双胞胎以前作为组合出道的时候唱的歌。

就少拒绝几次周熠星的邀请好了。祁先生想着，给楚秋发了个么么哒的表情之后，放下手机走进了浴室。

楚秋看着祁天瑞发来的么么哒，又去周熠月的朋友圈里把他发的几只猫的小视频和照片挨个点了赞，刚吸了会儿猫，张大力那边就发来消息让他早点睡。

B 市国际机场。

楚秋和张大力在贵宾室里等着登机。

"这是影片时间表。"张大力把他给楚秋整理的一个小包拿出来，挨个给他看，"这是通行证，这是场馆地图，这是周围的一些景点交通……"

"护照在这里，信用卡在这里，英语没问题吧？"张大力问。

楚秋点了点头。

"那行，我在那边有几个认识的人，不过可能不会全程跟着你。"张大力抿了抿唇，"你要是不想出去，就乖乖待在酒店里，想出去的话记得每小时给我发个地址。"

"大力哥……"楚秋看着张大力的样子，轻声叹气，"我没问题的。"

张大力皱了皱眉，刚想说什么，楚秋又打断了他的话头，说道："你要早些回来。"

柳姐的预产期快到了，不巧碰上了影展期间，张大力这几天焦躁得很。

张大力眉头皱得死紧，一副杀气腾腾的样子，吓得他们两个旁边三个沙发内都没有人影："你……"

楚秋摇摇头："我没事的。"

"到时候看情况吧。"张大力摆摆手，眉头还是皱着。

要是祁天瑞，他压根儿就懒得跟出去了，但楚秋不同。

楚秋这么乖巧听话又不爱主动吭声的性格，放外边多令人担心啊！

楚秋瞄瞄张大力的表情，就知道自己说再多都没用，于是他转头看了一眼休息室门口的身影，说道："还有郭旷。"

张大力摆摆手："再说。"

楚秋点了点头，看向迎面走来的郭旷一行。

《向阳而生》的摄制组人不多，满打满算十一个人。这次去 M 国参加影展，一个不落地全凑齐了。

还多了一个沈铭。

楚秋稀奇地看着这个黏在郭旷旁边的矮子，这次沈铭跟上回进组时带着大包小包的样子不同，这次行李轻巧了许多，一个大行李箱就齐活了。

　　而郭旷一脸不耐烦，拉着自己的箱子往沙发边上一放，一屁股坐在了楚秋这张沙发上。

　　沙发上郭旷、楚秋、张大力三人一字排开，没有了别人插足的位置。

　　沈铭左右看看，就坐在了郭旷右手边的那张单人沙发上。

　　"我听说沈铭他们家把沈铭扔给郭旷管了。"张大力凑到楚秋耳边小声说道，"这回估计是让沈铭过来跟着长长见识。"

　　至于长什么见识，楚秋也能明白。

　　亚尔影展虽然比不上那几个大奖，但是在学院派和小众文艺片里的地位却是非常高的，许多独立制作和文艺片的导演编剧，宁愿放弃那些大奖，也希望能够在这个影展里取得成绩。

　　而影展上每一届都会有不少国际知名影评人出席，还有许多新锐导演和编剧，沈铭就算只是蹭在旁边听上一点，也足够这个刚毕业还没有作品的小年轻受用许多了。

　　郭旷坐在楚秋旁边，大概是楚秋的气息让他感到亲切舒服，拧在一起的眉头渐渐舒展开来。

　　楚秋含着糖，偏头看看心情似乎平缓下来的郭旷，又挪开了视线。

　　张大力非常焦躁，郭旷也是一脸不耐，被他俩夹在中间的楚秋，活像是被两尊煞神挟持的小可怜。这会儿郭旷心情终于好些了，让楚秋小小地松了口气。

　　听到广播开始提醒头等舱登机，楚秋一行人站起身来，往通道走。

　　"我再说一次。"郭旷一边走，一边对沈铭说道，"没让你吭声不许开口，听到没？"

　　沈铭瞅瞅他，委屈地瘪瘪嘴，小媳妇似的点了点头。

　　楚秋和张大力扭头看向他们，惊叹地瞅着郭旷。

　　"我这么多年可能真的是白揍他了。"张大力说道。

　　楚秋点了点头。看着就算被训了也紧粘着郭旷小声说话的沈铭，又看了看满脸不耐烦却还是接话的郭旷……他收回视线，晃了晃脑袋。

　　一定是星星昨天说的春天来了给他造成的影响。

　　亚尔影展在 M 国 L.A 举行。

　　整个影展将持续两周左右的时间，期间会分门别类地规整入围的电影类型，排选时间，让参与影展的影评人和业内人士有充分的时间去观看入围的参展影片。

　　主办方硬性规定，参与奖项的影片必须在影展首映，因此影展期间每天都有影片放映，甚至展区内还提供了编辑室，用以给影评人就近编辑影评与讨论影片。

　　期间有整整三天的时间，是提供给得到了影展入内名额的普通观众观赏影片的。

　　这些观众和影评人手中也同样拥有投票权，但他们投选出来的奖项，是观众类的奖项，与评审团评审的奖项并无关联，但通常来说获得观众类奖项的电影，都会得到参展投资商的青睐。

楚秋作为参展人员，手里揣的是个嘉宾证，可以全程在影展场地内乱窜，欣赏其他影视作品。

竞奖相关人员不享有投票权。

影展开幕式由主办方与其邀请的嘉宾宣布开始。

红毯环节在最后一天晚上，正式颁发奖项的时候。

而楚秋在 L.A 其间，需要配合一些街拍与采访。

国外的演员大都不需要这样的报道，但华语电影极难出头，楚秋对这个奖项必须表现出足够的重视，花费足够多的时间去处理它，炒作它。

这些道理楚秋明白，所以他并不介意配合一下。

楚秋倒了两天时差，这会儿穿着身偏休闲的服装，看着手里的影片时间表，发现时间正巧，他能赶上今天《向阳而生》的播放。

他看着地图，找到播放场地，惊讶地发现偌大的场馆里竟然已经坐下了约莫半数的人。

要知道这个观影场地很大，座位结构很是随意，结伴而来与独身前来的影评人都能找到合适他们的位置，号称能提供最舒适的、家一般的观影感受。

场地不同于正规院线，在没有位置的情况下，自己拿椅子过来，或者是席地而坐，只要不影响他人观影，都是许可的。

因为影展持续时间非常长的关系，受邀的影评人与业内人士通常都是零零散散地来。少数情况下，他们重视某部片子，会连续来上好几天，观看那部影片，以便做出更公正、透彻的评价。

今天是影展的第三天。

楚秋挑了最后排角落里的位置坐下。

《向阳而生》正式开始播放的时候，楚秋扫了一眼下方的人群，微微瞪大了眼。

坐满了。

整个场地都坐满了。

还有人转身出去，拎了小矮凳进来。

楚秋并没有看过郭旷剪出来的成片，在整个场地灯光暗下来之后，他抬眼看向了眼前巨大的荧幕。

《向阳而生》四个汉字的手写体，轻轻地漂浮在了清晨海洋的浪涛之上。

影片内容与初始剧本相比，没有太多变动，最重要的改变在结尾部分——

主角平静地盘腿坐在小阁楼的矮几前，整理着自己的一方小天地，然后在天色渐暗，外面叫嚣着让他们母子滚出小镇的声音渐渐消失后，他留下了自己包装好的画作，随手将废弃的药瓶放在上面。和从前一样，他扛着画架拎着画具，脖子上挂着手电筒，离开了家。 少年在海边坐了一整夜。

夜晚的海风冰凉，他仿佛毫无所觉。

直到清晨的阳光升起来，他像是受到了什么感召，迈开步子走向了大海。

阳光渐渐升起，一只海鸥落在了少年放置在沙滩上的画架上。

画具与画架安静地待在少年堆砌了一半的沙堡旁，画纸上，一幅瑰丽明亮的画作已经完成了一半。

还十分湿润的调色盘被小心安稳地放在了小布凳上，装着清水的小塑料桶里一抹温暖的橙黄缓缓逸散开来，似乎画作的主人才刚放下手中的笔刷起身离开一般。

浪涛的声音清爽悦耳，朝阳柔暖的光辉洒落在水面上，伴随着海鸟的鸣叫，又是新的一天开始了。

楚秋愣愣地看着报幕，半晌，才被亮起来的灯光惊醒。

果然是标准的郭旷式留白。

楚秋狠狠地揉了一把脸，不管看多少次，都感觉这种结尾的设置简直是让人感到一股油然而生、不可抗拒的温暖。

尤其是在少年消失之后，留存的希望就显得特别明亮。

楚秋站起身来，低头看了看手表，又看了一眼接下来将要放映的影片，决定今天还是先缓缓。

楚秋走到门口时，被一个人拦了下来。

那人一脸络腮胡，头发卷卷的，身材偏胖，脸上带着友好的笑。

楚秋扫了一眼他胸前的牌子，跟楚秋带着的紫色嘉宾通行证不一样，那人挂着的是绿色的受邀人通行证。

也就是说，是影评人，或者是受邀的业内人士。

"你是……"那人仔细地瞅着楚秋，有点不太确定。

大多数不怎么接触亚洲人的欧美人对亚洲人都有点脸盲，这也是楚秋一点遮掩都懒得做的原因。

当然很大一部分是因为这边基本上没人认识他，而且是仕影展会场内部，自然不需要遮掩。

但出乎意料，他被认出来了。

那人一拍脑门，竟然准确地喊出了他的名字："楚秋！"

用的中文发音，有些蹩脚，却是十足的友好。

他这一喊，周围好几个人便转头看了过来，惊奇地打量着这个突然冒出来的电影主演。

于是，楚秋瞬间就被这群热情大方的 M 国人淹没了。

这些纯粹热爱着电影的人所关注的，是电影本身的内容。

参与亚尔影展的电影，通常而言，大都是经费有限的独立制片，因为没有沾染太多资本气息，才能够任由导演与编剧自由发挥，将他们的才华展露出来。

而这类无法花大价钱进行长时间精致的后期剪辑与配音的电影，对演员的表现要求尤为苛刻。

不论是长镜头的细节动作，还是近景站位与表现，又或者是特写镜头的情感展现，都是决定这部电影是否能够成功打动观众的一环。

显然，在影展开始的第三天，就吸引了多数受邀人前往反复观看的电影，非常成功地圈住了这些受邀人的心。

楚秋被他们簇拥着，听着他们的讨论，不知不觉就坐到了场地内的一个露天咖啡厅里。等到服务生来询问要点什么饮品的时候，楚秋才恍然回过神来，发现自己被这群人带跑了。

楚秋要了杯牛奶，在他身边落座的几人都有些惊讶地看了他一眼，然后在楚秋感到窘迫的时候对他友好地笑了笑，然后继续跟身边认识或者不认识的人进行交流。

楚秋并没有主动开口说话的意思，他只是安静地坐在那里，周身便展现出像极了电影之中那个少年的沉寂气息。

这让多少都知道拍这类电影容易入戏走不出来的人们，将心提了起来，尽量小心温和地一点点接近他。

而楚秋并没有意识到这一层面。

不过，这种明确的距离感让意识到自己身处在一个小群体里，从而感到诸多不安与失措的楚秋渐渐放松了。

在座的人们低声交流着以他为主角的电影，讨论着电影中所展现出的镜头语言，自上而下地追溯了许多从前类似的作品，又提及了本届同样获得了提名的其他电影，并纵向、横向地比较争论起来。

他们争论最多的，还是电影结尾，太阳彻底升起来之后，那完成了半幅的画作和塑料桶里刚刚晕染开来的颜色，是不是意味着主角还活着。

有这方面主张的人不少，他们以最后的药瓶与那个画作为依据，指明走向大海的主角只是个幻觉，象征着主角彻底抛弃了过往，杀死了曾经的自己。

最终那幅明丽灿烂的朝阳图就是最佳的佐证。

而不同意这一点的，则表示最终的那张画可能是医生或者是主角的母亲所作，极有可能是医生，因为放在一边的颜料盒比主角用的要优质很多。

最终那个镜头所表达的，是主角在消失之后，有着会缅怀他、思念他的人。

楚秋手里端着杯牛奶，坐在一边听着，感觉真是世界有多大脑洞就有多大。

"亚洲导演的电影色调总是非常细腻，光是静物镜头，就能够发现其中的情绪。"

"比起欧美习惯于用直白的视觉冲击来表达冲突，亚洲导演更擅长体现精神层面的差异性。"

"镜头颜色的运用非常完美。"

"演员的眼神与细节把握也非常精彩，有数的几个长镜头的远景，没有特写也能够感受到他的情绪。"

话题扯到了楚秋身上，便有人转头看向他。

楚秋喝了口牛奶，对上那几道视线，微微一怔，脸上便露出疑惑的神情来。

在短暂的观察之后，坐在他身边的人张了张嘴，似乎是想要说点什么，却被坐在楚秋另一面的人打断了。

出声打断的人正是之前认出楚秋的那个卷发男人。

他抢先递出了名片，然后跟防贼似的盯着另外几个人，自我介绍道"我是斯特雷奇亚当斯导演的助手，这是我的名片。亚当斯导演在寻找一个神秘的东方人，饰演《A》系列电影第二部的一个角色，他昨天看过这部电影，希望楚先生能拨冗前去试镜。"

话音落下，不止楚秋，连同座的人都感到万分惊讶。

亚当斯是当代非常著名的商业片导演，曾经执导过三个系列电影，他在将影视视作艺术一派的人眼中是个彻头彻尾的守财奴，但他却深受电影观众的喜爱。

观众们大多不在意电影内涵与立意这类东西，他们花钱买电影票，大多也就是闲暇时图个乐子。

亚当斯导演深知观众心理，也一点都不介意迎合观众。

他拍出来的电影，票房基本都能甩下同期一截。

而出演他的电影，总是能够在万千观众面前狠狠刷上一把存在感的。

基数摆在那里，哪怕只是个配角，也足以给人留下印象了。

这样的号召力，虽然让注重影视艺术的人感到不愉快，却不得不承认他的能力。

而《A》系列，是亚当斯筹备的未来科幻题材新系列，充满了科技与爆炸，距离前作刚刚过去一年半的时间。

楚秋没想过参加亚尔影展竟然能得到这么大的一个惊喜。

在一片惊叹声中，楚秋愣愣地接过名片，低声道了谢，表示会找时间联络的。

张大力也倒了两天时差，他是跟楚秋一起出门的，但目的地却不同于楚秋。

得益于家里的人脉，张大力在 L.A 有几个勉强称得上是朋友的人，他们所从事的工作大都与电影或媒体有关系，且地位不低。

张大力今天约了一个电影周报的总编，想试试看能不能在这边先上几个报纸杂志的采访。

与国内更多地倾向于网络宣传不同，这边的纸媒要更加繁荣一些。

事情进展得还算顺利。

这边的电影行业，对于今天突然杀入了亚尔影展提名的亚洲电影及其主演非常感兴趣。

接到张大力电话的时候，楚秋刚看完了另一部片子。

这类影片不同于快节奏的商业片，不同的导演之间，节奏与风格有着异常明显的差别。

楚秋并不擅长解读过于晦涩的影片，许多有着隐喻的片子，他都需要配上影评反复看上好几遍，才能够理解。

所以楚秋对郭旷的风格是非常喜欢的，因为郭旷总是会从一些平凡而微小的事情上体现出悲喜情怀来，简单易懂，还容易引起人的共鸣。

楚秋走到场外，接通了电话，报了平安后就准备离开会场。

容易导致情绪剧烈起伏的片子不能看得太多，这一点，楚秋还是很清楚的。

但离开场地的过程实在称不上顺利。

也许是《向阳而生》真的让人印象深刻，一路上认出楚秋的人竟然不少。

内敛些的只是迎面向楚秋点点头或者露出一个微笑。热情一点的，就会像之前遇到的那群人一样，企图将楚秋拐走一起去聊聊天——当然真的只是纯粹的、针对电影方面的聊天。

有实力有才华的人对整个行业来说都是宝贝，聊聊天交流一下实属正常。

但楚秋觉得要窒息了。

不是所有人都跟第一批让他不知不觉就跟着走的人一样懂得保持距离，也不是所有人都会表现得友好温和。

不论是过于热情的还是说话带刺的，不管他们有没有恶意，都让楚秋感觉难以承受。

最终将楚秋从接连不断的尬聊中拯救出来的，是终于睡够了、跑来会场准备看看别人电影的郭旷。

郭旷身边的那条小尾巴倒是没跟来。

郭旷一路上听到了不少关于电影的谈论，也多少察觉到自己的电影被这些人重视的事实。

他脸上带着些笑意，看到不少人用各种各样奇奇怪怪的发音试探性地喊楚秋，转头看向显得疲惫不堪的人，语气淡淡："不错。"

楚秋轻舒口气，摇了摇头："回去？"

"刚来。"郭旷说道。

楚秋点点头："我回去。"

"嗯。"郭旷点点头，想到楚秋之前被热情包围不知所措的样子，便说道，"走。"

楚秋愣了愣，看着郭旷转身就走的背影，过了两秒才反应过来郭旷这是准备把他送到门口，脸上露出几缕笑意，抬步跟了上去。

不同于身在 M 国惬意得像在度假的一行人。

打从楚秋到达 L.A 的通稿发出，国内的纸媒与网媒就开始疯了一样地报道这件事。

粉丝们随时关注着亚尔影展的动静。

楚秋这次的动静实在有点大，一个正式出道没多久的新人，空降国际电影奖项，压了国内不知多少老前辈一头，某些自恃资历却始终无法打开国门走出去的人心里能舒坦才有鬼了。

国内黑的吹的群魔乱舞。

黑说同期电影辣鸡所以才让楚秋上了影展；粉说亚尔影展不设演员奖项你是不是看不起小郭导，同期还有 E 国某某知名学院派导演你怎么解释。

黑说通稿吹那么大仿佛跟国内演艺圈之光一样也不怕翻船；粉说我们秋拿到提名了这可是实绩不服吊死。

黑说亚尔影展就一个小众奖项，一群人在那里嘚瑟个屁；粉丝们反手就是一列历代知名导演在亚尔影展上的得奖作品甩过去。

楚秋对这些舆论向来不管。

周报对他和郭旷的文字采访这会儿刚结束。

张大力不在，他拿着楚秋之前收到的名片跑去找据说有过交流的亚当斯导演了——这种时候就不得不感慨一下，全世界仿佛就没有张大力不认识的人。

郭旷的助理站在他们旁边，并没有什么事做。

两个散发着奇妙社障气息的人在摄影师调整好仪器灯光之前，坐在角落里一起翻着渐渐变多的影评。

观众与影评人的风向总是诡异难以捉摸，观众的评价可以不去管，但专业的影评人的评论，主创却可以从中看到自己的不足，才好在以后的作品中加以补充修改。

与楚秋不关注舆论不同，他的粉丝们可是相当关注他的消息。

M 国著名影片人、撰稿人，《影视周报》的主编西蒙·克拉克的影评刚出来没多久，就被一个粉丝截图原文翻译，请求了他的授权之后，放到了国内的社交网站上。

他的影评标题是：《向阳而生》，冰冷的善意与温暖的基碑。

西蒙·克拉克评价《向阳而生》，将之称作华语电影通往国际的破冰之作。

他毫不吝惜地大肆夸赞了一番郭旷的镜头，甚至夸张地将之喻为"冷暖色调镜头运作的巅峰"。

他赞叹郭旷的镜头从细腻程度、颜色对比、转换等方面，都成熟顺滑，毫无滞涩之感，就像是品尝一杯上好的咖啡，香醇微苦，细细品味又隐约带着细微的甘甜。

他着重赞扬了一番郭旷和编剧对结尾的处理。

他说：长久以来，几乎所有人都认为电影奖项评选的评审团对悲剧情有独钟。但事实是，绝大部分悲剧都比大团圆的结局要来得让人印象深刻，并且也更加发人深省。

但长久以来，评选的悲情晦涩的得奖影片，给了业界一个错误的印象和认知。于是越来越多的导演钟情于悲剧，越来越多充满了遗憾与黑暗叩问的剧本接连出现，最终参与评选的、出彩的也大多都是这类影片，以至于如此往复循环，最终给了大众这样的印象。

这位东方的导演郭旷并不是生面孔，他向来习惯在悲伤的黑暗中留下一丝光亮的余地，让人在漫长而冰冷的影片之中得到些许的慰藉。

《向阳而生》同样如此，结尾的余留非常巧妙，也让人感受到了落在黑暗之中的那丝缕光明。

一直以来，我都非常欣赏他这一点，这一次，也终于有了替他写一篇影评的机会。

而针对演员，他是这样写的：

撇除掉语言因素，一直以来，我们普遍认同亚洲导演的情感十分细腻，镜头也总是带着独特而内敛的美，但正是因为他们太过于内敛——又或者演员并没有在镜头下表现出足够张力，让人感觉不到内敛之下埋藏的意味。

又或者是内敛过头，太过于委婉含蓄，不够大胆。

有一部分又充满了只有本国人与深入了解过亚洲文化的人才能够理解的情怀与深意，以至于无法让观影大众明确地体会到主创所想要表达的情感。

这种情况普遍存在，以至于东方的电影总是无法敲开国际奖项的大门，也无法触动评审团的内心。

但《向阳而生》这部作品并不一样，它的题材与背景简单明了，不需要任何知识储备就能够完美地了解它。

说得更直白些，比起电影，它更像一部有剧情的生活纪录片。

记录了主角生命中最精彩，也最遗憾的最后一段时光。

提及电影本身，我不得不赞美一番这部电影的主演。

一个来自东方的少年，楚秋。

东方人看起来总是比实际年龄要小很多，在我始终认为他还是个临近成年的少年的时候——有人告诉我他二十二岁了。

但这并不影响我为他感到惊艳。

亚洲演员与欧美这一侧的演员有着很大的区别，欧美的演员更习惯于运用肢体和语言来表演，眼神永远都在特写或者近景的时候才会突出表现。

但亚洲的演员不一样，他们习惯用较为夸张的面部表情、细致的眼神以及很细微的动作细节来展现情绪。

关于这一点，我必须夸赞这个年轻人。

他也许找了许多参考，或者他来者不拒地看了无数影片用以学习。

楚的表演里完美地融合了东西方的表现技巧，我仅代表我自己，表示楚的表演可以完美地融入任何一部西方的电影中，并不会有任何生硬的隔阂感。

在看过《向阳而生》之后，我又寻找了楚目前来说唯一一部上映的电影看了一遍，那不是我能完全领会的题材，但楚在其中的表现，没有丝毫违和感。

一个能够融合东西风格的演员，这在当代，甚至往上追溯，也是找不出五个来的。

我按捺不住地向我的许多朋友推荐了他，这个东方演员以后定然会在国际舞台上大放异彩。

我对此抱以最为诚挚的期待。

……

这篇影评里干货很多，西蒙·克拉克这位资深影评人，从编剧、导演、演员甚至是摄影取景等方面对《向阳而生》进行了一番十分透彻的评价，并且追溯以往做了许多比较，指出了些许不足，但整体看下来，各种各样的赞美词汇几乎要闪瞎别人的眼。

总的来说，这位影评人通篇就是一个中心思想：这片子不得奖简直天理难容！

楚秋的粉丝们被这一篇影评夸得受宠若惊，难以置信。

对一个追星族而言，还有什么比自己粉的爱豆出实绩、长出息更让他们感到骄傲与兴奋呢？

国内的粉丝们欢欣鼓舞，奔走相告，在各大平台门户上分享这篇影评，热搜底下蹦跶的那些黑子已经完全影响不到他们了！

有实绩在手，黑子们再蹦跶有什么用！

支持爱豆最好的方式是什么！

当然是想办法求电影国内上映给他刷票房了！

如果国内实在没办法上映，那就拼命刷热度，给他们提升市场价值啊！

如今决定演员片酬的，是市场价值和号召力。

《江湖行》片方一看这个热度，当即趁热打铁，放出了蓝光盘筹备完毕的消息，并且将在亚尔影展颁奖当晚，国内时间晚八点开始在官网直售，前一千名拍下的粉丝将会随碟附赠全体演员亲笔签名的海报一套，一千名之后拍付的粉丝附赠印刷的签名海报一张，至于是谁的签名海报，随机分配。

激动的粉丝们涌到这条消息底下，一边呲片方真会圈钱，一边满怀期待地等待着那一天的到来。

当天张大力跟亚当斯导演聊过之后，回来先是告知楚秋，这边的试镜还不急，剧本才刚定下人物和粗略走向。亚当斯说等一切筹备完成估计至少得有小半年，先联系楚秋也是希望他能预留下档期——毕竟楚秋现在的档期早就已经满满当当地排到明年上半年了。

"说是试镜，我觉得亚当斯估计是觉得一定得是你了，不然不会让留档期。"

大力先生一边说着，一边拿出了一叠《江湖行》的楚秋单人剧照海报，往一脸蒙的楚秋身边一放。

"签吧。"张大力先生递出了一支签名笔，无视了楚秋惊恐的眼神，继续捅刀子，"这只是二十分之一。"

楚秋："……"

我明明只是个配角。

楚秋签完了五十个名字，甩了甩手腕，又看了一眼张大力再一次搬回来的一叠海报，往床上一倒，拿出手机开始刷，头一次消极怠工。

周熠星显然也完全没想到休假期间居然会天降横祸，在群里哭爹喊娘，还让周熠月替他签。

周熠星声称自己还有事关一生的婚姻大事要忙，根本没时间签名。

但他却有时间兴致勃勃地雕了三个丑了吧唧的萝卜章，摆着一排红蓝黑的印泥，签一个名盖一个章子。

群里赞美周熠星不愧是本群最宠粉的爱豆，非常值得表扬一下。

就是章子雕得实在是太丑了，辣眼睛，一点都没继承到他哥厉害的刀工。

周熠月被他弟骗去了家里，帮着他弟重新雕了三个章，但转头周熠星就把周熠月和无辜躺枪的祁天瑞挂在了微博上，言辞无比激烈。

准确地说，挂的是周熠月和他带来的五只猫一只狗。

因为周熠星签好字盖上章正在晾干的海报上，被祁天瑞和楚秋的四只猫以及周熠月的一狗一猫踩了一堆红色蓝色黑色的脚爪印。

周熠星：你们崽干的好事！@周熠月 @祁天瑞苍天啊！大地啊！

粉丝纷纷表示"没事没事，有喵爪狗爪小梅花的海报我们也老稀罕了"。

周熠星看到评论，把周熠月雕好的萝卜章扔到一边，抱起趴在床上的四崽，拿人家爪子沾了黑色的印泥，非常干脆地印在了海报上他的签名下。

"哎嘿，还挺可爱。"周熠星美滋滋地欣赏了一下他的海报。

祁天瑞家的四崽一脸"你高兴就好"的表情，任他折腾，动都懒得动一下。

楚秋刚签完第二波五十张海报，中间休息的时候看到周熠星发的带猫爪印的签名，有点淡淡的羡慕。

他在群里发了"可爱"两个字作为称赞，然后就收回手机，继续埋头奋战。

"什么玩意儿？"张大力突然出声，"祁天瑞让我去逮只猫回来？"

楚秋一愣，想到自己刚刚在群里发的消息，轻轻眨了眨眼。

然后他在张大力板着张脸敲键盘，一眼看去肯定就是在怼祁天瑞的时候，把眼前签完的一沓海报递了过去。

张大力消息还没发出去，就被楚秋突然递过来的海报打断了。

"挺快啊？"他愣了愣，顺手把手机放到了一边，递了一叠新的海报给楚秋，"还有九百张，继续加油。"

楚秋接过那叠海报，看了一眼开始检查那叠签名海报有没有漏签、完全把手机忘在一边的张大力，微微弯了弯嘴角，轻轻应了一声，手中的笔飞快地转了两圈。

影展颁奖仪式当天，楚秋一大早就被祁天瑞的视频弹窗叫醒。

楚秋迷迷糊糊地爬起来，把手机竖在了手机支架上，盘腿坐在床上，看着手机屏幕上的祁天瑞。

祁先生看起来十分紧张，他那边的光线看起来已经黄昏，他手里甚至还拿着支笔，背景上印着一个巨大的凤凰集团的LOGO。

看起来应该是刚刚结束了会议，坐在空无一人的会议室里给他发视频。

楚秋看了看时间，他这边当地时间是早上七点。

他打了个小小的哈欠："早。"

"今天要颁奖了。"祁天瑞看着慢腾腾爬起来的楚秋，对他毫无紧张感的样子感到十分无奈，"你就一点都不紧张吗？"

一大早发视频过来，满怀期待地想要安抚对象的祁先生感到有力没处使，非常的委屈。

楚秋准备脱睡衣的动作顿了顿，迷迷糊糊的脑子这才渐渐清醒过来，意识到了今天是什么日子。

"不紧张。"楚秋说着，戴上了蓝牙耳机，翻身下床拉开衣柜看了看昨晚上熨得整整齐齐的高定套，然后从旁边随便拿了一身休闲装。

屏幕里虽然看不到楚秋的身影，却能够清楚地捕捉到他换衣服时窸窸窣窣的细微动静。

祁天瑞想要说点什么，又怕楚秋害羞挂电话。

最终他将到嘴的调侃咽了回去，哼哼唧唧毫无总裁形象地说道："你就不能说你紧张嘛，我都想了好多话准备用来安慰你。"

楚秋穿上一件套头衫，正准备去洗漱，听到这话，有些不知所措。

他不知道祁天瑞是随口一说，还是真的想了好多话准备用来安慰他。

鉴于楚秋自己本身是个习惯在说话之前先酝酿很久很久的习惯，所以对于祁天瑞的说法，楚秋将信将疑。

祁天瑞等了半晌，听到楚秋洗漱完的动静，又看到楚秋重新走进了手机镜头范围之内，看着他坐在床上垂眼看着手机镜头了，楚秋才开口回应他之前的话。

"不用担心。"楚秋的语气非常诚恳。

"怎么可能不担心。"祁先生扯了扯领带，撑着脸对着手机屏幕，眼睛底下有着不太明显的青黑。

对于楚秋的不回应，祁天瑞并不在意。

他坐在偌大的会议室里，不停地叨叨着最近发生的事。

楚秋从一开始的无措到现在能够左耳进右耳出，不得不说祁天瑞这么些天的洗脑式脱敏治疗非常管用。

例行早安视频持续了半个小时，其中大部分时间都是祁天瑞在说，而楚秋安静地听着，偶尔会对祁天瑞说的某件事情做出评价和反应。

七点半的时候，张大力在外边敲门。

楚秋拿着手机起身，从套间里走出来，一抬头就看到了张大力和两个扛着摄像机的小哥，以及一个正拿着几张打印纸的记者姐姐坐在会客室里。

楚秋微微一怔，然后反应过来今天是有采访的。

他低头看了一眼还没挂断的视频通话，对祁天瑞说道："我先挂了。"

祁天瑞也猜到那边估计是有事，说了句记得吃早饭，就任由楚秋挂断了通话。

祁天瑞的声音很有辨识度，他的最后一句关心让整个会客厅陷入微妙的尴尬之中。

楚秋仿佛没察觉到这份微妙一般，面色平静地将手机收好。

记者姐姐是国内主流媒体之一的外派记者，张大力正和她商量着直播时针对楚秋的问题，当地时间早八点半，国内时间晚八点半的时候，将会在楚秋这个套间的会客厅里正式开始《向阳而生》剧组的采访直播。

"看来你早就醒了啊？"张大力随口说道，"早饭给你送上来了，过来边吃边看问题。"

楚秋走过去，拿了还热乎乎的面包咬了一口，迅速进入了工作状态。

还以为自己窥破了某种秘密的两个小哥和记者姐姐面面相觑，最终在张大力和楚秋的坦然下，将各自的怀疑压在了心底。

八点，郭旷和另外两个演员也过来了。

郭旷背后还跟着沈铭。

张大力和楚秋的视线从沈铭身上略过，看到他坐在了摄像机范围之外，齐刷刷松了口气。

沈铭发现了他们的反应，瞪大了眼："至于吗你们？！"

张大力往沈铭旁边一坐，一摊手："当然至于啊，我们这儿除了郭旷可没人降得住你这个妖孽。"

沈铭"喊"了一声，想还嘴，被坐在楚秋旁边的郭旷轻飘飘地扫了一眼，顿时把到嘴的话咽了回去，双手抱胸，气鼓鼓地往旁边挪了挪。

楚秋吃了两个面包喝了杯牛奶，看看面前的蔬菜沙拉，转头问郭旷："吃了？"

郭旷摇头："没。"说完就拿了叉子，非常干脆地把楚秋面前的蔬菜沙拉端走，一边吃一边对着台本。

"小郭导演和楚秋的关系很好啊。"记者笑着说道。

楚秋抬头对她腼腆地笑了笑，而郭旷则是一脸高冷地哼了一声。

记者："……"

张大力在对面"啧啧啧"，心里想着真该给祁天瑞看看这幅画面。

沈铭瞅瞅一边吃一边满脸高冷地和记者对着台本的郭旷，又瞅了瞅低头"啪啪"敲着手机屏幕不知道在记录什么的楚秋，感觉自己气成了一个球。

接受采访的总共四个人，郭旷、楚秋、心理医生李先生和扮演楚秋母亲的演员。

"那么我们可以开始了，因为是电视台直播，所以希望大家可以打起精神来！"记者小姐看着时间，拍了拍手，"还有观众互动的环节，记得灵活应变哦！"

排排坐的四个人点点头，纷纷揉了揉脸，仿佛这样就能把早晨的不清醒给揉掉一样。

国内时间八点半，正值周六。

粉丝们刚疯抢完《江湖行》的蓝光碟，就迎来了楚秋的一次直播。

直播时间足足有两个小时，环节多且自由，能够得到很多关于电影的信息——而对于楚秋的粉丝而言，最重要的是能够舔屏。

没办法，楚秋最近这段时间接的采访虽然多，热度也极高，随着《江湖行》的播出与《太京》的宣传预热，楚秋在网络与电视两方面刷足了存在感，也有了不少粉丝制作的衍生视频，但对于贪心的粉丝们而言，素材永远都是不够的。

在采访直播开始之前的十分钟，网络渠道与电视渠道两方面的观众几乎要挤爆电视台的服务器，而电视渠道的收视率在短短十分钟内，从 0.2% 飙升到了 1.98%！

看趋势，还有继续上涨的意思。

直播正式开始之前，记者小姐惊讶地将数据展示给在座的四个人："破二了，还在涨，好厉害！"

在座的四人都露出了惊讶的神情。

他们了解这个收视率意味着什么——单台破二，眼看着就在往三走了，这数据放在电视剧上，基本上是可以盖章这部电视剧是年度大火的剧集，可以准备疯抢第二、三轮播放权了。

而他们这个节目，只是一个采访直播。

"真是沾了楚秋的光啊。"坐在楚秋左手边的李先生紧张地整理了一下身上的衣服，大口吸气平复情绪。

楚秋看着还在实时上涨的收视曲线，以及每秒以千为单位上涨的网络观众的数量，在记者小姐宣布正式开始的时候，还有些反应不过来。

"各位观众朋友们大家好，这里是南北卫视《谈谈电影》节目采访直播环节，我是本期外派记者兼主持人陈晨！"

记者小姐的声音听起来充满了活力，脸上的笑容得体又灿烂。

"现在是 M 国当地时间早八点半，我们有幸邀请到了当下观众们讨论得十分火热的亚尔影展提名电影《向阳而生》的主创们！"

楚秋刚回过神，就看到张大力放下手机，拿着个大速写本写了几个字，然后翻过来举了起来。

上边用记号笔写了四个字加一串感叹号。

破四近五！

坐在摄影机前的四个人看到这句话，齐刷刷一愣，然后三人都偏头看了楚秋一眼。

而楚秋在看到这个收视率时，终于有了实感。

——他红了！

"这是我们的大屏幕……虽然有点小，但场地受限，观众们一定不会介意的！"

陈晨示意助理把旁边移动柜上的大显示屏推过来，现在显示屏上播放着的，正是收视率的曲线图和网络在线人数。

陈晨仔细一看，吓了一跳："我们嘉宾的人气……真是高啊！"

楚秋和郭旷都没有接茬的意识，而四个人里的唯一女性显然也不擅长担当这个重任，她意识到了应该接茬，却碍于楚秋和郭旷都没吭声，于是就只是坐在那里安静地笑。

李先生当机立断地接过了话茬，谦虚道："过奖过奖。"

陈晨看着坐在中间完全没有接言意识的郭旷和楚秋，蒙了一瞬，然后迅速回过神来，脸上带着笑，操作了两下面前的笔记本，被推到了楚秋他们后边的大屏幕就换了个画面。

"现在大屏幕的画面是微博话题＃谈谈电影向阳而生＃的话题直播，想要上电视的观众可以刷这个话题哦！另外，之后的观众互动环节也将在这里挑选问题现场作答！"

楚秋安静地听着每次节目之前的报幕流程。

而张大力和节目组的助理站在两台摄影机后，随时准备举牌提示他们。

"这是《向阳而生》的三分钟片花剪辑！南北卫视本节目首发哦！"主持人示意转画面。

看完片花之后，配合之前的那些影评，可以大致了解影片的基本内容。

节目开始例行是请主创阐述关于该影片的看法与观点。

楚秋早就备好了答案，四个人针对自己的角色，将自己对于影片的理解讲述了出来。

为了避免刚刚那样没有人接话的尴尬情况发生，主持人接下来的问题直接点名了楚秋。

"关于《向阳而生》，很多参展的影评人都给出了非常精彩的影评，那么请楚秋先生用一句话来形容《向阳而生》！"

这个问题在台本之外，楚秋愣了两秒。

"嗯——"他微微拉长了声音，然后答道，"这部片子很温暖。"

说完他看到张大力对他举起手臂做了个"×"的姿势。

《向阳而生》显然是不能被称之为温暖的，而且楚秋的这个答案表达力度不够。

于是楚秋顿了顿，又补充道："不适合容易情绪低沉的人看。"

在座其他人："……"

温暖的片子为什么会不适合容易情绪低沉的人看？

从没见过这么赶客的。

张大力看着他们背后大屏幕上划过的一串省略号和"哈哈哈哈哈"，痛苦地捂住了脸。

楚秋看着张大力往背后沙发上一倒，摆摆手一脸"你随意"的样子，显得十分茫然。

郭旷微微偏头看了满脸蒙的楚秋一眼，轻咳一声，说道："不同人看不同事。"

主持人笑容不改，点了点头："此前我也做过功课，郭导这部电影的结局是偏开放式的，很多影评人在结尾那个镜头上争论不休，不同的人看的确是能够觉察出不同的感情来，楚秋大概是看到了美好结局的那一类吧？"

楚秋闻言，点了点头。

主持人笑着问："是哪一方面的美好结局呢？"

楚秋想了想，答道："'我'活了下来，并得到了救赎。"

"那么你认为是谁拯救了你呢？"主持人问道。

楚秋一愣，听到这个问题，他满脑子都是祁天瑞的脸，他张了张嘴，又闭上，最终给出的答案是："也许是母亲，也许是医生，或者是自己坚强起来了——总之从画上看，他的心情很好，也开始了新的生活。"

"楚秋的心态很乐观啊。"主持人感叹，然后将这个话题递给了一边的郭旷。

楚秋回过头去看大屏幕上以每三秒滚动两到三条的话题页面，约莫几秒之后，后边的显示屏上就满满的全是跟他打招呼的话了。

他转回脑袋，对着镜头小小地挥了挥手，笑容腼腆。

张大力看着屏幕上滚过的一大串"啊啊啊啊啊"，脸上也带出了些许笑意。

之后主持人又问了关于拍摄时的经历和趣事。

楚秋和郭旷对此没什么太多的感触，因为他们两个基本上每天都是在"拍戏、吃饭、睡觉"之间反复循环的，楚秋单独休息的时间并不算多。

结果竟然是李先生说得最多——他的戏份最少，但是因为有几幕戏要等天气的缘故，所以在那座小镇上滞留了很久，论休闲玩乐，整个剧组最爽的非他莫属。

李先生综艺感比较强，他夸张地形容了好几件事情，还说了他带着楚秋跑去海边洞穴里溜达，结果两个人手上挂了一串螃蟹跑出洞的事情。

节目效果很好，楚秋还稍微讲了讲自己被小姑娘亲的事情。

主持人和观众都笑得很开心。

等到导播助理提示，环节时间还剩五分钟的时候，主持人问道："那么大家拍摄这部电影最大的收获是什么呢？先是楚秋。"

楚秋沉默了两秒，不确定地道："学会了很多新的海鲜做法？"

坐在摄影机外的导播助理没忍住，"扑哧"一声笑了出来。

这个环节一般来说都是煽情的，比如发散一下电影的深意，或者是表达一下自己收获领悟的道理，又或者是夸赞一下剧组人员的敬业，讲几个真的或者假的惊险又动人的事件。

可显然，主持人第一个提问的对象选错了。

楚秋脑子里并没有煽情的那根筋，他非常耿直地问什么就答什么了。

但楚秋起的这个头实在太歪，主持人没绷住，也笑了起来："怪不得除夕当天你们剧组满桌都是海鲜，真的是你主厨的吗？"

"嗯。"楚秋点了点头，"大家都有动手。"

"剧组氛围真好。"主持人夸道，"那么郭导呢？"

小郭导演认真地想了想，然后答道："吃海鲜的技巧进步不少，我学会用筷子剥虾了。"

主持人笑得更开心了："那么李先生呢？"

"我知道怎么分辨哪些海鲜好吃，怎么看海鲜新鲜不新鲜了。"

"你们为什么都这么执着于海鲜啊？"

"梅姐就不，梅姐绝对不执着于海鲜。"李先生将话头抛给了唯一的女演员。

主持人的目光跟着看了过去，满脸好奇。

梅女士叹气，道："我最大的收获是学会怎么驾船出海下网捕鱼了。"

整个会客厅里一片笑声。

张大力一边笑，一边给楚秋实时播报收视率波动。

因为网络直播会受网速影响的关系，在网络直播让观众失去耐心之后，对电视直播会有一定程度的回流。

张大力举起了手里的速写本，上边用记号笔写上了一个区间范围。

5.21%—6.01%！

然后给楚秋竖了个大拇指。

楚秋不着痕迹地扫过那个速写本，弯起眼来，笑容灿烂。

直播进行得很顺利，虽然中间偶尔出现了几个堪称直播事故的尴尬场面，但都被李先生机智的临时应变很好地化解了。

可以预见李先生在这次之后，得到的综艺相关的通告会多上许多。

他们终于进入了最终环节。

"接下来是观众互动环节！"主持人长长地松了口气，觉得这次直播真是去掉了她半条命。

但好在这半条命去得值当，看看收视率和网络观众数量，能够主持这场自带超高热度、超高流量的节目，简直是天上掉下一个大馅饼！

主持人和记者也是需要曝光度的好不好，也是需要观众知道的好不好！

陈晨对这次差事简直满意极了，海外方面本来就比不上国内总部，但这次节目能给她带来不少奖金。

"那么第一个问题！大屏幕滚起来！"主持人看向瞬间加速了滚动速度的大屏幕，倒数三二一，"停！"

大屏幕停在了其中一条上，出乎意料的，提问是针对李先生的。

张大力那边表示这个环节的收视率又涨回了 5.92% 之高。

楚秋的心情相当雀跃。

他不怎么看社交平台，也不怎么关注舆论动态，通常都是从工作的数量和质量来判断自己受欢迎的程度。

现在他的工作数量多是多，但平均质量不算特别高，但看到这个收视率，楚秋非常直观明确地感受到了他所身负的能量。

对于自己顺畅稳当的事业上升期，楚秋是非常开心的。

一连串的问题，在座的四个人一一答了。

最后导播助理竖起了结束的牌子。

"本期节目到这里就要结束啦，麻烦各位主创对电视机前和电脑前的观众们说一两句寄语吧！"

这一次是从梅女士开始的，楚秋最后。

楚秋面对镜头说道："早点睡，明早七点起来，看亚尔影展的颁奖直播。"

主持人一愣："可是亚尔影展是七点半开始呀？"

楚秋点点头："半个小时吃早餐。"

粉丝们纷纷表示我们秋简直宇宙无敌超级霹雳暖，一定早起一定吃，我们现在就洗漱睡觉觉！

摄影机一关闭，楚秋就长舒口气，捶了捶因为长时间挺直而有些酸痛的腰背。

亚尔影展的颁奖典礼举行地点在展会场地的中心位置，那里有一栋设计精妙的半圆形建筑，仅有四层楼的高度，圆弧形的建筑前是一片开阔的平地，亚尔影展颁奖开幕前的红毯将铺在这里。

展会场地内唯一允许通车的，有且仅有这几个小时的时间。

豪车、衣装、美人，最是体现娱乐圈内浮华气息的时候。

楚秋穿的这一身非常低调，而张大力和郭旷犹豫许久，最终还是决定去租辆劳斯莱斯撑场面。

不是他们没有好车，而是在 M 国，他们的确是没有车——为了一次影展买辆车，就连祁先生都不会这么乱花钱。

准备出发的时候，楚秋放在会客室里的手机响了。

张大力拿起来看了看，翻了个白眼，扬声冲房里的楚秋喊道："秋！祁天瑞的视频电话。"

楚秋从房间里走出来，他已经做好了造型，整个人闪闪发亮，身上浅灰色的西装十分修身，将他的腰线修饰得精致又漂亮。

楚秋接通了通话，坐在沙发上，给自己扣袖扣。

祁天瑞还躺在床上，他那边已经是上午十点。

看来祁先生今天难得休息。楚秋想着，熟练地单手扣上了袖扣，在祁天瑞的示意下转了两圈，又走了几步。

祁先生躺在床上，咂咂嘴："好看。"

张大力正在给楚秋做最后的确认，一听祁天瑞这个评论，翻了个白眼，转头就去了另一边，收拾收拾东西，颁奖结束后第二天，他们就要回国了。

祁天瑞哼哼了两声，心里美滋滋的，看了一眼时间，"你该出发了吧？领奖词背好了吗？"

楚秋摇了摇头："我不上台。"

"嗯？都郭旷上？"

楚秋点了点头。

虽然奖项没有颁发，但得到提名的电影主创们都会先准备好领奖词，万一得奖了呢对吧，这种事情很难说的，一切皆有可能。

"结束之后就回国？"祁天瑞问。

楚秋点了点头："明天晚上。"

"哎。"祁天瑞一叹，"我还要两个月才能回国。"

楚秋闻言，回忆起自己的日程，想着能不能挤出两三天来，去见见祁天瑞。

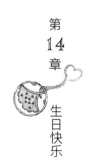
香车，美人。

闪光灯不停地闪烁着，郭旷等人已经通过另外的通道直接去了颁奖典礼的楼里。

楼外的红毯，是独属于演员与他们的男伴或者女伴的。

哪怕是不设演员奖的亚尔影展，也将这个电影节的传统很好地继承了下来。

张大力不知道给楚秋拒绝了多少企图蹭红毯的野模和十八线小明星，为了避免意外情况发生，楚秋走红毯的时候，是独身一人。

以往，亚洲面孔从来不受西方媒体的关注和待见，但这一次，楚秋踏上红毯的瞬间，无数镜头便猛地转向了他！

楚秋最近的热度很高，不仅仅是在国内，实际上西方媒体给予他的关注度也不低。

这样的关注度就起源于《电影周报》的主编西蒙写给《向阳而生》的影评。

西蒙极少给予一部电影大肆的肯定和赞扬，他的行文从来是严肃不苟的，像之前那样整篇百分之七十是夸奖，百分之三十是挑刺的比例，放在西蒙以前的影评里，是屈指可数的。

上一部被西蒙这样赞扬的电影，还是六年前的一部西部历史片，最终那部片子横扫观众大奖、评审会大奖、最佳影片和最佳编剧奖。

当时那部影片的主演，现在已经站在了好莱坞的顶端。

而这个东方来的演员，又将会带来怎样的惊喜呢！

记者们激动得红了脸，在楚秋缓步走来的时候，几乎要按捺不住，突破保安的阻拦，向红毯上扑出去！

楚秋被激动的记者们吓了一跳。

他脚步迟疑地停滞了瞬间，然后干脆停了下来，站在那里给那些媒体拍照。

闪光灯几乎要闪瞎人的眼，记者们兴奋得不行，却矜持地一个都没有出声询问点儿什么。

亚尔影展有亚尔影展的规矩，在颁奖之前的红毯时间，亚尔影展方面是不允许采访的。

照片随便拍通稿随便发，也允许主持人在当地远程直播，但采访禁止。

影展方要求颁奖典礼当天，正式闭幕结束之前的时间段里，都只能接受主办方的采访，以保证收视率不被分流，保持影展方面的独特性。

被邀请而来的媒体大都是正规媒体，不会发生为了热度就违反规定的事情。

所以楚秋在停顿了短短五六秒的时间之后，便轻轻点头致意，挺着腰杆和背脊，动作优雅而镇定地转身往红毯尽头走去。

在他接近尽头时，突然听见了一声字正腔圆的、来自母语的呼唤。

在异国他乡听见母语，总会让人心生一种温暖和亲近的感情，楚秋转过头看向了声音的出处。

入目的是熟悉的电视台标志，而旁边，还有今天上午刚见过的南北卫视的标志。

扛摄影机的是个高大的中年男人，见楚秋看过来，还笑着向他招了招手，然后又指了指对面。

楚秋先是回了个笑容，也对着他招了招手，然后才转过头去。

这一段红毯似乎被亚洲方面的媒体承包了，楚秋看到了好几个国内卫视的摄影机，还有 J 国和 K 国的一些电视台标志。

不过后两者对他的热情相对少了不少。

楚秋完全不在意这一点，他放缓脚步，向那几个自家的媒体露出一个灿烂的笑容来，笑完又有些不太好意思，微微抿着唇，显得有些腼腆，又向着那几个镜头招了招手。

很多卫视都有相应的直播渠道，国内的收视被分流不少，甚至楚秋还在其中看到了国内那几个数一数二的视频网站，估计这会儿也是收视大户。

楚秋作为整个亚尔影展的国内独苗苗提名户，得到了这些常年在海外驻扎的工作人员非常热情的鼓励——虽然用的都是口型。

只有他们这种亲身待在海外许久的人才清楚地知道，这种重量级奖项提名里出现一个华人演员有多不容易。

以往他们这些媒体都被西方媒体压得抬不起头，尤其是电影方面，有的电影节主办方甚至吝惜于给他们一个邀请名额。

亚尔影展要相对公平一些，而这一次托楚秋的福，他们几乎全都得到了参加颁奖典礼的通行卡。

好不容易冒出来的独苗苗，他们自然是要好好呵护的。

只要风凰娱乐不傻，他们以后恐怕少不了要跟楚秋打交道——何况《向阳而生》称得上是得奖热门，主演楚秋在影评人里口碑极佳，最大的减分项跟他是东方面孔没有关系，他在影评人眼中最大的减分项，是作品太少，让他们根本无法更多、更全面地去判断楚秋的演技程度。

但他们对《向阳而生》却大都抱着非常肯定的态度。

西蒙都如此盛赞了，除却那些以纯粹的批评和挑刺出名的影评人以外，基本上是等于确定了这部影片在影评人圈子内的风向。

这也是为什么亚尔影展方面邀请了比往年多出许多的亚洲媒体来的原因。

楚秋背负着一群人的鼓励与期待，走完了红毯，走到了最后的签名板与主持人面前。

负责接待红毯嘉宾的主持人是 M 国著名脱口秀主持人阿丽莎女士。

"嘿，看谁来了！"阿丽莎女士伸出手来，握住了楚秋的手，晃了晃，"一个来自东方的精灵？"

楚秋微愣，意识到对方是在夸他之后，露出了略有些羞赧的笑容，乖乖跟女士打了声招呼。

后一位红毯人士距离这里还有一段距离，并且他的女伴似乎希望能够在红毯上多停留一会儿，正以非常缓慢的速度一点点往前挪。

阿丽莎女士看了一眼那边，笑着说道："看来我们可以跟精灵多聊一会儿。"

任何地方都是有特权的，比如被诸多媒体与影评人看好的楚秋，作为拿奖热门，自然会被多留一阵，后边的那位先生大约理解这样的安排，正非常绅士地带着他的女伴以龟速前进。

直到这位先生到来，被阿丽莎女士接连的询问闹得面红耳赤的楚秋终于大大地松了口气。

这位女士实在是让人难以招架，楚秋准备了那么多小剧本，一个都没用上。

楚秋接过阿丽莎女士递来的记号笔，在一堆英文名中，郑重认真地签上了两个汉字。

在楚秋走下舞台的时候，听到阿丽莎女士饱含遗憾地对后来的男士说道："我真想约楚一起吃顿晚饭——我认真的。"

楚秋闻言，想到刚刚让他感到无从招架的采访，顿时头皮一麻，不着痕迹地加快脚步，进入了颁奖场地。

《向阳而生》剧组作为被提名了最佳影片的剧组，座位被排在了中间靠前的位置，周围都是被提名了最佳影片奖的剧组。

想象中剑拔弩张的气氛并没有出现，在楚秋到来的时候，几个导演已经跟自己组里的演员暂时换了位置，一人端着一杯饮料，凑成一团正在小声交流。

就连郭旷都心情颇佳地多说了许多话。

楚秋的位置在郭旷旁边，他瞅了一眼标注着自己名字的标牌，坐了下来。

刚落座，就听到郭旷对另外几个导演表示："楚秋的墙脚你们是挖不动的，放弃吧。"

楚秋："……"

"他们一直企图要你的联系方式。"郭旷用英文说了这么一句，然后又转为了中文，

"不过你现在作品太少，而且性格配上咱的电影又是一副入了戏还没走出来的样子，他们估计也就是随口说说。"

楚秋点了点头，对那几个导演礼貌地笑了笑。

电影节的奖项不仅仅是对电影从业人员实力的肯定，同时还有着丰厚的奖金。

国内影视界的人跟资本抗争的时候，所依赖的，就是这些大大小小的奖项所带来的奖金收益。

尤其是亚尔影展这种以独立制片为主的奖项，奖金很是丰厚。

当然，它所带来的不仅仅是财富，还有名声与接连而至的人脉。

郭旷对此并不在意，因为他是个纯粹追求电影艺术的人，郭家有他哥一个乐在其中的商业片导演就行了，小郭导演表示他要专心致志地追求电影艺术的极致。

但对楚秋而言，这些连带效应就相对要重要一些了，比如《A》系列的试镜，就是这次影展给他带来的收获。

颁奖仪式前的表演邀请了非常著名的交响乐团。

负责主持奖项的，依旧是阿丽莎女士，而负责颁奖的嘉宾则各有不同。

颁奖嘉宾大多是行业内的大前辈，光用家里的奖杯就能砸死人的那种。

剧情奖和摄影奖都跟他们没有关系，倒是坐在他们前边的那个剧组，编剧领了个剧情奖，捧着奖杯下来的时候神情激动，一直在亲吻奖杯。

在这样的情况下，气氛突然变得凝重起来。

最佳导演奖是个人奖项的大压轴，是最后一个个人奖项，最佳导演奖之后就会放出最重要的评审会大奖和最佳影片。

导演奖前边是纪录片摄影奖，楚秋忍不住转头看了一眼郭旷。

"在追求艺术极致的路上，这些奖项也不过是路边漂亮的风景而已。"郭旷说道。而楚秋觉得自己不用看他，就能从郭旷的话语里感受到他的紧张，紧张得浑身都僵硬了。

楚秋非常违心地点点头："……嗯。"

郭旷听他应答，转头看他一眼，又看他一眼。

楚秋无动于衷。

郭旷问他："你不紧张？"

楚秋想了想，摇摇头，然后说道："我不领奖。"

因为不需要上台领奖，所以根本不需要紧张。

郭旷端着一张高冷的脸，暗道自己真是失策，当时就不该听张大力的鬼话，怕楚秋在领奖的时候出问题，揽下这么件事。

"下一项——最佳导演！让我们观看提名影片片花！"

《向阳而生》简直是整个影展一堆英文片中的清流，唯一的华语电影独苗苗。

片花是郭旷亲自剪的，光看片花都能感到扑面而来的愤怒与悲伤。

看完五部提名影片片花之后，阿丽莎开始谈天说地追本溯源，吊足了人的胃口，才终于宣布了颁奖嘉宾的名字。

颁奖嘉宾是业界出了名的正经人，不太会聊天，上台之后，一句多余的话都没有说，直接从工作人员那里接过信封打开，将将里边的卡片取了出来。

郭旷呼吸都重了。

楚秋转头看他，犹豫两秒，还是安抚道："路边的风景，冷静。"

郭旷闻言偏头瞅他："路边的风景也该美些才好。"

楚秋："……"

好好好，你说什么都好。

台上的导演大前辈凑近了主席台上的麦克风，用平板的、毫无波动的声音，念道："最佳导演奖，《向阳而生》，郭旷！"

郭旷蒙了三秒，直到灯光打到他身上，楚秋轻轻推了推他，才反应过来，然后依旧保持着一张高冷脸，站起了身。

他拒绝了所有人的拥抱，哼笑一声："理所当然，意料之内。"

然后迈开轻巧的小步子，蹦跶着上去领奖了。

楚秋："……"

你之前的话和你的行动可不是这么说的。

郭旷一脸正经平板地接过另一个一脸正经的前辈手里的奖杯，然后用跟那个前辈一模一样的古井无波的声音背完了领奖词，然后在阿丽莎的调侃之下美滋滋地跑了回来。

郭旷特别大方地把奖杯递给了楚秋："给你摸摸。"

楚秋看着他递来又握得死紧的手，非常识相地拒绝了郭旷的提议。

"你俩有点紧张感。"张大力翻了个白眼，"还有最佳影片呢！"

然而拿到了导演奖就心满意足的郭旷已经一副一点都不在意的样子了，而对影展并没有野心的楚秋，则给郭旷和张大力一人塞了颗糖。

评委会大奖出乎意料，竟然不是《向阳而生》，而是另一部 M 国历史电影。

"应该是观众投票比较多，很多观众都会更加青睐对他们而言更熟悉的英文片。"郭旷说道。

楚秋点了点头，咬着糖认同了郭旷的观点。

"最佳影片你怎么看？"张大力问。

郭旷想也没想，答道："我们左边那个不错。"

楚秋对左边那个有印象，是一部都市片，主题是一个富豪一朝沦为落魄潦倒的流浪汉的故事。

这类电影最讲究代入感，能让人对主角感同身受，基本上就成功了大半。

"接下来有请最佳影片颁奖嘉宾！"

随着阿丽莎女士的高声示意，颁奖嘉宾从幕后走出来，楚秋有些惊讶。

来的人正是《A》系列的主演，在去年拿到了影帝的梅森·戴利。

戴利的发言约莫有一分钟左右，他跟亚尔影展算是很有渊源的了，因为他本身也是在这里被发掘出来的演员。

"不多说了，下面颁布本届亚尔影展最佳影片奖。"戴利一边说着，一边拆开了信封，抽出了里边的卡片，翻开。

"哇哦，这一届的影片真是让人惊喜。"他脸上露出了笑意，"最佳影片得主是——"

楚秋看向了大屏幕上被放大了无数倍的戴利的脸。

戴利先生对着镜头眨了眨眼，大声宣布道：

"——《向阳而生》！"

张大力一大早就整理好了自己跟楚秋的行李，身体力行地诠释了什么叫作"归心似箭"。

但遗憾的是，航班是晚上的。

其实楚秋收到了无数邀请，希望能够采访他或者是参加节目，但张大力非常冷酷地全部拒绝，用最后一天的时间，跟楚秋在 L.A 的街头四处溜达。

先前出于专业精神，他们几乎全在围着影展打转转，L.A 这个城市他们都没有好好逛过。

不是每一个 M 国人都能认出最近频繁出现在报纸和电视上的亚洲面孔，绝大部分人还是依旧带着纯天然的脸盲症，所以楚秋什么遮掩都没有地走在路上，也没见有多少人认出他来。

跑来找他求合影求签名的，都操着一口标准的普通话。

"感觉怎么样？"张大力问。

楚秋目送得到合影之后，就一路兴奋地蹦跶着远去的几个女孩子，忍不住抿着唇笑了笑："挺好的。"

"可惜在国内不能这么溜达。"张大力说道。

其实在娱乐业并不发达的小城市里是可以的。楚秋想，只不过他住在 B 市，而 B 市人那么多，不做点掩饰就出门基本很难完整地回来。

"大力哥。"楚秋转头看向张大力，问他，"我能挤出三五天的假期吗？"

"你还想有假期？一个月给你休一天就已经很有良心了。"

楚秋听他这么说，只好歇了挤出假期去看祁天瑞的心思。

还是工作比较重要，祁天瑞总能见到的，总不能因为他的缘故拖慢一群人的工作进度，这在团队合作里可是大忌。

楚秋现在可不能犯这样的错误。

他都不用打开门户社交平台，光是用头发丝想都能想到，拿奖之后他热度得有多高。

何况还有周熠星在群里上蹿下跳大呼小叫地给楚秋直播，基本上就是个人形的热搜排名播放机。

实际上，事情比楚秋所想象的还要严重一些。

大概是因为之前领最佳影片奖的时候，郭旷上台被调侃的缘故。

阿丽莎女士表示不是楚秋上台来领奖很是遗憾，郭旷很诚实地说楚秋比较害羞。

而站在他们旁边的梅森·戴利也跟着搭腔说他很期待跟楚秋聊聊，在阿丽莎女士问起为什么的时候，戴利先生表示，楚秋是新人，第一次拿奖就是亚尔影展的最佳影片，跟他的经历很像，而且他非常期待跟楚秋合作。

这话可没有人当玩笑，谁会在亚尔影展的颁奖典礼上，当着全国乃至世界那么多观众的面开这种玩笑？

戴利说非常期待跟楚秋合作，马上就有东西方的媒体将这件事情发散成了"楚秋拿到了与戴利合作的相关片约"。

公关部有苦说不出，他们只是从张大力那里知道了亚当斯导演有要邀请楚秋试镜的意思，但还没有试镜不说，到底是个什么角色也没有决定好，只知道是个大配角——毕竟连剧本都还没做出来呢，亚当斯导演只给了一个大致的人设轮廓。

大概楚秋是真的运气极佳，他和张大力在星光大道上溜达的时候，迎面走来了一个顶着一脑袋鸟窝一样的棕色卷发的男人。

正是斯特雷奇·亚当斯。

他穿着非常随意的灰色T恤，手里端着杯冒出了许多水珠的星巴克冰饮，看到张大力的时候一愣，然后目光马上转向了张大力旁边的楚秋。

"张！楚！真是好巧，用汉语说这个是不是叫……"亚当斯顿了顿，再开口的时候就变成了发音蹩脚的汉语，"有缘千里……来相会？"

他说完耸了耸肩："汉语太难了。"

于是溜达的队伍里，就多了一个好莱坞著名商业片导演，对方表示要趁机多观察一下楚秋，聊聊天确定一下自己的眼光。

一路走下来，看亚当斯的神情，是非常愉快的。

"听说你们今天就要回去了。"亚当斯喝完冰饮，将杯子塞进垃圾桶里，十分随意地在衣服上擦了擦手，之后伸手握住楚秋的手晃了晃，"希望明年上半年你能留出档期来，很期待跟你合作，秋。"

星光大道毕竟是个旅游景点，在这里拍照的人数不胜数，再加上楚秋在L.A的媒体里也有很高的热度，于是亚当斯跟楚秋握手的照片转头就被放上了日报。

这事在国内瞬间引起了轩然大波。

之前那些嘲讽楚秋一个新人就算拿了奖也不可能跟影帝戴利合作的人都哑火了。

斯特雷奇·亚当斯，《A》系列的导演，一个月之前才宣布了《A》系列第二部将要开始筹备的消息，主演依旧是梅森·戴利。

怪不得戴利会说期待跟楚秋合作，导演都找上门去了，留个好印象不是非常正常的事情吗？

怪不得祁天瑞会亲自挖楚秋，怪不得风皇愿意给楚秋这么多资源。

楚秋的实力与成绩，的确配得上风皇在他身上砸的钱，甚至他所创造的价值，早已经超过了风皇的投资。

——突破了国际奖项封锁的破冰之作，楚秋脑袋上顶着这样的名头，就足够风皇运作起来，将己身和楚秋一起再一次推上巅峰了。

媒体与网络的传闻沸沸扬扬，楚秋终于成了稍微有点动静就能直接空降热搜的大流量担当之一。

受他影响，现在还在叫价的《太京》电视剧的首播权和独播权，各大电视台和门户网站简直是要抢破头，价钱不要命地往上加，还要求成交之后趁着热度提前播放。

然而这些"腥风血雨"暂时还影响不到楚秋，因为他刚一回国，时差还没倒好，就一头扎进了《文豪》剧组。

他不在的期间，剧组的进度并没有慢下来。摄影素材的收集已经接近了尾声，不需要楚秋出场的配角戏也进度喜人，剩下的戏份，看楚秋的日程表就知道了。

整天整天的，全都是他的戏份。

除却《文豪》的拍摄，还有纷至沓来的采访邀请和通告。

张大力给楚秋挑选着接下了一些，并不多，但却足够有分量。

"你最好能将全身心都投入《文豪》的拍摄。"张大力说道，"刚拿了奖，保持住状态，别到时候翻了船。"

楚秋当然明白这个道理，他甚至还把之前忙昏头的时候拍摄的镜头都重新看了一遍，觉得不满意的，都跟卫导讨论一番，主动要求重拍。

《文豪》的拍摄时间被大大拉长了，而柳姐和张大力的闺女，也终于在张大力的殷殷期盼中降生。

楚秋失去了他的大力哥。

张大力非常干脆地征用了祁天瑞闲置在国内的司机小哥，让他负责接送楚秋，在剧组和通告地之间来回。

楚秋忙碌到几乎没有空闲时间，只是比起之前几乎落不了家的忙碌，如今除了夜戏之外，基本都能晚九点钟之前回家，起床的时间通常都是第二天七点。

没有双休，没有假期。

楚秋已经很久没有感受到如此规律的作息了。

规律到时差总是在不停变化的祁天瑞，经常找不着楚秋。因为楚秋回家洗漱完就倒头睡，为了防止被他骚扰，还特意开了晚上十点到第二天早上六点这段时间的免打扰。

祁先生感觉委屈极了。

他的委屈所换来的，正是《文豪》剧组异常顺利的进度推进。

主演状态好精神足，镜头下的表现能力仿佛经历了洗礼一般，脱胎换骨。

别人可能看不太出来，但一直盯着镜头的导演却是十分清楚的。

之前楚秋的演技已经足够出色了，哪怕是用拍摄电影的手法来拍摄电视剧，也没有多少瑕疵，可如今却有些不太一样。

卫导看着镜头里的楚秋，他正和面前并不美丽却气质十足的女演员说着话。

他绷着脸，神情显得严肃又正经，但双目中透出的柔和，却能让看到他眼中波光的人完全沉醉。

"咔！"卫导喊了一声，又仔仔细细地将镜头看了一遍，在女演员抱怨说再被这么注视着就要爱上楚秋的时候，笑着说了声"过"。

楚秋的表演，的确是有什么地方变化了。

原本没有对比的时候还说不出来，但现在有了对比，卫导终于能琢磨出区别在哪里了。

匠气。

之前的楚秋对自己的技巧是通过大量的参考来进行反复雕琢，然后模仿的，虽然掩盖得不错，但的确透着一股匠气。

现在的楚秋却在表演中掺入了许多属于他自己的东西。

情绪，情感，出自自身对角色的理解。

与先前完全按照编剧的设定自己抠人设做参考的表演方式有了一定的区别。

简单地说，他从"把角色定位完美呈现出来"转变为"把角色演活"。

通俗一点说，他的演技中有了"人"气。

楚秋对自己的变化多少也有些察觉，他挺高兴，觉得这是个不错的变化。

从卫导越来越高兴满意的神情之中可以窥见一二。

楚秋结束了一天的拍摄，坐在回家的车上。

司机小哥不太会聊天，而楚秋非常享受这种安静又昏暗的环境。

打破安静的是张大力的电话。

楚秋接通之后，入耳第一声是张人力家小公主声嘶力竭的哭声。

楚秋吓了一跳。

张大力疲惫的声音透过话筒传过来："秋啊，你有代言了。"

小公主的哭声太大，楚秋没听清，疑惑地问道："什么？"

"你有代言了！"张大力提高了声音，盖过了女儿的哭声，"GR旗下中高端品牌GR.T的服装代言！"

GR 是国际著名轻奢手工品牌，旗下包含九个子品牌，分别对应不同的人群，其中包括皮包、衣服、首饰和香水。

GR.T 全称是 GR.Teenager，主打 18 到 25 岁的年轻人的服装、饰品与正装高级定制。

这个品牌价格只是小贵，不比大众时尚奢侈品高昂的价格。

它有着轻奢品牌独特的款式，通常来说一款新品的价格，家庭环境不错的年轻人都能买上一两件。

而由于该品牌服装的更新速度求精不求速，新品走秀都是两年一场，不分季度，一直以来价格都十分稳定，偶尔会随着物价有些许波动。

上一位 GR.T 亚洲代言人合同期满，转向了另一个服装品牌的代言，而楚秋正巧在这个时候出现，对于主打年轻品牌的 GR.T 而言，楚秋的年龄和形象都很合适。

虽然有几个流量形象也不错，但就当下的号召力和以后的前景来看，楚秋是最合适的。

张大力跟楚秋聊了一会儿，告知了前去洽谈的时间之后，就被哭号的小公主打败，挂掉了电话。

楚秋挂电话之前还听到张大力号得跟他家小公主似的，特别无措地喊着"老婆奶粉撒了"。

楚秋感觉脑子"嗡嗡"响，而这个时候祁天瑞又掐着点发来了视频通话。

祁天瑞再一次换个时差，这会儿他在跟楚秋有八个小时时差的国家待着，现在那边正是大白天。

祁天瑞最近不是在倒时差就是在倒时差的路上，两人联系的时候要么是他半道上睡过去，要么因为楚秋最近严格的作息，聊个十来分钟就要挂断。

毕竟以楚秋对祁天瑞的了解，他要是不挂电话，祁天瑞能缠着他聊到第二天早上去。

楚秋不知道祁天瑞哪来那么多话，大都是些琐碎的事情，抱怨生意场上的小矛盾又或者是分享生活中的小惊喜。

比如哪里哪里的小摊贩味道不错，哪个出名的餐厅其实名不副实之类的。

"要是你跟我一起就好了。"最后祁天瑞总会这样说。

楚秋下了车，跟司机小哥道了谢，举着手机往他和祁天瑞的住处走。

祁天瑞正引导着楚秋说出一些家常的闲聊。

而楚秋对此有所察觉，并给出了回应。

像"卫导今天夸我进步很大""拿到了 GR.T 的亚洲代言"和"周熠星今天又带我去哪里吃了好吃的"之类的话。

以前楚秋从未对别人讲过这些，而现在他在祁天瑞耐心的询问和引导下渐渐了解了如何跟作为亲密友人的人交流。

等到楚秋反应过来的时候，转头看向电视柜旁边的立钟，那上边的时针已经指向了九。

"九点了。"楚秋提醒道。

祁天瑞"哼哼"两声，一副意犹未尽的样子。

"再聊半个小时。"他说道。

楚秋摇了摇头。

祁天瑞马上改口："十五分钟！"

楚秋顿了顿，有些动摇，但还是摇了摇头。

"十分钟！"祁先生不死心，"你以前都没这么跟我聊过天的！"

楚秋一听祁天瑞委屈巴巴的申诉，感觉更动摇了。

祁天瑞看着屏幕里没有斩钉截铁拒绝的楚秋，借坡下驴："五分钟！不能再少了！刚好你去拿衣服，挂了电话就洗澡！"

这次，楚秋非常干脆地点了头。

祁天瑞顿时就像打了胜仗一样高兴。

楚秋最近的确很红，但处境也相当危险。

一群人等着他翻船，最好是能发生惊天动地的大事情，直接把他现在近似于空中楼阁的成就拖垮。

所以楚秋必须小心——尤其是在演戏这方面。

《太京》不能扑，《文豪》不能扑。这两部片子稳了，楚秋就稳了；这两部片子扑了，楚秋也要被铐上枷锁。

这些事情楚秋懂，祁天瑞自然不会不清楚。

所以楚秋近日严格作息，以保证有足够的休息时间，能够全身心地投入《文豪》的拍摄，再适量接点儿其他工作，虽然忙碌，却充实。

祁天瑞知道楚秋现在在关键期，对于他严格执行时间规划表的行为也十分理解。

祁先生大多时候都是掐着点给楚秋打电话的，偶尔超过时间的电话，也是倒时差刚醒过来脑子不清醒的时候拨出去，听到免打扰或者没接通，就明白过来自己时间不对了。

今天能跟楚秋聊这么多这么久，祁天瑞已经很满足。

楚秋踏入了上升关键期，而祁天瑞做主的几个大投资也同样进展顺利，不止风皇娱乐，包括分了一杯羹的风皇集团里也有不少夸赞他的声音。

如果那些对祁爸爸拍马屁，说虎父无犬子的人知道最近奋起的二少爷最终目的是跑去当一个明星的助理的话，不知道他们会做何感想。

但不论他们做何感想，祁天瑞都为此而感到高兴。

"五分钟到啦！"祁天瑞这次没让楚秋提醒，主动说道。

楚秋"嗯"了一声。

祁天瑞撑着脸看着楚秋，说道："你先挂。"

楚秋愣了愣，伸手去按那个红色的按钮，在手指落下之前，又倏然停下了。

"祁哥。"他喊道。

祁天瑞微怔，看了看时间，六分钟了。

楚秋怀里抱着睡衣，耳上为了方便戴着蓝牙耳机。

他吞吞吐吐的犹豫了许久，最终微微抿了抿唇，近乎呢喃地小声道："我也很想见你。"

话音刚落，他就迅速垂下眼，停留在红色按钮上的手指毫不犹豫地按了下去。

祁天瑞惊呆了。他怔怔地看着挂断之后的手机界面，半晌，被手机黑屏的动静惊醒，才反应过来楚秋到底说了什么。

祁先生伸手使劲儿揉了揉脸，嘴角带着怎么压都压不下的笑意。

"这可真是……"

祁天瑞重重地清了清嗓子。

《文豪》五月底开拍，十月进入尾声。

期间，《太京》的首播权与网络独播权最终被梨子卫视及其旗下网络播放平台以每集一千五百万的天价抢下。

《太京》总长五十二集，这下一口气直接将前期基础投资回了本，之后就看收视率，再由电视台争夺二轮播放和三轮播放权。

只要收视率足够高，就不用担心第二轮与第三轮卖不出高价。

而在如此高价的情况下，刘导是一点都不介意给购买方行个方便的。

比如应购买方要求，把预定播放的时间从寒假提前到国庆节开播。

楚秋不得不应邀把以前做过的《太京》部分宣传重新再跑一遍——因为他们之前跑宣传的时候，是以太京在寒假开播为宣传台词去参加节目的，这种事情绝大部分都能用后期处理掉，但有几个镜头需要更改。

好在之前《太京》的宣传断断续续地进行了许多，最终大规模宣传的时候，《文豪》里楚秋的戏份也已经进入了尾声，个人戏已经结束，接下来大多都是群戏以及以前的镜头推翻重拍或者补拍了。

楚秋忙得脚不沾地，却干劲十足。

遇到粉丝探班，也不再往后躲了，而是站在原地，纵然涨红了脸也没有因为粉丝的热情而退却。

偶尔他记起祁天瑞说的人情世故，便会请探班的粉丝们喝杯奶茶。

于是楚秋的粉丝群里，探班开始不叫探班，叫蹭奶茶。

GR.T的亚洲代言人要换并不是什么秘密，但在硬照、广告或者是发布会正式宣布之前，更换的代言人是谁，基本上不会有人知道。

GR.T是个针对年轻人的品牌，它的年龄段也蔓延到了对代言人的挑选上，无数年轻的小生和小花削尖了脑袋想要抢这个代言，一边警惕着最有竞争力的楚秋。

而楚秋却依然自顾自地宣传，自顾自地拍戏，仿佛对此事毫无兴趣。

小生、小花们刚因此而松口气，转头就被告知 GR.T 已经有了新代言人的消息。

再转头看看最有可能拿到代言的楚秋，最近除了电视剧宣传也没往外发别的通稿，完全没有一点得到了一个大代言该有的动静。

大概不是他吧。

小生、小花们想着，然后疯狂发通稿，跟对家撕了个天昏地暗，以图 GR.T 会因为新代言人丑闻缠身而考虑取消代言的事情。

十月一日，国庆假期第一天。

《太京》将于当晚八点在梨子台及其旗下网络播放平台上同时首播，万众期待。

同日，楚秋作为 GR.T 的新亚洲区代言人，参与了两年一度的 GR.T 新品走秀。在走秀开始之前的发布会上，众多媒体的见证下，与 GR.T 方面签订了两年的代言合约。

天气渐渐转凉了，楚秋身上穿着 GR.T 的新款秋装，从忙碌的后台里挤出来，长长地松了口气。

他往前厅走去，准备离开。

太阳明明还挂在天上，风却有了些许凉意。

刚踏出大门，风就钻进楚秋的衣领里，让他忍不住往后挪了一小步。

楚秋抬头看了一眼挤在门口的媒体，又转头回了大厅，坐在沙发上给司机小哥发了条消息。

熟悉的车子来得很快，楚秋再一次站起身来，大步走出去。

他对车里动了两下似乎要拉开车门的司机小哥打了个手势，示意他自己开门就可以，然后伸手摸上了后座的门把。

但他还没来得及拉开车门，副驾驶的车门就径自弹开了。

楚秋愣了两秒，觉得这操作似曾相识。

媒体的闪光灯在不要命地闪烁，隐隐有要扑上来的架势。

楚秋当即松开了落在后座门把上的手，干脆利落地往副驾驶座上一坐，迎面就看到了祁天瑞那张灿烂至极的笑脸。

"锵锵锵！惊喜不惊喜？意外不意外？"

祁天瑞说着，伸手给瞪大了眼傻坐在那里的楚秋系上了安全带，然后一脚油门踩了出去。

"我是楚秋先生新上任的助理！"

祁天瑞的语调异常欢快。

"我姓祁！"

楚秋耳朵"嗡嗡"响，愣愣地看着握着方向盘的祁天瑞，半晌，伸手去扯了扯对方的脸皮。

祁天瑞被扯得一愣，随口说道："怎么了，感受我脸皮的厚度吗？"

楚秋闻言，像是确定一样，捏了捏手里的脸皮，认真感受。

"怎么样？"祁天瑞问，"是不是比防弹玻璃还厚？"

楚秋收回手，坐正了，答道："没摸过防弹玻璃。"

祁天瑞笑出了声："是不是被我吓到了？"

楚秋点了点头，他的确有点被吓到，明明今天一早还在跟祁天瑞视频通话来着，结果下午就直接出现在面前。

楚秋觉得这样的惊喜未免也太刺激了一点。

"为什么提前回来了？"楚秋问道。

"最后一站就是在国内啦，集团里总有人想在这几个大项目里多分几杯羹，巴不得我赶紧撤出去让他们接下这个大盘，内部使绊子实在是烦，我就把锅直接甩给我哥了。"

祁天瑞这话说得特别理直气壮："反正都已经进入尾声了，我哥那么闲，给他找点事干正好，免得去祸害别人家好姑娘。"

楚秋对祁天瑞随时随地不忘黑他哥的行为不予置评。

他只是转头看着祁天瑞，忍不住又伸手捏了捏他的脸，以确定眼前的人的的确确是祁天瑞本人。

前面正好是红灯，祁天瑞踩下刹车，十分无奈："别捏了，是真的我。"

"唔。"楚秋点了点头看一眼红绿灯，提醒，"绿灯了。"

祁先生踩下了油门。

车内安静了没有多久，祁天瑞率先打破了沉寂。

"我约了周熠月去他店里吃晚饭顺便接恩恩们回来，不过现在得先去影视城接星星。"祁天瑞说道，"不用担心媒体那边，聚餐的话他们说不出什么的，毕竟我升董事加上你拿到 GR.T 的代言算双喜临门，一起庆祝一下也没什么。"

楚秋并没有担心这一点。应该说，他可怜的脑袋已经完全被"祁天瑞突然出现"这件事情冲击到，根本挤不出空闲来思考别的事情。

在祁天瑞提及这件事的时候，他才缓缓地点了点头。

祁天瑞最近的微博都很是冷淡，跟之前那种有点事情看不惯就蹦出来说话的画风完全不一样，每一条微博都是正经的工作内容。

而且工作内容还都特别的高大上。

比如在某国某峰会上发表讲话；比如在某国某跨国项目招标会上取得成功；又比如在某国某项目开工仪式上剪彩之类的。

所有关注祁天瑞的人都知道最近祁先生成了空中飞人，每天都奔波在无比高端洋气的商业会谈之中。

他突然回来，还出现在 GR.T 的会场外，吓到的不只是楚秋，还有众多蹲在秀场外没有进入许可的媒体。

这些媒体不约而同地，都拍到了非常有料的照片。

祁天瑞回国了！

回国之后，第一次出现在公众面前就是来接楚秋！

如今发布速度和传播速度最快的平台就是网络，这些媒体不约而同地将照片发到了自己的门户网站和社交平台上。

继楚秋代言GR.T这个热搜之后，祁天瑞回国与楚秋见面的话题不甘示弱。

公关部总经理打来电话，气急败坏地冲着帮祁天瑞接电话的楚秋咆哮。

祁天瑞面无表情地挂掉了电话。

周熠星刚下了戏，坐在化妆间里卸妆，随手一刷微博就看到了这两条热搜，不由"啧啧"了两声。他感觉自己已经看穿了一切，在群里喊着要祁天瑞不要成天蹭他哥的饭，也不找个时间请客之类的。

祁天瑞没在群里搭理他，在接到周熠星之后，才说道："别跳，再跳揍你。"

周熠星瞪着眼，"哼"了一声，看在心情好的分上勉勉强强放过了祁先生。

最近他们这群人喜事实在是多。

楚秋和祁天瑞自然不用多说。《太京》的主演柳闻青因为电视剧的热度而通告不断；周熠星受到国内拿奖颇多的导演邀请，得到了对方新的冲奖片的片约；陈妙的巡回演唱会已经顺顺利利地进行到了第十场；张大力喜得闺女，天天围着他闺女团团转，幸福得不得了。

于是这一次聚餐，只有双胞胎和楚秋祁天瑞四个人。

柳闻青累得像条狗，非常干脆利落地拒绝了邀请。张大力在围着宝贝闺女转悠，舍不得刚生产两个月不到的老婆多受一点累，也脱不开身。

周熠月带着五只猫一只狗在店里等着另外三个人来，感觉自己活像个空巢老人一样悲凉。

小伙伴们都在进步，他是不是也该考虑考虑开个分店什么的了？

周熠月看着驶进后院里的车，一边想着，一边迎了上去。

时隔三个月的小聚会，虽然少了几个人，周熠星还是很开心地喝了点小酒。

趁着酒劲，周熠星豪气万千地一挥手："等我拿到奖，我就再去跟瑶姐表一次白！"

周熠月翻了个白眼，懒得理他。祁天瑞最近得意得很，非常高兴地给周熠星鼓劲，看他那态度，根本就是在撺掇周熠星马上就去表白。

周熠月赶紧给周熠星塞了一个炸馒头，生怕周熠星真的趁着酒劲去表白。

周熠月苦口婆心："你可别刺激他了，他最近好不容易鼓起勇气跟人家修复关系，万一突然表白再被拒绝，估计真要尿回壳里孤独一生了。"

"某人不是一直说我尿吗？"祁天瑞表示他老记仇了。

"说得好像你不尿一样。"周熠星咽下了嘴里的炸馒头，"我才不会失败第二次呢！"

祁天瑞冷笑："那你现在就打电话表白啊！"

周熠星沉默了两秒，然后"汪"的一声号了出来，转头扑到了正专心致志地品尝美食的楚秋身上，"秋啊！没想到你浓眉大眼的竟然也背叛了革命！"

楚秋脸颊鼓鼓地咀嚼着祁天瑞投喂的牛肚，瞪着眼瞅着周熠星，脸上露出了显而易见的茫然。

周熠星自认非常机智地转移话题："你接下这么大一个代言，竟然还一声不吭！罚三杯！"说完他给楚秋满上了一杯啤酒。

楚秋看着眼前冒泡泡的啤酒，不知道怎么办。

祁天瑞毫不犹豫地把楚秋面前的啤酒杯拿过去，一饮而尽，咂咂嘴："行了行了，楚秋不怎么喝酒的。"

周熠星转移话题的目的达到，见好就收，笑嘻嘻地把酒瓶放到了一边。

四个人边吃边扯，聊了很久，一直到接近晚上八点，《太京》正式播放之前。

娱乐圈出身的四个人开着电视机，然后又抱了台笔记本过来，紧张兮兮地等着八点整的到来。

电脑屏幕上一边开着梨子网络播放平台的页面，另一边开着梨子卫视实时收视曲线统计。

周熠星悄咪咪地跑去冰箱里拿了瓶香槟，在另外三个人背后藏着，手指扣在瓶口，猛力摇晃。

七点五十五分，梨子卫视的收视曲线开始飞速上涨。

七点五十八分，收视曲线突破了 2% 的横线。

七点五十九分，收视曲线呈直线飞跃，直破 5%！

八点整，卫视与网络同步播放《太京》，收视率单台突破 6.58% 并稳步上涨，视频平台第一时间网络播放数量高达九千万！

"恭喜！"

周熠星高喊一声，手中用力，"啪"的一声脆响，打开了香槟。

气泡骤然炸开，淋了前边三个凑在电脑前的人满头满脸。

周熠月感觉自己要爆炸了！

还好电脑有防水膜，不然他今天就要打爆周熠星的狗头！

"周熠星你要死是不是！"祁天瑞和周熠月一人一边抄起旁边竹椅上的抱枕，反手就揪着周熠星一顿猛抽。

楚秋擦着自己身上和电脑上的香槟，把几只凑过来要舔两口的崽崽们抱到一边去。

周熠星双拳难敌俩抱枕，被撵得满屋子乱窜嗷嗷直叫。

楚秋看了看顶着一脑袋香槟也要继续把周熠星置之死地的两个人，干脆自己起身钻进了洗手间。

等到楚秋用热水冲了头发，甩着脑袋出来的时候，周熠星已经被挂在沙发上当咸鱼了。

而罪魁祸首们正盘腿坐在地板上，一人端一个玻璃杯，杯子里装满了香槟，满脸高兴地碰了碰杯。

周熠星保持着咸鱼的姿势，给那两个碰杯的人拍了张照，愤愤地发上了微博。

周熠星：狼狈为奸，还是秋好。

网上疯狂猜测为什么祁天瑞一回来就跑去找楚秋怎么看都怪怪的人顿时感觉脸疼疼的。

——人家朋友聚餐而已。

周熠星顺手回复了几个热评的问题，随意提了一下今天祁天瑞还带着楚秋去接了他这件事。

那些上蹿下跳的人，脸顿时更疼了几分。

周熠星对自己这个毫无特殊痕迹的打脸技巧非常满意，他收好手机，自己也凑了上去，倒了杯香槟挨个碰碰杯。

四个人里就楚秋没倒香槟，他给自己倒了杯白水。

周熠星今天打算睡在他哥这里，祁天瑞和楚秋却不行。祁天瑞喝了酒和香槟，开车回家的事就落在了楚秋身上。

"这个涨势，看起来要破纪录了。"周熠星伸脑袋看看电脑屏幕，"哦嚯"一声："真破了。"

楚秋也跟着伸脑袋看了一眼，又看了看墙上的时钟。

《太京》开播二十五分钟，刚进入第一轮广告时间，当前最高峰收视率7.93%，峰值在0.05%之间有细微波动，维持了约六分钟的时间，在进入第一轮广告之后滑落到了6.21%。

广告期间都能维持6.21%左右的收视率，在场四人有那么一瞬间怀疑自己是不是眼花了。

与电视收视率滑落相对的，是网络播放数量的增长，毕竟网络是可以从头开始看的，没赶上开头的电视观众，可以去网络播放平台重新看一遍，再加上趁着广告期间又忍不住跳回去重看截屏的，网络播放量一时间暴增。

四个人扫了一眼网络播放量，一亿六千万。

"还有涨。"周熠星说得十分笃定。

另外三个齐刷刷点了点头。

而柳闻青已经在群里发了一长串的名画呐喊，以表示自己激动到爆炸的心情。

"我已经看到明天的头条了。"周熠星一脸羡慕嫉妒恨。

已经习惯了最近被楚秋刷屏的周熠月非常淡定地拿手肘捅了捅弟弟："谁让你运气不

好没抢过柳闻青。"

"呸，要不是我档期排不开！"周熠星哼哼唧唧，最终委委屈屈地抱着杯子认了怂。

高高兴兴地闹了一整夜，楚秋按照自己的生物钟醒过来的时候，就看到祁天瑞已经精神抖擞地做好了简单的早餐，这会儿正在喂猫。

楚秋愣愣地洗漱完了，又愣愣地坐在了餐桌前，宿醉的脑袋终于反应了过来。

祁天瑞笑眯眯地把手里的牛奶递给楚秋，问："清醒了？"

"……嗯。"楚秋慢吞吞应了一声。

祁天瑞："吃饭吧，从今天开始祁助理就正式上任啦！"

楚秋一顿，有些惊讶地看向祁天瑞，他没想到祁天瑞居然真的会跑来当他的助理。

"没关系吗？"他问道。

"没关系。"祁天瑞说道，"我有分寸的。"

于是他就真的跟着楚秋去了剧组。

卫导看到跟楚秋一起过来的祁天瑞有瞬间的呆怔，然后又迅速恢复了正常。

"祁老板来探班啊？"卫导笑着说道，祁天瑞背后的凤凰是《文豪》剧组最大的投资商，他当然要架个台阶给祁天瑞下的。

但祁天瑞却没有顺着这个台阶下来。

他摇了摇头，说道："我现在是楚秋的助理啊。"

卫导一肚子准备恭喜祁天瑞升任凤凰娱乐董事的话顿时被堵在了喉咙口，说也不是，不说也不是。

最终他尴尬地笑了笑，转头去恭喜楚秋双收视丰收了。

《太京》首日连播两集，最高收视率7.93%，网络播放量已达三亿三千万。

这数据足以证明这部剧的潜力，梨子卫视赚了个盆满钵满，估计这会儿正喜不自胜摩拳擦掌地想要买下第二轮第三轮的播放权。

要不是知道刘导绝不会把独播权放出去，梨子卫视肯定不管花多少钱都要买下独播权来。

"这个数据真是给我出了个好大的难题啊。"卫导在拍戏的间隙跟楚秋和祁天瑞抱怨。

"咱们的剧没有特别厉害的大投资，也不是自带热度的IP剧，全靠小秋一个人撑场子，要是跟《太京》相比差得太多，恐怕要惹大笑话。"

楚秋明白这个道理。

《太京》之所以成功，不仅仅是借了楚秋拿奖的东风，真正担纲的是柳闻青这个超人气演员，再加上原作粉的加成和楚秋促成的天时地利，不计成本地一股脑宣传出去，才将这部电视剧推上了这样可怕的巅峰。

《文豪》就不同了，虽然一定能定下寒假或者暑期档，还能奔着每年循环播放的国民剧去，但想要赶上《太京》的热度，的确是非常困难。

"没关系。"楚秋心态很平稳，但他并不怎么会安慰人，最终只得像之前安抚周熠星一样说道，"船到桥头自然直。"

直不了就认栽。

卫导叹口气，点点头，转头就吆喝着下一幕镜头。

祁天瑞在一边瞅着楚秋拍戏。

他之前跟楚秋视频通话的时候，知道了楚秋的演技有所改变，但楚秋有限的表达能力也说不出来到底是改变了什么。

这会儿直观地一看，祁天瑞脸上的笑容就怎么都盖不住了。

祁天瑞第二天又跟着楚秋来了剧组。

卫导眼看着剧组里原本还窃窃私语的某些人瞬间失了声，转头又瞅了瞅正在一边做造型一边聊着天的两个小年轻，咂咂嘴。

卫导也摸不准祁天瑞在搞什么，看今天这架势，他怕不是又要继续待一天。

卫导可不会把祁天瑞之前说"当楚秋助理"的话当真，哪个老板会屈尊降贵跑去当助理？

结果第三天，祁天瑞又跟着楚秋来了，还屁颠屁颠鞍前马后地给楚秋端茶递水打下手。

卫导："……"

真是令人费解。

卫导结束了一天的拍摄，对楚秋完美的状态松了口气。

转头看到祁先生喜气洋洋地跟在楚秋背后递水，还顺便跟剧组工作人员非常顺利地混熟了。

而在楚秋下戏的时候，卫导又看到祁大老板躲着镜头，蹲在了化妆间里。

当明星——或者当过明星就这点不好，做什么都要顾忌这个顾忌那个，特别是身上背着代言和未播放剧集电影的时候，一言一行都要注意，不然有点丑闻什么的影响到代言，以后的代言路都会变得无比艰难。

《文豪》快杀青了，楚秋的任务不算重，戏份也零零碎碎的。

卫导对祁天瑞时不时在剧组里帮帮忙这件事，早已经习以为常。

偶尔实在忙不过来，他还会使唤一下乐颠颠的祁大老板。

祁天瑞对被使唤这事儿完全无所谓，看着楚秋因为他的关系被剧组的人热情相待，他也高兴。

毕竟楚秋内向的毛病多来源于对人群的恐惧，尽量多感受善意、多跟人交流也是好事。

但祁天瑞今天却没有在剧组里陪楚秋。

因为他又该筹备自己的生日了。

今年生日，他爸妈和他哥都会回来，在宴会之后的私人小聚会里，除却那几个玩得好的朋友之外，祁天瑞还想喊上楚姨一起吃顿饭。

祁天瑞一边想着，一边开着车拐进一条小道里，找了个停车位，戴上遮挡的墨镜和口罩又走了出来，然后进了一家珠宝店面。

他对一脸狐疑地迎上来的销售员出示了一张卡片，就被大堂的销售员恭敬地请上了二楼。

正在大堂里正在挑选钻戒的一对情侣抬起头来，女方捅了捅身边的男友，小声说："那个人是不是有点眼熟啊？"

男友一愣："墨镜口罩遮住整张脸你都能觉得眼熟？"

"就是眼熟，特别是进门的时候那一小撮刘海被空调吹出来的小揪揪，我绝对在哪儿见过。"妹子十分笃定。

男友叹气："初次见面，你刚认识跟我搭讪的时候就是这么说的，说我刘海被空调吹出来的小揪揪好可爱。"

妹子沉默了两秒，端详着自家男友，然后表情以肉眼可见的速度变得惊恐。

妹子猛地回过头去，看向正合上的电梯门，看到了被墨镜和口罩遮挡的人的正面——虽然被遮住了，但对于粉丝来说，他就是化成灰，都能认出来！

"祁……祁……"妹子揪着男友的手臂，转头问销售员，"请问二楼是什么？"

销售员礼貌地答道："是 VIP 高级私人珠宝订制，您需要这项服务吗？"

妹子摇了摇头，一张脸上的兴奋显而易见。

"老皇历真的有用啊，今天不愧是百无禁忌的好日子！"

男友一边对示意销售员指了拿出一对戒指，一边纳闷："怎么了？"

"那绝对是我男神！"妹子接过销售员递来的戒指，试了试，觉得不合适又放了回去，一边满脸兴奋地低头跟同好交流，一边顺口说道，"刚上去的要不是祁天瑞，你就直播吃键盘。"

男友：我吃键盘？

完全不知道自己被认出来的祁天瑞，此时正坐在二楼，跟他预约好的顶尖珠宝设计师见了面。

祁天瑞在打听了他爸妈准备给楚秋的见面礼之后，准备弄个配套的小饰品。

祁先生翻了设计师给他的参考资料半响，最终干脆把手里的参考扔到了一边，直接说道："我想要……以'秋'为主题的设计。"

大堂里的小情侣戒指试了一对又一对。

两个选择恐惧症从午饭过后一直试到天色擦黑，最终面色凝重地看着眼前的两款，犹豫不定。

销售员见多了选择恐惧症，毕竟对于情侣们来说，这也是一辈子一次的大事，多的是纠结好几天的，这两个人的行为实在是不稀奇。

她十分有耐心地等待着面前的两人做决定，并非常体贴地说道："如果今天决定不下来的话，我做个记录，两位回去商量好，明天再来也是可以的。"

再不行，再考虑个一两天也没关系。

妹子纠结地看着眼前的两款，转头看着自家男友，发现他也是一脸纠结。

"你选。"姑娘说着，把这两款拍下来，发进了同好群里，问挑哪个好。

群里的话题一下午了还停留在她遇到的人到底是不是祁天瑞，如果是祁天瑞的话会去珠宝行定制啥玩意儿。

一下午的时间，他们已经从生日定制、袖口胸针一直讨论到婚戒或者给家里长辈定制一套首饰什么的。

每一个猜想都有理有据，令人信服。

这会儿一见妹子出来，又发了两张钻戒的照片，群里的话题就一秒跳到了她身上，热火朝天地讨论起哪一对比较好看、比较合适。

刚刚的话题就这样被轻易地放弃了。

没有照片的事情，也就是讨论一下而已了。

比起不知道真假的事情，还是给一起玩了这么多年的小伙伴挑钻戒比较重要。

姑娘跟她男友一起瞅着聊天界面，感觉看谁说的都好有道理。

正在他们讨论着要不要回去慢慢考虑的时候，那边的电梯门"叮"的一声打开了。

祁天瑞戴着墨镜和口罩，手机里揣着个半透明的文件夹，在电梯里对送他下来的接待点了点头，转头走出了电梯。

前一秒还出现在柜台前的妹子下一秒就"嗖"地冲了出去。

这家珠宝店价格昂贵，平日里的客流量并不算多，这会儿接近晚饭的饭点，更是只有零星的几个顾客。

即便如此，妹子也没敢直接在大堂里喊出声，而是冲到祁天瑞面前，两眼亮晶晶地看着他，手里不知何时拿了个巴掌大小的记事本和一支笔。

祁天瑞愣了两秒，然后回过神来。

"这也能认出来啊？"男人的声音听起来充满了无奈。

不过也是，粉丝都自带爱豆勘测雷达，有的时候被悄悄拍到的照片连他自己都不敢确定是不是自己，粉丝们却都能一眼认出来。

妹子看起来有些不太好意思，声音小小的："能签个名吗，祁神？我是你的粉丝。"

"可以。"这个要求并不过分，祁天瑞左右看了看，接过本子和笔，把手中拿着的文件夹放到了一旁的柜台上，低下头去在本子上留下了自己的大名。

得到了签名的粉丝妹子兴奋得满脸色通红，接过笔记本之后，她又想问可不可以握个手，结果话到嘴边，就扫到了文件夹里第一页的纸张。

祁天瑞手里的文件夹是半透明微磨砂感的材质，夹面与里面的纸张贴近时，多少是可以窥见其中一二内容的。

那是一张项链吊坠的设计图。

并不是手稿，而是打印出来用作参考的设计之一。

祁天瑞顺着她的目光看向被自己重新拿起来的文件夹，神情显得有些懊恼，轻轻叹了口气之后，竖起食指放在唇边，对她做了个噤声的手势。

粉丝妹子非常配合地做了个拉链拉上嘴的手势。

祁天瑞笑了笑，看了一眼柜台上被拿出来的各种款式的婚戒，说道："祝你新婚快乐。"

话音一落说完，祁天瑞便扔下了整个人都冒出了粉红色泡泡的妹子，小心地遮住了文件夹上可能暴露出来的东西，转身离开了店面。

被留在原地的粉丝看着他进了车，妹子长舒口气，转头便兴奋地拉着男友絮絮叨叨，回到柜台前边的时候，闭着眼睛在纠结了许久的两个戒指之间随缘摸了一个，就十分爽快地结账走了人。

今天果然是诸事皆宜百无禁忌的好日子！！

……

祁天瑞变得忙碌起来，楚秋却渐渐有了空闲的时间。

代言的海报已经拍完，广告也已经结束，《太京》正在热播，《文豪》也接近杀青了。

通告虽多，却也不像之前毫无空隙。

祁天瑞最近在折腾他生日会的事情，而楚秋在工作之余，则开始小心翼翼、偷偷摸摸地准备一些小惊喜。

楚秋跑遍了 B 市，琢磨着应该给祁天瑞家爸妈送点什么东西才能留个好印象。

楚姨对此也是束手无策，生活的阶层不同，眼前所见自然也是不同的。

他们看得上的礼品，放在祁天瑞爸妈眼里，估计也就稀松平常。

楚秋知道祁家爸爸喜欢喝茶，祁家妈妈喜欢种花。

他头大地逛遍了花鸟市场和高端商场，看着琳琅满目的东西，也不知道应该怎么挑。

最终他得到了神通广大的郭旷的帮助，得到了一小包庐山云雾。

是真的一小包，用宣纸包着，不过半个巴掌大小。

郭旷表示这是他拿了奖之后家里老太爷奖励他的，这茶叶有价无市，也就这么一小包了。

郭旷不爱喝茶，干脆就送给了楚秋。

然后郭旷又给楚秋发了一堆花草品种的图片，最终看花看得头大的楚秋，被救星郭旷带着，出席了个拍卖会，拍了盆变种兰花。

楚秋感动得眼泪汪汪。

"行了。"郭旷松开安全带下了车，"回去吧。"

楚秋喊了郭旷一声，从车后座的包里翻出来一张邀请函，递给了他。

那是祁天瑞的生日邀请函，再过一天就到了，正好楚秋不用紧张兮兮地侍弄他并不会养的兰花。

祁天瑞这一次的生日宴会没去外边办。

因为双亲都从国外回来了的关系，宴会的地点就定在了他爹妈住的大宅里。

大宅在郊外，占地面积很大，也有专门举办宴会的地方，倒是不用折腾得太厉害。

"我爸妈晚点才回来。"祁天瑞说着，带着楚秋下了车。

寿星出场自然是万众瞩目，但祁天瑞却没有理会那些来宾的心思。

把宾客都交给祁景瑜之后，祁天瑞拽着楚秋，迈着大长腿直奔里屋。

"走，我们先去小屋里。"祁天瑞说道。

楚秋一愣："叔叔和阿姨……"

这不好吧。

楚秋有些紧张无措，他没有爸爸妈妈，也从来没有见过朋友的爸妈，对于很多礼节方面的了解并非来自生活，而是各式各样的影视剧本。

但就算是这样，他也清楚拜访别人家里的时候，撇下长辈不先去打声招呼是很没有礼貌的事。

"我爸妈还没到家呢，就算回来了也一时半会儿抽不开身，没事的。"祁天瑞拉着楚秋，慢悠悠地离开了举办宴会的大厅，穿过了一个小花园，进了另一边的别墅。

一推开别墅的门，就听到了周熠星鬼哭狼嚎的歌声。

跟他们关系好的几个全都待在这里，各种垃圾食品和水果摆了一桌，还非常不把自己当外人地开了电视放了碟，唱起了歌。

楚姨则被安排在了另一边的房间里休息，免得她在宴会厅里感到不自在。

"寿星来了！"周熠星拿着麦克风，一指安安稳稳放置在桌上的蛋糕盒子，"来来来吃蛋糕！"

周熠月补充道："小秋做的蛋糕。"

柳闻青起身去关了灯。

张大力和他媳妇坐在一边，正旁若无人地撒着狗粮。

强行挤时间赶回 B 市的陈妙团在吊椅里，毫无形象地当着咸鱼。

祁天瑞转头看了一眼楚秋。

楚秋抿着唇，说道："蛋糕做得比去年的好看。"

"不好看也没关系。"祁天瑞拆开了蛋糕盒子。

一掀开盒子，祁天瑞就愣住了。

盒子里的蛋糕十分眼熟，上边的枫叶和玫瑰画得比去年的的确是好看多了，只是玫瑰从六朵变成了七朵。

楚秋还记着，祁天瑞去年说："明年要再多加一朵花"这样的话。

而祁天瑞也记得很清楚，他哑然失笑，深吸口气，又忍不住笑出了声，心中柔软得像是落入了晴日的云层，风吹拂着云撩过心间，带着丝丝缕缕的满足和酸胀。

"真是……"祁天瑞将手中的盒盖放到一边，"你还记得啊。"

"嗯。"楚秋点了点头，小声说道，"七年啦。"

祁天瑞从来没解释过蛋糕上的装饰是什么意思，但作为与他拥有相同记忆的楚秋，却是稍作思考便明白了过来。

相识六年，六朵玫瑰花，所以来年要加一朵。

"你怎么……"祁天瑞声音闷闷的，"你怎么这么好啊秋……"

楚秋不知所措，伸手拍了拍祁天瑞的背："因为你也对我很好啊。"

祁先生抬手拍了拍自己的脸，说："我也给你准备了礼物来着！"

楚秋惊愕地瞪大了眼，实在不明白祁天瑞为什么要给他准备礼物。

祁天瑞说："你过生日我都没送你什么好东西！"

楚秋想说不用这样，但话还没说出来，就被祁天瑞塞了个盒子。

盒子里是一个拇指大小的吊坠。

一片以黄金为底、九颗小钻为饰打造而成的银杏叶，被镶嵌在一个点缀着两颗碎钻的金色的圆环里，叶梗很短，只比圆环宽上些许，银杏叶与圆环之间镂空，小巧精致，在灯光下折射着漂亮的光。

周熠星带着几个朋友，悄咪咪地拿起了放在一边的纸花拉炮，"嘭"的一声轻响，纸花洋洋洒洒地爆出来，落了祁天瑞和楚秋满头。

"锵锵锵！老祁生日快乐！"

楚秋拿着吊坠盒子吓了一跳，回过头去，看着不知道什么时候跑到他背后蹲着的几个人接二连三地把手里的拉炮扯开，纷纷扬扬的各色纸花"嘭嘭嘭"地落了满地。

周熠月还开了瓶香槟，而张大力连小型的香槟塔都已经叠好了。

祁天瑞扒拉掉自己满头的纸花，说道："帮你准备了送给我爸妈的东西，回头回大厅的时候你记得带上。"

"啊？"楚秋看着祁天瑞，"我有给叔叔阿姨准备礼物。"

祁天瑞倒香槟的手一顿。

楚秋说道："我准备了茶叶和一株变异兰花，兰花是我挑的。"

祁先生手里还拿着香槟，愣了半晌，才不知是喜是悲地闷声说道"小秋现在懂事了，可是我好失落啊。"

没有人比祁天瑞更明白，楚秋得做多久的心理建设、鼓起多大的勇气，才能够一个人去求助陌生的人，用他那可怜巴巴的想象力和造孽的临时表述能力去跟人家交流。

祁老板重新抖擞起精神，把手上的香槟喝完，试图把今天的进程拉回正轨："该回大厅去了，这次来的人不少，多认识点没坏处啊，你们别窝在这儿。"

但很可惜，没有人理他，一群人凑在一起喝着香槟，陈妙还不知道从哪儿翻出来几个麦克风，在周熠星他们的起哄声下，拿着麦毫不见外地开起了个人演唱会。

刚到家的祁家爸妈非常干脆地绕过了宴会大厅，扔下自家被狂轰滥炸围攻的大儿子没管。

他们直奔小别墅，刚一进门，就听到周熠星跟楚秋在合唱《太京》的主题曲。

祁天瑞在旁边气得脸都绿了，一边剥花生一边往周熠星脑袋上扔花生壳。

拿着麦克风的周熠星丝毫不为所动，照旧气息极稳地唱着歌。

周熠星到底是组合歌手出身，虽然唱功属于偶像派，但声音好听，足够弥补唱功上的不足了。

楚秋的水平跟周熠星半斤八两，不过声线好一点，的确是没话说。

等到一曲唱罢，楚秋跟周熠星转身放下麦克风的时候，一扭头就看到了站在门口笑眯眯鼓掌的祁家爸妈。

楚秋没反应过来，瞪圆了眼，傻在了原地。

周熠星反应极快，一脚就踹在了祁天瑞小腿上，然后特别乖巧地喊了声："叔叔阿姨好。"

祁天瑞噌地站了起来，看着他爸妈，拉着楚秋就走了过去，骄傲地介绍："爸！妈！这是小秋！"

被拽过去的楚秋紧张而拘谨地微微鞠了一躬："叔叔阿姨好。"

祁家爸妈一下子就笑开了："小秋真人比电视上好看多了啊，唱歌也好听，还拿了国际奖，真是厉害。"

祈爸看向客厅里的几个小辈，慈爱地道："你们也是，好久不见了。"

楚秋没想到一见面就被夸了一通，他垂着头，无措又羞涩。

"小秋你别紧张。"祁母保养得很好，年过五十了看起来却似乎才三十的模样。

家庭美满、生活幸福，更是让她由内而外地散发着愉悦豁达的气息。

她察觉到楚秋的紧张，笑着说道："我和天瑞的爸爸看到你送的礼了，好孩子，你有心了。"

楚秋的脸埋得更低了些："阿姨喜欢就好。"

"我们也有礼物送给你，天瑞这段时间给你添麻烦了。"祁母说着，转头向丈夫要来了一个包装精美的沉香木盒子。

楚秋没想到还有这一出，顿时摇了摇头："这怎么……"

祁母干脆打断了他的话："见面礼就收下，不然叔叔阿姨怎么好收你的礼呢？"

楚秋讷讷，点了点头，拘谨地收下了那个盒子。

盒子里装着的是一条铂金项链，没有吊坠，只有链条，但在楚秋看来，其价值也相当高了。

刚好跟祁天瑞送给他的吊坠十分搭调。

他抿了抿唇，心里酸酸软软的，却又更紧张了几分："谢谢阿姨。"

祁母看着几乎要找条地缝钻进去的楚秋，想到平日里祁天瑞说的楚秋的性格，想了想，便不再直接向他发问，而是转向了祁天瑞。

"我听说小秋的长辈也来了？"祁母关切地道。

"嗯。"祁天瑞点了点头，"楚姨在楼上呢，见到大力家闺女喜欢得不行，就一起留在楼上休息了。"

祁家爸妈对视一眼，道："那我们……去见见？"

楚秋闻言便想跟上去。

祁天瑞拉住了他，而祁家爸妈的态度也是一样的："长辈之间的事就让长辈之间聊，你们年轻人自己玩去。"

楚秋还是很担心。

十分钟后，坐立不安的楚秋终于还是没忍住，关了卡拉OK，拖着祁天瑞偷偷摸摸地上了楼，背后跟了几条人形尾巴。

一条周熠星，一条周熠月，一条柳闻青和一条陈妙。

在楼下的夫妻档表示并不想跟这群人狼狈为奸。

一群人偷偷摸摸地把房门开了条缝，跟做贼似的贴近了缝隙。

房子装修的时候用的都是上好的吸音和隔音材料，他们的动静竟然没被屋里的人发觉。

楚秋贴上耳朵，听到楚姨柔和轻缓地说着他从小到大的一些琐碎事情。她的声音细软而温柔，像是捧着什么珍宝。

他听到楚姨说："小秋是我最骄傲的孩子。"

楚秋眨了眨眼，将涌上双眼的酸涩湿意悄然压了下去。

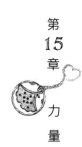

近日里天气转凉了，秋日的凉意逐渐蔓延上来，街上的人们已经罩上了大衣。

《文豪》临近杀青，在九月底的时候，卫导就已经开始组织第一轮的粗剪。

要是拍摄顺利的话，很快就可以杀青，开始宣传了。

这导致卫导最近几天有点精神紧张，说白了，虽然金老的本子有保障，但他本人到底是没有什么大爆作品的。

卫导在圈内口碑不错，人品好，性格有点小倔但也称得上温和可亲，不少人气不上不下但有一定实力的演员都非常愿意接拍他的戏。

偶尔有人气明星参演，也总是会受制于投资的问题，连剧本都会被改动，牵牵绊绊的始终没能拍出一部大爆的电视剧来。

这么多年来一直不温不火，他一度觉得自己这辈子可能就这样了。

但老朋友的本子和楚秋近日里暴涨的人气让他看到了希望，尤其是楚秋自带投资还不做干扰地进了组，这对他来说简直就是天降的福音——像他们这样的非 IP 剧组，放圈里基本上都不会有演员选择带资进组，进跟不进都一样，前期的运行投资什么的，要靠导演去挨家挨户拉赞助。

带着资、不插手剧本又尽职尽责没一点脾气的楚秋，他的存在对剧组相当重要，从前期投资到后期宣传哪怕是直到上映之后拍卖第二、三轮的播放权，都是举足轻重的。

卫导焦虑上头，连带着对拍摄的要求都拔高了不少，整个片场气氛都紧绷起来。

卫导的严格让《文豪》收尾阶段的拍摄进行得十分顺利。

最后的收官镜头，是楚秋试镜时的第一个镜头。

少年时的文豪意气风发地乘坐渡轮离开故国。

这是个外景拍摄。

船下有不少闻讯而来的粉丝，被非常干脆地当成了繁忙码头的背景板。

《文豪》最后一场戏，在逐渐驶离码头的渡轮上，落下了帷幕。

楚秋和剧组重新回到码头的时候，安保人员已经开始维护秩序。

因为短短一个多小时的戏份，能够赶来的人不多，大都是运气好碰到的。

但数数也有四十来人。

今天楚秋自己的大衣属于怀旧风，挺符合剧情，为了避免被海风吹病，卫导干脆就没让楚秋换服装，直接就这一套上了。

卫导眼尖，一眼就看到了楚秋脖子上挂着的项链，正想提醒一句，就看到楚秋把项链藏进了衣服里。

满心都是拍摄进度的卫导便不再多说，随着场记板的落下，《文豪》最后一幕正式开拍。

楚秋站在轮船边缘，手握着带有锈蚀痕迹的栏杆，面颊旁是几乎要贴上来的摄像头。

远远目睹拍摄现场的粉丝们情绪激动，一直到最后一条镜头通过，也始终聚集在码头不远处，迟迟不散。

楚秋下了戏，看着被保安拦住了，蹦跳着对他挥手的粉丝们，想了想，还是立起了衣领，扣到了最上边一颗衣扣，然后在剧务的保护下，过去给粉丝们挨个签名合影。

但他到底还是低估了粉丝的热情。

虽然粉丝们乖乖排好了队，但不意味着他们的手就会乖乖地放好。

楚秋才签完第四个名，刚合完影，大衣就被一股大力扯开了。

楚秋清楚地听到"啪啪"几声，大衣的暗扣应声而开，露出了里边黑色的羊毛衫，和羊毛衫领口暴露的铂金链子。

楚秋一愣，被带着凉意的海风吹得打了个哆嗦，赶紧重新把大衣裹上扣好。

而那个拽他衣服的粉丝，已经被保安逮住教育了。

楚秋目不斜视，镇定地该签名签名，该合影合影。

祁天瑞在码头外的停车场里等着，并没有人通知他签名的事，直到剧组有人提前回来了，祁天瑞伸脑袋一问，才知道楚秋被粉丝绊住，留在了码头。

祁天瑞"啧"了一声，戴上墨镜和口罩就准备下车。

车门开到一半，他低头看看自己手上的戒指，又觉得不妥。

于是关上车门，拉下口罩，直接给楚秋打了个电话。

电话响的时候楚秋没多想，将手里的签名笔还给了最后一位粉丝，直接从衣服口袋里摸出了手机。

祁哥两个字大刺刺地出现在了屏幕上。

刚跟楚秋合影的妹子一眼就看到了他的手机屏，惊呼了一声。

楚秋看了一眼来电显示，又看了一眼旁边几个凑得挺近的粉丝，叹气。

祁天瑞这个电话来得实在是太巧了，这会儿可有不少粉丝正举着手机录视频。

国内对这种公众场合的合影和视频录制并没有硬性要求，真的被拍了发到网上，演员也不可能真的以肖像权被侵犯的理由去起诉媒体和粉丝。

"是祁神吗？"粉丝妹子兴奋地问道。

楚秋点了点头，走到一边去接通了电话。

兴奋的粉丝跟身边的伙伴交流着，当得知现在跟楚秋联系的人是祁天瑞，人群里爆发出了一阵一阵兴奋的尖叫。

祁天瑞听到了电话那头传来的响动。

"保安还好吧？有多少人？"祁天瑞被楚秋那边的声音吵得有点头疼，"你没出什么事吧？"

楚秋乖乖答道："还好，没事，四十来人。"

"还在包围圈里呢？"祁天瑞又问。

楚秋应了一声，然后又解释道："可以走了。"

刚刚那是最后一个签名合影的粉丝了，楚秋也没想再给留在这里的剧务们添麻烦。

但是楚秋往回走，意识到他要离开的粉丝们，自然也是要跟着他一起离开码头的。

这让楚秋有些苦恼，毕竟在停车场那边等着接他的人不是什么助理也不是什么司机小哥，而是祁天瑞本人。

祁天瑞最近一直都在有意地避开媒体，连微博都不像从前一样活跃了。

所有人都意识到祁天瑞在有意识地淡化自己的存在感，毕竟他是董事了，用不着事事躬亲处理。

但就算祁天瑞不怎么露面，却还是照样有一批铁粉在。

这群铁粉不求什么，但凡祁天瑞有点风吹草动，他们就挺高兴。

楚秋觉得这次要是被这群粉丝拍到了来接他的人是祁天瑞，估计又有许多人要兴奋起来了。

"粉丝跟着你过来了？"祁天瑞问。

楚秋看了看自己两边被保安拦住的粉丝，点了点头："嗯。"

"……"祁天瑞沉默了两秒，轻轻敲着方向盘，"行吧，你小心一点，我在码头出口等你。"

楚秋收起手机，加快了脚步。

但保安的数量到底是比不上粉丝的，留下来帮忙的剧务拿着卫导的扩音器，一遍一遍地喊不要推搡。

可惜他的努力无济于事，跟有组织、有纪律的接机不一样，这种突发况况，粉丝的质量和素质都不可控。

楚秋看着越来越近的粉丝们，干脆停下脚步，将剧务手里的扩音器拿了过来。

"请停下。"他说，语气平静无波。

但这样平静的语气，却出奇地让热情过头的粉丝们都安静了下来。

人群骚动了一小会儿，渐渐没了声音，粉丝都眼巴巴地看着楚秋，举着手机，等他讲话。

楚秋其实还没想好接下来该说些什么，只是觉得不阻止一下的话，说不定会发生什么很糟糕的事情。

见粉丝们两眼亮闪闪地期待着，楚秋忍不住伸手捏了捏泛红发热的耳垂，傻傻地站在原地，跟粉丝们大眼瞪小眼。

两方互瞪了许久，粉丝里终于有人想起来自家爱豆的性格，瞬间便笑出声来。

"吓到楚秋啦。"

"我们没有别的意思，就是能亲眼见到你，太高兴了。"

"是啊，还拿到了签名和合影，感觉从今天开始，可以好好活下去了！"

"我还握了手！"

"能够遇到你我们很开心，抱歉给你造成困扰了。"

"就是希望……能够多看看你，多待一会儿。"

粉丝们的情绪逐渐冷静下来，七嘴八舌地阐述着自己的想法。

楚秋微微一怔，转头看了一眼道路尽头，码头出口的地方，还没有出现停靠的车辆。

他深吸口气，丝毫不介意地盘腿坐在了水泥地上，拿着扩音器，说道："站着累，坐下。"

说完这句，他又静默下来，像是在思考接下来应该说点什么。

粉丝们纷纷坐下之后，楚秋终于思考完了。

"不要再叫人来了。"他迟疑地说道，"有什么想问的话……可以问。"

楚秋从没有这样子跟粉丝面对面地交流相处过。

虽然他还是感到有些不自在与羞涩，但楚秋破天荒的，头一遭主动升起了想要好好地跟这些追随他、喜欢他的人平和而安逸地交流一次的想法。

真的有什么东西改变了。

楚秋伸手摸了摸大衣的衣领，那被衣领遮盖住的地方，被体温同调了的吊坠正安安静静地躺在那里。

他能够清楚地感受到他人对他的喜爱，能够接收到他们的欣喜，并为此而感到幸福和愉快。

没有人会希望自己是个讨厌鬼，没有人会因为他人的喜爱与赞赏而不开心。

演员从粉丝那里得到金钱或者被爱的幸福；而粉丝追随自己喜爱的艺人，多半是因为憧憬与想要成为对方那样耀眼的人的情绪。

所谓的粉和偶像，大概就是这样互相作用的关系。

楚秋认认真真地回答着粉丝们对他提出的问题，关于工作的，又或者是关于一些偏私人的问题。

"这个剧组没有对外公布任何消息，但是听说今天已经杀青啦？"

楚秋点了点头，这个问题很好回答："是的，这部剧叫《文豪》，今天已经杀青了，是人物传记类电视剧。"

"什么时候开播呢？"

楚秋顿了顿，摇头："不清楚。"

"刚刚给你打电话的是祁神吗？"

楚秋"嗯"了一声。

"秋跟祁神关系一直很好啊，能说说你们是怎么认识的吗？"

"……"楚秋略一犹豫，才答道，"工作认识的。"

楚秋和祁天瑞第一次见面，的的确确是因为正经工作没错。

提问的妹子看起来有些失望，但这个回答也在意料之中。

一个粉丝激动地搓了搓手："那亚当斯导演真的有邀请你去《A》系列吗！"

楚秋斟酌片刻，答道："有口头约定，但还没有试镜。"

这时，祁天瑞久等不到楚秋，干脆戴上口罩和墨镜自己过来了。

祁天瑞看了一眼举着手机录视频的粉丝们，心里给公关部点了根蜡烛，就非常干脆地把口罩拉下来，拍了拍手，吸引了所有人的目光。

"好了好了，座谈会到此为止！"

祁天瑞伸手把楚秋拉了起来，向激动尖叫的粉丝们挥了挥手。

"都散了散了啊。"祁先生不顾公关部的死活，大喇喇地说道，"你们秋就由祁助理先带走了，他还没吃午饭呢。"

祁天瑞坐在车里，给公关部经理打了个电话报备，稍微说明了一下情况。

实际上这件事情已经在网上闹开了，毕竟现在是个人都有台手机，是台手机都能上网。

　　而运气好遇到爱豆，还有幸面对面聊天这么值得一吹的事情，粉丝自然是恨不得宣扬得全世界都知道。

　　有的人举着手机录视频，自然就有人在自己的社交账号和论坛里进行文字直播。

　　不少人对在场的能够跟楚秋近距离待那么久，又签名又合影又聊天的人表示了十足十的羡慕嫉妒恨。

　　提及有人扯楚秋的衣服，差点把他衣服扒掉的时候，几个大粉都要气死了。

　　他们花了那么多时间精力组织接机和粉圈活动，让楚秋一直都十分信任他们，信任粉丝，愿意在接机的时候跟他们有接触。

　　别的不说，放眼娱乐圈人气正火的那一批艺人，有几个敢在身边只有一两个保安的情况下接触粉丝？

　　除了楚秋之外，一个巴掌都嫌多。

　　他们辛辛苦苦地维持着这份信任，结果一个不留神，就有人乘虚而入了。

　　虽然知道这种事情不可避免，那个动手动脚的粉丝也被码头的保安教育了，楚秋看起来也没有因此而对其他粉丝心存芥蒂，但那些大粉还是气炸了。

　　我这么久的努力，不是让你们这种脑残粉用来作天作地的！

　　万一有年纪小的粉丝有样学样，用脚趾头想都知道会有什么后果——楚秋肯定会跟其他的人气演员一样，看到接机的粉丝也不再停留，直接在安保人员的保护下扭头就走的！

　　当风皇的公关部察觉这件事的时候，转头就发现已经有大粉出面控场了。

　　饭圈嘛，基本上就是只要有某个共同的敌人，就会表现出惊人的凝聚力。

　　楚秋的大粉挺多都是别人家爬墙过来的，尤其是祁天瑞那边爬过来的中坚力量特别多，对于娱乐圈的套路心里门儿清。

　　他们很清楚应该把矛头指向谁——以前被黑的时候抱团怼黑子，现在，抱团指责某一部分毫无理智的粉丝就行了，而且还不能针对到个人，因为会造成网络暴力。

　　所以，虽然心里对那个扯衣服的恨得咬牙切齿，但大粉们还是强行把话题上升到了整个娱乐圈的粉丝素质上。

　　那边楚秋的座谈会还没结束呢，楚秋的饭圈就以令风皇公关部目瞪口呆的速度反应了过来。

　　控场、推广、发帖和营销、找以前各国艺人因为疯狂的粉丝而受到伤害的照片和新闻，升华话题，把整个娱乐圈数得上号的流量小花和演员一口气全都拖下了水。

这一条龙下来，其反应速度和手段令人叹为观止。

公关总经理接到祁天瑞电话的时候，出乎意料地平静。

一直以来都跟媒体、粉丝站在对立面的公关部，头一次深切地感受到了抱团吃瓜到底是件多享受的事情。

楚秋坐在车里，翻着周熠星分享到群里的帖子，有些紧张。

楚秋难得会去看这种帖子，但他实在是在意今天自己自作主张所带来的影响。

就目前来看，影响似乎有点太过了。

祁天瑞发动了车子，随口安慰紧张兮兮的楚秋："不会有事的。"

楚秋不答，沉默地拆了颗奶糖。

难得有小伙伴的瓜吃，这会儿在天南海北各忙各的几个小伙伴都在群里非常活跃。

其中犹以热爱"吃瓜"的周熠星为最。

楚秋跟着周熠星的节奏，挨个看他发的那些帖子和截图。

直到祁天瑞在剧组订好了杀青宴的酒店门口停下车，楚秋还沉迷吃瓜不可自拔。

祁天瑞看着楚秋一脸严肃仿佛在正经学习的样子，顺便伸手给他按下了安全扣："自己的帖子那么好看？"

楚秋回过神来，面上还带着些许的不可思议。

"我……"楚秋把安全带收好，深深地觉得网民的脑洞真是可怕至极。

他自己都不知道，原来他愿意跟粉丝面对面交流的这个举动背后，竟然有这么多弯弯绕绕的目的在里边。

一个表情都能被有理有据地解读出一二三四五个理由和心理活动来。

楚秋吃着瓜，恍惚间都要觉得自己就是戏精本精了。

祁天瑞见楚秋并没有被言论影响到，也就没准备阻止楚秋继续看帖的行为。

杀青宴上，几个主要演员都来了，因为进展很顺利，前期投资余下的钱还剩下不少，卫导非常大方地定了B市著名的酒店，准备好好犒劳辛苦了近半年的人们。

席上气氛很热闹，一起工作这么久没闹什么矛盾，相互之间也足够熟悉了。

作为编剧的金老也来了，笑眯眯地跟楚秋坐在一桌，端着杯茶，以茶代酒喝趴了好几个。

"之后有休息时间吧？"祁天瑞随口问道。

楚秋放下筷子，回忆了一下日程。

现在是十月下旬，一直到十二月，《文豪》预定的送审期之前，他的档期基本全都是围着《文豪》的宣传转的。

除此之外就是服装代言的一些小活动，还有楚秋主动要求的一些慈善活动。

十二月《文豪》送审，审核结果出来了，才能确定是继续跑宣传还是被打回去重新剪辑。

这一个多月里，他的档期还算松快。

于是楚秋对祁天瑞点了点头。

"那太好了。"祁天瑞松了口气。

楚秋这大半年来实在是太忙了。虽说对于演员来说，忙碌就意味着红，红就是好事，但出于私心，祁天瑞心疼楚秋，宁愿他轻闲一点，多花几年在娱乐圈里站稳脚跟。

或者干脆不那么红也是好的。

这话祁天瑞憋在心里没有说，毕竟楚秋难得有喜欢做的事情。

祁天瑞行动上全力配合。

气氛和睦的杀青宴结束，楚秋和祁天瑞两个酒足饭饱，准备回家——难得一下午加一晚上都没有工作，不好好休息一下实在是太浪费了。

但他们才刚到家，周熠星就一个电话打了过来，语气有点方。

"秋，你快看帖子，出事了出事了！"

楚秋一愣："哎？"

"有人扒你……嗨呀帖子发你了你自己看。"周熠星那边传来喊声，似乎是轮到他的戏份了，他匆匆忙忙道，"让祁天瑞再跟公关部联系一下！我先挂了啊！"

楚秋握着手机，愣愣地转头看向了祁天瑞。

"我……有什么能扒的？"楚秋十分疑惑。

"其实硬要说的话，挺多的。"祁天瑞多少也听到了一点电话的内容，"在意的话就看看，我联系公关部去。"

楚秋想了想，还是趿拉着拖鞋，去书房开了电脑，点开了周熠星发来的帖子。

纯好奇当红演员楚秋的身价！

No.0 —————————————————————

纯好奇。

是这样的，我个人对这个有点兴趣。

这是刚刚扒同款的粉截出来的，具体是啥还在扒。

这个项链的链条还蛮特殊的，GR 做珠宝，但是 GR.T 因为面向客户人群不同的缘故是不做珠宝的，所以肯定不是 GR.T 的代言，也已经证明了不是 GR 的款式。

纯好奇，有大佬来一起扒扒看吗？

我真的很好奇当红明星一身穿着多少钱啊。

No.1 --

恕我直言，楚秋现在红归红，但是钱估计不怎么多，毕竟现在的片约都是他红起来之前签的。

代言和通告可能赚了点，然后他又比较热衷跑慈善，不怎么做综艺工作……

做过业内相关的表示，楚秋现在的身家估计……

No.2 --

那我更加想知道他全身上下多少钱了。

No.3 --

扒出来了扒出来了。

链条是 TFN 新款钻石白金，吊坠被挡住了不知道，看形状是个圆的。

项链这玩意儿价值一般看吊坠，不过钻石白金系列的最低价是 5 万。

No.4 --

5 万对演员来说不算啥啊。

No.5 --

5 万是不算啥，但提醒一下，该系列成品价值最高的 28 万。

该系列定制吊坠，据我所知，加设计和制作费用，50 万的也有。

那么问题来了，钻石白金系列圆形吊坠的款式只有三个。

掐掉零头四舍五入，价格分别为：8 万，13 万，15 万。

你们觉得哪个比较正确？

No.6 --

我选定制。

No.7 --

楚秋能拿得出这么多钱买项链？

对他们这些演员来说，饰品基本上称得上是月抛的吧？

出席活动的时候要是穿戴了以前的服饰，不是都要被嘲笑吗？

No.8 --

我不管那些，我就想知道楚秋的购买力符不符合这个价值啊？

No.9 --

非要说的话肯定是有的，就算他没钱，他也可以有信用卡啊！

万一人家跟祁天瑞一样是个隐藏富二代呢？

想想当年扒祁天瑞的，最后哪个不是脸都被扇肿了。

No.10 --

也是……能跟祁天瑞玩到一块儿的，估计家里也穷不到哪里去。

No.11 ————————————————————————

……这么说来似乎没人扒过楚秋的家境吧?

他好像从来没有透露过自己的家庭信息?

No.12 ————————————————————————

什么!

干吗要扒人家家庭啊?

天哪! 要是楚秋家里条件好或者是特殊关系的家庭，是不是就要有人说楚秋的资源都是靠后台啊? 是不是还有人要开脑洞说楚秋拿奖是靠家里活动的啊?

……

No.921 ————————————————————————

扒了这么多楼，吓死我了，我还以为大家都知道呢。

楚秋是孤儿啊，没有背景的，就在我家楼下的福利院长大。

就是楚秋第一个公益广告的那个福利院，在 B 市南郊，叫福兴儿童福利院。

我们这一块儿的人都知道啊，楚秋隔三岔五回来一趟，每次都带一堆东西分给院里的小朋友。

周熠星、周熠月他们那一群也偶尔会一起来，见怪不怪了。

No.922 ————————————————————————

……啊。

No.923 ————————————————————————

……哈?

No.924 ————————————————————————

等等? 孤儿?

我不信!

No.925 ————————————————————————

……我干吗骗你们啊，你们来这边随便抓个人问都能问到的啊。

只不过大家都是几十年的街坊邻居，知道楚秋变成了大明星，也就是聊天的时候随口提及他出息了，也没往外边说过。

不是所有人都跟你区的人一样眼尖耳明，哪个明星都能数出一二三的啊，周熠星他们那帮人大剌剌地在我们这边溜达了好几圈，才有一个小姑娘认出了柳闻青。

项链我不清楚，不过楚秋经常带一些奇奇怪怪的东西回来，什么购物卡啊旅行券啊音乐会入场券什么的。

一般优先给院里的老大爷老大妈，他们不要的就分给想要的街坊邻居，说是工作上的人送的，可能项链也是送的吧。

No.926 --

其实我看了这么久,有一句话一直没说。

你们是不是不知道,买项链可以不要吊坠,纯买链条的啊……

纯买链条还算便宜的。

No.927 --

怪不得楚秋那么热衷于跑慈善……

仿佛瞬间明白了,为什么楚秋一个公众人物还会那么害羞……

还那么实诚

No.928 --

楚秋只是害羞脑腆已经很好了。

去过福利院做义工,里边的孩子……看人的眼神让人非常不舒服。

我没有别的意思,就是……唉。

不知道怎么说。

No.929 --

这么一说,我记得楚秋家有个大粉,在楚秋红起来之前就见过他吧。

说是在 B 市一个福利院做义工的时候遇到了,说楚秋超温柔的,会带孩子还会做饭啥的……

她当时以为是跑慈善拍广告去了,这么一想……说不定人家就是回去探望院里的人被正巧撞到了哦?

No.930 --

的确有可能,而且拍公益广告选取地点和素材的时候,楚秋利用工作之便稍微照顾一下自己长大的福利院也无可厚非啊。

B 市人,表示准备明天去找找那个福利院看看。

顺便盯着那些跑得比啥都快的媒体,随时准备帮福利院报警。

……

No.2741 --

我是 930 楼,我从那个福利院里回来了。

福利院超小的,位置比较偏,就是个偏僻的城中村,不太好找,但的确如 921 楼说的那样,附近的人随便问一问就知道楚秋的事。

前边那些说楚秋卖惨做人设的麻烦歇一歇,以他现在的热度并不需要卖惨虐粉,而且这是真事不是在做人设。

楚秋估计也不乐意被扒出来,毕竟他现在热度这么高,万一被抛弃他的所谓父母找上门来了,又是一大桩麻烦。

另外,很不幸,我去的时候福利院已经被媒体肆虐过了,但是应该是有提前准备,并没有发生冲突。

我是一大早去的，在福利院附近也遇到了不少一大早找过来的秋粉求证，福利院的阿姨很干脆地让我们进了院里。

话不多说，以下开始放照片证明楚秋不是在卖惨虐粉，人家本身就是孤儿。

楚秋的相册，看图。

楚秋给孤儿院买回来的设备和衣服，看图。

楚秋前段时间跟周熠星、祁天瑞一起回福利院带小朋友玩的小视频，附上视频。

福利院阿姨人很好，我们问什么她差不多都回答了，楚秋打小性格就有问题，进入天使娱乐纯粹是因为大学毕业没找到工作，被天使娱乐递了名片，就很干脆地入行了。

认识祁天瑞是因为工作这点楚秋也说了。

那些一条项链就开脑洞说人家傍大款抱大腿的，散了吧。

No.2742

我也去了福利院，在回家路上，现身说法。

阿姨的小房间里贴满了各种各样的奖状，有一个小角落里全是楚秋的三好学生奖状。

No.2743

学习好又漂亮的小孩子居然没被领养走？

No.2744

阿姨说楚秋小时候心理有毛病，整天整天都不讲话也不跟别的小朋友玩，一有人想领养他还没靠近就被他看怕了。

其实看照片也能感觉到的吧？小楚秋的脸上一点笑都没有。

长得跟娃娃似的，眼睛又那么黑那么大，面无表情地看着你，怎么逗都不笑不讲话，的确是蛮吓人的。

No.2745

毕竟福利院啊……

No.2746

对啊，据说是上了高中之后情况才渐渐有所好转。

No.2747

爱抚一下我秋，看到楚秋发的微博了，复制一下。

楚秋：谢谢大家关心，请不要去打扰福利院的正常生活，多多关注公益。

来源是他自己的设备，不是张大力的。

No.2748

我现在好心焦地在等秋的采访出来。

楚秋的确是被问到了。

在网络上轰轰烈烈地扒他出身的浪潮起来的时候，楚秋就已经跟公关部那边达成了共识。

正如那些相信楚秋的粉丝们所想，楚秋也觉得自己没什么好遮掩的。他没什么见不得人的地方，该说的趁早说了，免得外界风风雨雨地撕他炒作之类的。

所以今天原定的梨子视频播放平台的采访，负责采访他的记者毫不意外地及了这些问题。

记者问道："请问楚秋先生，您对这两天网友们热议的关于您的事情知道多少呢？"

"差不多都知道。"楚秋说道，"星星给我看了帖子。"

记者一愣："星星？周熠星吗？"

楚秋点了点头，毫无所觉地把周熠星卖了出去："星星比较八卦。"

记者笑了笑："那么，您对那些传闻怎么看呢？"

楚秋不知道他指的什么，回问道："哪些？"

"您的项链，据说最低价值八万，网友质疑您没有这样的购买力。"

"不是我买的。"楚秋说道，他今天身上穿的大衣依旧完美地遮住了脖子上的项链，"长辈送的。"

记者一顿，追问道："据传您是孤儿，那么长辈是指……"

"是祁哥的妈妈。"楚秋非常坦然大方地回答，"前段时间祁哥生日，见到了阿姨，她送了我项链。"

记者忍不住感慨："是祁天瑞先生的母亲？你们的关系真好。"略作停顿，他又问道，"有网友称昨天的情况是您的新剧《文豪》杀青的炒作，您对此怎么看？"

楚秋蹙起眉思考了约莫半分钟，才慢吞吞地开口答道："这样想的话……好像也挺好的。"

记者一愣："哎？"

"省钱。"

记者蒙了两秒："省钱……呃，您的意思是省宣传费吗？"

楚秋立马点点头："对。"又解释，"剧组穷。"

楚秋的这个采访本来就是针对《文豪》的一个小宣传，话题发展到了这里，记者也就顺水推舟，将话题扯到了剧组和剧上边。

采访结束的时候，记者站起身来："采访将会于今晚七点在平台上放出，辛苦了，合作愉快。"

楚秋跟他握了握手，离开了采访室。

楚秋站在厨房里刨着丝瓜，料理台前的墙壁上贴着挂钩，挂钩上挂着一个小本子。

本子上密密麻麻地写着台词，楚秋垂着眼利落地刨着丝瓜，偶尔抬眼看看小本子，跟在旁边切菜的祁天瑞对着台词。

这些是在《文豪》粗剪进行中的时候，发现需要补拍重拍的镜头，镜头不算多，但身为主角，台词还是不少的。

时隔近一个月，原本的台词楚秋已经忘得差不多了，所以得重新背才行。

这种时候就充分体现出了祁先生的优点。

在对台词找戏感这一方面，祁天瑞简直是再好使不过了。

两个人肩并肩站在厨房里，面上神情平和安定，刀落在砧板上的声音十分轻缓，偶尔停下来，不是抬头看本子，就是戏感上来了，昂首挺胸地念台词。

又或者小声讨论两句刚才的咬字和台词重音问题。

"啊，切完了。"祁天瑞把切好的蒜片放进一边的小碗里，抬头看了一眼台词本。

他们刚结束了这一页的台词。

祁天瑞让开位置，伸手把台词本取下来，而楚秋拿水冲了冲手里的丝瓜，非常主动地接手了祁天瑞刚才的活。

下一页的内容依旧满满当当。

祁天瑞翻了页，把台词本又挂了回去。

《文豪》在十二月初完成了精剪，在中旬通过了审核。

卫导的胆子不如刘导大，根本不敢先做后期宣传再让电视台叫价，所以在正式进入宣传期之前，剧组方率先开了剧集拍卖。

就等着拍卖结果出来，跟电视台方面商量好档期，然后就要进入紧锣密鼓的宣传阶段。

楚秋最近热度极高，在《太京》广受好评、第二轮播放权卖出了令人咋舌的天价之后，他担纲主演、业内名笔金老一手编剧的《文豪》可谓是让众多电视台翘首以盼。

不只是卫导，就连楚秋本人，在拍卖开始之前，也被要求出席的电视台和媒体名单吓了一跳。

"主要是最近有人传你在《文豪》之后，就不会继续接拍电视剧的原因。"摄影棚里，卫导看着手里的名单，凑在楚秋身边小声说，"而且，亚当斯导演那边发了通稿，说《A》系列第二部的剧本已经制作完成，准备开始筹备演员试镜了。"

楚秋愣了愣，这几天他一直在跑活动，忙得像个陀螺，还没有听说这件事。

"你不知道？"卫导有些惊讶，"不是说会邀请……"

卫导话未说完，楚秋放在桌上的手机就震动起来。

来电显示是张大力。

楚秋接通了电话。张大力告诉他，亚当斯导演的通知来了，因为他最近国内工作会很忙，无法前往 M 国的缘故，那边表示可以通过视频通话来试戏，或者录一条镜头发过去也可以。

当然最好还是能飞过去，不过张大力瞅瞅《文豪》的首播权拍卖之后楚秋的档期，在明年二月份之前，都不可能有空去太平洋另一侧的国家。

"试镜片段我已经发给你了。"张大力话音刚落，紧接着升起来的就是他家小公主的哭声。

张大力无比清晰地号了一声"又尿了"，然后匆匆忙忙地挂断了电话。

在旁边很清楚地听到了张大力惨叫声的卫导蒙了两秒，问："大力他还好吧？"

"乐在其中吧。"

楚秋一边这么说着，一边想到了上一次见到张大力的时候，他眼睛底下乌黑的样子，又有点不太确定。

"……大概是。"楚秋补救道。

卫导点了点头，拿过一旁拍卖的策划案挠头。

楚秋坐在旁边，点开了张大力发来的文件。

《A》系列是未来科幻类的商业片，主线是寻找人类失落的母星。

根据第一部的设定，在未来，地球无法承载越来越多的人口，人类迫不得已，开始想办法殖民其他星球，人类的历史由此跨入星际时代。

在那之后几个世纪，联邦突然开始封锁迁往外星的居民回到地球的道路，同时也不再允许地球上的居民往外迁徙。

时过境迁，人类的母星就成了失落的星球，人们丢失了航道，没有了牵挂，也无从得知地球被封锁的原因。

第二部衔接的是第一部的剧情，星舰补给了物资，主角一行离开了着陆的星球，重新起航。

他们顺着人类踏入星际时代的最初路径，跨越宇宙星辰，在茫茫宇宙中航行三年后，在一颗星球上着陆，就此展开新的故事。

主要内容不外乎就是高大全伟光正的主角形象，飞船，爆炸，打斗和未来科技的视觉享受。

在上一次跟亚当斯导演偶遇压马路的时候，楚秋就已经大致得知了角色形象。

人设是相当时髦的。

据亚当斯导演所说，这个角色是一个从失落的母星逃出来，却被星际海盗抓住，贩卖到该星系的人物。

他身怀母星衰落的秘密，需要跨越漫无边际的宇宙，前往主角出生的星球将秘密交给某一个人，以求得拯救。

所以他并没有坐以待毙，而是一直在筹划摆脱奴隶的身份，离开这个星系。

但就在他解开了枷锁，挖掉了植在肌肉里的芯片即将逃离的时候，他撞上了非法着陆的主角一行。

至于这个角色怀揣的秘密是什么，他要找的是谁，为什么非得要去找那个人……

至少楚秋拿到的这百分之二十的剧本里，都没有揭露出来。

楚秋明白这意味着什么。

这意味着这个角色在整部剧里的戏份和重要性绝对不低。

而如果到剧终都没有揭秘，那么就意味着，若是能拿下这个角色，那么接下来，《A》系列的第三部肯定还有他，而且是拥有重要戏份的角色。

楚秋忍不住咂了咂嘴。

他觉得除却他在《向阳而生》中所表现出来的演技之外，亚当斯估计还看中了国内的电影市场，不然不会给一个华语演员画这么大一个饼。

毕竟《江湖行》国内几十亿的票房，光是大陆票房就已经顶过好莱坞大片的整个北美票房还有不少剩余了。

看看从前，为了国内市场，好莱坞大片放一个某某影星参与的噱头出来，实际上也就是客串个几秒的镜头而已，光是这样就能在国内赚个十几亿的票房。

那邀请一个演技过关、刚在国际奖项上拿了奖、又在国内正当红的演员饰演重要配角……楚秋用脚趾头都想得到，出于某种众人皆有的情怀，只要这部电影维持在亚当斯导演的正常水平范围之内，《A》系列的第二部在国内绝对会大爆。

深谙观众心理的商业片导演到底还是厉害。

楚秋看着手机上的英文剧本，只觉眼前有一个散发着诱人香气的大饼饼，就等着他一口咬上去了。

饼是一定要吃的。

人家都给你送到嘴边上了，谁不吃谁傻。

楚秋不傻，他还自认挺机灵的。

但吃这个饼还是得让做饼的人同意才行。

楚秋趁着《文豪》的首播权正式拍卖还有几天的时间，一有空就蹲在角落里琢磨试镜片段和人物。

之前亚当斯导演表示将会有一个亚洲人扮演的角色，并很粗略地描绘了一下身份背景的时候，楚秋心里是有底的。

比起亚当斯导演的成名作，《A》太中规中矩了一点，并没有特别出彩的地方。

即便如此，对于想要踏上国际电影荧幕的楚秋而言，这部作品已经足够了。

搭建人物是很耗费心神的事情，楚秋需要寻找大量的参考和素材，以剧本和人物卡为中心，来构建人物。

楚秋这几天就天天在小角落蹲着，抱着手机和笔记本，一边看搜集来的素材，一边拿着笔和本子记录关键词。

一个背负着重大使命的、不甘向命运屈服、不断挣扎着向前爬的小人物。

这种定位的角色楚秋演过，但亚洲这边的演绎方式，跟好莱坞还是差了不少，楚秋得做出不少细节改动。

祁先生就发现，等他停完车再到节目组或者是活动场地的时候，经常看到工作人员满场找楚秋。

而楚秋其实就在某个遮蔽物的后边，坐着或蹲着，团成团，存在感几乎为零。

祁天瑞不得不一次又一次，急吼吼地把楚秋从各种各样逼仄的小角落里刨出来，免得他耽误工作。

好在试戏的镜头要求不如正式拍摄的时候高，在《文豪》正式进入大宣传之前，楚秋就将镜头拍好，给大洋彼岸的导演先生发了过去。

而《文豪》，则以每集四百五十万的价格，将电视首播权卖给了南北卫视，网络独播权再度被财大气粗的梨子平台以九百万每集的价格买下，彻底结束了这一场金钱厮杀。

卫导笑得见眉不见眼，虽然网络播放被拿下了独播，没办法卖第二轮播放权，网络独播卖出去之后也会影响到电视方面第二轮的播放价格，但架不住这独播和首播权价格高啊！

总共三十六集的剧集，光是电视的首播权，就已经收回前期投资的本了！

网络独播权的钱，刨除掉后期宣传的成本，剩下的基本纯赚！

而后续的第二、三轮播放权，虽然价格会有一定程度的降低，但蚊子腿再小也是肉啊！

卫导内心噼里啪啦地算着账，脸上几乎要笑出一朵花来。

比起对外界言论并不关心的楚秋，卫导身为导演，平日里吃瓜看戏无所谓，但手里有剧的时候，自然是要对外界的风向有个明确把握的。

他当然不会不知道，这次的价格跟外界对楚秋未来走向的猜测有关系。

作为一个最近被热议的演员，接拍了两部电视剧的同时，一声不吭地就拿了国际电影的奖项。

而他第一个正经出现在观众面前的荧幕作品，刨除掉那个公益广告，就是一部电影。

再加上最近《A》系列传来了要制作续作的消息，楚秋又曾在节目里明确说过有口头约定试镜，所以外界有理由认为，楚秋在有了足够的热度之后，选择舍弃电视剧，彻底转型电影咖。

这个年轻人的起点太高了，走得太快了。

公众期盼着他做出更多更好的成绩，带着他们的寄托和野望，继续大步往前走。

而媒体，则比公众更加迫切地希望他取得成绩——不取得成绩，弄出点大新闻也是极好的。

如今没有大新闻，他们就选择擅自给楚秋勾画蓝图，比如彻底转型电影咖，比如参演《A》第二部，又比如吹一吹《文豪》将会取得的成绩。

要吹自然是往大了吹，这些媒体才不在意人家是不是能够达到这个成绩，反正热度蹭到了，业绩达到了，谁管正主的生死呢？

对于这种无脑吹的节奏，公关团队跟媒体有无言的默契，都是不会管的，毕竟谁家都不会嫌自己热度高。

《文豪》就乘着这股东风，卖出了一个好价钱。

这个价钱是托谁的福，又是从何而来，卫导一清二楚。

之后的宣传，还是得以楚秋为主力。

外界那些关于楚秋转型的推测，卫导觉得不无道理。电视剧毕竟赚得少又耗时间，虽然可以刷国民度，但对如今世界范围内的影视圈而言，电视剧的地位就是要比电影低一些。

楚秋一个已经有资格往国际舞台走的人，以后只接拍电影这个走向也不难推测。

虽然理智上觉得这是理所当然的，但感情上，卫导多多少少还是觉得可惜。

他干脆在第一波大宣传开始的时候，在后台拉着楚秋，问他："小秋啊，你以后就走电影的路子了？"

楚秋一愣，摇了摇头，说道："看本子。"

卫导听到楚秋说不挑类型只看本子，松了口气的同时，又觉得他这么做不妥当。

年轻人现在前途一片大好，干吗在电视剧上磋磨青春人生呢？

卫导想说点什么，却又不知道往哪方面说才好。

的确如某些媒体所说的那样，这个年轻人走得太快了，快到让他们这些在业内挣扎了十几二十年的人，都只能看到他的背影。

卫导想到楚秋的年纪，又想到他的成就，对比了一下自己，只觉得一阵心酸。

他欲言又止。想要像刚认识楚秋的时候一样，以过来人的身份讲点什么，却又觉得自己似乎已经没有那个资格了。

"多拍电影。"他最终只能这样说，然后拍了拍楚秋的肩，站起身离开了化妆间。

卫导推门而出的时候，祁天瑞恰巧推门而入。

卫导一愣，看着祁天瑞后退一步让开了门，突然就叹了口气。

"现在的年轻人真是厉害啊。"他说着，慢悠悠地走出了门。

祁天瑞往楚秋身边一坐，问："卫导这是怎么了？突如其来的中年危机？"

"是的吧。"楚秋应道，"他让我多拍电影。"

"哦……"祁天瑞像是领会到了什么，却没有多说。

大浪淘沙，时代交替本就是无法阻挡的浪潮。

国际大门即将正式向华语影视敞开，圈内赤裸裸的竞争和实力的拼杀更为残酷。

好的作品自然有观众愿意买单，一旦有人买单，剧组方就越来越不受资本干扰控制，刨除了资本的干扰，主创个人的能力就显得尤为重要。

观众支持率低的主创不得不向资本低头，而即便有了大投资和市场流量的支持，被干涉了自我创作的主创受到掣肘，观众们不瞎，有了好片子谁还会去忍受烂片呢？

投资商更不傻，对金钱嗅觉最敏锐的就是这些人。那些不足以促使观众掏钱的团队，结果只有黯然离开这个圈子。卫导如果没有铆足了劲厮杀的觉悟，也将会成为被淘汰者之一。

"不说那个了。"祁天瑞笑眯眯地说，右手一直藏在背后，"一个好消息，猜猜。"

"嗯？"楚秋呆了呆。

祁天瑞伸出左手揉了一把楚秋的脑袋："猜猜看。"

楚秋想了想，问道："《文豪》时间确定了？"

"比这个好一点。"祁天瑞说道。

楚秋又思考了两秒："星星拿奖了？"

祁天瑞摇头："他才刚杀青。"

"呃……"楚秋微微皱起眉，有些苦恼。

"算了。"祁天瑞叹气，背在背后的右手拿出一沓 A4 纸出来，上边密密麻麻地写着一些条款，"锵锵锵！《A2》的合同初稿！"

"恭喜我们秋！试镜通过啦！"

合同不算厚，因为有许多相关细节并没有商讨的缘故。

发来了合同也不意味着角色就板上钉钉了，后续商议和档期也十分重要。

楚秋接过合同，愣愣地道："昨天晚上才发的镜头。"

"所以今天你就收到合同了。"祁天瑞似乎还想说点什么，却因为其他演员进入化妆间而咽了回去。

楚秋也不动声色地把合同翻了一面，将什么都没印的封底朝上，放到了桌面上。

平日里楚秋和祁天瑞并不会遮掩他们之间的关系，而相关人员为了工作也不会往外说，但一旦事关利益，人就会变得不再理智。

《A》的第二部发出了决定续作的消息，这意味着相关事务正在准备中。

"准备中"三个字，在演艺圈里，就等于一个巨大的机会。

尤其是之前，导演和楚秋两方都透露出了该系列的第二部将会有亚裔演员出演的消息。

对于削尖了脑袋想挤进好莱坞的演员来说，才不会在意导演是不是已经看中了楚秋，只要演员名单没有公布，就是他们的机会。

别说国内了，整个亚洲都有不少演员盯着呢。

只要那边没有明确给出演员已经确定的消息，就不会有人选择放弃。

楚秋对这一点非常了解，也因此非常防备。

谁知道为了这个香饽饽，那些人能做出什么呢？

祁天瑞扫了一眼楚秋的动作，笑了一声，帮着楚秋卸妆。

楚秋一直没有找助理，除了祁天瑞那个小圈子和郭旷之外，也没有什么朋友。

不少想要跟他交好的演员，都耐不住他们叨叨十几分钟，而楚秋只是点头摇头的寂寞，退却了，圈里还有楚秋私底下不太好相处的传言。

不过会信这些传言的大多是没有跟楚秋合作过的人，更多的人觉得，楚秋只是比较喜欢独处。

跟楚秋一同出演《文豪》，扮演主角友人的演员坐在了楚秋和祁天瑞旁边，扫了一眼正轻轻地给楚秋卸妆的祁天瑞。

"楚秋，还没请助理呀？"他问道。

楚秋没想到他会突然搭话，微微一怔之后回过神来，点了点头。

楚秋对这个演员印象挺好，之前录制《文豪》的宣传节目，对方总能在他反应不过来的时候出声圆场，到后来，楚秋干脆就把宣传的主力工作交给了他。

虽然祁天瑞和周熠星他们都表示这是人家在给自己加戏，但对并不怎么擅长掌控麦克风的人，楚秋觉得加戏就加戏吧，总比让他上然后变成冷场的情况要好。

"祁先生是准备一直陪着吗？"演员说着话，他身边的助理已经开始忙活着准备给他卸妆。

祁天瑞微微抬眼看了看他，应了一声。

坐在楚秋身边的演员便开始絮絮叨叨地闲聊，楚秋实在不擅长这种话题跳跃极强的即时性聊天，再加上自己和对方私底下并不熟悉的关系，只好在对方说话的时候做出点头摇头之类的简单回复。

另外几个演员却非常良好地沟通起来。

"等会儿还有后台花絮的拍摄。"趁着化妆间里其他人聊得热火朝天，祁天瑞低声对楚秋说道。

楚秋点了点头："嗯。"

祁天瑞站起身来，问道："今晚想吃什么？"

楚秋想都没想就开口："土……"

"除了土豆丝炒肉。"祁天瑞直接打断了他，"你都连吃一周了，晚饭天天吃这个，你不腻吗？"

"……那，不要米豆腐炒肉末。"楚秋回击。

祁天瑞："……"

楚秋抬眼冲他笑。

"好，我知道了。"祁先生屈服得异常迅速，"土豆丝炒肉是吧！吃！想吃就吃！"

说完，祁先生拿过楚秋的背包，动作自然地将楚秋放在桌面上的合同塞包里："车里等你。"

楚秋看着镜子里的祁天瑞，点了点头。

没了祁天瑞在旁边，楚秋就显得更加沉默。

反应冷淡的人总会降低别人的聊天热情，毕竟不是谁都像周熠星一样，是个心细话多，可以自己跟自己讲话一小时不带累的话痨。

所以楚秋总是坐在角落里，免得横插在别人中间显得尴尬。

"大家好！"扛着摄影机进了后台的摄师跟大家打招呼，"这是《文豪》最后一次花絮拍摄啦，今天当天就会放出作为宣传预热，希望大家配合一下！辛苦了！"

后台里坐着的人齐齐应了一声。

楚秋看了一眼镜头，在镜头对准他的时候，挥了挥手。

按照正常流程，作为主角，楚秋是会第一个正式切入话题的。

所以摄像师直奔楚秋待的角落。

化妆间的灯光很好，基本不用打光，而且是花絮的拍摄，大家非常放松，照样是该做什么就做什么。

旁边的人有一搭没一搭地聊天，楚秋也很放松，把手里的卸妆棉放到一边，回过头冲着靠得极近的镜头笑了笑。

最后的花絮拍摄有提前通知，所以楚秋已经提前想好了发言。

"最后一次花絮拍摄了，今天之后就要开始宣传啦！"

楚秋用他独有的、慢吞吞的语调说着，总结了一下《文豪》拍摄的收获，又讲了一下对收视的期待，然后非常干脆地说了结束语。

"之后的工作会加倍努力的！"

坐在楚秋旁边的演员突然伸过头来，笑眯眯地问："之后的工作是指什么？"

"哎？"楚秋微怔，完全没想到旁边的人会突然插进来。

"听说《A》第二部开始筹备了，亚当斯导演通知你试镜了吗？"

这个问题让整个化妆间都安静了下来。

被好莱坞导演正式邀请去拍戏，有这份殊荣的亚裔演员一个巴掌数得过来。

化妆里的这些人不一定有资格去争取国际电影的角色，但对这件事情，都挺关心的。至于他们之中，有多少是单纯的关系，又有多少是存心刺探消息，楚秋就不得而知了。他被突兀的提问问得茫然了许久，看着镜头眨了眨眼，答道："通知了，但我现在档期很紧。"

档期紧，所以没法去试镜。

至少现在还没去。

众人神情各异，而楚秋在摄像机转走之后，只是对身边发问的人抿着唇微微笑了笑，便将脸上最后一点妆卸干净，迅速起身走人。

他知道自己的回答钻了个大空子，毕竟谁都知道试镜不仅仅只有当面这一个方式，这些人一时没回过神来，不代表在之后的拍摄里回不过神。

楚秋身为主角，想要把话题扯到他身上，顺口再旁敲侧击一下，实在是太简单了。

而不巧，楚秋不擅长说谎也不擅长隐瞒。

所以镜头一挪走，楚秋就脚底抹油，匆忙溜了。

祁天瑞往车里一坐，就非常激烈地跟张大力抢起了楚秋的监护权。

——前往拍摄《A》第二部时的监护权。

合同上说，《A》正式开拍的时间将在两到三个月后，那个时候张大力家的小公主最闹腾最需要照顾的阶段已经过去了，而带了大半年的崽，几乎要崩溃的张大力迫切地希望能偷个闲，用工作的理由跑出去安静地待会儿。

张大力现在有些伤心，因为自家小公主对他的差别待遇。前些日子祁天瑞和楚秋去张大力家看孩子，白白嫩嫩的小婴儿躺在婴儿床上，冲着楚秋和祁天瑞两人"啊啊"地笑，张大力一出现，她就一秒晴转多云然后下起了雷阵雨。

换了他媳妇儿来看孩子也不是这么个待遇啊！

张大力都要气死了，瞬间就觉得自家崽一点都不可爱了。

所以大力先生非常冷酷无情地拒绝了祁先生要求跟楚秋去那边的要求。

楚秋从后台开溜，刚坐进车里，就对上了祁天瑞哀愁幽怨的表情。

楚秋：……

"秋啊。"祁天瑞喊了一声，问道，"你喜欢我多一些，还是喜欢大力多一些？"

楚秋："……"

这话我没法接。

祁先生跟他发小争夺监护权的战争，最终以找了柳姐当外援的祁天瑞夺得了胜利。

而就在祁天瑞放下手机，准备跟端着饭碗的楚秋分享喜悦的时候，却瞥见楚秋正皱着眉瞅着电视。

楚秋难得露出这么明显的不愉快，这让祁天瑞有些惊讶。

"怎么了？"祁天瑞看向了电视。

正在播的是今天楚秋他们在后台录的最后一个花絮。

演员们正随意地闲聊着，现在的话题是刚刚离开的楚秋。

画面上正巧是今天坐在楚秋旁边的演员，说着诸如"楚秋最近的确是会很忙""毕竟《文豪》大宣传马上就要开始了"之类的话。

楚秋眯了眯眼，收回视线，低头吃饭。

祁天瑞安静地听完了全程，从六分钟时间里零零碎碎收获的信息，多少也拼凑出发生了什么。

"他们问你《A》第二部的事情了？"祁天瑞给楚秋夹了一筷子菜，见楚秋点头，又问，"你怎么回答的？"

楚秋答道："档期紧。"

祁天瑞听完笑了笑："不长记性，被下套了吧？"

楚秋抿抿唇，不吭声。

"跟你说过，不想回答的问题就不回答，总是问什么答什么显得你很好欺负。"

"我以为会剪掉。"楚秋解释。

本来这种内容的确是应该剪掉的，毕竟一部电视剧的后台花絮出现另外一部电影的话题，怎么想都不对吧？

何况还是在大宣传开始之前的预热花絮里这么说，有点脑子的宣发或者导演都不会这么干。

祁天瑞叹气："所以才说你好欺负啊，之前有没有跟你说，防着点这种总是给自己加戏的人？"

楚秋知道这次的确是他自己掉以轻心的错，抱着饭碗觉得有点委屈。

楚秋在剧组里人缘不好不坏，别人对他的热情，大多来自他的热度和祁天瑞的存在，真要说人缘最好的，是那个对他发问的演员。

再加上宣传节目里，楚秋也明确表示把主力任务交给人家，他稍微插手一点宣传什么的，完全顺理成章，而且这种在外人看来的随意闲聊，大多数人也不会往深了去想。

但是大多数人不会，不代表某些蹲着随时准备发他黑稿的人也不往深里想。

"别委屈了，不是什么大事。"祁天瑞安慰他，"反正你以后不会跟这种人有多余的交集，等合同协调好，什么事都没有。"

楚秋点了点头，情绪还是相当低落。

习惯了被黑是一回事，真切地发觉身边的人特意给他下套是另外一回事。

被算得上熟悉的人捅刀子，对楚秋来说还是头一遭的经历。

"不用太在意。"楚秋心情低落的样子让祁天瑞心疼，安慰道，"明天还有宣传呢，你们还要见面，打起精神来，等敲定了角色，气死他！"

"幼稚。"楚秋说完，看着祁先生担忧的样子又笑了出来，抬手揉了揉自己的脸，"好，气死他！"

"对！有的人就是自己不好，就看不得别人好，别人不好他就高兴！"祁天瑞给楚秋夹了一大筷子土豆丝，"当他发现你过得比他好的时候，肯定要气得呕血！"

楚秋觉得气到呕血的难度还是有点高的。

祁先生一点都不觉得自己说得有什么不对，还特意交代道："最近别去看乱七八糟的消息帖子，好好跑宣传，公司那边会尽快给你搞定合同。"

好莱坞的拍摄方式跟国内的拍摄方式差别还挺大的，关于档期、片酬、戏份之类的，都是直接写进合同里，非常明确地规定好条条框框，不出大问题，通常是不会做出修改的。

而电影拍摄期间，每天的工作时间基本不会超过八个小时，以此确保演员的身体和精神状态。毕竟欧美那边各种工会都在盯着呢，惹上点不好就是一身腥。

所以比起拿到本子定下制式合同就能开拍的国内，拍好莱坞电影的前期工作非常烦琐，通常而言，都是用前期的一堆麻烦来换取后续拍摄的顺利。

……虽然很多时候，后续也会出一些问题就是了。

不过意外这种事情，谁都没办法保证不发生。

不出楚秋和祁天瑞的意料，在公司和片方榷商期间，网上黑楚秋的通稿和网友跟疯了似的在狂欢。

通稿和网络黑子仿佛有什么不可告人的交易一样，统一了口径。

他们黑楚秋用档期紧来推脱不谈，根本就是试镜没有通过。随着风皇公关方面和楚秋的沉默不语，事情便愈演愈烈。

他们一个个跳得老高，讥笑楚秋人设崩塌，说他扮"明日之光"的人设翻了船，孳力回馈之类的。

楚秋这边一直都没有动静，不少关注楚秋动向的人都发现，楚秋一直在国内飞来飞去，并没有一点要出国的样子。

随着时间的推移，《A》官方推特上一个接一个地公布了新进演员的消息和筹备工作的进展，看来看去，就是没有楚秋的名字。

黑子们放了心，蹦跶得更开心了。

而楚秋那一副临危不乱、毫不担心的样子，又让圈内那些人死死地闭上了嘴，生怕再被打一次脸。

楚秋就仿佛完全不知道这件事情一样，宣传照上、节目照录、通告照跑，工作一直有条不紊，情绪也相当稳定。

面对这种情况，有不少跟楚秋有工作接触的人，都回想起了楚秋在拿到 GR.T 的代言之后，那副闷声不吭，仿佛什么事情都没有发生一样的态度。

不少敏锐度比较高的人都寻思着，这人怕不是在憋什么大招。

实际上他们猜对了。

楚秋和风皇的确在憋大招。

经过半个月的协商之后，合同终于敲定。两个月之后，楚秋将前往 A 国拍摄《A》系列第二部。

一直到完整的剧本发到楚秋手上，双方才齐齐地松了口气。

片方宣发要走了楚秋的资料，说先整理一下，过几天就把楚秋的资料挂进演员表里。

楚秋的心态更稳了。

卫导简直不知道楚秋这一派八风不动的大将风度到底是怎么养成的。

他都快急上火了。

《文豪》在拍卖完成之后，三方拍板了寒假贺岁档，大宣传开始的时候，距离寒假只有一个月了。

结果这一个月里，有半个月的时间，楚秋都泡在黑水里。

卫导和电视台都着急，只想抱着风皇和楚秋的大腿喊祖宗有啥大招赶紧放了。

"秋啊。"卫导摸进节目后台，拉着楚秋一副要谈心的样子，"最近的事情，你心里有没有数啊？"

"嗯？"楚秋一愣，"什么？"

"就是最近网络上那些通稿……"卫导着急地搓了搓手，"我有点担心啊。"

楚秋恍然。

"没事。"他安慰道，"我运气很好。"

卫导："……"

完全没有被安慰到，谢谢。

"小秋啊，你就跟我交个底，这事儿什么时候能解决？"卫导叹气，感觉自己最近吃不好睡不好，心力交瘁，"虽然咱们剧的收视率肯定比不上《太京》，但也不能扑得太惨，这可不只是跟我有关系，对你以后影响也很大的。"

对那些管杀不管埋的媒体，豁出去地死命捧楚秋的行为，卫导其实是相当高兴的，毕竟这对他的电视剧有百利而无一害。

虽然有很多人都被楚秋的事情刷屏刷烦了，但那些对楚秋表示生理厌恶的人，肯定没有被楚秋的脸和剧圈粉的人多。

粉比黑多，这搁娱乐圈里就是公关的胜利。

但这不代表举高高摔惨惨之后，卫导也会觉得稀松平常。

楚秋可还担着他的戏呢！

而且还是主角！

好不容易有了好剧本好演员，好不容易过审了卖了个好价钱，说白了卫导还指着这部剧翻身，这会儿担纲演员出了问题，对电视剧的影响很大。

早知道应该听老金的，早点出面解决掉楚秋被无脑吹捧的局面才是。

卫导有些后悔，但后悔并没有什么用。

卫导感觉心有点儿塞："来交个底，咱们宣发也好处理。"

楚秋闻言，低头看了看手机上时间，又点开手机里的世界时钟瞅了瞅，说道："今天就能解决了。"

卫导一愣："嗯？"

楚秋点了张大力发给他的图片，然后把手机塞给了身边的导演。

手机屏幕上，赫然是《A》官方推特的截图。

上边用汉字和英文双语写着：欢迎演员楚秋参演《A》系列第二部！

现在的年轻人，真是了不得啊。

一个个的，一言不合就搞出大新闻来了。

楚秋离开之后，卫导坐在化妆间里，看着镜子里已经显出了老态的自己，愣了好一会儿。

良久，他揉了揉因为久坐而有些难受的腰，缓缓站起身来。

年纪一大把了，竟然再一次体验到了年轻时那种失衡的心态。

期待值放太高了到底还是不好，一直以来的平常心都被抛到了一边。

卫导慢悠悠地往外走，经过走廊，停在舞台的入口处，透过遮光帘的缝隙，看着坐在一群演员中间的楚秋。

他在空无一人，只有许多纸箱道具堆积的后台站了好一会儿。

大概的确是到了该服老的时候了。

卫导想着，从兜里摸出了烟盒，拿了根烟，低头看了半晌，却没有点燃。

功利心这种东西，到了他这个年纪，到底是不如年轻人能争能抢。

节目组的导播助理回到后台，一撩起遮光帘就看到了站在后台门边，靠着墙，手里夹着根烟的卫导。

"哟，这不是卫导吗？"助理小哥打了声招呼，提醒道，"后台不给抽烟的。"

卫导点了点头，表示自己知道规矩。

"怎么了，您看起来精神不太好？"助理小哥看着卫导显得有些疲累的神情，关心道。

卫导摆了摆手，解释道："最近太忙了。"

"还担心剧的事情吧？"助理小哥很体贴，"楚秋这个月时运不济啊。"

"嗯？"卫导随意地应了一声。

"最近不是被黑得厉害嘛，发通稿的各家都有，这大半年他独霸头条可招人恨了。"助理小哥叹气，"对您这剧的影响也很大啊……"

"得之我幸，失之我命。"卫导将手里的烟重新塞回了烟盒里。

他抬眼看着无言的助理小哥，内心突然就有了一种众人皆醉我独醒的清明感——看看你们这一个个心中惴惴胡乱揣测的样子，回头通稿发出来，一个大定时炸弹吓死你们！

之前的楚秋大概就是用这样的心情面对他们的吧，卫导想。

这种感觉还……挺刺激的。

"年轻人。"卫导拍了拍助理小哥的肩，好心提醒，"谨言慎行，少讲话，多做事，能在这行走得更远一些。"

助理小哥一愣，看着卫导转身离开的背影，猛地意识到了自己刚刚说的话实在是不应该。

在娱乐圈工作，尤其是他们这些幕后人员，最重要的就是口风紧，工作能力都要排在这个后边。

就算知道了什么秘密，也得烂在心里，不然丢饭碗事小，在这一行干不下去就得不偿失了。

卫导放下了心中的包袱，往回走的脚步仿佛都带上了风。

也许他该约上一两个老友，往四处去走走，散散心，看看外边广阔的天地。

楚秋节目录制完毕，从演播厅的舞台回到后台的时候，卫导已经不见了。

天气越来越冷，即便是在开着空调的室内，也需要穿上一件毛衣才足够抵御寒冷。

楚秋最近清一色地穿着大高领，偶尔被媒体拍到，也一点缝隙都不留给他们。

包括在后台，他也没有丝毫的放松。

"录完了，累死啦！"

化妆间里，《文豪》和同期录制的另外一个剧组的演员凑在一起，商量着工作结束了要不要去聚个餐。

今天也依旧负责《文豪》宣传节目主力的演员笑着转过头看向坐在角落里的楚秋，高声问道："楚秋，去不去？"

楚秋已经卸完了妆，收拾好东西，就仿佛什么都没听到一样，拎着包走人。

化妆间里的气氛一下子冷了下来。

《文豪》组里其他几个演员都感觉有些尴尬，出声的那个更是瞬间冷下了脸。

剧组里的人对这种情况不是第一次见了，打从这人给楚秋下了套起，只要他们两个碰到一块的节目，基本上楚秋都不再搭理他。

《文豪》剧组里其他几个经常参与宣传的演员，对此基本上都是站在楚秋那边的，毕竟在这种时候给人家下套捅刀子实在不是什么好事。

尤其是最后还被他做主播放出去了，简直就称得上是恶劣。

剧集做大宣传的时候，通常来说，主演是能参与并做主一部分宣发工作的，宣发团队也会有人来跟主要负责宣传的主演对接。

但是他们剧组的情况比较特殊，担任宣传主力工作的并不是身为主演的楚秋，而是男二。

这个机会是楚秋主动让给他的，虽然以楚秋的资历来说，用"提携"这个词不合适，但对于扮演男二的演员而言，却是个绝佳的打响知名度的机会。

别人嫉妒都嫉妒不来的机会。

有的人对这种机会会心怀感激，而有的人，他会膨胀。

再加上男二在剧组里玩得挺开，作为主力担当，跟宣发那边关系也还不错。

谁都没想到他会干这样的事情。

本来好好的一盘棋，因为他自己的私心被下臭了，万一影响了电视剧的收视率，谁赔？

表面上背这口锅的自然是身为主演的楚秋了，但知道发生了什么事的，却都很清楚责任到底在谁。

发布花絮的宣发人员已经因此被踢出了团队，而忧心电视剧收视率受影响的其他演员，表面上不显，但背地里一个个恨不得捅死男二。

本来好好一部剧，演员好，剧本好，进展顺利，一直到拍卖剧集的价格都顺顺当当的。

不少演员都像卫导一样，指着这部剧一口气翻身呢！

现在被这么一搅和，指不定那一片漂亮的蓝图里，什么都没了。

"散了散了，晚上我还有工作，我就不去了。"《文豪》剧组里的一个演员率先打破了安静。

另一个人附和道："嗯，我今天也累了，准备回家休息。"

"好久没陪老婆了，回家老婆孩子热炕头。"

接二连三的，《文豪》剧组的其他演员也离开了后台，摆明了没打算给那人面子。

人，大都逐利，在无比清楚地认识到了眼前的人是个两面三刀的性格，并且还影响到了自己的利益之后，自然不会给什么好脸色。

另一个剧组的人你看看我，我看看你，都讪笑着退散，勾肩搭背地撤了。

离开了化妆间，他们又凑到一起。

"隔壁情况不对啊？"其中一人说道，"正常情况他们不是该给拖后腿的楚秋翻白眼？"

"明显是楚秋被坑了呗。"另一人打了个哈欠，"人家自己的事情我们别管，以后离那人远点儿就行了，楚秋背后站着风皇，这会儿都被坑得够呛，我们还是假装什么都不知道最好。"

突然，他旁边的人发出一声惊呼。

近在咫尺的惊叫吓得他一激灵，打哈欠泛上来的困意瞬间消失得一干二净。

"鬼喊鬼叫什么！"他生气道。

"谁说楚秋被坑得够呛！"旁边的人把手机塞进他手里，"我就说风皇公关团队半个月了都不吭声肯定有问题，果然是憋了大招！大健子，说好的楚秋不翻车就给我一百块的，给钱给钱！"

手机界面上是楚秋的微博主页，主页上有一条发布自五分钟之前的新微博。

微博内容是一个表情，加上一张推特截图。

截图上正是《A》系列官推更新的演员信息。

拿着手机的人默默地从裤兜里掏出一张粉红色的大钞，气哼哼地塞进了旁边人的手里。

不同于这边还算平静的反应。

楚秋那条微博一经发出，就迅速攀升到了热搜榜上。

被黑子气了个半死的粉丝欣喜若狂，给楚秋疯狂地摇旗呐喊。

圈内那些期待楚秋翻车的人一个个都闭紧了嘴，发过黑楚秋"明日之光"人设崩塌的媒体，都感觉脸有点疼。

蹦跶得欢快的黑子们有点怀疑人生——他们都在猜自己是不是被楚秋养蛊了。

先把他们养肥了，舆论养起来了，最后触底反弹，得到的反响和热度绝对比顺顺当当地公布消息要来得迅速与震撼。

而那些舆论和打压楚秋的言论，基本全都是经由黑和某些收通稿的网媒炒起来的。

粉丝们视他们为蹭热度的臭虫，而凤皇的公关团队则视他们为最肥硕最好操控的蛊虫。

一次两次还能认为是巧合，但数数这都是第几次了？

上一次媒体集体疯狂黑人，到最后触底反弹惨遭打脸的，好像还是息影之后，被黑江郎才尽，结果没几天就接手了凤皇的祁天瑞吧？

有人多少察觉出了一点不对劲，但他们的猜测在万千粉丝狂热的声援之下，一点波浪都没翻起来。

而业内那些嗅觉灵敏，一早就觉得楚秋肯定是在憋大招的人，在得知了这个消息之后，齐齐松了口气。

还好最近没有怠慢楚秋，这一场舆论下来，凤皇公关部再调整一下，楚秋的形象绝对要镀上一层圣光。

祁天瑞好笑地看着非要自己发那条微博的楚秋，在对方微微鼓着脸锁上屏之后，忍不住揉了揉他的脑袋。

"怎么样，高兴了没有？"他问。

楚秋顿了顿，板着脸道："勉强。"

祁天瑞刚准备踩下油门的脚松了开来："怎么，又有人招惹你了？"

"不算。"楚秋说，"我没理他。"

"干得好！"祁先生完全没问发生了什么事情，毫不犹豫地选择了赞美楚秋。

"带你去吃大餐，想吃什么？除了土豆。"

张嘴想说土豆丝的楚秋："……"

"土豆可不算大餐。"祁先生想了想，然后一脚踩下油门，"天冷，我们去吃火锅吧。"

"嗯。"楚秋点了点头，低头扫了一眼手机上新推送出来的微信消息。

你星爹：大佬们！

你星爹：今天我约瑶姐吃火锅，求问如何保持优雅的形象涮麻辣九宫锅？

周熠星有点搞不明白，自己好不容易鼓起勇气单独把喜欢的对象约出来吃饭，为什么最后会变成四人聚餐。

楚秋和祁天瑞也很茫然。他们不过是挑了个周熠星推荐过的火锅店吃饭，为什么才刚一进门，就被服务员直接带进了包厢。

四个人面面相觑。

"估计服务生以为你们是我约的吧。"周熠星郁闷地戳开了餐具，"我带秋来吃过两次。"

楚秋："……"

祁天瑞看了看周熠星，又看了看撑着脸似笑非笑的万雨瑶。心说你们俩人占个包厢，人家觉得还有别人不是很正常。

但是打扰人恋爱是会遭驴踢的。

"那……"祁先生说，"我和秋先撤了？"

"撤什么呀，遇上了就一起吃呗，最近忙得很，我也好久没跟你们约过了。"周熠星伸手拿过一旁的平板又加了几个菜。

周熠星的新电影杀青不到一个月，正在剪辑途中，又是宣传又是补拍镜头什么的，的确是忙碌得很。

正主都表示不介意了，祁天瑞和楚秋自然也不会多说什么。

周熠星一贯会挑话题炒热气氛，再加上祁天瑞跟万雨瑶虽然不是特别熟，但也算是能聊上几句的同事关系，有了两人在中间牵线搭桥，没多久，楚秋就相对自在了不少。

"对了。"祁天瑞毫不避讳地给楚秋捞了一堆肉，转头对周熠星说道，"新电影准备参奖啊？"

周熠星正如临大敌地盯着眼前还沾着两颗花椒籽的肉，满脑子想着吃下去之后如何控制自己的形象。

他喜欢吃辣，但到底还是个北方人，再加上为了保护皮肤什么的，虽然吃不胖，但平日里的吃食基本还是以清淡为主。

辛辣的食物好吃归好吃，但周熠星没哪次不是被辣得伸舌头喘气儿的。

"参奖啊……"周熠星小心地夹掉肉片上的花椒籽和碎辣椒，"准备参加明年二月份的 KT 电影节。"

提到工作上的事情，周熠星就打起了精神："《A》的角色秋不是终于定下来了嘛，啊，终于不用在接受采访的时候装不知道了，好几次都差点说漏嘴啊。"

吐着被辣红的舌头，两眼泛红的楚秋见话题落到自己身上，微微愣了愣，接话："辛苦了。"

"可辛苦了！"

周熠星见楚秋额头上都冒了汗，而祁天瑞还在专心给楚秋夹菜，觉得自己有必要阻止一下。

"祁天瑞你别夹了，再夹楚秋要辣哭了。"

祁天瑞动作一顿，转头就激烈地指责起周熠星来："都怪你点九宫格！"

周熠星一噎，转头看了一眼撑着脸笑看他们互怼的万雨瑶，气焰以肉眼可见的速度瘪了下去："我这不是看天气冷想暖暖……你不爽，那你换锅底啊！"

"不用。"楚秋摇摇头，转头问服务生要了杯牛奶解辣。

楚秋记得周熠月在群里说过，万雨瑶是C城人士。

周熠星会约人家来吃火锅还点九宫格，估计不止是想暖暖身子那么简单，这人八成是体贴人家，想陪着一起愉快地吃辣，换锅不太合适。

虽然换成鸳鸯锅也不影响什么，但看万雨瑶吃得那么开心，楚秋还是认为不要打扰比较好。

"没关系啊，受不了辣就换锅吧。"万雨瑶笑了笑，直接喊来服务生要求换锅。

说完她还转头对周熠星强调："不是一直跟你说少吃辣，回头脸上爆痘又找你哥哭。"

周熠星瘪了瘪嘴"反正我哥最近闲啊，我爆痘了找他替我上几个节目也没什么嘛。"

"还在找你哥帮你上节目？"万雨瑶眉头一挑。

周熠星自知说漏了嘴，连忙高举双手，解释道："没有没有，我已经有大半年……不是，四个月……呃不对，三个月！三个月没有找他帮我顶班了！"

祁天瑞笑了一声，补刀："你最近三个月不是一直都在外边拍电影？"

周熠星哼唧两声："我今年也就找我哥帮我顶过三次杂志采访……"

"跟你说多少次了，这事儿要是捅出去，你会被起诉的！"万雨瑶皱着眉，似乎还想说什么，又倏然停了下来，"算了，反正我也不是你经纪人了。"

周熠星一怔，迅速反应过来，撒娇撒得异常熟练："那你从宣传部调回来吗？"

万雨瑶在前些时候重新进入了凤凰娱乐，但却不是作为经纪人，而是进入了宣传部门。

她摆了摆手，拒绝了周熠星的提议："不了，累。"

周熠星看着她，欲言又止。

祁先生仿佛什么都没听到一样，跟楚秋低声说着之后的工作安排。

《文豪》定档寒假，按照剧集播放的安排，在寒假接近结束的时候，刚好播放完毕。

剧集的宣传通常分为三部分。

第一部分是拍摄途中所做的先期宣传，比如现场采访和节目录制。

第二部分是拍摄结束，定档之后的大规模宣传，其中包括节目录制播放、后台采访以及大型多地现场宣传活动。

第三部分是播放中途的热度维持，大多是些比较闲散的节目录制和采访，相对来说比较随意一些。

楚秋现在正处于任务最重的第二阶段，再加上他被黑得风生水起，热度高起来，各种番宣更是轮番联系。

别的不说，这半个月里B市和B市附近几个城市里数得上号的十来个节目组，楚秋已经录了个遍。撇除在节目录制的同时还在后台接受的那些小采访不谈，光是大型节目的宣传，他基本上每天都有一个。

而今天楚秋发了那条微博直接翻盘之后，张大力那边收到的合作邮件更是挤爆了他的邮箱。

张大力今天没时间怼祁天瑞抢他活干，也有这个原因在，光是挑选合作邮件就足够他头大了。

"过完年就飞Ａ国，拍摄时间是三个月左右。"祁天瑞说完，又补充道，"去之前你有一周左右的假期。"

楚秋和祁天瑞对这次的机会都相当重视，张大力那边更是重中之重，要不是祁天瑞阻止了张大力，这位经纪人恨不得把满满当当的档期挤出十天半个月来，让楚秋抛干净杂念，好好找找感觉。

"郭旷找你拍电影的时候也没见他这么重视。"祁天瑞觉得张大力有点紧张过头。

楚秋顿了顿，捞了一筷子山药放祁天瑞碗里，又把刚刚被祁天瑞放进他碗里的冻豆腐悄咪咪地还回去，顺口说道："有假期不好？"

祁先生迅速识破了楚秋的动作。

"不能挑食啊，你都吃了一个多星期土豆了，换点别的吃。"祁天瑞夹起那块豆腐放回了楚秋碗里。

楚秋皱了皱鼻子，不情不愿地夹起了这块豆腐。

祁天瑞见楚秋乖乖不挑食了，才又转头看向周熠星，说道："打扰人谈恋爱是会被驴踢的，我觉得我身上到处都是驴蹄子印。"

周熠星一愣，一时没反应过来："什么？什么谈恋爱？什么驴？"

"……"祁天瑞看着周熠星，觉得这憨憨简直绝了。

周熠星叼着块牛肉，半晌才反应过来祁天瑞说了什么不得了的话，猛地转头看向停下了动作的万雨瑶。

"不、不是……那个……"他磕磕巴巴手足无措，"我……"

年长于周熠星的万雨瑶摆出了洗耳恭听的姿态："嗯？"

"我……就是……"周熠星张嘴又闭上张嘴又闭上，半晌，干巴巴道，"瑶姐，我还是喜，喜欢你。"

话说出口之后，周熠星眼一闭心一横，一拍桌子噌地一下站起来，宛如宣誓一般大声道："万雨瑶女士，你愿意跟我以结婚为前提交往吗！"

万雨瑶从容优雅地放下了手里的筷子，轻轻擦了擦唇上的油渍，率先向楚秋他们致歉："如果可以的话，我希望能够跟星单独谈谈。"

"当然。"祁天瑞做了个请便的手势。

万雨瑶微微一笑，转头看了一眼周熠星，说道："不介意的话，送我回去？"

周熠星紧张到话都说不囫囵："当，当然！"

万雨瑶非常干脆地拎着包，起身离开了包厢。

"不好意思不好意思，我今天就先撤了！下次我请回来！"

周熠星手忙脚乱地拿上了自己的装备，在即将踏出包厢之前，又迈着大长腿蹿了回来，使劲揉了揉楚秋的脑袋。

"这么紧要的时候锦鲤秋你可千万别抛弃我啊！"

楚秋还没反应过来，周熠星就已经一溜烟蹿出了包厢。

楚秋愣愣的："星星他……"

"不自信人类的例行祈祷仪式。"祁天瑞非常粗暴地定义，"不管他们了，剩下这么多东西，不要浪费。"

"那他能成功吗？"楚秋问。

他对这种问题实在是不太敏感。

"百分之八十吧。"祁天瑞坏心眼地给楚秋塞了山药和豆腐，"万雨瑶看起来不怎么惊讶，心里多半是有数的。"

楚秋懵懂地点了点头。

"不过也说不好。"祁天瑞给完全没注意到他小动作的楚秋连夹了两块豆腐，"星星的性格太跳了，就算知道他是真心的，估计也没有多少安全感。"

不过万雨瑶也不是那种多需要安全感的类型，他们俩之间，真正需要安全感的，反而是周熠星。

这么大个人了还跟小孩子一样，想一出是一出，也难怪第一次告白被拒绝了。

结果一直到临睡前，群里都没有出现周熠星的身影。

"失败了？"

楚秋点了点头："大概。"

以周熠星的性格，要是万雨瑶答应他了，肯定恨不得嚷嚷得全世界都知道——好吧，职业原因，让全世界都知道是不可能的，但至少他们这群朋友肯定是会知道的。

楚秋把手机放到桌上，转过身来面对着祁天瑞，商量："你说我陪他吃上一个月，他会不会开心一点？"

陪周熠星吃一个月？

祁先生面无表情："新电影动作戏比较多，你得健身，还要宣传，没时间。"

楚秋愣了愣，点了点头。

也是，他这之后近两个月的时间里，除了宣传通告之外，估计要准备每天跑健身房吃蛋白粉了。

"那……告诉月亮？"他不确定地道。

"用不着。"祁先生十分冷酷，"人呢，总是要学会独自面对伤痛的。"

楚秋和祁天瑞万万没想到，第二天，周熠星一言不合就扔下了一个巨大的定时炸弹。

彼时楚秋刚去了台前，而祁先生在不妨碍别人、自己也十分自在的前提下，坐在化妆间里楚秋的位置上，刚掏出手机，屏幕上方就一连弹出了好几条推送。

微博的微信的，一个还没看清楚就马上跳出了另一个，紧接着来的就是公关部总经理的电话。

祁先生皱了皱眉，接通了电话。

总经理的声音听起来有气无力的，打电话过来的主要目的是诉苦以求涨工资。

"你们能不能不要搞突击？我都准备跟媳妇儿甜蜜蜜，突然一个电话打过来让我去公司，我媳妇儿看我眼神都不对了好吗？"总经理似乎有点想哭，"要奖金！没有奖金我怎么哄媳妇！"

"嗯？"祁先生茫然，"你说什么？"

"你这是不想给奖金吗！"总经理委屈极了。

祁先生更茫然了："啊？不是……发生什么了你说说。"

"你真不知道？"总经理觉出不对来，"就周熠星的事情啊。"

"周熠星？周熠星怎么了？"祁天瑞想到了昨晚的事情，一脸恍然，思及后台里坐着的几个工作人员和演员，便又收了声。

"周熠星昨天半夜突然跟我说他要公开恋情。"总经理说话时透着一股子虚弱，"他什么时候谈恋爱了，你们怎么都不告诉我们一声。"

"哦。"祁天瑞十分虚伪地表示了一番惊讶，"我们不知道啊。"

我们只知道周熠星暗恋人家多年，昨天表了白被人带走之后就没了动静。

还以为失败了呢，没想到成功了啊。

祁先生咂舌，特别敷衍地对电话那一头说道："行了行了，奖金你找你现在上司提去，没事别扰我，啊，乖。"

挂掉电话的瞬间，祁天瑞就点开了之前那几条微博推送，果不其然在里边找到了周熠星的发言。

事情是这样的。

周熠星昨天得到心上人"可以交往试试看"的答复之后，正如楚秋和祁天瑞所猜的那样，恨不得炫耀给全世界都知道。

但他的冲动被万雨瑶拦住了。这位比周熠星稍微年长一些的优秀职场女士，把送她回家之后兴奋得恨不得绕着车跑圈的周熠星塞回了车里，关上车门，转身就走。

本来周熠星打算把这件事告诉小伙伴们，结果回到家刚拿出手机，就收到了经纪人先生发来的一大堆消息和未接电话。

他送万雨瑶回去的时候被偷拍了。拍照的狗仔本来是为了蹲另外的一个艺人，结果没想到一炮双响，接连拍到了两个大新闻。

权衡之下，他率先发了热度高的周熠星的照片。

周熠星到家的时候，他的粉丝已经撕过一轮了，凤凰公关部那边监控着热点，做出了迅速反应，披上马甲下了场，表示这届媒体不行，这是周熠星和周熠月以前的经纪人。

粉丝们总是习惯爱看对自家爱豆有利的方面，一听有人说是前经纪人，稍微扒了一下，就把万雨瑶以前的照片翻了出来，还炸出了不少老粉，一个个雨瑶姐雨瑶姐喊得特别亲热。

这件事情，周熠星本该是松一口气的，但粉丝一口一个前经纪人，否认他和万雨瑶之间的恋情，让他心里特别不是滋味。

才不是前经纪人那么肤浅的关系，那是我女朋友！以后要结婚的女朋友！

周熠星越想越难过，越想越生气，干脆就趴在沙发上给万雨瑶打了个电话，认真地讲述了一番自己的想法之后，终于得到了万雨瑶的首肯，转头就联系了公关部总经理。

接下来发生的事情，用脚趾头都能想到了。

周熠星这个话痨难得闷声不吭地做了件大事，把所有人都炸了个灰头土脸。

祁天瑞看着周熠星最新的一条微博，又看了看在周熠星新微博下连环爆炸的粉丝，想了想，点了个转发。

祁天瑞：暗恋了一二三四五，五年，终于修成正果，恭喜我们星星。//@ 周熠星：前经纪人，现女友哦。

祁先生发完微博就把手机扔到了一边，在一天的工作结束之后，开着车，跟楚秋一起去了健身房。

两个月的时间，片方提出的要求并不算高，因为角色的特殊性，楚秋并不需要像主角一行人那样，锻炼出结块明显的肌肉。

但因为一开始是奴隶的缘故，他至少要锻炼出经常干体力活的身体线条来。

再加上观众对于肉体视觉的要求，腹肌胸肌肱二头肌不要求多大，但在穿紧身衣的情况下，也一定要凸显出漂亮的线条。

他们俩待的健身房是私人定制的，有大房也有中型房，房间内包括了所有健身器材和淋浴室，充分保证私密性。

健身房也有专门针对身材管理这方面的教练，给了楚秋相当严格的训练表和食谱。

祁天瑞并没有这方面的需求，也就是陪着楚秋一起流流汗锻炼一下。

楚秋的身体素质和体力还不错，在艰难地挺过了头几次的锻炼之后，对这个运动量渐渐适应了下来。

"下周约了格斗指导的洪教练。"祁先生踩着动感单车，看着在跑步机上慢跑的楚秋说道。

楚秋看着设定的时间到达，脚下的速度渐渐慢下来，长舒口气。

祁天瑞伸手给他递了条干净毛巾。

楚秋擦擦脸上身上的汗，沉默不语地迈着步子在跑步机上缓步走了足足八分钟，喘息才平复下来。

"下周格斗。"楚秋重复了一句。

然后低头，掀开运动背心下摆，伸手捏了捏自己才刚有了点硬度的肚皮，叹气。

总觉得这个身材去进行格斗训练，就跟送菜的脆皮鸡一样，肯定非常惨。

停下了跑步机之后，楚秋补充了一点水分，又走到卧推器上躺下。

"星星的情况呢？"楚秋问。

"嗯？"祁天瑞愣了愣，停下了脚底下的动作，"挺惨的。"

楚秋想来想去也想不到自己能怎么帮周熠星，他思考着，动作微微一顿，马上就被杠铃的压力唤回了神。

没办法的事，楚秋想，作为公众人物，这实在是没办法的事。

但实际情况比楚秋他们想得要好很多。

周熠星近几年他转型相当成功，也拿了几个国内的电影奖项，粉丝大多都是剧粉和事业粉，听到他公布恋情，反弹出乎意料的小。

再配合公关团队的通稿，周熠星这边热度下得飞快。

周熠星高兴得不行，感觉自己正逐步走向人生巅峰。

第
17
章

喜欢的温度

在周熠星的事情过后，楚秋就进入了紧锣密鼓的宣传阶段。

"因为宣传，今天开始有跟拍了。"祁先生给楚秋整了整服装衣领，拍了拍他的肩膀，"公开行程已经给出去了，现在外边已经有人在等了。"

"哎？"楚秋一愣，低头看了看表，才早上七点半，"本市的？"

"昨天夜里飞过来的。"祁天瑞摇了摇头，"只给了三个性格稳重的大粉行程，没一个在 B 市。"

"啊。"楚秋应了一声，拿过桌上的全麦面包啃了一口，又拆开牛奶吸了一口。

风皇旗下的艺人很少对外公开行程，除非是宣传期，或者是艺人本身表示不介意，公司才会着手开放行程公开。

楚秋因为各方面的原因，至今为止只挑着公开过一些接机、送机或者是记者会、开机发布会之类的行程，之前的影视宣传，包括《太京》在内，都没有选择公开行程。

但《文豪》是他目前来说首部单人担纲的电视剧，别人的热度跟不上，他必须自己上。自己上，自然就要接受粉丝跟拍盘活流量。

收视率基本上就意味着一个演员真正的号召力——尤其是在这部剧里，除了楚秋就没有其他大热演员的前提下。

"三个人？"楚秋问道。

祁天瑞点点头："嗯。"

"外边冷。"楚秋说完，睺着祁天瑞，又咬了一口面包。

祁先生反应了两秒，对上楚秋眼巴巴的小表情，转头看了一眼化妆间，叹了口气。

今天参加的是个大型综艺，后台也大，给来上节目的演员安排的基本上都是单间。

房间里暖气开得很足，只要随便套件毛衣就不会冷。

"行，我去带她们进来。"

祁先生也没戴口罩什么的，转身走了出去。再回来的时候楚秋刚好在自己折腾头发，像他这样的演员上综艺，大都不需要做特别复杂的造型，又不是需要中途换衣服做造型准备现场唱歌的歌手。

门被推开时，楚秋正往脑袋上喷啫喱，透过镜子看着三个挂着单反的妹子还一脸茫然不知所措的样子。

祁先生跟在后边，拎着三杯豆浆和一塑料袋的油条，一看量就是给人家妹子的。

楚秋对这三个姑娘还挺眼熟。

经常看到她们拿着横幅举着灯牌，站在接机粉丝群的最前边，维持秩序，安抚情绪。

而楚秋之所以愿意在接送机的时候跟那一小群粉丝有所接触，大都是因为这些粉丝都被管理得很好，就算很兴奋也没有过激举动。

有的时候行程匆忙，只能随意挑几个粉丝签名合影，也没有其他粉丝闹腾过，有这样的大粉帮忙管理，真的是非常省心的一件事。楚秋对这些尽心尽力帮忙约束粉丝的大粉是抱有一份感激的。

今天录制节目的大厦管理严格，没有通行证或没有熟人带，想进来是不可能的，为了避免错过，她们多半是要在寒风中傻等。

楚秋干不出这种让人家姑娘吹冷风的事。

"器材放下随意坐。"祁天瑞招呼妹子们坐下，把热豆浆和油条塞给她们，"吃。"

三个妹子像仓鼠似的安静地啃着油条，眼睛却都看向楚秋，亮晶晶的。

被灼灼注视的楚秋有些无措地看向了祁天瑞。

祁先生完美地接收了楚秋的求助电波。

"不吃早饭怎么行，跟拍也别这么拼，你们又不是狗仔，不靠这个吃饭，照顾好自己最重要。这么冷的天，得亏楚秋想起来喊你们进来。"祁先生对那三个姑娘说道，语重心长，"而且啊，你们要是病倒了，对楚秋也不好是不是？"

妹子们点头如捣蒜。

说来也惨，她们虽然身为大粉，但别家大粉需要干的事情，到了她们手上十分之一都不到。

楚秋不唱歌，用不着花钱刷音乐榜，也就有活动的时候需要刷一刷各类排行榜。

楚秋不卖周边，用不着刷销量。

楚秋不公开行程，她们前线组压根儿就没有跟拍的机会。

楚秋本身热度极高，用不着她们努力就能上热搜。

楚秋也有实绩，用不着她们尬吹，被媒体捧出来的"明日之光"人设虽然是被动承受的，但楚秋也险之又险地维持住了。

楚秋也不作妖，被黑基本上都是别家发通稿，自己本身在节目上和幕后花絮的采访里都乖巧得不行。

数来数去她们正经付出的经济，不过就是当初《江湖行》上映贡献了一堆电影票，后来出蓝光 DVD 的时候又发了一波狠。

平日里干的，就是维持粉丝们的秩序，组织接机送机，剪辑视频保持出产，顺便跟着楚秋一起做做公益。

跟别家腥风血雨，天天都在号着要流量、要销量、要周边、要钱钱钱的大粉一比，她们简直不要太轻松。

虽然楚秋不爱圈钱也导致了楚秋的职业粉丝少，难控评，但留下来的都是不以牟利为目的、真心实意地喜欢他的粉丝。

能够跟温柔平和的同好一起交流，一起喜欢一个黑不起来的演员，是一件非常幸福的事情。

"祁神怎么在啊？"一个妹子问道。

祁天瑞瞅着楚秋害羞得一个字都说不出口的样子，回答道："张大力养孩子去了，我闲，所以一直在。"

"哎？"妹子显然没想过会得到这样的回答。

祁先生指了指自己，说道："祁助理。"

三个妹子面面相觑。

她们瞄了一眼又转回去折腾自己头发的楚秋，看到对方在镜子周围一圈灯光的照射下，红得像颗宝石一样的耳尖，抿着唇微微笑了笑，体贴地没有去打扰窘迫的楚秋。

几个姑娘都是大方爽朗的性格，加上祁天瑞也有意给她们留下好印象，吃个早饭的时间，整个房间里笑声就不见停过。

直到工作人员过来通知楚秋，让他十分钟后准备上台。

楚秋正因为跟不太熟悉的人同处一室而紧张，此时不由微微松了口气。

等楚秋走到门口了，三个妹子突然反应过来，以让楚秋和祁天瑞两个大男人都目瞪口呆的速度拿起了放在 边的单反，忙不迭地伸手拉住了楚秋。

妹子不好意思直接握住楚秋的手，便轻轻地拽住了毛衣的衣袖。

楚秋穿的羊毛衫弹性极佳，加上已经不需要再继续遮掩项链，他今天穿了个小 V 领，这会儿只被轻轻扯住了袖子，挂坠就很简单地翻了出来。

被圆环圈住的银杏叶倒挂在最底端，灯光折射出的浅淡光影落在灰色的羊毛衫上，显得璀璨瑰丽。

楚秋看着姑娘愣愣地松开手，疑惑道："有事？"

"就、就先拍张照。"妹子呆愣地答道，然后在楚秋点头之后，指了指他胸前，主动问道，"这个，可以入镜吗？"

楚秋低头看了看，点了点头："可以。"

"之前为什么一直藏着呢？挺好看的呀。"妹子举起了单反，一边调整镜头一边问道。

对于这样的问题，楚秋和祁天瑞早就想好了说辞，答道："因为很贵。"

的确很贵。设计加上手工和工本费，祁天瑞没有详说。

楚秋对珠宝不算了解，但戒指主体正中的那颗主钻价格绝对低不到哪里去，更别说主体上另外的几颗钻还有指环上点缀的了。

妹子们想到之前网上一群求扒楚秋项链价格的，对于这个回答也不意外。

"那还是藏好吧。"她们说道，"藏好了我们再拍。"

"没关系。"楚秋摇了摇头，冲她们略显腼腆地笑笑，"粉丝福利。"

被粉丝拍发出去，总比因为意外被别人拍到又引起一番争论猜测要好。

而且粉丝们锲而不舍地支持他那么久，这次一得到消息就连夜飞过来，要说心里没点触动，是不可能的。

祁先生不甘寂寞地挤过来蹭进了镜头。

他伸手揽住楚秋的肩膀，面对镜头调整了一下自己的站姿和角度："一起拍。"

楚秋饭拍前线 终于拿到行程得到许可跟拍，我秋超温柔，怕我们在外边吹冷风冻到，直接把我们带进了化妆间里蹭暖气！一直都想知道秋的挂坠到底是什么样的，今天秋说粉丝福利，就让我们拍啦！另外特别感谢＠祁天瑞祁助理给的豆浆油条！比心心！！

影视剧的宣传节目，为了节目效果和现场热度，会在参加节目的演员或者歌手的官方后援团里，抽选一些付费会员，或者是台内关系户来作为路人观众。

今天楚秋参加的节目，就抽选了他的官方后援会里大约五十多个资深会员。

节目方为了避免出现放送事故，通常会将艺人们的粉丝安排在不同的区块里，免得有过矛盾的粉丝当场吵起来。

这是一个谈话节目，《文豪》剧组只来了楚秋一个人。

楚秋从后台走上来的时候粉丝的尖叫声几乎要冲破屋顶，还有不少动静是从别家粉丝团里传来的。

楚秋的谈话环节是当期节目的开场。

之所以没让楚秋最后一个出场，是因为后期人多起来，气氛会十分热烈活跃，说话的人也会比较多，楚秋那慢半拍的节奏，没办法迅速做出符合节目效果的反应。

楚秋非常有自知之明，他乖乖坐在第一排的位置上，跟主持人和观众打招呼。

祁天瑞待在后台陪着三个妹子一边聊着楚秋相关的话题，一边透过机器看前台的情况。

三个妹子没想到祁天瑞竟然这么好说话，聊得十分活跃。

楚秋走上舞台之前，就已经将吊坠重新藏了回去。

主持人的提问都在台本的涵盖范围内，偶尔有涉及幕后和私人的问题，楚秋也在思考之后，认真地回答了。

比如关于事业未来规划，关于恋情规划、关于人生规划之类的问题。

楚秋统一都用"尽心尽力，顺其自然"的变体来回答。

这个回答不功不过。

楚秋一直都是认认真真好好工作，对外界舆论向来不爱掺和，包括负责楚秋的团队，明面上让人察觉到的，主动发通稿的次数都少得可怜。

每次看得出来是楚秋团队发的通稿，都不是炒作，而是已经板上钉钉的消息公布。

比如《太京》的角色，比如 GR.T 的代言，又比如这一次《A》的角色。

说白了，楚秋本人低调得几乎要让人察觉不出动静，但奈何身边的朋友都是高热度一线，那些腥风血雨，多半都是被人强行拉下水带出场。

"有人跟我说，要不是风皇要求旗下艺人开放至少一个社交账号，你压根儿就没有打算开微博？"主持人问。

"嗯。"楚秋点了点头，"我不爱玩这个。"

楚秋从里到外都透着真诚，他总是能让人打心眼里相信，这个人所说的话都是真的。

因为粉丝反应热烈，楚秋的谈话环节时间被拉长了些，虽然最终播放会被剪辑到二十分钟左右，但实际上的录制时间是二十分钟的两倍还有多。

第二组的歌手上场时，楚秋从正中间的椅子上离开，坐到了一旁比较贴近粉丝的单人沙发上。

之后他只需要当看客，然后在镜头扫过时做出合理的反应就可以了。

楚秋的沙发侧对观众席，就在楚秋粉丝团的不远处。

演播厅不算大，为了方便唱歌跳舞，舞台几乎占去了演播厅的三分之二，观众席最前排的粉丝，距离楚秋不过三四米的距离。

观众席上有人小小声喊"楚秋"。

楚秋一愣，转过头去，茫然地指了指自己。

观众席上一阵骚动，但粉丝们都保持了自己该有的素质，没有尖叫出声。

趁着楚秋视线没有转走，几个妹子赶忙捡起了自己的大灯牌，举起了应援扇。

这边的动静吸引了一个摄影师的注意，他将摄像机对准了楚秋和他旁边观众席。

舞台上灯光太亮，观众席是偏暗的，灯牌上的内容楚秋一眼就看清楚了，上边的字是"秋秋对我笑"。

而应援扇上的字样，楚秋眯了眯眼，好不容易才辨认清楚。

几个上边写着"秋秋求wink"，另外的一些上边印着诸如"要飞吻""求亲亲""求比心"之类的内容。

楚秋："……"

原来还有这种操作的吗？

楚秋想了想，站起身面对粉丝，伸出双臂比画了一个巨大的心，然后双手掩唇给了观众席一个飞吻，紧接着毫不含糊地歪头眨了一下右眼，最后对那个举着大灯牌几乎要晕过去的妹子露出了个腼腆的笑容。

楚秋的粉连同一小部分关注着楚秋的观众一起瞬间爆炸了。

……

看照片，有没有人估算一下楚秋那个吊坠的价值？

No.0 ————————————————————————————

贫穷使我无法想象。

楚秋粉丝的前线组闲置了快两年终于有活干了，结果第一炮就扔了个大炸弹出来。

楚秋宠粉基本上人尽皆知，给粉丝福利直接让前线拍了吊坠也挺好理解的。

但我还是很好奇啊。

珠宝的价格是怎么算的？这玩意儿能扒得出价格吗？

No.1 ————————————————————————————

比起吊坠的价格，我比较想知道祁助理怎么回事。

No.2 ————————————————————————————

价格应该很上天，主钻是那么大一个圆钻……

圆钻价格比其他形状的要贵一点，我刚入行，光凭照片没法判断价格。

No.3 ————————————————————————————

凭肉眼的确不好判断价格啦，除非有人认得出那颗主钻，不过估计不行。

而且还要考虑到打磨切割的问题……

No.4 ————————————————————————————

帮你们画个重点。

这项链是祁天瑞他妈送的，这东西绝对便宜不到哪里去。

那就按照等级最高的来算吧？

据我所知这种大小的话，光主钻的工本费就破天了。

这只是主钻的工本费，设计费用、手工费用还有其他钻和钻托的工本费，如果都按照最高等级来算，至少翻一番。

如果请的是国际知名珠宝设计师，还要往上升。

不过这个价对祁天瑞来说不算什么吧。

不知真假。

No.5

再一次深刻认识到了自己的贫穷……

另外我也很好奇，祁助理什么梗？

No.6

就去年楚秋跟祁天瑞一起出门逛街的时候被楚秋粉当成助理了。

楚秋家前线直接喊祁神祁助理了，真是不怕被撕。

No.7

拉倒吧，祁天瑞没几分钟就转微博了，本人一点都不介意被这么喊。

这次祁天瑞还给人家前线妹子买了早饭。

No.8

楚秋还直接把前线妹子带进了化妆间……

我好嫉妒。

No.9

祁天瑞好好一个董事跑去给楚秋当助理？

聘个助理不好吗？

No.10

前线说，是因为张大力回家奶孩子了腾不出手，所以他顶上。

以楚秋的性格跟新助理磨合很难吧，就他那副明明身为主角却总是企图往角落边缘站的样子……

No.11

有种迷之丧萌感。

No.12

是啊，我以前一直认为楚秋的害羞是在造人设。

直到我看了上一期节目，他在当期那一群刚出道的小年轻里算是前辈了，完全可以站中间，结果他第一反应就是往舞台边缘一站，脚步一停就不挪坑了。

当时那几个小年轻不知所措一脸茫然笑死我了。

……

No.351

啊啊啊！

No.352

啊，你？

No.353

我拿到楚秋的粉丝福利了啊！

应该说我们全都拿到了。

天哪！他好好！他好可爱！他怎么那么棒啊！

我我我狂喜乱舞我语无伦次我以头抢地！

No.354

353冷静一下，楚秋又没现场直播你们怎么拿粉丝福利。

No.355

今天楚秋在录《闲聊演艺圈》，观众是抽选的，我是其中之一。

No.356

天哪楼上看我！我也在！

我举的是求wink！

太可爱了！他太可爱了！

No.357

一直不知道激动到死过去是什么感觉，今天我终于知道了。

我是举灯牌的！

让我溺死在他的笑容里吧！

No.358

我来帮353解释一下！

据说今晚上节目就会剪辑一个小宣传出来预热！晚上可以看一下！我觉得绝对会有那个镜头的！

是这样的！

我们举着的灯牌和应援扇上写着自己想要的动作，比如求wink和求飞吻之类的。

楚秋眯着眼努力看扇面上的字时，表情宇宙无敌超绝可爱！

然后他啊！

他啊！

把我们所有要的动作都做了一遍啊！

啊不要救我了！

让我溺死！

早知道应该印个求摸头啊！我好恨！

"Action！"

场记板"咔嚓"一声落下来，衣衫褴褛、浑身伤痕的黑发青年在望不见边际的沙地里佝偻着前行。

他面容憔悴，嘴唇干裂，身上隐隐还有血迹从衣服底下透出。

烈日灼烧着大地，过于炽烈的阳光照得人睁不开眼，汗水从额头上滑落下来，黑发青年的眉峰处有一道细小的伤痕，汗珠沁入那一道伤口，明明应该非常疼痛，伤痕的主人却没有任何反应。

他脸色苍白得可怕，身上的伤痕狰狞可怖，手臂上还滴着血，上边仿佛被剜去了一块肉，黑发纠结成一团乱糟糟的杂草。

血液流失得太多了。

他又累又饿又渴，身边却没有任何能够让他维持生命的东西。

他只能继续走下去，哪怕他的意识已经无限接近于黑暗。

他漫无目的地往前走，唯有如此才能找寻到渺茫的希望。

也许是上天被他渴求生命的行为所感动，也许是他命不该绝。

他绕过了一座大型的沙丘之后，一艘与这个星球的飞船型号截然不同的银色飞船出现在了他的眼前。

这片沙漠是这颗星球的流放之地。

流放之地里寸草不生，只有一片荒芜的死亡，穷凶极恶的沙盗都不会选择在这里安营驻扎。

那不是这颗星球的飞船，会在这里降落的，也绝不会是这颗星球的居民。

黑发青年黯淡无光的眼睛在这瞬间重新恢复了微弱的生机。

"CUT！"远远地传来了导演的喊声。

楚秋长舒口气，看了一眼实际上什么玩意儿都没有的沙漠，跟着几个摄影师避开太阳慢悠悠地走了回去。

汗水是真的汗水，沙漠也是真的沙漠。

A国的几大沙漠边缘附近都有自然形成的影视城镇，几块沙漠有着不同颜色的沙子，楚秋他们所在的，是其中一片完全陷入干旱的沙漠。

"喝点水。"祁天瑞殷勤地给楚秋递了瓶水。

楚秋接过水瓶一边喝一边跑到了导演旁边，跟着一起看监视器里重复播放的镜头。

导演认认真真地把从航拍到几个远、中、近景特写的镜头全看了一遍，转头拍拍楚秋画着特效妆看起来惨到极点的胸膛："可以了。"

听到亚当斯导演的话，楚秋转身一溜烟跑进了旁边搭着的休息棚里。

亚当斯导演是出了名的能不用绿幕就不用绿幕。

他的最高纪录，是拍一部电影，剧组生生跑了十一个国家取景。

楚秋今天的镜头比较耗费体力，所幸总体不多，刚刚是最后一个，他坐在遮阳棚里，看着男女主角在那边上演吵架戏码。

《A》系列里男女主角是属于有事没事就要互怼的类型，最近的观众似乎比较吃这一款。

楚秋把水喝完，收了汗，跑到空调车里找化妆师，等着给卸妆。

特效妆画起来麻烦得很，卸起来也不方便，好在他需要化特效妆的镜头只拍了一周的时间。

祁天瑞坐在一边，低着头专心致志地看着手机。

楚秋从他口袋里摸出了自己的手机，顺便伸脑袋看了一眼祁天瑞的手机屏幕。

"什么？"他问。

"扒某些人偷收视的帖子。"祁天瑞说着，不怎么在意地退了出来。

在前往A国拍摄之前，楚秋担纲主演的《文豪》挤进了贺岁档里，并在播放第三天取得了单台破4，网络点击6亿的成绩，在一众贺岁档里杀出一条血路，成功成了当季收视第一。

主创团队赚得盆满钵满，电视台和网络平台也皆大欢喜。

但在主创们搞庆功宴的时候，得知了有人偷收视率的事情。

这种事在圈内是非常令人不齿的，但往往不会有人选择往外说，毕竟家丑不可外扬，但不知道为什么，这次这事已经在网上闹开了。

楚秋愣了愣："谁爆出去的？"

"不是我，不清楚。"祁天瑞摇了摇头，"贺岁档的时候偷收视，那得罪的人两个巴掌都数不清了……搞不好就逃档嘛，偷收视多不好。"

楚秋叼着吸管没说话。

祁天瑞决定跳过这个话题，说点开心的："对了，星星 KT 国际电影节入围了。"

"哇。"楚秋鼓了鼓掌，给周熠星发了句"恭喜"过去，顺便打开备忘录翻日程。

在沙漠里待了一周，搁沙地里摸爬滚打、挥汗如雨，简直是对人类身体素质的一大挑战。

亚当斯导演选在 A 国即将入秋的时候才开拍已经很体恤演员们了，但是即便如此，从国内大冬天飞过来的楚秋还是恨不得从羽绒服脱到只剩裤衩。

记台词、记动作、记走位已经花费了楚秋全部的心力，他无法再跟以前一样，拍着戏还能记住自己所有日程。

毕竟不是母语，想要记住台词，偶尔还要随导演心情或随角色性格即兴发挥，楚秋简直心力交瘁。

"今天梨子平台新出的直播 APP 有个推广活动。"祁天瑞见他翻备忘录，提醒道，"接下来没你的戏份，我们可以提前回镇上，回去之后……"祁天瑞看了看时间，"今天周日，国内时间下午三点左右开始直播，播两个半小时。"

楚秋点了点头。

要赚钱，这种活动是很正常的，毕竟他赚钱的渠道不算多，投入却不算少。偶尔有大客户愿意给钱，就算是直播这种对他来说容易出大事故的工作，也是要接的。

拍摄地距离最近的影视城镇有半小时的车程，回到镇上的时候，楚秋脸上的特效妆已经摘了个干净，还顺便把身上用了一周的破破烂烂，彻底摆脱掉。

楚秋拿着卸妆棉擦着脸上残余的细小颗粒，一下车就看到了扛着摄影机的工作人员，摄影机上贴着梨子台的 LOGO。

他低头看了看表，表上的时间还是国内的。

三点零二分。

"抱歉，迟到了。"楚秋对着镜头微微鞠了个躬，歉意道。

工作人员连连摆手表示"没关系没关系"。

楚秋看了一眼镜头，小声问工作人员："已经在播了吗？"

对方点了点头："在了。"

"秋。"祁天瑞的声音从车里传出来，"你的包，还有饮料和呃……"

祁先生下了车，一抬头就看到了摄影机："噢，对，直播时间到了。"

祁天瑞一手拎着包另一只手拎着两瓶饮料，脱口说出这么一句之后，沉默地把饮料塞进包里，背上包站在了原地。

楚秋没理他，接过了工作人员手里的无线麦，转身对待在车里的剧组司机和蹭车回来的化妆师说明了一下情况。

司机很快就拉着化妆师离开了，走之前两个人还对着镜头做了两个鬼脸。

"这是能跟观众互动的平板。"工作人员把手里的平板递给了楚秋。

祁先生默不作声地接手了楚秋手里的采访机，扫了平板一眼，因为反光看不太清，只粗略看到了密集到完全遮住了画面的弹幕。

"应该直播点什么？"祁天瑞抬头问工作人员。

"就是……日常，闲聊啦之类的，该干吗干吗，或者介绍一下所在的地方。"工作人员顿了顿，"嗯，硬性环节的话，就是给粉丝送点东西。"

祁天瑞点了点头，刚想说点什么，手里的无线麦就被楚秋拿走了。

祁天瑞愣了愣。

楚秋指了指弹幕，上边一群人非常激动地表示要楚秋不要祁助理。

被嫌弃的祁先生："……"

"好好好，你播你播。"祁天瑞双手投降，"先去吃饭。"

摄影机跟在楚秋和祁天瑞旁边，这两个大长腿非常体贴地放慢了速度，以免摄影小哥为了跟上他们太累。

楚秋一边走一边跟密密麻麻的弹幕一问一答。

弹幕：秋秋那边的时间是几点？

楚秋："下午五点。"

弹幕：看起来好热啊，在《A》的片场吗？

楚秋："嗯，热，取景。"

弹幕：秋秋中午想吃点什么呢？

楚秋："不知道。"

祁天瑞重重地叹了口气："给大家介绍介绍这里啊。"

楚秋茫然地抬头看了祁先生一眼，偏过身子左右看了看。

摄影师跟着他左右拍了拍。

然后楚秋面对镜头，慢吞吞地道："A国，不知名的影视城镇。"

祁天瑞："……"

工作人员："……"

弹幕："……"

弹幕省略号了许久，纷纷表示，我们选择祁助理。

楚秋无比大方地把手里的无线麦给了祁先生。

"大家好，我是楚秋的助理祁天瑞！"祁先生说着，笑眯眯地揉了一把楚秋的脑袋，"我们在A国某不知名的影视小镇上，距离真正的片场其实还有三十分钟车程，私自透露取景地是违反合同的，所以抱歉。"

楚秋任由他揉着脑袋。

祁先生继续说："镇子挺小的，因为来这边取景的剧组比较多，大家都需要衣食住行的物资，城市又离得太远，所以才有了这个小镇。"

"一般都是在这里填饱肚子，小吃比较多，但是想要米饭什么的基本上是不可能的……"

说话间，他们走到了勉强能称之为美食街的地方。

"这里就是觅食的地方了，出没的基本都是演员和剧组人员，我们已经取得了拍摄许可，因为是直播，所以镜头还是得注意一点，不要瞎晃，肖像权什么的不要碰。"

楚秋跟祁天瑞走到一个热狗摊前，楚秋摸了摸裤兜，发现里边没装钱，于是转头看向了祁先生。

祁天瑞的嘴还在喋喋不休，手却从口袋里掏出了钱包，毫不在意地交给了楚秋。

楚秋动作十分熟练地从钱包里拿出张钞票来，要了根热狗。他咬了一口热狗，专心看平板，此时此刻，弹幕全都在刷：祁神掏钱包的动作简直帅炸了！

"就一根？"祁先生问。

楚秋一愣："你上次说不喜欢。"

"可现在我喜欢了，我饿。"祁先生非常不要脸地说道。

楚秋沉默了两秒，把手里啃了一半的热狗怼进了祁先生嘴里，转头又要了一根。

弹幕沉寂了一秒，然后疯狂地"啊"了起来。

投食？

吃瓜群众目瞪口呆，无数人在电脑前做出了名画《呐喊》的姿势。

看直播的观众万万没想到，这仅仅是个开始而已。

楚秋抱着平板，接过了新买来的热狗，转头看了一眼还鼓着腮帮子在嚼的祁天瑞，问他："还要吗？"

祁先生摆了摆手。

楚秋便收回视线，直奔左前方去了。

在这里待了一周，这条不算长的街道上有什么吃的，他大致是清楚的。

这边天气炎热，人们还离不开空调和冰激凌。

所以路边的冷饮店和咖啡馆相当多。

"在这边也就能吃吃汉堡沙拉之类的东西了。"祁天瑞对着镜头说道，跟着楚秋走进了一家店面。

"也不全是汉堡沙拉，也有这种……嗯，理解为 A 国式炒菜的食品，有点像国内的铁板烧。"祁先生询问了一下正在炒菜的店员，确定能够拍摄制作过程之后，将镜头转向了操作台。

操作台上就是一堆蔬菜的混合物，加上黄油在翻炒。

祁先生像个美食主播一样，对着镜头一本正经地解释着这个菜是什么玩意儿、多少钱能买、味道怎么样。

店员对摄影机相当适应，偶尔还抬头跟镜头打个招呼或者讲解一下。

楚秋坐在一边，看着平板上滚过的弹幕。

这个时候，观众的注意力已经完全被画面上翻炒的青菜吸引了，弹幕全都是讨论青菜的。

楚秋自然也没有看到之前弹幕连环爆炸的一幕。

他抬头看了一眼，发现祁先生的额头上全是汗珠，还时不时微微抿一下嘴唇。楚秋摸了摸兜里刚刚剩下来的零钱，出门去隔壁买了几杯哈根达斯，分了祁先生一杯，工作人员各一杯，然后又一言不发地抱着平板坐在一边，专心啃冰激凌，背包放在一旁的椅子上。

终于，祁先生该讲的都讲完了，往楚秋对面一坐，放下手里的麦。

工作人员把摄影机放在竖起的三脚架上，大汗淋漓地吃冰激凌。

楚秋和祁天瑞很厚道，不仅给这些工作人员买了冰激凌，还顺便给买了一份晚饭。

祁先生吃了一口自己的冰激凌，又看了看楚秋手里的："你什么味道的？"

楚秋目不转睛地盯着弹幕，答道："酸奶。"

"我要。"祁先生说着，伸手舀了一勺。

楚秋并没有在意祁先生的举动，看到弹幕上说好奇袋鼠肉，微微一顿。

"不好吃。"他这样说道，"腥。"

弹幕上还是好奇。

楚秋思考了好一会儿，直到他的牛排和炒青菜送上来了，才慢吞吞地对镜头说道："那送袋鼠肉吧。"

袋鼠肉干也不算贵，只是那个味道楚秋并不想再尝试第二次。

祁先生舀了一勺自己的蔓越莓冰激凌球，递到专注看弹幕的楚秋嘴边。

"张嘴。"他很随意地说道。

楚秋听话地张嘴把这勺冰激凌吃了，然后被酸成了一团。

祁先生笑得异常开心。

弹幕顿时沉浸在了一片"啊啊啊啊"和"哈哈哈哈"中。

楚秋好不容易咽下了嘴里的酸味，鼓着脸瞪祁天瑞。

祁先生高举双手："我投降我投降，你真的太不耐酸了啊。"

楚秋低头看看碟子里的菜，把祁天瑞碟子里的土豆全都搜刮了过来。

祁天瑞没作声，一言不发地将牛排和蔬菜切成小块，然后把碟子推到了楚秋那边。

楚秋抬眼瞅瞅他，想了想，抬手就想把那碟里的蔬菜全拨掉。

祁天瑞马上把碟子挪开："不行，青菜要吃。"

楚秋又鼓起了脸。

"没得商量，不能挑食。"祁天瑞说道，"你以前都不挑食。"

当然，楚秋开始挑食的最根本原因到底在谁身上，祁先生还是明白的。

楚秋勉强算是挑食的这个小毛病，祁天瑞从楚姨那里听到过。

大概是因为小时候不怎么能吃到肉的关系，楚秋现在基本上是每餐都要吃点肉。

在没有选择的情况下，他也会吃纯青菜，但如果在肉和青菜之间做选择，楚秋绝对毫不犹豫地选肉。

至于土豆和肉，祁先生还没有让楚秋在这两者之间做过选择。

"好吧。"楚秋低声嘟哝了一句，把祁天瑞切好了的那一盘拉到自己面前，然后把自己那份推了过去。

他咬了一块，转头看立在一边的平板。

弹幕跟疯了一样滚动着，楚秋就看清了一排字：我也想要祁神给切牛排给喂食！哭晕过去！

"……"那难度还是有点高的。楚秋想着，收回了视线，认认真真吃完了牛排和蔬菜。

"我刚刚看到隔壁那家烧烤开门了，想吃吗？"祁先生问。

楚秋今天体力消耗挺严重的，因为担心下午的动作戏太激烈，午饭也没吃多少，怕会吐出来，这会儿肚子还感觉有点饿。

"想吃。"楚秋摸了摸兜，钱刚刚付账用完了。

祁先生从裤兜里摸出钱包，对楚秋晃了晃，站起身来撸了一把楚秋的毛，顺便将楚秋拽了起来："走！"

楚秋扫了一眼弹幕里号叫着"掏钱包动作帅炸了"和"揉脑袋好苏"之类的，笑了两声，跟在祁天瑞背后慢吞吞地走着，选择性地跟一些弹幕互动。

楚秋和祁天瑞都是拿过大奖的演员，在镜头前表现出合适的一面，这种事根本难不倒他们。

这座小镇虽然面积小人也少，但五脏俱全。

因为在特定的日期里会对外接待游客的缘故，这里也有纪念品店，店里卖的大多是 A 国特产和在这里取过景的电影的周边。

楚秋跟祁天瑞逛了好几个店面，加上袋鼠肉干在内买了五件纪念品，当作是送给观众的礼物。

祁先生端着份奶油小蛋糕过来，看楚秋左手举着麦右手拿着平板身边还跟着个巨大的摄影机，干脆戳了一小块递到楚秋嘴边："试试这个。"

楚秋张嘴吃了，抱着平板往镇子外走。

直播最后的安排是去看大漠的日落。

镇子外就有一个绝佳的观赏地点。

两个人一人端着杯果汁，坐在沙丘上，吹着傍晚时带上了一些凉意的风。

迎着夕阳，他们的身影落在镜头里只剩下了两道剪影。

楚秋和祁天瑞非常熟练地掏出了墨镜，准备异常充分，动作异常熟练。

日落的时间大约有十五分钟，在这个时候显得静谧又漫长。

手掌下砂砾触感粗糙，带着沙漠夜晚的冰凉的风袭来，撩起了沙丘上的人的额发与衣摆。

直播结束得很顺利，粉丝们一个个都跟打了鸡血一样。

国内的娱乐圈不太乐意放幕后花絮出来，即便有官方剪辑的花絮，也大多是作为宣传的手段，最多不过短短五分钟。

网络上流传甚广的那些长达十多分钟的花絮集锦，绝大部分都是粉丝里的剪刀手，从各个新闻采访的视频里一点点扒出来剪在一起的。

综艺节目更是剪了又剪之后才播放的版本。

而实际上，粉丝们对那些距离极远的明星们最大的兴趣，就是他们私底下的真正形象。

粉丝追随明星，第一看眼缘，第二看实力，但最终真正会稳固下来的粉丝，到底还是被人格魅力所吸引。

会被屏幕里光鲜亮丽的形象所吸引的人，大多心中都描绘着一个非常美妙却难以实现的梦。又或者是对自身的现实并不满意，以此将自己对生活对未来的期盼，移情到了在镁光灯下亮闪闪的人身上。

在这样的移情作用下，粉丝所希望看到的，不仅仅是他们在屏幕前漂漂亮亮的样子，也希望能够清楚地看到他们背后的努力和汗水。

而他们经由自己的努力所获得的成功，无疑会给一直注视着他们的粉丝莫大的鼓励和动力。

想要独自一人支撑起人生总是艰难痛苦的，但一旦有人走在前面，撑起了前路，得到了成功，就会让人觉得肩上的重负似乎也并没有那么难挨。

在我失意难过的时候，你化身一道光降临在我的世界里。

我看到你努力挣扎着往前，一步一步迈向成功，让我得以在其中汲取到努力前进的动力，咬着牙在失意与难过中继续蹒跚前行。

被崇拜者之于崇拜者的最大最正确的意义，无非于此。

但国内的各方面宣传似乎都没有注意到这一点，国内更加习惯将演员与歌手塑造成一个不可接近、高高在上的形象。

比起他国演艺圈里，动辄就出四十分钟、两个小时的幕后花絮剪辑，国内的幕后剪辑简直少得可怜。

粉丝对于追随的演员和歌手的形象认识浮于表面，总是在各种各样的粉丝滤镜下，擅自给自己喜欢的人加上一层又一层的人设，最后崩不住人设轰然崩塌的反噬都能直接毁掉一个当红的明星。

楚秋和祁天瑞很清楚这种现状，所以在情况允许的时候，他们乐意多创造一些幕后的小故事出来。

关于努力，关于汗水，关于为了某一件事而拼尽全力的镜头录像。

楚秋发自内心地希望自己的行动能够给喜欢自己的粉丝们带来一些力量。

至少在他们孤身一人痛苦难过的时候想到他，能够有哭完之后重新站起来的力量。

所以之前公开行程，楚秋很大方地让前线的妹子贴身跟拍了一个星期，连健身房都带着人去了，最后剪辑出来的片子足足有五十分钟，在粉丝里好评如潮。

而这类抽空做的闲聊瞎扯的直播，也算是幕后花絮的一种。

粉丝们其实很享受这种围观自己喜欢的演员优哉游哉的日常节目，一点都不觉得浪费时间。

看观众人数和弹幕数量就能清楚地感受到人们对这类节目的热情了。

直播刚结束，楚秋的粉一边呜呜呜哭着说，秋黑了两个度还瘦了好多在那边都吃不好，一边疯狂舔录屏。

还有剩下的一部分一声不吭，已经撩起袖子准备开始"产粮"了。

凤凰公关部开着监测软件，紧盯着各大网站，时不时刷新一下，随时准备引导舆论以防万一。

楚秋被男女主角喊出去跟亚当斯导演一起琢磨明天的戏份了，他向来不在意舆论，对这些事情都抱着顺其自然的态度。

船到桥头自然直，直不了就认栽。

而楚秋的运气一向非常不错。

就比如《A》系列拍戏期间，他所辗转的三个摄影组里，都没有遇到某一部分好莱坞"特产"人士。

此处"特产"含贬义，指部分极端恐同和种族歧视人士。

又比如他在激烈的动作戏里，只是手腕和脚踝扭伤了，不严重，搁国内红花油一揉、膏药一贴，过几天就好，但随剧组同行的医生还是非常严谨地给他喷了药裹了一层薄薄的绷带。

就是照片看起来惨了一点，让粉丝很是心疼了一阵。

楚秋和祁天瑞辗转在几个不同的国家之间取景拍摄，最终回到片场拍绿幕背景的镜头。

整个过程都异常顺利，楚秋甚至还被热情的主演和配角们拉着去泡吧跳舞，最后还交换了联系方式。

祁先生看起来非常高兴——楚秋能交到朋友，的确是件非常令人高兴的事情。

因为拍摄顺利，楚秋的戏份进行得相当快，不过短短两个月的时间就结束了所有镜头的拍摄——规划内的镜头、规划外的备用镜头和花絮镜头都拍了不少。

他的杀青戏不是在主摄影组里拍摄的，杀青之后，亚当斯导演打来了电话。

祁天瑞看了一眼，把手机递给了楚秋。

亚当斯导演开门见山，问道："楚，你有没有兴趣定下第三部的角色？"

楚秋一愣。

他看到剧本的时候就知道，他所担任的这个角色在第三部里肯定有很重的戏份，说不定还能延伸到第四部甚至第五部去。

而好莱坞的系列电影，很少会有中途换掉重要角色的情况发生。

楚秋犹疑着，不太确定。

"你可以慢慢考虑。"亚当斯导演说道，"角色我会为你暂时保留，他实在太适合你了，如果你确定了，欢迎随时通知我，祝你幸运。"

"让你接拍第三部？"祁天瑞问道。

楚秋放下电话，点了点头："还是得回去跟大力哥商量一下才行。"

楚秋和祁天瑞两个跨越太平洋回来的时候，最凛冽的寒冬悄然离去，正是春寒料峭，却也已经有了和煦温柔的阳光。

第一个迎接他们的不是接机的粉丝也不是司机小哥，而是满脸欣喜地跑过来的周熠星。

"我拿奖了拿奖了！"

周熠星跑到祁天瑞面前，张开双臂，看了祁先生一眼，脸上露出嫌弃的表情，然后转身狠狠地抱住了楚秋，使劲蹭了蹭。

被嫌弃的祁先生眉头一拧，毫不犹豫地伸手把周熠星从楚秋身上撕下来。

"光天化日大庭广众的，像什么样！"祁天瑞说道。

周熠星一脸不敢置信："你竟然有脸这么说我？！"

"我是你老板！"祁天瑞非常理直气壮地说道。

周熠星："……"

行，你牛，我服。

"我来找你们约饭！"周熠星趁祁天瑞不备，一伸手搂住了楚秋的脖子，"刚好今天回来了，再晚两天妙妙又要去录节目了。"

楚秋没意见，祁天瑞也没意见。

祁先生忍住把周熠星的手从楚秋身上拍下去的冲动，问道："去哪？"

"就去你家啊，我都已经通知好他们啦！我们就在院子里烧烤吧，好久没有自己烧烤了。"

周熠星一边说着，一边往外走，手还不老实地揉着楚秋的脑袋。

一边揉还一边念念有词："多蹭点运气，多蹭点多蹭点，秋秋保佑我求婚成功！"

已经走到了出口，准备阻止周熠星继续蹂躏自己的楚秋，听到他低声叨叨的话，把到嘴边的话又咽了回去。

楚秋不觉得自己拥有这种运气，不过如果能让周熠星感到安全一点的话，也没什么不好。

蹲在出口等接机的粉丝们举着应援牌，看到熟悉的脸从 VIP 通道走出来之后，有片刻的骚动。

在看到楚秋身边的祁天瑞时，人群里有人没忍住爆出了一两声尖叫。

但在看向搂着楚秋破坏他发型的人时，尖叫声又戛然而止。

周熠星茫然地看了一眼像被按下了暂停键一样的接机粉丝群，发现有一些姑娘脸上带着肉眼可见的失望。

原来我公布恋情之后就这么讨人嫌了吗！？

周熠星觉得十分委屈。

他松开了手，哼哼了两声。

祁天瑞疑惑地看了一眼突然就变得低落起来的周熠星，顺手给楚秋理了理被揉得乱糟糟的头发。

楚秋微微侧身偏向祁先生，脑袋垂下来，配合他整理的动作。

人群里再一次响起了小小的尖叫声。

两相对比，周熠星简直要气死了，他拉着楚秋往旁边走了两步，转头对祁天瑞说道："光天化日大庭广众的，像什么样子！"

祁天瑞："……哎你怎么这样？"

周熠星不理他，拉着楚秋去了粉丝那边，令他欣慰的是，在楚秋签完名合过影之后，也有不少人给他递本求签名。

刚在 KT 国际电影节上拿了影帝奖项的周熠星，在经历过公布恋情的短暂低潮期之后，人气又迅速攀升了回来，拿到的代言和片约也跟着水涨船高。

周熠星还挺满意这个状态的，前些日子美滋滋地订了婚戒，准备跟万雨瑶聊聊见家长的事情，觉得自己万事俱备，只差求婚了。

"签好啦！"

周熠星拉着楚秋往外走，转头对接机的粉丝说道："今天我们要聚餐啦！就不多待了，你们回去路上小心一点哈！"

接机有接机的规矩，跟车之类的事情自然是不会发生的，楚秋的粉丝在这方面管得非常好，有时候小机场都不需要出动保安和保镖，非常有秩序。

周熠星的车和来接楚秋的车停在一起，楚秋上车之前，听到追出来对他挥手告别的人群里有人喊他。

楚秋停下动作转头看了一眼。

"秋！微博能不能日更啊？"那妹子喊道。

楚秋似乎有些苦恼，他想了想，最终还是对骚动的人群点了点头。

柳闻青和张大力夫妻俩带来了食材，周熠月和万雨瑶带来了狗和猫们，陈妙带来了她据说饿了两顿的肚皮。

楚秋、祁天瑞和周熠星三个回来的时候，他们已经从仓库里搬出了烧烤架，点上了炭火。

知道祁天瑞家大门密码就是这点方便，能先把东西准备好。

祁天瑞对此习以为常，从后备厢里取出行李箱，转头送进了家门。

楚秋看到院子的草坪上，周熠月家的狗和猫正跟他们家四只崽蹿来蹿去。

"不会跑丢吗？"楚秋走过去，大灰扑过来，团成一团圈住了他的脚。

楚秋俯身将大灰抱起来，摘掉了它身上沾着的草屑。

"不会啊，跟楼房不同，这种大院子就算是跑丢了也能自己找回来。"周熠月接话道，"农村土猫不都是放养的？"

"再说了，你们小区物业那么负责，连宠物都要了照片对照，看到跑出去了都会马上出动保安找回来的。"周熠月说着，拆开了张大力他们带来的食材。

周熠月特别专业地围着围裙，旁边站着同样围着围裙的张大力。

柳闻青则在一边帮忙分食材，顺便阻止企图闻闻舔舔食材的猫猫狗狗。

柳姐抱着小公主，远离烧烤的烟尘与玩耍的猫狗。

万雨瑶在柳姐旁边满脸好奇地逗着小公主。

陈妙躺在院子里的吊床上，宛如咸鱼一般，还随着风时不时地晃悠两下，看状态的确像是两顿没吃的样子。

楚秋看看这边，又看看那边，发现好像并没有他能做的事情了。

柳闻青发现了楚秋的窘迫，晃了晃手里的小竹签："秋你把大灰放下，去洗个手来串食材。"

楚秋点了点头，把怀里懒洋洋趴着的大崽放到地上。

大灰似乎愣住了，仰头看着楚秋，特别委屈地"喵"了一声。

它迈着步子凑近，在楚秋裤管上蹭来蹭去，然后非常干脆利落地一倒，躺在草地上，仰着头甩着尾巴，软绵绵地又"喵"了一声。

楚秋："……"

碰，碰瓷？！

"先别忙啊先别忙啊！来拍个照先！"祁先生从屋里带出了三脚架和相机，"猫猫狗狗都抱上！来拍全家福了啊！"

张大力想都没想就呲他："谁跟你全家福！"

话是这么说的，张大力脚下却非常迅速地离开了烧烤架。

为了保护隐私，不能以祁天瑞的房子作背景，所以他们在院子草坪上挑了个拍不到自家房子也拍不到别家房子的角度。

祁天瑞调整好镜头，先顺手按了一下远程快门确定可以拍之后，屁颠屁颠地跑到了人堆里。

"拍了啊拍了啊！"祁天瑞打了声招呼，然后看向镜头，手里的远程快门按下去足足五秒才松开。

"我我我我去看照片！"周熠星在他松开快门之后第一个跳起来。

之后楚秋也跟着起来，把怀里在周熠月家里减肥成功的四胖放下地，转头去洗手准备串食材。

柳姐瞬间抱着自家崽蹿得远远的，感觉鼻子有点痒，陈妙没继续摊着当咸鱼，而是跟万雨瑶一起把导致柳姐痒痒的猫猫狗狗逮回了屋里。

祁天瑞和周熠星在争执发哪张照片比较好。

楚秋洗完手出来，停在门口，看着闹哄哄的院子，半晌，无声地笑了起来。

亚当斯作为一个毫不做作地专注商业片的电影导演，一贯是从开机拍摄起就开始做宣传预热的。

比如适当地放出一些片场的照片给演员粉或者影片的粉丝看；比如演员偶尔会发一些含着小信息的照片到推特上。围观的粉丝们会很乐意去扒一些小细节，来满足自己的好奇心。

而大导演的电影，大多都是结束拍摄之后就马上投入制作的。

他们通常都有合作默契的特效公司或者是自己私人的后期团队，长期的合作总能让那些后期人员完美地把握住导演所想要表达的画面和隐喻。

亚当斯作为好莱坞首屈一指的商业片导演，当然不会缺少合作的后期团队。

《A》系列电影第二部——《A：逃亡者》最终在当年四月份杀青，结束了为期五个月的拍摄，投入了后期制作之中。

亚当斯的后期团队效率极高，再加上他为了避免太多后期特效的工作量，大都选择实景拍摄的缘故，后期的大头反而是在配乐与剪辑上。

尽量节省了特效制作的时间，后期的进度堪称神速。

到了九月底，片方就宣布电影定档圣诞节，将于十二月十日全球同步上映。

业内都说亚当斯真的是底气足，不怕撞档期。实际上对于这一部的票房到底会怎么样，即便是亚当斯本人，心里也只有一个大致的判断。

毕竟在欧美市场里，亚裔并不怎么受欢迎，而亚裔中，又尤以华裔为最。

但总不会扑街的，亚当斯对此有着相当的自信。

至于是大爆还是平平无奇，那就要看楚秋的票房号召力了。

而楚秋，在电影正式定档之前就已经忙得团团转了。

他还是第一次碰上这种刚杀青一个多月，就开始安排他做大量宣传工作的剧组。

亚当斯导演显然是准备把这一部电影作为进入内地的探路石，楚秋看着日程表，发现之后的安排已经不是他单人的宣传了。

定档之后，是要带着剧组一起跑的。

两个月的大宣传时间，亚当斯竟然安排了二十多天停留在国内。

"一般不都是只有一周？"楚秋有些惊讶。

通常来说这类影片在内地宣传，大都只会在几个一线城市走一圈，上几个采访，大型节目都是不会上的。

大多数欧美演员都适应不了亚洲的综艺模式，他们的节目宣传大都是上脱口秀之类短而悠闲的节目，比起综艺或者真人秀，他们更多的是直接前往各个城市进行宣传或者接受采访。

但这一次《A》的宣传团队却选择主动跟风皇方面接洽，看起来是准备尝试一下国内的宣传方式。

大多数演员都没有必要接受这种宣传要求，但楚秋不知道亚当斯给演员们灌了什么迷魂药，一个个都答应了。

楚秋和祁天瑞坐在机场的休息室里，等着亚当斯带着《A》剧组的演员们过来。

这一次亚当斯他们没有隐瞒行程，出口那边已经被人山人海的粉丝包围了。

机场的保安全体出动，而包括跟楚秋待在同一个休息室里，以及在休息室外和行李区等着的保镖，足有十五个之多。

剧组基本上是能来的都来了。不包括楚秋在内，主角团队的六个人来了个全。

这几人在欧美圈子里都是大腕，难得来一次国内，国内粉丝都跟疯了一样，还有不少从全国各地飞过来，蹲在行李处等着，企图在行李处逮到人的。

然而实际上，行李都是被保镖拿走的。

他们的人已经到了休息室。

楚秋问亚当斯："见粉丝，还是离开？"

这几个演员时差还没倒过来，一个个迷迷瞪瞪的，想了半天，最终还是决定去见见接机的粉丝。

"人非常多。"祁天瑞站起身来，"希望你们不要被吓到。"

虽然打了预防针，但真正见到那黑压压的一群人，听到骤然爆发的尖叫声之后，几个演员的瞌睡全都被吓跑了。

最终他们逃过了狂热粉丝的追赶，到达了酒店后，才微微松了口气。

亚当斯在车上，把这近一个月的计划跟楚秋详细地说了。

简单地说，这几个演员是被亚当斯忽悠过来的。

亚当斯说是集体度假，顺便做亚洲方面的宣传。实际上宣传任务的确不算紧，甚至还有四处游玩的时间，只是宣传的涵盖范围不仅仅只有各大一线城市，内陆有几个城市也有安排。

楚秋看了一眼亚当斯递给他的详细资料，看着上边详细的时间表，沉默了好一会儿。他转头看向祁天瑞，把手里的资料给了祁先生。

亚当斯看了看楚秋，说："这是风皇做的安排？"

"……"楚秋沉默了两秒，还是点了点头。

公司做的安排，楚秋自然没什么好说的。

可那几张日程表，看起来压根儿不是什么宣传安排，简直就跟各大旅游景点攻略一样。

除了头几天为了错过旅游高峰期，的确是正经地安排了一些宣传节目之外，其他的基本上都是旅游路上顺带的宣传安排。

但是那些宣传节目，除了国民度非常高的一档综艺之外，基本上全都是聊天、逛景点、吃美食的时候可以顺便录制的节目。

我以前怎么没发现宣传这么好做呢？

楚秋心里纳闷得很。

"除了 B 市和 S 市的景点，其他城市我都没去过。"男主角兴致勃勃，"秋，你们这边录节目做宣传还能蹭吃蹭喝真是太棒了，我们都要坐在演播厅里。"

"不，你误会了。"

我们也是要待演播厅的，待得比你们还久。

"是吗？"男主角并不在意，"今天下午我们去哪儿？顺便可以熬一熬好倒时差。"

他的提议得到了所有人的同意，女主角甚至还提出了她曾经去过的一家饭店，说那里的菜好吃，希望能去那里。

楚秋和祁天瑞互视一眼，非常干脆地把一群人拉到了周熠月店里。

高峰期，想去景点而不引起骚动是不可能的。

而且……

楚秋看着祁天瑞手里的企划，重重地叹了口气。

《A》剧组名为宣传实为游记的企划，分了六期，因为他们除了要去几个一线城市之外，还有另外六个有着著名风景名胜的城市。

每个城市一期，游玩的时候录下来，然后剪辑，最终一期一期慢慢投放出去。看来他们要随身带两个摄影师才行了。

"这个企划挺好的。"祁天瑞说道，"观众现在相当喜欢这种类型的节目。"

楚秋不置可否。比起去那些景点玩，楚秋更愿意工作地点和家里两点一线。

宅在家里是多幸福的一件事啊。

"观众喜欢看外国人夸咱们的，对宣传也有好处，还顺便做了国内风景名胜的宣传，多好。"祁天瑞拍了拍楚秋的脑袋，"一个月而已，就当是去外地工作。"

楚秋点了点头。

楚秋和祁天瑞还有凤皇联系安排的导游以及两位摄影师，在假期结束之后的二十多天里，乘船划过水乡，在古都留下合影，踏过了南国岛屿的浪涛与沙滩。

等到他们返回 M 国，粉丝们回过神来，认认真真去看照片的时候，发现短短一个月不到的时间，这一行六人加上亚当斯导演，似乎在国内被生生喂胖了一圈。

其中亚当斯导演身体膨胀得格外明显。

楚秋也跟着他们一起离开了，在正式上映之前，他会一直待在 M 国一起跑节目。

而国内录制的那一大堆节目和各种各样的采访，则会在他们离开之后有序投放，以维持热度。

《A 剧组游记》的第一期正式投入播放的时候，整个网络都爆炸了。

现在欧美电影和演员来国内宣传的多了去了，大多也就是摆拍一下接受几个采访就走，哪有这么正经地往深处走的！

而自己的国家能够被认同，能够吸引到别国的人前来观光，食物能够得到赞美，都是能让人感到非常骄傲和高兴的事情。

观众傻笑着看完了第一期之后，发现竟然还有第二期的预告，更加高兴了。

《A》剧组所展现出来的诚意出乎了所有人的预料，网上已经有不少人表示，冲着这份诚意也要支持一下票房，何况楚秋在电影里还担任了很重要的角色。

楚秋对此一无所知，他正跟着剧组出席一个脱口秀节目。

节目主持人说起了他们在中国宣传了近一个月的事情。

"实际上，是亚当斯邀请我们去的，他说是度假顺便做宣传。"男主角开口说道，"中国很大，现代化程度相当高，粉丝也很热情，我们去的几个地方风景非常好，文化保留也十分完美……"

"最重要的是，食物实在太好吃了。"他说着咂了咂嘴，"我在那边一个月胖了足足五公斤。"

主持人笑着问："中餐？我家附近的中餐馆味道可不怎么样。"

"你该去那边吃吃看，真的非常美味！"男主角激动地安利起来，"锅贴生煎灌汤包，凤爪火锅鲜花饼……"

女主角愣了愣，忙开口阻止了男主角继续跑题。

"之所以深入中国，是因为亚当斯导演有计划去那边取景拍摄本系列第三部。"她笑着说道。

主持人一挑眉："第三部？"

"是的。"

主持人转向楚秋，问他："楚已经定下了第三部的合约了吗？"

楚秋顿了顿，答道："有机会的话。"

亚当斯导演坐在他旁边，拍了拍楚秋的肩："秋很优秀，我真心希望续作能够继续跟他合作。"

"所以，是有什么原因暂时没有定下续作？"主持人敏锐地反问道。

"你该先去看看电影。"亚当斯笑眯眯地拍了拍他因为吃太多而凸出来的小肚子，"多看几次，也许能够看到第三部的一些小线索，比如秋有没有跟我定下第三部的合约什么的。"

这个脱口秀节目被打上了字幕，上传到国内的各大视频网站。

没过多久，各大售票平台上给《A：逃亡者》点了"想看"的小心心的人，便以肉眼可见的速度暴涨起来。

【逃亡者】恭喜国内首日＋预售票房破四亿！

No.0 -

激动得睡不着觉。

数据粉爆哭，国内市场原来这么牛吗！

全球票房是多少，有没有人来告诉一下楼主，怕受不住刺激没敢自己去刷！

No.1 -

我来拯救楼主！容我去看看！

No.2 -

不敢自己刷算什么数据粉！

No.3 -

我，楚秋，打钱。

No.4 -

我，秋粉，没钱。

No.5 -

我看完票房回来了！

楼主！楼主你还活着吗！

No.6

激动得睡不着觉。

活着活着活着！我做好心理准备了！来吧！！

No.7

全球包括国内首日票房一亿六千六百万美元。

国内票房折合约六千一百万。

北美票房七千两百万。

欧洲票房折合两千五百万。

其他地区票房折合约八百万。

惊喜不惊喜！

刺激不刺激！

No.8

国内这次爆得太凶了吧？

No.9

超级感人，好莱坞电影第一次发生国内票房快赶上北美的情况……

No.10

其实差了一千多万，不过四舍五入约等于没有了！

超理直气壮！

No.11

好看啊！

跟第一部相比感官舒服多了！

没有涉及第一部被人诟病的内容，也没有那种隐隐约约的高高在上的感觉，整体感觉平和好多啊！

No.12

对！就是这种感觉！

平和了好多！但是情节相当紧凑全程无尿点！

No.13

一种很善意的感觉！

我秋的肌肉线条真好看！

之前看他在健身房的照片就不得了了，没想到拍电影的时候更好看了！

No.14

秋今天的微博更新啦！

在祁神家的猫屋里睡过去了，肚皮上还趴着三棕！

祁神偷拍偷偷发超可爱了！

还发了个 [嘘] 的表情呜哇！

No.15

哇楼上秋好可爱了！睡颜简直绝赞！

羡慕已经去看了电影的，学生狗要等周末。

No.16

电影已二刷！

恭喜票房破四亿！

恭喜全球票房一亿六！

你秋真是超牛！

No.17

你秋在电影里的表现居然毫无违和感……

跟欧美那边的画风完美融合了啊！到底怎么做到的？

No.18

我一直以为，以前看的欧美片里有亚裔总觉得违和是因为人种问题……

看完逃亡者我终于知道原来不是。

No.19

同想知道楚秋是怎么灵活转换的，我刚刚去滚了一遍江湖行的蓝光碟，你秋在里边的表现技巧跟逃亡者区别好大。

No.20

楚秋：论演员的自我修养

妖孽啊，他现在才多大？二十四吧？

No.21

是二十四岁没错，感觉真的很厉害啊。

演艺圈的明日之光人设还真没崩……

No.22

虽然是冲着男主去的，但是完全被楚秋圈粉了……

亚当斯是不是转性了，他不是一向喜欢走大主角线吗？这一次楚秋戏份竟然这么足？

No.23

而且从剧情看，楚秋这角色第三部戏份也不会少。

啊，说到第三部，你们蹲彩蛋了吗？

我等到谢幕结束了，有两彩蛋。

No.24

我只看了第一个！

第二个是什么！

No.25

第二个镜头超短，但是看出来是楚秋的手了，就手臂上那个挖出芯片之后留的伤口噻！那个伤口里在发光，然后伤痕愈合了！

No.26

这是什么操作？

No.27

不知道啊！

搓搓手超期待第三部！

No.28

只看了第一个彩蛋的捶胸顿足。周末去二刷！

No.29

第二个彩蛋联系主线的话……

说不定就跟失落的人类母星有关系哦！

毕竟主角很明确地点出了出逃的奴隶是地球原生种人类啊！

No.30

我等地球原生种人类怎么就没有这么牛的能力。

刚刚不小心磕碰到的地方根本就没有好！

我也想闪闪发光！

No.31

楼上醒醒，天还没黑呢。

No.32

感觉微博上秋粉已经疯了，一群人直接包场转发抽名额……

No.33

完全能理解的其实……我身边的秋粉都要开心死了一个个。

都"喜大普奔"痛哭流涕……

不知道该为她们高兴还是该为她们难过，追星追成这样也是有点虐。

No.34

有个不需要砸钱的正主多好啊！

我家小演员半年三张大碟还有两张公演碟四张CD，还有写真集和舞台场贩周边……

No.35

我有的时候都担心秋光靠片酬会不会饿死街头。

No.36

饿死街头笑死……没事饿不死的，他还有小伙伴们接济，衣服也有代言！

No.37

我看完电影回来了！

有没有柯南扒一下电影里的细节剧透啊！

总觉得这片儿细节太多了全是伏笔！害怕！

No.38

柯蓝。

柯南没有，柯蓝可以吗?

今天首映加上白天看了四场，感觉设定上，楚秋应该是认识男主的，毕竟他一开始是准备直接劫船走人，虚弱状态下还跟女主角那些人打了一场，差点命都没了，结果男主角一回来，他看了男主角几眼就直接举起了手。

No.39

抓住楼上。

那个情节难道不是因为男主角回来，战力太强，再继续打就死了吗!

而且男主角那边接受投降之后，他直接昏过去了吧?

No.40

我的感觉跟40楼一样，二刷的时候特意去注意了一下那里……

楚秋的特写有小细节的! 可以再去看看!

No.41

柯蓝。

咦，我中奖了，明天又可以去看一场!

还有一点就是，为什么男主角一眼就能认出楚秋是地球原生种，男主角说他见过，这个设定第一部里可没有。

No.42

吸一口柯蓝运气。

我家这边都没有有钱大粉给包场哎。

明天自己去看，微博上竟然已经有小视频了……这是什么速度啊。

No.43

总觉得这两个人在瞒着什么小秘密!

No.44

柯蓝。

这两个人绝对瞒着小秘密，第一次见面，怎么可能配合得那么熟练。

我刚刚还特意去看了第一部，因为男主的光鞭比较特殊，第一部还着重描绘了他刚跟队友们认识的时候，打起群架来总是会抽到意外出现的队友。

之所以四刷就是因为我很好奇这一点……

你们没发现这次高潮的打戏，亚当斯给了楚秋和男主角好多镜头吗?

他们的配合简直完美。

No.45

咦，这么一说，回想起来总觉得怪怪的。

不止是打架吧，楚秋的那个角色冷漠骄矜心狠手黑，不怎么跟主角团队讲话沟通，别人说啥他都一副冷漠脸听都不听的样子，但男主角一点名他，他看起来有点不爽，却会给男主角回应。

No.46

你们是怎么从爆米花电影里看出这么多东西的……

No.47

柯蓝。

……咳，我的话……是职业病啦。

本职编剧。

外行观众可能不清楚，但是电影这种影视形式，每一分每一秒都是要有信息量的，特别是快节奏的商业系列电影，有很多小细节都会给续作一些伏笔。

作为学习的话，在影片碟片发售之后，业内很多都会逐帧暂停扒细节的。

No.48

逐帧……吓死我了。

No.49

这么说来的确是这样啊。

虽然结尾看起来是楚秋加入了主角团队，并且跟团队一起成功逃离了这颗星球，不过脑也看得很开心，但有些镜头深想的话的确有得扒。

No.50

柯蓝。

这些细节感觉应该都跟主线有关系，毕竟主线是重返地球。

但有个问题，楚秋说他是从地球逃出来的……

我仔细听了原音，的确是"fled"。

深想一下的话，地球突然失落肯定有原因吧。

猜一猜之后的主线可能会往调查原因的方向走。

No.51

你们编剧的职业病都这么可怕的吗？

No.52

求柯蓝再扒扒彩蛋啊！

第一个彩蛋，男主角转头满脸震惊地喊爸爸是什么套路！

第二个彩蛋，楚秋手臂上的伤疤恢复是怎么回事！

No.53

柯蓝。

这个我就扒不动了啊，彩蛋一般不是第三部剧透就是小惊喜。

逃亡者应该是两个彩蛋都是第三部剧透……

猜不到，期待，楚秋那个应该是跟世界观设定有关系了。

至于第一个，可能是要开始揭露男主角身世？

想想男主角能开飞船、能造机甲，上能飞天、下能遁地，在家还能换换灯泡、通通下水道，简直全能了，身世说不定也很不得了。

激动地搓搓手。

No.54 ——

柯蓝你漏了一点，楚秋有说他有未完成的使命。

这个如何理解？

No.55

其实我觉得，这句话跟第二个彩蛋联合起来看的话，应该是有点意思的。

牵扯世界观的问题了吧。

No.56

我现在好期待第三部了……秋的戏份应该超多吧。

No.57

这个……说不好吧。

隔壁粉丝专楼已经吵得昏天黑地了。

No.58 ——

难道不应该是普天同庆吗？

为什么会有人吵？

No.59

黑子和粉在吵楚秋有没有签第三部。

一部分粉丝表示，应该是签了的，毕竟彩蛋在那里。

一部分粉丝表示，楚秋应该没签，因为之前接受采访的时候，他并没有直接点头。

No.60

啊，我站后者，因为楚秋要么不说话，要说了就肯定是实话。

他只是说"有机会"的话，估计是还没签……

No.61 ——

亚当斯居然没有一口气签几部？

他们这种，一般不都是直接找演员签他至少三部再说的吗？

No.62

特殊考虑吧，应该是琢磨着楚秋带不动内地票房的话就终止，带得动的话再继续签他至少三部啊。

现在爆了，肯定是要接着谈之后的吧。

毕竟看第二部跟楚秋有关的信息量这么多啊！充满了对第三部的期待！

虽然A系列跟隔壁某联的世界观比起来根本没得打，但现在也很少有哪个导演敢自己亲手建世界观了啊！

No.63 ——

讲道理我有点想吃世界观设定了，第二部的世界观简直把第一部吊起来打。

No.64

又是一部第二部拉动第一部销量，带动整个系列的著作吗？

仿佛看到了冉冉升起的新星。

No.65

楚秋：锦鲤力最高

No.66

楼上你想笑死我，答应我少看周熠星的微博多读书好吗？

楚秋粉丝都去他微博底下抗议他要撸秃楚秋的脑袋了。

No.67

虽然是很期待啦……

但是 A 系列第一部和第二部中间隔了整整四年，谁知道第三部计划什么时候开始。

亚当斯导演下一部电影确定了不是 A 系列……

……

No.142

激动得睡不着觉。

周末过完了！

楼主过来跟进一下数据！

上映四天，国内总票房十亿。

全球总票房 3.2 亿美元，翻番了！

No.143

破纪录了吧这个？

No.144

国内票房太厉害了我的天。

我掐指一算，欧美那边估计要掀起一片找国内演员的风波了。

No.145

可是国内演员也不是哪个都跟楚秋似的啊……

对了，A 系列有参奖吗？

No.146

商业电影参奖也就能拿个特效之类的后期奖吧。

而且几大电影节时间刚过哎，上映时间不是很凑巧吧。

No.147

亚当斯：我的目的就是金钱。

No.148

看来金钱的目的已经达成了。

以这个势头下去，真的可以用金钱敲开西方影视界的大门也不一定哦。

No.149 --

亚当斯先生，拿了钱我们就美滋滋地开拍第三部好吗？

还要楚秋，谢谢。

No.150 --

我倒是觉得最近各大奖项对华语电影渐渐放松了？

应该不是错觉吧？

No.151 --

然而国内并没有什么太拿得出手的电影。

希望各位电影人心里有点数，咬牙努力一把好吗？

No.152 --

咬牙努力谁不想啊，没钱啊大佬，人员、场地、设备、美术、后期宣发，哪哪都是钱啊。

No.153 --

唉……人生百分之八十的烦恼果然都来自没有钱。

No.154 --

某偷收视的楼又被顶起来钉上耻辱柱了。

No.155 --

什么耻辱柱？

No.156 --

隔壁说，楚秋只接拍电影一定是因为被偷收视很生气，有人问怎么回事，然后就有人顶上来了，S流量家的粉一个个都要爆炸了。

完全无妄之灾嘛……

No.157 --

有电影拍为什么要回去拍电视剧啊？

No.158 --

我电视电影双咖柳闻青今日就要打爆楼上的狗头！

No.159 --

……楼上对不起。

No.160 --

吵的原因是楚秋新接拍的是郭旷的电影吧。

郭旷这个专业冲奖的导演……

不过楚秋连续接拍两部电影的确有点那什么的意思。

No.161 --

楚秋不是说过有好本子都会拍吗？

No.162 --

说啥信啥，你是不是傻？

No.163 ---

等等？不是说楚秋要么不讲话，一讲话就是真话吗！

那照楼上这么讲的话，楚秋到底有没有签 A 系列第三部？

No.164 ---

只有我觉得楚秋真是个标准的劳模吗……

要是我正主能有他一半勤快就好了。

No.165 ---

无缝接档是很厉害了啊……

而且一点都没有看出他有什么入戏走不出来的状况啊，简直是为演戏而生的。

我记得以前郭旷接受采访的时候说，一开始他以为楚秋是入戏走不出来，后来发现不是；又以为他是本色出演，最后发现也不是，楚秋其实根本就没有入过戏。

方法派的表演真是……可了不得。

……

No.541 ---

激动得睡不着觉。

继续汇报战况，上映十天，国内总票房三十七亿。

全球总票房十一亿零八千万，又差点翻一番……

国内票房已经赶超北美了……爆了爆了爆了，大爆。

No.542 ---

好想有部华语电影反杀回去啊！

No.543 ---

反杀回去还有很长一段路要走啦，演员们先杀出去也不错啊。

内地市场潜力巨大，大家也都看到了，能够跟国际接轨已经很好了。

总会越来越好的！

No.544 ---

我发现楚秋真的好乖。

粉丝说什么听什么啊，微博日更简直不能再幸福了，我家正主都月更……

No.545 ---

月更已经不错了，我家正主开了微博之后发了个大家好，就再也没有出现过。我怀疑他已经把微博密码给忘了。

No.546 ---

希望正主日更的企盼从未被回应过……

可能是因为答应了日更，有什么动静都必须站出来发表澄清啥的吧，不日更的话，完全可以冷处理掉之类的。

No.547 ---

所以才显得楚秋超棒啊……美慕地咬手帕。

……

No.891

激动得睡不着觉。

继续汇报战况!

各院线已经确定延长放映一个月了!

截至今日国内票房五十一亿,全球总票房十五亿,国内票房占了一半!

No.892

恭喜楚秋!

No.893

恭喜逃亡者!

No.894

翻身仗啊!

恭喜恭喜!太厉害了!

No.895

有没有人来讲一讲楚秋为什么在 GR.T 的代言之后,就不接新代言了?

No.896

哎?你不说我还真没注意到。

No.897

好像是真的没有哎……

他现在的热度不可能没人找他代言啊。

No.898

那就是他拒绝了。

可是代言这个东西又不分档期,就是几个广告几套硬照的问题啊,合适的话干吗拒绝了……

都是小钱钱和名气啊。

No.899

秋粉:求你了。

No.900

一直拒绝代言总觉得有什么大事情……

No.901

不清楚了,但是楚秋一贯不吭声啊,吭声一般就是大事情,他没特意提到这个,应该就不用在意吧。

No.902

秋粉:求你了。

No.903

呃,做慈善吧……

No.904 --

楚秋手把手教你如何从追星狗变成现充党。

No.905 --

笑死，今天他微博还讲，接近期末考试了，大家要好好学习，不然就会跟祁天瑞一样只能当个助理。

No.906 --

我压一根黄瓜，这条绝对不是楚秋自己发的。

No.907 --

一群粉丝在下面说这学期就交白卷了。

No.908 --

哎楚秋删微博了。

重新发了一条，祁天瑞躺地上四只猫趴了祁天瑞一身的照片。

楚秋：封印。[图片]

No.909 --

这两个人神经病啊哈！

No.910 --

看来上一条是祁神发的。

楚秋再一次跟郭旷合作了。

正如粉丝所言，郭旷这一回又是直奔着奖项去的——他向来看不上他哥那种商业做派，在拿到了亚尔影展的导演奖项之后，送到他手上的本子水准都不错。

但郭旷全部都拒绝了，乐呵呵地亲自去拜访了他觊觎已久，但因为自己一直没有拿过导演奖而拉不下脸去找的一个编剧，两个人琢磨了大半年，终于琢磨出了个新剧本。

郭旷想都没想就揣着本子找了楚秋。

新剧本的名字是《泥土》，讲述的是生活在一个生活在大山之中的孩子离开故土，被城市一点点吞没的故事。

楚秋看完本子就毫不犹豫地答应了。

甚至还拒绝了郭旷问他要不要休息一阵再拍的提议。

郭旷的电影都是冲奖的，不用担心票房，就算中途真的出了什么意外，也不会受影响。

剧本是好剧本，导演是好导演，演员也是好演员。

郭旷旁边还是蹲着个沈铭。近一年时间没见，沈铭看起来沉淀了许多，见到楚秋的时候也会笑着打招呼了，还特意向楚秋道了歉——为他以前那副目中无人、口无遮拦的态度。

"……"楚秋有些惊讶，他呆怔了片刻，而后摇了摇头，"没事。"

祁天瑞更是一副见了鬼的样子。

"没必要这样吧？"沈铭嘟哝，"人是会长大的啊。"

"嗯……"祁天瑞煞有介事地点点头，"你爸一定很欣慰。"

沈铭没吭声，转头去干活了。

他现在已经是正经的导演助理了，有好多事情要干呢。

楚秋收回落在沈铭身上的视线，转向郭旷，问道："助理？"

"转性子之后挺顺手。"郭旷解释，然后又问，"准备好了？"

楚秋点了点头。

郭旷说着，往监视器前走了两步，又停下脚步，转头看向祁天瑞和楚秋，最终目光还是落在楚秋身上，对于楚秋毫不犹豫接下自己的邀请还是有些奇怪。

郭旷想了想自己本子的内容，过审倒是没什么问题，但毕竟是冲奖片，在参加的电影节结束之前都没办法投入院线放映。

就算投入了，对大部分观众而言，估计都没什么太大的吸引力。

要是没有拿到奖，这对于一直以来都在风口浪尖上的楚秋来说，将会是一个巨大的挫折。

郭旷有那么一丢丢的小忧心，叹着气抄着手去了监视器前。

楚秋的实力毋庸置疑，在连续试演三次，终于完美地调整到了郭旷所想要的感觉之后，新电影非常敷衍地整了个开机仪式，象征性地烧了香，转头又把第一条镜头顺顺利利地过了。

祁天瑞坐在一边美滋滋地刷楚秋的微博。

楚秋曾经在微博讲过想看大家交流，所以他的粉丝并不兴用统一的格式和句式控制微博评论的模式。

他们只会发评把黑子的评论压下去，而在热评的，总是一些有内容又并不怎么统一的奇怪内容。

楚秋的微博号称是圈内活粉和路人最多的微博，有不少路人会跑来他微博日常打卡转锦鲤，张大力之前嫌烦，直接给楚秋微博放了个锦鲤池置顶了。

而在楚秋开始日更之后，置顶的锦鲤池就没有了，换成了近期工作或者宣传。

有不少路人愿意来楚秋微博底下走走逛逛，无非就是因为楚秋微博底下总能找到一些挺有意思的评论，这在当红的演员里并不多见。

祁天瑞在一边咸鱼一样的玩着手机，一直到感觉肚子有点饿了，才心满意足地关掉了微博，打电话订餐。

郭旷的剧组依旧是一贯的人少且穷，祁天瑞可舍不得楚秋吃影视城里的团餐盒饭。

所以郭旷组里的伙食，在拍摄外景之前，都被组里目前最有钱的祁助理给承包了！

剧组工作人员每天吃香喝辣，对祁先生财大气粗的行为感动非常，并且饭后还会集体跳操减肥以表敬意。

后来到了外景阶段，去偏僻农村取景的剧组，就失去了这个福利，每天就吃当地的农家给他们做的饭，味道也不错。

即便是这样，一个多月后，楚秋依旧黑了瘦了，还起了一身红疹子，没蔓延到脸上，会影响镜头的地方，也用厚厚的粉底遮瑕给盖住了。

这导致身上长出来的那些东西压根儿没有消失，反而更加严重了。

楚秋没吭声，也拒绝了郭旷说要不就推迟或者换地方的要求，一直坚持到杀青。

到家的那天，祁天瑞即刻喊来了私人医生给楚秋医治。

看着长到了脖子上的红疹，祁天瑞急得团团转，生怕多少会留下疤痕，影响到楚秋以后拍戏。

疤痕虽然可以靠化妆和后期消除掉，但到底是个麻烦。

祁先生一点都不想楚秋身上留疤。

好在郭旷的戏结束之后，楚秋没有选择继续无缝接档拍戏，而是准备稍微休息一段时间。

也恰好养养身上这些红疹，等恢复了再出现在公众面前。

KT 国际电影节的截止期近在眼前，郭旷表示他今年要参加这个奖项，如果可能的话，还希望能够给楚秋捧个影帝回来。

说到这个话题的时候，楚秋正往脖子上擦药。

今天祁先生的公司召开股东大会，在楚秋醒来之前就去上班了。

"KT 的影帝……"

楚秋一边擦着药，蓝牙耳机扣耳朵上，顺便戴上智能手表，准备出门晨跑。

"上一届是星星。"

楚秋觉得出于各方各面的原因，KT 今年怎么都会把最佳男主角颁给本国人才对。

毕竟本国举办的电影节，虽然号称是国际性的，但参奖电影主题还是 KT 本国。

要是连续两年被外国人拿走了，简直就像是在否认本国演艺圈的实力一样。

有点脑子的主办方都不会这么干，奖项这种东西，虽然说是公平为先，但只要是竞争，就肯定不会有绝对的公平。

这个道理，大家都很清楚。

就因为清楚这个道理，所以这一届去参加 KT 电影节的华语电影非常之少。

反正参加了也不会拿奖，大家都很识趣。

但郭旷并不在识趣的人这个范围里。

"没关系。"郭旷并不在意，即便是透过电话也能感受到他那满满的自信，"我能赢。"

KT 国际电影节在冬天举办，距离新年很近。

而在郭旷的电影拍摄结束之后，到 KT 电影节举办之前的小半年里，楚秋接了一些零零碎碎的代言，定下了《A》系列后续两部的合作、参加了一次华剧盛典，并在圣殿上拿到了一个最佳新人。除此之外，并没有接到其他合心意的剧本。

而很不巧的，《A》系列续作的开拍还没有定下。

楚秋跟祁天瑞和张大力一商量，觉得这种时候接普通甚至偏下的剧本还不如在家歇着，于是干脆就什么本子都没有接。

在媒体与粉丝一次次的疑问与展望之下，楚秋硬是在家休息了半年，外界各种喧嚣尘上的声音都在这短短半年之中停了下来。

信息大爆炸时代之下，半年的时间已经足够人遗忘很多东西。

楚秋的微博仍旧坚持着日更，但内容大多都是些生活的日常与阅读笔记的分享。

粉丝们看着他在家抠了半年的脚，胆战心惊地以为楚秋是不是要跟风皇里那几个奇葩一样，在人气最爆炸的时候隐退，去追求自我的梦想。

这个自我的梦想包括但不限于去当厨子、去当画家、去当公司董事等等。

粉丝们十分忧心，觉得按照这个态势发展下去，楚秋是不是要去从事文学行业了。

在楚秋满头问号地看着"秋秋如果去当作家了我们也会一直支持你"这条热评的时候，郭旷的电话打了进来。

电话刚一接通，郭旷那一嗓子把楚秋吓得一哆嗦，手机没抓稳，"咚"的一声掉在了地上。

郭旷的声音从来都是沉稳而镇定的——要拿奖的时候除外。

"进了！又进了！"郭旷的嗓门大到楚秋没按免提隔着老远都能听清楚。

楚秋看着掉在地上的手机，寻思着现在也不是世界杯的时间，什么进了进了。

过了好一会儿，楚秋才像是想起了什么，偏头看了一眼日历，恍然郭旷说的是什么。

十一月底了，KT国际电影节已经发出了邀请函，今年的举办日期是十二月十七日。

郭旷刚刚收到消息，他们的《泥土》入围了。

郭旷喜不自胜，觉得楚秋可真是个宝贝。

楚秋有些高兴，他捡起手机，问："有哪些提名呀？"

听到楚秋问起这个，郭旷的嘴角就控制不住地疯狂上扬，连语调都飘飘然的："最佳导演，最佳影片，最佳男主角！"

楚秋惊讶地瞪大了眼。

郭旷得意得不行。

他入行很久了，跟他合作过的演员没有一百也有七八十，要论对他来说最特殊的、相处起来最舒服的，那绝对是楚秋了。

不止是因为他们交流起来非常合拍，更是因为楚秋当初带着剧本和投资上门，成全了他拿最佳导演的理想，让他终于能在他哥哥面前抬得起头了。现在反过来，《泥土》入了围，或许能让楚秋拿下他生涯中的第一个影帝也说不定。

虽然郭旷自己也明白，KT毕竟不是华语电影节，主办方连着两届把最佳男主角颁给外国人的可能性非常小，但既然入围了就有希望。

郭旷对于自己非常自信。

郭旷说："你最近没有接新本子，有些媒体不是一直在捕风捉影地造谣吗？"

不过那些风声并没有传到楚秋这里，他对郭旷所说的事情感到有些疑惑："发生什么了？"

"一些小事，祁天瑞他们会帮你处理好的。"发现楚秋不知道这件事之后，郭旷就收住了话头，并没有详细回答的意思。

最近楚秋的出镜率实在是低得吓人，已经到了一种让人不得不猜想是不是发生了什么事情的程度。上一次楚秋正式对外宣布的工作消息，还是确定了《A》系列的后续合作的时候，时间是四个月之前。后来的四个月，楚秋几乎没有再在公众面前露过脸了，许多媒体都已经开始唱起了衰。

郭旷想到这里，之前语气之中的那点轻快消散了些许，隐隐约约带上了几分忧心："总之，又要辛苦你跟我飞一趟G国了。"

也许这一次能给那些听风就是雨的媒体一个大炸弹，但如果一个奖项都没有拿到，只是陪跑的话，给楚秋带来的影响恐怕会不大好。

"不过我还是觉得你可以。"郭旷嘟嘟哝哝的。

楚秋答应下来，挂断电话，给张大力去了个消息，张大力的电话很快就打了过来。

楚秋耳朵贴着听筒，能够清晰地捕捉到张大力那边的嘈杂喧扰，还有张大力本身的焦头烂额。

临近年底，正是绝大部分职场人士最为繁忙紧张的时刻，其中演艺圈的从业者们尤甚。

　　楚秋掰着手指数一数自己的朋友圈，发现都没有一个能够待在自己家里过年的。不是在外应酬，就是在录节目，一个个都为了赶新春贺岁档忙得脚不点地，就连祁天瑞也不例外。

　　哪怕是楚秋，这几天也是收到了许多商业活动的通告邀约的，只不过张大力并没有替他接下那些杂事。

　　唯一能够得出一些空档来的张大力给楚秋预提了一套出席活动的成衣，在电话那头噼里啪啦地交代了一堆日程和事项，得到楚秋乖巧的应答之后，伴随着一阵键盘敲击声挂断了电话。

　　楚秋对于拿奖的期待其实并不如郭旷和外界所想的那样强烈，这些别人所期待渴望的奖项对他而言，远不及跟周熠星他们一起吃上一顿饭来得开心。

　　不过有奖项也是好事，一个人在家里空荡荡孤零零的，楚姨那里总是有人蹲守，他也不好常去。

　　一旦习惯了周围有朋友的热闹之后，如今的境况就显得尤为空荡和孤单。

　　楚秋深吸口气，把腿上趴着的猫崽放到一边，余光瞥见被立在一旁的相框。

　　那是今年年初，他们一群人难得聚在一起时拍下的全家福。

　　照片上三位女士和张大力在最前边。

　　陈妙穿着休闲裤大剌剌地盘腿坐在地上，怀里抱着周熠月的狗，狗狗正伸着脑袋想要往柳姐那边凑，而她本人，正偏头听万雨瑶说话。

　　万雨瑶怀里趴着周熠月家的猫，两人脸上的笑容看起来明朗而愉快。

　　柳姐蹲着，身前是她家想要伸手去够旁边狗狗的小公主。

　　张大力围着条粉红色印着猫爪的围裙盘腿坐在地上，正板着他那张能吓哭小孩子的脸，转头瞪着陈妙怀里的狗。

　　他们身后一字排开的是另外五个男人。

　　依次是柳闻青、周熠月、楚秋、祁天瑞、周熠星。

　　除柳闻青外，人手一只猫，周熠月抱着三棕，楚秋抱着四胖，祁天瑞抱着大灰，周熠星抱着二棕，柳闻青则拿着周熠月脱下来的淡蓝色围裙，似乎正准备甩手扔出镜头，五个人除了祁天瑞之外都笑得十分开心。

　　祁天瑞的脸被直起身子的大灰挡住了大半，而大灰脏兮兮的爪子按在祁天瑞脸上，脑袋凑过去一副准备张嘴咬的样子。

祁天瑞手里按着快门，并没有腾出手来阻止自家大崽。

照片中心的楚秋微微侧过脸看着祁天瑞，笑得异常开怀，眉眼弯弯的，恍若夜晚天际高悬的弦月。

他们脚下的草坪上有星点早开的野花，后方的灌木一丛丛地冒出了新芽。

鼻尖仿佛能嗅到花与草木的清香气味，满溢的生机几乎要透过照片扑出来。

楚秋看了那张照片好一会儿，嘴角翘起来，指尖轻轻敲击了一下木质的相框。

"我出发啦。"

他轻声说道，脚步轻快无比地向门外走去。

番外

KT电影节是整个亚洲范围内规模最大、范围最广、最被国际电影市场认可的电影盛会。

它甚至拥有一个自己的园区，园区里有一系列与影视赏析有关的设备与展览馆。

电影节持续十天，这足以让受邀者与相关人员有充足的时间去观看每一部入围作品，并做出相应的评分。

理所当然的，每一届电影节中成功入围的作品，都会成为时下的关注热点，而其演员也会得到诸多媒体的重点关照。

楚秋和郭旷合作的新电影《泥土》入围了。

他们刚下了飞机，各种各样的邀约便如雪花一般纷至沓来。

此时，楚秋刚结束了一个采访，他抿着唇，被打光和采访弄得口干舌燥。

郭旷沉迷观影乐不思蜀，谁都抓不到他，许多采访活动的责任就落到了楚秋身上，能跟他分担的人都没两个。

《泥土》这一部作品严格来说，算是楚秋一个人担纲大戏的电影。

除了楚秋之外，绝大部分戏份都是群众演员，剩下的几个戏份多一些的演员都没什么名气，追逐流量与热度的媒体对他们毫无兴趣。

楚秋拿起自己放在一边的保温杯，打开，发现里边已经一滴水都没了。

楚秋："……"

旁边正在整理采访文稿的翻译小姐看到楚秋盯着保温杯发呆，随手拿了一瓶新的矿泉水，递给了他。

楚秋微怔，小小声说了句"谢谢"，拧开了瓶盖。

翻译小姐对楚秋的印象很好。

在这个浮躁的圈子里，像楚秋这种性格随和一点当红演员的架子都没有的人实在少得很。

她一边想着，偏头看了一眼这个摄影棚的使用预约，发现接下来的使用者栏目里的名字还是楚秋，只是采访媒体换了一个。

真是怪辛苦的。

翻译小姐整理好了前一段采访文稿，觉得有些许无聊。

她看了一眼楚秋，随口问："楚秋先生，你来这里几天了？"

楚秋捏着水瓶："五天。"

"今晚都该颁奖了。"翻译小姐抱怨，"太忙了，我一部参奖作品都还没看。"

楚秋并不擅长这种闲聊，他斟酌了片刻，点了点头："我也没看。"

别说那些竞争对手们了，他连自己入围的《泥土》，都没有完完整整地看过成片。

郭旷给他看的是长达三小时的粗剪片子，最后的成片是没有的。

翻译小姐同情地看了一眼大忙人，正想继续聊聊，那边新的媒体记者已经走进了摄影棚。

打光灯再一次亮了起来。

……

临近年底，哪怕是已经当甩手掌柜的祁天瑞也被无数社交宴会和股东会议填满了所有的时间。

刚结束了一个会议的祁老板低头看了一眼腕表，站起身急匆匆地离开了公司。

司机在楼下等他。

祁天瑞迈进车里，神情中透出了几分焦躁，催促："快点，去机场。"

他准备去找楚秋。

KT电影节是一个非常重要的机遇，祁天瑞觉得于情于理，他都应该陪在楚秋身边。

张大力也忙得像个陀螺，他好不容易核对好了楚秋晚上的颁奖行程，还不得不抽空去机场接祁天瑞那个祖宗。最后他骂骂咧咧的，带着祁天瑞掐着时间开车到了影棚区，接楚秋去取衣服做造型。

祁天瑞走进影棚的时候，楚秋刚好结束了最后一个采访。

这是个本国媒体，采访结束之后，记者没有离开，反而坐在楚秋对面盯着他不放，正语气激动地说着一些"喜欢""追求"之类的话。

两人靠得有些近了，楚秋眉头皱着，手指死死地抠着手上的矿泉水瓶，额头与鼻尖上的汗意也不知道是被灯光照的还是紧张的，浑身上下都写满了拒绝两个字。

祁天瑞眉头一皱，当即抬脚走了过去。

楚秋刚听见了脚步声，还没来得及转头，就感觉自己被黑影笼罩。

一只手从他身后探过来，祁天瑞微微俯身，手上用力，按在了那个记者的肩上，死死扣住了对方，将之向后推了推。

祁天瑞神情冷淡："这位女士，请自重。"

楚秋微微睁大了眼，鼻尖萦绕着熟悉的气味："祁……"

"走了。"祁天瑞直接把楚秋从凳子上拉起来。

楚秋顺着他的力道站起身："好。"

祁天瑞拉着楚秋出了影棚，把人往车里一塞，跟着钻了进去。

楚秋偏头看向祁天瑞："祁哥怎……"怎么会在这里？

他话没说完就把话头咽了回去。

祁天瑞看起来有点不高兴。

楚秋不明所以，不由看向了驾驶座上的张大力，求助。

张大力看了一眼后视镜里的楚秋，趁着出停车场的时候回头看了一眼祁天瑞。

"怎么？"张大力还在记祁天瑞突然让他接机的仇，讲起话来阴阳怪气，"哪个不长眼的小崽子惹到咱们祁大老板头上了？"

祁天瑞冲他翻了个白眼，瞥向楚秋。

张大力一愣，"楚秋能惹你？"

楚秋满脸茫然。

祁天瑞重重地"哼"了一声！

楚秋觉得祁天瑞这反应实在熟悉。

楚秋不由看了一眼人高马大的祁天瑞。

祁天瑞察觉到楚秋看过来的视线，板起了脸。

楚秋："……"

张大力一看就知道楚秋肯定没搞明白祁天瑞在气什么。

两个祖宗。

他叹气："楚秋怎么招你了？"

祁天瑞板着一张脸，鼻子不是鼻子眼睛不是眼睛的，看了满目茫然的楚秋一眼，憋着气。

他不想对楚秋发脾气。

于是祁老板干脆地冲着张大力开炮了: "你刚刚干吗去了? 把楚秋一个人扔那儿!"

"我干吗去了?" 张大力简直要气笑了, "我刚不是接你这祖宗去了吗?!"

祁天瑞一哽。

张大力白眼都快翻上天了: "我就趁着下午去跟主办方确认了一下行程, 刚刚怎么了?"

祁天瑞说: "刚刚那个记者骚扰楚秋。"

张大力一顿, 这确实是他的失职。

楚秋微怔: "我没事。"

"我有事。" 祁天瑞气哼哼, "我生气。"

楚秋讷讷地, 看着双手环抱, 满脸都写着不爽的祁天瑞, 不知所措。

张大力透过后视镜看了一眼后座上两个人, 把车停到了路边, 拉开了祁天瑞那边的车门: "去驾驶座, 你送秋过去。"

祁天瑞眉头一皱: "你干吗去?"

张大力心说这不是在给你们这俩祖宗创造和好环境。

他想着, 说道: "我去找麻烦。"

去找刚刚那个采访记者的麻烦, 多的事情做不到, 但让这种利用职务之便骚扰他人的人失去这份工作是完全可以做到的。

祁天瑞闻言, 干脆地去了驾驶座。

张大力关上车门, 走得头也不回。

失去了大哥的帮忙, 楚秋坐在后座上, 紧张到有点惊慌。他手上抠着矿泉水瓶, 发出了 "咔咔" 的响动。

祁天瑞听到动静: "小老鼠偷油呢?"

他的语调听起来还带着点冷淡。

楚秋抿着唇, 缩了缩脖子, 带着些怯意, 声音小小的, 刻意压低了: "祁哥别生气。" 他顿了顿, 又补充道, "别生我气。"

祁天瑞一顿, 心上被那示弱的声音蜇了一下。

他飞快回道: "生气? 生什么气? 谁生气了? 生谁气? 张大力失职跟你有什么关系?"

开玩笑, 这世上还能有人生楚秋的气?

不可能的, 不存在的。

他祁大老板气的是张大力那个憨仔失职!

祁天瑞一张嘴叭叭地: "他竟然把你一个人留棚里, 简直不敢相信! 要是这次我没碰巧赶上，你就要被人吃豆腐了！吃豆腐还是小事，要是你有个什么一万万一的怎么办？"

祁天瑞越说越觉得是那么回事，一拍大腿："扣他工资！回去就扣！"

"哦……"楚秋被祁天瑞这骤变的反应唬得一愣一愣的，回过神来之后阻止道，"不要扣工资。"

张大力最近为了赚奶粉钱可卖力了，祁天瑞在这种时候扣他工资，楚秋担心他被张大力给绑了。

"行吧。"祁天瑞一撇嘴，脚底下油门一踩，飞速把楚秋送到了目的地。

楚秋的红毯女伴是陈妙。

歌后受邀为这一届 KT 电影节颁奖典礼献上开场。

陈妙挽着楚秋的胳膊，走过红毯签过名之后，小声问道："我吃你庆功宴的可能性有多大？"

这是问他得奖的可能性有多高。

楚秋摇了摇头："很低。"

上一届 KT 影帝是周熠星，于情于理，楚秋得到影帝的可能性都很低。

他想了想："但郭旷得奖的可能性很高。"

他们说着走进了宴会厅。

距离晚会开场还得很，宴会厅里甚至也有影视展厅。

"我听祁天瑞说你连自己的成片都没看过？"陈妙见楚秋点头，看了眼时间，直接拉着楚秋走向了标注着《泥土》的放映厅。

《泥土》是一部偏纪实的影片，郭旷亲自取材操刀。

它所讲述的，是一个从山中走出来，前往大城市打工的年轻人的经历。

电影最开头，是穿着陈旧的主角握着一叠零钱，背着一个鼓鼓囊囊的布袋子锁上门的画面。

那一叠零钱里甚有许多城市之中已经鲜少看到的角票，唯一的一张一百元整钞还是古旧的蓝色。

天还没亮。

泥巴决定离开大山，去城市里打拼。

城里有他的同乡愿意接待他。

泥巴没有父母亲人，也没有邻居来给他送行。村里每户人家之间都隔着小半个山头，这些年里，年轻人都陆续离开了，整片山都透着一股阴沉沉的暮气。

他眯着眼，看着远处云缭雾绕的苍青层峦，许久，踩着一双脱了胶的解放鞋，缓慢而坚定地踏上了下山的路。

泥巴的背影渐渐远了，逐渐与灰蒙蒙的晨雾融在一起，再也找不见。

陈妙差点没能认出那个"泥巴"是楚秋。

她看了一眼身边坐得挺拔光彩照人的楚秋，又看了一眼荧幕中在绿皮火车上被一对年轻情侣嫌弃为难的主角，咋舌。

"结局是悲剧？"她问。

楚秋想了想，点了点头，又摇了摇头，正要说话，又被陈妙拦住了："我自己看。"

楚秋眨眨眼，乖乖闭上了嘴。

荧幕里的泥巴已经在车厢连接处找了个角落坐了下来。

他捏着粉红色的车票，上面写着34A，是一张硬座票，但那边的那对男女不让他坐下，隔着大半个车厢，还能听到他们说什么"臭""脏"之类的话。

他垂着眼，感觉到周围看向他的视线，善的或者不善的。他一言不发，抱紧了怀里的布袋子，往角落里缩了缩。

放映厅里很安静，安静得只剩下音响中传出火车行驶的声音。

楚秋感觉自己的胳膊一痛。

他转头看了一眼自己的胳膊，发现陈妙的手隔着西装都把他掐得够呛。

楚秋抽了抽手。

陈妙深吸口气，松开手："不好意思，代入感太强已经开始生气了。"

楚秋看了看电影，想到之后的情节，默默把手缩回来，收到了陈妙掐不到的地方。

楚秋回忆着剧本。

泥巴对大城市期待又恐惧，对"城里人"的言行都视作正确的标杆。

他看到那些往来的人们干净又挺拔，跟他印象中的"人"仿佛是截然不同的两个物种。

泥巴的同乡将他介绍到了一个纺织厂里工作，以合同需要为由拿走了他的身份证。

一周休半天，一个月五百块。

泥巴高兴地在合同上按上了手印，工作了两个月之后却一分钱都没拿到。

他们说着些泥巴听不懂的"食宿费""培训费"，总之就是没有钱。

泥巴迷蒙些，恍然明白自己被骗了。

在做了半年的工之后，一分钱没拿到的泥巴鼓起勇气，带着他那个小小的布包离开了纺织厂。

他走在漂亮干净的街道上，惶然无措。

接着，他遇到了一个好人。

那人帮助他补办了证件，并给了他一份工作——在他的小饭馆后厨里帮工。

虽然没有休息，但一个月能有三千块。

荧幕上的颜色变得明亮起来。

木讷干瘪的泥巴骤然变得灵动而鲜艳，身体之中仿佛有一颗生机澎湃的种子将要破土而出！

到这里，陈妙大大地松了口气。

楚秋偏头看她，迟疑一瞬，还是没有开口。

泥巴的幸福非常短暂。

他帮工的饭馆里食客吃出了问题，舆论时代什么都发酵得很快，那个承载着他希望的小饭馆很快就关门了。

他灰扑扑的在城市里打着转，去做工、搬砖、洗碗、清洁……

他总是得到了又失去，快乐转瞬即逝，生存的拳头一下一下，重重地打在他并不多健壮的身体上。

泥巴再一次失去了工作。

因为东家找到了比他更年轻、更机灵的工人。

灰扑扑的泥巴背着他来时的小布包，神情茫然地站在十字路口。他孑然一身，在城市之中忙碌数年仍一无所有，甚至有些记不太清自己的来处，也不知该去往何方了。

"叔叔，绿灯亮了。"有小孩催促他。

泥巴低头看向他。

小孩穿着漂亮的白衬衫，背着崭新的书包，规规整整地系着红领巾，干净又光鲜。

小孩被看得有些害怕，他抿抿唇："叔叔让一下，我要回家了。"

——回家。

泥巴呆愣片刻，收回了视线，看向对面的绿灯，本能地抬起了脚。

钢铁灰的城市与人流嗡鸣着将那一点山中来的苍青吞没。

《泥土》两个字缓缓浮现在屏幕上。

楚秋看着报幕，并不意外看到这个结局。

郭旷总是习惯在结尾留白，让观影者自己去构想人物的结局。

他站起身来，准备前往颁奖现场。

陈妙跟着站起来，感觉自己心口憋得慌。

她看向楚秋："郭旷平时就拍这种？"

楚秋点头。

陈妙沉默两秒，说："活该他挣不到钱。"

商业片之所以票房高是有原因的。

这种看完之后让人胸闷的片子，票房能高才有鬼了。

陈妙想着，又问："你觉得结局是什么？泥巴回大山了？"

楚秋摇摇头，他也不知道。

不过在他自己构筑的人物剧本里，泥巴并没有回去。

因为他本身就一无所有。

不管是在大山里，还是在城市里，没有任何区别。

泥巴人如其名，就是一团可有可无、沉默地遭受磋磨与踩踏的泥巴。

"我觉得他应该回去。"陈妙说道，"最后说到'回家'的时候，你眼睛都亮了！"

楚秋并没有反驳，在宴会厅跟陈妙分开。

颁奖晚会开幕之后，不出楚秋所料的，《泥土》连续斩获了"最佳导演""最佳摄影""最佳纪实影片"等五个奖项。

郭旷坐在一边，捧着奖杯喜气洋洋。

在最后揭幕最佳影片和最佳演员的时候，楚秋忍不住偏头看了一眼身边的空位。

空位前边还立着"祁天瑞"的名牌。

但祁大老板忙得要命，下午把他送到地方之后就消失了身影。

张大力看了一眼楚秋，发现他正看着祁天瑞的空位，解释道："他被他爸揪去开会了，虽然是视频会议，但是也不能太随便。"

楚秋闻言，有些失望地点了点头。
他收回视线，台上宣布了这一届最佳影片的得主。
《泥土》落选了。

郭旷唉声叹气，抱紧了另外几个奖杯。
楚秋和张大力都不意外，甚至对于接下来要宣布的最佳演员也毫无紧张感。

郭旷看看他俩："虽然可能性很低，但你们真的都不期待一下？"
张大力打了个哈欠。
楚秋拧开水瓶，平静道："期待的。"

他话音刚落，台上充当颁奖司仪的前辈用不太标准的中文喊出了他的名字。

"最佳演员——楚秋！"

郭旷愣住。
张大力哈欠打到一半，扭到了下巴。
楚秋捏着瓶子，手上一个哆嗦，水瓶里的水"呲"一下涌出来，打湿了他身上的西装。
会场镜头将他们三个的窘态完完全全地投影到了大荧幕上，一时间整个会场都充斥着善意的哄笑声。
收到消息的祁天瑞都要急死了。
他火急火燎地关上电脑，离开休息室，飞速往宴会厅赶去。
他推开了宴会厅的大门。
正巧与舞台上接过了奖杯的楚秋对上了视线。

楚秋微怔，而后握紧了手里的奖杯，看着入口处逆着光微喘着气的祁天瑞，笑起来。

——你来了。

祁天瑞眯着眼，看到舞台上的人在灯光之下熠熠发光，忍不住跟着笑起来。

——对，我来了。

楚秋
Chu Qiu

祁天瑞
Qi Tianrui

258

文章的起初，是因为我渴望的一个梦——关于"理想的世界"，它一定是公平、温柔、善良而真诚的。

正如文中所说："我以诚待人，便也希望人以诚待我。"

我渴望人对人的善意可以被敏锐地感知到，自己想表达的东西不被轻视与曲解；渴望否认与无端的恶意可以消失，不需要被伤害的人再拼命的去解释、去挣扎；渴望胆怯的人不再被排挤嘲笑，张扬尖锐的人不再遭受非议不公。

于是，胆怯却坚定、被人们与世界温柔以待的楚秋就出现了。

他承受善意、感受善意、回报善意，像只被世界触碰之后，再也不用蜷缩进壳里的蜗牛，能够一点点地、缓慢地、毫不退缩地向前。

我所渴望的"理想的世界"就像这样，温吞柔软，甜蜜多彩。

这部作品并不完美，但若是能给读者卷来一丝丝温柔和快乐，我就已经很满足啦！